KUWEI

酷威文化

图书 影视

只想喜欢你

岁见 著

上

江苏凤凰文艺出版社
JIANGSU PHOENIX LITERATURE AND
ART PUBLISHING

目录
CONTENTS

第一章	我也不喜欢你	001
第二章	你们未来嫂子	031
第三章	她想跟我试试	059
第四章	真对他有意思	089
第五章	碰见个小酒鬼	119
第六章	选家里安排的	151
第七章	一定抓紧机会	183
第八章	牵住了她的手	213
第九章	没有在一起过	243
第十章	怎么这么暴躁	273
第十一章	我是有条件的	303
第十二章	追求合作伙伴	331

第一章

我也不喜欢你

隆冬深夜，马路上一阵接一阵急促而尖锐的鸣笛声打破了这个寻常冬夜的阒寂。

几分钟后，市第一人民医院急诊大厅的门口接连刹停几辆急救车。

车后门在车停时即打开，救护人员将躺在移动病床上的伤员抬下车，随车的医生和护士紧跟其后："快！直接送抢救室！另外再通知骨科过来会诊！"

"明白！"车轮匆匆滚过急诊大厅的地面，留下一道掺着血迹的污痕，负责清洁的阿姨还没来得及处理，又一道新的污痕交错着印在上边，不消一会儿，原先光洁干净的地面便脏得不像样子。

市环内的高架桥上发生特大连环车祸，离车祸点最近的市第一人民医院接到交通部门的通知，医院内各科室一早就做好了接收病人的各项准备，作为伤员入院治疗必经之路的急诊科自然是一马当先。

随着伤员的增加，急诊大厅里各种哀号和叫嚷声也跟着此起彼伏，抢救室的红灯久久未熄，分诊台前的护士们像是被拧上发条的陀螺，转来转去忙个不停。

凌晨四点多钟，忙了一夜的医护人员们刚歇了一口气，猝不及防间又一个新的伤员被推了进来。

其他人还未来得及有所动作，一旁的孟儒川先一步迎了上去，简单检查了下伤员的生命体征后，声音便不似之前那么紧绷："伤口不大，出血量也很小。先去把伤口处理一下，然后送去照个脑CT，防止脑出血。"

说完，孟儒川扭头看了眼跟在自己身后的年轻医生："闻桨，这个病人交给你负责。"

孟儒川是急诊科的正主任，闻桨从毕业到现在一直跟在他手下实习，听了他的安排，点头说好。

等到忙完，外边天也将明，东边的云层泛出淡淡的光晕，朝起夕落的太阳藏在层叠的云朵背后露出一星影子。

早前脏乱的地面被清扫干净，空气里弥漫着淡淡的消毒水味，细闻似乎还残留星点血腥味和一些其他不明的气味，掺杂在一起形成了医院特有的那股味道——沉闷压抑，却又充满希望。

闻桨接了杯热水站在走廊尽头的窗前，杯口热气氤氲，将这朝起的晨曦模糊。急诊厅里不算安静，但比起之前的混乱嘈杂，已经让人心静许多。

闻桨也没在窗前停留多久，喝完一杯水，就又回了急诊室里。急诊病人在被接收处理完毕之后，还有很多琐碎的后续事项，光是病人的大病历这一项就足够让人头疼了。

孟儒川对这些一向严格，闻桨没敢耽搁，回办公室之前，先去了趟病房。病房内熟识的值班护士方澄和她搭话："怎么还没回去，你今天不是休班吗？"

闻桨晃了下手里的本子，语气有些无奈："病历还没写出来，哪敢回去啊。"

孟儒川带实习生的规矩在整个急诊科是无人不知无人不晓，闻言方澄也只能给闻桨一个同情的目光。好在闻桨还是实习医生，手下单独负责的病人不多，情况也都不是多么复杂。挨个检查完之后，闻桨合上本子，伸手捏了捏泛酸的肩颈，缓步往外走。

早晨的急诊走廊人迹稀少，凛冬的阳光从消防通道门上的玻璃处落了进来，薄薄的一层，没有什么暖意。

闻桨正垂眸想着事情，没注意到旁边擦身而过的男人，走到半路，身后忽然响起一声："三哥，这边！"

闻桨脚步一停，回过神来，扭头往声源处看了眼，却只瞥见个修长挺阔的背影轮廓在病房门口一闪而过。

她也没在意，径直往前走，回了办公室。

另一边，池渊前脚刚踏进病房，后脚像是想起什么似的，又侧身回头往走廊外看了眼。

一条长廊径直到头，什么也没有。

向宁琛顺着他的视线往外看，也是什么都没看到，一脸疑惑地缩回脑袋："三哥，你刚才看什么呢？"

池渊抬眸瞥他一眼，语气腔调懒洋洋的，分辨不出真假："看鬼啊。"

不知道是不是错觉，听了池渊的话，向宁琛总感觉后背凉飕飕的，忍不住缩了缩脖子，有些无奈地抱怨着："三哥，你开玩笑好歹也注意下场合，这在医院呢。"

池渊昨晚在朋友新开的酒吧玩了一个通宵，天刚亮正困着的时候被向宁琛一个电话叫到了医院，这会儿精神不佳，人也有点说不出的烦躁，没什么耐心去照顾向宁琛脆弱的心灵："废话那么多。成渝呢？"

"在那儿。"向宁琛指了个方向，池渊顺着看过去，对上向成渝来不及撤回的目光。

池渊哼笑一声，收回视线看着向宁琛："你们俩什么情况？"

说完，池渊低头靠近向宁琛，在他身上闻见一点淡淡的酒气，语调一瞬就冷了下来："酒驾？"

"不是！"向宁琛刚要辩驳，余光瞥见护士看过来的视线，推着池渊出了病房。

两人站在走廊里，向宁琛伸手抓了抓下巴："没酒驾。我是喝酒了，但开车的是成渝，他没喝酒。"

池渊没接话，等着他的下文。

向宁琛支支吾吾，半天才冒出几个字："……但是成渝还没拿到驾照。"

池渊忍了又忍，最终还是没忍住，抬手往向宁琛脑后抡了一巴掌："没驾照你还敢让他开车上高架桥？"

向宁琛这会儿就算是有一百个理由也不敢再开口了。

池渊三言两语训完罪魁祸首，心里的火还没消完，又把躺着的那位给骂了一顿："向成渝都二十岁了，怎么到现在连个破驾照还没考下来？"

"在考，在考。"向宁琛战战兢兢开口，"前几天刚去考的科目二，挂了，这两天在等补考呢。"

"……"

池渊只觉得脑仁突突地疼。

他们三个从小在一个家属院长大，向宁琛和向成渝是差四岁的亲兄弟，池渊比向宁琛大两岁。本来按照池渊的年龄，向家这两兄弟应该叫他一声大哥，但是向宁琛本家里还有两位哥哥，池、向两家又是世交，怕叫重了，他们兄弟几个索性自己按年龄排了个序，池渊排行第三。

打小这俩小孩就爱跟在池渊屁股后面玩，兴许是池渊作为兄长的光辉过于耀眼，他们俩遇到事情谁都不找只认池渊的习惯到现在还没改过来，哪怕是池渊去国外读书那几年也一样，经常半夜给他来一个气死人不偿命的越洋求助电话。

见池渊不说话，向宁琛也不敢开口，只乖巧地垂着头，余光却忍不住偷偷打量着他。

男人的眉头紧蹙，神情有些不耐烦，漆黑的眼眸里都是不悦，就差在脸上写着"我现在很不爽，很想打人，你最好离我远点"几个字了。

向宁琛忍不住想往后退一退，于是身体就下意识往后退了一步。

动作不大不小，池渊抬眸，淡淡地觑了眼。向宁琛想死的心都有了，哭丧着脸讨饶："三哥……"

池渊抬手，拇指抵着太阳穴揉了两圈，终于松口："这件事我会处理，但是下不为例。"

得到这句准话，向宁琛高提了一晚上的心这会儿才算是回归原位，三言两语和池渊说明了今晚的意外。

说来也是不凑巧，向成渝无证驾驶已经有段时间了，今天头一回上高架桥，还没走太远就遇上了连环车祸，本来没什么大事，但他做贼心虚，一紧张，错把油门当刹车，一个猛子撞上了前车的车尾，连着前面几辆车都有些轻微的磕碰。

当时前边车祸的情况危急，他们这点小追尾根本来不及仔细处理，交警了解完情况后，记录了两人的照片和身份信息留证，然后便安排医护人员把两人拉到了医院，等着后续追责。

向家的家规一向严厉，时至今日向父依然崇尚棍棒教育。向宁琛不敢把这事透露给家里人知道，等清醒过来第一时间就给池渊打了电话。

"三哥，我保证这是头一回也是最后一回了。"向宁琛这会儿人放松了不少，眼看着也到了吃早餐的时间，遂开口道，"三哥，你饿不饿，要不要下去吃点东西？"

本来没觉得饿，经他这么一提，池渊虽然困得难受但还真有些饿，困不压饿，点了点头："走吧。"

走到楼下的时候，池渊摸出钱包，从里面拿出几张红票子递给等在车旁的代驾："辛苦了，你先去吃点东西吧，半个小时后再过来接我。"

代驾接过明显多于实付工资的小费，道声谢，把车钥匙还给池渊，转身走向一旁的小道。

医院对面就有一家老字号的粥馆，向宁琛点了两份招牌套餐堂食，又另外打包了一份。

等餐的时候，向宁琛想起前段时间听来的小道消息，抬眸看了眼坐在对面玩手机的池渊，忍不住打听道："三哥，听说池伯父准备给你联姻啊？"

闻言，池渊抬起头，手机往桌上一搁，语气有些烦闷："你怎么知道？"

一听这话，向宁琛就知道这小道消息十有八九是真的："我前两天听我妈随口提了句，还真是啊？"

池渊没接话，视线随意往窗外一瞥。

粥馆建在马路旁，和市医院大门遥遥相对，路上车来车往，人流不断。

向宁琛心里的八卦止不住了，叨叨个不停："哪家的姑娘？你见过吗？长什么样啊？好看吗？"

窗外一道身影越过马路，愈来愈近，近到快要和池渊不久前在照片上见过的人影重合。

"什么样……"他收回视线，下巴往窗外一扬，不着调地开口道，"她那样的。"

早晨八点，太阳刚冒了个头，正好是上班的高峰期，向宁琛看向窗外，一打眼全是人。

"……"

他只当是池渊随口说的玩笑话，并没放在心上。

也就这么几分钟的时间，后面向宁琛再提起联姻的事情，池渊却一个字都不肯提了。

向宁琛见确实是问不出什么来了，低头喝了一口粥，暗自腹诽，反正都是板上钉钉的事情，至于是谁家的姑娘，长什么样，好不好看，还不是迟早得暴露。

一想到这儿，向宁琛莫名有些不地道地幸灾乐祸，碍着当事人就坐在对面，也没敢表露得太明显。

但事实上，不是池渊不想说，而是他也没什么可以说的。

有关联姻的事情，池父池母只是和他提过，再多点，也就是他一个星期前在池母那里看了张联姻对象的照片，其余一概空白。兴许是怕他胡来，池母什么也没说，只说着等过段时间安排两人见面。

当然，这也是不允许池渊质疑和拒绝的决定。

吃完早餐后，向宁琛提着给向成渝打包的餐盒在路口和池渊分开："三哥，路上注意安全啊。"

池渊"嗯"了声，拉开车门坐了进去。

黑色的越野车艰难地混入拥挤的车流之中，和众多车辆一同缓慢前行，汽油味顺着窗缝钻进车内。

池渊眉间微蹙，抬手关严了车窗。

口袋里的手机响了，他拿出来看了一眼，是池母的电话。

池渊不想接，但架不住池母的好耐心，电话停了一次，又响了起来，他只好划了下屏幕。

"下午早点回来。"电话那边的声音温和平静，"晚上家里有客人，你爸特意交代了。"

池渊意识到什么，开始推脱："什么客人还得我们一家三口齐上阵啊？"

"你不是已经猜到了？"池母淡定地说。

池渊扑哧一声笑了："我还真猜不到。"

池母没心思和他闲掰扯，直说道："我未来儿媳妇。"

池渊刚想回说八字还没一撇的事情，又听池母说："和你未来老丈人。"

先不说联姻成不成，就池母这自来熟的态度，池渊有理由相信，只要他点头，池母现在就能把"未来"两字给去了。

想到这儿，池渊那颗叛逆的心隐隐有些按捺不住了。挂了池母的电话之后，池渊点手机通讯录调出一个号码，拨了出去。

电话嘟嘟响了两声后被接通。

"有事？"

池渊"嗯"了声："帮我查个人。"

对面没废话，说了句"信息发我"就把电话挂了。

池渊安静想了会儿，突然发现好像没什么信息可发的，琢磨半天才把短信发出去。

不查人了，你给我查份名单，下午就要。

第一人民医院的在职女医生，年龄不超过三十岁。

对面回了个"1"。

池渊想想，又补了一条。

名单我要带照片的。

闻桨回到办公室坐下没一会儿，就接到好友许南知的电话，说是出差刚回来，才发现走之前把钥匙落在家里了。

闻桨目前暂时住在许南知家里，手里还有一把备用钥匙。

"我快到你医院楼下了啊，你过十分钟下楼。"话音刚落，便是一阵急促的汽笛声。

闻桨听了一晚上这动静，有些不适。她起身从包里翻出钥匙，边走边说："你别往医院开了，我过来找你吧，正好一起吃个早餐。"

"行。"

电话挂了，闻桨去更衣室换下白大褂，又洗了把脸，抬头看见镜子里的自己。

鹅蛋脸，桃花眼，还有点美人尖。美是美，但也架不住一天一夜没睡，脸色苍白，黑眼圈严重，看起来疲惫不堪。

闻桨又抄了把凉水在脸上。

走出急诊大楼，冬日的风凛冽刺骨，闻桨加快了步伐，穿过人行道，顺着马路走到另一个路口。

许南知的车停在一家面馆前边的临时车位上。闻桨没停留，越过车辆，径直推开面馆的门。

许南知背对着门口坐在墙角的位置，波浪大卷的长发随意绑了根绳，发梢细碎，是属于那种光看背影就觉得很好看的女生。

闻桨走过去拍拍许南知的肩膀。许南知抬起头，见是她，勾唇一笑，而后熟稔地往里挪了一个位置。

"给你点了份牛肉面。"许南知拿起桌上的水壶给她倒了杯热茶，随后支起胳膊瞧着她，"你们急诊科是不是不把实习医生当人看啊？"

闻桨摇了摇头，端起茶杯喝了一口，冰凉的指腹贴着温热的杯壁摩挲着，语气淡然平和："当医生哪有轻松的。"

许南知耸了耸肩，感慨了句："原以为生在富贵家能好命，谁知道到头来都是劳碌命。"

闻桨和许南知从幼儿园时期就认识，后来读小学升初中，两人一直是同桌。直至高中时期，闻桨因为父母工作变动，转去了平城二中，后来又在平城读了医科大学。

许南知本以为闻桨会一直留在平城，只是没想到后来闻家出了事，闻父回了溪城，闻桨毕业之后也回了溪城。

想到那些惨烈的过往，许南知只觉得造化弄人。她暗自叹息，看了眼沉默不语的闻桨，匆匆收起回忆，故作自然地提起这趟出差碰到的趣事。

面吃完了，话也说完了，许南知拿了钥匙准备走人。上车后，她抬头看见闻桨还站在路边，便降下车窗："桨桨，你过来一下。"

闻桨没犹豫，往前走了几步："怎么了？"

许南知看着她，伸出手指撑在她脸侧，指尖往上推的力度带出一个浅浅的弧度，然后收回手，弧度稍纵即逝。

闻桨有些莫名，又问了句："怎么了？"

许南知摇了摇头："没事，就是突然想看看你笑起来是什么样子。"

闻桨愣了一瞬，随后轻轻地笑了下："好了，回去吧，注意安全。"

许南知点头应了声，开车远去。

闻桨立在原地，回过头借着路边车辆窗户上的倒影看见自己脸上那一点残余的笑容。

弧度很小，笑意又很浅，像是覆了一层假皮在脸上，比哭还难看。

她伸手捏了捏脸，又扯了扯唇角。

路边梧桐枝干萧条利索，风声呼啸，像是在嘲讽她虚假的笑容。

闻桨停下动作，轻轻叹息，呼出的热气被冷风吹得四散，双手往外套口袋里一塞，折身回了医院。

一个上午的光景，闻桨忙完所有的事情，又去病房看了一圈后，和护士方澄一起在楼下食堂吃了午餐，最后才开车离开医院。

大中午，日光亮堂堂的，路上车流不多。一路疾驰到小区楼下，停好车后，闻桨下车去了旁边的超市。

工作日，又是午休的时间，超市里也没什么人，闻桨推着购物车，买了些日用品和水果。

结账的时候，手机进了个电话，闻桨空不出手来，只好任由电话自动挂断。结过账，闻桨走出超市，电话又响了。

闻桨把提在右手的购物袋换到左手，从口袋里摸出手机，来电显示还是之前的号码。

她往右一划，把手机贴在耳侧，声音冷淡："什么事？"

来电人也没问她刚刚为什么不接电话，直奔主题："晚上随我一道去趟池家，晚点我让司机过来接你。"

闻桨呼吸重了几分，却没说话。

蒋远山似乎是怕她拒绝，又说："桨桨，你知道的，爸这么做都是为了你妈妈的公司着想。"

"别打着我妈的旗号。"闻桨压着不耐烦，讥讽道，"我妈做不出来卖女求荣的腌臜事情。"

"桨桨……"蒋远山欲言又止。

闻桨却不想再听他有什么辩解，直接挂了电话。

之后，她极快地朝前走了几步，又猛然刹停，大口呼吸着，茫然地看着脚下的路。她的手被购物袋勒得生疼，但比不上她心里那处堵得人一抽一抽的疼。

闻桨到家的时候，许南知正在厨房弄吃的，听见开门的动静，探了个脑袋出来："吃饭了吗？"

"吃了。"闻桨把手里的袋子放在桌上，拿出刚买的草莓走进厨房。许南知找了个干净的瓷盘放在水池旁边台面上。

闻桨先用热水洗了个手，而后换成凉水洗草莓。几分钟的时间，草莓和许南知的午餐一起端上了桌。

"我去洗个澡。"坐了一会儿后，闻桨起身回房间拿衣服。

过了一会儿，许南知过来敲门，说是公司有事得过去一趟。

闻桨应了声，没多久便听见关门的动静。

过了一会儿，她湿着头发从浴室里出来，在屋里找了一圈，最后在许南知的屋里找到了吹风机。

吹完头发，闻桨回房间补觉。

熬了一天一夜，躺下的瞬间她才觉得困意难挡，昏昏沉沉睡了一觉。许是人太累，噩梦美梦都懒得来了。

睡到下午六点，闻桨被电话吵醒。

接通了才知道是蒋远山派来接她的司机，给她发消息没回，在楼下等了半个小时才打了这个电话。

闻桨虽然不待见蒋远山，但也仅限于蒋远山，对于他身边的人，并没有太多的抵触情绪。

挂了电话，闻桨便起床洗漱收拾，等到下楼也是半个小时后的事情了。

闻桨和司机说了声抱歉，司机忙摆手说没事，倾身给她开了车门。闻桨小声道谢，往前一步看到坐在车里的蒋远山，神情明显一变。

见她停在原地，蒋远山抬眸看了过来。男人的五官轮廓利落挺拔，带着年岁的堆砌，气质成熟儒雅。

闻桨和他像了七八分。

他们明明拥有最亲近的血缘关系，如今却像仇人一样，见一面恨一面，恨不得老死不相往来。

闻桨沉默着坐进车里，一路无言，直到下车前，才听见蒋远山开口："桨桨，这次的联姻代表着闻、池两家企业的合作，我希望你不要无理取闹。"

"你觉得我还会怎么闹？"闻桨嘲讽地笑了下。

如果她想闹，早在一个月前蒋远山和她提起联姻时，她就已经闹了，可是她没有。闻氏是她母亲闻宋生前最看重的。术业有专攻，闻桨虽然没有能力去维持闻氏的运营，但闻氏有难，她也不会坐视不管。如果联姻可以让闻氏得以延续下去，闻桨不会拒绝，更不会无理取闹。

蒋远山没再多说，从左侧下了车，闻桨跟着在右侧下车。

池家老宅位于城东的师大家属院，是一栋两层小别墅。

池家世代经商，到池渊爷爷那一辈，池老爷子改行和妻子在师大教了一辈子的书，最后是池渊的父亲池庭钟继承了家业。

池老爷子的父亲去世之后，池老爷子和妻子就搬回了这里；后来池庭钟娶妻生子，到现在也一直都住在这边。

闻桨跟着蒋远山在用人的带领下走进池家，刚跨进客厅的门，抬眼就看见站在二楼的人。

男人背对着楼下，一袭白衣黑裤，肩宽腿长，许是听见楼下的动静，往后瞥了一眼。

他对上闻桨的视线，轻轻地挑了下眉，神情虽然有些嘲弄，但模样倒是挺英俊的，五官端端正正，每一分都是恰到好处。

闻桨垂眸，错开视线的瞬间听见他的声音，语气轻佻散漫，带着点幼稚的倔强。

"我池渊今天就算是死，死外面，从这里跳下去，也不会结这个婚。"

池渊找的人效率很高，他在公寓里睡个觉的工夫，就已经把名单发到了他邮箱里，还留了两句话。

zxcv：钱还是以前那个数，转到这个账户 [卡号]。

zxcv：对了，名单是按照颜值排的顺序，你正着来看到第三十个就行了，往后都不是你的菜。

池渊有些无语，骂了声，手扒拉着键盘，迅速敲了两句话发过去。

什么菜不菜的，我办的是正事。

再说了，我是那种乱来的人吗？

对面不知道是没看见还是看见了不想回，反正是一直没回，池渊堵着一口气，挪动鼠标开始下载邮件里的附件。

进度条一闪一闪的，速度不是很快，池渊等得无聊，伸手从旁边的铁皮盒里摸了袋糖拆开。

白桃味道的果汁软糖，外面一层薄薄的膜，里面软软的，口感十分Q弹。

池渊慢条斯理地嚼着糖，看着进度条的状态从"正在跳转"到"完成"，点了点鼠标，保存、解压、打开一步到位。

名单的个人信息很简单，池渊也不在意这些，点开一张关一张，连着看了五六张都不是自己要找的人，又想到发件人说名单是按照颜值排的顺序，忍不住吐槽道："什么垃圾审美。"

他的话音刚落，又点开一张，右上角的照片加载了三四秒才出来。

池渊眸光顿了下，牙齿一用力，咬破了嘴里的糖，酸酸甜甜的味道充斥在整个口腔。

他看着屏幕，缓缓念出两个字："闻桨……"

池渊从来不打无准备的仗，既然把人对上了号，秉承知己知彼百战不殆的原则，又把闻桨的个人信息截了个图给对方发了过去。

我要这个人的全部信息，家庭背景、情感经历这些都给我查查。

对面这会儿倒是在线了。

zxcv：我们是正经的私家侦探事务所，不查这么不正经的信息。

zxcv：加钱另算。

池渊："……"

有钱能使鬼推磨，更别说是人了。

四个小时后，池渊又收到一封来自 zxcv 的邮件。

这次的个人信息比上一份详尽了很多，池渊花了二十分钟浏览了一遍，最后盯着"无任何情感经历"七个字发愣。

这个人几乎挑不出任何差错：从小到大都是品学兼优的好学生，一路顶着别人家孩子的光环考入平城医科大学，毕业之后就进入溪城第一人民医院的急诊科实习。

工作稳定、私生活简单空白，虽然家境和池家几代积攒下来的家境相比算不上太门当户对，但按照池母的标准，这简直就是为池家量身做的儿媳妇。

当然，这些都是在不需要考虑池渊想法的前提下。

毕竟他在家里的地位……

哦，他没有地位。

池渊想到自己的处境，忍不住有些头疼，脑袋一下一下轻磕在椅背上，琢磨着应对办法。

冬天入夜早，才刚过六点，公寓楼外林立的大厦就已经亮起了粼粼灯光，车水马龙的街道，车灯和路灯交相辉映，消减了几分不夜城的浮华气息，多了些烟火气。

池渊出门的时候接到池母的电话，问他到哪儿了。池渊抬眸看了眼小区大门，睁眼说瞎话："快了，已经在路上了。"

池母没怀疑："行，注意安全。"

"嗯。"挂了电话，池渊把手机往旁边座位上一丢，将车窗开了道小缝，心情好得不行。

他已经想好了，既然这个所谓的联姻对象满意到让人挑不出任何毛病，那他就自己豁出去当这个能被挑出毛病的人。

这制造毛病的第一步便是当着众人的面公然抗婚。

所以他掐着时间，故意等蒋远山和闻桨进了池家的门，才嚷出了那句在网上冲浪冲来的瞎话。

毕竟是他抱着十成十的信心嚷出来的狠话，震慑力也还是有的，但也仅有那么一点。

话音刚落，同在二楼的池父最先回过神来，怒骂了一声："混账东西，说的什么玩意。"

池渊活了二十四年，还是头一回听见池父用这种口气说话，一时半会儿还真有点回不过神来。

站在一楼客厅的池母倒是习以为常，笑容温和地将蒋远山和闻桨迎进门内，拉着闻桨坐在沙发上："最近老爷子陪着老太太出远门不在家，他没人管，说起话来就有些放肆，桨桨你别在意。"

闻桨轻笑着摇了摇头："不会。"

说话间，池父带着池渊来到客厅。大约是池父说了什么又或者是做了什么，也就几分钟的光景，这会儿的池渊看起来比之前正常了许多，收起了吊儿郎当的样子，礼貌得体地和蒋远山问好，嗓音略低。

闻桨似乎一时间很难将眼前这个人和刚刚那个在楼上叫嚷着要死要活的男人联系在一起，于是不自觉地多看了他一眼。

池母大概是会错了她这一眼的意思，温声提醒："池渊，这是你蒋伯父的女儿，闻桨。"

闻桨姓闻而不是跟着父亲姓蒋，是因为当初蒋远山为了和闻宋结婚，入赘了闻家。这一点，池渊在闻桨的信息里看到过，后面还记了点当年的一些八卦，不过这不重要，他也没细看。

这会儿，池渊掀眸看向坐在对面的女孩，目光轻淡，声音也淡："你好，池渊。"

"你好。"闻桨回道。

简短的熟悉之后，池庭钟和蒋远山顺其自然地聊起当下的一些时政，池母拉着闻桨问了些她工作上的事情。

池渊坐在那里，看着池母越来越满意的神情，只觉得自己未来有一场硬仗要打。

聊了一会儿，池渊有些坐不住了，但碍于池父的威严，没敢明目张胆地开溜，便给自己寻了个正当理由："我去厨房看看张姨晚饭准备得怎么样了。"

池母拦住他："你往厨房钻什么，你又不会做。"

池渊顺水推舟："那你们聊，我回房间待会儿。"

"正好，你带桨桨一起去你房间玩会儿吧。"

池渊下意识拒绝："这不太好吧，孤男寡女的，而且我的房间里也没什么好玩的。"

池母丝毫不给面子："有什么不好的，再说了，桨桨是医生，你在她眼里顶多就是个标本。"

池渊一副被噎住的模样，抿唇咬牙深呼吸，利落地站起身来，垂眸看着闻桨："走吧，亲爱的闻小姐。"

闻桨："……"

行，标本成精了。

池渊的房间和寻常男生的没什么区别，顶多就是面积、摆设阔绰了些，其他的大同小异。

进屋后，池渊直奔主题："聊会儿？"

闻桨坐在他对面的单人沙发上，问他："聊什么？"

"咱俩的事。"池渊伸手从桌上拿了个橘子。

"我们俩……"闻桨带了点笑，"好像没有什么事吧？"

池渊："那还不是迟早会有的事。"

"你看起来好像很期待我们有什么事的样子。"

池渊手一顿，橘子掉在桌上，顺着滚到闻桨面前。他强撑着把橘子捡回来，说："谁期待谁心里有数，反正我不期待。"

闻桨"嗯"了声，像是想到什么，点了点头："看得出来。"

池渊不用猜都知道她脑袋里装的是什么，忍住起身就走的冲动，半开玩笑道："现在当医生的都这么会说吗？"

闻桨看着他像小孩子一样非要争赢了才算数的做派，突然有些疲于应对："算了，我让让你。"

池渊疑惑地看着她。

"我很期待。"话音刚落，闻桨站起身来，居高临下地看着他，报了之前的仇，"行了吗，亲爱的池渊小朋友。"

池渊大概没想到闻桨是这么个路数，当下便愣住了，等回过神，闻桨已经走了出去。

他把橘子丢回果盘，垂下眼帘笑了笑，自言自语道："原来不是小白兔啊。"

晚上吃饭时，池庭钟和蒋远山由于在席上相谈甚欢，直至散席了也还在畅聊。池母知晓闻桨的工作时间，眼见着天色已晚，便借口让池渊先送闻桨回家。

池母的心思只差写在脸上了，只不过池渊正好也准备找理由开溜，倒是没拒绝，拿了外套和车钥匙就往外走。

池母拉着闻桨，将人送到门外，言语之间俨然已经把闻桨当成儿媳妇："你和池渊年纪相仿，但我看得出来你比他要稳重许多，平日里他要是有什么做得不好的地方，你和伯母说，我替你教训他。"

闻桨没把池母的话往心里放，只乖巧地应了声"好"。

台阶下，等在车里的池渊久不见人来，降下车窗，胳膊垫着窗沿，清冷的眉目被夜色揉碎，声音不高不低："再不走等会儿路上该堵车了。"

"就你着急。"池母说了他一句，随后拍拍闻桨的手背，"去吧，路上注意安全。"

闻桨点点头，礼貌告别："伯母再见。"

等她上了车，池母也转身回了屋里。池渊关严车窗，点开车载导航，问："住哪儿？"

闻桨答非所问："不用麻烦了，等出了这片，你随便找个路口把我放下就可以了。"

"得了吧。"池渊发动车子，轻笑出声，"我可不想让你上明天的法治社会头条。"

一路上两个人如同被点了哑穴，半句话都没有，车厢内安静得只剩下导航的系统声音。

闻桨的住处和池宅离得远，但好在路上不堵车，接近一个半小时的车程被池渊缩减了四分之一。

晚上十点一刻，黑色的越野车在小区门口缓缓停下。

闻桨看着眼前熟悉的建筑，伸手解开安全带。推门下车前，她回头和池渊说了声"谢谢"，然后就下了车。

池渊将要出口的回应被她及时关在车内，忍不住有些想笑，看着她从车前走过，抬手摁了下喇叭。

闻桨抬眸看过来。

池渊解开自己的安全带，推开车门，长腿一迈跟着下了车，站在车旁看着她："闻桨。"

夜里起了风，气温骤降，闻桨应了声，目光落在他单薄的衣衫上，开口道："有什么事等明天再说吧，我明早还要上班。"

池渊抬手看了眼手表，十点二十三，想到闻桨的工作性质，点头答应道："成，那明天我去医院找你。"

"好。"

临走前，闻桨和池渊交换了联系方式。闻桨到家时间已经过了十点半，见许南知还没回来，便换了睡衣，洗漱完关灯躺进被窝里。

一夜无梦。

第二天早上六点，生物钟准时叫醒闻桨。她起床收拾，六点半出门，到办公室正好七点，花了十几分钟去食堂吃了个早餐，之后便一直在忙，连午餐都是同事帮忙打包回来的，只不过等她忙完回到办公室时，饭菜都已经有些凉了。

护士方澄从外边进来，手里提着两个红薯，递了一个给闻桨："刚出炉的，吃吧。"

闻桨接过来，笑着说："谢谢。"

"客气什么。"方澄看了眼她桌上打包的饭菜，"都凉了吧，我给你拿微波炉热一下。"

"没事，我自己来好了。"

加热的间隙，闻桨出门去自动贩卖机买了两听速溶咖啡，拿回来放了一听在方澄面前。

过了一会儿，办公室其他同事纷纷从外面回来，没吃饭的拿着饭盒坐在桌旁和闻桨一块吃饭，吃过饭的干脆也围坐在桌边闲聊。

聊得正欢，门口忽然有人敲门，一大伙人下意识全抬头看了过去。池渊没想到屋里这么多人，卡了下壳，敛眸对上闻桨的视线，才说："闻医生，麻烦出来一下。"

闻桨大约也没想到池渊会直接找到这里，愣了一瞬，才盖上饭盒起身往外走，身后传来些零散的议论声。

"这人谁啊，还挺帅的。"

"估计是闻桨的男朋友吧。"

"之前没听说闻医生有男朋友啊。"

"前段时间登记资料的时候，我看感情状况那一栏还是空着的呢。"

……

屋外，闻桨关上门，朝等在不远处的池渊走过去："我中午的休息时间不长，不能外出，你要想说什么就直说吧。"

池渊问："就站在这儿说？"

"那要不然呢？"闻桨双手放在白大褂的口袋里，朝旁边办公室方向轻歪了下头，"还是你想去这里面说？"

池渊回想起刚刚那一屋子的注视，算了，在这儿说就在这儿说吧，反正也不是什么正经的事情。

他轻咳了声，漆黑的眼眸直直地看着闻桨："我也不跟你兜圈子了，我们两家父母的意思我想你也不会不清楚，但我不管他们是什么意思，我是肯定不会认同的。我昨天在家里说的那些话可能是胡闹了点，如果有伤害到你，我跟你道歉；但是联姻的事情，我是不会妥协的。"

闻桨掐了下手指，声音平静："我知道了。"

池渊有些猜不透她的想法："所以你是什么意思？"

"我能有什么意思？"闻桨轻笑，"你想怎么做、你妥不妥协是你自己的事情，和我有什么关系？"

池渊有些无语："难道你就那么想嫁给我？嫁给一个你一点都不熟悉的男人，然后和他生活一辈子？"

闻桨："谁说结婚了就一定得在一起生活一辈子？"

"？"

"那民政局设立离婚窗口还有什么意义？"

"……"

谈到最后两人只能是不欢而散。

离开医院之前，池渊去了趟向成渝的病房。两兄弟一个躺着一个坐着，捧着手机在玩游戏，看起来还挺逍遥自在。

向成渝在游戏里被敌方偷袭导致提前退出，放下手机的时候刚好看见池渊，规规矩矩地喊了声："三哥。"

向宁琛闻言也顾不得什么游戏不游戏的，立马丢开手机回头看，也笑着打了声招呼："三哥。"

池渊"嗯"了声，走到床边，把手里提着的纸皮袋子放在床尾。向宁琛起身给他让位置。

池渊坐下来，随口问道："什么时候能出院？"

"下周，医生说得住一个星期。"向成渝说。

"那正好。"池渊往后靠了靠，胳膊搭着椅背，语气漫不经心，"成渝无证驾驶的事我已经打过招呼了，你们家里不会知道，但这事在我这里不是那么好过的，我总得让你们俩记住这个教训。"

池渊掀了掀眼皮，看着向宁琛："尤其是你这个当哥哥的。"

向宁琛心里咯噔一下，自觉不是什么好事。

池渊继续说："成渝住院这一个星期，你这个当哥的，就在这医院的路口当志愿者吧。"

闻言，向宁琛下意识就要讨饶："三哥……"

"别跟我撒娇，没用。"池渊站起身来，不留任何情面，"事情我都安排好了，明天早上开始，会有人带你过去。"

池渊决定了的事情几乎没人能动摇。向宁琛自知理亏，也没再多说什么，见他要走，拿起床尾的袋子："三哥，你的东西。"

池渊看了眼，是自己来的时候在路上买的甜品，原本准备拿给闻桨的，刚刚一气之下又不想给了，临走的时候带了过来。

"随便买的，你们吃了吧。"池渊向外走了两步，又想起之前去办公室找闻桨的时候她好像还在吃饭，忍不住磨了磨牙根，连带着脸侧的咬肌也动了动。

池渊转身走过去把东西拿了回来，还煞有介事地道："成渝是病人，少吃点甜食。"

刚把包装盒拆了个边角的向宁琛一脸无辜："三哥，我不是病人啊。"

"你是不是病人跟我有关系吗？"池渊把东西重新合上放回袋子里，屈指在他额头上崩了一下，轻笑出声，"我就是不想给你吃。"

"靠……"

出了病房，池渊找护士借了纸跟笔，写了张纸条放在袋子里，之后把东西挂在医生办公室的门把手上，才离开了医院。

午休结束后，急诊科又送进来几个病人，其中有一个是因车祸送来的男孩，整个右腿遭到车轮严重碾压，面临着截肢的危险，孟儒川当即联系了骨科的主治医生以及相关科室的人员进行会诊。

闻桨和护理人员安排男孩进行各项检查，最终骨科的主治医生何军定下了手术方案和时间。

下午五点，男孩被送进手术室。闻桨回到办公室，看到桌上放着一个纸皮袋子。

办公室的同事周钰晗出声道："曲姐午休快结束那会儿拿进来的，说是挂在办公室门口，也不知道给谁的，打开看才知道里面有张纸条，写着你的名字。"

"行，回头我去谢谢曲姐。"闻桨拆开袋子，拿出那张纸条，上面写着一行龙飞凤舞的小字。

急诊科闻桨医生收。

前后都没落款，但闻桨记得中午那会儿，池渊走的时候手里就拿着同样款式的牛皮纸袋。不过闻桨也没太自作多情，仅靠着那一眼就确认这就是池渊送的，但不管如何，至少东西确定是给自己的。

闻桨拆开包装盒，把吃的分给了办公室的其他同事，最后单独留了一个整份放在曲丽鑫的办公桌上。

周钰晗吃着甜甜圈，靠在闻桨桌旁："听他们说，今天中午有个帅哥来办公室找你啊？"

"嗯。"闻桨提前掐断她那点八卦的心，"不是男朋友，也不是什么追求者，只是家里的长辈互相认识而已。"

"那岂不是更好？知根知底，门当户对。"

闻桨无言以对。

周钰晗忍不住笑了，拿手推了推她肩膀："行了行了，我还不知道你的性格。不是就不是吧，回头姐给你介绍几个。"

"……晗姐，我还有事要忙，这事下次再说吧。"

闻桨是整个急诊科年龄最小的实习医生，同办公室的其他同事要么已经有主，要么已经成家，只有她是孤零零一个人，所以大家都对她的终身大事格外上心。

每回提起，闻桨都只能以退为进，嘴上说着下次再说，却从来没将这个下次兑现过。

周钰晗对她的秉性了解得很透彻，知道她是在敷衍自己，但说到底这是人家的私事，也没再多说。

闻桨松口气，收了心思，继续整理病历资料。

一晃就到了晚上，闻桨收了资料，从抽屉里拿出手机，这才发现池渊在下午的时候给她发了一条短信。

池渊：[/ 蛋糕 // 蛋糕 /]

闻桨下意识看了眼被她放在一旁的牛皮纸袋，眉梢几不可察地轻挑了挑，莫名觉得有些想笑。

这算怎么回事？

打一个巴掌给一颗糖？

不管池渊到底抱的是什么想法，自从那天之后，闻桨和他便暂时没有了来往；再加上年关将近，急诊科每日忙得不可开交，她也没什么心思去关注这些。

关于蒋远山先前叮嘱过的话，闻桨自认到目前为止在和池渊的相处方面，没有做过什么出格的事情，也没有对联姻表现出太明显的抗拒。

至于其他的，她不想管也管不上。

年末的前两天是蒋远山的生日，往年闻桨的母亲闻宋在世时，必定是提前一周开始操办，闻桨也会提前许久给蒋远山准备生日礼物。可自从四年前闻宋去世之后，闻桨和蒋远山就因为闻母的死闹了矛盾，再加上三年前，蒋父又往家里带了人，闻桨便再没给蒋远山准备过生日礼物，甚至连家都不回，一年里父女俩也见不上几次面。

在刚开始那两年，蒋远山还主动去找闻桨，可每回一碰面，两人就跟针尖对上了麦芒，吵得不可开交，久而久之，蒋远山也不主动了。闻桨原本就避他不及，他这样正好合了闻桨的心意。

今年倒是有了意外。

年二十七那天，孟儒川连着处理了两台大手术，闻桨参加观摩了其中一台，结束时已经是晚上七点。

孟儒川连续站了十多个小时，腿脚已经僵硬，从手术台上下来时差点摔倒在地，幸亏闻桨眼疾手快给扶住了："老师，没事吧？"

"没事。"孟儒川弯下腰，揉了揉膝盖，声音有些疲惫，"走吧，出去了。"

闻桨扶着他直接回了办公室。孟儒川又交代给她些任务，一直忙到八点多，她才得空接到蒋远山的电话。

父女俩一向少话，蒋远山也只是叮嘱她后天来一趟蒋宅，又说池家的人那天也会过来。

闻桨站在楼梯口的阳台处，看着冬夜的苍凉颓败，语气有些疲惫："我知道了。"

听筒里静默了一瞬，蒋远山忽然问道："是身体不舒服吗？"

这突如其来的关心并没有让闻桨觉得温暖，反而让她想起了一些不好的往事，心底终归还是存着怨恨，什么也没说，直接挂了电话。

后天有什么事，蒋远山没有明说，但闻桨也清楚，那一天是蒋远山的生日，总归不会是什么坏事。

年二十九那天，溪城有大雪预警，闻桨早上照常去医院上班。到了傍晚，暗沉的天刮起风来，卷着从北边来的寒流，开始窸窸窣窣地下雪。

等到闻桨下班的时候，地面已经铺了薄薄的一层雪粒。

蒋远山安排了司机等在医院楼下。闻桨怕雪多积路，没怎么耽搁，下了班就往车上赶。

路上堵堵停停，到蒋宅时天已经黑了。

三年前，蒋远山身边有了人，闻桨不允许蒋远山带着别人住在闻家以前的旧宅，蒋远山大约是愧疚，也没争辩，让人置办了一处新的房产，带着人搬了出来。

要算起来，这也还是闻桨第一次来蒋宅。

以前是不屑，如今却是不得已。

闻桨整理了下情绪，没在门口多停留，抬脚走进了这座跟自己没有任何关系的宅子里。

屋里不比屋外冷清，客厅除了池家的人，还有些闻桨的其他长辈，有一些还是闻氏的元老人物，和闻桨已故的外公闻清之同辈。

外人不知父女俩的矛盾，所以有些场面还得走个过场。

闻桨挨个跟长辈们礼貌问好，最后在蒋远山身边坐下。在蒋远山另一边站着的是闻桨同父异母的兄长蒋辞。只不过蒋辞的这个身份，蒋远山一直并没有对外宣布，个中缘由闻桨没想过问。对于蒋辞这个人，她本来就已经足够介怀，自然不会在他身上多花心思。

落座后，闻桨一抬眼就看见坐在对面的池渊，一身挺括西装，模样斯文英俊。俗话说人靠衣装，褪去了平时的不正经，池渊这会儿倒是有了些世家少爷的贵气。

池渊隔空对上她的目光，轻挑了挑眉梢。

得，甭管他穿了什么，骨子里到底还是透着不正经。

对于池渊的回应，闻桨没有太多反应。这几年她很少出席这些场合，坐得久了，眉目间不由得带了些不耐烦。

闻桨的视线在屋里看了一圈，脑袋里盘算着用什么理由离开。

蒋远山注意到她的小动作，笑道："看我，都高兴糊涂了。桨桨，池渊头一回来家里，你带他去四处转转吧，也省得坐在这里听我们聊些你们年轻人不爱听的事。"

闻桨求之不得，尽管她也是第一次来这里，也不知道有什么好逛的，但总好过坐在这里煎熬。

池渊和她想法一致，得到蒋远山的准话，起身跟各位长辈致了意就跟着她离席了。

蒋宅的格局类似于四合院但又不完全相同，三进三出的院子，正中间的庭院栽种了不少花草树木，在庭院中央还放有一尊玉石水缸。

两侧的回廊是精心雕刻而成的，屋檐是压着一层薄雪。

闻桨没有带池渊走得很远，就近站在西厢房的廊檐下，冬夜的风来来回回，吹得人发颤。

"不冷吗？"池渊问。

对于冬天，闻桨没有一些人只要风度不要温度的高标准，冷就添衣热就减，从来不委屈自己。

闻言，她动了动放在大衣口袋里的手指，抬眸看着池渊："你要是觉得冷，可以先进去。"

池渊轻笑："你就是这么待客的？"

闻桨反问道："不然呢？难不成你还指望我把外套借给你？"

"……"

经过几次交锋，池渊深谙自己在闻桨这里，嘴上永远讨不到一丝好处，沉默片刻，转而提道："既然你这么不待见我，为什么还要同意联姻？只要你和我统一战线，这事肯定成不了。"

"你觉得这是我们不同意就不会发生的事情吗？"闻桨觉得他天真得有些傻。

池渊哑然。池父、池母在联姻这件事情上确实表现出了不容他拒绝的决心，可他偏偏就不是这么容易就会妥协的人。

他抬手拂掉落在衣袖上的雪，指尖触碰到一片冰凉，声音有些淡："不管你是怎么想的，联姻我是一定不会答应的。"

闻桨看着他，没说话。

沉默忽然在空气中漫开。

良久后，池渊准备进屋，临走前，见闻桨还站在原地，开口道："天冷，你还是不要在外面待太久了。"

闻桨像是在出神，没应也没反驳。他也不在意，抬脚往屋里走，却忽然听见她在身后问了句："你问了我那么多次为什么会答应联姻，那我可以问问你，为什么不答应联姻吗？"

池渊回头，眼眸漆黑，语气认真："你喜欢我吗？"

闻桨一窒，摇了摇头。

池渊轻笑出声："你看，你不喜欢我，我也不喜欢你，那为什么还要勉强在一起？

"人生这么短，我也想和自己喜欢的姑娘过一辈子。"

池渊的话如同在闻桨早已死寂的内心烧了一把火。是啊，人生这么短，谁不想和喜欢的人在一起？

她难道不想吗？

闻桨在池渊离开之后想了很久。夜色萧索荒芜，她轻叹了声气，片刻后抬脚转身进了屋里。

她也许是想的。

可是她没有选择的余地。

蒋远山这次生日宴并没有宴请太多人，因为他本身也不是多高调的人，来往都是私交甚久的老友。

晚些落席的时候，听池庭钟和蒋远山提起了两家联姻的事情，闻桨下意识抬头看了眼池渊。

他倒是没什么太大反应，甚至在被长辈问及此事的时候，表现得进退有度："联姻是喜事，但也要看两个人相处。"

他没拒绝，也没答应，言下之意大约是处不处得来是联姻的前提。但闻桨清楚，他根本就没打算处，只是为了照顾长辈的颜面，没有把话说绝罢了。

池母笑道："感情也是相处来的。这事也就是我们长辈先定下来，也没让你们明天就结婚，你们俩以后多来往些，总归会处得来。"

联姻的事好像就这么轻飘飘地被提起又被放下，可闻桨清楚，在座的都是有头有脸的生意人，当着他们的面提起来，就已经算是被定下了。

今晚一过，甚至不用过了今晚，池、闻两家联姻的事情就会传遍整个溪城的生意圈。事情走到如今这个地步，看情形几乎已经到了无法转圜的地步，闻桨在这般情况下，竟然还有闲心去想池渊会用什么法子去破坏这桩婚事，甚至还有些莫名的期待。

但是老天没给她多想的机会，席至半程，蒋宅的用人过来叫走了蒋辞。没多会儿，蒋辞又回来了，轻轻碰了碰闻桨的肩膀，把她的手机递了过去："你的电话一直在响。"

闻桨看到来电显示，是医院的电话。这会儿闻桨也顾不上什么，接过手机，和长辈们打了招呼，就去了外间接电话。

她也是疏忽，吃饭的时候脱了外套放在沙发上，手机也搁在里面，却忘记这段时间是医院突发事件最多的时候，哪怕是休息时间也要时刻做好待命的准备。

电话接通，是个大事件，小区发生火灾，伤亡严重，要求各休班人员立马返回医院。

闻桨没敢耽搁，挂了电话拿上衣服就准备走。蒋辞拿着车钥匙跟上她："这里不好打车，我送你过去。"

这时候也没时间计较那些恩怨，闻桨点头，刚要应声，就见池母从席间出来。池母看到闻桨要走，也没问什么，叫了池渊出来："这大雪天的，蒋辞，我看你刚才也喝了点酒，就别开车了，让池渊去吧。"

三言两语，送的人就变成了池渊。

在路上，闻桨看到急诊科总群里发的详细内容。

大雪积压，南二环附近一小区的变电箱被压坏造成全区停电，其中一户居民在家中点蜡烛，不慎引起火灾。由于小区环境老旧，消防系统不到位，火势蔓延很快，伤亡损失惨重。市级各医院接到上级通知，要求做好各项准备，医护人员火速前往现场参与救援。

事故发生小区在南二环，闻桨隐约觉得熟悉，打开导航搜寻了下路线，从当前位置到二环线最多只要半个小时，比回医院近了大半，更何况回医院还要上高架桥，路上不知道要耽搁多少时间。

当机立断，闻桨把小区地址发到池渊的车载导航上："不回医院了，直接去这里。"

池渊扫了眼，加快速度，从下一个高架路口开了过去。

闻桨给医院的同事打了电话。

"医院派人过来了吗？"

"我离事发地比较近，现在在过去的路上。"

"好，现场见。"

……

车厢内安静了片刻，闻桨有些热，伸手把车窗降了指缝大小的空隙，冷意争先恐后地涌进来。

她缓过神来，和池渊致歉："不好意思，麻烦你了。"

池渊说："没事，也算是为人民服务了。"

不管如何，总归是欠着这份情，闻桨说："改天请你吃饭。"

池渊偏头看着她笑了下，意有所指："怎么？想和我来往来往？"

"……"

她还真没这个意思。

话也就只能聊到这里，闻桨没再多说，扭头看着窗外，沿途不时有消防车和急救车飞速驶过，笛声尖锐。

不多会儿，车子在小区门口停下，闻桨只顾得上和他说了声"谢谢"，便解开安全带跑了出去。

颓败而荒凉的冬夜里，因着一场意外，小区门口行人络绎不绝。池渊坐在车里，看着她的背影在斑斓闪烁的灯光里渐渐远去。

第二章

你们未来嫂子

出事的小区是二十世纪八十年代建造的，楼层虽然不高，但居住的多是些年迈的孤寡老人，行动并不方便；再加上火灾发生时全区停电，楼内光线昏暗，有不少老人都是在下楼时不小心摔倒，进而又导致了踩踏事件。

　　带来这场大雪的北风恰好又成了火势蔓延的助力。等到附近消防救援队到达时，火势已经从三楼的起火点蔓延到了二楼和四楼、五楼。

　　闻桨来到现场，找到自家医院的医疗队紧急集合之后，脱了外套随手丢在一辆救护车上，拽了件白大褂套在外面便开始对现场的伤患进行救护。

　　居民楼下不乏看热闹的人。原先都以为这场雪是瑞雪兆丰年，可谁都没想到却是大雪连天、横祸成灾。

　　火灾现场的楼下设了警戒线，看热闹的都被挡在外面。池渊在人群里站着，目光在不停奔走的白色身影里辨认着。

　　现场脏乱不堪，污水顺着道路的缝隙缓缓流淌。现场的救护人员却顾不上这么多，接了病人就地开始检查，问题大点就给抬上急救车送走，问题不严重的自己跟车走。

　　闻桨忙得脚不沾地，奔跑走动间隐约在人群中看到熟悉的身影，再一细看又没了。

　　同事拍拍她的肩膀："闻医生，这儿有个病人，下楼的时候摔到骨盆了，您跟车给一块送回去吧。"

　　闻桨回神："好。"

　　闻桨帮着搭把手把人给抬上了急救车，自己紧跟着在底下一踩，手握住门旁的扶杆，稍一用力，人就进了车里。

　　一路疾行。

急诊大厅灯火通明，比救援现场还要忙碌。伤患多是老人，受不住疼，大厅里哀声不停。

闻桨将随车的病人送进抢救室，又去检查刚送进来的伤患。一直到后半夜，急诊大厅才算消停下来，大家纷纷回到办公室缓口气。

护士方澄拿着保温壶给他们一人倒了杯热水："歇着吧，现在外面有我们看着，有什么情况会叫你们的。"

"辛苦了。"柳河江说。

"哪儿的话。"

闻桨坐在桌角，靠着椅背合眼休息。周钰晗从外边进来："闻桨，这是你的外套吧？"

她睁开眼睛，看见周钰晗拿在手里的黑色大衣，这才想起来自己把外套落在了现场，伸手接过来："谢谢姐。"

"你心也是真大，随便就把衣服丢在车上，手机都在里面。亏得那车上的病人听见手机响了，帮你把衣服收起来了。"周钰晗说。

闻桨把手机从口袋里拿出来："姐，你知道那病人叫什么吗？等明天我去谢谢人家。"

"姓宋，住在留观病房，具体叫什么我还真不知道。"周钰晗笑道，"不过人倒是挺帅的。"

闻桨眼皮一跳，搭着方澄的胳膊："我明天买俩果篮，你帮我送一个给宋先生，另一个留给你吃，当辛苦费。"

方澄："成啊，没问题。"

周钰晗："你就瞎折腾吧。"

闻桨笑笑没说话。

忙过之后的急诊科室氛围轻松，闻桨打开手机，看见几条未读信息和几通未接来电。

许南知：你要和池家联姻是怎么回事？你还拿不拿我当朋友了？这么大的事情我竟然是最后一个知道的。

许南知：看到信息给我回个电话。

池渊：你的钥匙落在我车上了。

池渊：走了吗？

池渊：我先回去了，需要拿钥匙给我打电话。

最后一条消息是六个多小时前发的，那会儿闻桨刚从现场回医院，忙都来不及，哪里还顾得上这些。

剩下的未接来电也都是他们两个打来的。闻桨看了眼时间，没回电话，给许南知回了信息，也给池渊回了一条。

不好意思，刚刚在忙没来得及看信息，钥匙等有空我找你拿。

池渊是早上八点多起床时才看到闻桨回的信息。

昨晚他在闻桨下车之后不久，发现她刚坐过的位置上有一小串钥匙，也没多想，拿了钥匙就下车去找人。

等到了火灾现场，他看到闻桨正跪在地上帮一个老人做心肺复苏，脸上是他没有见过的认真神情。

周围都是人，池渊在原地站了十多分钟，最终还是决定回到车上等她。但他没想到她会没看到信息，更没想到她会中途跟车走。他一直等到消防车都从里面撤出，给她发了信息，才驱车离开了现场。

池渊原本准备回蒋宅，半路上接到池母电话，说是他们已经在回家的路上，方向盘一打，转了个方向，也回了家。

他和池父、池母差不多前后脚到家。三个人在客厅聊到深夜，池渊直至回房休息都没收到闻桨的回复。

这会儿一觉醒来，池渊看了眼信息发送时间，夜里三点零九分，这个点还真说不好到底是早还是晚。

他也没想过把钥匙给人家送过去，只回了个"好"。

很快他收到对方回复。

麻烦了。

池渊觉得有些好笑，这人分明不喜欢自己也不愿意麻烦自己，可偏偏对于联姻的事情，一点拒绝的意思也没有。

"玩我呢。"他自己嘀咕了声，也没多想，随手把手机丢在被子上，起身进了浴室。

闻桨回完池渊的信息，等了三分钟没等到回复，便收起手机，继续挑自己的果篮。最后她买了个中等大小的果篮，埋完单，直接拎着去了留观病房。

闻桨早上看过病人名单，整个留观病房只有两个人姓宋。排除年过六十的宋大爷，她提着果篮走到年方二十五的宋先生床前。

年轻男人抬头，疑惑地看着闻桨。

闻桨自报家门："宋先生，您好，我是急诊科的医生闻桨。听同事说您昨天捡到了我的外套，这是我的一点小心意。"

这位宋先生确实长得好看，虽是单眼皮但眼睛却不小，眼尾细长，眼眸是浅淡的棕色，眼下一点泪痣，眉眼虽不惊艳却很耐看，轮廓少了些棱角，更显温文尔雅。

闻言，他弯唇笑了笑："不用客气，举手之劳而已。"

闻桨把果篮放在他床边的柜子上："多亏您的举手之劳，我才没遭受什么严重的损失。"

"看你也跟我差不了几岁，就别称呼您了。"他伸出手，"宋予行。"

闻桨礼貌回握，和他简单聊了两句，说："那我也就不打扰你休息了，你要是有什么需要帮忙的可以随时找我。"

"好。"

闻桨回到办公室。孟儒川正在开关于过年期间急诊科值班的小会，她拖了张椅子坐在桌尾的角落里。

口袋里的手机震了震，她拿出来看了眼。

许南知：方便接电话吗？

闻桨：在开会。

许南知：好，晚上下班我过来接你。

闻桨知道许南知要跟自己谈联姻的事情。

作为自己最好的朋友，却最后一个知道消息，这任谁都会生气。

会议结束之前，闻桨给她回了个"好"，并叮嘱她在来的路上注意安全。许南知没再回复。

急诊科一如既往地忙碌。到了下班时间，闻桨去更衣室换衣服，同行的还有周钰晗和方澄。

方澄放水洗手，笑说："今天我们护士群里热闹了一天。"

闻桨搭了话："怎么了？"

"就是那个捡了你外套长得还特别帅的病人。"方澄关上水龙头，"被我们科的实习护士拍了照片发在群里了。"

正在扎头发的周钰晗笑了声："那可不得热闹疯了。"

"是啊。"方澄说，"前段时间我们这里也来个长得特别帅的病人，后来转去骨科住院部住了一个多星期，群里也跟着热闹了好久。我听他们科护士说，就他住院那段时间，他哥还在医院附近的马路上当志愿者协助执勤。"

"做什么？"闻桨穿上外套，"献爱心祈福吗？"

"谁知道呢。"

三个人收拾好，方澄和周钰晗要去附近的商场逛街，闻桨约了许南知，在医院门口和她们分开。

马路对面，许南知的车停在那里。

闻桨抿了下唇角，抬脚走过去，拉开副驾驶的门坐了进去。

寒气带进车里很快被融散，许南知一言不发地启动车子。闻桨沉默片刻，试图开口解释："联姻的事情……"

余光瞥见许南知有些沉郁的神色，闻桨又默默噤了声。

许南知在旁边餐厅订了位置。开车过去就十多分钟，等两人到店里入了座，许南知才开始发问："联姻的事情你是不是打算在你的婚礼上通知我？"

"……"

许南知没给她说话的机会："还有你知道池渊是什么人吗？你了解他吗？你知道圈里人都怎么说他吗？"

像娱乐圈一样，每一个不同阶级、不同阶层的人都有一个特有的圈子，池家、许家、闻家现在的掌权人在溪城都是有头有脸的人物，有钱人家的孩子大多都会自动成圈。

闻桨是近一两年才回的溪城，性格使然，自然不会去接触这些，但许南知不一样。因为工作和家庭的缘故，许南知虽然不喜，但也免不了会接触这些圈里的人。

昨晚从家里听到这个消息之后，许南知找了家里一个跟着池渊玩的堂弟，问了一些池渊的情况。

富 N 代，前两年刚从国外镀金回来，人爱玩，玩得还疯，身边狐朋狗友一堆，成天也没什么正经事。也就一点好，身边从来没有过人，也不爱乱搞男女关系这些，有说是个人洁癖的，也有说是为了给初恋守身如玉的。

他性格虽然比较散漫，但真计较起来别人也怕。听说池渊刚回国的时候，池家人也打算给他安排联姻，结果他直接找到人家女方家里大闹了一通，后来女方家里直接和池家断了来往，联姻的事也就不了了之了。

这事闻桨也是头一回听，虽然听起来有些荒唐，但就凭着之前在池家池渊当着众人的面说出来的那句话，她也相信这是池渊能做出来的事情。

许南知见她还有心思晃神，不由得加重了语气："你到底有没有在听我说话？池渊他不是什么好人……"

"我寻思着我是杀人还是放火了，怎么就不是什么好人了？"

许南知愣住，转头才发现池渊抱着胳膊，姿态懒散地靠着一旁的门柱，目光淡淡地看着自己。

闻桨听到声音也跟着抬头看了过去。池渊对上她的视线，唇角轻勾，松开胳膊，伸手从口袋里摸出一样东西，在半空中小幅度地晃了晃。

许南知认出那是闻桨的钥匙，钥匙扣上的大白挂件还是她买的，只是不知道为什么会在池渊手上。

闻桨从对上他的视线那刻起，就自觉接下来不会有什么好事发生。

池渊屈指勾着钥匙，语气悠悠的，一句话说得模棱两可，让人浮想联翩："你昨晚把钥匙落在我房间了。"

向成渝前段时间刚出院，向母再三叮嘱不让他随意走动，今天是他回医院复查的日子。年关将近，医院病人多，向母怕向成渝再一个不小心磕着碰着，便特意托人和向成渝的主治医生打了招呼，把复查时间约在了晚上。

这段时间向家琐事繁多，陪向成渝去复查的任务自然就落在了兄长向宁琛的头上。

向宁琛想着反正最近也没什么事，索性把池渊约出来，三个人一起去吃顿饭。

接到向宁琛的电话时，池渊其实是不打算出门的。天冷不说，外面还飘着雪，但一听向成渝吃了饭还要去医院复查，他想到闻桨落在自己这里的钥匙，又改了主意，打算顺路给一起带过去。

结果池渊没想到，医院还没去，倒先在别的地方见到了人，而且还不凑巧，正好碰上闻桨的朋友在给闻桨科普自己劣迹斑斑的过往。自己的八卦不听白不听，池渊索性靠着一旁石柱听了个全。

在听到闻桨对面那姑娘说自己不是个好人时，池渊失笑，忍不住出声打断了下，说完见两个姑娘都一脸愣住的样子。他坏心思一起，把闻桨落在他车上的钥匙说成是落在他房间里。

眼瞅着坐在闻桨对面那姑娘的神情从怔愣到不可置信再到恍然大悟之后的愤怒，池渊率先走过去，笑眯眯地朝她伸出手："你好，池渊。"

许南知从一开始的震惊中回过神来，明白他刚才说的是假话，输人不输阵，怡然起身回握："许南知。"

两人手一触即松。

池渊没和许南知多说，回过身把钥匙串放在闻桨面前，目光轻淡地看着她："正好顺路。"

这四个字的意思大概就是我不是特意给你送来，也不是故意听墙角，只是正好顺路过来又正好凑巧听了个墙角，没别的意思，你也不要多想。

闻桨大概也听出他的话外音，也没多表示，还是那三个字："麻烦了。"

池渊看了她一眼："我还有事，先走了。"

"好。"

等他走远，许南知揉了揉眉骨，而后伸手拿过随身背的包，从里面翻出一管薄荷糖，倒出两粒含在嘴里。

这是她生气和想打人的前兆。

闻桨拿起桌上的柠檬水给她倒了一杯，开口解释："和池家联姻，也是为了闻氏的发展。自从我妈那年去世，闻氏紧跟着爆出些丑闻之后，公司的情况一直都不怎么好；也就近一两年，闻氏靠着在慈善业的大力投入，公司的口碑和境遇才慢慢有所改善。但是这些都是虚的，闻氏现在需要更多的资金投入和启动项目。"

闻氏的情况许南知也有所耳闻，端起玻璃杯喝了口水。

闻桨继续说："南知，闻氏是我外公一手创办起来的，也是我妈生前最看重的东西，我不能让它就这么没了……"

许南知："可是你也清楚，你爸还有个亲儿子，现在和他妈就跟在你爸身边，你不怕哪天……"

"可能是我外公早就预想到有这一天吧。"闻桨垂眸，"在蒋远山和我妈结婚之前，外公就让他们俩做了婚前财产公证和财产分割。蒋远山他动不了闻氏。"

而且闻桨的外公在生前还秘密安排了专人，每年会在固定时间对蒋远山名下的所有账户进行一次隐形清查；如果蒋远山有异动，他的账户就会被冻结。

在和婚前协议的两相制衡之下，蒋远山便永远不能把闻氏纳为己有。

闻清之在离世前将这个秘密告诉了自己的女儿闻宋，同样闻宋也在离世前将这个秘密告诉了闻桨。

在这个世界上，除了闻清之安排的人，便只有闻桨知道这个秘密。

许南知有些犹疑："那万一要是蒋远山察觉出来异样，知道你外公的安排，放弃闻氏怎么办？"

"他不会。"闻桨了解蒋远山，尽管他对闻宋多有不忠，但对于闻氏他也是有几分真心的。退一万步来说，就算他真的会放弃闻氏，那也有闻清之安排的人去接管。

"好吧。"许南知叹了声气，轻笑，"我早该想到的，这件事情如果不是在你同意的前提下，是不会传出消息的。"

闻桨知道她是担心自己，但事已至此，也没再多说什么："先吃饭吧，我都饿了。"

"跟我出来还能饿着你？"许南知抬手叫来服务员，点了几个闻桨平常爱吃的菜。

等吃得差不多了，许南知叫来服务员准备埋单。她刚拿出卡，就听到服务员说："女士您好，您这桌已经埋过单了。"

许南知和闻桨皆是一愣，但很快又反应过来。许南知收了卡，轻笑出声："得，他这是故意让我心里难受别扭呢。"

闻桨不置可否："没事，我还欠他一顿饭，等回头我一起还了。"

许南知点头点了一半，又翻出刚刚那张卡递给闻桨，交代道："到时候你用我这张卡埋单，密码是我生日，埋了单一定要记得和他说，这是我许南知的卡。"

"……"

先不说闻桨和池渊到最后能不能成，反正许南知和池渊这梁子今天算是结下了。

两个人又都是好胜的性格，以后再碰面还指不定怎么闹了。

闻桨一想到那场面，太阳穴突突地直跳。

真是头疼。

虽说是向宁琛约池渊出来，打的名头也是想感谢池渊之前替他和成渝在向父、向母面前兜住了事，但到最后埋单的还是池渊。原因无他，只不过就是池渊觉得自己比他们俩都大，不想花弟弟们的钱罢了。

埋单刷卡的时候，池渊顺便问了句："外边十六号桌埋单了吗？"

服务员看了眼系统，说："还没有。"

"行。"他笑，"一起记我账上吧。"

"好的，先生。"

等签完单服务员拿着账单出去后，向宁琛装模作样地站起身："哥，你坐会儿，我去趟洗手间。"

池渊哪里不知道他打的什么主意，抬眼看他："顺便再去看看十六号桌是什么人是吗？"

向宁琛笑："没，我就是真的想去了。"

池渊没搭理他。向宁琛三步并作两步出了包厢，剩下个腿折了的向成渝坐在位子上扒拉螃蟹。

小公子哥看着不经事，手还挺利索的，三下五除二就将一只整蟹给拆成腿是腿肉是肉，蟹黄独一份的模样。

向成渝弄完蟹，拿旁边的湿毛巾擦擦手，把盛着蟹肉蟹黄的小碟子放在圆盘上转到池渊面前："哥，你尝尝。"

小朋友的一点心意，池渊倒也没有拒绝，拿筷子夹了点蘸着旁边的酱料吃了一口，叮嘱道："这东西你少吃点。"

"我知道。"向成渝笑了笑，打算给向宁琛也弄一只，低头拆蟹钳的时候随口问道，"哥，外面十六号桌是什么人啊？"

"小小年纪怎么跟你哥一样八卦。"池渊放下筷子，端起杯子喝了口水。他不太喜欢吃螃蟹，一是麻烦，二是那味道他确实吃不来。

向成渝脸皮不似他哥，薄得很，被他这么一说，脸立马就红了。

池渊抬眸看了他一眼，看在他刚刚给自己剥螃蟹的份上，不紧不慢地开口："你也知道我家里准备给我联姻的事情了吧？"

向成渝"啊"了声，点头："知道。"

池渊停下来，琢磨了几秒："外边那桌的人，如果顺利的话就跟我和你都没什么关系，不顺利的话……"

"不顺利的话怎么了？"

池渊低了低头，也不知道是想到什么，笑了一下，笑容稍纵即逝，而后淡声说："不顺利的话，她就是你们未来嫂子。"

向成渝一时没能捋清他这个逻辑顺序，还想问些什么，就见向宁琛从外面走了进来："我说外面是谁呢。"

他走到池渊旁边坐下，语气暧昧："那不是池伯伯给你选的联姻对象吗？怎么，你不会真看上人家了吧？"

池渊睨了他一眼："行了啊，饭我吃了，人也让你看了，没什么事我就先回去了。"

向宁琛知道他这段时间为联姻的事上火，也没敢再多问："行，那你路上注意安全啊。"

"嗯。"

池渊起身拿起搭在一旁的外套，抬脚走出了包厢，路过偏厅，抬眸看了眼，没看到人。

餐厅经理亲自过来送他出门。池渊收回视线，和他聊了两句，到电梯口耳边才清静了。

这边包厢里，向宁琛吃着向成渝拆的蟹肉，随口问了句："你刚才跟三哥聊什么呢？"

向成渝把两人说的话从头至尾重复了一遍，末了，问："哥，你说三哥他是什么意思啊，不应该是顺利的话外边那人才能是我们未来嫂子吗？怎么三哥他说是不顺利呢？"

说起联姻，向宁琛记得两年前池渊刚回国的时候就有过一次。当时他刚从美国留学回来，哪里能接受这安排，撒泼似的大闹了一通之后，联姻的事也就作废了。

池渊当时胡闹的时候，向宁琛虽然没参与但也知道不少，这会儿听了向成渝的话，他心里咯噔一下，想到未来可能会发生的一些场景，忽然觉得有些不忍直视："他说的不顺利，大概是他的抗婚之路吧……"

第二天是大年三十，闻桨休假在家，早起去了趟城郊的舟山墓园。冬日的清晨雾气弥漫，墓园四周绿树荫蔽，风声呼啸。

闻桨在山脚下停好车，从车里拿出在路上买的花束，去墓地管理处登记身份信息。

管理处的工作人员是位老人，早前和闻桨打过几次照面，在等她填写信息的间隙，叮嘱道："山里温度低，这又是大过年的，你就不要在里面待太久了，祭拜完早点回家吧。"

闻桨轻轻颔首："我知道，麻烦您了。"

登记完信息，她抱着花束沿着一旁长石阶径直朝里走，最后停在石阶尽头的两块黑色墓碑前。

左边的碑上刻着慈父闻清之、慈母宋致岚，立碑人是女闻宋、婿蒋远山、外孙女闻桨。

右边，慈母闻宋，立碑人是女闻桨。

闻桨将怀中的花束分别放在两个墓碑前，然后从包里拿出一块干净的手帕，小心地擦拭着镶在墓碑上的照片。

"外公外婆，妈，我来看你们了。"闻桨顿了下，收回手低垂着眼眸，"又一年过去了，我还是很想念你们。"

闻桨小时候，父母工作繁忙，她算是外公外婆带大的孩子。七岁之前，闻桨的记忆都是闻清之手把手教自己读书识字、宋致岚搂着自己在葡萄架下数星星的场景。

那时候尽管没有父母的陪伴，可她却从来不缺少任何一点爱。

两位老人虽然宠她却从不溺爱她，闻清之教她"靡有不初，鲜克有终"，宋致岚便教她"生当复来归，死当长相思"。

他们闻家的孩子从来都不会是什么泛泛之辈。

后来，在闻桨读初三那年，宋致岚因病离世，闻清之悲恸过度积思成疾，在一年后撒手人寰。在这之后，闻宋就将闻氏大部分产业迁移至平城，那里是宋致岚的娘家。

闻桨在平城居住了一年之久，才从两位老人离世的悲痛中走出来。为了照顾她，闻宋将公司的大部分工作都放权给了蒋远山。

闻桨高中毕业那年，闻宋和蒋远山因为她的志愿而吵了一架。

闻桨想学医科，蒋远山却想让她学金融，好在将来接手闻氏，而闻宋却只想尊重她自己的选择。

闻宋告诉闻桨，闻氏对她来说不是责任，只是选择，她可以做任何自己想做的事情。

她会是她最坚强的后盾和退路。

……

耳边是呼啸的冷风，闻桨抬手摸了摸闻宋的照片，脑袋靠过去轻轻地抵在墓碑上，就像小时候被母亲搂在怀里一样。

她垂着眸，无声地流着泪，冷风很快吹干所有的痕迹。

不知过了多久，闻桨抹了抹脸，跪在两块墓碑前磕了几个头，又将落在旁边的枯叶捡干净后，才起身离开。

到了山脚下，闻桨停在管理处的窗口前，没看到人，便从钱包里拿出几百块钱压在窗台前的登记簿下，然后转身走向旁边的临时停车场。

没走几步，碰见老爷子端着饭盒从值班室出来，眉目和善地和她打招呼："回去了啊？"

"嗯，回去了。"闻桨上前扶他一把，"山里路不好走，您多注意。"

"一把老骨头了。"他摆摆手，"我没事，你快回去吧。"

闻桨和他告辞，随后坐进车里，驱车离开了墓园。

回去的路上，闻桨接到许南知的电话，问她过年有什么安排。恰好路遇红灯，闻桨缓缓停下车，接话道："没安排，只想睡觉。"

许南知："你能不能有点年轻人的热情？"

路上车多，汽油味弥漫，闻桨关严窗户，依旧提不起什么兴致："年轻人不就爱睡懒觉吗？"

"得了吧，你就是懒。"许南知丝毫不留情面地戳破她，最后替她拿了主意，"你现在起来了吗？要是起来了就收拾收拾来我家这边过年，正好谢路今年也在我家。"

谢路是许南知的师弟也是男朋友，两人在一起六年了，今年已见过家长，不出意外明年就要谈婚论嫁了。

闻桨笑了笑："算了吧，你爸妈见女婿，我去凑什么热闹？我还是等过两天再去给他们拜年吧。"

"真不来？"

"不来。"红灯变绿，停在闻桨前边的车辆一辆接一辆缓慢起步，"不和你说了，我在外面呢。"

许南知也听见她这边的汽笛声，问了句："这么一大早，你去哪儿了啊？"

"出来办点事，挂了。"

"那行，你注意安全。"

"嗯。"

挂了电话，闻桨随手把手机丢在副驾驶位上，一点一点地挪动车辆。过年期间出行车辆剧增，哪儿哪儿都堵车，也是最容易发生交通事故的节点。

这才刚走出两三米，车流后边突然传来"嘭"的一声，紧接着便是成串的急刹声和碰撞声，饶是反应足够快的闻桨也免不了成了这追尾大军里的一员。

遭殃的车主纷纷从车内下来，站在寒风中联系交警，联系保险公司，联系家人。闻桨没什么人可联系的，只给保险公司的工作人员打了个电话。

对方问清出事地点后告诉她会立即安排人员过来交涉。

她揉了揉太阳穴，坐在车里没出去。

闻桨后边是一辆和她同车型的轿车，车内是两个年轻男人。开车的那位见闻桨迟迟没下车，边解安全带边和坐在副驾驶位的人说话："我去问问前边这人什么情况，你找人过来接我们。"

坐在副驾驶位的人懒懒地应了声。

肖孟下了车，先看了看两辆车的受损程度，本来就不是事故中心，所以问题也不严重，然后上前敲了敲车主的车窗玻璃。

闻桨刚准备下车，听见动静，降下车窗，见车外是一张陌生又清隽的面容。

"你好。"肖孟指了指后边，"我是你后边那辆车的车主，看你一直没下车，以为你……"

话还没说完，闻桨就明白过来，这是怕她出意外晕倒在车里了。

她穿上外套，从车里出来，正好前车的车主也过来找她。三个人站在路边各自交换了联系方式，顺便又聊了些赔偿的事宜，最终达成一致：交由各自的保险公司全权处理。

他们刚聊完，交警也来了现场。交警挨个登记车主信息，查看情况，好在只是追尾，并没有造成人员伤亡。

最后经过现场勘查，闻桨和大部分车主都不需要担责，在人员信息单上确认签字就能走人，之后的赔偿事宜要么由各车的保险公司出面，要么就是车主当面交涉。

闻桨的车头和车尾都有一定的擦碰，车头较严重，开还能开，就是不太美观。她怕还有什么问题，也不敢随便开上路，打算等会儿跟保险公司的车一块回市里。

另一边肖孟回到车里，问一旁的人："你打电话找人来接了吗？"

唐越珩抓了抓下巴，眼皮微掀，语气带着浓浓的倦意："在路上了。"

"那等吧。"

车里车外都在等人。

过了许久，闻桨终于等来保险公司的人，将现场情况和他说了个大概，最后说道："我跟你的车回市里。"

来的是个小伙子，挺热情的，直接一口应了："成，没问题。"

肖孟和闻桨的车恰好都是一家保险公司，拖车一拉拉俩，一趟就能走个干净。

三个人站在路边，齐刷刷地看着拖车运作，画面莫名喜感。

这期间，肖孟和闻桨聊了两句，唐越珩的脸被羽绒服帽子和口罩遮了个严实，从头至尾都没出声。

闻桨没有打探别人隐私的习惯，也没多关注。

之后，肖孟接了个电话，没多会儿一辆黑色的 SUV 从远处开了过来，停在他们跟前。唐越珩先坐了进去，肖孟礼貌性地问闻桨需不需要搭顺风车。

"不用了。"闻桨说，"过会儿我跟他们车……"

话音未落，驾驶位的车窗缓缓降了下来，池渊坐在车里，挑着眉看她："这么巧？"

闻桨抿唇，没说话，大概也是没想到世界这么小。

肖孟一看这情形，乐了："认识？"

岂止是认识？要不是池渊对闻桨不上心，那他今天就不是来接肖孟和唐越珩了。

池渊胳膊搭着窗沿，一身红色毛衣衬得他格外白："上车吧，反正都往市里走。"

闻桨想想也是，搭谁的车不是搭，也就没推辞："那麻烦了。"

多熟悉的几个字，池渊轻啧了声，怀疑她上辈子是不是麻烦精的亲戚，这辈子只会说麻烦了。

车里，肖孟和唐越珩坐在后排。闻桨上车之后，看到摘了帽子和口罩正闭着眼在睡觉的唐越珩，有一瞬间的惊讶。平常只能在电视里见到的人，这会儿忽然就跟自己坐在同一辆车里，任谁都会觉得有些玄幻。

闻桨近几年很少追星，但架不住唐越珩的热度高，晚间黄金档在播的几部剧里都有他的身影，不想留意到都难。

肖孟主动和闻桨搭话："我和越珩都是池渊的发小，刚才在外面是怕被人认出来，所以才没介绍你们两人认识。"

闻桨表示理解，毕竟唐越珩也不是什么十八线小明星，现在正当红，各方面都会受到关注。

又说了几句，肖孟见池渊总是不搭茬，任由自己和闻桨瞎聊，心里也估摸出什么，渐渐就收了话。

车厢内没了话音，闻桨头挨着椅背，暖气扑面，一上午的混乱就这么轻飘飘地被吹散了。

到了市里，闻桨先下了车，池渊也没挽留，也没说帮忙送到目的地，说是顺路捎回市里就是只到市里。

等人走了，肖孟从后边挤到副驾驶位，调侃道："这不像你的风格啊，对人没意思还多此一举假绅士。"

要他说，池渊刚刚干脆就别露面，隔着一层车玻璃，谁知道你是谁。

"对人没意思是一回事，别人有难搭把手是另外一回事，别混为一谈。"池渊单手扶着方向盘，变到左转弯的道上，偏头看了眼肖孟，语气不留情面，"好歹小时候也是扶老奶奶走过马路、捡一分钱也要交给警察叔叔的人，怎么长大了一点爱心都没有了。"

肖孟骂了声，回怼道："幸亏你对闻桨没意思，要不然就你这张嘴一天到晚叽叽叽的，迟早也是要凉。"

"我凉不凉不知道，反正我看你倒是不一定。"池渊笑了笑。

要不是考虑到他把控着一车人的生死，肖孟差点就要动手了。

前面一个路口过去几百米就是唐越珩的住处，池渊的车还没靠过去，眼尖的肖孟"哎"了声，忙拦住他："别、别、别过去了，门口有粉丝在蹲人。"

池渊径直从小区门口开了过去，等走远了，才从后视镜看了眼刚睡醒的唐越珩："你这次回来过年不是私人行程吗，怎么还会有粉丝过来？"

唐越珩抬手向后拨了拨额前的碎发，露出硬朗眉骨，语气很烦："不是粉丝，是私生饭。"

私生饭大概是娱乐圈里比狗仔还恶心的存在了，黏着你，跟着你，恨不得时时刻刻知道你的动向。

唐越珩自从走红之后，身边便多了不少这样的存在。所以他这次从剧组回来特意买了航班票却没去，让刚好在同城出差的肖孟顺便捎自己回来。

池渊不了解他们娱乐圈这些乱七八糟的事情："那我现在直接把你送去你爸妈那儿？"

"好。"

池渊方向盘一打，拐进了高架桥旁的辅道。

在路上，池渊手机进了个电话，肖孟拿起来一看："是池伯母。"

池渊出门那会儿和池母打过招呼，这时候池母来电话估计也就是问他什么时候回去，他没怎么在意："开免提接吧。"

"得。"肖孟支着胳膊，手机捧在半空。

池母在电话里说："今年年夜饭你爸打算两家一起，你和闻桨联系一下，看看什么时候方便过去接她。"

"闻桨？"肖孟冷不丁冒了个声，"伯母，那可太不巧了，池渊刚把人从车里给赶下去了。"

闻桨接到池渊电话时才刚刚在店里坐下。大年三十的白天，连市中心都有不少商铺闭店歇业。

附近最近的商场离这也有一两公里，闻桨虽然饿得难受但也不是饥不择食，索性沿着街边一直往前走，最后在一个不起眼的小巷子里看到一家还在营业的馄饨店。

闻桨点了碗鸡汤小馄饨，等馄饨上桌时看到池渊打来的电话，以为是自己又落了什么东西在他车上，接通了，却听到他问："你现在在哪儿？"

闻桨说了个模糊不清的回答："店里。"

那边隐隐有笑声传出，他又问："具体位置。"

闻桨没说，却问："你有什么事吗？"

"晚上两家人一起吃饭，要我过来接你。"

他说的是"要我过来接你"而不是"我过来接你"，虽然只差一个字，但意思却大不相同，闻桨大概猜出这或许又是他父母的安排。

她没再多问，报了个位置。

电话挂了，馄饨也端了上来，闻桨先喝了口汤，然后往汤里加了两勺辣椒油，才开始吃馄饨。

十多分钟后，闻桨又收到池渊的短信。

到了。

闻桨给他回了个"好"，起身往外走，出门一抬眼就看到那辆熟悉的黑色 SUV 停在门口。

闻桨走过去，见还是之前那几个人。肖孟又坐回后排，唐越珩这会儿也清醒着，看到闻桨，只是点了点头："你好。"

闻桨也点头应了声："你好。"

等车重新启动，闻桨问池渊："不是晚上才在一起吃饭吗？"

没等池渊回答，后排的肖孟扒着前排座椅，往前倾身："对，你们是晚上吃，中午是我们几个一起吃。"

闻桨下意识想拒绝。从市郊回来的路上，她感觉出池渊并不想把她和他的好友圈联系在一起，但现在她人都已经在车上了，再拒绝就显得矫情了。

肖孟借着这个话题又和闻桨聊起来，这次他好像没怎么顾及池渊，有什么问什么："你们急诊科平时是不是比其他科要忙一点啊？"

"差不多，每个科室基本上都会很忙。"

"哦，那还是挺辛苦的。"肖孟手指动了动，"你以前是不是不在溪城啊？好像都没见你出来玩过。"

他们这群富家子弟平时没什么事，就爱玩，圈子里阶级分得明显，身家背景差不多的才会玩在一起。

既然能和池家联姻，想必也不是什么小门小户，但是肖孟却从来没听过闻桨这号人。

闻桨微微歪着头看他："我之前一直在外地读书，去年才回来。"

肖孟恍然："难怪呢。"

之后，肖孟又问了些杂七杂八的事情，闻桨挑着能说的说了，不能说的就随便提几句敷衍过去。

到了吃饭的地方，池渊直接把车开进了 VIP 停车场。肖孟先下了车，唐越珩在后座摸摸索索地戴上了帽子和口罩。

"走吧。"池渊拿着手机，从驾驶员一侧下车，闻桨跟着从另一侧下车，四个人迈步往电梯口走。

虽是 VIP 停车场，但也不能确定唐越珩会不会被认出来，所以他步子走得很快，肖孟就跟他的经纪人一样，小跑着跟了过去。

闻桨落一步步步落，很快就和他们走成了一条竖线。池渊下了车就在低头看手机回信息，没怎么注意。等回完信息，他才反应过来旁边没人，也没往后看，只是放慢了脚步等着闻桨跟上来。

吃饭的地方叫岳阳楼，取自范仲淹先生的《岳阳楼记》，是个历经百年的老字号，从风雨飘摇的民国时期一直经营至今，来往的大多都是些商政名流，隐私性很强。

池渊他们是这里的常客。经理接了消息，亲自到电梯口候着，等人来了就把他们直接带到了他们之前常去的包厢。

沿途路过一间名为汀兰园的包厢，闻桨还在欣赏摆在门口的兰花，包厢门却忽然被拉开了。

一个样貌出挑的男人从里面走出来，一身白衣黑裤，腰间的皮带将他的身形勾勒得匀称修长。

如果有心细看，会发觉他和闻桨的眉眼有三分相似。

闻桨没想到会在这里碰见蒋辞，眉头轻蹙，收回了视线。蒋辞知道闻桨不待见自己，也没自讨没趣，只是停在原地和池渊打了声招呼。

蒋辞现在明面上是蒋远山身边人带来的孩子，算是他的继子。之前在蒋宅，池渊和蒋辞打过照面，算不上陌生但也不算是熟人，在外面碰见了也不能全当看不见，打声招呼点到为止。

池渊和蒋辞说了两句，回头看闻桨，见她垂着眸不上前，估计也意识到什么，笑说："那你忙吧，我们先过去了。"

蒋辞："好，我也不耽误你们吃饭了。"

闻桨目不斜视地从蒋辞身侧走过，等走远了，肖孟搭着池渊的肩膀问："刚才那人谁啊，怎么以前没见过？"

池渊睨了他一眼："你家住海边吗？管这么宽。"

"……"

到了包厢，池渊照着平时的习惯点了几个菜，然后让包厢侍者把菜单拿给闻桨："你看看有没有什么想吃的，随便点。"

闻桨加了两道这里的招牌菜。

池渊最后又看了眼，觉得差不多了："行了，先就这些吧。"

"好的。"侍者拿着菜单走出去。

肖孟好像对刚刚在外面碰到的男人格外感兴趣："哎，那人到底谁啊，你搞得这么神秘。"

池渊拿起桌上的茶壶给自己倒了杯热茶，顺手又给闻桨倒了一杯，四两拨千斤，就是不说透。

闻桨握着小陶瓷茶杯，指腹被烫得发热，很快收回手，站起身："我去下洗手间。"

池渊看了她一眼，什么也没说。

等人走出去，肖孟"咦"了声："你怎么不跟她说这里面就有洗手间？"

一直没怎么说话的唐越珩出了声："还不是因为你？"

"我？"肖孟一脸疑惑，"我怎么了？我又不介意她在这里面干吗。"

"你不介意人家介意。"池渊懒懒地往后靠，手臂搭着桌沿，露出一截手腕，腕骨精致，往前是白皙修长的手指，骨节分明，指甲剪得干净圆润。

池渊语气淡淡的："刚才那人是闻桨父亲的继子。"

肖孟："……"

池渊端起茶杯，杯口冒出的热气将他眉眼间的清冷消减了几分："人家是给你留面子才主动出去的。"

肖孟回想起自己刚刚打破砂锅问到底的模样，十分后悔："那我刚刚岂不是一直在往她伤口上踩？"

池渊轻笑："你哪是踩，你是在上面蹦了个迪。"

肖孟："……"

闻桨意识到池渊是顾及自己才一直没说破，所以她主动出来，给他把话说清楚的机会。她既然不是真的要去洗手间，从包厢出来之后也没走远，顺着仿古式的走廊往前走了一小段距离。

走廊两侧的墙壁上刻着的都是些不同书法字迹的《岳阳楼记》，行书、草书、楷书、隶书，比比皆是。

闻桨顺着行书字迹的走向边走边看，旁边的偏厅有说话声传出，应该是在打电话。

"……您记得吃药，我还在外面。"

"忙完就回去陪您，让刘嫂多准备一点饺子……"

闻桨听出是蒋辞的声音，也明白他是在和谁通话。她刚要转头回去，蒋辞却已经挂了电话，转身掀开帘子，从里面走了出来。

"只是路过，不是故意偷听你接电话。"闻桨对他实在是没法有什么好脸色，一句话已经是极限，说完就要走。

蒋辞却突然叫住她："闻桨。"

她深呼吸，转头看他，语气冷冷的："有事？"

"晚上爸……蒋叔叔吃饭的时候，你记得提醒他不要喝太多酒。"

平心而论，蒋辞其实是个很孝顺的孩子，只不过这份孝顺在闻桨眼里看来格外的膈应人："你不是他儿子吗？你自己跟他说不就行了。"

"闻桨……"

蒋辞还想说些什么，但她一个字都不想听，转身就走了。

等再回到包厢，沉浸在情绪中的闻桨并没有注意到肖孟整顿饭吃下来，一直对她特别关照。到最后一道清蒸蟹端上来时，他竟然还亲自动手给她剔蟹肉，闻桨这才回过神来，意识到他这份不合时宜的关照。

闻桨也知道他大概是向自己表示歉意，但毕竟这事又没法摆上台面去说，所以只能用行动去弥补。

"我对海鲜过敏，吃不了这些。"闻桨看着肖孟，"不用麻烦了，我没事的。"

肖孟轻哼了声，收回手笑道："那你就没有口福了，这可是南边特供的海蟹。"

闻桨笑笑，没说什么。

吃过饭，四个人打道回府。电梯里，肖孟问闻桨："你有没有什么喜欢的明星，改天我让唐越珩去给你要个签名照。"

闻桨："我不怎么追星。"

"我看你也像是不追星的人。"肖孟拍着唐越珩的肩膀，"面前站了个顶流你都没反应，估计在这圈里也没什么是你能看得上眼的了。"

唐越珩白了肖孟一眼："您可别这么抬举我。"

"我怎么就是抬举你了，我这是实话实说。"肖孟回头看池渊，"二少，我这话没毛病吧？"

池渊抬眸："话没毛病。"

"你看。"肖孟一摊手，更觉得自己说得对。

"人看着倒像是有些毛病。"池渊说。

"……你是不是一天不怼我浑身不畅快？"

话音刚落，电梯刚好到负一层。"叮"一声，梯门缓缓打开，池渊刚想说些什么，余光往外一瞥。

嚯，全是人。

再按关门已经来不及了，这些不知道是私生饭还是粉丝，全都举着手机堵在电梯口尖叫，闪光灯乱晃。

"啊啊啊啊啊啊啊哥哥！"

"唐越珩！！！"

"啊啊啊啊啊啊啊啊啊！"

　　唐越珩反应快，迅速把口罩戴上。肖孟护着他想往外冲却寸步难行，只能在一片尖叫声中骂了几句。

　　闻桨站在最里面，电梯门开的时候什么都没看到，只听见一阵刺耳的尖叫声，还没回过神来，站在身侧的池渊忽然回身挡在她面前，将她的身影完全笼罩住。

　　外面的人不停地往里挤，里面的人又出不去，狭窄的梯厢内很快站满了人。池渊抬手抵着电梯壁面，将闻桨护在这一方小空间里。

　　人越来越多，还有人高举着手机想拍闻桨。池渊挥手挡了下，而后抬手将人往怀里一带，修长的手指虚遮在她脸侧，挡住所有的窥探。

　　"别乱动。"他低头，呼吸微沉，指腹稍稍向里收，指尖在不经意间划过她的脸颊。

　　闻桨鼻尖轻碰着他质地柔软的毛衣，闷闷地"嗯"了声。

　　呼吸间全是清冽低冷的木质花香调，像是萧瑟荒凉的冬日旷野间生长的雪松，凛然独立，混合着藏在草木间的泥土气息。

　　真实而纯粹。

　　一如耳边沉稳起伏的心跳，真实得让人恍惚。

　　停车场这处的骚动只持续了四五分钟，在负一层巡逻的安保人员听见电梯间传来异常激动的尖叫声，很快就带人赶了过来。

　　这群疯狂的女生不消一会儿就被体格强壮的安保人员给控制住了。

　　酒楼的负责人听闻贵客在负一层发生意外，也在不久后赶了过来，满脸战战兢兢地和池渊致歉，然后又说："下次您再来，直接通知我一声，我安排人全程护送，我保证绝对不会再发生这种意外。"

　　池渊这时候也没什么心思去管什么下次不下次的事情，语气有点不耐烦："行了，你先把那些人的手机都给我收上来。"

　　不管追不追责，起码要先确认有没有威胁。

　　"好好好，我马上让人去收。"负责人边快步走，边拿手帕擦了擦额头上的细汗，低声交代助理，"赶紧去楼上找几个女员工下来。"

　　"好的。"

　　等收手机的间隙，池渊回到车上。坐在后排的唐越珩早已气得脸色发青，肖孟也好不到哪里去，反倒是闻桨，看起来一脸平静，像是没有受到任何影响。

池渊从置物格里拿了瓶水递过去："喝点水。"

闻桨回过神来，接了过来："那些人都走了？"

"没。"池渊揉了揉眉骨，指尖不小心碰到刚才在混乱间被抓破的地方，眉头一蹙，"得先把她们手机里的照片给删了。"

池渊回头问唐越珩："要报警吗？"

肖孟一肚子火："当然要报警，跟疯子一样，不给她们吃点教训她们就不知道消停。"

唐越珩沉默了片刻，有些无奈地叹了声气："算了，好不容易回来过个年，还是不要闹得太麻烦了。"

"行，听你的。"池渊回过头来，整个人往后靠着椅背，语调拖长了说，"反正都是你的粉丝。"

肖孟抱怨了几句，忽然想起什么，抬头往前看，开口道："闻桨，不好意思啊，吓着你了吧？"

闻桨笑了下，像是为了缓和气氛，语气不似以往那么冷淡："没有，这场面和医闹相比算不了什么。"

车厢内安静了几秒，紧接着便是肖孟憋不住的笑，笑声驱散了先前的不愉快。池渊开了车窗往外看，唇边也带着浅浅的弧度。

过了一会儿，负责人提了个装着十几部手机的塑料箱过来，语气恭敬："密码都清除了，您直接开就可以。"

池渊把塑料箱直接放在车头，车里三个人跟着下来，一人从箱子里拿了一部手机，挨个检查相册。

"这群人是职业私生饭吧，手机里这么多明星的照片。"肖孟笑，"要不然我直接给它来个恢复出厂设置吧。"

池渊垂着眸："你不怕她们找你拼命？"

肖孟想到刚刚在电梯里的场景，后背一凉："算了，多一事不如少一事。"

十几部手机，照片又只有一份，删起来快得很，几分钟的事情。弄完这些之后，池渊把最后一部手机丢回塑料箱里，语气淡淡的："让她们走吧。该怎么做你也清楚，应该不用我交代了？嗯？"

"不用不用，清楚。"负责人赔着笑，"这次是我们的疏忽，值班人员也是被她们糊弄了才不小心把人放了进来。"

池渊"嗯"了声，眼皮轻掀："你去忙吧。"

"好。"

负责人像来之前一样，提着塑料箱风风火火地走远了。

池渊搓捏着指腹，耳边是倏尔的风声。他拉开车门，眉目舒展："走吧，先送你们回去。"

唐越珩和肖孟家在一个区，送完他们俩，车里只剩闻桨和池渊。两人又没了话，沉默了好长时间。

快到师大的时候，池渊停下车："我去买点东西，你要一起吗？"

闻桨摇摇头。她这会儿其实很困，只想找个地方埋头睡一觉，半点都不想动："你去吧。"

池渊也就是顺口一问，也就没再多说，下了车走进了路边的水果超市。

过了一会儿，他提着一袋苹果回了车上。

等到了池宅，闻桨才知道池渊的爷爷奶奶也在家里。上一次她来池宅，两位老人不在，也就没见上面。

这是头一回碰面。他们也知道池、闻两家要联姻的事情，池老爷子没说什么，倒是池老太太趁着没人的时候，拉着闻桨问了句："你和渊渊是什么时候认识的啊？怎么以前没见他带你来过家里。"

闻桨据实回答："才认识没多久。"

老太太"啊"了声，拍着她的手背："那才刚认识就要结婚可不好哟，以后结了婚容易吵架的。"

闻桨不知道怎么回答，却又听她重复念叨着："那不行的，那不行的。"

兴许是出于医生的职业习惯，闻桨总觉得老太太说起话来有些不太对劲，只是第一次见面，总不能就问人家是不是有什么毛病，这太不礼貌了。

不过很快，池渊就和她说明了。他端着洗干净切好的苹果在沙发一侧坐下，偏头低声和她解释："我奶奶半年前患上了阿尔茨海默症，就是你们常说的老年痴呆症，人有时会不清醒。"

闻桨默然，看着老太太慈祥和善的面孔，不由得想起自己早逝的外公外婆，心中陡然一痛。

生老病死是人之常理，闻桨在医院里更是见惯了这些，此时此刻说什么都显得有些苍白无力。

池母在厨房忙活了一会儿，等把鸡汤煲上之后，才空出手来到客厅，刚坐下就看到池渊额角的抓痕，沉声问道："你脸上怎么弄的？"

池渊也没什么不可说的："中午和唐越珩他们一起吃了个饭，出来的时候碰到粉丝了，不小心给挠的。"

闻桨顺势也偏头看了眼，不是太严重，就是几道红痕，靠近左侧太阳穴，不完全站在他左边，都不太能注意到。

"现在这些小姑娘追起星来也太疯狂了。"池母刚准备起身去拿医药箱，又想到了什么，动作一顿，抬头看着池渊，"上次那个酒精棉签是不是都放在你房间了？"

池渊没设防："应该在吧，我也记不得了。"

"那你上去找找。"池母又看着闻桨，"桨桨你和他一起，等找到了还麻烦你帮他处理下伤口。"

闻桨又看了眼池渊额角那处几乎可以忽略不计的抓痕，抿唇点点头："……好。"

池渊："……"

他亲爱的母亲大人还真是无所不用其极地在帮他们俩制造独处的机会。

魔高一尺，道高一丈。

还真的有点玩不过。

第三章

她想跟我试试

房间还是之前那个房间，池渊进去抓起放在沙发上的游戏机："随便坐，我找一下东西。"

　　闻桨其实很想告诉他不用这么麻烦，你这个伤口再晚点处理就可以愈合了，但是为了避免再现"沉默的康桥"，就没有开口。

　　池渊大概这段时间都住在家里，房间里多了不少零散的小东西。他找了一会儿才找到消毒棉签，不过也没真的麻烦闻桨，自己拿棉签对着镜子在处理。

　　之后他们还是不可避免地出现了"沉默的康桥"这一经典场景。

　　许是房间里的温度过于舒适，又或是周围的气息让人昏昏欲睡，闻桨在沙发上坐了一会儿，觉得困意往外直泛。

　　想睡又不能睡，她开始后悔了。

　　她先是后悔不该答应吃饭的事情，再是后悔一开始就不该上车，再往前就后悔今天不该开车出门……

　　闻桨正方方面面都在后悔呢，口袋里的手机忽然震动了下，一条新的微信消息冒了出来。

　　许南知：[图片]

　　点开是谢路和她爸面对面坐在一起下棋的场景。

　　要知道在这之前，许父因为各种原因都瞧不上谢路，甚至说过如果许南知非要嫁给谢路就和她断绝父女关系的话。

　　现在一看，好像也还没有到那个地步。

闻桨：恭喜你，已经向已婚妇女之列成功地跨了一大步。

许南知：别调侃我，咱俩谁先结婚还真说不定。

闻桨：……

提到这个，闻桨下意识抬头看了眼坐在对面的池渊，恰好他也抬头，两人的视线"啪唧"撞在一起。

"有事？"池渊问。

闻桨摇了摇头："没事。"

又沉默。

他们俩不刻意去交谈好像是真的没什么话可聊。

闻桨都觉得稀奇，虽然自己也不是多话的性子，但以往与人相处倒也不至于一句话都没有，像这样沉默到几乎可以忽视对方存在的情况还是头一回碰见。

想来，只能是她跟池渊真的不太合适。

在她的对面，池渊坐在单人沙发上，姿态懒散，眉目低垂，如鸦羽般的长睫遮掩住所有情绪。不知是有意还是无意，他始终沉默着，自顾自地玩着手机。

微信里，是和肖孟的聊天界面。

肖孟：其实我觉得闻桨跟你之前那个联姻对象比起来，简直好太多了。

池渊：废话，她们俩能放在一起比吗？

肖孟：……

肖孟：既然这样，你干脆从了吧。

池渊：你是不是出趟差把脑子也给丢了，尽说废话。

肖孟：那你既然不乐意，干吗不趁早把事情摊开了说？

聊及此，池渊抬起头看了眼闻桨，又垂下眼，敲了几个字。

池渊：总得让人过个安稳年。

池家的新年一如既往地热闹，晚间的时候，池渊的姑姑和舅舅带着各自的家人赶了回来。

客厅里到处都是小孩子玩耍的痕迹。

闻桨被池母以准儿媳妇的身份介绍给大家。之后闻桨便被在场的小朋友给缠住，耳边一直萦绕着各种各样的称呼，一会儿是姐姐，一会儿又是小婶婶，叫错了被纠正过来还要软软糯糯地再喊一声。

比起之前在楼上的清静，闻桨一时还有些应付不来这样欢闹的场景。

最后还是池渊过来把抱着她腿不松的小胖墩给抱了起来，笑道："瑄崽，你妈在家是顿顿给你吃炸鸡腿吗？我都快抱不动你了。"

小胖墩是池渊姑姑家表哥的孩子，才四岁，就已经胖成个球了，但胜在眉眼精致，往后要是长开了也会是个容易招惹小姑娘的样貌。

只是这会儿瑄崽被池渊这么一调侃，就算是小孩子也会有点不好意思，挣扎着要从他怀里下来。

池渊把人放下来，从口袋里摸出颗糖果剥开喂进他嘴里，最后伸出食指抵在唇边，压低了声音哄道："嘘，别和你妈妈说我给你糖吃。"

瑄崽猛地一捂嘴巴，奶声奶气道："不说。"

池渊轻笑，屈指在他脑门上崩了下："去玩吧。"

小胖墩一颠一颠地跑走了。

池渊顺势在旁边的沙发上坐下，抬眸看着闻桨坐在一旁扣手指，看起来好似有些拘谨。

他放在口袋里的手指动了动，开口叫了声她的名字："闻桨。"

闻桨疑惑地"嗯"了声，刚抬起头，就看见有个东西从他那边丢过来，还没反应过来去接，那东西已经落在她手边。

是颗糖。

和他刚才剥给小朋友吃的是一样的包装。

闻桨没拿。

池渊挑着眉，语气带了几分调笑："怎么，还想让我亲自剥开喂你吃？"

听到这话，闻桨忍住想翻白眼的冲动，嘴角敛直，将糖捡起来丢进摆在茶几中央的果盘里。

池渊眉眼稍抬，也没在意。

两人又跟下午在房间里一样，除了沉默还是沉默，连个目光触碰都没有，好似当眼前的人不存在。

蒋远山在不久前来了池宅，正和池父以及池渊的舅舅和姑父坐一起，不知道在聊些什么。

离年夜饭开席还有一会儿，闻桨实在是有些坐不住了，起身去客厅拿了外套，和池宅的用人打了声招呼，然后出了门。

池渊最开始以为闻桨是去了洗手间，十分钟过去还没见她回来，不由得有些惊疑。

不能吧，池家又不像蒋宅修得那么弯弯绕绕，也就两层楼，就这样她还能迷路？

他往后看了眼卫生间的位置，两三分钟的时间里面来回进出了几个人，还不包括跑进去打闹的小孩子。

池渊这才收了手机，起身走出偏厅，从客厅的落地窗看到屋外地面积了一层雪。

院子里，池家的司机正在清扫门前的落雪。池渊走过去，开口问道："刚刚有人出去吗？"

司机停了动作，据实回答："不久前闻桨小姐一个人出去了。"

"知道往哪边去了吗？"池渊又问。

司机摇摇头："闻桨小姐只说很快就会回来，去哪儿没说。"

师大家属院毗邻师大而建，从家属院有直接进入校园的路径，池渊估摸着她会不会是去逛校园了。视线往外一晃，隔着夜色什么也看不清楚，池渊忍不住皱了皱眉头，摸出手机给闻桨打了个电话。

听筒"嘟嘟"响了两声，很快被接通："池渊？"

"嗯，是我。"这会儿又开始飘雪，池渊抬脚走到屋檐下，毛衣沾染的雪花很快化成水珠，声音轻淡，"你去哪儿了？马上要吃饭了。"

"知道了，这就回来。"

电话挂了，一分钟不到的通话时间。

池渊摩挲着手机，进屋前又回头看了眼这深沉如浓墨般的冬夜，神色平静坦荡。

池渊进屋才刚坐下，刚通过话的人又来了电话。

池渊一边摸着凑在自己身边的瑄崽的脑袋，一边接电话："怎么了？不是打算不回来了吧？"

那样正好，最合他心意，毕竟今晚有些话并不太适合当着她的面说。

只是事与愿违。

闻桨平静地叙述着自己的窘境："我迷路了。"

"……"

"麻烦你找个人过来接我。"

池渊这会儿是真笑了："就这么大点的地方，你也能迷路？"

"对，迷路了。"

闻桨的语气硬得很，也不知道到底是谁处于劣势。

池渊收回手，扶着额往后靠："你附近有什么标志性建筑物吗？或者是什么比较特殊的房屋、草丛之类的。"

"有一个小的喷泉，不过现在没有喷水，不知道是不是坏了。"

池渊依然在笑："还有呢？"

喷泉家属院随处都有，不够明显。

"还有……"她似乎在走动，听筒里有鞋底踩过积雪的沉闷动静，"还有一堆被摆成新年快乐的绿植和一个亮着白光的路灯。"

闻桨观察过，沿途走来碰见的路灯都是暖黄色的光，好像只有这一个是亮白色的光芒。

池渊这下终于收了笑容，仔细回忆了下家属院小区里的布局："你顺着路灯的左边往前走，第二个路口右拐走到中间会看到一个小花坛，然后顺着小花坛左边的石子路走到底就到了。"

闻桨沉默着，仔细顺了一遍他的话后，问道："路灯的左边，是我面朝它的左还是背朝它的左。"

"……"

池渊服了："算了，你就站在原地别动，我找人过来接你。"

"麻烦了。"

又来。

池渊听这三个字都听得耳朵起茧子了。

闻桨最开始只是想出来透透气，从池宅出来后，沿着平直的石子路往前走，心里装着事，也没注意自己走远了。

等她到回过神来，周围的环境早已不是自己所熟悉的环境。她只得按照原路返回，中途接了池渊的电话之后，她碰见个岔道选错了路，往下边都是错路，再回头已经不是来时的路了。

新年夜家属院小区里人迹稀少，闻桨也没好意思跑去别人家敲门问路，只得向池渊求助。

闻桨站在路灯下。冬夜里冷风呼啸，刮动四周的绿树，枝叶窸窣作响，格外瘆人。

她学医，是坚定的唯物主义者，不以为然。

倒是别人，好像怕得很。

闻桨低头看着屁颠屁颠跑过来之后就扒着她腿不松开的小胖墩，放软了语气："瑄崽，你怎么出来了？"

"二叔让我来接你。"他仰着头，整个人挂在闻桨腿上，"姐姐，你是不认识回家的路了吗？"

闻桨没去纠正他的称呼，轻点了下他的鼻尖："对呀。"

说话间，有脚步声靠近，来人的影子笼罩下来，闻桨抬起头，看到站在不远处的池渊。

他还穿着上午那身衣服，一路走来，发间眉尾处都落了星点小雪。

这人生来娇生惯养，肤色白皙如雪，眉目如画，站在透亮的白色光晕里，带了点不真实感，要不是那身嫣红的毛衣，闻桨倒以为他是从天而降的天使，来到人间普度众生。

对视片刻，天使淡淡地开了口："还不走，你是想冻死我还是想冻死你自己？"

"……"

哦。

他才不是天使，也不是来普度众生的。

他是厉鬼毒舌怪，来气死人不偿命的。

回去的路上，瑄崽说什么也不肯自己走路，非要闻桨抱着。闻桨没辙，只能抱着他往回走。

小孩子还真是有些重量，闻桨两只胳膊都吃了劲，还是有些兜不住："瑄崽，姐姐有点抱不动你，你自己走可以吗？"

瑄崽默默地从她怀里下来。一旁的池渊像是想起什么，挑着眉笑道："姐姐？你让他管你叫姐姐？"

闻桨："有什么问题吗？"

"有，问题可大了。"池渊停住脚步，摸着瑄崽的脑袋，"来，瑄崽，你告诉这位姐姐你叫我什么。"

瑄崽握着闻桨的手，大声喊道："二叔。"

"……"闻桨瞬间闭嘴。

池渊像是终于扳回一局的样子，笑得春风得意，连眼角都笑出了小细纹。他背对着光，眼睛细长敛直，鼻梁高挺。

五官利落成熟，笑起来却像个小孩子一样，毫不顾忌。

很快，他笑够了，弯腰将瑄崽抱在怀里，眼睛直勾勾地看着闻桨，神情散漫慵懒，说话时语调被刻意拖长，带着几分笑意，格外不正经。

"来，二叔抱你回去。"

他们回去之后没多久，池家的年夜饭就开席了。满满坐了一桌人，池母特意将池渊和闻桨的座位安排在一起。

落座的时候，瑄崽推着自己的宝宝椅，非要挤在他们俩中间。他妈妈，也就是池渊的表嫂桑槐忙迭过来抱走他："瑄崽乖，过来和妈妈一起坐，让你二叔和二婶好好吃顿饭。"

小孩子也不懂大人的苦心，只是想要个满意的结果，哭着嚷着非不走。见状，池渊起身把人抱了回来："算了大嫂，他想坐就让他坐这儿呗，反正也碍不了什么事。"

"你就宠着他吧。"话音刚落，桑槐抬头看了眼池母，一脸无奈。

池渊拿纸巾擦掉瑄崽脸上的泪痕，伸手把宝宝椅拖过来放在自己和闻桨中间，然后把小胖墩放了进去，伸手捏捏他的脸颊，抬眸对上闻桨看过来的视线，声音含笑："想吃什么让这个姐姐给你夹。"

闻桨没忍住翻了个白眼。

坐在池渊左手边的时呈听了这话，胳膊往池渊脑后一拍："乱叫什么呢，别教坏我儿子。"

池渊往后靠着椅背，胳膊搭着宝宝椅的沿角，慢悠悠道："这可不是我教的。"

闻言，闻桨攥紧了手指。

她想打人。

不过好在池渊及时止损，没再多说什么。

一顿饭吃得其乐融融，如果能除去中途池渊不知是有意还是无意叫了她一声大侄女，闻桨在往后回忆起这顿饭时，可能心情还会更好点。

饭后，小朋友被带出去放焰火玩，池渊和闻桨还有他们同辈的兄嫂被留在客厅里，听着长辈们聊天。

闻桨大概能猜出来他们要说些什么。

果不其然，还没聊几句，池母忽然握住闻桨的手，笑道："我们两家长辈之前商量过了，打算等过了这个春节，天气暖一点了，就让你和池渊订婚。"

订婚并不是闻桨所期待的结果，却是她不能拒绝的决定，可不是所有人都像她一样这么身不由己。

安分了这么长时间的池渊，在今晚终于忍不住露出自己叛逆的棱角。

他站起身，居高临下地看着众人，视线却刻意略过闻桨，微敛的眉眼情绪未明，语气淡淡地逐字逐句道："订婚的事情，我不同意。"

池母笑着打圆场："也是，你们年轻人都不兴这个流程，但这毕竟是两家人……"

"妈。"池渊打断池母的话,"你这么聪明就别装傻了,你知道我不是那个意思,我从始至终都不同意的只有联姻这件事,和订不订婚没有关系。"

池父厉声喝道:"池渊!"

池渊没再多说什么,沉默着站在众人的对立面。

场面一时间有些僵持不下。

时呈拉着池渊的胳膊,想让他坐下来,少说两句,只是他始终站着没动。

在所有人都默不作声地坐在原地,只有他独自一人站在那里,承受着所有的压力和逼迫时,闻桨忽然觉得他像一位孤勇的战士。

身单力薄,却所向披靡。

只是可惜,成败或许却早已注定。

池渊被池父叫去了书房,蒋远山带着闻桨从池家告辞。

临走前,池母俞宛和闻桨说了好些话,大意就是让她不要把池渊的话放在心上,池渊只是性格比较执拗,人品没什么大问题。

总而言之,他还是个良婿,是个可以托付终身的人。

闻桨没反驳,也没认可。

回去的路上,蒋远山许是在席上喝多了酒,靠着椅背闭眼假寐。

期间,他放在西装裤口袋的手机因为震动不小心滑落出来,掉在他和闻桨之间的空隙处。

闻桨偏头垂眸看了眼,来电显示写着两个字——儿子。

她平静地挪开视线,看着窗外一闪而过的斑斓灯光。

过了一会儿,蒋远山似乎察觉到什么,从半梦半醒间清醒过来,手顺势往下碰到了自己的手机。

他拿起来看到一通未接来电,又侧目看了下闻桨,什么也没说,只是把手机放回了另一侧的口袋里。

半个小时后,车子停在一幢别墅前。

闻桨坐在车里,看着眼前这幢灯火通明又分外熟悉的建筑,心里忽然涌出许多复杂的情绪。

这里是闻宅，是闻桨曾经生活了十几年的家。

司机已经下车候在外面，蒋远山抬手覆上车门把，温声说："你很久都没回来了，今晚就住在这里吧，家里的老人都很想你。"

宋致岚和闻清之去世之后，闻宋和蒋远山就带着闻桨以及侍奉闻家多年的老人搬去了平城。闻宋出事之后，蒋远山又带着这些人搬了回来。

后来，又断断续续发生了些事情，蒋远山搬出了闻宅，闻桨怕睹物思人，也一直都没再回来过。

闻宅十多年如一日，没什么变化，甚至连院子里的葡萄花架都依然保留着。闻桨一路走来，万般回忆。

等见到从小照顾自己的容姨时，闻桨眼眶倏地一热，哽咽道："容姨。"

"哎。"岁月已逝，给人带去许多痕迹，容姨的身体已不似从前硬朗，步履蹒跚地走上前来，拉着闻桨的手，像小时候一样，红着眼眶笑道，"桨桨回来啦。"

闻桨心里难受，捏着她的手，"嗯"了一声。

容姨有三四年没见过闻桨，也知道她这些年在外面过得不太好，将她上上下下打量了好几遍，才去招呼蒋远山："姑爷也回来了啊。"

蒋远山点了点头："外面冷，进屋说吧。"

三个人进了屋。

这些年虽然蒋远山和闻桨都不住在这里，但蒋宅仍然留着些用人，以前是跟着容姨照顾闻家人，现在是闻桨吩咐留下来照顾容姨的。

容姨已经年过六十，中年丧夫，膝下也不曾有过一儿半女，把自己的一辈子都奉献给了闻家。

这份情，既然承了就得还。

容姨拉着闻桨说了些话。容姨下午就接到蒋远山的电话，说是晚间吃过年夜饭会带着闻桨回来，所以也就没准备什么，只按照习俗备了些鸡蛋和桂圆，打算等守岁的时候来吃。

等蒋远山回了房间，容姨低声问闻桨："你现在是不是和你父亲还闹着矛盾哪？"

是闹矛盾吗？

闻桨也说不好，她现在更多的只是不能谅解罢了。

"没有，我跟蒋……父亲现在挺好的。"闻桨不想让老人家这么大年纪了还跟着操心，并没有说实话。

容姨叹了口气。在闻家这么多年，她是看着这一个家逐渐热闹起来又逐渐冷清下来的，心中不能说一点感触都没有，只不过她始终是个外人，有些话不好说，也说不上。

"容姨知道你跟你父亲这么些年其实过得并不愉快，但人的一生只有那么短，千万不要做让自己后悔的事情。"

闻桨垂着眸，话听进去一半，又开始抠手指。

容姨笑着她："都这么大的人了，怎么还留着这小习惯。行了，容姨也不多说了，你心里有数就好。"

聊了一会儿，容姨年纪大困得早，回房休息前叮嘱闻桨在零点之前叫醒她："别忘了啊，我还得给你们煮元宝蛋吃。"

"好，不会忘的，您去休息吧。"

闻桨将容姨送回卧房，就去了二楼，路过主卧时，隔着没关严的门，听见蒋远山不停歇的咳嗽声。

她停住脚步，将门推得开了些。

屋里，蒋远山背朝门口弓着腰站在桌前，手边放着一杯水和一瓶药。隔得远，闻桨没看清那是什么药。

她没多停留，将门轻掩，抬脚回了自己的卧室。

离零点还有二十多分钟时，闻桨从屋里出来，听见楼下厨房有动静，以为是容姨自己起来了。

她边下楼，边唤道："容姨。"

用人过来告诉她："容姨没起来。蒋先生让我们不要去打扰容姨休息，他自己去厨房收拾了。"

闻桨脚步一顿，视线看向厨房，蒋远山的身影映在玻璃门上，影影绰绰，有些模糊。

蒋远山的厨艺很好，早些年的时候，闻家的年夜饭多是他和宋致岚共同完成的。

闻清之算是年少成名、白手起家，年轻时见惯了觥筹交错的浮华，到老了格外排斥这些。

那时候过年期间，闻家很少见客，一直到大年初七过后，家里才陆陆续续有人上门拜访。

许是来到旧处，闻桨总是轻易地想起过去的人和事。

蒋远山早半个小时就进了厨房忙活，等闻桨下楼时，他已经准备得差不多了，便解了围裙走出来。抬头见闻桨坐在客厅里，他又折身回去，盛了两碗桂圆鸡蛋糖水端出来，语气温和："桨桨，来吃点东西吧。"

闻桨没拒绝，抬手将电视音量调高了，屋里立刻多了些欢声笑语，好似热闹了许多。

她坐在蒋远山对面，低垂着脑袋，捏着汤匙舀着糖水喝，圆滚滚的鸡蛋泡在糖水里，周围还浮着几颗桂圆。

是记忆里的味道。

父女俩很少有这么温馨的时刻，两个人都默契地不出声，不想打破这难得的一刻。

过了一会儿，闻桨抬起头来。

屋里开着灯，光线明亮，蒋远山发间掺着的几缕银丝格外显眼。

闻桨放下汤匙，瓷器相碰发出轻微的动静。蒋远山也抬起头看着她，神情温柔敦厚。

沉默片刻，闻桨问："一定要是池家吗？"

蒋远山抿唇，声音平静："就目前的情况来说，跟池家合作对闻氏的好处最大。"

"就算池渊再不同意也还是这样吗？"

"是。"

闻桨垂眸："我知道了。"

当晚，池渊和池父在书房的谈判并不顺利，无论池渊怎么说，池父始终坚持两家联姻的决定。

"你们爱谁娶谁娶，反正我不娶。"池渊负气站在一旁，身形清瘦而修长，眼眸微敛，不悦的气息自然而然地笼罩在他周围。

池父收了怒气，语气温和，像是劝慰："也不是让你们马上就结婚，只是先订婚，往后再慢慢相处。"

"所以呢，结果还不是结婚？"池渊抬眼，神情隐隐有些崩溃，"我说了，我不娶，这话您还要听我说多少遍才明白？"

池庭钟眉目温善，话却不留丝毫余地："联姻的事情，我不是在和你商量，这是决定，是通知。"

"……"

池渊觉得自己没法跟他爸交流，抬手抓了把头发，往旁边沙发上一坐，心里窝火得很。

池父摘下眼镜，好声好气道："你也老大不小了，你奶奶近些年看着身体也不大好，心里就记挂着你的终身大事。"

池渊"嗤"地笑了一声："我太奶奶那时候身体不好，想让你早点成家，我也没见你随便拉了个人就结婚了。"

"你没出生的时候发生的事情，你能知道什么？"

池渊低头看手机，嘀咕道："我知道的多着呢。"

池渊不仅知道池父没随便拉个人结婚，还知道他试图和池母私奔，结果被池老爷子在车站给抓回来挨了一顿打，躺了半个月才能出门见人。

要不说池渊这一身叛逆骨能从哪儿来？

还不都是从他爸身上继承来的。

冷不丁被儿子掀了老底，池庭钟觉得有些不大好意思，正琢磨着再说些什么，池母端着一盘切好的水果走了进来。

池父犹逢大赦，忙起身接过水果："你这儿子不管好话坏话，一句都听不进去，话不投机半句都嫌多。"

池渊"哎"了声："您可别污蔑我，您说什么我可都听了，至于结果，只能说我们意见不合。"

池母在池渊身旁的沙发上坐下，抽了张纸巾擦擦手："说吧，你要怎么样才肯答应联姻？"

池渊觉得有些好笑："妈，我现在还能叫您妈吗？我到底是不是你亲生的啊？你就这么迫不及待地想把我给嫁出去。"

"你要是真能嫁，我和你爸就不用这么费心了。"

"……"

绝对。

他绝对不是亲生的。

他要离家出走。

池母看着他："你从国外回来到现在，不去公司帮你爸的忙，自己在外面瞎忙活我们也就不管了。你平常怎么爱玩，我和你爸也从来没说过你什么。就连你不想一回国就结婚，跑去人家家里胡闹，让你爸和你陈叔这么多年的交情就这么断了，我们也没跟你说过什么重话。"

池渊算明白了，池母这是在翻旧账、打亲情牌，好让自己明明白白地低头。

池母："现在你过了年就二十五了。我跟你爸年纪大了，没什么精力陪你瞎胡闹，就想让你找个我们认同的姑娘定下来，你有这么难接受吗？"

"这不是接受不接受的问题。"池渊气笑了，"您看我们家，从我爷爷到我爸，哪个不是自由恋爱？为什么到了我这里就是父母之命，我在这个家还有地位吗？"

池母一针见血："没有。"

"……"

得，白聊。

聊是聊不出什么结果了，池渊也没心思再聊下去。正好肖孟他们在群里喊着出来玩，他拍拍手直接走人了。

唐越珩被私生饭围堵的事情最终还是被曝了出来，在热搜上挂了一下午。唐越珩还借此发了一条微博谴责私生饭的不正当行为，引起了不少明星的愤慨和抵制。

这件事热度虽然大，但好在团队控制加上资本运转，并没有将在场的其他人暴露出来。

晚上出来玩的时候，唐越珩问池渊要闻桨的联系方式："你把闻桨的联系方式发给我一下。"

池渊坐在卡座的最里面，姿态懒散，像个不问世事的公子哥，闻言，轻掀眼皮："干吗？"

唐越珩："请人吃饭啊！我还能干吗？又不撬你墙脚。"

池渊推开他："滚吧，你自己找去。"

肖孟笑着靠过来："中午不是因为私生饭围堵的事情连累到了闻桨吗？阿珩想跟人家道个歉。"

池渊"哦"了一声，找出闻桨的电话号码从微信发给了唐越珩："没其他的了，就这个。"

唐越珩把号码存入电话簿："你可真惨，连个微信都没有。"

"我那是不想加，又不是多熟悉的人，加微信还浪费我空间。"池渊把手机扔在桌上，语气漫不经心，"反正是没结果的事情，何必搞那么多牵扯。"

肖孟："这位少爷，你这么立 Flag 真的好吗？"

池渊往后靠，脑袋挨着后边的墙壁。包厢里的灯光变化莫测，光影时时落在他脸上，眉眼轮廓分外清晰。话语格外自信："就算是池氏倒了，我池渊的 Flag 都不会倒。"

大年三十的这次见面，是闻桨和池渊在整个春节里最后一次见面。短暂的年假结束后，闻桨回医院上班，年后依然是各类事故的频发期，急诊科的医护人员通宵加班是常态。

闻桨也抽不出什么时间去跟池渊联系，只是偶尔会收到池母既是关心亦是安抚的短信。

她很少能及时查收，但在之后每一条都会礼貌回复。

转眼间，漫长的冬日在三月初的一场春雨中彻底画上句号，溪城迎来新的节气，气温也在逐渐回暖。

周六休息，闻桨出门去 4S 店。

她之前出行的车因为过年时被追尾送去维修，早半个月店里的工作人员就给她打电话让去取车，只不过那段时间工作忙，一直搁置到今天。

取完车临走前，店里的工作人员拿给闻桨一样东西："这是肖孟先生一周前来取车时托我们转交给您的。"

闻桨顿了一下，看了眼外包装，是一款车载香薰。她伸手接了过来，说："谢谢。"

"不客气。"店员将她送出门，"您慢走。"

"嗯。"

回到车上，闻桨打开包装袋，看到里面还放了一张卡片，上面写着一句话。

闻小姐，很抱歉给你带去了麻烦，这是一点小心意。

落款是肖孟。

其实那天车祸追尾的主要责任和肖孟没什么关系，要论起来，他也算是受害者。

闻桨不知道他这份歉意从何而来。

礼物是肖孟单方面赠送，闻桨就算是退也得联系到他本人。但那天她和肖孟并未交换过任何联系方式，所以她只能给池渊发信息。

池渊刚看到手机提示有闻桨发来的短信时，还觉得挺惊讶的，点开一看。

闻桨：你方便把肖孟的联系方式发给我吗？我找他有点事情，麻烦了。

行，他明白了，自己现在就是个联络站。

池渊把肖孟的电话号码给她发了过去，然后把这条短信页面截了张图，在微信上发给了肖孟。

肖孟：哈哈哈哈哈，大概率是要请我吃饭。

池渊：？

肖孟：和你没关系。

池渊：……

另一边，闻桨和肖孟成功联络上。

两人在短信上聊了半天，肖孟觉得可太稀奇了。平时要不是中国电信和一些垃圾信息，他都快要忘记手机还有短信这功能。

肖孟：要不然我们俩加个微信吧，短信快把我话费聊没了。你手机号是你微信吗？是我就加了。

闻桨：是的，你加吧。

肖孟：好。

加了微信，闻桨也没和肖孟多聊，最后问了他明天有没有空，说是打算请他吃饭，顺便把礼物还给他。

肖孟嫌打字麻烦，直接发了语音："还是别了啊，吃饭可以，那么点小礼物就算了，你就当是我撞的你吧。"

话已至此，闻桨再推脱就有些过分见外了。

闻桨只能说好，和肖孟聊过之后，又给池渊打了电话。

池渊刚起床没多久，正坐在桌边吃东西，听了闻桨的话，问："你到底是要请我吃饭，还是要请肖孟吃饭？"

闻桨："我不能……两个都请吗？"

池渊顿了一下："行，这周日是吧，我看看是几号。"

"六号。"闻桨提醒他，"也就是明天。"

"那就明天见，正好我也有事和你说。"

到了周日，闻桨一早便把吃饭的时间和地点发给了池渊和肖孟，完了肖孟说唐越珩估计也会来，问能不能换个地方。

闻桨索性让他们自己挑地方，最后还是定在了上次去的岳阳楼，约了晚上的饭。

因为晚上吃饭这事，闻桨一整天都没出门，除了中午爬起来吃了个外卖之外，其他时间全用来睡觉了。

到了傍晚，她起床收拾，临出门前接到池渊的电话。

他开门见山地说："我们在你小区门口。"

"嗯？"闻桨没反应过来。

池渊又重复了一遍，末了问："你还要多久？"

"五分钟。"

"行。"

挂了电话，闻桨拿上外套和钥匙，从门口衣架处随手拿了只通勤包就下了楼。

池渊今天换了辆车，比起之前的那辆，更显张扬和奢华。

车就明晃晃地停在小区门口，吸引了不少男司机回头注目。

等看到闻桨上了车，又让各位男司机的女伴感到惊羡。有些人出生就在终点，家就住在罗马，没得比。

闻桨没想到池渊他们会过来，本来还打算自己开车过去，这样晚上结束得再晚回来也方便。

上了车后，她轻呼了口气，回头跟肖孟和唐越珩打招呼，之后还跟肖孟说："谢谢你的小礼物。"

"客气了。"肖孟笑，"就一个小东西，别总谢来谢去了。"

闻桨应和着笑了，收回视线的时候看了眼池渊，没再说话。

到了吃饭的地方，酒楼的负责人提前安排了保安守在电梯口，生怕再出现像上次那样的糟糕情况。

池渊和闻桨依然落在后方。

封闭的停车场内空气并不流通，排气扇呼呼作响，顶上的白炽灯洒下明亮的光晕。

"上次的事我不是针对你。"池渊抬眸，侧头看着闻桨，"换了谁，我都一样不会同意。"

"我知道。"要是换作以前的闻桨，大概率会闹得比他还厉害。

"其实，你挺好的，也没有必要完全听你父亲的决定，有时候还是叛逆点比较好。"

闻桨没出声，只是垂眸看着地上的影子。

池渊看了她一会儿，最后还是沉默着撇开视线。他不是她，也不能把自己的想法强加给她。

两人无言到电梯口，肖孟和唐越珩已经搭前一趟电梯走了，这会儿电梯正显示往下来。

池渊站在那里，穿着质地良好的白衬衫，身形挺拔而清瘦，正低垂着脑袋看手机。闻桨停在他身后，身影映过去，落在他背后，呼吸间有熟悉而好闻的木质花香调。

她记得，那天也是在这里，在人潮拥挤里，在他的庇护之间，她和这清冽的香调不期而遇。

闻桨屏息了一瞬，而后平静出声："池渊。"

"嗯？"他回过头，漆黑的眼眸在光亮里格外清澈。

"要不然……"她抿了抿唇角，像是在做一个很重要的决定，过了许久，才说，"我们试试吧。"

停车场内空荡安静，光线明亮，耳边是倏尔的风声，夹杂着车辆启动的沉闷动静。

确定自己没有听错，也不是她一时冲动说错话后，池渊微微敛着眸，仔细回忆自己先前在和闻桨的接触中，是否给了她什么不恰当的暗示。

"闻桨。"他收起平时的不正经和漫不经心，语气难得认真，"你是在跟我开玩笑吗？"

"不是，不是开玩笑。"闻桨像是卸下什么重任一般，长出了一口气，"我是认真的，你考虑一下。"

池渊没说话，仍然盯着她，想不出她这么做的原因。

饶是闻桨再镇定，但怎么着也是生平头一回对一个男人说出"我们试试"这样出格的话，面上虽然没什么，但急促的心跳还是出卖了她的紧张和局促。

幸好电梯抵达的提示音打破了这样怪异的沉默。

她不动声色地咬了下舌尖，轻微的刺痛感掩盖了些许紧张，语气一如从前："电梯到了。"

池渊淡抿着唇，收回落在她脸上的目光，默不作声地走进了电梯里。

之后去包厢的路上，本就话少的两人更是彻底没了话。

心思细腻的肖孟察觉到盘旋在两人四周的怪异气氛，在池渊落座之后碰了碰他的胳膊，试图用眼神询问。

池渊没搭理他，抬眸问唐越珩："点餐了吗？"

"点了，还是上次那些。"话音刚落，唐越珩给闻桨倒了杯热茶，淡笑着说，"上次的事情是我疏忽了。本来之前我也找池渊要了你的联系方式，只是后来剧组磨戏没能抽出时间来，今天难得碰面，这顿饭就算是我给你赔礼了。"

闻桨没想到唐越珩今天过来是为了这事，顿了一下："你的心意我领了，但说好是我请客，所以这顿还是算我的吧。"

肖孟"哎呀"了声，笑道："反正都算是朋友了，谁请都一样。这次就让我们唐影帝破费吧，而且他常年在外拍戏，我们都很少有机会能让他出次血。"

闻桨不再推辞。

吃过饭后，唐越珩还要连夜赶回剧组拍凌晨的一场大戏，经纪人亲自开车来接。

四个人一同前往停车场。

在那里，闻桨见到了唐越珩的经纪人，是个熟面孔。

"闻医生。"站在车旁的宋予行放下手机，抬脚上前几步，温声笑道，"这么巧。"

闻桨笑了笑："宋先生。"

唐越珩勾着口罩的绳边："怎么，你们也认识？"

"一面之缘。"宋予行没细说，抬眸跟池渊和肖孟打了声招呼，又看着唐越珩，"路导那边刚发通知，打算今晚开拍前先去开个讨论会。"

"那走吧。"唐越珩跟他们一挥手，"回见。"

肖孟："路上注意安全啊。"

等车开走了，肖孟搭着池渊的肩："诶，我们怎么弄，是回去还是再去玩一会儿？"

"回去吧。"池渊看了眼闻桨，脸上也没什么神情，"她明天还要上班。"

凭借着之前的相处，闻桨知道这时候说不用送也是白说，索性也没拒绝。不过回去时开车的是肖孟，她和池渊一起坐在后排。

肖孟扣上安全带，抬头从后视镜看了两人一眼，笑道："你俩还真把我当司机了啊。"

池渊："让你当我的司机你该感到荣幸。"

"……是是是，荣幸，特别荣幸。"肖孟打着方向盘，将车开了出去，汇入车道时，随口问了句，"哎，闻桨，你跟宋予行怎么认识的啊？"

"他之前受伤住在我们医院。"闻桨略去了其中捡到外套这一环。

"啊，想起来了，之前是有听说他生病了。"肖孟突然笑了下，"你别说，我们这几个人缘分还真挺深的。"

可不是吗？一群人绕来绕去结果是一个圈。

闻桨和肖孟有一搭没一搭地聊了半个多小时。等到了小区楼下，她从车里下来，关门的时候，忽然弯下腰，视线朝里看："池渊。"

池渊抬眸看着她，车厢内光线昏暗，她又背对着光，模样轮廓影影绰绰，声音在昏暗的环境里格外清晰。

"我今天说的话都是认真的，我希望你可以好好考虑一下。"

池渊倏地眉心一跳，长长的眼睫轻颤着盖下来，眼尾细长敛直，神情有些严肃。

沉默许久，他点了点头："好。"

回去的路上，池渊阖眸靠着椅背假寐。肖孟从后视镜看了他一眼，装作若无其事地问："闻桨和你说什么了？"

他睁开眼睛，看向窗外，语气不可名状："她说想跟我试试。"

肖孟"扑哧"笑了出来："不是吧，我看着她不像眼神不好的人啊。"

池渊："你有病？"

"有，帅病了。"

"有病吃药，哦，你已经无药可救了。"

肖孟"哧哧"地笑。过了一会儿，他收敛了笑意，正经问："闻桨不是知道你不乐意联姻这件事吗？"

"嗯。"

"那她怎么还说这话？"

车厢内忽然安静了好几秒。

然后肖孟听见从后排传来池渊悠悠的，又带着点炫耀的语气："大概是我这该死的无处安放的人格魅力被她发现了吧。"

"……"

谁有病谁心里清楚。

将肖孟送回家后，池渊自己开车回了池宅。家里的阿姨告诉池渊，池父池母出门参加朋友的生日宴会，要晚点才能回来。池渊在客厅里坐了几分钟，吃完一个橘子，起身回房间洗澡。

快十点的时候，楼下传来停车的动静。池渊穿着黑色长袖 T 恤和棉质的灰色长裤从屋里出来，刚洗过的头发软绵绵地垂在额前。

池母进门一抬眼见到他，语气稀奇："能这个点在家里见到你，还真是不容易了。"

池渊下了楼，轻抿了下唇："妈，我要和你谈谈。"

池母和池父对视一眼，后者默契地把客厅让了出来。池母在客厅沙发上坐下，语气淡然："好啊。你要谈什么？"

"联姻的事情。"池渊的目光落在桌上果盘里，"两年前我就和您说过，我以后不想联姻，将来要娶什么样的人，我心里也有数，我记得您当时也是答应了的。"

那时候陈家因为池渊的胡闹刚和池家断了来往，池渊被盛怒之下的池老爷子失手用砚台砸伤了额角，在医院躺着的时候和池母达成了一致。

"是，我是答应了。"池母看着他，语气谆谆，"可你不也没有做到对我的承诺吗？"

"……"

"你说你想先立业再成家，说不想靠我和你爸爸自己做一番事业。我同意了，让你爸不逼着你回来接手池氏，让你自己去闯去试，可你做到了吗？"

池渊垂着眸，没有说话。

"是，你是开了个公司，可你在这个公司里投入了多少心力，你自己也清楚。"池母轻叹了声气，"池渊，你现在是二十五岁，不是十五岁的小男生，你的肩上该要承担起些东西了。"

"所以承担的同时就一定要舍弃些东西吗？"池渊抬眸看着池母，"为什么是闻家，为什么是闻桨？"

"因为合适。"池母避重就轻，"好了，你如果还是想和我说联姻的事，就没什么好说的，这件事已经决定了，谁也改变不了。"

池母起身要走，池渊忽然问："您和我爸是不是允诺给闻家什么了，又或者是你们和闻家达成了什么样的协议？"

"没有。"池母面不改色，"不过是在合适的基础上，双方进一步共赢罢了。"

结束和池母不算愉快的沟通之后，池渊和肖孟在微信上闲聊，言简意赅地将谈话的内容复述了一遍。

> 池渊：你说闻桨为什么要听她爸的话？
>
> 肖孟：可能是人家比较孝顺。
>
> 池渊：……滚吧。

一分钟后。

> 池渊：我知道了。
>
> 肖孟：你又知道什么了？
>
> 池渊：她会不会是对我有意思？
>
> 肖孟：……
>
> 池渊：不过我之前问过她，她还说不喜欢我。
>
> 池渊：我没想到在这么短的时间，她就改变了对我的心意。
>
> 池渊：迷人不是我的错。
>
> 肖孟：……
>
> 肖孟：[你完全是在做梦 .jpg]
>
> 肖孟：[你真把我当憨憨 ?.jpg]

不管闻桨提出试试的原因是什么，在池渊这里，他仍然只有一个想法——不想试也不会试。

兴许是受到家里长辈的恋爱观和婚姻观影响，他在爱情上有一定的洁癖，不想把时间浪费在不必要的社交上，所以也一直没交过女朋友。

比起日久生情，他更向往一见钟情，向往那种一刹那即是永恒的浪漫感。

认真考虑了一个晚上的池渊在第二天一早给闻桨打了个电话，问她今天有没有时间出来见个面。

接到他的电话时，闻桨刚把车开出小区，车上还坐着许南知。许南知公司这段时间安排员工体检，正好就在闻桨所在的医院。

今天是最后一天，许南知才抽了空，搭闻桨的车一起去医院。

约好时间挂了电话后，闻桨将手机放回置物格里。许南知问了句："谁啊？这么早就给你打电话。"

"池渊。"从小区出来连着三个路口都有红灯，闻桨放缓了车速。

"他找你做什么？他不是不同意联姻吗？我听许睿说，他过年那段时间都和家里杠起来了。"

许睿是许南知的堂弟，和池渊他们几个经常在一块玩。

"聊点事情。"闻桨开了点窗缝，"许睿还跟你说什么了？"

"也没说什么，许睿他们跟池渊不过就是酒肉朋友，比不上他身边的那几个，有些事情也只能知道个一星半点。"

闻桨点了下头，随口问道："你和谢路打算什么时候结婚？"

"估计得明年吧。"许南知靠着窗，"我这一年工作是上升期，他博导也给他安排了项目，都空不出来时间。"

"你们这恋爱谈得够久。"

"那也比不上你母胎单身久啊。"

"……"

到了医院，许南知去门诊部体检，闻桨回急诊科上班，走之前交代她："不要喝水，有什么事给我打电话。"

"知道了。"

回到急诊科，主任孟儒川给众人开了个小会，将住在 EICU 里几位情况比较特殊的病人情况单独提了出来。

结束后，孟儒川和闻桨提了下她转为住院医师的事情："本来年前就准备给你提的，医院组织内部遇上考核，就把这件事耽搁下来了。你回去把材料准备一下，这周三之前交给我签字。"

闻桨点了点头："好的。"

"成了住院医师就没有实习医生那么轻松了，要时刻记住我们急诊科是病人的第一道也是最重要的一道安全线。"

"知道了，谢谢孟老师。"

孟儒川笑了笑，目光温和："去忙吧。"

闻桨出了办公室准备去查房，护士方澄和她一起："恭喜啊，终于要转住院了。"

"谢谢。"闻桨双手放在白大褂的口袋里，"和晗姐说一声，中午我请客。"

"请全科？"

"行啊。"闻桨笑，"你埋单。"

方澄不说话了。

虽然请吃饭没有请全科，但下午的时候闻桨还是和其他几位同样转住院医师的实习医生合资买了几个果篮放在办公室里。

陆陆续续忙到下班，闻桨收拾完病历，又去病房看了一圈，等接到池渊的电话后，才从医院出去。

池渊开的还是昨天那辆车，停在医院对面，很显眼。

闻桨知道他今天来是有话要说。坐进车里时，她忽然不想在吃饭时听那些不知是好是坏的话，索性直说道："你想说什么，要不然就在这里说吧。"

池渊侧头看她，并不认同："先去吃饭吧。"

"还是算了吧。"闻桨一本正经地说，"我怕等会儿听了影响食欲。"

池渊被她的话整笑了。

三月春风吹，车外是一长街刚抽条生芽的梧桐树，风从枝丫的罅隙中穿过，带着勃勃生机来到眼前。

他开了车窗，风在车厢里放肆，衬得笑声格外清朗。

闻桨被笑得莫名，侧头看了他一眼。

男人的侧脸在白日的光影里寸寸分明，眼睫如鸦羽般浓密，鼻梁高挺，颊边是因笑而陷的浅浅梨涡。

盯得紧了，还能看到他右额角处有一道不起眼的陈年旧疤。

人好看是好看，但憨也是真的憨。

池渊笑够了，扭头看着她，漆黑的眼眸里还有些许笑意："我饿了，先去吃饭吧，不过我可以等你吃完再说。"

"行吧。"

为了方便，两个人去了上次意外碰见的那家餐厅，就在医院附近，车程本来不算太远，只是赶上下班高峰期，在路上堵了十几分钟。

等到了店里，规规矩矩吃完饭，池渊像是怕她会消化不良似的，提议先去附近的江岸边走走。

闻桨没拒绝。

三月份的天，气温已经有所回暖，晚间的江岸边也多了些人。

两人并肩而行，中间却空着能再站一个人的距离。

大概走了十多分钟，池渊估摸着时间差不多了，垂眸看着地上晃来晃去却始终挨不到一起的两道影子，淡淡开口："闻桨，关于你的提议我仔细考虑过了。"

"嗯。"闻桨不动声色地屏息了一瞬，语气平静，"你说。"

"我觉得——"他停下脚步，目光从地上的影子落到人，"我们可能还是不太合适。"

意料之中的答案，闻桨也说不上失望，点了点头："猜到了。"

她的反应过于平静，一点没有被拒绝之后的难过和不适，池渊心里大概有了数，抬脚继续往前走，语气轻缓："我不知道蒋伯父怎么和你说的，让你对联姻这件事一点抗拒都没有。

"但我清楚你对我除了正常社交外也没有其他的感情，说想和我试试可能也是有什么不得已的原因。

"只是我这个人吧，不太喜欢受拘束，性格又散漫，越是管着我，我就越容易生反骨。

"你人挺好的，我也是真拿你当朋友才和你说这些，要是你有什么——"池渊说到这，忽然想起往旁边一看，这才发现从刚才开始闻桨就垂着脑袋没吭过声。

他顿了一下，停在原地，叫了声："闻桨？"

"嗯？"她应了声，抬头看过去。

夜幕来袭，江岸边鳞次栉比的高楼大厦亮起斑斓闪烁的灯光，沿岸种植的杨柳树垂着枝条，随风晃晃悠悠。

闻桨正好站在明暗交界处。

她今天穿得简单平常，宽松的深蓝色毛衣搭着浅蓝色九分牛仔裤，脚上踩着的是小白鞋。她模样精致，一双桃花眼潋滟动人，只不过神情有些恍惚，就跟受到了什么沉重打击一样。

池渊满腹的话语忽然就不知该怎么说，斟酌半天，才缓缓问了句："你没事吧？"

闻桨悠悠叹气："没事。"

池渊心想，你当我瞎呢？就你现在这样像是没事的人吗！

彼此沉默片刻，他问："你是不是在介意我拒绝你这事呢？"

"没，不介意，你拒绝我很正常。"闻桨姿态落落大方，只是语气颇感惆怅，"我就是在想这江水深不深、凉不凉啊。"

池渊开始慌了。

他还没见过闻桨这个路数的。

上次抗婚让池陈两家断了来往，池老爷子把他脑袋砸了个洞，这次要是闹出了人命，老爷子那砚台估计就要随他一块下葬了。

池渊回忆起过去，下意识抬手摸了摸额角的伤疤，过了几秒又松开手，舌尖抵着唇角舔了下："闻桨，其实事情——"

他想说事情还不到那个地步，还没说完就被闻桨给打断了："你的意思我都清楚了，要是没其他的事情，我就先回去了。"

池渊秉着绅士风度的同时，又怕她真做什么傻事："那我送你。"

"不用，这里离医院不远，我回去开车。"

"那——"

闻桨打断他，轻笑："好歹给我一点难过的空间，成吗？"

"……"

池渊长这么大还没在感情上吃过苦，向来都是他拒绝别人，也没尝过被人拒绝是什么滋味，但在他看来，被他拒绝和她会难过这两件事之间并不应该存在因果关系，毕竟，她又不喜欢他——

等等，那万一呢……

万一她之前是为了引起他的注意才装作不喜欢他的呢？要不然她为什么从一开始就对联姻这件事没意见。

池渊越想越觉得自己有道理，更不敢放她一个人回去。他微蹙眉抿着唇，语气不容拒绝："那我送你回医院。"

"那好吧。"

两人从江边折回餐厅取了车，又回了医院。临了下车时，闻桨解开安全带，抬头问道："对了，你现在有喜欢的人吗？"

池渊动了下手指，指腹揉捏，轻轻摇了摇头："没。"

开！玩！笑！

他又不傻，就算是有也不能在这时候说出来啊，都刺激人家一晚上了，万一不小心再说错话，池渊还怕她给整出什么麻烦的事情来。

闻桨没注意到他那些乱七八糟的心理活动，道了声"再见"，就推开车门走了出去。

池渊坐在车里，看她人走远了，把车开到医院停车场出口旁，等了十多分钟，才看到闻桨的车出来。

前段时间肖孟去交警队处理追尾事宜，在看现场照片时，池渊看到闻桨的车，也看到了她的车牌号，还有点印象。

从停车场出来右拐就是主车道，池渊保持着一辆车的距离跟在她的车后，一直跟到她家小区外面。

等看到人进去了，他才靠着椅背微微松了一口气，然后又重新启动车子离开了这片。

第四章

真对他有意思

到家之后，闻桨见许南知在浴室里洗澡，索性在客厅坐了一会儿。

　　其实她今晚并没有撒谎，她当时确实有些难过。

　　但她的难过不是因为池渊的拒绝，而是她没有选择，没有后路可走。从联姻这件事被提起开始，蒋远山就用一个闻氏把她所有的后路给封死了。

　　原本闻桨也想过袖手旁观，可是那晚许是因为念旧又或是因为心软，她动了恻隐之心。

　　她想替蒋远山又或是闻氏做些什么。

　　在没和池渊见面的那段时间里，闻桨也有认真考虑过，有时候也会有一瞬间的冲动，想不管不顾地大闹一场。

　　但最终，她还是妥协了。

　　她做不到完全的袖手旁观，也做不到真正的不管不顾。

　　她和池渊提起试试不是一时冲动的决定，她也清楚，池渊不会答应。他的态度从一开始就表明得很清楚，可她还是想再试一试，说不定会有不一样的结果呢？

　　闻桨在客厅坐了十多分钟，许南知才擦着头发从浴室里出来，看见她坐在那里，还吓了一跳："你什么时候回来的？怎么一点动静都没有？"

　　"刚回来。"闻桨拿了个橘子在手里，侧着身靠近她，"知知，我问你件事。"

　　许南知撕了张面膜敷在脸上，声音含糊："嗯，你问。"

　　"你当初……"闻桨无意识地捏着橘子，舔了下唇角，"你当初和谢路怎么在一起的啊？"

"他大一开学是我带他去办的手续，后来换了联系方式，新生军训结束之后，他跟我表白，我觉得他长得还可以，就在一起了呗。"

闻桨默了默："那从他跟你表白，到你们在一起，这中间花了多长时间？"

几年前的事情了，许南知还想了几秒："一个晚上吧。"

闻桨哑然，抬手挠了下眉梢："你都不用考虑的吗？"

"考虑了啊。"许南知还挺有理，"我都考虑了一个晚上还不够吗？换了别人，我当场就拒绝了。"

闻桨简直无言以对。

过了一会儿，许南知像是想起什么，偏头看她："你怎么突然问我这个？"

闻桨还没想好怎么跟她提这件事，三言两语敷衍道："没什么，就好奇，随便问问。"

"你会好奇这事？"许南知哼笑了声，还没过几秒，回过神来，猛地一掀面膜，"不会是池渊跟你表白了吧？"

闻桨还没回答，许南知已经自认为猜对了，义愤填膺道："我就知道他不是什么好东西！还抗婚，装什么大尾巴狼呢！一肚子坏水、坏心思。"

许南知越说越气，甚至还准备给许睿打电话，问问他池渊现在在哪儿，看样子就像是要准备直接杀过去当着面骂。

闻桨连忙拦住她，有些哭笑不得："没有，他没有和我表白。"

"真没有？"

"真没有。"闻桨松开手，垂下头，小声说，"是我跟他表白。"

刚冷静下来的许南知这下是彻底冷静不了了，整个人直接从沙发上跳了起来，声音满是不可置信："你说什么？"

闻桨想着这事瞒也瞒不了多久，索性一五一十都给说了。

"……也说不上是表白吧，就是个提议，不过就算是这样，他也还是拒绝了。"

听完闻桨的话，许南知像是被掐住了命运的咽喉，半天说不出话来，站在那里像个沉默的雕塑。

屋里安静得只剩下窗外时而响起的汽笛声。

闻桨坐在那里，无意识地扣着手指，几次张嘴想说些什么，但话到嘴边又不知该怎么开口，毕竟联姻的事情早已注定，不同的只是过程，多说也无益。

过了许久，许南知像是才回过神来，整个人平静了不少。她拿毛巾擦了擦头发，然后重新坐回沙发上，神情复杂地看着闻桨："你说你跟池渊表白，然后他拒绝你了？"

闻桨故意抠字眼："也不算是表白吧……"

许南知被她气笑了："都跟人提出试试了还不算表白，那你跟我说怎么才算是表白？"

闻桨认怂："那就算是吧。"

"什么叫算是？"许南知眉峰稍抬，像是非要跟她掰扯清楚这个理，语气高昂，"你这就是表白失败的典型案例。"

她左一句表白被拒绝右一句表白失败，闻桨听得耳热，忍不住抬手摸了下耳朵，索性破罐子破摔："那就是吧。"

许南知看着她，安静了几秒才重新开口，语气有点讲不出来的古怪："闻桨，你跟我说实话，你是不是得了什么不治之症了……"

"？"闻桨忍不住笑了，"没有，你在乱七八糟想什么呢？"

"我倒是希望这是我乱七八糟想出来的。"说完，许南知就拿手掐了下自己的胳膊，痛感十分清晰，轻叹道，"可惜不是啊。"

闻桨看着她的动作，微垂着眼眸，像是安慰她又像是为了说服自己："池、闻两家合作的成败对闻氏很重要，你也知道，池渊对联姻的事十分抗拒，如果一直这样闹下去，两家的合作可能就成了一个未知数。"

闻言，许南知抿了抿唇角，手指微动。过了几秒，她像是认清了这个事实，往后靠着沙发，视线落在窗外，声音缥缈："我真是不知道该说什么好了。"

窗外是万家灯火，闻桨侧眸看了她一眼，而后像以前读书时一样，侧身靠在她肩上，视线和她落在一处，在宽大的落地窗上看到两人模糊的影子，语气故作轻松："也许这不是一件坏事呢？"

许南知轻叹："但愿吧。"

闻桨阖眸，沉默不语。

她知道许南知是担心也是难过，只是事情走到如今这个地步，已经没有任何退路。

过了许久，许南知像是想起什么，倏然出声："等会儿，所以你今晚问我怎么和谢路在一起的，其实就是想从我这里讨经验去追池渊？"

闻桨不知道她这会儿怎么脑袋转得这么快了，但聪明人都知道这个时候肯定不能说实话。

闻桨下意识地扣着手指，抬眸注意到许南知的目光，又生生停住，面不改色地说道："没有，我真是好奇。"

许南知嘲讽般地笑了一声，起身冷冷地看着她："你是不是当我傻呢？你忘了你这一说谎就爱抠手指的小习惯，还是你自己告诉我的。"

闻桨还想再挣扎，许南知已经不给她机会了，弯腰拿起掉在沙发上的毛巾，一脸恨铁不成钢地看着她："你要是追别人，就算是追个女的，我肯定恨不得把十全撩汉指南都给你搬过来，但是你追池渊，不好意思，我许南知——"

她咬着牙，几个字像是从牙缝里硬挤出来的一样。

"爱、莫、能、助。"

"……"

许南知撂完那句话就回了房间。闻桨走过去敲了敲门，刚敲两下，就听见从里面传来的动静。

"再敲你就给我搬出去。"

得，鸣金收兵。

闻桨也不知道许南知对池渊哪里来的那么大怨气，但不管缘由如何，在她这里肯定是学不到什么了。

更何况，就算她对池渊一视同仁，闻桨在她和谢路的恋爱中除了都让对方考虑了一个晚上之外，好像也找不到什么其他能参考的地方了。

闻桨没在客厅久坐，快十点钟的时候回房间拿了换洗衣服去浴室洗澡，十点半才从里面出来。

许南知家是个标准的三室一厅，早几年买的房子，当时装修时她把主卧和客卧打通做成了书卧两用，剩下一间客卧现在是闻桨在住。

闻桨在市一环附近有自己的房子，只是几个月前公寓附近新建地铁线，道路被圈围，按原路出行容易堵车，不按原路走就得在外围绕一圈。

工作性质使然，闻桨索性在医院附近又买了套跃层公寓，还在装修，所以这段时间她都住在许南知这里。

回房之后，闻桨泡了杯牛奶，然后在桌边坐下，开始整理晋升需要的资料。

电脑上挂着微信，不时提醒有新消息。闪动得太频繁，闻桨点开看了眼，是大学同学群里的消息。她鼠标一划，直接到头。

原来是班长邓维下个月要结婚，在群里发了邀请函，邀请各位同学赴宴。不仅如此，邓维还打算在婚宴前一天组织一场同学会。

毕业之后大家各奔东西，平常生活工作忙碌，除了离得近点的，其他人就只能靠着朋友圈点赞和评论维系昔日的同窗情谊。

这第一场同学会自然显得弥足珍贵。

群里纷纷响应，说着一定到场。闻桨看了下具体日期，正好在周末，时间上没什么问题，也在群里回了消息。

闻桨：恭喜。@邓维。

邓维：谢谢谢谢，别忘了同学会一定要来啊。

闻桨：好，一定准时到。

在群里聊了会儿，准备下线的时候，闻桨收到大学好友江沅发来的消息。

江沅：桨桨！邓维下个月结婚你会来吗？

闻桨才敲了两个字，聊天页面又冒出来一条消息。

江沅：天，我才看到你在群里回了消息。[/ 笑哭 /]

闻桨：[/ 哈哈大笑 /]

江沅是闻桨大学时期最好的朋友。当初大一入学时，闻母还没去世，闻桨的家还在平城。

两人既是同窗也是室友，性格相像，新生军训时就玩到了一起。

后来得知闻桨毕业实习准备回溪城，她难过了好久。

临走的那天，她在机场抱着闻桨哭得不行，到快登机时还不肯撒手。最后没辙，她男朋友沈漾连哄带抱地硬生生把人给分开了。

那场面，不知道的还以为是沈漾在棒打鸳鸯。

想起江沅和她的对象，闻桨就想起当初听江沅和自己提起的她追沈漾的事情，那简直堪称撩汉届的典型成功案例，都是可以记录进史册的。

想到这儿，闻桨心思一动，在微信上发消息问："沅沅，你现在方便接电话吗？"

江沅直接给她打了视频电话。

视频那端的江沅模样似乎变化不多，只是眉眼轮廓间褪去了大学时期的青涩稚嫩，变得温柔而成熟，细看之下却仍旧是保存了几分少女感，这或许和她毕业之后一直留在学校没有经历过社会的浸染有关。

家庭、爱情、学业，无论在什么方面，江沅永远都是让人艳羡的那一个。

相比较之下，闻桨这些年犹如换了一个人，从性格脾性到为人处世，全都换了个透彻，变得冷静而自持，和当年那个简单而灿烂的小女生几乎不能同日而语。

闻桨怕江沅担心，没把事情的缘由说得太具体，只说是家里安排了结婚的对象，但是两个人感情不深，对方还有退婚的念头。

"……所以，我就是想问问你当初是怎么追到沈漾的。"

闻桨长这么大没谈过恋爱，也没追过男生，更不清楚女追男隔层纱的这层纱应该设在什么度。她在追池渊这件事上，可以说是一筹莫展。

江沅听了她的话，还有些惊讶："你这个结婚对象什么大罗神仙啊，竟然让你都动了凡心。"

闻桨纠正了下："也没太动心，我就是觉得各方面都挺合适的，想继续发展下去。"

江沅"哦"了一声："那你就先从朋友处起呗，然后再做些比朋友更进一步的事情。"

"比如？"

"就比如——"江沅想了会儿，说，"没事给他发消息关心关心，制造一些偶遇的机会，找一下你们俩的共同爱好等等。反正不管怎么样，只要能豁得出去，这事就已经成功了一半。"

闻桨手捧着玻璃杯，手指葱白细长，眉目微垂，总觉得这是一道极其复杂烦琐的难题。

视频那端，江沅给她时间思考，自己起身出去倒水。同个屋里，沈漾洗完澡出来，穿着黑色 T 恤的身影在屏幕前一闪而过，然后又突然停住，折了回来。他看着疑似卡住的电脑屏幕，略微弯腰，屈指敲了下桌面，发出声响："闻桨？"

还在发愣的闻桨回过神来，乍一看到视频画面里眉目俊朗的沈漾，顿了下，笑道："沈漾，好久不见。"

沈漾应了声："江沅估计出去倒水了，你等会儿。"

像是为了验证他的话，下一秒，闻桨就看到江沅端着水杯从屋外进来，和他讲话："哎，漾漾你洗好了啊，正好梁钦他们叫你下去呢。"

沈漾接过她手里的杯子放在桌角，然后伸手在江沅脑袋上揉了一下，语气放软："结束了我送你回家。"

"知道了，你快去吧。"

他又回头和闻桨说："你们聊。"

闻桨："好。"

他出去之后，闻桨和江沅又聊了一会儿，快十一点半才挂电话。

结束前，江沅突然说道："桨桨，站在朋友的角度，我还是希望将来和你结婚的这个人，是和你心意相通的人。"

闻桨一顿，抿了抿唇，轻声说："会的。"

挂了电话，闻桨喝完杯里最后一点牛奶，起身去厨房涮杯子。屋里静悄悄的，水流声格外清晰。

她低着头，洗得认真，洗干净又接了杯热水，回到房间准备休息。临睡前，她给池渊发了条短信，然后把手机放回去充电，再躺进被窝里，眼睛一闭，很快陷入梦乡。

池渊看到消息已经是第二天的事情。

从闻桨住所回去的路上，他接到肖孟的电话，说是约了几个朋友在旧梦，问他来不来。

旧梦是池渊和肖孟一起投资的酒吧，玩票性质，平时就当个甩手掌柜，经营管理都是别人的活。

池渊这段时间光顾着和父母做斗争表决心，鲜少有空闲时间出来享受，难得今晚有空，直接就过去了。

肖孟叫了不少人，见到池渊纷纷起身和他打招呼，有叫他池哥的，也有叫他二少的，只有玩得熟的人才会直呼他全名。

池渊统一应了声，最后在肖孟身旁的空位坐下，声音在嘈杂的环境里有些混乱："你什么时候走？"

肖孟不似池渊自由，大学刚毕业就被肖老爷子放到自家名下的分公司去历练，还没有太子爷的名头，业务得自己跑，项目得自己谈，在外出差是常事。

"后天走。"肖孟仰头灌了一杯酒，叹道，"我可没有你好命。"

池渊捏着酒杯，杯中光影变幻，似乎是想到什么，抬头问了句："你现在是不是在做医疗这块的项目？"

"是啊。"肖孟看着他，"怎么了？"

"没事。"他摇摇头，像是在做什么决定，"等我想想吧，想好了再和你说。"

"得，那你慢慢想。"肖孟放下酒杯，起身叫了几个平常玩得近的阔少，围了一桌牌，池渊自然也在其中。

闹哄哄玩到后半夜，池渊赢了个盆满钵满，面前筹码成堆，一个筹码等于一万，换下来也有小百万。

散场时，池渊拿了两个筹码在手里把玩着，直到走之前也只是带走了那两个筹码，其他的全都留在桌上没带走。

池渊叫了代驾，肖孟搭顺风车去他家里过夜。

在路上，池渊从外套里拿出手机，解锁后看到闻桨在三个多小时前发来的短信。

手机号码是我的微信，方便的话加一下吧。

池渊沉默着，没有动作，抬头往窗外看了一眼。

三月份的天亮得没有那么早，整片天空灰蒙蒙全是雾气，月亮藏在云影后，露出朦胧的轮廓。

车行急速，窗外的景色被拉出一道长长的运行轨迹。

他收回视线，垂眸又盯着那条短信看了几秒，而后抬指轻点了几下屏幕。

第二天依然是工作日，闻桨照例起床上班。出门前她拔下充了一夜电的手机，看到微信里有一条新的好友申请，备注是池渊。

她很快点了同意，列表里从此多了个联系人。

池渊的微信头像是他自己的照片，只是背影，没有正脸，微信昵称也是他自己的名字。

等电梯的时候，闻桨点开他的朋友圈。

内容不多，只有几条，往下一拉就能看到"朋友仅展示最近一个月的朋友圈"的系统提示，还显示着的几条都是他的生活日常和一些琐事，在每一条底下都能看到他和肖孟的互怼。

看起来既生动又有趣。

所以这应该就是他的私人微信。

意识到这一点，闻桨说不上是松了一口气还是怎么的，但不管怎么样，池渊没有用小号或者是什么营业微信加她就已经算很好了。

她没有再继续看下去。

停在负一层的电梯也很快抵达她所在的楼层，她退出微信，将手机放回包里，抬脚走了进去。

到了医院，闻桨去更衣室换上白大褂，开启忙碌的一天。

下午五点多，急诊大厅外匆匆停下两辆急救车，紧接着从里面推出两个浑身是血、已经昏迷不醒的伤患。

移动病床推过之处的空气里散发着浓厚的血腥味，除此之外还夹杂着刺鼻的酒精味道，两股味道掺杂在一起，惹得坐在大厅的病人纷纷皱眉捂鼻，凑在一起议论纷纷。

两人很快被送进抢救室，车祸的缘由也逐渐被揭开。

原来是其中一人酒后驾驶、超速外加闯红灯，撞上了正常行驶的另一人。由于肇事者的车速过快，加上人神志不清，现场的车祸情况很严重，受害者的车直接被撞翻，驾驶位全部凹陷，人被消防员拉出来的时候心脉和各项体征都已经很微弱了。

之后没多久，两方的父母和亲属全都赶了过来，两拨人直接在急诊大厅吵了起来。

最后是孟儒川出面，让保安把场面给控制住了。

急诊办公室里正在聊这件事。方澄听了他们吵架的内容，语气戚戚："听说酒驾的那人家里特有钱，父母都是搞煤矿生意的，黑白两道都有人，刚刚还威胁受害者家属，如果他儿子有什么事，他们也别想好过。"

"真是什么样的家庭教出什么样的儿子。"柳江河拍了下桌子，愤慨道，"明明是自己儿子酒驾，怎么到头来还成了别人的错。"

周钰晗抱着胳膊，倚着桌角："哎，江河，刚才人是你接的，具体什么情况啊？"

柳江河脸色微沉地摇了摇头："不太好，没酒驾的那个比酒驾的那个伤得要重很多，估计……"

他叹了口气，没说下去。

大家纷纷黯然，期待着奇迹的出现。

一旁的闻桨闻言，侧目看了眼窗外忽然暗沉下来的天空，心里总有种山雨欲来风满楼的不祥感。

过了不久，方澄过来说抢救室外那边又起了动静。众人停下手里的动作赶了过去，就看到受害者家属跪在地上，握着曲丽鑫的手，悲恸地哀求着。

"……我们就这一个儿子啊，求求你再救救他……"

一旁的亲属扶着老人，眼里泪光闪烁。

闻桨看着这一幕，忽然想起四年前，她也是这样跪在医生面前，求他再救救自己的母亲。

可惜奇迹并没有发生。

闻宋没有被救回来，这个可怜又无辜的男人同样也没有。

肇事者的母亲章莲站在一旁，看着这情形，竟还有心思冷嘲热讽："哼，我就说老天是有眼的，什么样的人就该有什么样的命。

"我看您二老啊，还是早点回去收拾收拾，给您儿子挑个好墓地，下辈子投个好人家吧。"

听了这话，原先跪倒在地上的老人愤然起身，在大家都还没回过神来的时候，一巴掌挥在了章莲的脸上，声嘶力竭地吼道："你还是人吗！你儿子是人，我儿子难道就不是人吗！"

这一巴掌就像是炸弹的导火线烧到了头，"轰"的一声，整个场面瞬间爆炸，两边亲属又旁若无人地推搡起来，气氛剑拔弩张。

挨了打的章莲发了疯般地挥打着眼前的老人，急诊科众人哪里看得下去，纷纷上前去阻拦。

混乱里，闻桨不小心挨了章莲一巴掌，痛感异常清晰。

闻桨咬了咬牙，猛地抓住章莲作乱的手。

看着章莲愤怒而丑陋的面孔，闻桨像是回到了四年前面对撞死闻母的肇事者家属的那一瞬间，语气格外凌厉而冲动："你还要怎么闹下去？请你搞清楚状况，是你儿子酒驾超速闯红灯撞死了人，他才是肇事者，是杀人犯，是该死的那个人！"

"闻桨——！"

闻桨冷不丁被这么一喝，倏然回过神来，松开手往后退了一步，扭头看见孟儒川沉着脸往这里走。

周钰晗连忙把闻桨往身边一拉，还伸手将她别在胸前的胸牌给摘了。

章莲刚开始被闻桨给震慑住了，这会儿回过神来，捋清闻桨说了什么，撒泼似的就要去找闻桨拼命："好啊，你竟然敢诅咒我儿子去死，你是谁，你叫什么？我要去告你！"

孟儒川和柳江河拦住章莲。章莲一撒手，怒指着众人："好啊，我算是看明白了，你们医院这一伙人就是狼狈为奸，存了心不想救我儿子。"

"你们不想救我还不想在你们医院治了！"章莲叫嚣着要带人冲进抢救室把儿子带走。

正争吵着，抢救室里出来个医生，问王敬平的家属在哪儿。章莲立马消停了，忙不迭挤到医生面前，语气神情都是慈母之样。

对比起她刚才的恶人之举，简直让人作呕。

章莲一走，孟儒川得了空，让人把闻桨带回办公室，又让柳江河去联系保安过来看顾着。

回到办公室，闻桨也从先前的情绪里出来。周钰晗倒了杯热水放在她面前："当医生这么久了，你什么情况没见过，什么话该说什么话不该说，你不清楚吗？怎么还这么糊涂呢？"

闻桨长吐了一口气，揉了揉额角："晗姐，对不起，是我冲动了。"

"这不是冲动不冲动的事情。"

周钰晗也知道闻桨骂的是事实，只是本来现在医患关系就紧张，一个随随便便的举动都能引发医闹，闻桨这么明目张胆地骂，后面还指不定有什么麻烦事呢。

"这家人是什么态度你也看清楚了，要是她儿子真的救不回来，你可就要被他们缠上了。"

闻桨这会儿也自知刚才失言了，但说出去的话就像泼出去的水，收是收不回来的了。

闻桨轻叹了声气，没再多说。

过了一会儿，柳江河从外面回来，神情担忧地看着闻桨："孟主任让你去他办公室一趟。"

"好，我知道了。"闻桨站起身来，反而过来安慰柳江河，"没事，估计也就是骂两句，我刚来这里的时候被老师骂得还少吗。"

柳江河的脸色缓和了些许，拍拍她的肩膀："行了，快去吧。"

"嗯。"

不出闻桨所料，进办公室刚站定，孟儒川就劈头盖脸地说了她一顿："你是第一天当医生吗？啊？

"你是个医生，病人来这里是找你救命的，不是让你去审判他，制裁他。你以为你这么一骂，大家都会觉得你是个正义勇士吗？

"他们不会。等到病人家属把这件事闹大了，网上那些所谓的正义勇士就会不分青红皂白地骂你没有医术，指责你失了医德！到时候一人一口唾沫星子都能把你给淹死！

"闻桨，你来急诊科的第一天我就和你说过，作为一名真正的医者要有仁心，但一定得藏住人心。就算现在躺在手术台上的是一位十恶不赦的杀人犯，他只要躺在这里，就是你的病人，你就得对他负责。"

"……"

孟儒川说了很多。他对闻桨抱了多少期望，与之相应，此时此刻他就有多失望。

闻桨沉默着应下所有的责备，最后等孟儒川停了话，才正声说："对不起，孟老师，这件事是我做错了。"

"我会去跟病人家属道歉，对自己说的话负责任。"

"知道错了就好。"孟儒川看着她，轻轻叹了声气，"我今天和你说的这些话，都是站在老师和同行的角度，认为你违背了一名医者救死扶伤的初衷，但是当我脱了这身白大褂，再去听你说的话，我认为你说的没错。"

闻桨眼皮一跳，有些难以置信："老师……"

"好了，话就说到这里，剩下的事情你该怎么做就怎么做，心里得有数。"孟儒川语重心长地叮嘱道，"记着，当你穿着这身衣服时，众生皆平等，白大褂是束缚但更多的是责任。"

闻桨重新回到办公室时，外面天已经黑了。

闻桨找柳江河问了情况。车祸去世的那位先生叫宋淮，是溪城大学的一名大学教师，父母也都是教师，在本地一中教书。他是家中独子，这趟回来是为了给母亲过生日，没曾想却在路上发生了意外。

从此以后，母亲的生日变成了他的忌日，他也成了父母心中难以愈合的一道伤口。

而肇事者王敬平的情况和方澄之前说的所差无几，家里是暴发户，父亲王升这几年靠着在慈善界的善举逐渐从暴发户一流脱颖而出，算是勉强搭上名流社会的尾巴。

王敬平的伤势虽然没有宋淮严重，但也算不上轻，主要伤在脑袋。

闻桨原本打算等他从抢救室出来再去找他家人道歉，可事态的发展远没有她想的这么顺利。

六个小时后，王敬平从抢救室里被推出来，因为脑损伤严重，被确诊为植物人。

当天夜里，王家人拿着偷录的视频把闻桨说的那番话前后剪辑，做成了只有短短几秒的小视频和所谓的事情真相一同发在了网上。

一时间引起大波群愤。

原来当时出车祸时王敬平的车里还有第二个人，叫胡成，是王敬平的大学室友。他在车祸发生时被甩出了车外，但因为伤势不重，来医院做了个全身检查之后就被带去了派出所做调查。

刚开始警察询问，他什么都说不知道，后来王家来了律师跟他聊了几句，之后警察再问，胡成就主动跟警察交代当时是自己开的车，王敬平最开始是坐在副驾驶位上，后来出现在驾驶位上，是因为在车祸之后他想把人从车里拽出来，但没能成功，所以卡在了驾驶位上。

王家人指责闻桨不分青红皂白地辱骂病人家属，没有医德，诅咒还在抢救的病人去死，指责他们整个急诊科不作为导致王敬平成了植物人。

王家人把所有罪责都推到所谓的肇事者身上，将自己儿子撇得干干净净，还顺便把闻桨和急诊科甚至是整个医院都推到了风口浪尖上。

医患关系原本就敏感，医生辱骂病人家属在不知情的人听来更觉得有失医德，整个事件在王家的资本运转下很快成为开年以来最大的新闻。

由于王家人是深夜爆的料，发酵的速度虽然慢，但是因为没人阻拦，渗透范围很广，等闻桨第二天早上五点多被许南知叫醒时，这件事情已经在微博上挂了一夜，她的个人信息也全部被爆在网上。

她匆匆浏览完王家人发的原微博，又看了看底下的评论，心里一片骇然，还真被孟儒川说对了。

那些不堪入目的谩骂许南知早就看过，把手机拿了回来，安慰道："没事的，他们都不知道事实真相，只是盲目跟风而已。"

闻桨搓了搓脸："没事，把手机给我吧，医院那边估计会找我。"

许南知不放心，把手机给她之后，坐在床边听她打电话。

早上五点半，还不到上班时间，医院的群里还没有多少动静，闻桨给孟儒川打了电话。

对方在听了闻桨的话之后，沉默了几秒，说："你今天先不要过来医院了，也不要出门，其他的晚点再说。"

"好。"

挂了电话，闻桨又打开微博看了一圈。这件事情的热度还在往上升，甚至比热搜上一些明星绯闻的热度还要高。

许南知一早和甲方有个会议要开，不能缺席，七点钟出门的时候还有些放心不下闻桨，提议道："要不然你跟我去公司待一天？"

闻桨轻笑出声："你不用担心，我没事的。难得有时间，你就让我在家休息休息。"

"那好吧，你有事给我打电话，少玩点手机。"

"知道了。"

许南知出门后，闻桨坐在床上看微博的间隙，微信上接连蹦出许多条信息。

再晚点，就是一个接一个的电话。

闻桨接了几位同僚的电话，说辞都一样："我没事，孟老师让我今天不要去医院，看看后面是什么情况吧。"

结束通话，周钰晗他们几个在群里安慰闻桨，让她别想太多，有什么事情他们都会在。

电话和信息一直到中午都没消停下来，有蒋远山也有池母，甚至是和闻桨鲜少联系的初高中同学都给她发来了安慰。

闻桨一一谢过之后直接关了手机，打算暂时不跟外界接触。

家里还有许南知买的食材，她卷起袖子走进厨房打算弄点吃的，刚把菜洗好切好，门口忽然传来敲门的动静。

闻桨停下动作，走出厨房，敲门声被一道熟悉的声音代替："闻桨，在家吗？"

是池渊。

闻桨有些诧异，擦干净手走过去开门，抬眸看着站在门外的男人，神色平静而坦然："你怎么过来了？"

"正好路过。"他往屋里看了一圈，问，"方便进去坐会儿吗？"

闻桨往旁边让了让："可以。"

池渊往里迈了一步，看着地板上铺着的毛绒地毯，礼貌得体地问："需要换鞋吗？"

闻桨从鞋柜里给他拿了双拖鞋："超市促销送的，还没拆封。"

池渊也没管这鞋到底是促销送的还是怎么来的，低头弯腰换了鞋，自顾自走进屋里，视线落在厨房里，回头看着闻桨："你在做饭？"

闻桨"嗯"了一声，随口问："你吃饭了吗？"

"还没。"

"那一起吃？"

他毫不介意："好啊。"

闻桨松了一口气，尽量让自己的语气变得自然："要喝水吗？"

"不用，你忙你的吧。"

"好。"

许南知家的厨房算半开放式，外面连着一个吧台，闻桨站在里面，池渊就坐在吧台边。

两个人也没有太多交流。

池渊也没有提起微博上的事情，这让闻桨心里平静了许多。她其实不太喜欢被人太过明显的安慰，那样会让她有点不知所措。

像这样不声不响的陪伴，或许更适合她。

闻桨的速度很快，半个小时就做好了三菜一汤。两个人安静地吃完饭，池渊帮她把碗筷收进洗碗机里，之后也没提出要离开。

屋里过于安静，闻桨开了电视，随便找了部电影播放，而后和池渊分别占据了沙发的两侧。

过了许久，电影也放完了，池渊仍旧没有要离开的迹象。

闻桨端起桌上的茶壶给他杯子里重新装满了茶水，故作随意地问道："你下午没事吗？"

"没事啊。"池渊收起手机，抬头看她，"你有事？"

闻桨看着他的眼睛，抿唇屏息了一瞬："我也没事。"

池渊勾着唇，屋外阳光洒进来的光线轻飘飘地落在他肩上："是不是觉得挺无聊的？"

闻桨心说，你走了我就不无聊了。

"还好，我平常一个人在家就这样，都习惯了。"

池渊"哦"了一声，目光轻晃，被摆在电视机机柜处一堆游戏碟所吸引，挑着眉问道："你会打游戏？"

"会一点。"这些游戏碟是许南知从外面淘来的，都是些很老的游戏，她们也只有周末会玩上一会儿。

池渊看起来对这些游戏碟很感兴趣，起身去看了一圈，最后从里面抽出一张碟："玩两局？"

闻桨想着玩游戏总比干坐着好，起身从抽屉里拿出两副游戏手柄。

《超级马里奥兄弟》是任天堂公司在 1985 年出品的横版过关游戏，后来陆陆续续又出了其他款作品。

闻桨和许南知从小玩到大，到现在许南知也还在坚持购买它旗下的衍生作品。

闻桨和池渊玩的是任天堂公司在 2015 年发售的《超级马里奥制造》，中间的关卡闻桨和许南知都已经过完了，玩起来没什么难度，整个人也很放松。

池渊比她还放松，盘着腿坐在许南知定制的毛绒地毯上，姿态懒散，半侧着身体，胳膊搭着沙发的坐垫。

阳光从客厅宽阔敞亮的落地窗洒进来，他换了姿势，背着光，有几缕阳光落到他发间，染上一层淡淡的光晕。

闻桨跑起来的手速比他快，总是比他先到关卡点，停下来等他的游戏人物追上来时，抬眸看了他一眼。

池渊玩游戏时和他平时的状态差不多，散漫而随意，手指修长分明，握着手柄时骨节凸起清晰。

他皮肤白，在光影的衬托下，隐约还能看见藏在皮肤组织下的青筋。

闻桨没看太久，微不可察地收回视线，拨动手柄操控着人物继续前往下一个关卡。

暮色来袭时，闻桨带着池渊才玩过一半关卡，显示画面停留在闯关失败四个字样上。

池渊将手柄放在一旁，抬手揉了揉泛酸的后脖颈，视线落在一旁拨弄着手柄的闻桨："医院的事情，需要帮忙吗？"

闻桨疑惑地"嗯"了声，然后把目光转过来，像是刚回过神来："不用，我能解决。"

"……那个视频我看过了。"池渊斟酌着措辞，"你当时为什么会那么说？"

王家人发在微博上的视频没前因后果，只有闻桨说话时的情形，除去前面王家人撒泼打闹的片段，再加上王家人口中所谓的事实真相，确实会让人容易有先入为主的想法。

闻桨拨着手柄，语气平淡："被撞伤的那个人没能救回来，他们不仅不觉得愧疚，还对受害者家属冷嘲热讽，难道这样的人不该骂吗？"

池渊仍旧靠着沙发，胳膊支起，轮廓硬朗的脸部线条被暮色晕染，显得格外温柔。

"确实该骂。"他轻轻揉了揉额角，漆黑的眼眸直直地看着闻桨，喉结轻滚，嗓音低沉悦耳，"闻医生骂得好。"

池渊是中午那会儿才知道闻桨出了事。昨晚几个朋友为了给肖孟践行，又在旧梦攒了局。他和肖孟玩到凌晨才回来，到家之后，两人又聊了会儿肖孟公司项目的事情才去休息。

他再醒来就是肖孟在拍他家的门："池渊，醒了吗？闻桨出事了，你妈把电话都打到我这里来了。"

池渊习惯关机睡觉。房间窗帘紧闭，光线昏暗，他听着动静，揉了揉太阳穴，下床去开门。

门外，肖孟估计也是刚爬起来，一脸倦意，头发乱糟糟的跟鸡窝一样："看微博。"

那会儿 # 医生辱骂病人家属 # 这个词条已经是热搜第一，池渊越看词条里面的相关内容人越清醒。

末了，他皱着眉问了句："什么情况？"

"不清楚。"肖孟挠了下眉毛，"凌晨四点发的微博。这人真够鸡贼的，趁着没人管，死命往热搜上砸钱。"

池渊回房间找到自己的手机，开机解锁，叮叮咚咚冒出一堆未接来电和未读消息。他什么都没看直接给池母回了电话，池母在电话里把事情的大致缘由都说了一遍。

池渊听完，问了句："所以这视频里面的内容是真的？"

"内容是真的，只是被剪辑过。你蒋伯父从医院那边拿到的监控录像里，前边还有一段双方家属起争执的片段。"池母说，"现在闻氏的公关不方便出面，你看看你有没有什么认识的人，私底下帮帮忙。"

池渊抿唇："好，我知道了。"

挂了电话，肖孟看着池渊，提议道："要不要我先找人把这热搜给撤了？"

池渊敛着眸，摇了摇头："不能撤。本来网民对这种事情就格外敏感，我们现在要是撤了热搜，他们肯定会把矛头转移到闻桨的家庭背景上，把简单的医闹说成是官权相护。"

"那就不管这热搜了？"

"也不是不管，只是不要打压热度。"池渊收了手机，站起身来，"你找下唐越珩，借一下他的公关团队。我现在去查一下车祸的具体情况。"

"好。"

池渊回房间换了睡衣，准备出门前接到了蒋远山的电话。他停在玄关处，边换鞋边接电话："蒋伯父。"

身后的肖孟自动放慢了脚步。

电话里，蒋远山的声音听起来有些疲惫："池渊，伯父想拜托你一件事情。"

池渊动作一顿，将手机从左边换到右边："伯父，您有什么事直说就可以，我一个小辈用不着拜托。"

"是这样的，伯父想麻烦你帮我去看看闻桨。"蒋远山继续说，"我跟桨桨的医院联系了，医院说她今天没有上班，和她一起住的女孩子也不在家。我给她打电话，也一直没接通，我怕她有什么事。"

池渊觉得有些奇怪："按道理不应该您去才更合适吗？"

明明蒋远山才是闻桨最亲近的人，怎么倒过来要他这个外人过去？

蒋远山叹息道："桨桨的母亲当年也是因为对方司机酒驾才出的车祸，出事之前我和她妈妈吵了一架……"

池渊没想到还有这内情，明白了蒋远山没说完的话外之音，遂应了声："好，我现在过去。"

这会儿，池渊半开玩笑似的夸完闻桨骂得好，又随口问道："你打算怎么处理这件事情？"

闻桨暂停游戏，松开手柄："晚点我会去趟医院，然后发个道歉声明。"

"你今天还要去医院？"

"嗯。"闻桨站起身来，"总不能一直躲在家里。我是冲动骂人了，这是我的错，但事实没有错。"

"行吧。那你什么时候过去？"

"等你走了之后。"

闻桨说完，好像也觉得哪里不太对，回头和他解释道："我不是要赶你走的意思。"

池渊轻笑，神情闲散："既然你要去那就现在去吧，正好我没什么事，顺便送你过去好了。"

闻桨抿了抿唇，总觉得今天的池渊有点奇怪，但不管怎么说，这也算是拉近两人关系的一个契机，所以她并没有像之前一样拒绝他。

出门的时候是晚上六点，闻桨在车上给周钰晗打了电话，问了点情况，得知王家人在急诊大厅拉了一天的横幅，医院报了警刚把他们撵走，立马又来了下一波。

周钰晗："医院这边都快吵翻了，孟主任今天跟院长他们开了一天的会。我还听说王敬平他爸打算给医院这边捐一批医疗器材，条件是让医院开了你。"

"……"

"不过你放心，院长没答应。"周钰晗突然放低声音，"据说是董事层那边下了命令，让医院不管怎么样都要保住你。"

闻桨大概猜出这是蒋远山的做派，也没多说："我知道了，谢谢晗姐。"

"谢什么。对了，你现在来医院的话，直接从停车场走，门口那里有记者，都蹲一天了。"

"好。"

到了医院停车场，池渊因为接电话落了闻桨一步上楼。

中午那会儿接了蒋远山的电话后，池渊直接来了闻桨的住处，把查车祸的事情交给了在交通管理部门工作的朋友。

电话就是这朋友打来的。

车祸原因明显，酒驾。

但具体是谁开的车，这朋友没有给出明确答复。交通部门调了沿途的监控录像，却因为两人穿着相似又都戴着棒球帽，再加上车祸发生时，胡成是从碎裂的前挡风玻璃处被甩出车外，所以并不能完全分辨出来当时开车的是谁。

池渊道声谢，托他继续多费心。

结束通话，池渊去微博上看了一圈，唐越珩的公关团队已经在活动，词条内热度最高的一条微博底下已经不全是一边倒的谩骂。

看视频感觉当时场面挺混乱的啊？

能不能给个完整的视频？就这么一个片段就说人家医生没有医德没有医术也太武断了吧？

不管怎么样，这医生骂人就不对。

难怪现在都说医院黑，可不就是吗，要是全国的医生都像这女的一样，那我们就别活了。

出来挨打＠溪城第一人民医院

都一天了还要装死到什么时候＠溪城第一人民医院

建议医院公布一下完整的监控录像。

……

另一边，闻桨接了周钰晗的通知，从消防通道绕去了办公室，王家找来的人就挤在办公室隔壁的过道处。

方澄给闻桨倒了杯水，抱怨道："真是烦死这家人了，跟车过去的医生看了现场情况都说肯定是王敬平开的车，不然也不会撞得这么重。也不知道他那个同学是怎么想的，就这么乐意给人顶罪。"

"大概是王家人给了他什么好处。"闻桨看着杯口冒出的热气，"算了，先不说这个了，我现在过来是打算让医院把完整录像和我的道歉声明一起发了。"

"你现在道歉不就等于是认了这事吗？"

"但这事的起因确实是因为我骂人了，我不能不道歉，把事情都推给医院。"闻桨从包里拿出一张白天在家里写好的道歉声明，"你帮我把这个交给孟主任，我去见一下王敬平的家属。"

王敬平从抢救室出来后一直住在 EICU 里，王家人不仅没让他转院，甚至连住院费都没交。

"要不然我跟你一块过去吧。"柳江河有些担忧，"万一起争执，我还能挡一挡。"

闻桨："我是去道歉，不是去打架，况且这还在医院里，不会有什么事的。"

"那你注意点，有事就叫我们。"

"嗯。"

王敬平的母亲和他家里找来闹事的人都围坐在走廊里，闻桨还没走过去，章莲身边的一位亲友看到她，扯了扯章莲的衣袖。

章莲顺势看了过来，眼神犀利而嘲讽："哟，我当是谁呢，原来是大名鼎鼎的闻医生啊。"

闻桨在她面前站定，身旁零零落落围了些人。

闻桨抿了抿唇，目光毫不躲闪地看着她："章女士，您好，我是急诊科的闻桨。对于昨天我指责您儿子的事情，我想在这里跟您道个歉，当时情况比较特殊，是我冲动了，请您见谅。"

"啧，这文化人说话就是不一样啊。"章莲抱着胳膊坐在座位上，语气嘲讽，"想让我原谅你，行啊，你跪下来给我磕三个头，我保证不会再说什么，甚至连微博我都可以给你删了。"

"不用了。"闻桨神情平静而坦然，"你微博删不删跟我没关系，我今天来就是为了昨天的事情跟您道个歉，还有，作为补偿，我会承担您儿子住院期间百分之二十的医药费，我的道歉声明也会由医院的官微统一公布，至于其他的，我会交给警察来处理。"

"你——"

闻桨不想跟她再多费口舌，礼貌得体地给她鞠了个躬："您请便。"

说完，闻桨转身就要走。

章莲显然被闻桨气得不轻，伸手想来抓闻桨的胳膊，没曾想，拐角处忽然闪出个人影，先她一步伸手把闻桨给拉了过去。

池渊看完微博之后没多久就接到了唐越珩的电话。

原来因车祸去世的宋淮是宋予行的堂弟，而宋予行这段时间在国外出差，昨晚才接到家里的通知，今天刚赶回来。宋予行在微博看到了闻桨的事情，又从家里长辈那里得知了内情，转而去联系了唐越珩，说是宋家人晚点会在微博上发一份声明。

池渊把这事交给了唐越珩，自己下车去了楼上急诊科，刚出电梯就看到被三四个男人围住的闻桨。

等池渊走过去，正好撞见章莲伸手的动作，也没多想，抬手拽着闻桨的胳膊就往前一拉。

池渊挡在闻桨跟前，冷着脸看着章莲，神色凛然而迫人。他微敛着眸，语气不带任何温度："做什么，还想打人啊？"

章莲明显被他吓了一跳，戚戚然收回手，嘀咕道："什么人啊。"

池渊没看她，回头问闻桨："没事吧？"

"没事。"闻桨把胳膊从他手心里抽出来，先前被握住的那一块微微发热。她抿了下唇角："走吧，先回去。"

办公室不好说话，闻桨带着池渊去了一旁的楼道阳台。

听了池渊的话，闻桨有些难以置信："你说宋淮是宋予行的堂弟？"

"对，唐越珩说宋淮的母亲是宋予行的姑姑，宋予行从小父母双亡，是姑姑和姑父把他养大的。"

闻桨深觉扼腕，觉得老天总是在折腾好人。

池渊倚靠着栏杆，模样清俊，身后是一幅由暮色勾勒而成的绝美画卷。

他看着闻桨："宋家人的声明肯定会由宋予行发出来。你知道的，宋予行是经纪人，认识很多娱乐圈的人，那时候这件事的热度肯定会比王家人用钱砸出来的真实很多，你现在想好对策了吗？"

闻桨："就算没有宋家人的声明，今晚我也会让医院官方那边把我的道歉声明和事情经过的监控录像一起公布出来。"

"那你打算什么时候发？"

"七点吧。"

那个时候正好是网络的活跃期，微博的流量会很大。

"行，那我联系唐越珩，让宋予行比你晚两个小时发声明。"

"麻烦了。"

听到这久违的三个字，池渊眼皮下意识地跳了一下，而后规规矩矩地回道："不麻烦。"

晚上七点，一直被众网友疯狂艾特的溪城第一人民医院发布并置顶了闻桨亲手写的道歉声明，接着又公开了当时在抢救室外的完整监控录像。

半个小时后，#辱骂病人家属医生道歉#的词条爬上热搜首页。

因为视频只有画面没有声音，旁观者也不知道当时具体发生了什么，而他们又是因为什么起了争执，所以在闻桨道歉声明的那条微博底下，评论依然是两极分化。

一直到晚上九点十分，娱乐圈内一位名叫宋予行的经纪人，发了一条代表受害者家属的声明。

声明里仔细将视频里的画面转化成了更加直观清晰的文字描述，在看到可能是肇事者之一的家属对受害者家属进行语言攻击那一段时，网友愤怒了。

医生辱骂病人家属这件事，出现了新的舆论情况。

指责闻桨失了医德没有医术的声音逐渐变成指责肇事者家属罔顾人命没有人性，殴打老人不顾礼义廉耻。

除此之外，闻桨还联系了当时出现场的医护人员和消防救援队，按照车祸情况、驾驶位和副驾驶位的损伤以及交通队提供的相关监控视频，模拟出一份当时处于驾驶位人员的伤势情况报告。

经官方认证，准确度高达百分之六十五。

另外，溪城的交通管理部门也发了相关声明，公开说明有关于酒驾车祸驾驶员的具体情况仍在调查中。意思就是说胡成不一定是开车的那个，而王敬平也不一定是坐在副驾驶位的那一个。

三方声明一出，有说明有证据也有官方认证，两相对比之下王家人所发的那些只有一面之词的内容就显得十分打脸。

这场开年大戏以石破天惊之势在悄无声息之中轰然登堂，却因为故事本身漏洞百出，引来接二连三的反转，最后只能被迫提前下场。

结束这场荒唐的医闹之后，闻桨去看望了宋淮的母亲。宋母因为突发性心脏病，这期间一直在住院。

之后，闻桨还跟池渊他们几个一起去参加了宋淮的葬礼。

葬礼当天，宋淮的母亲坚持要出席，却因为悲痛过度，直接昏倒在宋淮的冰棺旁。

宋淮的父亲全程都是被亲属搀扶着。

老来丧子，人间至痛。

灵堂外，还有许多因为惋惜而特意赶来送宋淮最后一程的网友，白菊花摆了一束又一束。

宋家人丁少，肖孟生性活络，一直帮着宋予行接待来客。唐越珩碍于身份特殊，祭拜完就得走，池渊送他回车上。

闻桨也没有久待，因为这样压抑沉重的氛围太容易激起她记忆深处那些不愿再想起的过往。她和宋予行打了声招呼，又和一起来的肖孟说了声，然后悄无声息地离了席。

过了一会儿，池渊送完唐越珩回来，发现灵堂里已经不见闻桨的身影。他走过去拍了拍肖孟的肩膀："看到闻桨了吗？"

"走了。"肖孟凑近他耳边低语，"不过我刚才看着她状态好像不太对，有点魂不守舍的。"

池渊眉头一蹙："看出来状态不对你还让她一个人回去？"

肖孟无辜道："那她要走，我也拦不住啊。"

池渊唇角抿直，脸上没什么表情："你等会儿帮我和宋予行说一声，我有事先走了。"

"哎哎哎……"肖孟拦住他，不解道，"你干吗去啊？"

"追人——"

等池渊追出去的时候，闻桨人已经没影了。他走到殡仪馆内的停车场，发现原来停着她车的位置这会儿已经空了。

池渊轻啧了声，摸出手机给她发了条微信。

走了？

没回。
打电话。
没接。

池渊收了手机，没再想方设法联系她。毕竟闻桨和他也不是多亲密的关系，她也没必要时时刻刻和他汇报自己的去处。

谁知下一秒，刚才没接电话的人又给回了过来。他抿了抿唇角，拇指摁着屏幕往右滑，接通电话。

"池渊？"

"嗯。"池渊往前走了几步，到自己车旁，拉开车门坐了进去。

"我刚才在红灯口，不方便接电话。你有什么事吗？"

"也没什么事。"池渊随口问，"你回去了？"

"嗯，回去了，医院那边还有点事没处理。"

池渊"哦"了一声："我也没什么事，你开车吧，我挂了。"

"好。"

结束通话后，池渊坐在车里想了很久。

其实在闻桨这次的事情上，如果没有蒋远山的请求，池渊是不会直接去跟闻桨接触的，顶多就是听池母的话在私下出出力帮点忙罢了。但蒋远山提了，他也由此知道了一些闻桨不为人知的故事，虽然说不上多意外，但也并非全然在意料之中。

毕竟在以往和闻桨的接触中，池渊并未发觉她和蒋远山有什么摩擦抑或是什么不愉快，反而更多的是父慈女孝的情景。

想到这一点，池渊对闻桨在两家联姻这件事情上的做派愈发困惑：既然父女不和，她又何必完全听从蒋远山的安排？

池渊最开始以为两家联姻，是闻氏需要池氏的帮扶，抑或是闻、池两家在商业上会有所合作，所以他私底下也有托人查探过闻氏的情况，结果得到的回答都是闻氏目前资金流动稳定，经营状况良好。

与池氏合作是锦上添花，但是不合作，对目前的闻氏来说也不会有太大影响。

那既不是有所求也不是合作需要，池渊想不出闻桨还有什么理由答应联姻这件事。

难不成她还真对他有意思？

池渊想到这儿，忍不住抬手揉了揉额角，似乎也觉得自己这个想法有些不切实际。

又过了一会儿，他有些无奈地叹了声气。

算了，反正事情都已经走到如今这个境地，再去想那些乱七八糟的缘由也没有什么必要，他目前最重要的还是得有自己的一番事业，只有这样才能有底气在池父池母面前拒绝联姻这事。

想开了，池渊也没什么好纠结的，收起手机，开车离开了殡仪馆的停车场。

第五章

碰见个小酒鬼

医生辱骂病人家属这事刚结束后没多久，有关于车祸真正的罪魁祸首一事也被相关部门调查清楚了。

　　——王敬平是开车的人，而胡成只是王家人用来替他顶罪的替罪羊。

　　车祸发生那天，王敬平带着胡成在校外和朋友聚会。下午三点，一拨人准备转场。

　　王敬平拒绝了酒吧提供的代驾，而是把车钥匙交给了只喝了两三杯酒的胡成。行至半途，王敬平对胡成过慢的车速表示不满，提出要自己开车。

　　胡成拒绝无效，只好无奈地和他换了位置。

　　最开始，王敬平确实跟没喝醉时开车一样稳当，但越往后他的车速越快。在连闯了两个红灯之后，胡成劝他开慢一点。但王敬平大概是酒精上头，不仅不听劝，反而一脚将油门踩到了底。

　　然后在所有人都还没反应过来的刹那间，车速过快的红色跑车"嘭"的一声撞上了正常行驶的黑色轿车。

　　黑色轿车被撞开，车头扎进了一旁的大卡车尾部，红色跑车也在急速的猛刹间翻滚了一圈。

　　胡成坐在副驾驶位上，又系了安全带，在车内的保护措施下，并未受到很严重的伤，而坐在驾驶位又没系安全带的王敬平则伤势较重，且已经陷入昏迷。

　　跑车的前挡风玻璃已经碎裂，胡成解开自己的安全带，动作缓慢地从车里爬了出来，又折身去拉王敬平。

　　之后事故现场慢慢围了些人，有人在报警，有人在打 120，还有人在打 119 救援。

胡成用尽力气也没能将王敬平拉出来。他瘫倒在原地，看着救援队将轿车的车主抬出来。

男人血肉模糊的脸在他眼前一闪而过。

那一瞬间，胡成知道自己完了。

之后，就是接受治疗和调查的阶段。王敬平家里有钱有势，胡成知道自己不能乱说话。后来王家的律师来见他，告诉他，只要他认罪，王家在事后会给他家里五百万。

胡成家境一般，父母都是工人，家里还有一对龙凤胎弟妹在读初中。如果他不认这个罪，王家有的是办法让他一家人在溪城过不下去。

他只能认。

这场荒唐的开年大戏最终迎来了一个更荒唐的真相，事故的真相和敏感性比医闹更能引起大众的关注。

在王家人的所作所为被揭露后，自诩为正义勇士的网友在网络上掀起新一轮的讨伐。

煤二代撞死人找人顶罪 #　# 富二代酒驾撞死人 # 等与事件有关的词条迅速爬上了热搜首页。

除此之外，有热心的网友还将闻桨当时怒骂王家人的小视频给翻了出来，当初医生辱骂病人家属一事又重新回到大众视野。

有人为自己当初的谩骂道歉，有人发誓以后绝对不会再随意站队，有人则依然坚持己见，认为骂人是不对的。

对于这些，闻桨并未再有任何回应。

一周后，富二代酒驾事件的所有涉事人员全都被拘捕在案，检察部门声明会按照相关法律判刑，绝不徇私枉法。

王家人的产业也因此受到影响。池、闻两家在业内放话，从此以后拒绝与王氏以及和王氏有所牵连的公司合作。

天凉王破，名副其实。

事情告一段落之后不久，闻桨接到蒋远山的电话。

蒋远山没有太多的关心和叮嘱，只是告诉她池渊在这次的事件中也帮了不少忙，让她抽个时间去感谢人家。

这么明显的暗示，闻桨不会不明白。

她站在窗前，看着窗外的车水马龙，应了声"好"。说完这句，蒋远山还没有挂电话的意思，听筒里只有轻微的呼吸动静。闻桨将手机从耳边挪开，垂眸看着正在通话中几个字，抬手轻触屏幕，结束了通话。

没什么的，反正她已经习惯了。

她这样安慰自己。

到了周五，闻桨结束例行工作，把手里的事情和同事交接过后，和周钰晗同行去更衣室换衣服。

闲聊中，周钰晗随口提道："上周我们家庭聚会，我老公的小姑家有个儿子，比你大两岁，现在在律师事务所工作，单身，人长得还行，你要不要考虑考虑？"

闻桨单手解扣子，摇头失笑："不用了，晗姐。"

"真不考虑考虑？"

"嗯。"闻桨换下白大褂，斟酌着语气，"我现在已经……有稳定发展的对象了。"

周钰晗一脸震惊："什么时候的事情？你怎么一点风声都没有。"

"年前的事情，家里安排的。"闻桨轻笑，"目前还在相处中。"

"家里安排的好呀，知根知底，也省去了不少麻烦。"

闻桨的家庭背景在医院不是公开的事情，除了院长和高层没多少人知道她是闻氏的千金。

上次医闹的时候，王家也只是公布了闻桨的个人工作信息，并未查到她的真实身份，这也是他们为什么会那么肆无忌惮的原因。

他们以为闻桨是个软柿子，却没想到踢到了硬石头，自取灭亡。

闻桨没和周钰晗说得太详细，换好衣服乘电梯去了负一层的停车场。在车上的时候，她给池渊发了条微信，问他明天有没有时间。

池渊像是手机二十四小时不离手，下一秒就回了个"有"。

闻桨坐在车里，眉眼低垂，双手捧着手机打字，看起来格外认真。

闻桨：我想请你吃饭。

池渊：嗯？怎么突然请吃饭？

闻桨：感谢你这次的帮忙。

池渊：不用了，也没帮上什么忙。

闻桨：好的，那就这么说，地址我晚上发给你，明天见。

另一边，池渊看到闻桨发来的最后一条消息，没忍住笑了出来，这人请吃饭的方式还真是硬核。

他的笑声突兀。站在台上汇报项目的经理堪堪顿在那里，会议室里众人面面相觑，不知这位少爷突然抽什么风了。

坐在池渊身旁的时呈在桌底下踢了他一脚，凑过去压低声音提醒道："你注意点场合。"

池渊回过神来，意识到自己正处在严肃正经的会议室里，轻咳一声，收起手机，抬眸看着台上的人，眼底漆黑，语气礼貌得体："不好意思，您请继续。"

被中断的项目汇报又重回正轨。

池渊看着桌面上的报告，逐渐也从刚才分心的状态里抽离出来，时不时还提笔在纸上勾画几笔。

会议结束已经是两个小时后的事情。窗外夜色弥漫，池渊跟着时呈去了他的办公室。

时呈解开领带，坐在办公桌后："说说吧，今天怎么突然想来公司听会议了。"

池渊站在书架前，随手翻看着摆在其中的杂志："自家公司，那不是想来就来了吗？"

时呈嗤笑一声，知道他说的不是实话，但也懒得管他，起身拿起搭在一旁的外套："走吧，先去吃饭。"

"得嘞。"

吃过饭后，池渊收到闻桨发来的吃饭地址，到这时候也不好再拒绝，回了个"好"。

闻桨没再回复。

池渊收了手机，看着时呈："哥，明天把你家瑄崽借我一天呗。"

"要借就自己去接，我和你嫂子没时间送。"

"那成啊，我今晚就跟你过去接他。"

他这么爽快，时呈反而有些疑虑："你别带坏他。"

池渊轻笑："我像是会带坏他的那种人吗？"

时呈垂眸不看他，语气闲闲："你不是像。"

"……"

"你就是。"

"……"

闻桨定的吃饭的地方是市中心一家口碑好人气旺的老字号——清轩阁，得提前三天预约才能排上号。

许南知和那里的负责人有合作，给开了后门，临时帮忙排了一桌出来。

本来许南知知道闻桨是请池渊去那里吃饭，还不太乐意帮忙，甚至还想和负责人打个招呼，不让给留位的，但架不住闻桨软磨硬泡，最终还是松了口。

闻桨约的是中午那顿饭。十点多她从家里出门，到了地方才知道池渊带了瑄崽一起来了。

池渊和她解释："他爸妈这周有事，把他丢给我了。不介意吃饭多个人吧？"

欲盖弥彰。

闻桨大概猜出他带着瑄崽一起来的原因，也没戳破他，轻笑："这有什么可介意的。"

闻言，池渊拍拍瑄崽的脑袋："还不谢谢姐姐。"

"……"

还真是惯得你。

瑄崽倒是无所顾忌，对着只有一面之缘的闻桨格外有好感，说完谢谢就伸手要闻桨抱。

闻桨来者不拒，弯腰把人抱在怀里，转过视线看着池渊："先进去吧。"

"行。"

清轩阁只有两层楼高，后期专门改建过，整体构造有点像徽派建筑，白墙青瓦，屋檐勾勒弯翘。

包厢在二楼，楼梯是木质的，踩上去会有很清晰的动静。

闻桨抱着瑄崽，因视线受阻，抬脚的频率放慢了些许。瑄崽亲昵地搂着她的脖子，嘀嘀咕咕和她说小故事。

池渊走在两人身后，视线自然而然地落在闻桨身上。

最近溪城的气温回升很快，闻桨穿得单薄，一件黑长裙，外边搭着件长款的开衫毛衣，长发随意披散在背后，发色不是纯粹的黑色，偏梨木棕，发尾卷翘，背影瘦削。

虽然是医生，池渊却很少能从她身上闻见消毒水的味道，更多时候都是较为清新的柑橘调和橙花香。

他抬手摸了摸鼻尖，低头错开了视线。

一顿饭吃得还算融洽，闻桨也庆幸池渊带了瑄崽出来，让气氛不至于那么沉默和尴尬。

吃过饭后，瑄崽有点犯小孩子脾气，抱着闻桨的腿吭吭唧唧的，池渊说什么他都不肯撒手。

闻桨弯腰摸了摸他的脑袋，低声哄着："瑄崽，你和姐姐说，你想做什么呀？"

他摇摇头，小脸皱着，眼看就要哭出来了。

闻桨有些哭笑不得，不知道他这是怎么了，只能继续哄着："那姐姐带你去玩好不好？带你去看大鲨鱼和小海豚，行不行？"

大约是孩子天性，听了闻桨的话，他倒也不闹了，还试探着问："那我能去看小企鹅吗？"

一旁的池渊哼笑，伸手捏捏他的脸："行，只要你乖乖的，何止是企鹅，企鹅它一家，二叔都带你看。"

清轩阁隔街就有家海洋馆。

距离不远，步行比开车方便，池渊抱着瑄崽，闻桨走在里侧。午后阳光静谧，三个人的身影紧紧挨在一起，在旁人看来像是个幸福的一家三口。

池渊率先打破僵局："王敬平现在还没醒？"

"没。"闻桨手指交叉背在身后，"脑损伤百分之五十三，几乎没有苏醒的可能。"

"不醒在床上躺一辈子，醒了就得在牢里过一辈子，也不知道老天到底是眷顾他还是折磨他。"

"谁知道呢。"闻桨看着地面上的影子，"总归都不是什么好下场。"

池渊看了她一眼，想起蒋远山提到过的关于她母亲的意外，抿了抿唇，没再继续这个话题。

等到了海洋馆，池渊看了眼售票处拥挤冗长的人流，眉头微蹙。他放下瑄崽，看着闻桨："你们在这等会儿，我去打个电话。"

"好。"

他去打电话的间隙，瑄崽对旁边的玩偶气球感兴趣，小手拉住闻桨，奶声奶气道："姐姐，我也想要那个，你可不可以帮我买一个？"

闻桨轻笑："当然可以呀。"

气球里是氢气，稍微不注意没抓牢就会飞走。闻桨买了两个，一个系在瑄崽手腕处，另一个被他抓在手里。

买完气球，池渊也打完电话回来了，身后跟着海洋馆的负责人。

瑄崽和他炫耀手里的气球，完了还要把多出来的那个系到池渊的手腕上："叔叔也要系，这样姐姐就能一直看到我们了。"

池渊："……"

后悔带这崽子出来了。

他还没说什么，小屁孩以为他不肯，又开始要吭吭唧唧。

"打住。"池渊有些无奈地卷起袖子，露出一截白皙精致的手腕，手背上的血管凸起明显。

他朝瑄崽伸过去："来，给你系。"

瑄崽："我系不好。"

瑄崽回头："姐姐可以帮我二叔系一下吗？"

池渊开始怀疑池母是不是把助攻的魔爪都伸到了这小屁孩身上。

闻桨扬眉，抬眸默不作声地看着池渊，没拒绝也没答应，像是在等他做这个决定。

池渊抿了抿唇，把胳膊朝她伸了过去："帮个忙吧，不然这小鬼烦死了。"

闻桨点头，从瑄崽手里接过气球，往前靠近他，捏着绳子绕过他手腕一圈，轻轻打了个结。

打结的时候，她的指腹轻轻擦过他手腕处的皮肤，像是羽毛轻拂，触觉异常敏感。池渊下意识蜷缩了缩手指，轻滚着喉结，强忍着没将手缩回来。

进入馆内，闻桨和池渊样貌出众，瑄崽活泼可爱，他们俩手上又都系着气球，自然引起了不少回头率。

一对带着孩子的夫妻和他们擦肩而过，小女孩看着池渊和瑄崽的造型，糯声糯气道："爸爸！你看那个弟弟的爸爸都和他一起系气球，我也要和你一起系。"

"好好好，爸爸出去就和你一起系。"

池渊也听到这话，抬手揉着瑄崽的脑袋："小鬼，别人说我是你爸爸呢。"

瑄崽抬头看看他，又看看闻桨。

下一秒，瑄崽猛地扎进闻桨怀里，超大声地喊道："妈妈！"

"……"

"……"

气氛有一瞬间的僵滞。

池渊是真服了这小鬼。

他抬手摸了下鼻尖，错开视线不看闻桨，而是伸手拎住小屁孩的衣领，直接把人提到自己面前，指腹掐着他柔软的脸颊，语气故作恶狠狠的："小鬼，谁教你这么乱叫人的？嗯？信不信我等会儿让企鹅一家不出来见你？"

闻桨："……"

瑄崽还是孩子思想，分不清池渊话里的真假，只以为自己真的会见不到企鹅一家，大眼睛扑棱扑棱，嘴唇跟着一抿，眼看着就要哭出来了。

池渊被他气笑了，直接屈膝蹲下去，发色在阳光下透着浅浅的光晕。他伸手擦掉小屁孩眼角要落未落的泪珠，语气带着调笑："哭也不带你去看。"

这下好了，默默啜泣直接变成了号啕大哭。

闻桨简直怀疑池渊是不是脑袋缺根筋。

小孩子的肺活量强，哭起来声音十分洪亮，池渊没想到他哭起来是这个架势，忙手忙脚乱地去哄。

可是效果并不佳。

闻桨也跟着屈膝蹲下身去哄，但瑄崽已经完全陷入见不到企鹅家族的悲伤和难过之中，谁哄都不行。

这里的动静很快就吸引了其他人的注意，有热心的奶奶凑过来，和善地关心道："小朋友怎么啦？"

池渊尴尬地挠了下额角，没有吭声。

这怎么说，总不能说是被他吓哭的吧？

他不好意思说，闻桨才没这个顾虑，一本正经地把全部责任都推了过去："没事，就是刚才被他叔叔教育了一顿。"

池渊倏地侧眸看过来："？"

闻桨平静地回看过去，义正词严道："难道不是吗？刚刚不是你说不带他去看小企鹅的吗？"

围观的游客纷纷把指责的目光落在了池渊身上。

池渊勉强平复了情绪，嘴角扯出个僵硬的笑容："是，都是我的错，我不该骗他玩。"

热心的奶奶劝慰道："小孩子嘛，难免都骄纵了些，有时候确实是闹腾。你这当叔叔的既然愿意带他出来，肯定是乐意宠着他的。"

说完，奶奶拿手帕给瑄崽擦了擦眼泪，又从口袋里翻出个手工制作的小玩意递过去："小宝宝别哭了，看这是什么？"

瑄崽被吸引了注意力，停下哭声，肩膀却仍旧一抽一抽的，大眼睛和长睫毛都覆着一层湿漉漉的眼泪，看起来可怜兮兮的。

奶奶把玩具递到他的手上："送给你。喜欢吗？"

瑄崽点点头，抬头看着她，糯声糯气："谢谢奶奶。"

"不客气。"奶奶摸了摸他的脑袋，"真是乖孩子。"

经历了这么一遭，池渊是不敢再威胁这小鬼了，送走热心的奶奶之后，立马带着瑄崽去了企鹅馆。

不仅如此，在看完活着的企鹅之后，池渊还带他去了海洋馆内的生物化石馆，指着被放在玻璃柜内的企鹅化石，一本正经道："来，二叔带你看看什么是企鹅的祖宗十八代。"

跟在两人身后的闻桨："……"

周末的海洋馆，人流较多，池渊怕走散，全程都把瑄崽抱在怀里，闻桨走在另一侧。

下午三点钟海豚馆有表演，池渊之前找负责人拿了内部票，可以免排队直接入园观看。

虽然不用排队，但三个人去得迟，只剩下最后几排的位置。不过好在馆内的座位都是阶梯式的，就算是最后一排，视野也不受影响。

池渊将瑄崽放在他和闻桨之间的板凳上。小孩子坐下来什么都看不到，索性脱了鞋直接站在上边。

馆内小孩子居多，耳边尖叫和欢呼声一阵接着一阵。闻桨已经过了对海豚钻圈、海狮跳舞感兴趣的年纪，靠着椅背在晃神。

瑄崽系在手上的气球随着他手舞足蹈的动作上下乱飘，坐在三人后面的游客之一忽然拍了拍闻桨的肩膀。

闻桨回头看过去。

游客凑过来小声道："可以挪一下气球吗？有点挡视线了。"

闻桨歉然："不好意思，我们马上挪。"

"谢谢。"

池渊在回消息，听了这动静，稍稍侧头看了过来："怎么了？"

"气球挡住后面观众的视线了。"闻桨低头解开瑄崽手腕上的气球，又抬头看着他，"你的也解了吧。"

"好。"

池渊解开气球递给她，指腹不小心碰到她的手背，触感冰凉。

他往座位后排看了眼，那里放着一台大型的立柜式空调，柜机上的温度和雪花标识显示它正在运转。

场馆内极其宽敞，灯光明亮。

闻桨起身将气球系在过道旁的栏杆处，然后又重新坐回位置。馆内温度有些低，她伸手扣紧了外面的毛衣开衫。

池渊注意到她的动作，抿了抿唇角。过了几秒，他抬手脱了外套，然后侧着身，视线微微向后，轻声叫她："闻桨。"

"嗯？"她扭头看了过来。

池渊将外套从两排座位的空隙间递过去，修长白皙的手指和黑色的外套形成明显的反差。

他的视线落在她脸上，瞳仁漆黑，眉宇坦然："表演还有一会儿才结束，你先穿着吧。"

闻桨的确是有些冷，也没扭捏推辞，伸手接了过来："谢谢。"

"嗯。"

半个小时后，海豚表演结束，观众开始散场，池渊起身抱着瑄崽，闻桨解了气球重新系在瑄崽手腕上，手里拿着池渊的外套。

三个人跟在人流后面往外走。

馆内容纳了一百多位观众，但是只有一个出口，小孩子乱跑乱蹦，场面一时间既拥挤又混乱。闻桨被一个小男孩猛地撞了一下，脚步一停，再抬头时，人群里已经没有他们俩的身影了。

从海豚馆的人工隧道可以出馆，也可以直接通往其他的馆厅，闻桨不确定池渊往哪个方向走，拿着手机走到人少的地方，找到池渊的号码，准备给他打个电话。

她的手指刚刚摁下拨号键，下一秒，就被人从背后拍了肩膀。

她回过头来，看到池渊一手拿着一只气球，一手牵着瑄瑄站在身后。

他穿着连帽白卫衣，身形修长清瘦，语气带着几分调笑："你怎么跟小孩子一样，一转眼就跟丢了。"

"人太多了，没注意。"闻桨抿唇，将手里的黑色外套递过去，随口问，"我们还继续逛吗？"

池渊没接话也没接衣服，而是上前一步，将拿在手里的气球扯过来，捏着长绳，就着她伸手的动作，迅速在她手腕上打了个结。

靠近是一瞬间的事情，闻桨还没反应过来，手心里倏地一空，手腕上却多了一只气球。

池渊拿着外套往后退了一步，对上她的视线，眉眼轻挑，拖着腔笑道："这下应该不会再走丢了吧？"

海洋馆一游结束之后，闻桨似乎再也找不到什么和池渊联系的理由。

她的生活一如既往地忙碌，唯一不同的是她对池渊的生活不再像以前一样毫无所知。

池渊的朋友圈一直保持每星期更新一次的频率。

在没和他见面的那段时间里，闻桨常常能看到他分享的一些内容，有生活里的大事小事，但更多的都是些吃喝玩乐。

四月的第二个周末，闻桨接到池母的电话，邀请她去家里吃饭。

闻桨按时赴约。

到了池宅她才知道，池渊这段时间和肖孟去了外地考察项目，要到下个月才能回溪城，而池母邀请她过来，是想和她商量订婚的事情。

"这些都是订婚礼服的样式，你看看比较中意哪一件。"池母笑着说，"等池渊回来，我再安排你们俩去试戒指。"

闻桨垂眸看着图册，有些心不在焉。

池母心思缜密，察觉到她的异样，温声问道："怎么了？是不喜欢这些吗？如果都不喜欢，他们还可以提供其他的款式。"

"没有。"闻桨轻笑，"都挺好的。"

在池宅吃过午饭，又陪着池母喝了下午茶，闻桨拒绝了池母想要留自己吃晚饭的意图，在天色将晚前离开了池宅。

回去的路上，闻桨给蒋远山打了个电话。接通后，她开门见山："你现在有时间吗，我们见一面。"

蒋远山顿了顿："那你直接来公司吧，我这里现在不太走得开。"

"好。"

闻氏位于市中心的一幢独立的 CBD 大楼内，这是蒋远山将产业从平城转移回来重新选的地址。

闻桨这些年只来过三次。

第一次是得知蒋远山身边有了人，来这里和他吵了一架。

第二次是闻氏内部部分股权稀释再分割大会，她作为闻氏另一大股东前来参会，结束后又和蒋远山吵了一架。

最后一次是闻氏向医院捐助了一批医疗急救器材，她和急诊科全体同事过来参加捐赠仪式。

那一次，她和蒋远山一句话都没说上。

闻母去世之后的这些年，闻桨和蒋远山吵了无数次架，一次比一次激烈，带来的伤害也一次比一次深。

闻桨不理解蒋远山为什么这么轻易就能放下对闻母的感情，就像蒋远山永远都不会理解她的痛苦一样。

闻桨抵达闻氏大楼时，天还没有完全黑透。她将车停在路边，在车里坐了一会儿才下车走进去。

一楼的前台过来接待："闻小姐，蒋总已经在三十六层等您。"

"好的，谢谢。"

闻桨搭乘内部电梯，直达三十六楼，从电梯出去迎面就是一间办公室，墙边贴着职位铭牌——董事长特助，蒋辞。

办公室的门没关，从外面能看见里面的人影，闻桨路过脚步未停，目不斜视地从门前走过。

蒋远山的办公室在走廊尽头。

闻桨屈指在门上敲了三声，等坐在办公桌后的蒋远山抬头看了过来，她才迈步走进去。

蒋远山问:"要喝点什么吗?"

"不用了。"闻桨说,"今天池伯母让我过去选订婚的礼服了。"

蒋远山看着她,安静地等着下文。

闻桨抿唇,眉头稍稍蹙起:"我希望你可以说服池家,取消订婚仪式。"

"为什么?"

"池渊对联姻的态度你又不是不清楚?如果你还希望两家联姻能够成功,最好还是先取消订婚仪式。"闻桨看着他,"我们都不想和一个不熟悉的人结婚,我希望你和池家能给我和池渊一点时间。我知道池渊抗婚的行为在你们看来就是蚍蜉撼树,但不管怎么样,你们起码要给我们一点尊重。"

听了闻桨的话,蒋远山把眼镜摘下,细长的眼眸微敛着,像是在思考抑或是在抉择。

办公室内忽然陷入一片沉静。

闻桨没再多说,视线低垂,看见蒋远山摆在桌角的相框,里面放着的是闻桨考入平城医大那年他们一家三口在学校门口拍的一张全家福。

照片里,闻桨穿着藕粉色吊带连衣裙,背着手站在父母中间,十几岁的少女脸上还带着未褪的稚气,笑容纯粹动人。

那个时候的闻桨觉得快乐是一件很容易的事情,见想见的人也是一件很容易的事情。

只是后来不知道从什么时候起,快乐对她来说变得奢侈和困难,就连想见的人也永远都见不到了。

蒋远山没有思考很久,抬头见闻桨盯着照片发愣,说话的动作一顿,眼底有不易察觉的柔软:"好,我答应你,订婚可以取消,但是你们俩的婚事,我和你池伯父之前商量过了,最迟今年年底就会定下来。"

闻桨眼皮一跳,早在知道联姻这件事情的时候,她就已经清楚这一天只会早不会迟,但没想到会来得这么快。

她屏息了一瞬,问:"那如果池渊到时候还是要抗婚呢?"

"池渊的问题自然会交给池家去解决。"蒋远山想到什么，问道，"听你池伯母说，上个月你们还一起出去玩了？"

闻桨微愣，没吭声。

蒋远山笑说："你们年轻人就该多接触接触，时间长了，自然就会有感情了。池渊也是个有担当、有能力的孩子，你嫁给他，我也放心。"

闻桨没在他办公室里多停留，事情聊完就准备走。

蒋远山挽留："时间也不早了，不然我们一起吃个晚饭吧。"

闻桨一顿，淡淡抿了抿唇："不用了。"

等电梯的时候，蒋辞拿着水杯从办公室出来，抬眸看到站在电梯前的闻桨，脚步顿了一下，鞋跟不小心碰到旁边的花盆。

闻桨听到动静，回头看了他一眼，目光又轻又淡，不带任何温度。

来楼上汇报工作的部门经理从一旁员工电梯出来，看到闻桨，停下脚步和她打了声招呼："闻小姐。"

闻桨收回视线，朝他浅浅笑了笑："何经理。"

说话间，电梯抵达，闻桨抬脚朝里走。

何灿笑说："闻小姐慢走。"

"嗯。"

电梯门合上之际，闻桨看到蒋辞的身影在缝隙间一闪而过。

闻桨回到家里。

许南知加班，家里没人，只有一室的清冷，月光从客厅的落地窗洒进来，屋里光影斑驳。

闻桨回了房间，拿了换洗衣服进浴室洗澡。最后因为水温不够热，只匆匆洗了几分钟。

下午在池宅喝了下午茶，闻桨一整个晚上胃都有些难受。躺下没一会儿，她又爬起来，找了两粒消食片吃。

时间才刚过八点，闻桨还没什么困意，打开手机看到大学同学群里在聊这个月邓维在平城举行的婚礼，以及在婚礼前办同学会的事情。

班长邓维和准新娘林淼在确认能来参加的同学。

闻桨不记得具体时间，翻到邓维之前发的邀请函看了眼，四月二十号，也就是下周末。

时间上没什么问题。

她在群里回了消息，之后又在群里聊了会儿才退出群聊。

到了周五，闻桨提前和周钰晗交代了声："晗姐，我这周末要去趟平城，医院有什么临时情况我可能没办法及时赶回来。"

"行，我知道了。"

闻桨买了周六早上十点飞平城的机票。同学会在晚上七点，江沅约了她中午去看沈漾打比赛。

许南知难得周末不加班，早上开车送她去机场。

在路上，闻桨看到池渊发了条朋友圈，一个标点符号加一个对她来说十分熟悉的定位。

平城新桥机场。

池渊最近很忙。

最忙的时候他甚至要一天飞三个城市，连喘口气都觉得费事，倒也不是瞎忙，说起来都是正经事。

近年来医疗产业逐渐能在大行业潮流中分一杯羹，池渊正好对这块感兴趣，恰好肖孟又在做这方面的项目，他就跟着一起去考察了。

肖孟手下有个医疗公司，是肖老爷子亲批的分公司。公司虽是挂名在肖孟手底下，但他也只是空有这个名头，公司大部分实权都在肖老爷子指派的副总手上。

肖孟手里算是一点实权也没有，什么事情都得自己来。

跑项目累到睡在机场，谈业务喝到吐都是常事，不过好在肖孟也有那个实力，从毕业到现在，也做成了好几个大项目。

这些都是池渊曾经没有经历过的事情。

池渊是国外工科名校毕业，回国后池父暂无放权的意思，他没有继承家业的压力，也没有什么生活之忧，手下虽然也有公司和产业，但大多都是搬不上台面的小打小闹。花了人生四分之一的时间积攒的学识，在池渊身上并没有体现出它该有的价值。

除夕那天和池母聊过之后，池渊也意识到自己这些年其实都是在荒芜度日，表面上看着光鲜亮丽肆意潇洒，但比起那些有事业、有能力的同龄人，他不过是徒有其表，实则一无所有。

联姻这事给池渊敲了一个警钟。他不想再这么浑浑噩噩过下去，不想再当个成天无所事事只知道吃喝玩乐，就等着到了年纪回去继承家业的公子哥。

跟着肖孟在外面跑业务的这段时间，见多了商场上那些尔虞我诈和觥筹交错，池渊深谙自己没了池氏太子爷的名头，不过也是泯然众人矣。

肖孟的新项目是针对失聪儿童的康复治疗，正在全国各地找合作医院和投资方。

半个月下来，有合作意向的医院只有平城医科大学第一附属医院、溪城第一人民医院以及湖城省立医院。

从湖城抵达平城后，池渊和肖孟还没来得及歇口气，又马不停蹄地赶去见了平医大附院办公室项目的负责人邓从海。

合作并不是一次就能谈成的。

在饭桌上，邓从海并没有给出明确的答复，只说还要回去和院领导再商量商量。

池渊和肖孟都清楚这只是表面上的说辞，也没戳破。

肖孟拿出随身带着的礼物，笑着说："前两天听说令郎要结婚了，我们来得匆忙，只备了一点薄礼，还望笑纳。"

肖孟这话说得滴水不漏，邓从海不收就是嫌弃他礼物给得廉价，可是收了这礼……

犹豫再三，邓从海还是收了礼，但是也没白收。

邓从海从包里拿了两张请柬递过去，笑道："两位来得巧，犬子的婚礼就定在明日，不知道二位到时候有没有时间过来吃个喜宴？"

肖孟轻笑："这时间当然有。"

送走邓从海后，池渊和肖孟回了酒店的房间。池渊窝在沙发上随便翻看着请柬，目光轻掠过邀请词，接连几天的奔波让他的神态有些疲惫："和生意人打交道还真是累。"

肖孟中午喝了不少酒，一回来就进浴室洗了把脸，出来听到这话，像是习以为常："是我有求于人家，累一点谈成一个项目，多值当。"

池渊抿唇，晃了晃手里的请柬："明天我也要去？"

"不然呢？"肖孟挑眉，"你不去，到时候婚礼上我一个人都不认识，多尴尬。"

闻桨的航班是十二点一刻抵达平城新桥机场，从出舱到取完行李出来花了十几分钟。

江沅在 T3 出口等她。

这是毕业之后，两个人第一次见面，也是闻桨第一次回平城。

随着人流走到外边，闻桨看到了江沅四处张望的身影。江沅显然也很快看到了她，笑着朝她招了招手："桨桨！"

闻桨笑了笑，快步走了过去："什么时候到的？"

"刚到一会儿。"江沅把手里的桔梗花束递给她，发自肺腑道，"欢迎回来，闻桨同学。"

"谢谢。"闻桨忍俊不禁，"你的仪式感也太足了点。"

"那可不，沈漾都没这待遇。"

"深感荣幸。"

沈漾的比赛在下午两点。他被教练留在基地开会，没能和江沅一起来机场。闻桨是中午吃饭的时候才见到他，还有他的几个队友。

大学时期，闻桨和江沅是王者荣耀的资深玩家，因着江沅的关系，也来现场看过几次比赛，和沈漾的队友都认识。

吃过饭后，沈漾带着队友先去了比赛所在的体育场馆，江沅和闻桨回了趟酒店放行李。

江沅对于闻桨之前提起的结婚对象十分感兴趣："你和你那个结婚对象相处得怎么样了？"

"还好。"闻桨说，"比之前好，就是还是没什么话聊。"

"有代沟？"

"同龄人哪里来的代沟。"

江沅眉眼一挑："我说的是你的心理年龄。"

"……"

那确实有代沟。

到酒店放完行李之后，闻桨和江沅又匆匆赶去了比赛场馆。今天是春季赛半决赛，现场氛围很热闹。

比赛开始前，沈漾和队友都在休息室。闻桨和江沅坐在舞台正中央的 VIP 区，视野开阔敞亮。

江沅拍了两人的合照放在朋友圈。

闻桨留完言，顺势往下划了划，然后又看到池渊发的那条带着定位的朋友圈，犹豫片刻，抬手点了个赞。

之后比赛开始，闻桨就收了手机。

两点钟开始的比赛，到下午五点钟才结束，沈漾所在战队以三比二的微小优势赢得了胜利。

晚上同学会的地点在闻桨下榻的酒店。

六点钟的时候，班长邓维说他和一部分同学已经到了，闻桨和江沅回酒店收拾了下，也赶了过去。

班上三十二个同学，全员到齐。

快两年的时间，足够改变一个人。毕业之后，大家都褪去了学生时代的稚嫩，男生变得成熟而稳重，女生变得更加精致靓丽。

坐在一起时，聊的也不再是游戏和爱豆，大多都是工作和家庭，好像离开了学校这座象牙塔，每个人的生活里都只剩下这两件事。

闻桨前阵子的医闹事件传得沸沸扬扬的，当时大部分同学都给她发了消息，但具体情况都不得而知。

这次碰面，免不了被抓着问。

闻桨失笑："真的都处理完了，医院方面也没有为难我。"

邓维："那就行，还好事实真相被调查清楚了，要不然你这职业生涯可就毁了。"

"可不是吗？现在的人啊，对医生这一职业的恶意太大了，稍微有一点不对，就能被放大千万倍。"

"是吧。"

酒过三巡，包厢里氛围热闹，闻桨因为平时职业的性质，鲜少喝酒，但这次也难免被灌了几杯。

她有些不胜酒力，三杯酒喝完就已经开始上脸。邓维再给她倒酒，江沅拦了一下："班长，你看闻桨这脸色，再喝估计就要醉倒在这里了。"

"那就最后一杯，闻桨，行不？"

闻桨无奈地点了点头。

喝完这最后一杯，闻桨的脸红得更彻底了，人也觉得有些晕，江沅扶着她出去透气。

闻桨和江沅去了走廊尽头的阳台。

四月份的平城，气温要比溪城高一点，哪怕是夜晚，风里都带着淡而薄的暖意，隐约能从中嗅到一点夏天的气息。

酒店对面是平城最大的 CBD 商圈，鳞次栉比的高楼大厦，车水马龙的街道，交织出这座城市的繁华。

透了会儿气，闻桨还是觉得头晕，甚至还有些想吐。

江沅又扶着她去洗手间，等她吐完，才问道："我记得你以前酒量没这么差啊！"

"大概是太久没喝酒了。"闻桨抄了把凉水扑在脸上，冰冰凉凉的温度使她舒服了不少。

江沅抽了张纸递过去："感觉怎么样？"

"好多了。"

"等下你先回包厢，我去吧台给你要杯蜂蜜水。"

"不用麻烦，我已经没那么晕了。"

"别废话，走。"

包厢和吧台是两个方向，闻桨揉着额头往前走，脚下踩着软绵绵的地毯，总有种不是踩着平地的不真实感。

白酒后劲太强，她其实还有些晕，眼皮懒懒地耷拉着，没注意拐角处来了人，下一秒，整个人一头扎进男人的怀里。

耳边听见有什么东西掉落在地毯上。

闻桨跟跄着往后退了一步，抬眸的同时开口道歉："不好意——"

话音戛然而止。

走廊处的灯光明亮，男人脸上的表情变化格外清晰。

从惊讶到平静不过一瞬间的事情。

池渊穿着简单干净的白衬衫，下摆被一条黑色皮带扎进裤腰里，衬得腰身精瘦有力，西装裤熨烫妥帖，裤管笔直，质地良好的黑色西装外套被他对折搭在手肘处。

他弯腰捡起掉在脚边的手机，放进西装裤的口袋里，随后抬眸看着闻桨："这么巧。"

闻桨虽然事先知道他也在平城，但没有想到会这么巧碰上，有些没怎么回过神来。

池渊看着她怔愣的模样，又闻见她身上的酒味，以为她是遇见什么坏事，眉头微蹙："闻桨？"

她回过神来，笑了笑："我没事，就是有些意外在这里碰见你。"

"是挺意外的。"池渊看着她，"你在这里做什么？"

闻桨实话实说："同学聚会。"

池渊想起她是在这座城市读书的，没再多问："那你忙，我还有事，先回去了。"

"好。"

走了几步，池渊像是想起什么，又回头叫住她："闻桨。"

闻桨停住脚步，回头看过来："怎么了？"

他往她面前走了几步，眼皮微垂，眼睫毛卷翘浓密，遮住眼底的情绪，语气淡淡的："伸手。"

"嗯？"

闻桨虽然疑惑，但还是依言伸出手，手指葱白细长，掌心的纹路错综复杂。

池渊没多看，伸手从西装外套口袋中拿出什么，然后放到她掌心中，抬眸对上她更加疑惑的视线，轻声解释："解酒药。"

闻桨恍然，大概是自己身上的酒气被他闻见了。

她笑了笑，一双漂亮又动人的桃花眼被酒精浸染，水光潋滟，看起来格外多情："谢谢。"

江沅端着蜂蜜水回到包厢，却没看到闻桨的身影。她放下水杯，问坐在旁边的女生："看到桨桨了吗？"

"啊，没注意哎。她不是和你一起出去的吗？"

江沅一瞬间以为闻桨在自己走后醉倒在了洗手间，忙不迭出门就去找，却在走廊附近看到她和一个陌生男人站在一起。

"桨桨！"江沅急匆匆跑过去，神色严肃地看了看面前的男人，又偏头问闻桨，"没事吧？"

这话一说出来，闻桨就明白江沅可能是把池渊当成了什么心怀不轨的人，握了握她的手："我没事，给你介绍一下。"

"这位是池渊，是我在溪城那边的朋友。"

闻桨又扭头看向池渊，简单介绍了江沅的身份。

池渊应了声，侧眸朝江沅点了点头，语气温和有礼："你好。"

江沅自知刚才是误会了人家，笑容有些尴尬，但也没怎么失礼："你好，刚才不好意思了。"

"没关系。"池渊看着闻桨，声线略低，"我还有事，先走了。"

"好。"

等他走远，江沅挽着闻桨的胳膊，语气有些懊恼："刚刚真的太尴尬了，也不知道你这个朋友会不会介意了。"

"不会。"闻桨笑着安慰，"他不是这么计较的人。"

闻言，江沅挑着眉凑过去，语气暧昧："我怎么感觉自己好像嗅到了什么八卦的气息。"

闻桨也没隐瞒，眼眸微垂，眼里闪过一丝笑意："他就是我家里安排的结婚对象。"

江沅喃喃道："是我有眼无珠，竟把正主当流氓，实在是罪过罪过啊。"

闻桨没忍住笑了出来。

池渊回到自己的包厢。

他今晚和肖孟约了平城医大的几位教授吃饭。中年人都喜烟擅酒，肖孟中午才喝过一轮，晚上这顿喝到一半人就有些扛不住了。

池渊替他喝了几杯，然后借口去洗手间，绕去了酒店外面的药店，买了些解酒药。

回来后，他在桌底下把解酒药递给肖孟。

肖孟攥紧，两只手从桌面挪到桌底撕开包装袋，欲盖弥彰般地看着池渊，把桌上的注意力都转移到他那里："你怎么去了这么久？"

包厢里空气沉闷难闻，池渊抬手扯了扯衬衫领口，又动手解开袖口的扣子，将衣袖往上卷了几折。

他端着酒杯，修长的指节轻扣，眉眼清俊，神情莞尔："路上碰见个小酒鬼，耽误了点时间。"

肖孟也是喝多了，没抓住他话里的重点，趁着没人注意，就着桌上的冰水把解酒药给吃了。

合作还得谈。

一杯酒只能说上三句话，池渊酒量不差，但也架不住这么喝，白皙的面孔泛着潮红。他抬手又解了衬衫的一粒扣子，露出清晰平直的锁骨线条，随着呼吸微微起伏。

酒已经不知道过了几巡。

又一杯酒下肚，肖孟摇摇晃晃起身给众人拿烟，包厢里顿时烟雾缭绕，酒随之停了。

也只有到这个时候，才真的能聊两句合作上的事情，肖孟说话已经有些不清楚，端起桌上的冰水就灌了几口。

池渊在旁边给他搭话。

一根烟结束，事情也说得差不多了，饭桌上又开始谈笑风生。

池渊松了口气，往后靠着椅背，垂着眸，在桌底翻看微信消息，发现有三十多个新提醒。

他点开。

都是朋友的点赞和留言，池渊随便翻了翻，目光忽然一顿，指尖停在闻桨名字的那一行。

点赞时间是下午一点四十三分。

所以她这是早就知道自己来了平城？

池渊没有细想这个问题。

因为他忽然发现，这好像是他和闻桨加了微信之后，闻桨第一次点赞他的朋友圈。

不过也算正常，毕竟他们俩连微信聊天都没超过三次。

池渊顺着当前页面点进闻桨资料页面，又顺着点进她的朋友圈，看到她在十几分钟前更新了一条状态。

［图片］

［图片］

第一张图片是闻桨大学时期的毕业照，她穿着宽大的黑色学士服，身姿挺拔地站在人群中间，周围其他人都在笑，只有她表情寡淡平静，也没有笑。

第二张应该是今晚聚会的合照，照片里很多人，全都规规矩矩地站在一起，男生两排女生一排，和毕业照里的站位一模一样，只是背景不同，容貌和身材也有所变化。

池渊一眼就看见站在角落的闻桨。

她其实并没有看镜头，只拍到了轮廓精致的侧脸，穿着也很寻常，却在人群里格外显眼。

池渊盯着看了几秒，而后像是礼尚往来般，抬手也给她点了个赞。

同学会到十点钟就结束了。考虑到明天的婚礼，邓维在结束后并没有安排其他的娱乐活动，只有少数几个还清醒着的男生在酒店内设的棋牌室攒了个场子，闹哄哄玩到了后半夜。

闻桨和江沅直接回了房间。

十一点的时候，江沅接到沈漾的电话，问她们要不要出来吃点烧烤。闻桨那会儿因为喝了酒，已经睡着了。

江沅怕闻桨等会儿醒了难受，也就没去了，结果等她洗完澡在床上躺下，闻桨一直都没醒。

翌日一早，闻桨是被闹铃吵醒的。

邓维的婚礼十二点开始，他们这些来客要在十点钟左右进场。江沅怕她们俩睡过头，昨晚睡觉前定了个九点的闹钟。

闻桨迷迷糊糊摸到手机关了闹钟，房间里重归清静。她睁开眼睛，抬手揉了揉太阳穴，宿醉之后的脑袋隐隐作痛。

江沅也被吵醒了。

两个人很快收拾好出门。

举行婚礼的酒店和昨晚吃饭的酒店离得不远，闻桨和江沅出门后在酒店对面的小店买了份早餐，边走边吃。

到酒店刚好十点。

邓维和父母在婚宴厅门口迎接客人，厅内早已高朋满座，言笑晏晏，场面热闹欢腾。

男方宾客在左侧，女方宾客在右侧，像闻桨他们这些既算男方又算女方的宾客被邓维安置在前排的贵客区。

一桌十个人，刚好排了三桌。

闻桨和江沅过去的时候，三桌就剩下几个空位，两人随便坐了。周围都是邓维父母工作中的领导和同事。

江沅的父亲也在其中。

坐下来时，闻桨凑在江沅耳边低语："你爸爸在呢，不要过去打个招呼吗？"

"不了，反正回家就能见到。"

厅内正热闹，没人注意到邓维的父亲邓从海领着两个样貌出众的年轻男人绕过人群，来到江沅父亲所在的那桌。

大概是什么贵客，桌上的人都起身跟他们握了握手。

闻桨和江沅先前光顾着聊天也没看那边，是同桌的副班长郑歆一打眼看到了。等邓维过来时，郑歆凑着问了句："唉，班长，叔叔刚才带进来的那两个人是谁啊，长得还挺帅的。"

邓维站在两个男生中间，手搭着椅背，闻言往后看了眼，又回过头笑道："哦，那两个啊，是我爸医院项目合作的公司老总，这次过来谈项目的，听说还是个大项目。"

"哇，这么年轻就自己当老板了啊。"

邓维毫不顾忌地吐槽着自己老子待人接物的秉性："那可不，一般人我爸可不会这么重视。"

这话说出来，引得桌上其他人都伸着头往前边那桌看。闻桨对别人不感兴趣，低头捡着面前的果仁吃，倒是身边的江沅侧着身看了眼。

不看不要紧，一看心里吓了一跳。

她收回视线，拿手肘碰了碰闻桨的胳膊，语气神神秘秘的："你绝对想不到是谁。"

"谁？"

江沅抿唇摇头："你自己看。"

也不知道是凑巧还是不凑巧，就在闻桨侧头去看的同时，坐在前边那桌的两个男人的其中一个估计是注意到了这一桌人直接又大胆的注视，抬头往这边看了一眼。

正好和闻桨的视线一分不差地撞在一起。

"……"

"……"

缘。

妙不可言。

婚宴厅的光线充沛明亮，池渊坐在人来人往中，穿着丝绸质感的灰茶色衬衫，领口的扣子解了一粒，流畅的锁骨线条清晰可见。

他今天梳了个背头，额头饱满，剑眉往两鬓延伸，显得眉骨锋利硬朗，这会儿收敛起平日里的玩世不恭，正襟危坐，神色温和有礼。

哪怕是见到闻桨，他的错愕也只是一瞬间的事情。

　　身旁样貌同样出众的肖孟注意到他的视线，顺着看了过来，眉梢一扬，倒是没忍住惊讶："我去，那不是闻桨吗？"

　　池渊收回视线："我眼还没瞎。"

　　桌上有人给肖孟倒水，他忙收了话，起身一手端起茶杯，一手托着手腕，语气恭敬："周处客气了。"

　　"小事。"周松立放下茶壶，又给池渊倒了茶，赞叹了句，"两位真是年轻有为啊。"

　　"哪里，我们这就是小打小闹，比不上周处年轻时的作为。"

　　"现在的年轻人，可没几个能像肖总和池总这样事事亲为的了。"

　　客套寒暄了几句。

　　肖孟又得了空，偏着头和池渊说话："闻桨怎么在这里？"

　　池渊昨晚和闻桨碰过一次面，知道她是来平城参加同学聚会，后来又在她朋友圈里看到了照片。

　　他现在几乎能把那一桌人和照片里的人对上号，所以也能猜出闻桨和新郎新娘的关系："估计和新人是同学吧。"

　　"天。"肖孟再次感叹，"这缘分，绝了啊。"

　　"是吧。"

　　池渊手腕搭着桌沿，指腹摩挲着材质光滑的青花瓷茶杯，视线若有若无地掠过对面。

　　闻桨也早就撤回了视线，座位背对着这边。

　　闻桨那桌的氛围明显比池渊这桌要热闹很多，这时候大概是聊到了什么好玩的事情，一桌人都笑了起来。

　　昨晚打过招呼的女生笑倒在闻桨怀里。

　　池渊微微敛眸，看着自己这桌严肃又虚假的氛围，搁在桌底的脚一挪一抬，然后狠狠地踩了下去。

　　还在和旁人聊天的肖孟整个人猛地一僵，神色有些扭曲，和他对话的人神情犹疑："肖总，没事吧？"

　　他咬咬牙："没事。"

　　等聊完，肖孟面上假意笑着，脚却在桌底下试探着去踹池渊小腿：

"你刚才踩我做什么？"

池渊不动声色地躲了躲，语气一本正经："脚滑。"

肖孟："滑你个头。"

婚宴十二点准时开始，新郎新娘按照台本走完流程后，司仪告诉邓维和林淼，说是他们俩的大学同学为他们准备了一份惊喜礼物。

是一段二十分钟长的视频。

内容是林淼和邓维还有他们临床1班所有同学在大学时期的存像，以及他们所有同学共同录制的新婚祝福。

视频的开端是他们大一时的新生晚会。

当时他们班抽到了唱歌，林淼作为文艺委员，在班里乃至整个系狼多肉少的情况下，找到了高中同学闻桨帮忙。

最后表演节目的任务就交给了闻桨和江沅。她们俩上台唱了首歌，凭着出众的外貌和甜美的歌声赢得了满堂喝彩。

因为主角是林淼和邓维，所以闻桨和江沅唱歌的身影只在视频中一闪而过，但也足够惊艳。

在场宾客自然而然地把目光投向了前排的三桌，试图寻找在视频里出现的人。

视频还在播放。

这时候到了期末，医大的校园里各类医者前辈的铜像随处可见，每年到了期末，都会有学生过来"祭拜"，以保佑考试顺利不挂科。

闻桨他们也不例外。

那段时间因为复习枯燥无趣，晚上趁着夜黑风高，闻桨跟班上十几个同学去拜了孙思邈前辈的铜像。

录视频的是邓维，他把镜头挨个扫过每个同学，让每人说一句话。

第一个就是林淼："孙老先生，请保佑学生导论考的都会蒙的都对。"

后面好几个求的都差不多，等到了闻桨，只见她规规矩矩跪在那里，语气认真："孙老前辈，请保佑学生这次考试不要再睡着了。"

"哈哈哈哈哈……闻桨你求的老先生怕是没法帮你啊，你要睡觉这谁都拦不住呀。"

"那不求这个，其他我没得求了啊。"

"闭嘴吧，学霸。"

再接着就是运动会。

闻桨和江沅因为体育委员李爽在上报名单时弄错了项目，从跳远变成了八百米长跑。

比赛开始前，邓维和林淼带着班上没比赛的同学过来给她们俩加油。

林淼："没事没事，我们重在参与。"

邓维："你们俩看着跑就行了，只要别摔着，一切都好商量。"

那个时候全班人都知道邓维和林淼只是暧昧还没在一起，江沅故意打趣道："啧啧啧，桨桨，你看班长和文委这一唱一和的像什么呀？"

视频里，闻桨穿着简单的白 T 和黑色运动裤，扎着干净利落的马尾，唇红齿白，漂亮又大方，笑起来格外好看。

"这还能像什么？"她搂着江沅的肩膀，声音清脆爽朗，"那当然是像一家人啊。"

林淼脸一热："闻桨！"

闻桨弯着眸，看着周围的同学，眼眸明亮："我没说错啊。入学军训的时候班长不是说了，要我们把他当成兄长当成一家人吗？"

周围人起哄不断："对啊，我们桨桨说得没错啊，这可不就是一家人嘛！"

林淼脸皮薄，架不住他们这么闹，故意严肃着脸威胁闻桨和江沅："这次长跑你们俩要是拿不到第一，以后别指望我给你们占位置了。"

视频录到了长跑的比赛结果。

闻桨和江沅不负众望，不仅拿到了第一，连第二也包揽了。

只不过，都是倒数。

那时候的闻桨样貌出色动人，气质干净温和，家境优渥，父母都是溪城知名的企业家，与人相处时落落大方，没有一点富家儿女的傲气和骄矜。

她当时是顶着市状元的名头考进医大的，刚入校时就自带热度，新生晚会结束后又被推选为系里的系花，追她的人都能绕学校操场一圈。

　　可闻桨没心思谈恋爱，成天不是泡在图书馆就是在外面满世界玩。尽管如此，她的成绩依然很好，哪怕考试睡觉也不会受到责罚，因为第一名永远都是她的。

　　一直到毕业，闻桨这个名字都还是医学系特立独行的一道标杆。

　　视频里出现的每一个闻桨永远都是神采奕奕的，笑得大方而动人。

　　那个时候，学校里没有人不知道医学系的闻桨，不仅人长得漂亮，学习和家境也都不输任何人。

　　她曾经是全校很多女生所羡慕的对象。

　　也是现在，池渊从未见过的——

　　那样鲜活而又美好的闻桨。

第六章

选家里安排的

视频的最后是他们所有同学共同录制的一段祝福语，闻桨依然站在人群的角落里，目光淡然而沉静，白皙干净的脸庞带着轻浅的笑容。

画面停在那里，厅内掌声雷鸣，新娘林淼被新郎邓维搂进怀里，此刻正偷偷抹着眼泪。

池渊坐在台下，隔着人影遥遥看着坐在对面的那道清瘦身影，试图在她身上找出属于曾经那个闻桨的几分影子。

可惜几乎找不到。

那个过去潇洒肆意的闻桨好像只是短暂地存在了一瞬间，然后就被永远封存在岁月和时间的涌流中，变成许多人缄口不言的回忆。

池渊在那瞬间，忽然有些好奇究竟是什么样的过往，才能让一个人变成另外一个人。

这个答案，虽然不得而知，但并非无迹可寻。

大约也是苦难居多。

池渊收回视线，说不上是什么感觉，但隐约觉得心里像是横亘着一根不易察觉的小刺，不动声色地让他心疼。

那天的婚宴邓维和林淼格外重视他们这三桌同学，敬过一轮酒后，邓维就带着林淼在闻桨那桌坐下了。

邓维举着酒杯，笑得红光满面："昨天咱同学几个没喝尽兴的，今天都给我喝个够！"

"班长，咱俩走一个。"

"来！"

闻桨昨晚的酒劲还没完全散完，这会儿闻到酒味人就有些晕，断断续续喝了三杯之后，趁着没人注意，把杯里的酒换成了白水。

没想到被同桌的李爽眼尖瞅见。只见他猛地一拍桌子，手指隔空虚点着闻桨的酒杯，大声笑道："哎，闻桨，你偷偷摸摸地往你自己杯里倒什么呢？"

闻桨刚要把杯子端起来，坐在她右手侧的男生就眼疾手快地将她的杯子端了过去，凑到鼻前一闻："闻桨，你可不能这样作弊啊，竟然拿白水当白酒糊弄我们！"

闻桨笑着讨饶："我错了，我错了。"

"这光说可不行啊。"李爽起身走到她身旁，在桌上放了三个空酒杯，拎着瓶白酒挨个添满，说话、动作都带着北方人特有的爽朗，"你得把这些全喝了才作数。"

闻桨往后靠着椅背，抬手揉着额头，和他打着商量："我喝一杯，成不？"

李爽回到座位上，眼中带笑："那我答应，你也得问问这一桌的同学答不答应啊。"

说完，他抬头看着面前这一桌人："你们答应吗？"

一桌人除了江沅和林淼，都叫嚷着不答应。

闻桨没辙，看着面前倒得满满当当的三杯酒，深吸了一口气，抬手端起其中一杯，喝了个干净利落。

"爽快！"

桌上起了哄，鼓了掌，气氛热闹喧嚷。

闻桨又喝了第二杯。

掌声更甚。

第三杯酒结束，桌上简直要闹翻了天。

坐在另一桌的邓从海听着这动静，笑道："年轻人，就爱闹腾。"说罢，他端起酒杯："肖总、池总，我敬二位一杯。"

肖孟和池渊忙端起杯子起身。

邓从海放下酒杯，抬手示意："别客气，坐坐坐。"

两人又落座。

池渊喝了两杯酒，趁空再抬头，发现对面那桌空了个位置。

他捏着指腹，想了想，抬手拿起桌上的酒瓶，给自己杯子添满，起身端着酒杯跟一桌处长、院长、主任说了几句漂亮话，又干脆利落地将杯中的酒喝完后，才暂时从席上退出来。

婚宴厅这一层都被邓家包了下来，要去洗手间得从正厅里出来，路过一个小阳台，再走过一小段距离的长廊才找得到。

池渊过去的时候，闻桨正站在干手器前烘手。

"嗡嗡"的动静盖过了他的脚步声。

等闻桨从洗手间公共区域的镜子里看见他的身影时，似乎还被吓着了，看着他，半天都没说出话来。

池渊也看着她，眼眸漆黑，直白而戳人。他轻笑了声，问："怎么了，这么看着我。"

闻桨大约是有些醉了，反应慢了半拍，放下胳膊规规矩矩垂在腿侧，指尖无意识地扣着裤缝边："没事。"

"那回去吧。"

池渊转身往外走。闻桨跟了两步，想起自己出来的主要目的，脚步倏地一停，叫了声他的名字："池渊。"

他也停下来，回头看她："嗯？"

"你先回去吧，我等会儿再回去。"

"怎么了？"

闻桨不太自然地摸了摸鼻尖，倒是坦诚："不想回去喝酒，昨天喝多了，胃难受。"

池渊"哦"了一声，拖着腔笑道："其实我也不想回去，跟他们领导喝酒，累得慌。"

婚宴厅附近有个露天小阳台，里面放了个圆桌和两张单人沙发，角落里还分别摆着两盆富贵竹。

外边路过的服务员透过未放下的帘子看到里面的沙发上坐了人，上前贴心地将帘子完全放了下来。

池渊侧头看了眼，又懒懒地收回了视线。

四月份的平城已经完全回温，春风拂面，让人觉得十分舒适，两人平常在一起话不多的状况在这时完美地体现出了优势。

已经习惯到让人察觉不出来尴尬。

闻桨大概是真醉了，自从坐下来后，就觉得脑袋昏沉沉的，被暖洋洋的太阳一烘，更觉困意泛滥，叫人好睡。可她也不敢真睡过去，更何况此时此刻旁边还坐着人，想睡又不能睡，只能垂着眼，靠着那点残存的意识勉强抵抗着睡意。

过了好一会儿，就在闻桨扛不住要彻底睡过去时，耳边忽然听见池渊低低沉沉的声音。

"你大学的时候……"

后面几个字他说得太轻了，闻桨没听清楚，揉着眼看过去："你刚才说什么？"

两张沙发的位置不一样，池渊的那张稍稍靠里些，也更加避光，他的轮廓有些模糊，但模糊归模糊，英俊也还是照样英俊。

这会儿，他正一瞬不动地看着闻桨："没什么，我就是好奇，你后来考试睡着了没？"

他这个问题问得有些突兀且奇怪，闻桨愣了几秒，才反应过来他说的是先前在婚宴播放的那段视频中的事情。

那是大一上学期的事情，闻桨到现在依然记忆深刻："睡着了，睡了半个多小时，最后被巡考的校长给叫醒了。"

"后来呢？"

闻桨靠着沙发，抬眸看着对面被阳光折射出粼粼亮光的高楼大厦，语气闲闲："后来我就被校长以不遵考纪为由给赶出考场了。"

池渊笑了笑，转头和她看着同一个方向，没有将心里那个真正想问的问题说出来。

婚宴还没结束，躲也只能躲一时，回宴客厅的路上，闻桨随口问了一句："你什么时候回溪城？"

"还要过几天。"

"谈项目吗？"

"差不多。"池渊看了她一眼，"你什么时候回去？"

"今晚，明天要上班。"

"那你注意安全。"

"嗯。"

回到宴客厅后，两人从头至尾没再说过一句话，甚至连眼神交流都没有，仿佛刚才在外面的相处都是不存在的。

闻桨定了晚上七点回溪城的机票。

婚宴结束后，江沅先一步送酒醉的父亲回家。闻桨被林淼留到了最后，那会儿宴客厅里只剩下邓维父母那一桌宾客还没完全散。

厅内灯火通明，池渊捏着酒杯坐在那里，指间夹着根烟，细看却没有火星。他靠着椅背，姿态放松，眉眼染上酒意，清俊而慵懒。说话时他的唇边总是带着笑，听别人说话时，他的眼眸又格外认真，有时还会接上几句，和闻桨曾经接触过的池渊好似不是一个人。

闻桨没看他太久，收回视线的瞬间，身后谈笑风生的男人倏尔抽了个空抬眸望了过来。

只一瞬，又收回。

等将其他宾客都送走，闻桨也没久留。临走前，林淼拉着她："有时间常回来看看。"

"好。"

"我们班就你一个在溪城。"林淼说，"在那边有什么事也要及时和我们说，好歹也认识这么多年了。"

闻桨心里一热，点点头："知道。"

大概是这时候才能说上几句心里话，林淼眼睛有些红："前段时间我和李爽他们几个聊天，大家其实都很怀念以前的那个闻桨。"

当年闻桨家里出的事上了新闻，班里同学都知道。在她最难的那段时间，也是他们想方设法陪着她度过的。

对于闻桨的变化，他们可以说是最直接的见证者。

闻桨知道这些年她让身边很多人都跟着担心，但有些事情发生了就没有办法让它不存在，同理，一个人如果变了，就很难再回到从前。

这话闻桨没有说得太清楚，毕竟是大喜的日子，她也不想因为自己而让氛围变得太过伤感，遂笑着安慰道："好了，你放心吧，我现在其实挺好的。"

林淼"嗯"了声："你今晚几点的机票，我让邓维送你。"

"别了，班长今天也喝了不少酒。"闻桨说，"我七点的机票，到时候打个车过去就行了。"

"那好吧。"

其实原先江沅在送江父回去前，也说要送闻桨去机场，但闻桨怕她和两年前一样哭着不让她走，没答应这事，也没答应她让沈漾单独开车送自己去机场的请求。

在坐车去机场的路上，闻桨收到了好几个大学同学发来的微信，大多都是关心和叮嘱，也有的是今天看了大学时期的录影，过来和她回忆青春。

左一句桨桨怎么怎么右一句桨桨怎么怎么。

闻桨回完消息，抬头看着窗外。

她在这座城市生活了十多年，对这里的每一处风景都很熟悉。傍晚夕阳西沉，城市暮色来袭，她眼里看着，心里是软的。

池渊在一个星期后才回的溪城，本来还要再晚几天，但池母给他打电话说，池老太太的身体不太好，让他早点回来。

池老太太本身就患有阿尔茨海默症，在查出来这个病之后，池老爷子为了弥补年轻时的亏欠，停了学校的工作，带着老太太在外游历山河，也就过年那段时间在溪城停留了一个多月。

一个多星期前，老太太突然开始有低烧的症状，回溪城去了几家医院检查都说是因为年纪大了，身体机能有所下降，抵抗力差才会这样。

话是这么说，但其实大家都清楚，老太太怕是要熬不过这个春天了。

池老太太就住在闻桨所在的市人民医院。池渊回来的那天，溪城下了场雨，整座城市灰蒙蒙的，十分压抑。

病房内的客厅，池家老老少少都在，一墙之隔的房内，池老太太依然昏睡着，床头的仪器显示着她并不稳定的各项身体指标。

池渊进去看了眼，没停留太久。出来后，他走到沙发处坐着，眉眼都带着疲惫："妈，医生怎么说？"

池母显然是哭过，眼圈泛着红，闻言也只是沉默着摇了摇头。

池渊眼睫倏地一颤，喉间隐隐发涩。虽然在很早的时候他就已经知道会有这么一天，但当这一天真的来临时，却从未想过是这么的让人难以接受。

池渊不敢在病房内再坐下去，起身走了出去，站在走廊时手摸到肖孟随手塞在他外套口袋里的烟盒。

他其实是不抽烟的。

读小学的时候，池渊的外公因为肺癌离世，池母也因此格外忌讳抽烟这件事，所以家里基本上没有人抽烟。就算这段时间在外面考察项目，需要和人烟酒来往，池渊也都是尽量避免抽烟，但是这会儿，他却特别想抽。

住院部不允许吸烟，池渊去了住院楼后面的小花园，随便找了个长椅坐了下来。

刚下过雨，长椅上还有未干的雨水。他就这么毫无顾忌地坐下来，也不介意这一身价格不菲的衣服被沾湿。

他在从烟盒里拿出烟的瞬间，才想起来身上没有打火机。

池渊低叹了声气，随手将烟盒丢在长椅上，微微倾身，胳膊肘抵着膝盖，双手捂着脸。

生老病死是人之常情，这个道理谁都懂，可偏偏这个坎不是那么容易就可以跨过去的。

这时有脚步声靠近，走到他身边时停了下来。

池渊松开手，抬起头，看清来人时也没觉得多惊讶，而是平静问道："你也知道了。"

闻桨"嗯"了声。

池老太太送过来那天是先去的急诊科，在输液抗感染治疗效果不佳后，又去做了血常规和胸片检查，后来才给送去了内科。

老人的病情闻桨比任何人都清楚。

闻桨问："你上去看过了？"

池渊点点头，声音有些暗哑："看了。"

闻桨在他身旁坐下，沉默了片刻，才出声安慰："其实人到了一定年龄，这些都会是很正常的事情。

"生和死是每个人来到这个世界上都要经历的两件事。

"无论是旁观者还是经历者，是好人还是恶人，生命最初的开始和最后的结局都是一样的。"

池渊抬头看着远处暗沉的天，喉结轻轻滚了滚："道理我都懂，我只是过不去这个坎。"

闻桨默然，安静几秒，才低声说："会过去的，一切苦难都会过去的。"

池渊看了她一眼，心中那根不起眼的小刺隐隐作痛。他没有回答闻桨的话，反问道："那你呢？"

你所经历的那些苦难。

真的都过去了吗？

池渊这话问得没头没脑。

闻桨不知道该怎么回答，他又不再多解释，两人之间忽然陷入莫名其妙的沉默中。

这会儿是傍晚，乌云黑压压积在空中，云边像是沾了墨，飘到哪里都是浓墨重彩的一笔痕迹。

刚下过雨，空气里还带着湿润的水气和星点的凉意，小花园里并没有多少病人，大多都是医护人员为了方便，从这里抄个近道，行色匆匆不做些许停留。

急诊那边还有未处理完的工作，听了几分钟风吹绿叶的动静，闻桨站起身来，双手放在白大褂的口袋里，垂眸看着眼前的人："那我先回去了。"

池渊"嗯"了声，余光瞥见先前被他丢在长椅上的烟盒，抬头问道："你带打火机了吗？"

闻桨摇摇头，又提醒道："住院部楼下有个生活超市。"

"好，我等会儿过去看看。"

"嗯。"

闻桨离开后不久，池渊也起身离开了小花园。

回到病房时，池母告诉他，老太太在他下楼后有过短暂的清醒，时间短到甚至都来不及通知他，老太太便又昏睡了过去。

"老太太醒过来第一件事就是问你回来了没有。"池母道，"我们说你回来了，她看了一圈没看到你人，还以为我们在哄她。"

池渊揉了揉额角："那今晚我留在这里守着吧。"

"我让你爸陪你一起。"

"没事。"池渊起身抱了抱池母，安慰道，"你们这几天也辛苦了，今天就早点回去歇着吧。"

池母拍拍他的手背："那你有什么情况立马给我们打电话。"

"知道了。"

池父池母走后，池渊在老太太的病床前坐了很久。但一直到窗外夜色来袭，老太太也未曾再醒来过片刻。

挂完最后一瓶输液水，护士进来拔针，池渊起身让开，走到窗边站定，对面是灯火通明的门诊大楼。

傍晚还黑沉沉的天，这会儿乌云散尽，弯月高挂，旁边稀稀朗朗挂着几颗黯淡的星星。

护士拔过针，收拾完药瓶，抬头看着站在窗边的人影，低声提醒："老太太刚输过液，暂时应该不会醒来，您可以先去吃点东西。"

池渊回过头："不用了，谢谢。"

护士也不再多言，拿上东西，轻手轻脚地走出了病房。

到了晚上七点，老太太仍然在昏睡中，病房内只剩下仪器的嘀嘀声，虽然平稳低缓，却听得人心生烦乱。

闻桨推门进来的时候，池渊正好刚从里面出来。

两人一个开门一个关门，恰好都站在玄关处，中间隔着几步远，走廊的灯光落进来，视线自然而然地碰撞在一起。

池渊松开门把手，往前走了一步，站在那片交织的光影里，眉宇间的疲惫格外明显："还没回去？"

"我今晚值班。"闻桨关门走进来，将手里提着的袋子放在茶几上，回头看他，"吃饭了吗？"

池渊抿唇："还没。"

闻桨"哦"了声，又问道："牛肉米粉吃吗？"

"嗯？"

"我去得晚，食堂只剩下这个了。"

闻桨边说边解开刚才放在茶几上的两个袋子中的一个，将放在里面的餐盒拿出来，认真问了他第二遍："吃吗？"

池渊看了看餐盒，又看了看她，点点头，语气也格外认真："吃。"

病房里客厅的灯没有走廊的亮，光线有些偏暖黄调，色感会使人觉得柔和而温暖。

池渊吃东西的时候，闻桨就盯着那盏灯发呆，好似要把它生生看穿、看透了才作罢。

屋里只有轻微咀嚼的动静。

过了一会儿，池渊突然问："这灯好看吗？"

"一般。"

闻桨接完话，倏地觉得不对劲，回过神来才发现坐在对面的池渊不知道什么时候已经停了筷子，正懒洋洋靠着沙发，气定神闲地盯着她看。

闻桨略有些不自然地挪开目光，故意岔开话题："你吃好了？"

"嗯。"

她像是没话找话："好吃吗？"

"还行。"池渊顿了下，"就是牛肉有点老，米粉没煮软，汤底不是纯正的牛骨汤，其他都还行。"

闻桨："……"

我还真是给你脸了。

池渊别开头笑了，绷了一天的心神在这会儿才有了些许放松："骗你的，其实挺好吃的。"

几分钟的时间，闻桨又恢复到以前怼人不眨眼的状态："又不是我煮的，好不好吃跟我有关系吗？"

"……"

"你这话得跟食堂阿姨说。"

"……"

池渊于是笑得更厉害了，肩膀都跟着小幅度地一抖一抖的。

闻桨抿唇盯着他看了一会儿。

在确认他不是敷衍也不是装出来的笑之后，她心里微微松了一口气，任由他肆无忌惮地笑够了，才淡淡出声："急诊那边还有事，我得先回去了。你晚上要是有什么需要帮忙的，可以给我打电话。"

池渊收了笑，暖黄色的光影停留在他长而不狭的眼睛里。他敛着眸，神情温和地说了声"好"。

闻桨点点头，起身的时候目光落在桌上另一个未打开的袋子上，唇瓣微动，想说些什么，但直到走出病房，也始终什么都没说。

病房里的轻松好似昙花一现。

池渊在沙发上沉默着坐了一会儿。

半晌，他回过神来，伸手将吃完的打包盒盖起来，放回塑料袋中扎紧，起身丢进了垃圾桶里。

茶几上还有一个白色不透明的塑料袋，也是闻桨刚刚带来的。

池渊走过去将袋子解开，里面都是些当季的水果。

他将水果一一拿出来，正准备将空了的袋子卷成一团往垃圾桶里扔，指尖却突然触碰到一个坚硬的东西。

他手里的动作倏地一顿。

池渊重新把塑料袋扯开，提着袋口往下一抖，一个小小的打火机顺着从里面掉了出来。

塑料包装的打火机和玻璃桌面的茶几触碰，发出"当"的一声，动静在安静的病房里格外清脆。

池渊倾身将打火机拿在手里，指腹轻摁了下开关，蓝橙色的火焰随即从出火口冒出。

他垂着眸，眼睫在尾端留下影子，火焰在眼中跳动，像是夜空中璀璀闪耀的一颗星。

一个星期后，池老太太的低烧症状有所好转，整个人也逐渐从昏睡的状态中慢慢苏醒过来。

父母那辈工作忙，池老爷子身体又不大好，所以大多时候都是池渊在医院里陪着。闻桨有时也会过来，坐一会儿，又回急诊科工作。

闻桨有几次过来，老太太虽然清醒着，但精神状态并不清醒，会拉着池渊的手问这是谁。

池渊说了闻桨的名字。

老太太笑笑不再多问，一直等闻桨走了，才拍拍池渊的手背，神神秘秘地说：“我记得这个小姑娘，她在这医院工作。”

池渊轻笑：“嗯？那怎么呢？”

“我之前跟人打听过，她现在没有男朋友。”老太太笑眯眯的，“我觉得你们俩蛮般配的。”

池渊抬手将她脸侧垂落的白发别到耳后，语气悠闲：“您这是跟谁打听的消息啊？一点都不准确，人家家里都给安排了结婚对象。”

老太太顿时一脸失望。等下回闻桨再过来时，她趁着池渊出去接水的工夫，偷偷摸摸地问闻桨：“你觉得我们家渊渊怎么样？”

闻桨眼皮一跳，虽然有疑惑，但还是规规矩矩回答道：“挺好的。”

“那……”老太太又凑近了些，“那你觉得他和你家里安排的那个结婚对象，谁更好些？”

闻桨寻思着这俩不是一个人吗？

不过转念又考虑到老人的精神状况，她抿着唇，假装思考了片刻，选了个折中的回答：“都挺好的。”

“那如果我现在让你选一个人结婚，你选谁？”

这问题没法再折中回答。

闻桨抿唇又松开，仿佛这是个十分复杂的问题。

沉默中，池渊接完水回来，将开水壶放在桌上，回头见闻桨的表情严肃，笑着问了句：“聊什么了？”

“没什么。”闻桨从床边站起身来，垂眸看着老太太，“我先回去了，奶奶你好好休息，我明天再来看你。"

老太太拉着她的手不松开："那你还没告诉我答案呢？"

池渊见空插了一句："什么答案？"

头疼。

闻桨没辙，见祖孙俩都盯着自己看，微微蜷了蜷手指，平静说道："选家里安排的。"

老太太失望了。

池渊则满是疑惑和好奇。

等闻桨离开后，他坐在她刚刚坐过的椅子上："奶奶，你刚刚和闻桨聊什么呢？"

池老太太一字一句地说了。

池渊听完，人往椅背一靠，笑了。

"你还笑，人家都看不上你哟。"

他抬手戳了戳鼻梁，笑着安慰老太太，语气漫不经心："看不上就看不上了呗。"

反正都一样。

闻桨回了急诊科。

刚在办公室坐下没一会儿，她又接到通知。

市中心一处酒吧发生火灾，伤亡惨重，上级要求附近各医院立即派人员前往救援。

闻桨和急诊科的几个同事跟车去了现场。

到地方的时候，现场已经火势连天。酒吧位于市中心，附近的民房受到牵连，周围黑烟弥漫，火舌肆虐。

现场不停地有伤员被消防员从里面抬出来，橙红色和白色的身影在人群中来回奔跑。

大火在一个小时后才被完全扑灭，消防员二次进入内部检查是否还存在其他隐患。

闻桨和现场的同事准备跟车返回医院。

就在所有人都以为事情会到此为止的时候，意外突然发生了，酒吧内部发生了二次爆炸。

那些刚刚进去的消防员全部都在一瞬间失去了所有的讯号。

爆炸的强大冲击导致站在酒吧附近的人员受到波及，闻桨和同事在一瞬间被掀倒。

在昏迷之前，闻桨看见有很多人朝她跑来，耳边掺杂着各种哀号和哭泣，她听见周钰晗在喊她的名字。

她似乎是张了张唇，但很快就陷入昏迷之中，不省人事。

等到再醒过来的时候，闻桨人已经在医院了，那会儿是晚上十一点多，病房里只有蒋远山一个人。

他背对着病床，站在窗边，身影萧瑟。

许是听到闻桨的动静，蒋远山转过身来，对上闻桨还未完全清醒的目光，立马按呼叫铃找来了医生。

等检查完，确定没什么大碍，闻桨也缓过神来。感觉到额头上的伤口隐隐作痛，她忍不住抬手摸了下。

蒋远山在离床边不远不近的位置坐下，看到她的动作，轻声问道："是伤口疼吗？"

大约是生病让人脆弱，闻桨没有像以前一样针锋相对，声音也有些沙哑："还好。"

蒋远山点点头："身体还有其他不舒服的吗？"

"没。"

"那——"

他还想说什么，闻桨出声打断："我没其他的问题，只是有点晕。"

"那你再睡一会儿。"

"嗯。"

闻桨是真的头晕。

爆炸发生时，她整个人直接被掀飞，径直撞在一旁的消防车上，身体其他部位都有不同程度的损伤，但主要的伤却是在脑袋上，不然也不会昏迷这么久。

睡过去之前，闻桨隐约听见蒋远山在说话，但具体和谁说又说了些什么，她没听清楚。

等到第二天早上，闻桨从蒋远山的口中知道了他昨晚是在和谁说话。

"这些水果都是池渊昨天半夜送过来的。"蒋远山问她，"你看看有没有什么想吃的，我去给你洗。"

闻桨刚吃过早餐，也没什么胃口，摇摇头："不用了。"

蒋远山不再说话。

父女俩又陷入沉默之中。

闻桨低头看手机，才发现昨天的火灾上了微博热搜首页，溪城消防的官微在微博发布了牺牲消防员的姓名、年龄和履历。

最大的是副大队长，三十岁，最小的消防员才刚满二十。

天灾人祸，最是无情。

闻桨没有再继续看下去，退了微博，将手机放回床头的柜子上，抬眸看向蒋远山："我这里没什么事了，你也没必要一直待在这里。"

这话说得伤人。

蒋远山的神情明显僵滞了一瞬，才慢慢缓过神来："留你一个人在这里，我不太放心。"

"有什么不放心的。"闻桨低了头，轻笑着自嘲道，"你不是都已经让我一个人这么多年了吗？

"我早就习惯了。

"你现在这样，我才不习惯。"

蒋远山张了张嘴唇，像是要辩解，却被突如其来的敲门声打断。他抿了抿唇："我去开门。"

闻桨没看他。

门口传来说话声，是许南知。

过了一会儿，许南知跟在蒋远山身后走了进来。察觉到闻桨不对劲的情绪，她看了眼蒋远山，笑道："蒋叔叔，我今天有空，可以留在这陪闻桨，您要是有什么其他事，可以先去忙。"

这是台阶也是提醒，蒋远山没拒绝："那就麻烦你了。"

"没事。"

蒋远山很快离开了病房。许南知把手里的保温壶放到桌上，垂眸问道："你们俩又吵架了？"

"没。"闻桨深吸了口气，"我就是烦他在这里。"

许南知陪了闻桨一整天，但大多时候都是闻桨在睡，她则捧着电脑在处理工作。

到了晚上，蒋远山派人送来了晚餐。

许南知叫醒闻桨，给她盛了碗鸡汤："我等会儿要去一趟公司，大概九点钟能回来，我不在的时候你一个人可以吗？"

闻桨捏着汤勺："没事，你忙完就不用过来了。我又没伤着手和腿，不会有什么问题的。"

"先吃饭。"

直到吃过饭，许南知也还是坚持忙完之后再过来陪她，临走前还特意和护士站的护士交代了一声。

病房里，闻桨白天睡多了，这会儿没什么困意，正百无聊赖地玩着许南知留给她打发时间的平板电脑。

池渊就是在这个时候过来的。

闻桨开门让他进来后，他在屋里看了一圈，语气有些惊讶："就你一个人在这儿？"

"不然呢，难道我还能是半个人？"

池渊气笑了。

有外人在，闻桨也没继续回病床上躺着，而是找了个干净的玻璃杯，给他倒了杯水，然后规规矩矩地坐在床边。

她身上还穿着蓝色竖条纹的病号服，衣服偏大，显得人纤细瘦弱。

池渊在沙发上坐着，抬眸瞥向闻桨低垂的眉眼，静了片刻问道："今晚就你一个人在这里？"

闻桨有些走神，愣了一下才抬起头："什么？"

池渊又重复了一遍。

她手指蜷曲了一下:"不是,我朋友晚点会过来。"

"哦。"池渊应了一声,瞥开视线的同时很想问问那你爸呢,于是下一秒,他就这么问了,"那蒋叔叔呢?"

"我让他回去了。"

他点头拖着尾音"啊"了一声,随口问道:"你吃了吗?"

这对话太熟悉了。

闻桨有一瞬间以为他下一句会是我给你带了牛肉米线。

想到这儿,她笑了下,抬手揉了揉眼睛:"吃过了。"

又静了一会儿,池渊问:"等会儿来陪你的那个朋友是许南知吗?"

闻桨点了点头:"是她。"

"那她什么时候过来?"

"九点钟左右吧。"她有些不解,"怎么了,有什么问题吗?"

"没问题。"池渊眉眼稍抬,唇角带着笑意,语气半开玩笑似的,"她不是不待见我吗?我问清楚了,好在她来之前离开。"

"……"

"免得到时候我们俩互看对方不爽打起来。"

"……"

池渊话虽然是这么说,但终归人算比不过天算,当晚到最后他还是和许南知碰上了。他俩虽然没有真的打起来,但气氛也是预料之中的剑拔弩张。

晚上七点多,许南知公司的会议提前结束,回来的路上没堵车没红灯,到病房才刚八点半。

进门的时候,未见人影声已先到:"桨桨,我给你买了点——"

话音在她走到屋里,看到坐在沙发上的人影时,有了几秒的停顿:"——我给你买了点吃的。"

话音刚落,许南知将手里的袋子放到桌上,随后又在池渊对面的单人沙发上坐下。

两人对视良久,池渊始终神情淡淡,一副不想搭理人的模样。

许南知抱着胳膊，细长的眼尾微微上挑，眼神犀利又挑剔。她偏头和闻桨说话："他怎么在这儿？"

闻桨刚要张口说话，池渊也朝她看了过来："转告一下，我是过来看望病人的。"

闻桨："他——"

才说一个字，又被许南知打断："他难道不知道病人这个点应该需要休息了吗？"

池渊长腿交叠，修长漂亮的手指随意搭在膝盖上半寸的位置轻敲着，闻言也只是轻淡地笑了下："那我还真是不知道。"

闻桨："……"

许南知勾着唇，笑得假模假样："那我还真是提醒到位了。"

池渊略略颔首一笑："那我还真是要谢谢许小姐了。"

针尖对麦芒。

简直就是修罗场。

不过好在池渊及时收手，并没有再和许南知争论下去。他站起身来，抬手理了理衣袖："我先回去了。"

闻桨心里已经在谢天谢地谢各方神仙，庆幸两人没有打起来，见池渊要走，更是松了一口气。

"好，那我就不送了。"

他"嗯"了一声，余光瞥见许南知正在剥橘子，抬眸看着闻桨，状似无意地问起："这些水果好吃吗？"

"嗯？"

另一边，许南知手中的动作一顿。

池渊有注意到，心中好笑，面上仍然斯文淡然："好吃的话，我明天再让人送一箱过来。"

许南知攥紧了手。

闻桨也终于反应过来，笑容既心酸又勉强。

算我求求你。

快走吧。

打起来我真不会帮你的。

池渊走后，许南知在试图将刚才吃下去的橘子吐出失败之后，开启了疯狂吐槽："我承认我是看他不爽。

"但他也是真的绝。

"我真想不通，你爸到底是哪根筋搭错了，给你找了这么个玩意的未婚夫。

"你俩结婚千万别给我发请帖，我许南知今天就把话撂这儿了，你的婚礼有他没我，有我没他。

"我跟他水火不容，势不两立。"

闻桨听着，越发觉得额头上的伤口疼得厉害："你和池渊之前不是没什么接触吗，怎么你对他这么大敌意？"

许南知吐槽完，长长地舒了一口气，语气闲闲的："大概是我跟他在上辈子结了仇没来得及解决，所以这辈子注定没法和平相处。"

闻桨抿了下唇角："那你们这仇起码得是灭了满门起步。"

闻桨因病得了小半个月的假，这期间医院为了排除存在 PTSD（创伤后应激障碍）的隐患，给所有因事故受伤的人员安排了一次心理疏导。

检查报告出来的那天，闻桨正好准备出院。

周钰晗从急诊科那边过来，把手里的资料袋递给她，神情轻松："我们都看了，没问题。"

闻桨对这个结果没什么意外，去做检查的那天，负责心理疏导的付医生说她是所有来做疏导的人员里最放松的一个。

不过该担心的还是会担心。

周钰晗笑说："等结果这两天，孟主任在急诊科就没有过好脸色，那一张脸沉得跟什么一样，搞得我们几个上班都战战兢兢的。也就今天早上他看了报告之后，才露了个笑脸。"

闻桨笑了笑："是我让大家担心了。"

"担心总比那什么好，真庆幸你没有出什么大事。"提起那天的意外，周钰晗就觉得心有余悸，"你都不知道，我一回头就看到你躺在地上，扶起来的时候满脸都是血，叫你也没回应，都吓死我了。"

"没事，都过去了。"闻桨将资料袋放进包里，"我近期就不来医院了，要是有什么紧急事件就给我打电话。"

"得了吧，这段时间你就安心在家歇着。"周钰晗提着她的包，送她去楼下，"就算是天塌下来的紧急情况，我们也不会找你这一个病号来帮忙的。"

闻桨垂眸，无奈失笑："行，当我没说。"

出院后，闻桨仍旧住在许南知家里。她之前买的那套公寓在半月前已经装修完工，如果不是出了意外，她这会儿已经搬过去了。

在家休养了几天后，闻桨收拾了一部分行李送过去，顺便请了保洁阿姨过去做了个大扫除。

当初装修时为了能早点住过来，闻桨选用的墙漆都是水性漆，现在又通了大半个月的风，屋里几乎没有什么异味。她打算在病假结束前，连人带行李都搬过来。

闻桨在许南知那里住了快半年，期间零零散散的也添置了不少物件，这一下收拾起来，东西还挺多。

许南知知道这事后，特意找了同事调休，来帮她搬家，还顺便把谢路拉了过来。

谢路是许南知的男朋友，两人是校园恋爱，姐弟恋，在一起好几年了。大学毕业后，许南知直接签进了市建院工作，而谢路则是留在学校读研又读博。

平常大家都忙，闻桨和他也只是见过几面，对于许南知喊他来帮忙搬家这事还挺不好意思。

许南知倒是没怎么在意："反正他今天休息，在学校也是无聊，正好过来帮忙了。"

谢路也跟着笑："是啊，只是搬个家，又不是什么大事。"

谢路长得好看，剑眉星目，身形挺拔而高大，许是戴着眼镜的缘故，笑起来温文尔雅。

闻桨也没再说些什么，等全都收拾好了，请他俩去吃了顿大餐。

结束后，谢路接到同学的电话，先回了学校。许南知开车送闻桨回去："我就不上去了，刚看到通知，明天一早得去趟海城。"

闻桨站在车外，夜色勾勒着她的轮廓："那你路上注意安全。"

"嗯，你回去吧。"

直到许南知的车开走了，闻桨才转身往小区里走。回家之前，她去了趟物业，缴清了物业费和之前欠下的水电燃气费。

这期间缴物业费有活动，闻桨领了袋大米回去。

到家之后，闻桨把堆积在客厅的几个大纸箱拆开，衣服只占了一箱，剩下的除了书还是书。

忙忙碌碌到十点多，闻桨拿上换洗衣服进了浴室，洗完澡出来都快十一点了。公寓对面是银泰商城和写字楼，此时夜幕来袭，商城和写字楼灯火通明，亮如白昼。

春末夏初的晚风温柔和煦。

闻桨在阳台站了几分钟，回屋吹干头发，关了灯躺进被窝里睡觉。

在新家的第一晚，闻桨睡得并不安稳。她做了一个很短的梦，梦里是大一，那时候闻宋还没去世，他们一家三口还住在平城。

梦里的画面是破碎且不连贯的，闻桨还来不及和梦里的闻母说话，就被突如其来的电话给吵醒了。

她开了灯，桌上的时钟显示才刚过零点。

电话是池渊打来的。

接通后，闻桨隔着听筒听见他带着些许笑意的声音："闻医生，现在方便出个诊吗？"

闻桨偏头看了眼时间。

——00：17。

这个点，当然是不太方便。

闻桨指间捏着鼻梁，轻抿了下唇角："方便。"

"那我现在过来接你。"

"好。"

挂了电话，闻桨忽然想起件事，又打开微信给他发了两条消息。

[定位]
我搬家了，现在住在这里。

对方回了个"好"。

大约二十多分钟后，闻桨收到池渊的信息，说是已经到了。她回了信息，拿上钥匙出了门。

等走到小区门口，闻桨一眼就看到站在车旁的池渊。

他难得不是一身正装，上衣换成了宽松的白色长袖 T 恤，搭着深灰色的长裤，看起来舒适又居家。

此时是深夜，小区门口除了值班的保安已经没有其他人，夜色寂静，风声唏嘘。

闻桨今天刚搬来的时候门口的保安帮忙搭了把手，后来许南知替她送了两条烟过去。

保安对闻桨印象深刻，见她深夜出门，还好心地问了句："闻小姐，这么晚了还一个人出门？"

池渊听见动静，抬眸看了过来，眼眸漆黑明亮，额前碎发垂落，平添了几分少年气。

他迈步朝闻桨走来，身影靠近的同时带来一点干净清冽的冷杉味道，又轻又淡，像是浅柏。

闻桨看了他一眼，又转头和保安说话："不是一个人，和朋友一起的。"

"哦，那好，您慢走。"

"嗯。"

池渊接了闻桨回车上，轻声和她解释："唐越珩那边出了点问题，他最近被狗仔追得紧，实在是没办法了才把电话打到我这里。"

闻桨手抓着安全扣："他怎么了？"

"和女朋友吵架了。"

闻桨一时间不知道该说些什么。

池渊偏头看了她一眼，轻笑了声："两人吵架的时候，唐越珩不小心把自己给弄伤了。"

闻桨更震惊了，语气迟疑："他们俩吵架还……动手？"

"那倒没有。"池渊开了车窗，细风争先恐后地挤进来，他的声音被风吹散了些，"一般都是唐越珩单方面挨打。"

良久后，闻桨断掉的脑回路重新接轨，灵光一闪，像是才想起什么："唐越珩有女朋友了？"

"对，刚谈没几个月。"池渊笑，"目前还是非公开的消息，他们圈内除了唐越珩身边的人，其他人都还不知道。"

闻桨"哦"了声，随口问道："那像唐越珩这样身份的人，不应该有私人的家庭医生吗？"

"是有一个，就是不太巧。"

"嗯？"

"和他女朋友是同一个人。"

"……"

唐越珩的住所和闻桨的住所离得不远，二十多分钟的车程。

闻桨到了地方才知道，这大半夜的，宋予行、肖孟还有唐越珩的两个生活助理全都挤在他家里。

不知道的看到这场面，还以为他要不行了。

池渊进门后，没看到人，问了句："唐越珩呢？"

肖孟指了指旁边的房门紧闭的房间："在里面自闭呢。"

池渊拍了下闻桨肩膀："你先坐，我进去叫他出来。"

"好。"

闻桨在沙发的空位坐下，宋予行给她倒了杯水："这么晚了，麻烦你跑这一趟了。"

"没事。"闻桨握着水杯，"你姑姑最近还好吗？"

"挺好的。"宋予行看着她，"上次的事情处理得匆忙，一直都没来得及跟你说声谢谢。"

那时候宋家人都在忙着指控真凶，替宋淮讨个公道，宋予行那段时间忙前忙后自然是没想起来闻桨。后来事情处理好，也过了时间，再去说感谢好像就不那么合适，再加上工作上的事情，宋予行就彻底把这事给耽搁了。

闻桨摇头："没事。"

另一边，池渊没能把唐越珩叫出来，只能出来让闻桨进去："他现在就是在气头上想不开。"

"没关系，我去里面也一样。"

唐越珩主要伤在手和胳膊，听描述应该是吵架的时候弄碎了花瓶，给划了几道口子。

他女朋友蛮有职业操守，走之前还给他止了血随便包扎了下，本意是想让唐越珩自己晚点去医院处理，但是唐越珩没去，到晚上还自己把绷带拆了。要不是宋予行让助理过来送东西，还不知道出了这事。

所幸伤口虽然深但是不长，加上处理及时，没造成太大影响，闻桨做了个简单的缝合，又给重新缠了一圈绷带。

"这段时间尽量不要沾水。"闻桨摘下手套，"伤口挺深的，如果不想留疤，最好还是多注意点。"

闻言，沉默了一晚上的唐越珩淡淡地开了口："那就留着疤吧，不然不长记性。"

闻桨一时不知道他说的到底是谁不长记性。

从房间里出来的时候，闻桨交代池渊："他这伤口沾了水，暂时还没发炎，但是不保证不会发炎。你们多盯着点，要是他有低烧症状就得去医院了。"

"行，我回头跟他助理说。"池渊抬手看了眼时间，"我现在送你回去？"

"好。"

回去的路上，闻桨明显没有来的时候有精神，人懒懒地靠着椅背，眼眸微阖，像是快要睡着了。

等红灯的间隙，池渊瞥了她一眼，发现人已经睡着了。

闻桨睡着的样子很安静，跟她醒着时给人的感觉截然相反，没有那么冷淡，也没有那么不易接近，多了些柔软和脆弱。

池渊关了车内的灯，车厢里忽然暗了下来。

深夜的街道并不安静，街头巷尾的高楼大厦粼粼灯光斑斓闪烁。池渊放慢了车速，耳边是不怎么清晰的呼吸声。

池渊听着。

良久，他忽然莫名其妙地笑了一下。

唐越珩受伤的事情最终还是在一个星期后被曝了出来，连带着恋情都被狗仔扒得干干净净，从他和女方同进同出的视频再到两人在停车场的高清无码接吻动图，石锤一轮接一轮，就算是业内最好的公关团队也做不出任何辩解。

当天的微博有过短暂的瘫痪，程序员们纷纷在微博上带着与唐越珩相关的话题开玩笑。

等闻桨看到这消息的时候，唐越珩已经在微博上公开承认了恋情，其所在的经纪公司也给出了相关声明。

唐越珩现在的身价高，流量大，算是圈内的顶流，恋情曝光后，整个热搜首页的半壁江山都被他的名字给占领了。

午休时间，混粉圈的方澄抱着手机嗷嗷叫："呜呜呜呜呜……我不相信，这一定是假的。

"心碎了，我死了。

"啊啊啊啊啊啊啊啊……这到底是什么人间疾苦。

"上什么班呢？当什么护士呢？有什么用呢？"

坐在一旁看病历的闻桨没忍住笑了出来。

"你还笑！"方澄抬头看她，一脸惆怅，"我都失恋了你还笑，闻医生你太没良心了。"

闻桨视线盯着病例，唇角笑意未减："唐越珩也二十多了吧，也到了该谈恋爱的年纪了。"

"话是这么说，可这也太突然了。"方澄点开一条提到女方的身份背景的微博，"而且他还是找了一个圈外人。"

"圈外人怎么了？"

"就是圈外人才更让粉丝心理不平衡啊。要是圈内人，我们也就不觉得什么了，说不定还能嗑嗑 CP，但就是圈外人才让粉丝更觉得意难平。"

闻桨轻笑："说不定人家也不比唐越珩差呢。"

"算了，我明天也辞职去给别人当家庭医生吧。"方澄叹息，"哦，我忘了，我只是卑微又弱小的护士，我只能给人扎扎针、量量体温。"

一旁闻桨放在桌上充电的手机响了，闻桨停笔看了眼，是池渊打来的。

她拔了充电线，接通电话："池渊？"

"嗯。"池渊问，"晚上下班有空吗？"

"有空。怎么了？"闻桨拿起笔，单手合上笔帽。一旁的方澄八卦地盯着她看。

"唐越珩晚上请吃饭，问你来不来。"

听到熟悉的名字，闻桨下意识扭头看了眼方澄，有些莫名地心虚："好。在哪儿？"

"地点还没定。"

"那确定好了，你在微信上和我说一声。"

"行。"

挂了电话，闻桨免不了被方澄抓着从里到外都给八卦了一遍："你可别想瞒过我，我听你接电话的语气就不对劲。"

闻桨："……"

我语气不对劲可全都是因为你在旁边。

方澄微眯着眼："是不是你的追求者？"

"不是。"

"那就是你喜欢的？"

闻桨眼皮一跳，无意识扣了下手指："也不是。"

"不是就不是吧。"方澄挑着眉，手托着下巴，"反正肯定关系不一般。"

闻桨收起手机，看时间差不多了，准备去一趟病房，起身拿病例在方澄脑袋上轻拍了下，语气带着几分调笑："有这时间八卦，你还不如去看看哪家经纪公司招家庭护士。"

闻桨现在搬到了医院对面，平时上下班很少开车。下午收到池渊发来的吃饭地点之后，她原本打算下班之后回去洗个澡再开车过去，但没想到傍晚接了个病人，耽误了交班时间。

等她从医院出去，已经快七点半了。

闻桨边走边给池渊发消息，打算和他说一声，自己可能要晚点才能到。一句话才刚打了几个字，她的耳边突然传来熟悉的又带着笑意的声音："走路玩手机，不怕撞到人啊？"

闻桨倏地抬起头来。

夜色来袭，霓虹与车灯交织，灯光恍惚，男人的身影在夜色之中亦幻亦真。

池渊站在不远处。他穿着简单的白衬衫，短发剃得干净利落，样貌清俊出众，脸上带着漫不经心的笑意，看上去格外温柔。

在他身后是车水马龙的街道，辉映着林立闪耀的高楼，熙来攘往的人流，像潮水涌流。

闻桨有一瞬间的怔愣，但很快又被自己莫名加速的心跳所掩盖，蠢蠢欲动又极其不受控制，几乎要让她失去言语的能力。

闻桨捏紧手机，像是掩饰般地挪开视线，喉间发涩又紧绷，好久才想起来开口："你怎么过来了？"

池渊嘴角一松，语气理所当然："正好在这里。"

闻桨"哦"了声，思考能力莫名有些迟钝，停了几秒才意识到他话里的意思，唇角微抿："我得回去收拾一下，可能要耽误一会儿。"

言下之意就是你可能得等。

池渊倒是不介意，眉眼低垂，视线正好落在她的脸上，语气温和淡然："那我等你。"

闻桨又"哦"了声，往前走了几步，忽然想起什么，脚步倏地一停，说话的同时又转过头："你在——"

话还未说完，闻桨的额头却因为她突然地转身撞到了池渊的下巴。

静默几秒，池渊大约是笑了。

从这个角度，闻桨能看到他因为笑而轻轻滑动的喉结，还有隐在微敞着的领口里的锁骨线条。过近的距离让她甚至能看见藏在他锁骨窝深处的一颗微小的痣，随着动作起伏，若隐若现。

闻桨愣住了。

回过神后她觉得好像看哪里都不对劲，手足无措之间额头又差点碰到他的下巴，好在池渊反应快，拿手虚挡了下。

可这也不对劲。

男人温热的掌心轻轻贴着她的发顶，若即若离的距离更让人抓心挠肺，闻桨下意识绷紧了后背。

闻桨从来没有碰见过这样的情况，过了好久才想起什么似的后退了一步，夜色也无法掩盖她所有的紧张失控和不知所措。

她垂着眸，微微吞咽，尽力压下过快的心跳，重新提起刚刚未说完的话："你在哪儿等我？"

池渊收回手，喉结滑动了下："还能在哪儿，当然是去你家等你。"

"……"

"怎么？"池渊盯着她，轻笑出声，"难道你是打算让我站在这路边等你？"

闻桨抿唇。

实不相瞒，她刚刚确实是这么想的。

池渊注意到她的欲言又止，目光停了几秒，而后漫不经心地开口："走吧，要不然等会儿该晚了。"

闻桨买的是个跃层公寓，面积虽然不大，但该有的一点没少：进门左手边是浴室，右手边是半开放式的厨房，在厨房旁边还修了个吧台，往里走是客厅和阳台，视野宽阔，光线敞亮。

二楼是卧房，太私人的地方，池渊没多打量，收回视线在客厅的沙发上坐下。闻桨给他倒了杯水："你坐会儿吧，我很快就好。"

"行，我不着急。"

闻桨"嗯"了声，将水壶放在茶几上，起身去楼上拿换洗衣服。考虑到家里有人，她把等会儿外出要穿的衣服一齐拿了进去。

客厅忽然只剩下池渊一人。

他坐了一会儿，喝完半杯水，目光忽然被搁在书柜上的相框所吸引，随即起身走了过去。

那是张陈年旧照。

照片的色泽已经微微泛黄，里面的人影也有些模糊，但并不妨碍辨认，大约是闻桨小时候的照片。

她被闻母抱在怀里，身后是师大附属幼儿园的标志。照片的右下角还有一行小字，但被木质相框的边缘遮盖了些许，并不怎么能看清楚。

书架上还有很多照片，池渊一一扫过，忽然发现每一张照片都少了一个本不应该缺少的身影——闻桨的父亲，蒋远山。

他又凑近了看，发现有些照片是的确没有蒋远山，但有些却好像是后来被人剪掉，只在照片中留下了一丁点属于蒋远山的痕迹。

池渊微微皱着眉。

关于蒋远山和闻桨之间的矛盾，他只是在蒋远山的口中听到过一星半点，可那些好像又不足以让一个女儿怨恨自己的父亲到这个地步。

池渊还在发愣，身后闻桨从浴室里出来，见他站在书架前，手里还拿着相框，眼睫颤了颤，倒是也没说什么。

他听到动静，回过神来，神态淡定地将相框放回原位，回头面不改色地看着闻桨："好了？"

"差不多，我上去拿手机。"

"好。"

等她走后，池渊又看了眼书架上的照片，总觉得闻桨身上藏着很多不为人知的秘密，而那些秘密，一旦被人觉知，定是既伤人又伤己。

去吃饭的路上，池渊有几次想开口问些什么，但话到嘴边又被咽了回去。这事不该他问，他也不能问。

　　时间不对，身份也不对。

第七章

一定抓紧机会

唐越珩定的吃饭地方没有变化，永远都是岳阳楼，大约是这里足够隐私和熟悉，闻桨印象中和他们几次吃饭都是在这里。

闻桨在这里见到了唐越珩的女朋友。

那是个很漂亮的女生，丹凤眼、柳叶眉，眉眼轮廓利落分明，长发微卷，一身简单的吊带黑长裙，明艳之中又带着些英气。

明明是矛盾的两种气质，却在她身上有了完美的糅合。

闻桨落座时想起方澄，如果她要是见了真人，大约也不会觉得意难平和不能接受了。

唐越珩替两人做了简单的介绍："这是闻桨，池渊的朋友。"

坐在唐越珩身旁的女生起身，朝闻桨伸出手，皓腕如霜雪，手指修长纤细："你好，宋嗔。"

闻桨伸手与她轻握："你好。"

重新落座之后，池渊给闻桨倒了杯热茶，胳膊顺势搭在她的椅背上，姿态带着若有若无的亲近感。

唐越珩和宋嗔大约是还没完全和好，整顿饭吃下来几乎没怎么说过话，大多时候都是肖孟在活跃气氛。

结束的时候，唐越珩递给闻桨两张类似于门票的东西："我下个星期新电影有个内部公映，你要是有时间可以带朋友过来看看。"

闻桨接过，道声谢，目光在他和宋嗔之间掠过，出于医生的职责，问了句："你手上的伤怎么样了？"

唐越珩不甚在意："就那样。"

"你这个伤口挺深的，还是要多注意。"闻桨看了眼神情有些不自然的宋嗫，笑说，"我倒是忘了，宋小姐也是医生，她应该会照顾好你的。"

宋嗫抬眸朝闻桨看来，目光和善："谢谢。"

"没事。"

唐越珩和宋嗫先走了一步，肖孟今晚也是推了不少工作才挤出点时间过来吃顿饭，之后也很快就走了。

包厢里的残羹冷碟早就被撤走了，现在摆着的都是餐后甜点和茶果。

闻桨胃口不大，喝完一杯清茶，抬眸看向池渊："回去吗？"

池渊也看向她："回吧。"

两人站在走廊处等电梯，光洁干净的墙壁映着一高一低两道身影。

闻桨问："你今晚还要去医院？"

池渊"嗯"了一声："过几天还得出趟差，这两天都得在医院陪着。"

"这次是去哪儿？"

"海城，有个新项目。"

两个人像是老朋友一样闲聊。走廊另一侧垂直的过道处有人声靠近，闻桨随意地看了眼，视线却在看到其中一道人影时倏地一顿。

酒楼里的灯光明亮，闻桨看得清楚，那在人群中被谢路牵着的女生并不是许南知。

一行人有说有笑，两人夹在其中，姿态亲昵，并没有注意到电梯口处的两个人。

闻桨心中震惊，下意识循着人影追过去。池渊注意到她的动静，迈步跟了过去："闻桨？"

她脚步没停，神情却格外严肃。

池渊疑惑不解，轻声问："怎么了？"

眼前那群人影已经进了包厢，闻桨在原地停下，心头如乱麻一般，一时不知道从何说起。

池渊陪着她站了一会儿，视线扫过其中一间包厢。

片刻后，闻桨缓过神来，考虑到是许南知的私事，并未说明，只是深呼吸了一瞬，尽力控制着震惊和怒气："我想等一会儿再走，你先回去吧。"

池渊被气笑了："你让我带着你指不定就冲进去把人打一顿的风险，然后把你一个人留在这儿？"

闻桨的脸色微微有些发白，后背因为震惊和恶寒出了一层薄汗。闻言，她也没什么力气反驳，因为池渊没说错，如果刚才看到的那一幕没有假，她是真的会冲进去把谢路打一顿。

她想不通。

之前那么难的时候，他和许南知都走了过来，明明现在都已经得到了许父的认可，差一步就要结婚了，为什么偏偏到了现在却变成了这样。

闻桨是真的想不明白。她这会儿只要一想到如果这件事是真的，如果许南知道了这件事会怎样，就完全无法冷静下来。

如果这是真的，许南知该怎么办？

她抬手搓了搓脸，像是还未出征就已经知道要打一场败仗，语气疲惫："我可能要在这里等很久。"

池渊抬眸看了眼旁边紧闭的包厢门："等到里面的某个人出来？"

闻桨"嗯"了声，对上他的目光，喉间有些发涩："这对我很重要，不看到他出来我不放心。"

"那走吧。"池渊看着她，语气无奈，"带你换个地方看。"

池渊找了负责人，带着闻桨去了酒楼的中央监控室。

工作人员单独调出了谢路所在包厢那一片的监控画面："酒楼里只有顶楼是有声监控，其他都是没有声音的。"

"行，麻烦了，你去忙吧，这里我们自己来。"池渊从旁边拽了张椅子在闻桨身边坐下，点着鼠标把画面清晰度调到最高，随后侧眸看着沉默不语的闻桨，半开玩笑似的问，"要不要我找人往包厢里送两个录音笔？"

闻桨看着他："……"

池渊松开手里的鼠标，摸着鼻子往后靠："当我没说。"

监控器右下角的时间一分一秒地滚动，包厢的门时开时关，人来人往，闻桨抱着胳膊，目光盯着屏幕，生怕一不留神错过了什么。

过了很久，包厢门重新被打开，里面的人接二连三地往外走，谢路被同伴勾着肩膀拉出包厢。

这会儿，他身边没有人。

闻桨略微松了一口气。

可是还没过几分钟，又从包厢里出来三四个女生，那个之前被谢路牵着手的女生也在其中。

她可能是喝醉了，脚步并不太稳，被同伴搀扶着。

其中一个高个子女生大概是喊了谢路一声，闻桨看到谢路笑着推开身旁的男生，回头朝那个女生走了过去。

他将女生从同伴的手里接过来，搀扶在自己怀里。女生纤细的胳膊挂在他脖颈间，姿态亲密又暧昧。谢路并没有推开她，甚至还低头亲了亲女生的额头。而在这之后没几秒，那个女生忽然抬头凑在他脸侧亲了一下，然后顺着又咬了下他的耳垂。

坐在监控器屏幕前的池渊："……"

他若无其事地轻咳了声，刚要偏头问闻桨看到想看的人没有，却见她眉头紧锁，面色难看。他还未说话，就见她沉着脸倏地站起身快步走了出去，动作大到将椅子都给带倒了。

池渊愣了一秒，很快起身跟了过去。

中央监控室在三楼，谢路一行人在四楼，一层楼的距离，闻桨直接从一旁的安全通道口跑了上去。

池渊还从来不知道她能跑得这么快。

等他走到包厢门口时，正巧看见闻桨抬手一巴掌挥在刚刚在监控画面里被女生咬耳朵的那个男生脸上。

这一巴掌打得清脆响亮，周围的人都安静了。

池渊停在原地没有过去。

闻桨脸上都是怒气和不可置信，视线掠过谢路和那个女生，说话时声音都在发抖："我真没想到，你是这种人。"

女生的同伴并不认识闻桨，这会儿回过神来，嘀咕着出声："这谁啊？怎么乱打人呢。"

闻桨没看她，从包里翻出手机，找到许南知的号码，抬头看着谢路：

"这事你说还是我说？"

谢路微微攥紧了手，眼里是难堪是悔恨也是害怕："闻桨——"

"好，你不说，那我说。"闻桨低着头，手指微颤，却怎么样都摁不下去拨号键。

好像这一通电话拨出去，就是万劫不复。

这时，站在谢路身旁的女生淡淡地开了口："这事不怪谢路，是我非要和他在一起的，他一开始也拒绝了我。"

"所以呢？"闻桨看着她，气到眼眶都在发红，"仅仅只是一开始拒绝了，现在就没有错了吗？"

女生被堵得说不出话来。

"小朋友，你懂什么叫礼义廉耻吗？"闻桨句句厉声，"后来者居上并不是你可以拿来炫耀的资本，你不要脸，不代表所有人都跟你一样不要脸。"

"你——"

闻桨深吸了口气，看着谢路："我问你，如果今天不是被我意外发现了，你打算什么时候和南知说这件事？"

谢路的脸色很难看。

"你压根就没打算和她说，对吗？"闻桨讽刺地笑了声，"你打算继续和她结婚，组建一个新的家庭，然后当作什么都没发生过一样，靠着许家给你的名和利，再背着她在外面和别的女人勾搭在一起，对吗？"

闻桨又看向那个女生："那你呢？就情愿一辈子躲在背后当个见不得人的小三？还是说你打算等到了合适的时机，母凭子贵，再飞上枝头当凤凰？"

女生看着闻桨，脸色有了些变化："我没有……"

"谢路。"闻桨努力稳着自己的声音，"你和南知这一路走来有多不容易，我这个外人都看得出来。当初因为你，她几乎要被许伯伯赶出家门，被罚跪到高烧昏迷，也没松口要放弃和你在一起。

"我现在真后悔，没在当初许伯伯不同意南知和你在一起的时候，帮着劝她一句。

"你这样的人，压根就不值得她付出的那些努力。"

只是事到如今，再说这些已经没有意义，闻桨收敛了情绪："说到底，这也是你和南知的事情。我给你机会，这事你自己去跟她坦白，是原谅还是不接受，都是她给你的结果。"

说完这些，闻桨不再多停留，转身走出人群。看到站在不远处的池渊，她的视线微微一顿。

池渊显然也已经看到她了。

因为在下一秒，他就迈步朝她走来，身影停在她面前，什么也没问，只是伸手将自己手里的冰袋递了过去。

"嗯？"闻桨不解。

"手。"他眉眼低垂，神情淡淡，"用那么大力气打人，不知道力的作用都是相互的吗？"

光线昏暗的停车场，空旷萧瑟。

闻桨坐在车里，手里握着冰袋，水滴从指缝滴落在淡蓝色的牛仔裤上，汩开一片水渍。她却像是毫无知觉，双手交握，饶是坚硬寒冷的冰块也快要被这样的力度融碎。

池渊站在车外接电话，说话声断断续续传进来。

闻桨在隐约间好像听见自己的名字，抬头看了眼，刚要仔细听，他已经挂了电话，转身拉开车门重新坐了进来。

池渊开了车内的灯，看到她湿漉漉的手，从后座拿了干净的方巾递给她："冰袋给我，你擦擦手。"

他接了冰袋，下车丢进旁边的垃圾桶里。等他再回到车里，闻桨已经将用过的方巾叠成正方形搁在腿间，只是依然沉默不语。

看她这模样，池渊也没多问，先前在楼上的那一幕幕像过电影般不停地在他脑海里循环播放。

闻桨说的那些话，在他听来不仅仅像是指责，话里似乎还藏着她的过去和经历。

池渊在那一瞬间猛地意识到，会不会在过去的某个时间里，她也面临过同样的事情。

比如——

她的父亲，蒋远山，是不是也曾经做过同样的事情。

她和蒋远山之间的不可说和怨恨会不会就是由此而来。

夜晚寂静，风声清晰可闻。

池渊微微敛眸，没有再想下去。他偏头看着闻桨，语气放软："现在要去哪里？"

闻桨也抬头看着他，眼睛依然很红，眼里原先的怒气和失望统统消失不见，剩下的只有筋疲力尽和不知所措。

停车场内又进了车，停车的动静在阒然无声的环境里格外清楚。她收回视线，垂着眸，满腹心事，沉默半晌，才低声报了个地址。

新园路栢悦小区。

那是许南知的住处。

闻桨在那里住了大半年，前段时间才刚刚搬出来，搬家的时候才刚和谢路见过一面。那天的谢路，笑起来给人的感觉温文而儒雅，一点也看不出像是会做出出轨这种事情的男生。

就和当初的蒋远山一模一样。

车外景色华丽，闻桨却毫无所察，心里一片混乱。蒋远山和谢路隐忍不辩的面孔不时在她脑海里交错着，让人一时分不清那到底是过去还是现在。

到了小区门口，闻桨坐在车里没动。池渊看了她一眼，也没催促，只是开了车窗让夜风吹进来。

过了很长时间，池渊才听见她解安全带的动静，侧眸看了过去。闻桨的手搭在车门上，回头看他的时候，神情有些恍惚："我先上去了。"

"嗯。"

池渊看着她从车里下去，绕过车尾，朝小区门口走去。

夜色喧扰，周围霓虹闪耀，她却好像和这热闹与世隔绝，瘦削的身影看起来格外孤单。

下一秒，他也解了安全带，下车跟了过去，几步便和她并行："正好没什么事，随便走走。"

许南知住在小区最里面一栋楼。

沿路的梧桐抽枝发芽，枝叶茂盛，随风摇曳，月光从枝叶的罅隙间洒下斑驳细碎的剪影。

走到楼下时，闻桨停住脚步，抬眸看着池渊："我是不是做错了？"

池渊眼皮一跳，唇角微抿，语气认真且坚定："没有，这种事情瞒得越久反而对她的伤害就越深。

"你是她的好朋友，如果连你都瞒着她，那才是真的做错了。"

闻桨默然，抬头看着眼前的居民楼，眼尾湿红。末了，她轻轻地叹了声气："但愿吧。"

但愿她这一次没有再做错误的决定。

等闻桨进去后，池渊在楼下站了一会儿。楼层很高，他不清楚闻桨将要去到哪一层。

夜风沾染了夏日的温度，带着丝丝暖意。白日晴朗的天空，到了晚间星空密布，弯月如钩，透着莹白如玉的光泽。

远处来了车，大约是车主怕碰到人，轻撩了下喇叭，汽笛声应声而起。池渊闻声往旁边挪了一步，等车驶过后，抬手抓了下发尾，转身往外走。

路面上有一些零碎的小石子，他闲来无聊，边走边踢，身影渐行渐远，直至与夜色融为一体。

回到车里，池渊捡起刚刚落在座位上的手机，指腹不小心碰到解锁键。屏幕亮了下，他看到通知栏里有四通来自闻桨的未接来电，时间是在三分钟前。

来不及细想，池渊随即给拨了回去。

无人接听。

池渊又拨了一遍，还是无人接听。他心神一凝，怕出了什么事，匆匆下了车打算再回去。

刚走到小区门口，正好碰到从里面出来的闻桨，池渊快步走了过去："怎么了，出什么事了？"

闻桨是跑着出来的，气息不稳，缓了几口气才说话："南知开车去找谢路了。她情绪有些激动，我怕她出什么事。"

池渊眉头一蹙："知道她去哪儿找人了吗？"

"溪城建筑大学。"

在去学校的路上，闻桨给许南知打了好几个电话，全都从无人接听到自动挂断。

她握着手机，神情担忧。

过快的车速将窗外的景色拉成一条模糊的轨道。

等红灯的间隙，池渊松了松手指，偏头看了她一眼，温声安慰道："别担心，许南知不像是会做出什么傻事的人。"

闻桨"嗯"了声："我知道。"

池渊也不再多问，等红灯跳成绿灯，又重新回到之前的车速，一路驱车穿过热闹的街区。

建大有两个校区，新校区在高新技术区，老校区在高楼围绕的市府街头。谢路今年刚读博，按学校安排，住在老校区。

半个小时前，闻桨回到许南知家里的时候，发现谢路不仅没有和许南知坦白自己出轨这件事，甚至在许南知给他发微信，叮嘱他喝了酒回学校记得泡点蜂蜜水后，还若无其事地回了个"好"。

闻桨没有想到谢路除了卑劣无耻，竟然还如此懦弱无能。

事到如今，闻桨就是再不忍心许南知得知真相后受到伤害，也无法替他再隐瞒下去了。

她和许南知认识十几年，从来都是有什么说什么，不会有一句假话。

许南知自然也清楚闻桨不会是拿这种事开玩笑的人，在听了她的话之后，什么也没说，直接给谢路打了个电话。

谢路自知事情已经没有任何转圜的余地，在电话里坦白了一切，所有的错误所有的一切，统统都被他归结为一句："南知，对不起，在这件事情上是我辜负了你，我们分开吧。"

这句话犹如一把刀，狠狠地刺进了许南知的心里。

闻桨看着她努力控制自己，握着手机的指尖用力到发白，看着她抬手抹掉眼泪，看着她颤抖着声音开口："谢路，你在学校等我，我来找你。分开这句话，轮不到你说。"

这会儿，黑色的轿车在人潮涌动的建大门口停下，两道身影一前一后从车里下来。

闻桨不知道许南知会在哪里和谢路见面。站在校园里时，她才觉得这时的建大像一个没有出口的迷宫，让人眼花缭乱，分不清楚方向。

池渊接了个短暂的电话，结束后，走到闻桨身边，轻揽着她的肩膀："走吧，许南知在他宿舍楼下。"

谢路住在丽华苑，那里一半住着大一的新生，一半住着博一的师兄。等到了各自的第二年，又全部都要搬到新校区。来来往往，丽华苑见证了无数人的岁月。

此时，宿舍楼下。

谢路和许南知相对而立，而在谢路身旁，还站着一个女生。和身姿曼妙修长的许南知相比，她显得格外娇小。

在别人看来，反倒以为许南知才是无理取闹的那个人。

可许南知根本不在意。她活了二十多年，为了理想、为了学业不惜自愿放弃继承家业的资格，为了爱情几乎要失了半条命。她活得特立独行，从来不在意别人的目光，哪怕前路注定遍体鳞伤，也未曾想过放弃。

"谢路。"许南知红着眼，却未有半分挽留和卑微之态，"你记住，是我许南知不要你了。是我，要和你分开。和你不再往来。"

六年前。

在那个蝉鸣聒噪的九月，因为部门安排被拉来迎接新生的许南知，在夏末的烈日骄阳下被一个男生拍了下肩膀。

她回头。

身后的男生笑容简单干净，脸颊微红，声音却格外清朗："师姐，请问丽华苑怎么走啊？"

许南知微愣，拿下嘴里的棒棒糖，往前一指："那就是。"

男生说了声"谢谢"，临走前，往许南知手里塞了瓶水："师姐，我叫谢路，你记着，我们还会再见面的。"

许南知记着了。

从此一记就是六年。

如今，大梦当醒，终究都成了一场空。

那天之后，闻桨重新搬回了许南知的住处，而许南知依旧过着早出晚归、周末加班的生活，仿佛一切都没有任何变化。

周末的时候，许南知回了趟家里，将自己和谢路的事情同父母说了一声。

她没有诉苦也没有痛骂，只是平静地叙述了事实："我和谢路分开了，婚礼不用准备了。"

许南知不是睚眦必报的人。

不爱了就是不爱了，她做不出分开之后还在背后插一刀的事情。

可许父许母不一样，虽然在他们眼里许南知做了很多错事，可她终究是许家的女儿。

许父找人查清了许南知和谢路分手的真相，将谢路出轨和小三本人的消息散布得全校皆知。

谢路被取消了博士学位，有关他的事情也在建筑业内传开。许父放了话，业内有名的建筑公司都不可能再接受他。而他出轨的那个女生不仅被取消了学士学位，就连刚谈好的入圈戏，也被许父从中给拦断了。

这就是现实世界，只要你有权有钱，几乎无所不能。

等闻桨听到这个消息的时候，已经是下个周末了。她和许南知休息在家，闲来无聊找了部电影打发时间。

消息是池渊透露给她的。

闻桨了解完，道声谢就收了手机，抬头看向坐在一旁的许南知，欲言又止。

许南知分明没看她，却好像知道她要说什么，脸上几乎没有什么表情："要和我说谢路的事情？"

闻桨眼睛一闭："你知道了？"

许南知把目光从屏幕挪到她脸上，似笑非笑："我也是业内人，我爸闹得那么大，你觉得我会不知道吗？"

"那谢路后来有找过你吗？"

"找过。"

"那你——"

许南知看着屏幕："没见。有什么好见的。"

闻桨见她也确实放下了，松了一口气，往她跟前凑过去，眉梢一扬："你明天有空吗？"

"有啊。怎么了？"

托许父的福，许南知最近的工作量明显被缩减，部门的部长美其名曰是以前克扣她太多私人时间，现在醒悟过来，给她松松时间。

许南知笑笑不说话，没把他暗地里给许父透露消息的事情说出来，反正白给的假不休白不休。

闻桨神情莞尔："唐越珩前段时间给我了两张他新电影内部公映的票，时间在明天，你跟我一起去看看？"

"什么电影？"

"悬疑惊悚、家庭伦理、复仇权谋。"闻桨掰着指头数完影票上的标签，抬眼看着许南知，眼眸亮晶晶的，"你想要的应有尽有。"

到了第二天，闻桨和许南知都难得起了个早，出门去国贸逛了一圈，大大小小买了一堆东西。

临近中午，两人在附近挑了个粤菜馆，点了几道平常爱吃的菜，边吃边聊，气氛轻松。

电影下午两点开始，地点在市中心的新策影院。

闻桨之前一直听唐越珩说是内部公映，以为就和寻常看电影差不多，只是人少点，顶多就是他剧组的演职人员加上他们剧组人员的朋友这些。

结果到了现场才知道，说是内部公映，但在电影开场前还有个红毯仪式，来往的都是圈内有名的大佬。

影院外到处都是各家的粉丝应援，人山人海。

闻桨和许南知在附近转悠了一圈，不仅没找到检票口在哪儿，还被疯狂的小妹妹塞了几张不知道是哪个明星的应援贴纸。

她和许南知都脱离粉圈多少年了，早就不玩这一套了，拿着贴纸就要还回去，没想到对面以为她们是觉得拿得少了，笑眯眯地和她解释道："姐姐，这是我们站子额外印的小赠品，已经发完啦。"

闻桨和许南知对视一眼，默默地从人群里退了出来。

等走到人少的地方，许南知打开手里的贴纸，看到上面的卡通人物时，笑了声："还挺可爱的。"

闻桨手里也有几张，闻言全都塞给了许南知："可爱你就都留着吧。"

离电影开场还有二十多分钟时，还没找到正确入口的闻桨接到了池渊的电话。

三言两语讲完窘境，那头似乎是笑出了声，语气轻飘飘的："站在那儿别动，我过来接你。"

"哦。"

挂了电话，闻桨抬头对上许南知审视的目光，莫名心虚，压着陡然的心跳问："怎么了？"

许南知神神秘秘一笑："没事。"

池渊很快就出来了。

他今天穿得统一，上下都是黑色，走近了，黑色衬衫上的暗纹在阳光下格外清晰。

修身玉立，眉目俊朗。

许南知和他一向不对盘，见面了总要刺上几句，今天倒是例外，温温和和还能说上两句话。

说完，池渊把目光落到闻桨身上："走吧，先进去。"

影厅里面比起外面要安静许多，座位也都是剧方提前安排好的。

前三排是圈内的大佬，中间两排是活跃于各大网络的资深影评人、微博红人和一些有资历的杂志社和以各大视频网站为名的记者，后面三排是实打实的观众，但属性偏颇，多是剧组各演员的圈内后援会和有话语权的站子，少数一部分是闻桨这样属性纯粹的观众。

池渊这趟过来，也不全是为了给唐越珩捧场，其中一部分缘由也是为了在这里露个脸。

唐越珩如今的地位摆在那里，圈内来往的人不仅仅只有摆在外面的一层身份，更多的还是他们背后的资本力量。

等到落座后，池渊被唐越珩引荐着见了几个人。

闻桨和许南知坐在第六排。阶梯式样的影厅，倒不至于在视野上有所缺失，她偏着头和许南知闲聊。

后排两个女生声音激动："天！！竟然连宋临和季淮安都来了！这票买的值！这趟我回去可以吹一个月了！"

乍一听这两个名字，闻桨和许南知都有种恍如隔世的感觉，等再看到人，就想起来了，这两人是她俩以前的墙头。

读书那会儿，闻桨喜欢宋临，许南知喜欢季淮安，两人曾经一度因为投票打榜的事情濒临绝交的边缘。

现在年纪大了，再回看这些，免不了觉得幼稚。

又过了一会儿，池渊和几个投资商讲完话，在前排停留了一瞬，等到影厅内灯光暗下来，才摸黑坐到闻桨身边的空位上。

电影开始前按照惯例先放了导演和演员的采访，大屏幕光影晃动。

池渊偏头看了眼闻桨。

她坐姿挺正，后背不沾椅背，视线正视前方，看得既认真又投入。

可——电影分明还没开始。

也不知道她看什么看得这么入迷。

池渊低笑了下，恰好采访播放结束，到了进入正片前的几秒安静时间。他的笑声虽然轻，但闻桨离得近，听得很清楚。

她扭头，稍有不解："笑什么？"

池渊向她靠近，带来一阵清淡的木质香调："又不是什么正式的场合，你难道打算一直保持这个姿势坐下去？"

"……"

闻桨是职业习惯，平常在院内开会，各领导阶层都正襟危坐，听个讲座还有人抓你仪态问题。

时间久了，难免成为习惯。

池渊笑着吐槽："像个小学生一样。"

他这话说得就太欠打了，闻桨不由得开始怀念刚认识时还有些拘谨的彼此，顾虑着场合，硬声说："我最近脖子疼，这样坐着舒服。"

池渊拖长尾音"啊"了声，轻笑："那还真是要多注意了，不要年纪轻轻就得了颈椎病。"

有病。

闻桨懒得跟他争辩，收回视线看着屏幕。

一场电影两个半小时，果真是悬疑惊悚、家庭伦理、复仇权谋应有尽有，闻桨也硬是保持着这个姿势坐了下来。

等到结束，整个后背都僵硬了，稍微动一下就酸酸胀胀地疼。

许南知回完信息，见她姿势古怪，眉梢一扬："这椅背上是长刺了吗？一个电影看下来我就没见你挨过它。"

闻桨是有苦难说，抻了抻胳膊，决定不说话。

在散场前还有个演员采访，这时候就是中间两排观众的天下，扛着长枪短炮的记者像雨后春笋般一个接一个冒头。

后几排的观众还不能退场。

许南知起身在工作人员的带领下去了趟洗手间。

池渊看了手机上的信息，偏头和闻桨说话："唐越珩说等会儿还有个饭局，问你去不去。"

闻桨一愣："他们剧组吃饭，我去干吗？"

"不只是剧组的人。"池渊笑，"这里的一部分观众、影评人、记者还有前排的那些，都会去。"

"还是不去了吧。"闻桨揉了下脖颈，"都是不认识的，坐在一起吃饭太尴尬了。"

池渊点点头："行。"

过了一会儿，他又问："你们今天开车了吗？"

闻桨"嗯"了声："上午去国贸那边逛了一圈，买了点东西，不开车不方便。"

"也是。"

闻桨放下手，想起什么，随口问："对了，你昨天说顾音知道自己的新戏被许家人拦了之后，试图自杀了？"

顾音是谢路出轨的那个女生，建大隔壁电影学院表演系的学生，今年正好大四，出事之前已经谈好了毕业戏。

"也就说说而已。"池渊余光瞥见许南知的身影，面不改色地收了话茬，"晚上饭局真不去？你不是喜欢宋临吗？"

"什么喜欢宋临，我问你正经事——"闻桨坐在里面，没注意到许南知，正纳闷他乱七八糟说什么，抬头一看许南知，噎了下，"是啊，是喜欢宋——"

"哎？"闻桨反应过来，"你怎么知道我喜欢宋临？"

池渊抬手抵着额角，勾唇："上次在你家的书架上看到他的签名照了。"

闻桨嘟囔了声："那都是多少年前的事了。"

说话间，许南知从两人面前穿过，回到自己位子上，冷不丁问了声："他去过你家？"

闻桨试图解释："就之前——"

许南知："我就问问，你不用跟我解释，我又不是你对象，没必要。"

闻桨："……"

一旁的池渊靠着椅背，笑得肩膀一抖一抖的，停不下来。

闻桨心想，自己可真是太难了。

十多分钟后，采访结束，影厅内的人员开始散场，前排的演员和导演都从左边的出口离场，剩下的全都从右侧离场。

闻桨和许南知不准备去饭局，打算去附近的万达吃个晚饭，就顺道回家了。

临走前，闻桨给跟着演员一起离场的池渊发了条微信，告诉他，自己先回去了。

池渊隔了三四分钟给她回了信息。

在门口等我一下。

闻桨脚步停了一瞬，许南知回头看她："怎么了？"

"池渊让我等他一下。"

"那你在这里等，我去把车开过来。"

"行。"

闻桨随着人流走到影院门口，找了个空地站着。周围人来人往，还是之前那些粉丝小朋友，围在一起交流分享之前拍到的照片，现在还不走，就是为了看能不能再拍几张。

五月份，溪城已经快要入夏了，到了傍晚温度依旧挺高，闻桨站了一会儿，就觉得有些热。好在池渊在她耐心告罄之前及时从里面走了出来，走到她面前，递给她一个信封。

闻桨接了过来，顺口问道："这什么？"

池渊双手插兜，脸上也没什么表情："宋临的签名照。"

周围都是眼尖耳尖的粉丝，他声音又不低，话音刚落，闻桨就觉得自己成了现场的焦点。

粉丝如火炬般的目光尽数投在闻桨和她手里那张薄薄的信封上，闻桨一时顿觉如芒刺在背，更觉手里的信封有千般重、如烫手山芋般难收。

池渊不懂她为何突然面露难色，神情僵滞，继续毫不知情地火上浇油："怎么，不想要？"

这话一出，闻桨感觉那些火炬般的注视瞬间变成了锋利的刀子，正蠢蠢欲动地朝她刺来——如果她下一秒说不想要的话。

闻桨也是混过粉圈的人，当然不傻，当机立断将信封收进包里，点头、道谢、告辞一步到位。

池渊还没反应过来，她人已经在几米开外，步伐迈得又快又急，好似身后跟着洪水猛兽一般。

他盯着那道背影看了几秒，忽然呵笑一声，转身重新走进了影院。

闻桨一路小跑，直至绕过人群，才缓缓放慢步伐。停车场的入口近在眼前，她站在路边给许南知打电话。

马路上车来车往，许南知的电话却一直无人接听。

一遍两遍三遍四遍皆是如此，闻桨心头一紧，难免往坏处去想，急匆匆跑去乘电梯去了负一层。

　　影视城附近的停车场并不空荡，来往的人和车比比皆是，早前过来停车的时候，闻桨和许南知找了好久才在边角找到个空位。

　　此时，车还停在原处，只是车旁多了个人。

　　许南知抱臂倚靠着车门，神情冷淡地看着眼前的女生。

　　她姿态骄矜，声音带着笑却没有什么温度："小妹妹，你当初勾搭别人的时候，怎么没想过将来会有这一天呢？

　　"现在才来求饶，是不是太晚了点？"

　　顾音红着眼睛，看着眼前眉目娇媚的女人，心中是害怕也是后悔，但更多的却是怨恨。

　　她没有想到许家人这么狠，不仅让自己没了学业更是从此失了前途，再无大红大紫的机会。

　　许家家大业大，她不过是个无名小卒，在圈内也还未站稳脚跟，更无人可依，只能眼睁睁看着机遇一个一个消失，却无计可施。

　　如果不是走投无路，顾音不会来求许南知高抬贵手，求她放自己一条生路。只是她没有想到，许南知远没有看上去的那么温善，她和她父亲一样狠心，一样地不愿意放过自己。

　　这段时间的遭遇早就让顾音的精神濒临崩溃，如今眼见再无任何回旋的余地，难免有些歇斯底里的疯狂。

　　"是，我是勾搭了谢路，可那又怎么样！苍蝇不叮无缝的蛋，如果不是你们之间出现了问题，谢路他根本就不会和我在一起！是你自己没有本事留住谢路，为什么要把责任全都推到我身上！我只不过是恰好出现的那一个，就算没有我，你以为你们之间不会再出现另一个人吗？"

　　话音刚落，许南知就抬手给了她一巴掌，周身燃起腾腾怒气："别把我的容忍当成你可以得寸进尺的借口。如果我想整你，我可以保证，你现在根本没有机会出现在我眼前跟我说这些废话。"

　　言毕，许南知低头从包里翻出手机，找出谢路的电话拨出去："管好你的人，我不想再看到她在我眼前乱吠。"随即又干脆利落地挂了电话。

　　许南知对顾音的耐心已经告罄，也不想跟她废话，转身拉开车门，见她仍旧站在车旁，竟被气笑了："顾音，你要记着，是你和谢路亏欠我，我爸现在只不过是在替他的女儿讨回公道而已。这是一个父亲的权利，我没有资格去阻拦他。"

顾音离开之后，许南知坐在车里没动。

站在不远处的闻桨原本是打算过去的，可就在她迈出脚步的下一秒，她看到驾驶位的车窗缓缓降了下来，紧接着从里面伸出一只白皙细长的胳膊，手肘轻抵着窗沿。

许南知的食指和中指并行向外，两指间夹着一点猩红。

闻桨的脚步在那一瞬间生生停住。

许南知是不抽烟的，哪怕是刚毕业那会儿，因为工作项目上的缘故，压力大到整夜失眠睡不着觉的时候，也从未沾染上烟瘾。

她说讨厌被尼古丁麻痹的感觉，那会让她觉得自己是个没用的废物。

也是在这一刻，闻桨才知道在和谢路分开的这段时间里，许南知所有的平静和坦然都不过是在粉饰太平。

她远没有看上去的那么坚强。

停车场人来人往，小小的一方天地，仅隔着一层薄薄的玻璃，许南知并没有将自己的脆弱暴露很久，仅仅只是一根烟的时间长度。

她下车将未燃尽的烟头碾灭丢进了一旁的垃圾桶，然后又回到车里，从包里翻出一管薄荷糖，拿了两粒含在嘴里。

等烟味散尽的间隙，她收起所有的情绪，故作无事地给闻桨回了电话："刚刚在处理个临时邮件没接电话。怎么，你结束了？"

闻桨"嗯"了声："刚才打你电话没人接，我就来了停车场。"

"……"

"不过你车停哪儿呢，我找了一圈也没找到。"

许南知似乎是松了一口气，听筒里有细微的动静，夹杂着她一如既往清清冷冷的声音："你在哪儿？我过来接你。"

闻桨报了个与她车位完全相反的位置。

"真辛苦你了，我车停在负一，你跑负二去了。"许南知无奈，"你直接上去吧，在门口等我。"

"行。"

上车之后，闻桨没有提起刚刚在停车场看到的一切，许南知更不会主动提起。两个人心里都装着事，晚上也没怎么吃。

回家的路上，闻桨有几次想开口，但都不知道怎么问。

成年人的爱恨纠葛远没有少年时那么简单纯粹，说不喜欢了就不喜欢了，管你是好是坏是生是死都与我无关。成年人的爱情往往轻则痛不欲生，重则伤筋动骨，教人好了伤疤还能记着那份痛。

溪城的夏季多雨，傍晚过分燥热的气温到了晚间全都化作淅淅沥沥的雨水，从天而降。

车顶被雨滴砸出起伏不定的声响。

闻桨看着前边的车流，忽然感叹了句："如果一辈子都不用长大就好了。"

一辈子不用长大，永远当个什么都不知道的小孩子，不用体会生离死别，也不会被爱恨情仇所束缚。

永远无忧无虑，永远平安喜乐。

闻言，许南知轻笑："可惜这个世界没有如果，我们不会永远长不大，也当不了一辈子的小孩子。"

注定该吃的苦一样也少不了，该走的路一步也回不了头，人世间的苦楚和无可奈何大多相似。

溪城的这场雨来势汹汹，连着下了一个多星期都没有转晴的迹象，阴雨连绵，整片天空都是黑沉沉的。

雨季事故频发，急诊科最近所有人都忙得脚不沾地。

上一秒东边出了交通事故，下一秒西边又因为路边积水过高导致人员被困在高架桥下。

南边和北边也是如此。

深夜，好不容易有了片刻的停歇，急诊科众人齐齐瘫倒在桌边，有扛不住的直接趴着桌沿睡着了。

曲丽鑫去外面的自动贩卖机，给每人买了一瓶速溶咖啡："时间晚了，等明天请你们喝现磨的。"

"谢谢曲姐。"

闻桨也拆了一瓶，喝了一口，淡淡的苦涩味在舌尖漫开，浅尝片刻，又有一点甜。

窗外雨势未减，深夜里的鸣笛声格外刺耳。

闻桨拿出抽屉里的手机。这个点已经没多少人在线，最近加班，她差不多都是住在医院对面的公寓，平常和许南知的联系只剩下微信了。

想到许南知平时习惯加班到半夜，闻桨又戳进和她的对话框，叮嘱了几句，让她上下班注意安全。

退出去的时候，闻桨看到底下和池渊的对话框，点进去，最近一次聊天还停留在之前去看唐越珩电影公映那天。

闻桨又点进他的朋友圈，才发现不知道什么时候起，他的朋友圈开始设置成仅最近三天可见。

他最近三天都没有更新，自然是一片空白。

闻桨没有在他朋友圈的页面停留很久，退出去之后，犹豫了片刻，还是给他发了一条微信，问他最近在不在溪城。

原本以为在这个时间点会得不到回复，却没想到在消息发出去的下一秒，闻桨就发现对面的状态变成了正在输入中。

紧接着，一条新微信冒了出来。

池渊：不在，这几天在外面出差。怎么了？

闻桨摁着键盘的手顿了一瞬，一时没想好如果对方在线该怎么回复，想了想，就不自觉想了几分钟。

池渊：？

闻桨回过神来，迅速敲了几个字。

闻桨：没事，随便问问。

池渊：……

闻桨：你怎么这个点还没休息？

池渊：我在机场。

闻桨：？

池渊：航班晚点。

闻桨：你要去哪儿？

池渊：不去哪儿，回溪城。

这下轮到闻桨愣住了。她本来以为这个点池渊已经休息了，想着信息发出去应该不会立马被回复，这样她就可以顺着提醒他一声溪城最近在下雨。只是闻桨没想到信息刚一发出去就收到了对方的回复，原本那些要叮嘱的话也因为他的回复和回复的内容而被打断了。

结果聊了几句，兜兜转转，他还是要回溪城了。

闻桨这一犹豫就是十多分钟，还没想好怎么回复，急诊大厅又来了病人，只能匆匆打下一句话，顾不上等对面回复，又开始忙碌起来。

等池渊看到那条消息的时候，已经是半个小时后的事情。航班晚点了两个多小时，他和肖孟从饭局上走得着急，手机都只剩下四分之一的电，和闻桨聊了没一会儿，手机就显示电量低即将要自动关机。

机场内因航班晚点而滞留的乘客很多，池渊找了一圈，才从机场的工作人员那里借到了一个充电宝。

充电、开机、解锁，又重新打开微信。

聊天页面有百来条未读消息，池渊径直点开最上面一个。

最近溪城在下暴雨，你回来后出行要注意安全。

很寻常的一句叮嘱。

池渊又往上翻了翻先前和闻桨的聊天记录，忽然明白她刚刚欲言又止的话是什么了。

"没见过比你还别扭的人了。"池渊虽然嘴上这么嘀咕着，嘴角却是含着一抹不易察觉的笑意。

一旁的肖孟见他盯着手机看得入迷，好奇地凑过来："看什么呢？"

池渊反应迅速，轻轻将手机往下一压，对上他探寻的视线，语气若无其事："没什么。"

"这么神秘？"肖孟暧昧地"哦"了一声，"该不会是在和哪个小姐姐聊人生吧？"

"聊什么人生。"池渊没和他多解释，重新低下头看手机，眼眸低垂，嘴角勾着一抹淡得不能再淡的笑意，话里带着若有若无的炫耀，"小姐姐在关心我。"

当天晚上，从海城飞往溪城的最后一趟航班最终晚点了整整三个小时，池渊和肖孟在第二天下午才抵达溪城。

一出机场，肖孟的助理接了两人的行李，语气恭敬："肖总，现在是回家还是去公司？"

"去公司。"肖孟想到旁边还有个大活人，转头看着池渊，"你怎么说？"

"跟你一块去趟公司吧。"池渊揉了揉太阳穴，"还是得早点把这个项目定下来，不然这样成天跑，太耗时间。"

"行，那就直接去公司。"

"好的。"

路上暴雨如注，车子堵在冗长的高架桥上，肖孟才刚开了一点窗缝，冰凉的雨水立马溅了他一脸。

"我去。"他抹了把脸，问坐在副驾驶位的助理，"溪城这几天都在下雨？"

"是的，肖总，已经下了一个星期了。"

"回来得还真不是时候。"肖孟想到在海城的日光浴，不由得有些犯愁，跑项目最怕下雨，坏事不说还容易影响心情。

池渊置若罔闻，低头看着手机。

微信里，他和闻桨的聊天记录停留在他昨晚回的那一句"知道了"，至此再无下文。

"我说——"肖孟抬手在池渊眼前晃了下，见他回过神来，调笑道，"你干脆钻手机里去算了。"

池渊懒得和他争辩，抽空往窗外看了眼，这时候才真切地意识到溪城的这场暴雨到底有多大。他抬手抹了下玻璃，指间一片冰凉，眉头微蹙："溪城都多少年没下过这么大的雨了。"

"是吧，印象里还是我们上小学那会儿下过一次。"肖孟想到什么趣事，笑道，"我记得那时候好像还有个地方被淹了还是怎么了，学校组织我们给灾区捐款。你倒好，当着全校师生的面直接往捐款箱里放了张银行卡，给校领导弄得气也不是笑也不是。"

"彼此彼此，也不知道是谁上赶着捐了一堆没用的机器人。"

大约是真觉得好笑，两个大男人就这么你看看我我看看你，最后谁也憋不住了，靠在一块狂笑不止。坐在前排的司机和助理面面相觑，也不知道两个大老板怎么突然就笑成这样了。

等到笑够了，肖孟靠着椅背缓了口气，感慨叹息："唐越珩那会儿最傻，把他爸珍藏了十多年的几瓶酒都给偷了出来，后来他爸知道了，差点把高血压给气出来。

"那时候是真小，也什么都不懂，就想着把自己认为最好的东西给捐出去就行了，也不考虑别人能不能用得上。

"现在大了，才知道那时候一场天灾毁掉的不仅仅是钱财。哪怕现在有能力捐更多有用的东西，我也不希望再有这样的机会。"

闻言，池渊侧眸看了眼肖孟。

肖孟挑眉："干吗？"

"没什么。"池渊勾唇轻笑，"就是看到养了二十多年的儿子终于长大了。"

"……"

"我这个做父亲的感到了些许欣慰。"

"……"

我肖孟，和你池渊不共戴天。

　　池渊和肖孟到公司之后，和几个部门经理开了一下午的会。本来晚上还有饭局，散会后池渊接到池母的电话，让他晚上务必回来吃饭，他只能推了这边的饭局打道回府。

　　本来肖孟给池渊安排了司机，但他没答应，非要自己开车回去："这么大的雨，他来回跑容易出事。我开你的车回去，反正回头还要过来几次。"

　　"随你折腾。"肖孟从抽屉拿了钥匙丢给他。

　　池渊下了楼，取了车，在路上堵了快一个多小时，到家里已经快八点了，一桌人都在等着他。

　　家里阿姨给他拿了干净的毛巾。他边擦边往里面走，语气带着面对家里人时才有的温和："不是说晚了就不用等我了吗？"

　　话音刚落，看到桌上还坐着蒋远山，池渊眉目一顿，将毛巾放在一旁，回身礼貌地打了个招呼："伯父好。"

　　说完，目光下意识往桌上看了一圈，没看到熟悉的身影，再加上此时桌上只剩下唯一一个空位，池渊回过神来，走过去坐下了。

　　落座之后，池母和他低声说："本来桨桨今天也要过来的，不过人家医院事情多，抽不开身。"

　　池渊夹菜的手一顿，也没吭声。

　　池母一看他这油盐不进的模样就来气："你啊。"

　　至于具体你啊什么，池母也没说出来。

　　吃过饭，池渊陪着池老太太回房休息。老人家的身体住不住院都没区别了，池母干脆请了家庭医生，将老太太从医院接了回来。

　　老太太今天精神好，在池渊回来之前，也听了几句话，这会儿没人了，拉着池渊的手问："你爸妈他们给你说的那个对象，和医院那个闻桨是不是一个人？"

　　池渊垂眸"嗯"了一声。

　　"我就说呢，听着耳熟。"池老太太对闻桨印象不错，劝池渊，"你可要抓紧机会了。"

　　池渊没忍住笑了："好好好，等机会来了，我一定抓紧。"

"你可别随便糊弄人家。"

"怎么会？"

又陪着聊了几句，池母过来敲门，语气温婉："你蒋伯父要回去了，你下来送送。"

"好。"

池渊松开老太太的手，起身走了出去。

蒋远山自己带了司机，说送其实不过是从家里到车上那么点距离，池渊替蒋远山撑了伞。

上车前，蒋远山看着眼前比自己还要高上几厘米的年轻男人，温温和和地开了口："我刚刚和你父母选了几个婚期的日子，等会儿我走了，你父母大约会问问你的意见。你如果对这些日子不满意，可以和我说，我会再去选几个日子。"

池渊愣了一瞬，握着伞柄的手指微微收紧。夜色浓厚，他的神情有些模糊，蒋远山只听见他说了声"好"。

蒋远山拍拍他的肩膀："回去吧。"

池渊站在雨雾中，等车开出了闻宅，才折回身走到廊下。用人收了伞，他往屋里走去。

池父和池母坐在客厅里，不用说也是在等他。

池渊走过去，在另一侧的沙发上坐下。茶几上放着几张红帖，上面写着他和闻桨的生辰八字，边角有一行小字，应该是蒋远山口中婚期的日子。

池母看着他，轻声说："这些都是你蒋伯父去庙里算的好日子，你看看，比较中意哪一天。"

见他不吭声，池母和池父对视一眼，生怕他下一秒又叛逆起来，不由得放软了语气："不然你拿上去让你奶奶给你挑一个？"

池渊还是不说话。

池父和池母早前做好了一切他反对或者抵触的准备，却没有想到他会这么出其不意，一时也不知道是多说一句好还是少说一句好。

客厅的气氛莫名沉默。

在后面收拾卫生的阿姨也下意识放慢了动作。

过了很久，池渊抬头看了眼池父池母，又看了看放在桌上的那几张红纸，垂眸笑了下："这事别问我。"

见他反应不大，池父松了口气，眉毛挑得老高，问："你结婚不问你问谁？"

池渊从沙发上起身，双手插兜往楼上走，漫不经心地丢下一句话："不是还有闻桨吗？"

第八章

牵住了她的手

池渊这话说得突然，池父和池母还没反应过来，他人已经踩上楼梯很快没了人影。剩下老两口坐在客厅你看看我我看看你，一时半会儿还有些摸不清自己儿子那句话里的意思。

　　过了好半晌，池母率先开口，只是语气仍然存疑："他这是同意了？"

　　池父抬手摘下架在鼻梁上的眼镜，替池母消去了那最后一丝犹疑："没听错的话，应该是同意了。"

　　想起数月之前池渊闹天闹地、宁死不屈的模样，池母一时间竟然还觉得有些难以接受他这么轻易地妥协，看着桌上的红帖又看了看楼上早已空无一人的楼梯口，似笑非笑："怎么就跟做梦一样。"

　　早就做好了要有一场硬仗要打的池父这会儿因为对方的不战而降，也不由自主地松了一口气："都是年轻人，处久了难免就有了感情。这下好了，我们也不用多费口舌，只等着选好日子筹办婚礼了。"

　　提到婚礼，池母难免想到婚礼之后的事情，面上带了些忧愁："也不知道到时候闻桨能不能接受得了。"

　　池父自然清楚妻子在担心什么，轻声安慰道："这不还没到那时候呢？再说了就算真到了那天，也还有我们，还有池渊，总不会让闻桨一个人，你现在就别着急操那个心了。"

　　池母一想也是，倾身将桌上的红帖收起来："张姨，你给我去楼上找一个好点的红木盒子，把这些帖子给我收起来。"

　　"哎，好的太太。"

　　池母这会儿心情好了不少，人也笑眯眯的："等明天我去趟医院，让桨桨给挑个时间。"

婚礼这件事情池父自然是全权交给池母去筹办，闻言也没什么异议："我这里有枚平安扣，你明天也顺道带给人家。"

"好。"

老两口就着婚礼这事聊了小半宿，本来合算得挺好，等隔天找闻桨选了日子就开始准备婚礼的事情，可惜事与愿违，还没到第二天，就出了大事。

溪城辖区下一个叫岭乡的县城因为接连数日的暴雨，暴发了山洪，整个县区都被淹了。

岭乡在溪城的东边，是一座以林渔业为生的小县城，十多年前那里也曾发过一次山洪。

那年抗洪救灾结束后，当地居民在政府和各方人员的援助下重建了家园，在这之后政府也对当地的林渔业大力扶持。

这些年间，岭乡的产业经济发展良好，甚至还有不少企业与当地居民合作，开展了各项旅游项目和农家乐产业。

眼见着生活就要好起来了，一场突如其来的天灾又让岭乡再度回到十年前的那场苦难之中。

一方有难，八方支援。

当天夜里，溪城各部门集结了第一批先锋队伍前往岭乡进行抢险救灾任务。

消防员、武警、解放军、医护人员等所有在灾难发生时一往无前的各方人员全数出动。

溪城市第一人民医院在深夜召开大会，院领导宣布了第一批前往灾区的医护人员名单。

夜色里，鸣笛声此起彼伏，将这深厚的雨帘破开一道口子。

早晨六点，闻桨作为第三批前往灾区救援的医疗队的一员，正站在人群中进行出发前的宣誓。这是岭乡所有人的生死关头，那里所有人的希望都寄托在他们这群逆行者身上。

宣誓结束后，各人员回到各科室，与同科室人员集合出发。

闻桨回到急诊科。

　　等着出发的几分钟前，孟儒川让他们前往灾区救援的每个人都先给家里人打个电话报个底，要不然等到了灾区，再想联系上就没有现在那么容易了。

　　闻桨握着手机，到最后也一个电话都没打出去，只是给蒋远山和许南知分别发了条消息。

　　池渊是从向宁琛那边知道这个消息的。

　　向宁琛的弟弟向成渝是溪城美院的学生，前段时间和学校同学去了外地写生，回来的时候转车路过岭乡，结果遇上了山洪，到现在还没联系上人。

　　向宅和池宅相隔不过几百米，池渊一大早刚起床就接到向宁琛的电话，赶去向家的时候，池母正坐在客厅安慰快要哭昏过去的向母。

　　向父坐在一旁，愁眉满目，向宁琛也是少有的一脸严肃。

　　池渊是坐下后才有时间了解具体发生了什么，打开手机一看，全是和岭乡有关的消息。

　　他随便点开一条新闻。

　　原先山水和美的岭乡早已化作一片废墟，镜头扫过间全是断壁残垣，每个人脸上都带着对灾难的恐慌和悲痛。

　　池渊想起昨天在路上和肖孟随口提及的话题，竟没想到居然会一语成谶。

　　手机里的视频还在播放，在最后几秒的时候忽然闪过几道白色身影。

　　池渊脑袋里倏地"咯噔"了一下，像是刚想起什么，匆匆退出视频，打开微信给闻桨发了信息。他等了很久也没等到回复，打电话对方手机也一直处于无人接听的状态。

　　他起身走到无人处，给朋友打了个电话。几分钟后，他得到回复："去灾区了，市一院是典型医院，这次派去了不少人。"

　　想来也是，她是医生，遇到这种情况，总要冲在前头，这是她的职责。只是那里是情况危急的灾区，又不是什么小打小闹的场面，有些意外总是不可避免的，池渊心里也难免有些不安和担心。

晚一点的时候，池母也从蒋远山那里知道了闻桨去灾区的消息，心里有些担忧："也不知道这一去什么时候才能回来。"

池渊听了这话，在家里坐不住了，出门去了趟公司，到中午又绕去了肖孟的公司。

两人一合算，打算出资捐一批药品和救灾物资到灾区。说捐就捐，当天晚上池渊和肖孟就以池氏和肖氏的名义捐了一批物资到灾区。

晚间新闻都在播报岭乡的最新情况。

向成渝却是一直都没有消息，向家人都急疯了，向宁琛更是打算去灾区当志愿者找弟弟。不过这个念头还没来得及实施就被向父一棍子给打死在摇篮里了："你还嫌家里不够乱是吗？那里是什么地方，是你随随便便就能去的吗？"

"我这不是为了去找成渝吗！"

嘴硬的下场就是被向父赶出了家门，向宁琛无处可去，外面又下着大雨，只能躲到池渊这里。

"三哥，你说我爸这人是不是轴得要死，我说去找人也没说现在就去啊，差点把我一棍子敲死。"

池渊给他找了瓶红花油，听了他的话，神情若有所思。

岭乡如今已经是一片废墟，通信和交通都成了摆设，到了那地方几乎与世隔绝。

暴雨还未停歇，当地一所幸存的中学暂时成了灾民的居住地，学校的食堂成了临时的急救中心。

现场的情况远比新闻报道的还要严重。山洪在深夜暴发，那会儿正是人们酣睡之时，意外来得猝不及防，有好些人都是在睡梦中被夺去了生命。

不停地有伤员被抬进急救中心，哀号声此起彼伏。

闻桨自从来到这里，就没有歇过。这是她第一次出这样的任务，面临这么多伤亡，动作多多少少有些匆忙和凌乱，不过好在有周钰晗在旁边，倒不至于出现什么原则性的差错。

　　一天一夜的救援，岭乡两万多人口因为这场灾难在转瞬之间只剩下三分之一，剩下三分之二不是失踪就是已无生还迹象。

　　到了深夜，雨势逐渐减小，但救援任务依然在进行。学校的一间教室被布置成救援指挥中心，黑板上的死亡人数和失踪人数不停地在增加，而幸存者人数却是一直未有变动。

　　急救中心被划分成不同的区域，东边是手术室，南边是处理室，西边和北边用来接收情况并不怎么严重的灾民。

　　凌晨两点多，又一批伤员被消防员送进急救中心，闻桨和其他几名医生迅速对众人进行伤情检查。

　　简短的交流中，闻桨得知这群年轻人并不是岭乡本地人，只是回家的途中来岭乡转车，却没想到遇到了山洪。所幸山洪发生时他们并未休息，听到动静全都跑了出来，之后就一直被困在没有被山洪波及的平原地带，靠着身上仅存的一点食物等到了救援。

　　一行八个人，只有两个男生的伤情比较严重，其中一个送来的时候已经昏迷。闻桨和周钰晗一起进了旁边临时搭起来的手术室，分别替两人处理伤口。

　　没昏迷的那个男生脸上全是泥和脏水，身上的衣服也都是湿的，伤口在腿上，一寸长的口子，看着很深。

　　处理伤口的时候，闻桨见他神情发怵，温声问道："你们不是岭乡本地人？"

　　男生愣了下，大约是没想到眼前的人会开口，过了几秒才说道："不是，我们从溪城来的。"

　　"学生？"

　　"嗯。"

　　"我们也是从溪城来的医生。"闻桨没看他，手下的动作快速而熟练，"你叫什么？"

　　男生看着她，声音有些虚弱："向成渝。"

　　"名字很好听。"

　　"谢谢。"

闻桨给他处理完伤口之后，见他冷得发抖，让护士去外面给他找了一套干净的衣服，交代道："等会儿护士会送你去病房。我叫你朋友过来帮你换衣服。大厅里有热水，你们自己弄，有什么不舒服的要及时叫医生。"

"好的。"

外面还有其他的伤员，闻桨不可能只顾着他一个人，出去叫了他的朋友，紧接着又去查看其他人的情况。

忙忙碌碌到第二天早上，暴雨已经完全停歇，此时急救中心里送来的所有伤员也已经全部被安顿好了。

周钰晗从手术室里出来，白大褂早已看不出原来的样子。她走到闻桨身边："去歇会儿吧。"

"没事，还不困。"闻桨见她脸色疲惫，"你去歇着吧。"

周钰晗也没走，原地找了张椅子坐在那里，轻声问道："第一次来灾区救援，有点不适应吧？"

闻桨实话实说："有一点。"

"都这样。"周钰晗从外套口袋里摸出两块巧克力，递给闻桨一块，"我当初第一次出完灾区的现场，回去之后整整失眠了一个月。那时候每天晚上睡觉脑海里都是灾区的画面，又后怕又恐慌，后来没办法了，跑去曲姐家里和她睡了一个月才恢复过来。"

闻桨垂眸，没说话。

不久后，东边的乌云散尽，隐约有曦光露出轮廓，所有人都以为是雨过天晴，可谁也没想到，到了中午，狂风又起暴雨重来，来势汹汹。

岭乡的南边第二次暴发了山洪。

学校这一处不再是安全之所，所有人都在忙着撤离，撤到更远更安全的地方，通信和交通还没恢复好就再一次遭到了摧毁。

新的安全区设在岭乡的辖区界限边缘。等所有人都安顿好之后，指挥中心要求先锋队立即重修交通线。

暴雨导致物资无法被空投进来，进入岭乡的几条县道也都被摧毁了，外界进不来，他们又出不去。

时间久了，物资就成了问题。

又一个漫漫长夜来袭，闻桨补了一个很短的觉，醒来的时候听见周围的人都在兴奋地说些什么。

她坐起来，搭在腰间的外套掉落在地上。沿途路过的陌生人替她捡了起来："辛苦了。"

闻桨摇头，想说没什么，目光却落在他正在通话中的手机页面上，疑惑地问了句："这里信号恢复了？"

"对啊，半个小时前恢复的，电力交通也全都恢复了。听外面那些军人说，到了明天我们就可以先撤到市里去了。"

见他还要接电话，闻桨也没再多问，起身往外走去，路上碰见行色匆匆的周钰晗，叫了她一声："晗姐。"

周钰晗看到她，轻笑："正好，刚准备去给你送手机呢。信号恢复了，给家里人打个电话吧。"

从前天到这里，闻桨的手机就一直处于无信号状态。她索性就将手机直接关机放了起来，这会儿一开机，全是未接来电和信息。

现在是凌晨四点。

给谁打电话好像都不太方便，闻桨回了那些关心的信息，又发了个朋友圈报平安。

在外面站了一会儿，她转身往回走，在临时搭建的病房门口碰见正在单脚跳的向成渝。

想到他的伤口，闻桨神色稍敛："你在干什么？"

向成渝被她吓了一跳，差点摔倒。闻桨伸手扶了他一把，语气严肃："你这样乱动，是想让伤口再次裂开吗？"

"我不是故意的。"向成渝挠了挠头，"我就是想给家里人打个电话，但是里面信号太差了，就想出来找找信号。"

闻桨顺势看了眼他的手机，电量已经显示告急，拿出自己的手机递过去："用我的打吧。"

向成渝看样子还想推辞，闻桨直接把手机塞到他手里，丢下一句"打完记得还我"，就自顾自走了进去。

拿到手机后，向成渝先给家里人打了个电话。接电话的是向宁琛，听到他的声音，直接叫了起来，碎碎念问了一堆。

紧接着，向宁琛又把手机拿给了向家父母。向成渝听着父母久违的念叨声，再加上这些天的恐慌和害怕，一时没忍住就哭了出来。

电话两边都在哭。

向成渝想到这是别人的手机，抹了抹眼泪，和家里人说清楚情况，就把电话挂了。

为了不让朋友知道自己哭了，向成渝特意在外面多站了一会儿。他刚准备进去，手里的电话又响了起来，看来电显示的备注，也是熟悉的人。

向成渝也没反应过来，顺手就接了："三哥……"

听筒里有一瞬间的安静，三秒后，传来池渊有些迟疑的声音："成渝？"

"三哥，是我——"向成渝说完，倏地想起来这不是自己的手机，忙拿开手机看了眼，屏幕上也确实写着［池渊］两个字，"……"

向成渝蒙了。

这什么情况？

信号串了？

还没想明白，电话那头池渊已经在问他的情况。向成渝挨个回答完，还是没忍住问了句："三哥，你怎么会把电话打到这里？"

池渊轻咳了声："这是你三嫂的手机。"

向成渝更蒙了。

三嫂？

你之前不是在抗婚吗？

怎么就三嫂了？

池渊没和他多说，知道他没什么大问题之后，又问了他几句闻桨的情况，得知闻桨也还好之后，叮嘱道："受伤了就不要乱跑，自己在外面多注意点，有什么情况也别去麻烦你三嫂，她也挺忙的。"

向成渝刚开始听着还挺感动，等听到后面一句话："……"

挂了电话，向成渝回到帐篷里，看到不远处闻桨正在替别人换药。他走过去，闻桨抬头看了他一眼："电话打完了？"

"嗯。"

闻桨又收回视线，口罩遮掩住她的神情："手机你先拿着，等会儿我过去看一下你的伤口。"

"好的。"向成渝想了想，又接了句，"谢谢三嫂。"

"……嗯？什么？"

向成渝没多解释，跳着脚走远了，留下闻桨满心疑惑。不知道他怎么打个电话自己就成了他三嫂，不过很快这个疑惑就被解开了。

闻桨检查完向成渝的伤口，拉下脸上的口罩："还好没有裂开。你那些朋友呢，怎么一个都不在？"

"他们出去领吃的了。"向成渝把手机递给她，"刚刚我三哥给你打了个电话，我不小心接了。"

"你三哥？"闻桨反应很快，"你三哥是池渊？"

向成渝点头："对。我们两家是世交，都住在一个大院里。"

闻桨哑然，倒是没想到会这么巧。

向成渝显然对这个特殊的缘分很感兴趣，但又不太好意思拉着闻桨问什么，只能睁着眼无辜地看着她，试图让她主动说些什么。

很可惜，闻桨看不懂他的眼神，也没有那个时间。

急救中心又送来一批新的伤员。消防员在大厅里喊人，闻桨只来得及叮嘱他不要乱跑，就匆匆赶了过去。

忙忙碌碌到第二天。

闻桨站了一整夜，藏在裤管里的小腿隐隐打战，几乎都要站不稳了。周钰晗扶着她到一旁坐下。

"没事吧？"

闻桨摇头："没事，就是站太久了。"

"坐会儿吧，我去给你拿点吃的。"

"好。"

岭乡的雨在早上八点停了下来，九点多迎来久违的太阳，到现在十点多，阳光灿烂。安全区的地面泥泞不堪，人来人往间带起不少飞泥。闻桨有些疲惫，低着头，手肘抵着膝盖，掌心捂住脸。

耳边脚步匆匆，忽远忽近。

这时似乎有人在她身旁停下。闻桨以为是周钰晗去而复返，松开手，抬起头。阳光有些强烈，她微眯着眼，等看清来人后有些惊讶。

"你怎么来了？"

池渊注意到她的动作，身影往旁边挪了一步，挡在她面前："向家人过来找成渝，我和肖孟正好送物资过来。"

闻桨"哦"了声，直起腰，身后是成箱成箱的矿泉水，声音有些喑哑："向成渝住在三号帐篷。"

"他们找去了。"池渊垂着眸，见她眼里熬得通红，低声问了句，"你怎么样？"

"我还好。"闻桨眼睛有些酸，抬手揉了下，又看着他，"你们什么时候回去？"

"下午。"

灾区情况危急严重，他们这些非专业人员并不能久待。

"那你路上注意安全。"

池渊"嗯"了声。

安静片刻，他忽然叫了声她的名字："闻桨。"

"嗯？"

闻桨应声抬起头，却见他忽然伸出手，温热的指腹贴着她的额头，轻轻地抹了一下。

触感转瞬即逝。

闻桨愣在原地，池渊摊开手给她看："泥。"

她下意识也想抬手摸一下，但下一秒又好像觉得不太合适，手往下摸了摸鼻子："估计是不小心溅到了。"

"嗯。"

两人又都不作声了。

这时候四号帐篷里有人在叫医生，闻桨离得近，起身就要过去："我过去看一下。"

池渊没吭声。

擦身而过之间，闻桨被他拉住胳膊。她回头："怎么了？"

池渊看着她，眼眸漆黑，唇角微抿了下："蒋伯伯选好了几个结婚的日子，前两天把帖子送到我家里来了。等这趟回去，你定一个吧。"

池渊他们没有在灾区久待。

还没到下午，物资交通队那边就准备返程。临走前，池渊交给闻桨一个深蓝色的小布袋。

闻桨接了过来："这是什么？"

"平安扣，我爸给的。"池渊目光落在她脸上，没有拥抱更没有亲吻，甚至连一点亲昵的动作都没有，只是温声说，"注意安全。"

闻桨攥紧了布袋，抬头对上他的目光，嘴角有一抹淡得不能再淡的笑意："我会的。"

"走了。"

"好。"

池渊他们这一走，也带走了一部分伤情比较严重的伤员。

在这之后，救援任务依然在有条不紊地进行中，每个人都彻夜不休地在和死神赛跑，想要努力从它手里再多救一个人回来。

一晃小半个月过去了，岭乡的救援任务也随之到了结束的时候，现场的救援人员按照来时的顺序一队一队撤离。

闻桨在六月的最后一天跟随医疗队从岭乡撤离。回程路途遥远，却没有来时那般紧张和不安。

大巴车在山间环路缓慢前行，车内不少人都因为数日的疲惫而睡了过去，闻桨也短暂地睡了一觉。大约是被周钰晗说对了，她现在一闭眼全是些不好的画面，睡眠质量很差。

睡不着，又无人陪着打发时间，闻桨百无聊赖地看着窗外郁郁葱葱的山景，放在包里的手机嗡嗡响了两次。

闻桨将手机拿出来调成静音，点开刚才引发震动的信息。

许南知：今天回来吗？

闻桨：回来，在路上了。

许南知：我听说你爸和池家那边定好你和池渊结婚的日期了？

闻桨：你也知道了？

许南知：嗯。

许南知：前两天肖氏搞了个慈善晚会，消息就是从晚会上传开的。现在全溪城的商圈差不多都知道闻、池两家要做姻亲的事情了。

闻桨：……

许南知：你真的决定好了？这一步走出去可就没有后悔路了。

闻桨：这件事情我从一开始就想好了，没有什么可后悔的，也不会后悔。

许南知不知道是不想回复还是有事耽搁，闻桨发完这条消息后，就一直没收到她的回复。

三个小时后，大巴车在医院门口停下。

闻桨和周钰晗还有其他急诊科的同事回了趟科室，刚到办公室坐下，就被孟儒川给赶了回去。

因怀孕没能去现场的曲丽鑫笑着道："院长说了，每人两天假，休息好再回来报道。"

众人齐齐欢呼，闻桨也松了一口气，拎着包回了医院对面的公寓。她花了比平时多很多倍的时间泡了个澡，又点了个外卖，吃完刷个牙打算好好睡一觉。可惜没能如愿，躺下半个多小时她都没能睡着。爬起来坐了一会儿，她抱着被子去了楼下客厅，找了个平常爱看的电影放着。

屋里有了人声，好像就没那么安静了，闻桨勉强睡了一觉，再醒来时已经是晚上七点多。

暴雨之后的溪城接连几日晴空万里，气温也跟着节节高升。夜幕来袭，城市灯火通明，恍如白昼。

闻桨去楼上找到手机，才发现下午的时候，蒋远山和池渊都给她打了几个电话。

因着手机开了静音，她一直没听到。这会儿手机已经显示低电量，闻桨找到充电器，开着免提给蒋远山回了个电话。

也不是什么大事，就是两家长辈得知她从岭乡回来的消息，想着一起吃个饭，顺便再把结婚的日子给定了。

只是大家都一直联系不到她本人，索性就将饭局推到了明天晚上。

闻桨这两天正好休息，也就应了。

蒋远山又关心地问了两句。兴许是在灾区看了太多死亡，闻桨难得对他没有那么多抵触，他问什么，她就说什么。

只是还没讲两句，远远听见他那边有女人说话的声音传来，闻桨下意识捏紧了手机，语气也不如之前温和，讲了句"我困了"就把电话挂了。

她可以对蒋远山和颜悦色，那是因为他们之间还有一层血缘的羁绊，可这不代表她也可以对他身边的人同样和颜悦色。

挂了蒋远山的电话，闻桨又给池渊回了电话。他倒是没问太多，只问她吃饭了没。

闻桨说"没"。

他轻笑："那出来一起吃个晚饭？"

闻桨确实是饿了，也有出去吃饭的打算，就没拒绝："好啊，那地点能让我定吗？"

"没问题。"

半个小时后，闻桨和池渊在她公寓楼下碰了面。想着不是太多人的场合，闻桨也穿得轻松随意，却没想到意外和池渊撞了衫。

她是白衣黑裤，他亦然。

两人碰面，相视一笑。

池渊手里勾着车钥匙："去哪儿？"

"不用开车，就在这附近。"

闻桨和他并行。

夏风温热，两个人之间的气氛也是少有的和谐轻松，好像之前横在中间那道无形的屏障都被风吹远吹散了。

闻桨带着池渊绕过公寓，穿过弯弯绕绕的小巷，来到一条热闹非凡的长街。

夏天街头巷尾多的是小吃，闻桨熟门熟路地找到其中唯一一家有门面的店。

这时候是晚高峰，店里已经坐满了人，闻桨和池渊还在外面等了十多分钟才等到一张空桌。

"这地方虽然小，但东西很好吃。"落座后，老板端来两杯麦茶，闻桨将桌上的菜单递给池渊，"你应该是第一次来这种地方吃饭吧？"

其实池渊并不是第一次来这种地方。以前读书的时候，他、肖孟还有唐越珩三个人为了不受学校食堂的毒害，时常翘课翻墙去校外的美食街觅食。后来高中毕业，他出国，唐越珩读电影学院准备出道，肖孟按部就班在国内读金融，三个人碰面的机会难得，再加上唐越珩的档期的缘故，每次他回国多是在唐越珩剧组附近的龙虾烧烤店聚上一次。

大学毕业后，他回国，肖孟被家里丢出去历练，加之唐越珩也越来越红，也就很少再来这种地方吃饭。

只是他没想到闻桨也会喜欢来这种地方吃饭。按照他们医生的洁癖程度，这种地方不应该出现在她的人生规划中。

池渊低头唰唰在纸上勾了几道菜，又递还给她："不是第一次来，以前读书的时候经常会去这些小店吃饭。"

闻桨点点头，喝了口茶："你以前在哪里读书？"

"师大附中。"

"哦，我记得那里有一家章鱼烧很好吃。"

池渊眉梢一扬："你知道？"

"我在明扬中学读过书。"闻桨看着他，"不过我初中毕业之后就转学了，不然我们很有可能会是同学了。"

明扬中学和师大附中仅隔着一条马路，如果不是转学，闻桨后来就会考进师大附中读高中。

如果按照她以前在平城一中的那个风头，池渊不会不知道她的名字。

听了闻桨的话，池渊嘴角扬起一个轻微的弧度。当年没做成同学，现在倒是要做夫妻了。

　　气氛轻松地吃完一顿晚饭，见时间还早，池渊提出在附近逛逛，顺便消消食。

　　闻桨也没拒绝。

　　今晚的她和池渊都格外的好说话，也格外的不一样。

　　吃完饭出来快九点了，长街比他们来时还要热闹。兴许是毗邻医院和学校两大重量级建筑，街市里人来人往，喧嚷嘈杂。

　　闻桨只对这里的吃食感兴趣，这会儿吃饱喝足看摊子上的小玩意都提不起兴致。街市狭窄，人又多，走几步就要停两步才不会踩到前边人的脚。她和池渊并肩而行，胳膊时不时会撞到一起，带着手背也会碰一下，然后再飞快地躲开。

　　这样走起路来实在是受罪，闻桨索性双手交叉背在身后，就像古时候青天老爷带着衙役巡视街头一般。

　　走了一半，闻桨看到路边有家摊子，挂着之前在店里她和池渊提起的那家章鱼烧一样的招牌，眼睛倏地亮了一下。尽管已经没有多余的胃口，但她还是被记忆里的味道勾引出一点想吃的欲望。

　　池渊显然也顺着她的目光看见了那家店："想吃？"

　　闻桨用行动告诉他，自己确实想吃。

　　她快步走了过去，干脆利落地点了一份，又回头问池渊："你吃吗？"

　　池渊摇了摇头："你吃吧。"

　　尽管人很多，但老板出餐的速度依然很快："哎，拿好。"

　　"谢谢。"闻桨接过来，迫不及待地尝了一口，却不是记忆里熟悉的味道，口感也欠佳，寥寥吃了两个就停了嘴。

　　"不好吃？"池渊问。

　　"没有附中那里的好吃。"

　　闻桨低头找纸巾擦手。池渊盯着她的动作，喉结轻轻滚了滚："想不想去附中那边逛逛？"

　　"嗯？"闻桨抬头，"现在吗？"

　　"对，现在。"

　　"现在太晚了。"闻桨笑，"你忘了，附中那边十点钟就全部收摊了。"

池渊倒是真忘了这件事。

闻桨不想浪费，将剩下的四个章鱼烧囫囵吞枣式地吃完，又买了瓶水喝了几口："差不多了，回去吧。"

"行。"

两人又折身往回走。长街的人越来越多，闻桨被旁边的阿姨挤了一下，人往后倒，池渊走在她的后方，伸手扶了一把。

闻桨的脑袋碰到他的下巴，后背贴着他温热的胸膛，两人之间若有若无的距离瞬间被拉到更近。

周围仍旧熙熙攘攘，后面的人抱怨他们忽然停下的脚步。闻桨回过神来，往前迈了一小步。池渊却没收回扶在她肩侧的手，而是顺势往下，牵住了她的手。

不是情侣间的十指相扣，仅仅只是握住她的手指，却隐隐有些说不清道不明的暧昧。

次日晚上的饭局破天荒定在闻宅。闻桨中午接到蒋远山的电话，下午两点多开车回了闻宅。

容姨比闻桨更早知道晚上家里来客人的事情。闻桨回去的时候，她正和家里的阿姨在厨房里准备晚宴的食材。

听到她停车的动静，容姨出来迎她："早前我听到你要结婚的消息，还没敢信，今天早上接到你爸的电话，我才知道这是真的。这么大的事情，你怎么也不跟容姨说一声。"

闻桨笑："还没定下来的事情，不想让您也跟着担心。"

"是哪家的男孩子啊？"

"西边池伯伯家里的。"

闻桨和她简单说了些池渊的情况。老人家听完竟忍不住红了眼："真是好多年了，你妈妈嫁人好像还是昨天的事情，转眼间我们小桨桨也要嫁人了。"

"哪里还是小桨桨，我今年都二十五了。"闻桨笑眯眯的，"也到了要嫁人的时候了。"

进了屋，容姨问："这婚事是你自己挑的，还是你爸给你挑的？"

闻桨一顿，实话假话掺着说："我爸挑的。您也知道我工作忙，哪里有时间去安排这些事情。我爸挑的，我去见了，也是觉得合适才打算定下来的。"

"那就好。"

到了傍晚，蒋远山和池家人差不多同一时间抵达闻宅。当着外人的面，闻桨和蒋远山依然是父慈女孝的样子，让人看不出什么异样。

家宴是对客人最高的级别款待，这是古往今来的礼仪，和你关系不好自然不会请你到家里做客。

池、闻两家的关系如今密不可分，自然担得起这份款待。

开席之前，池母将蒋远山早先选好的那些帖子递给闻桨："这些都是你爸爸亲自去庙里求的日子。之前我让池渊选，他非要留着等你回来，让你定一个。"

闻桨下意识抬眸看了眼坐在一旁的池渊，后者抬手摸了摸额头，若无其事地挪开了视线。

都是水到渠成的事情，闻桨打开盒子，状似认真地看着帖子上的内容，但实际上心思也不在这处，自然也选不出什么好日子，最后只能笑着推辞："还是伯母你们定吧。"

"这——"池母欲言又止。池庭钟和蒋远山对视一眼，前者笑呵呵地接了话："那既然你们小辈都选不好，这日子就让我来定吧。"

池庭钟从闻桨手中接过木盒，一张一张帖子看过来，最后选了个不远不近的日期。

九月初十，良辰吉日，诸事皆宜。

蒋远山定的都是良辰吉日，池庭钟不过是在吉日里又挑了个数字吉利的。既然闻桨和池渊都不选，那长辈选好了，也不能有什么意见。

日子就这么给定下来了。

吃过饭后，池家人离开，闻桨和蒋远山分别占领客厅沙发的两侧，容姨给他两一人沏了一杯茶。

坐了一会儿，蒋远山起身，叫闻桨和他一起去书房。

自从搬出去之后，闻桨已经很少再回到闻宅，更别说是进家里的书房，那几乎是一步也未曾踏过。

闻宅只有两个书房，大一点的以前是闻桨的外公闻清之所用，小一点的是闻宋在用。蒋远山和闻宋结婚后，闻清之就将两个书房合并为一个，留给他们夫妻俩处理工作。他自己则是在阁楼重修了个书房，闻桨的童年回忆里有三分之二的时间都是在那里读书学习。

蒋远山说的书房自然是他和闻宋共同的一间。

书房的格局构造和整个闻宅一样，都没什么太多的变化，再加上容姨定时清扫透气。闻桨刚一走进去，看到书架上她以前读书时拿的奖状和奖杯，恍惚间好像又回到了很多年前。

蒋远山走到书桌后，打开镶在柜子里的保险箱，从里面拿出一个暗红色正方体绒面小盒子："这是你妈妈留给你的。"

闻桨盯着那个小盒子，喉间一哽，像是透过这个物件就能想象到如果闻母还在世。

如果她还在，这个一定会是她亲手交给自己的。

片刻后，闻桨眨了下眼睛，伸手接了过来。

蒋远山看着她，神情温和："这是你妈妈家里传下来的，有很多年了。你妈妈临走前交代我，等你结婚的时候拿给你。"

听着蒋远山这般轻易地提起闻母去世前的事情，闻桨不由自主地攥紧了手，盒子边缘坚硬锋利。

她眼眶泛红，水光之下藏着不容忽视的悲痛："有时候我真的很怀疑，你是不是从来都没有爱过她。"

蒋远山神色敛了一瞬："桨桨，不管我和你母亲之间发生了什么事情，你都不能质疑我对你母亲的感情。"

闻桨的情绪隐隐在崩溃的边缘："为什么不能质疑？你如果真的爱她，为什么我会有一个比我大三岁的哥哥？为什么你在和她结婚这么多年之后还依然和初恋纠缠不清？如果你真的爱她，你就不会因为蒋辞的出现和她吵架，你就不会在她去世后不久就将蒋辞和那个女人接进家门！"

"桨桨……"蒋远山像是受到什么打击一般，起身的动作摇摇晃晃的，还要扶着桌子才能站稳。

"我不想再听你的那些所谓的因为责任感的解释。"闻桨低着头，一滴泪落在手背上。她垂着眸，看着手里的小盒子，语气带着浓浓的失望，"如果时光能倒流，我情愿这个世界上没有我，也不要她再嫁给你。"

"桨桨——"

闻桨不想再听他的辩解，转过身就要往外走，却在迈脚的同时听见身后传来巨大的倒地声。

蒋远山晕倒了。

还是那种不省人事的昏迷，这是闻桨没有想到的事情。她回过神来，迅速走过去蹲在地上替蒋远山做检查。想要上来劝两句的容姨见此情景，忙不迭跑出去让人打了急救电话。

救护车来得很快，急促的鸣笛声穿透了整个别墅区。

在去医院的路上，闻桨接到了蒋辞的电话。当然他原本是打给蒋远山的，只是刚好当时蒋远山的手机在闻桨手上。

她接了，把蒋远山的情况告知了对方。

听筒里传来什么落地的动静，紧接着，闻桨听见蒋辞有些悲痛的声音从听筒里传来："闻桨，爸爸有脑膜瘤，他不能受刺激。"

闻桨已经不知道自己是怎么度过那个兵荒马乱的夜晚。

在从蒋辞口中得知蒋远山生病的消息开始，她好像就如同被抽走了三魂七魄中的三魂。

怔愣间，救护车已经抵达医院，蒋远山被送进急诊科。这里是省立不是市一院，闻桨只能站在一旁看着。

医生询问她病人有无病史，她先是摇头，然后又突然想起来，刚要开口说话，却发现怎么也说不出话来。

一旁的护士连忙拍了拍她的后背："别紧张、别紧张，慢慢说。"

闻桨抬手搓了搓脸，稳了稳呼吸，再开口时声音一片沙哑："他有脑膜瘤。"

医生又问病人什么时候查出来的这个病、是良性还是恶性、肿瘤生长在什么位置等。

闻桨摇了摇头。

她不知道蒋远山是什么时候得了这个病，也不知道是恶性还是良性，更不清楚肿瘤生长在什么位置。

所有和蒋远山病情有关的事情，她全都一无所知。

医生看她什么都不知道，情绪也不稳定，只能叮嘱她尽快联系病人家属："病人现在情况危急，许多检查都需要家属签字。"

"我可以签。"闻桨拿指甲掐着手指，疼痛感让她冷静不少，"我是他女儿，我可以签字。"

这话更奇怪，做女儿的却不知道自己父亲的病情。

医生看了她一眼，也没多言，交代护士几句，又去和其他同事了解情况。

匆忙慌乱间，闻桨又接到蒋辞的电话。几分钟之后，蒋辞出现在急诊科的抢救室外。

他明显比闻桨更了解蒋远山的病情，三言两语便和医生交代了蒋远山的病症。

除此之外，他还带来了蒋远山在医大附属医院做检查的病历资料。

急诊抢救室只能留一个病人家属，闻桨坐在门外的长椅上，也不知道过了多久，才见蒋辞从里面出来。

他在离闻桨两个座位远的位置坐下，整个人明显没有来时那么紧张："情况已经稳定了。"

闻桨"嗯"了声，沉默片刻，低声问："什么时候查出来的？"

"去年九月份。"事已至此，蒋辞也没办法再隐瞒下去，索性一五一十全说了出来，"是良性，只是肿瘤位置不太好，在颅底，手术难度会比普通脑膜瘤要大。"

闻桨是医生，自然也清楚颅底这个部位有多复杂，不仅牵涉到很多重要的大脑神经和大脑血管，在手术中要暴露出这个部位也是很困难的。

只是肿瘤不是小病，越拖只会越严重。

她咬了咬唇角，太阳穴突突直跳："为什么一直不做手术？"

"想做，但是不敢做。"蒋辞往后靠，轻叹了口气，"他怕手术遇到意外，怕醒不过来。"

闻桨呼吸一窒，下意识咬紧了牙根，才生生将心底涌起的那阵难以言说的刺痛给压了下去。

她缓缓弓着腰，抬手覆在脸上，掌心里全是湿意。

蒋辞别开眼睛，眼圈泛起淡淡的红："他这些年其实并没有你想象中过得那么好。

"他一个人，过得很苦。"

蒋远山到第二天才醒来。

他的病情还算稳定，昨天的突然晕倒也是因为遇上极端情绪，大脑神经绷不住了。

晕倒之前的事情，蒋远山并没有忘记，也清楚闻桨可能已经知道了他的病情。

所以当他醒来看到闻桨坐在病床边时，也没有太多的惊讶："今天不用上班吗？"

"休假，明天上班。"闻桨一夜没睡，神情有些疲惫，心里有太多问题想问，也没心思拐弯抹角，"为什么不做手术？"

蒋远山轻笑："年纪大了，害怕。"

"你还要瞒着我吗？"闻桨看着他，"你去年九月份查出来的病，两个月后就告诉我闻氏经营困难，需要和池氏合作，而合作的前提就是两家联姻。"

"你清楚闻氏在我心里的分量，也知道我对企业经营管理不了解，所以你就笃定我一定会答应联姻这件事，对吗？"

全中。

蒋远山无言以对，忍住喉咙深处泛起的酸意，轻"嗯"了声。

"所以——"闻桨用力眨了下眼睛，压着哽咽，"根本没有什么闻氏经营困难，你只是害怕手术出现意外，你醒不过来，闻氏没有人管，怕到时候让我一个人面对那些是吗？"

事已至此，蒋远山再否认下去也不可能："这几年，闻氏经历了太多的动荡和变故，好不容易走到如今这个地位。如果这个时候我再传出什么不好的消息，闻氏没了主，这对一个公司来说会是一个很大的打击。但如果闻、池两家联姻，闻氏和池氏强强联合，就算我的病情传出去，有池氏在，闻氏就不会出现什么大的动荡。"

见闻桨不说话，蒋远山长叹了一口气："当初我只是个穷学生，娶了你妈妈之后，是你外公带我进的闻氏，手把手教我处理业务，将我从一个小业务员带到公司副总的位置。可以说没有你外公就没有今天的我，所以闻氏在我心里已经不仅仅是责任。

"你外公临终前把闻氏和你妈妈都托付给了我。四年前，我没能保护好你妈妈，这一次，我不想再让你外公失望了。"蒋远山看着她，"我和你池伯伯认识二十多年，池渊是个什么样的人，我很清楚，你嫁给他，我也放心。但我依旧很抱歉，到最后还是让他做了不喜欢的事情。"

闻桨垂眸，动了动嘴唇，声音很轻："没有。"

病来如山倒，蒋远山在坦白这件事情上耗费了太多的精力，也没听见闻桨说的那两个字，只是艰难抬手抹去了眼角的泪水。

说话间，蒋辞从外面推门进来，身后还跟着池渊。闻桨抬头，恰好对上池渊看过来的目光。

还未有所动作，他又若无其事地挪开了视线，唇角微抿，脸上也没什么表情。闻桨无意识地掐了下手指，莫名有些心神不宁。

池渊在病房没停留太久，和蒋远山说了几句话，又问了蒋辞几句蒋远山的病情，最后借口有事便离开了病房。

从始至终，他都没有和闻桨说过一句话。

蒋远山精神不好，没注意到这些细节。等他吃了点东西睡着之后，蒋辞看了眼坐在一旁默不吭声的闻桨："出去聊两句？"

闻桨猜到他是有话要说，也没拒绝："好。"

考虑到蒋远山这里离不开人，两兄妹也没走远，出了病房关了门，就站在走廊里。

蒋辞和闻桨都长得比较像蒋远山，而且都是眉眼相似，血脉承继，连带着闻桨和蒋辞的眉眼也有三分相似。

就连昨晚蒋远山从抢救室被推出来后，护士都和闻桨说，你们两兄妹一看就知道是亲的。

亲吗？

血缘摆在那里，这不可否认，确实是亲的，只不过抛开血缘关系，他们一点也不亲。

这会儿，蒋辞双手插在口袋里，背靠着墙壁，从眼神到表情都带着温和："你和池渊吵架了？"

闻桨一愣，没想到他会突然问起这个与他毫无干系的问题。

等不到她的回答，蒋辞自顾自解释道："我刚刚过来的时候，看到他站在门口没进去。"

闻言，闻桨倏地眼皮一跳，心中那根从看到池渊走进病房起就绷紧的弦，在这时"嘭"的一声断了。

那些被她用各种理由压下去认为池渊不可能那么巧听见的侥幸，也在此刻全都铺天盖地地碎在她眼前。

蒋辞见她脸色难看，往前倾身却又在下一秒退回原地，隔着不远不近的距离关心："你没事吧？"

闻桨想张口说没事，但心上突然涌起的，是那样尖锐又刺骨的痛，让她一个字也说不出来。

池渊不知道自己怎么从医院出来，只知道等回过神之后，人已经在大太阳底下站了很久。

溪城这几天的气温很高，室外温度最高时人在外面站一会儿就能中暑，池渊这会儿就觉得自己可能要晕过去了。

医院旁边有个报纸摊，老板见他是从医院出来的，人又那样恍惚，以为他是遇上什么大事，从冰柜里给他拿了瓶矿泉水送了过去，以过来人的口吻安慰道："小伙子，没事的啊，人来这里就是渡劫，渡过了皆大欢喜，过不了也别太难受，人各有命。"

池渊被冰凉的温度一刺激，人也回过神来，接过水道声谢，走了几步想起来没给钱，又折回来付了钱。

一张百元大钞买了一瓶两块钱的矿泉水。

值也不值。

池渊回到车上，吹了会儿冷气，人也平静下来。

其实也不是什么想不通的问题，从一开始知道闻桨对联姻这件事的不反抗时，他就对联姻这件事存了疑虑，也猜测过蒋远山可能和闻桨说了什么，又或者是做了什么。

只是池父池母都对此闭口不谈，他也无从考究。刚才在病房外面听见蒋远山和闻桨的对话时，池渊也没有太过于惊讶，好像事情原本就该是这样的。

只不过他似乎比想象中还要更加介意一些。

在车里坐了一会儿，池渊开车回了池宅。

在楼上照顾池老太太的池母听见停车的动静，开了窗户和他说话："去过医院了？"

池渊站在车旁，仰头往楼上看。阳光灿烈，刺得他眼睛酸涩。

见他不说话，池母又问："怎么了？"

"没事。"池渊收回视线，抬脚往里面走。

池母关了窗户，隐约觉得不对劲，和阿姨说了声，出门去了一楼客厅，见池渊坐在沙发上，也坐了过去："你蒋伯父情况怎么样了？"

池母和池父一大早就去了一趟医院，只是那时候蒋远山还没醒，两人没久留。回来之后，池母熬了补汤，让池渊中午送了过去。

只是俞宛不知道自家儿子怎么送个汤的工夫就跟丢了魂一样："怎么了，问你什么都不说。"

池渊摸着额角的旧伤："妈，你还记得之前我问过你一次，为什么是闻家，为什么是闻桨吗？"

池母看着他："记得。"

"当时我还问过您，是不是和我爸允诺给闻家什么了，又或者你们和闻家达成了什么协议。"池渊松开手，"现在我还是这个问题，池、闻两家的联姻真的只是在合适的基础上进一步共赢吗？"

"你是不是知道什么了？"

"这难道不是我应该知道的事情吗？"池渊轻笑，"我结婚，结果我什么都不知道，您难道不觉得这对我来说一点都不公平吗？"

"在联姻这件事情上，除了你蒋伯父的病情，我和你爸并没有瞒过你什么。"池母轻叹，"你从小性格就不受拘束，读大学也不肯听我们的安排，非要自己一个人出国；好不容易等到你毕业回国了，你又不愿意进家里的公司。你爱玩爱瞎胡闹，你扪心自问，我和你爸有真的拦过你吗？"

池渊用手在脸上搓了搓，没作声。

"你蒋伯父和你爸二十多年的交情，他亲自来拜托我们，你爸也不忍心拒绝；况且我和你爸也一直希望能给你找个人安定下来，所以两家联姻也是顺理成章的事情。"池母始终看着他，"你蒋伯父的病情虽然不危急，但是也不能拖太久。他本来打算等你和闻桨结婚之后，以去海外开拓市场为由，暂时离开溪城半年去做手术。如果半年后他能健康回来，生病这件事他是不准备让闻桨知道的。"

池渊抬起头："那蒋伯父有没有想过，如果他不能回来，闻桨该怎么办？她的父亲，一个活生生的人，就这样没声没响地离开了，她能接受吗？"

"所以这就是为什么，我们两家要联姻的原因，你蒋伯父等于是把他的命都交给了你。"池母的语气重了几分，"池渊，我希望你不要辜负他对你的期盼。"

"是吗？"池渊的反应远比池母想象中的要平静，这一声之后，过了很久他才说，"可是妈，你有没有想过，让一个人去嫁给一个自己不喜欢的人，她得用多久才能把这份缺失的喜欢给找回来？"

池母也是过来人，不难听出池渊的话外之音："两个人在一起，感情是可以慢慢培养的。"

"可是这份感情，从一开始就已经目的不纯了。"

池母还想说什么，池渊已经没有再继续说下去的心思："妈，您别说了，这件事我心里有数。"

池母的话并没有让池渊心里好受太多。他回屋里想了一个下午，最后约了闻桨傍晚出来见面。

地点定在医院对面的咖啡馆，闻桨比他早到了几分钟。

坐下来之后，两个人谁都没有先开口。一直到闻桨接个电话之后，池渊才说道："对不起，白天的时候我不小心在病房外听到了你和蒋伯父的对话。"

闻桨想说没关系，可这件事要论起来，其实她才是那个要道歉的人。她张口的动作一顿，又不知道该怎么说。

桌上放了两杯柠檬水，高温天气，杯里加了不少冰块，接触到空气，杯壁上凝结了不少水汽。

池渊盯着其中一道不堪重负的水珠顺着杯壁滑落至杯底，心底跟着一沉，像是做好了什么决定，抬头看向对面："闻桨。"

闻桨心头骤然一紧，眼睫跟着颤了下："你说。"

"我考虑过了。"他指腹挨着那片水渍，后背在无意识中绷紧，连带着声音也有些紧绷，"我们俩的婚事，还是算了吧。"

闻桨收回搁在桌上的手："你想好了？"

"嗯，想好了。"池渊轻滚了下喉结，"本来就是不合适的开始，现在既然事情都清楚了，联姻也没有必要了。你放心，闻、池两家的合作并不会因为这件事而中断，闻氏以后有什么需要池氏依然会帮忙。"

两个人昨天才刚刚将彼此之间那层无形的隔阂打碎，却又在一夜之间重新回到了原点，甚至有过之而无不及。

以往出现过很多次的沉默场景再一次出现。

池渊不再开口，闻桨也始终不吭声。

大约过了很长时间，远处忽然传来一阵玻璃被打碎的动静，闻桨抬眸看了眼，是客人的孩子乱跑不小心撞到了摆在货架上的玻璃制品。

玻璃脆弱，碎了一地，就算捡起来再拼回去也还是会有碎裂的痕迹存在，更何况还有很多是拼不回去的。

闻桨收回视线，眨了下有些酸涩的眼睛，声音带着不易察觉的颤抖："对不起。"

池渊笑了笑，没说话。

又坐了一会儿，池渊起身离开了咖啡馆。

服务员见闻桨一个人，过来询问是否需要帮忙。闻桨摇了摇头，抬手飞快地抹了下眼角："没事。"

两个小辈要取消婚礼的消息很快就传到了三个长辈那里。

当天晚上，池渊回去之后被池父狠狠地训了一顿。

"你这是要造反！一次不够，还要再来第二次是吗！"池父怒不可遏，"你和我说说，你到底还要闹到什么时候？"

池渊破天荒头一回没有和池父对着来，默不作声地承受完池父所有的怒火后，才淡淡开口："爸，联姻的事，不管你们怎么说，我都不会再同意。您和我妈不就是希望通过联姻这事让我安定下来吗？没这个必要。"

"……"

"从明天开始，我回家里的公司上班，一切随您安排。"

他突然这样听话，反而让池父有些措手不及："你……"

池渊有些疲惫地望着窗外的茫茫夜色："只是联姻的事情，也请你们以后不要再提了。"

与此同时，远在十几公里之外的病房内——

闻桨也和刚刚得知消息的蒋远山说了相同的话："池、闻两家的婚事，您以后不要再提了。另外我和孟老师联系过了，脑科手术这方面，市人民医院比较专业。明天我会替您转院，具体的手术安排都要等转过去以后再说。"

蒋远山显然没有这么容易就接受安排："你和池渊是出了什么问题吗？"

"没有。"

"那——"

"爸。"

这一声太突然了，让蒋远山整个人都愣在那里，露在病号服外面的胳膊起了一层鸡皮疙瘩。

闻桨深吸了一口气："我知道您是担心闻氏、担心我，也害怕自己一病不起，闻氏没了主心骨，所以才一直想促成联姻这件事。可是婚姻是一辈子的事情，我不能太自私了。我已经考虑过了，等你手术时间确定好之后，我会进入闻氏学习处理业务。"

闻言，蒋远山猛地把目光看向她，十分难以置信。

八年前，闻桨高考结束，填志愿的时候，蒋远山想让她学金融，可她一门心思想要报考医大。

父女俩因此爆发了有史以来最大的一场争执，谁劝都没用。最终在闻宋相劝和闻桨绝食的两番逼迫之下，蒋远山妥协，闻桨如愿以偿。

可谁都没想到，在八年后，闻桨由于他的原因，还是不可避免地走上了当年只差一步就要踏上的征途。

闻桨没有在意他的震惊，只淡淡抿了下唇角，连带着表情也有些寡淡："我也姓闻，闻氏不是你一个人的责任。"

联姻的事情在两个人共同的不努力下，最终沦为一场空谈。

一个星期后，溪城一位商界大佬筹办慈善晚会，邀请了一帮娱乐名人、商界大佬来做慈善募捐。

溪城唐家、池家、闻家、肖家、许家均在邀请行列之中。

晚会结束当晚，两条八卦不胫而走，很快便在溪城的名流商贾圈内传得沸沸扬扬。

八卦之一，闻氏现任掌权人蒋远山之女闻桨将要接手闻氏，成为下一任掌权人。

八卦之二，便是和儿女情长有关，据不知名的人透露，闻、池两家联姻的事情因为池小少爷的不乐意，这回是彻彻底底地黄了。

第九章

没有在一起过

闻桨的辞职手续办得并不顺利。

起先是孟儒川在医院内部职工系统收到她的个人辞职申请后，发了一场大火，申请自然也是被驳了回去。

科室里的同事对于她辞职的决定，也表示出十分的震惊和不理解。

其中和闻桨一同去过灾区救援的周钰晗趁着中午吃饭的时候，关心地问了一句："闻桨，你跟晗姐说句实话，你是不是因为去了灾区，心理方面出现了问题？"

闻桨被她的想象力所折服，哑然失笑："晗姐，你真想多了，我没事，就是家里那边有点急事要回去处理。"

"家里有什么急事你也不能把工作辞了呀？咱们院有多难进你又不是不清楚，当初你们那一批，一百个人才进十个，也就你现在发展前途最好。现在你说辞职就辞职，也难怪孟主任要发那么大的火了。"

市一院是典型的三甲医院，进难出也难，闻桨当初也是通过层层选拔才考进来的。

闻桨挑完混在青椒里的鸡蛋，放下筷子："晗姐，你别劝我了。说实话，我也不想辞职，但是没办法，人活着总是免不了要做一些身不由己的事情。"

"我是拿你没办法了。"周钰晗也停下筷子，叹了口气，"你家里的事我就不多问了，要是有什么需要帮忙的就跟我们说一声，别一个人扛着。"

闻桨眼眶一热："谢谢晗姐。"

"孟主任那边你再等几天吧，他那个火气没有一个星期是消不了的，回头我让曲姐去给你说说。"

"好。"

"还有，别生孟主任的气，他也是看重你，才会发那么大火。你是他一手带出来的，你走了他比谁都舍不得。"

"我知道，是我愧对老师的栽培了。"

这之后不久，孟儒川在系统内部通过了闻桨的个人辞职申请，经由院系部处领导签字盖章之后递交给了人事处提交请示报医院主管领导审批、发文公布。

整个流程再加上一些零零散散的离院手续，闻桨差不多花了一个月的时间。

在这期间，闻桨搬回了闻宅，过上了白天在医院上班，晚上回去还要加班学习企业经营管理的忙碌生活。

七月中旬，市人民医院那边的脑科专家通过多方会诊，定下了蒋远山的手术时间。闻桨看过准确日期，那天正好是中秋节。

后来，蒋远山又找医生商量，把手术时间推迟了一天，闻桨对此并没有发表意见。

毕竟这四年来，她和蒋远山除了一些必要的时候，几乎很少有机会能够心平气和地坐下来吃顿饭，更别说还是这种寓意着家人团圆阖家欢乐的节日，不吵起来已经算是皆大欢喜。

大暑那天，是闻桨在医院的最后一天。上午她去综合科办理了社保视同缴纳证明，中午和同事在食堂吃了饭。

到了傍晚下班，她像寻常一样去更衣室换了衣服，拿了包，也没有太正式地和同事说再见。

等走出急诊大楼，闻桨回过头认真地看了眼这个承载了她曾经所有人生理想和奋斗目标的地方，心中满是遗憾和不舍。

回去的路上，闻桨的手机开始断断续续收到科室同事发来的消息。

有告别，也有说她不够意思走了也不说一声的，也有问她还会不会再回来的，甚至还有通知她记得退群的。

闻桨回完所有同事的信息，让她主动退群的方澄又给她发了条微信，通知她这周六科室在老时间老地方聚餐，还叫她记得不要开车。

　　闻桨在急诊科两年，总共聚了八次餐，其中有三次都是其他同事的离职宴。

　　聚了这么多次，当然也知道科室的惯例，离职的同事在聚餐当天不仅得埋单还得喝到吐。

　　到了周六，闻桨去聚餐的路上，绕去药店买了一盒解酒药，等到了地方，落座就是三杯白酒。

　　柳江河说："闻桨，你也知道规矩的啊，一滴都不能剩。"

　　闻桨轻轻吸了口气："我这才刚坐下来还没一分钟呢。"

　　方澄笑："让你坐下来就不错了啊。要不是怕今晚没人埋单，他们本来还准备拿着酒去门口堵你的，看到就是一杯酒。"

　　说话间，闻桨已经端起一杯酒，仰头一口气喝完，趁着说话的工夫缓了口气："照这么喝下去，估计我今天连这门都出不了了。"

　　"怕什么，出不了还有我们呢。"

　　闻桨没辙，接着喝完了剩下的两杯酒，放下酒杯后夹了一筷子凉菜，偏头问方澄："晗姐跟孟老师怎么没来？"

　　"晗姐今晚值班，孟主任本来准备过来，但是临时被院长叫去和附院那边几个领导开会去了。"方澄压低了声音，"不过孟主任临走前说了，让我把吃饭发票拿回去，他给报销。"

　　"算了，还是不用老师破费了。"

　　一晚上的时间，闻桨几乎要把她去年一整年的酒都给喝够了，等到实在是喝不动了，只能借口去洗手间躲一躲。

　　方澄见她步伐不稳，起身扶着她："我看你这样等会儿也不能喝了，不然今天就到这儿吧。"

　　闻桨忍着胃里的翻涌："我倒是想，但是你看江河他们几个，会那么轻易放过我吗？"

　　"当我没说。"

　　闻桨去洗手间吐了个昏天暗地，出来后整个人腿都是软的，手扶着洗手池的台面，弯腰接了捧凉水直接往脸上扑。

　　吃饭的地方男女洗手间的洗手池是公用的，一左一右两个水龙头，墙壁上镶着一面光洁干净的大镜子。

闻桨一连往脸上扑了三次凉水，才将脸上的热意压下去几分，一抬头看到镜子里的人。

脸还是那张脸，只是脸色也是一如既往的差。

方澄从旁边抽了两张干净的纸巾递给她，她接过来胡乱擦了擦手。方澄看着她的动作，语气忽然伤感："一想到以后在科室见不到你了，还真的挺让人难过的。"

闻桨笑："那是谁下午那么积极让我退群的？"

说话间，洗手间外面的走廊传来动静，四个喝得醉醺醺的中年男人被人搀扶着往前走。

在他们身后是两个西装革履的年轻男人，其中一个正低声和另外一个戴着金丝边框眼镜的男人说话。

一行人的身影在镜中一闪而过，闻桨和方澄从里面出来，正巧和两个人擦肩而过。

等人群走远，池渊忽然停下脚步，扭头往后看了眼，身旁正在说话的男人顺着他的动作也往后看了眼。

走廊空荡荡的，连个人影都没有。周程语气疑惑："怎么了，池总？"

池渊神情寡淡，眼尾被酒精熏出红意。看了几秒，他若无其事地收回视线："没事，你继续说。"

"好的。"

半个月前，池渊处理完自己手边一些大大小小的项目，正式回到池氏，挂名副总。

池氏经由池家几代人，到如今已经发展成商业、科技、地产、文化四大产业集团。

池渊不像肖孟空有名号手里没有实权，而是池氏实打实的接班人。池庭钟虽然说没有正式开始放权，但公司一些重大项目决策都会让他参与进来。

今晚池渊就是代表池庭钟来和几个住建局的人吃饭。

饭局结束，周程问池渊接下来去哪儿。

"你回去吧，司机留下。"池渊摘下戴了一晚上的眼镜，抬手捏了捏鼻梁，神情疲惫。

池渊其实并不近视，这眼镜是池庭钟拿给他的，就是个平光镜，一点度数都没有，说是戴上去能压一压他那一身玩世不恭的气质。

周程是池庭钟配给池渊的私人助理。他在池氏待了六年，业务能力和察言观色的能力都是一绝，也没多问池渊接下来要去哪儿，只给司机打了电话让在门口候着。

两人一前一后进了电梯，池渊低头看微信，周程则一本正经地站在他的身旁。

电梯在十楼停下，站在电梯口前的男人抬手摁住下键，朝电梯里的两人歉意地笑笑："不好意思，他们马上就来。"

周程沉着声音回答："没事。"说完，人不动声色地往前走了一小步，半个肩膀挡在池渊面前。

半分钟不到的时间，电梯里接二连三站了七八个人。柳江河跑过来看了眼："这么多人，等会儿得超重了。你们先下去吧，我和闻桨他们等下一趟。"

"行。"电梯里的人说，"你看着点闻桨，她喝了不少。"

电梯门缓缓关上，站在人群之后的池渊想到不久前在走廊处看到的人影，轻抿了下唇。

等到了一楼，里面的人说说笑笑走出去。周程跟着池渊往门口走，快出去的时候，面前的人又停了下来。

周程及时刹住脚："池总？"

这么一停顿的时间，大厅另一部电梯抵达一楼，又从里面走出来几个喝得面色泛红的年轻人。

显然，和刚才那些是一拨人。

闻桨确实是喝多了，但因为吃了解酒药，后面方澄又给挡了不少，所以还没醉到不省人事的地步，只是走路有些虚晃；加之个子高挑样貌出众，站在人群中格外显眼。

池渊飞快地看了眼："走吧。"

周程:"……"

第二次了,这已经是新主子在今晚出现的第二次反常表现。明明什么都知道的周程装作什么都不知道,快步跟了上去。

闻桨将同事一一送上车。留在最后的柳江河和方澄不放心她一个人,说要先送她回去。

"不用了,我朋友过来接我,已经快到了。"闻桨笑着拒绝。

"那行吧。"方澄拉开车门,坐进去之前回身抱了抱闻桨,"有时间记得回来看看我们。"

"会的。"

送走两人后不久,许南知的车在马路对面停下。闻桨等了个三十秒的红绿灯,快步走了过去。

许南知前段时间结束休假,进组接了个新项目,出差去了外地,等回来就听说了池、闻两家的事情。

说不惊讶,那是不可能的。

"我以为会是你先提出退婚的。"许南知漫不经心地说。

闻桨把手肘搭在窗沿上撑着脑袋,语气平静:"联姻是蒋远山拜托池家,是我以为闻氏需要池氏的帮忙才答应的,但是池渊从一开始就已经否定了这件事。如果没有闻氏,联姻这件事就不会存在,他现在提出退婚,合情合理。"

许南知脸上没什么表情:"那既然这样,他后来为什么又松口答应了和你结婚?"

闻桨没说话。

许南知看了她一眼:"桨桨,如果池渊没有提出退婚,你后来会提吗?"

这个问题其实闻桨也说不清楚,回答也是模棱两可:"我不知道,可能会提吧,毕竟我们之间也没什么感情。"

车厢内静默了一瞬。

许南知又问:"蒋叔叔的情况怎么样了?"

"现在没什么大问题,主要还是得看手术的情况。"闻桨收回手,整个人懒懒地靠着椅背。

"那你现在和他？"

"就这样吧。"闻桨看着窗外，"他想好好守着闻氏，我也想，所以我才会辞职回闻氏，但是他之前做的那些事，我一辈子都不会原谅。"

"可是桨桨——"正好是红灯口，许南知停下车，看着她明显又瘦了不少的侧脸，"你有没有想过，当年蒋叔叔的那件事，会不会有什么误会？"

"就算是有误会，也掩盖不了他对不起我妈妈的事实，蒋辞的存在就是证明。"闻桨说，"我找人查过蒋辞的出生日期，他是 1991 年 12 月份出生的，可我妈和蒋远山是在 1991 年 2 月才结婚的。他如果不是出轨，蒋辞怎么会在那一年出生？"

四年前，闻宋也是因为知道了这件事和蒋远山吵了一架之后，在开车回公司的路上发生了车祸。

闻桨轻阖着眼眸："南知，我知道你是想替我解开心结，可是有些事情发生了就是发生了，不管过去多久，只要一想起来还是会觉得难以接受，也永远都不会原谅。"

池渊从会所出来之后，约肖孟去旧梦，肖孟又叫上了几个朋友，到了地方，一个卡座刚好坐满。

在座的都是世家子弟，也都知道闻、池两家联姻告吹的事情，既然坐在一起，免不了要问起这件事。

池渊全都打着太极给挡了回去，喝完两杯酒，趁着灯光昏暗，在桌底踩了肖孟一脚。

肖孟轻嘶了声，歪着头向他靠近："你心情不好也别拿我的脚发火啊！"

"你也知道我心情不好？"池渊抬手解了衬衫领口的扣子，眉眼稍敛，"那你还找这么多人过来？"

"我这不是看你最近工作操劳，想给你放松放松？"

"我看你是最近太闲了。"

"你别说，我最近还真挺闲的。"肖孟笑，"之前我们俩做的那个针对失聪儿童的医疗项目，已经开始初步试验阶段了。我家老爷子知道后，特意给我放了两个月的假。"

池渊懒得理他，起身往酒吧后面走。那里有一处长廊，可以看到大半个溪城的夜景。

肖孟看着他的背影"哎"了声，见没叫住人，自己也跟了过去。

夏风温热，城市灯光如同下沉的夜空，璀璨亮眼。

肖孟嘴里咬着烟，偏头问他："来一根？"

池渊从烟盒里拿了一根，捏在指间，没点火。

肖孟点完烟，看了他一眼："我说你最近有点不对劲啊！"

池渊垂眸，轻笑："哪儿不对劲？"

"没以前那么有精气神了，死气沉沉的。"

"……"

"来。"肖孟搭着池渊的肩膀，"跟我说说，遇到什么人生难事了？"

池渊把目光从他搭在自己肩上的手挪到他脸上："你活腻歪了，还是想提前结束休假了？"

肖孟倏地高举双手往后退了一步，唇角带笑："我不嫌命长，也不想提前结束休假。"

池渊懒懒地收回视线。

肖孟碾灭烟头，屈指弹进一旁的垃圾桶，和他并肩而立："我一直有件事挺好奇的。"

"有话就说。"

肖孟笑："就你之前不是和闻桨挺好的吗？怎么突然就提退婚了？还有闻桨，干吗好好的班不上跑回去继承家业？难不成是怕她那个便宜继兄和她争家产？"

池渊微挑着眉："蒋董生病了，闻家就她一个女儿，她不回去难道还真让蒋辞接班？"

"好，就当是这样。"肖孟看着他，"那第一个问题呢？你和闻桨分手了？"

"纠正一下。"池渊敛眸,"不是分手,我们从来就没有在一起过。"

肖孟挑眉:"那总不能是你爱而不得觉得丢面子才提的退婚吧?"

"为什么不能?"

"我去!"肖孟猛地拔高了声音,怕外面的人听见,又不得不再压回来,"你不是吧,真的假的?"

池渊笑了,语气漫不经心:"当然是假的。"

从医院辞职之后,闻桨住回了闻宅,抽空把原先买在医院对面的那套公寓里所有的东西都搬回了闻宅,之后还让助理把房子挂了出去。

公寓的地段好,再加上又是新装修,很快就卖了出去。

周一闻桨到办公室,助理秦妗就把这事跟她汇报了一声:"款项等办完过户手续后会一次性结清。"

闻桨正在看报表,闻言抬起头:"谢谢,辛苦了。"

秦妗笑笑:"分内的事情。"说完,她又将手里的文件递过去:"这是蒋总那边送来的。另外,蒋总通知,让您出席今天下午的董事会。"

"好,我知道了。"

秦妗又汇报了一些其他事情,等闻桨忙起来,才从办公室出来。关门的时候,她看了眼坐在办公桌后的人。

闻桨以前很少来闻氏,秦妗和公司其他人都只是知道蒋远山有个女儿,但极少有过接触。

三年前蒋辞突然空降闻氏,成为蒋远山的助理,不久之后,闻氏高层就传出了八卦。

说蒋辞是蒋远山的继子,蒋远山有意培养蒋辞成为接班人,甚至还有说闻氏可能在不久后即将更名为蒋氏。

那段时间秦妗常常听到同办公室的人聊起闻桨这个名字,聊起她悲惨的家庭变故。

随着蒋辞的职权变动,公司里的人对闻桨就愈发同情。在所有人的想象之中,闻桨就像是童话故事里的灰姑娘,失去了母亲的庇护又不被父亲看重,还时刻要面临着恶毒后妈和继兄的威胁。

这种话听得多了，使得秦妗也在无意识里对闻桨抱了几分同情之心，对她的第一印象也只剩下柔弱无能四个字。

这样片面的误会一直到秦妗正式见到闻桨本人时才被打破。

一个多月前，人事部那边透露公司上层近期可能会有人员变动。果不其然，消息传了不到几天，闻氏在三十四楼新增了一间总经理办公室。

隔天，闻桨来到闻氏，坐进了那间办公室。秦妗从秘书办调任总经理助理，在那里见到了一直活在各种悲惨故事里的灰姑娘。

闻桨坐在办公桌后，素面朝天也掩盖不了眉眼之间的明艳。

闻桨跟秦妗说，自己之前从来没有接触过公司管理，经验不足，以后有什么事情也请她多多指教。

秦妗在那一瞬间收起之前对闻桨所有的错误印象，回握住她朝自己伸出的手，回了句"闻总客气了"。

之后一月，秦妗几乎和闻桨形影不离。

秦妗是个合格的助理，在工作上给了闻桨不少帮助，工作之余还会提醒闻桨适当注意改变形象。

初见时的闻桨，面容寡淡，穿着简单寻常，气质清淡如菊。

如今的闻桨，妆容精致，穿着质地精良的职业装，踩着恨天高，气质又美又飒，明艳如玫瑰。

秦妗脑海里的初见时的人影逐渐成为眼前明媚动人的闻桨。她收起回忆，关门声微不可察。

下午的董事会，闻桨按时出席。

闻氏是闻清之一手创立的，历时近百年，从一个以住宅开发为主的小公司，成为如今在各行各业均涉猎深广的商业帝国。

四年前闻宋去世后，蒋远山正式接手闻氏，将闻氏的产业链延伸到了传媒行业，旗下的盛华传媒如今已经成为闻氏的第三大分支机构。

今天的董事会算是给闻桨的正式任命。闻桨是闻家唯一的血脉，来做闻氏新一任的接班人，让在座与闻清之同辈的几位董事都十分看好。

当初闻宋去世，蒋远山掌权，蒋辞进入闻氏，这些老董事还曾经对闻桨无心权势的态度感到不争气。

好在到最后，闻桨还是回来了，这闻氏也终究不会成为他姓。

董事会结束后，闻桨回到办公室。她的任命公文已经发送到闻氏及其名下各大分公司的 OA 系统中。

秦妗在下班之前接了内线进来："闻总，蒋总让您去一趟三十六楼。"

"我知道了。"

"好的。"

闻桨去了三十六楼。

原先设在电梯对面的董事长特助办公室如今已是虚设，蒋辞在闻桨入职闻氏的前两天调任去了分公司。

眼不见心不烦，闻桨没心思过问他具体调去了哪家分公司，也没干涉他的去留。

到了蒋远山办公室，他照例问了些工作上的事情，最后才说："今晚盛华那边有个庆功宴，你和我一起过去。"

盛华是蒋远山接手后才有的分支机构，近年来传媒行业在市场经济中逐渐占有一席之地，水涨船高，传媒公司自然也跟着蓬勃而生。

蒋远山眼光独到，早前并购了一家才初具雏形就在大浪淘沙中被淘汰的一家传媒公司，注入资金，改名为盛华传媒。

盛华传媒是朝着拿"三金"的方向去培养艺人，对艺人的业务能力和口碑格外看重。每个签进盛华的艺人，都要先接受半年的培训期。培训结束后，公司给资源给剧本，再加上名导加持，艺人出道非红即爆。

公司的艺人都是正儿八经的名校毕业，遵循公司的"三不"原则：不拍网剧、不接私活、不乱搞男女关系。

因此，盛华在业内的口碑极佳。发展至今，盛华已然可以在传媒业中分一杯羹。

蒋远山有意让闻桨先从盛华做起，这一趟过去也是为了让盛华的人认认主，为之后闻桨全面接手闻氏铺路造势。

闻桨回到办公室。秦妗已经替她联系好造型工作室，连礼服都一应俱全："蒋总的意思是让您做完造型之后和他一起出发去酒店。"

"行，你安排吧。"

"好。"

庆功宴在晚上八点,地点定在柏悦,酒店布置得华丽堂皇,来往的人流光溢彩。

蒋远山和闻桨的位置被安排在首位,一桌子名导、投资方,都是圈里的大佬。除此之外,桌上还空了两个位子。

蒋远山问了一句,旁边的盛华副总笑着接了一句:"是明导下部戏的男主角。他特意从外地赶来捧场,堵在路上了。"

明川是老导演,拍了二十多年戏,娱乐圈里现在有名有姓的演员基本上都和他合作过,就连盛华旗下的不少艺人都是在他手里红起来的。

这次的庆功宴,庆的也是明川的电影,盛华的当家花旦是其中主角之一,盛华也是投资方之一。

蒋远山和明川免不了要碰一杯酒。

推杯换盏间,宴会厅的大门突然打开,一行人走进来,迎宾领着其中两人往主桌这边来。

明川瞧见,放下酒杯,笑道:"来了。"

语毕,两道身影一前一后从闻桨身后走过,男人身姿挺拔的背影逐渐出现在闻桨的视野中。

和一桌在商场尔虞我诈多年的中年人相比,站在明川身边的两个男人显然要年轻许多,眼角眉梢间带着属于他们这个年纪的锋芒锐气。

明川起身替两人做介绍,脸上带着笑意:"这位是唐越珩,大影帝,在这部电影里友情客串了几秒。"说完,他又看向另外一个:"这位是池氏集团的副总,池渊。"

明川又一一念着桌上在座的人的身份。

唐越珩和池渊顺着他念的顺序挨个点头示意:州洋的陈总、华云的陆总、方导、杨制片人……

"这位是蒋总的千金,闻桨。"

不可避免的眼神接触。

池渊神色坦荡,朝闻桨微微示意,架在鼻梁上的金丝边眼镜给他平添了几分温文尔雅的气质。

不过一个多月的时间，两个人都有了如同天翻地覆的变化。

一个更加成熟稳重，一个更加明艳动人。

池、闻两家联姻的事情从始至终都没有摆到明面上来说，哪怕在座的所有人都知道这是个离公开就只有一步之遥的消息，但在名利场上，谁都是老江湖，都不点破不谈论，可谁都心知肚明。

酒桌上依然谈笑风生。

唐越珩捏着酒杯，偏头和池渊说话："我怎么感觉闻桨好像跟以前不太一样了。"

池渊刚要开口，华云的陆总起身敬酒。池渊微微欠身，喝了杯酒，顺势抬眸往对面看了眼。

不一样吗？

好像确实不太一样了。

池渊印象里的闻桨鲜少有这样的装扮，兴许是职业的缘故，她几乎都是素着一张脸。

可是今晚，那张脸却是格外的精致动人。

她坐在那儿，透亮的光线下，肌肤冰雪莹亮，脸上泛着微红，配着明艳艳的唇色，既漂亮又娇媚。

池渊不动声色地收回视线，低声问："你是不是故意的？"

唐越珩皱着眉，清俊的脸庞带着真真切切的疑问："什么故意的？"

"知道闻桨在这里，故意让我过来。"

"我又不是她的助理，怎么知道她的行程？"唐越珩轻笑，"再说了，闻桨来不来，和你来不来有什么关系吗？"

"……"

"你俩既不是仇敌也不是前任，见面又怎么了？"

"……"

庆功宴结束之后，蒋远山和闻桨还有盛华的副总一起走了。唐越珩和池渊也没久留，约了明川改日再见之后，也离开了宴会厅。

　　回去的路上，唐越珩揉了揉太阳穴："你是明导新戏的投资方之一，今晚也是他让我邀请你过来的。"

　　明川正在筹拍的新电影是个现实片，剧本是由真实案例改编而来的，但是涉及的内容比较敏感，拍摄起来难度大周期长，就连到最后能不能过审都还是个未知数。

　　所以即使是像明川这样有口碑有能力的大导演在这样金钱至上的大环境之中，也很难找到有资金又不多事的投资方。

　　之前也不是没有其他的投资方想跟明川合作，但最后都因为各种附加条件被明川拒绝了。

　　前段时间，唐越珩和明川吃饭，听他提起这件事，回来之后顺口给池渊提了一句。

　　池渊二话不说就同意了投资。

　　今晚的庆功宴差不多算是明川对池渊的一点感激。

　　池渊也是清楚这层意思，才会答应唐越珩过来。只是他没想到会和闻桨在这里碰上面，也没有想到在短短的一段时间里，闻桨会有那么大的变化。

　　唐越珩见他垂眸不语的模样，拿膝盖碰了碰他的膝盖："哎，我有个问题挺好奇的。"

　　池渊抬手拍拍刚刚被他碰过的地方，嫌弃地看了他一眼："大家都是男人，别这样蹭来蹭去的。"

　　唐越珩靠着椅背笑："狗嘴里吐不出象牙。"

　　"你试试让你家狗吐出象牙来，我叫你一声爸爸。"池渊开了车窗。夏天的热风扑面而来，吹散了车厢里的酒气。

　　"不跟你废话了。"唐越珩问，"你跟闻桨到底怎么回事？之前不是挺好的吗？"

　　"你怎么现在跟肖孟一样八卦？"

　　唐越珩无奈失笑："那不是在圈里待久了，耳濡目染了吗？再说了，我主要还是关心你。"

　　池渊冷哼了声，想了想，把事情缘由言简意赅地和他解释了一遍，完了还叮嘱道："不过闻桨的父亲生病这消息目前没有往外透露过，你也就今晚听听，别往外说。"

"我有分寸。"说完，唐越珩又仔细捋了捋他的话，最后得出了个不同寻常的结论，"所以你这是，被骗婚了？"

"……"

蒋远山随闻桨一同回了闻宅。

容姨见两人都喝了酒，去厨房煮了醒酒茶。闻桨回房间洗了个澡，出来后湿着头发去了二楼的书房。

她目前对公司业务还不太熟悉，秦妗之前给她发了公司这几年的产业规划和财务报表。

这段时间，闻桨几乎每天回来都要加班，通常都是要弄到凌晨一两点才能睡觉。

门口有人敲门。

闻桨刚打开资产负债表，正在分析其中的数据，恍惚间还以为在公司里，头也没抬："进。"

下一秒，她反应过来，从一堆报表前抬起头，看到蒋远山走了进来。

上一次在这里的争吵还让人心有余悸，蒋远山刚在沙发上坐下，容姨就跟着端了两碗醒酒茶送了进来。

送完了也不见容姨走，闻桨察觉到老人的心思，把空碗放到托盘上："容姨，时间不早了，您先去歇着吧。您放心，我们不会吵架的。"

容姨拿起托盘："那好，你们也早点休息。"

"嗯。"

怕她不放心，闻桨还走过去把书房的门敞开了。走廊的灯光和屋里的灯光交织在门口。

蒋远山捏了捏鼻梁，说："盛华传媒目前是闻氏除了地产和金融以外，最大的一个分支机构。我打算让你先接手盛华的业务，等熟悉了公司运营之后，再逐一接手闻氏其他的产业，你看怎么样？"

对于蒋远山的安排，闻桨并没有异议："好。"

"明川导演最近在筹拍一个新戏，目前还缺一个投资方。他之前和盛华合作了不少次，盛华已经答应投资，具体的项目内容我已经让姜明新发给了秦妗，明天她会拿给你。"

闻桨点了点头，语气平静："我知道了。"

之后蒋远山又说了些其他的事情，临走前，随口问了句："你和池渊最近还有联系吗？"

闻桨愣了几秒，淡淡抿了下唇角："没有。"

蒋远山点点头，神色若有所思，但也没再多问，只叮嘱她不要熬夜太晚便离开了。

书房里安静了很长时间才重新有翻动纸张的动静传出。

次日，闻桨到公司之后，秦妗已经将盛华那边传来的资料整理好放在她的桌上，汇报的语气公式化："盛华最近有一批新人快要结束培训期，公司商务部那边有意想借着这次投资往明导剧组里塞一两个人。"

闻桨昨晚临睡前做过功课："我记得明川导演好像最不喜欢投资方插手选角的事情。"

"那边的意思是，不要主角，配角就可以。"

"行，我知道了。"闻桨翻开面前的文件夹，浅声交代，"安排一下，下午去一趟盛华。"

"好的，闻总。"

闻桨花了一上午的时间看了一遍明川新戏的剧本。

下午去了盛华之后，她见到了那批快要结束培训期的艺人，把明川的新戏的利弊分析了一遍："明川导演捧红过很多新人，如果你们能去了他的剧组，可以算是一个很高的起点；但是同样，这类型的戏在国内有很多名导都拍过，说实话红起来的只是凤毛麟角，毕竟能过审的就很少。这是你们来盛华的第一部戏，我希望你们可以认真考虑。"

闻桨看过市场部那边提交过来的项目风险分析，这部电影红起来的概率很小，但让人心动的是，这部电影从导演、编剧再到演员都是超一线的，除了目前还未定下的女主角，其他半官宣的演员都是圈里的影帝影后，再不济也是拿了不少奖、演技有保障的老演员。

所以这也是盛华为什么想要往里塞人的缘故，哪怕电影不爆，大半年电影拍下来起码也能搭上一点人脉了。但这对于还没有出道的新人来说，花大半年时间去拍一部结局未定的戏，却是一件很难抉择的事情。

考虑到最后，这一批二十个人里面，也只有五个人提出想要试试。

闻桨让秦妗要了他们五个人的资料，打算约明川导演出来见个面。不过还没等到秦妗去联系，明川那边倒是先传来消息，说是想邀请闻桨去参与女主角选角的事情。

既然是明川主动邀请，闻桨肯定是不能拒绝，更何况闻桨正好也是有事和他谈，送上门的机会不要白不要。

明川定的面试时间是后天下午，地点在瀚文酒店。

闻桨提了十多分钟抵达酒店楼下，让秦妗在星巴克订了几杯拿铁送到酒店房间。

人和拿铁同时抵达。

房间里，导演、编剧和制片人纷纷起身迎接。制片人让了位置，闻桨笑说："选女主角我不在行，我坐在旁边就好了。"

都是场面话，大家心知肚明。

一行人说说笑笑，眼看着就快到面试时间了，门口又有人敲门。闻桨以为是来面试的演员，微微坐直了身体。

编剧李书华起身去开门。隔着半个客厅，闻桨只听见李书华笑着说："可算来了，再晚点，明导就要催你了。"

紧接着，就是一道熟悉的嗓音："路上碰到狗仔了，甩了半天。"

是唐越珩。

制片人吴往见闻桨视线转移，主动解释道："唐越珩，这部戏的男主角，明导叫过来选'老婆'的。"

说话间，李书华已经带着人走了进来。

闻桨这才发现，刚刚来的不止唐越珩一个人。

吴往前段时间没去庆功宴，借着刚刚跟闻桨介绍唐越珩的话头，又接着道："这位是电影另一位投资方，池氏副总，池渊。"说完，他又看着池渊："这位是盛华的闻总，闻桨。"

闻桨越过人群和池渊对视了一眼，后者眉目浅淡，没了眼镜的遮挡，少了几分斯文，多了些凌厉。

明明是熟得不能再熟的两个人，却在几天之内，被人当作互不相识介绍了两次。

说起来，谁都觉得好笑。

这不，一旁什么都知道的唐越珩就没忍住轻轻笑了一声。同样，什么都知道的明川导演适时地出声："既然都到齐了，那就坐吧。"

闻桨和池渊都是投资方，两个人的位置自然是被安排在一起。

房间就摆了一张长桌，椅子和椅子之间缝隙很小。坐下来之后，闻桨的呼吸间萦绕着一点清香，淡淡的有种海洋的味道。

不一会儿，面试开始，不断有女演员进来，其中有好几个都是平常只能在电视里见到的影后级别的人物。

闻桨觉得演得还行，但看明川的反应，好像并不怎么满意。她提笔在纸上写下已经面试过的几个女演员的名字。

身旁的池渊冷不丁出声，嗓音略低，夹在前边演员的台词声中并不突兀："你比较中意谁？"

闻桨没想到他会突然开口，一怔。

"你不是投资方吗？"池渊侧目看着她，长睫低敛，在尾端留下影子，"不提一下意见？"

闻桨抿了抿唇，压着声音说："你不也是吗？你又比较中意谁？"

池渊拿起桌上的笔，伸手在她写了名字的纸上勾了一下，收回手的时候指腹不小心碰到了她的手背。

她无意识蜷了下手指，看了眼他刚刚勾起来的名字，问道："元意。你觉得她演得好？为什么？"

池渊调整了姿势，微微坐直，目光盯着前边走动的人影，语气带了几分笑意："她长得最好看。"

试镜到晚上七点才结束，来来去去有二十多个女演员，除去一大半是在圈里有名有姓的人，还有一小部分是一些不怎么出名的十八线小演员。

明川一视同仁，在他眼里只要不是他要的感觉，管你是影后还是十八线，统统被淘汰。

只不过其中有几个老演员和明川合作多年，试镜结束后被明川邀请一起吃顿饭。

两个投资方自然也是在受邀之内。

闻桨本来就有公事想和明川谈，也就没拒绝；但是池渊却借口公司有事，在试镜结束之后就离开了酒店。

刚开始闻桨还没察觉到什么，直到后面一连几天的试镜池渊都推三阻四地借口有事没有再来过酒店，闻桨才隐隐约约意识到池渊似乎在刻意回避和自己碰面。

最后一天的试镜结束，明川大约是找到了自己想要的女主角，当天晚上又兴致勃勃地攒了个局，还让制片人吴往给池渊打了个电话，想要邀请他晚上也来吃饭。

吴往打电话的时候就坐在闻桨旁边，闻桨清楚地听到他们的交谈内容。果不其然，池渊又拒绝了。

挂了电话，吴往起身去和明川说这件事情。闻桨坐在位子上没有动，神情冷冷淡淡。

要说到这里，闻桨其实还没完全确定池渊到底是不是在躲着自己这件事。

毕竟池渊和她不完全一样，外界有传池庭钟已经开始在准备放权给他。如果真的是这样，他忙一点也是理所当然，像这种饭局对他来说也都是无足轻重的事情。

但偏偏，事情并不是她所想的这样。

周末的时候，闻桨接到许南知的电话，想约她一起去看个设计展，地点正好在闻氏附近。

闻桨这段时间忙着公司的事情，和许南知快有半个月没见，难得两个人都有时间，就答应了过去。

许南知大学读的工科，学的是建筑学，大学一毕业就被签进了市建院，看设计展是她从初中到现在一直保留下来的几个爱好之一。

闻桨和许南知截然相反，从小就对这些充满艺术细胞的东西一窍不通。陪着她在展馆里逛了不到十几分钟，闻桨就已经觉得索然无趣，没什么意思了。

许南知见她耷拉着眼皮，困意翻涌的模样，不轻不淡地吐槽："不然我给你在这里支张床算了。"

"真的可以吗？"

许南知："滚。"

闻桨揉了揉眼睛，轻笑："你又不是不知道我，从小就对这些没兴趣。如果不是为了见你，这地方我连走进来看一眼都没兴趣。"

"照你这么说我还应该感到荣幸了。"

"那倒不至于。"

说话间，两人已经走到展馆的中心大厅。那里摆着一个抽象的建筑模型，有三四米高，从不同角度看过去会看到不一样的形状。

许南知好像对这个模型格外感兴趣，拿起挂在脖子上的相机对着拍了几张照片。

闻桨欣赏不来，百无聊赖地看着立在一旁的作品简介。

原来这幅作品叫《家》，是由溪城美院的四名学生一同设计建造。

四个角度代表了他们四个人对家的理解，最后又完美地融合为一体，成为所有人心目中最向往的那个家。

在简介的最后，写着四个学生的名字——汤岭然、高夏林、虞万柯、向成渝。

看到最后一个名字时，闻桨眉梢轻扬了下。许南知正好走过来，随口问："怎么了？"

闻桨伸手，指尖点到最后一个名字上，笑了笑："之前在灾区认识个小朋友也叫这个名字，好像也是这个学校的，不知道会不会是一个人。"

许南知扫了眼："这个姓重名率应该不会很高。"

"说不定呢。"

大约是心里已经觉得这两个很大概率会是一个人，闻桨对眼前抽象的建筑模型也有了点兴趣，抬头顺着四个方向分别看了一遍。

虽然到最后也没看出什么名堂来，也没能理解出来对这个模型所涵盖的意义，但她对这个模型的关注，加上自身出众的样貌，很快吸引了站在不远处的四个男生的注意。

汤岭然语气新奇："快看！那边有一个漂亮姐姐。"

剩下三个人顺着他的方向看过去。高夏林整了整衣领："是时候表现真正的技术了。"

他们这个设计展有一部分设计者会出席现场，碰到一些对展品感兴趣又有意购买的访客，设计者可以主动出面替访客解释作品，一方面是为了寻求后期的合作，另一方面也是希望可以让自己的展品有机会售出。

高夏林刚迈出一步，就被身后的面容清俊淡雅的男生拉住了胳膊："别瞎搞，那是我三嫂。"

"？"

向成渝又说了一遍："那是我曾经的三嫂。"

虞万柯神情惊讶："你三哥什么人啊，这么漂亮的老婆也能不要？"

这中间的弯弯绕绕一时半会儿又解释不清楚，向成渝只是说："你们别瞎闹，我去和她说两句话。"

"行啊，你去和你曾经的三嫂说，我们去和旁边那个小姐姐聊两句。"高夏林说，"这个小姐姐好像跟你三嫂是一起过来的。"

向成渝这才注意到在模型的另一侧还站了一个女人。

白衣黑裤，身形修长，妆容清淡却极有气质与气场。

这会儿，她从人群中走出，偏着头和闻桨在说些什么，唇瓣一开一合间，有浅浅的笑意浮现在唇角。

虞万柯问："成渝，那个姐姐你认识吗？"

向成渝收回视线，摇了摇头："没见过，大概是我三嫂的朋友吧。"

"那你快去。"汤岭然推着他，脸上带着少年特有的蓬勃朝气，"记得找机会把我们一起叫过去。"

"好。"

向成渝过去的时候，闻桨和许南知正准备去下个展厅。听到他的声音，闻桨回过头来，眉梢一扬："还真是你。"

"嗯？"

"这个模型的设计者之一。"闻桨指了指旁边，"刚刚看到你名字的时候，我还在想会不会是同一个人。"

向成渝抬手摸了下后颈，有些不太好意思："都是瞎弄的。"

"小朋友太谦虚了。"

"没有没有。"向成渝抿了下唇角，笑容温温和和，"对了，三嫂，你晚上有时间吗，上次的事情我还没来得及请你吃饭。"

闻桨看了眼许南知："这次就算了吧，下次——"

拒绝的话还没说出口，一旁等得着急的三个大男生齐齐跑了过来，装作什么都不知道的样子："哎，成渝，这两位是？"

向成渝："……"

突然冒出来这么多人，闻桨和许南知都有些反应不过来，向成渝忍着笑意替他们做介绍。

"他们是我的室友，也是《家》这个设计模型的其他三位设计者。"向成渝唇色较浅，这会儿被他咬出一点艳色，"这位是我三——"

他顿了下，又改口："是我三哥的朋友，闻桨。这位是——"

闻桨刚刚并没有替他和许南知做介绍，向成渝一时又卡在那里，不知道该怎么说。

许南知余光瞥了他一眼，淡淡开口："许南知，你三哥朋友的朋友。"

向成渝的三位室友很有眼力见地开口："两位姐姐好。"

"你们好。"闻桨笑了笑，刚准备提离开，向成渝又说起晚上吃饭的事情，这次连他的三个室友也帮着邀请。

向成渝说："闻桨姐，晚上我哥他们也会过来。他一直想请你吃饭，这次难得碰上了，你们就一起来吧。"

盛情难却，闻桨只好笑着应下，原本和许南知两个人的饭局忽然就变成了一群人。

向成渝和闻桨交换了联系方式，说是等会儿结束再联系。

"行。"

他们走后，闻桨和许南知又继续在展厅里逛着。设计展总共有四个馆，全部逛下来也要花不少时间，再加上许南知时不时还要停下来拍几张照片当素材收集，等接到向成渝的电话时，闻桨和她才逛到 C 馆的现代化建筑设计，还剩下一整个 D 馆没有逛。

约好了见面的地点，闻桨和许南知也没在馆厅里多停留，一出门就看到先前的四个男生勾肩搭背站在展厅外的花坛边。

大约是聊到什么开心的事情，四个人发出一阵爆笑，向成渝胳膊搭着花坛边沿，脸庞轮廓清晰分明。

余光注意到闻桨她们俩，他稍稍站直了身体，乖巧地喊了声："闻桨姐。"

说完，他的目光又看向许南知，愣是没喊出那声"南知姐"。好在许南知只顾着低头回信息，也没注意到这些。

到了吃饭的地方，向成渝的哥哥向宁琛已经坐在包厢里，除此之外还有两个他家里的表哥。

向成渝之前带着室友和向宁琛吃过几次饭，闻桨和许南知、向宁琛也不是不认识。

说白了，都是稍微沾着点关系的人，也就没多费精力去介绍。

只是落座之后，向成渝问了句："哥，三哥怎么没来？我之前都和他约好了的，而且我下午还给他发消息说三——"

向宁琛及时地轻咳了一声，打断了他的话："三哥公司临时有事，来不了了。你又不是不知道他最近特别忙。"

说完，他还给向成渝使了个眼色。

向成渝张了张嘴。

明白了。

他三哥这怕是故意躲着人呢。

向成渝脑子灵活，很快就将话题岔了过去。

闻桨端起桌上的茶杯，微微敛了敛眸子。

她不是听不懂向成渝没说完的话，也不是没注意到他和向宁琛的互动，只是没有点破罢了。

既然他有心想躲，那她也拦不住，也没打算去拦。

各怀心事吃完一顿饭，一伙人从哪儿来回哪儿去。

许南知开车，闻桨坐在副驾驶位上。

夏日的晚风依旧带着温热的气息。

闻桨开着车窗，风声在耳边呼呼作响，微卷的长发被风吹得乱飞，有不少都粘在唇边。

许南知不动声色地替她关小了点，状似随意问起："我看向家那两兄弟的意思，池渊好像是在躲着你。"

闻桨抬手拨开唇边的头发："自信点，把好像去了。之前我就有意识到了，只是到今天才确定而已。"

"他这是什么意思？"许南知轻笑，"婚是他退的，到头来，现在也是他要躲着你，怎么好事坏事都让他做了。"

"谁知道呢？"

闻桨整个人陷进座椅里，抬眸看着窗外的夜色，忽略掉心里那一点渺小的烦闷和不愉快，微不可察地叹了声气："既然他想躲，那我就遂了他的意。"

两个人想躲比起一个人躲要容易太多了。

一连半个月，闻桨在出席各种活动前都会让秦妗去探一下消息，如果是有池渊的场合，自己能不出席就不出席，出席也会刻意避开。

不知是不是老天也在暗地里帮忙，闻桨和池渊在生意圈重叠度高达百分之八十的情况下，愣是一次都没碰上过。

久而久之，溪城名流商贵圈又传出条新八卦，说是池、闻两家的小辈因爱生恨，老死不相往来，几乎已经到了有他没她、有她没他的地步。

闻桨对此并未予以回应。

八月中下旬，明川的新戏《边缘》通过备案，正式开始筹拍。

盛华送过去参加试镜的那五个新人只被明川留下了一个男生，在剧中戏份不多但也不少。

除此之外，盛华名下还有一个叫尤时的艺人通过了《边缘》的试镜，在剧中担任女三号，是个挺重要的角色。

《边缘》开拍后不久，盛华官微正式对外宣布闻桨入主盛华传媒的消息。

这之后不久，盛华接到了由著名时尚杂志《MK》主编辛丛创办的明星慈善夜的邀请函。

盛华传媒如今已是圈内众所周知的传媒大公司，作为盛华的新一任掌权人，闻桨这一次的露面尤其重要。

除此之外，盛华名下的不少一线艺人也会出席当晚的慈善晚宴。

闻桨在看过艺人经纪部提交过来的名单之后，摁下内线电话："秦姈，让尤时的经纪人来我这里一趟。"

"好的，闻总。"

几分钟后，尤时的经纪人邱阮林站在盛华的总裁办公室内。

闻桨合上手里的名单："这次《MK》的明星慈善夜我准备让尤时也参加，你回去通知她和剧组那边协调一下时间。"

尤时在盛华三年，不知道是不是时运不济，和她同批的艺人都已经红透半边天了，她依然是路人口中无口碑、无流量、无人气的"三无"明星，是圈里标准的十八线。

按资历，尤时是没有资格参加这次慈善晚宴的，闻桨的话对她来说无异于天降馅饼。

邱阮林显然一时半会儿也处于震惊之中没有回过神来。

闻桨屈指轻轻敲了下桌面。

她忙不迭回过神来，面上带着显而易见的激动和兴奋："谢谢闻总，我这就回去通知尤时。"

"去吧。"

等邱阮林走后，闻桨叫了秦姈过来，问了些慈善夜的流程和注意事项，又把尤时的事情和她提了："我之前和明川导演聊过，他说尤时在演戏方面很有灵气，我想试着把她捧起来。你让商务部那边把尤时这几年的代言和资源整理出来，下班之前送到我这里。"

"好的。"

之前尤时去参加《边缘》试镜的时候，秦妗看过她的资料，除去样貌和学历，在业务能力方面并不优秀。

出于公司发展层面，秦妗问了句："您为什么想要捧尤时？平心而论，她在公司这三年创收并不佳。如果不是靠着盛华这座大山，她基本上可以算是查无此人了。"

"如果能把这样的人捧红，你不觉得更有成就感吗？"闻桨神情微敛，锋芒隐于其中，"我空降盛华的事情，你猜猜姜明新他们会在背后怎么编排我？"

姜明新是盛华的副总，闻桨没来之前，公司里大大小小的项目都得他做最后的决策。

秦妗是个聪明的人，自然也清楚闻桨话里的意思。

闻桨年纪轻轻，不费吹灰之力就能成为盛华的一把手，在那些拼死拼活才走到如今这个位置的几个董事眼里看来，不过就是因为血脉的关系。

他们看不起闻桨，对她抱有偏见，自然也不会认为她在盛华能做出什么大的成就。但闻桨想要收拢人心，让自己的位置坐得实而稳，就必须要在盛华做出一番事业。

尤时是她的第一步，也是她在盛华要打的第一场翻身仗，所以这一仗必须打得既漂亮又出人意料。

三天后，MK明星慈善夜如期而至。

闻桨不是艺人，也不需要走红毯，直接进了内场。《MK》主编辛丛一见她便迎了上去。

明明才第一次见面，辛丛却热情得像是和闻桨认识多年一般，问候了她还顺带问候了蒋远山。

闻桨笑脸相迎，气氛融洽。

今晚到场的除了圈里的一线顶流，也不乏溪城上层名流，闻桨在现场见到了不少和闻氏有合作的生意伙伴。

在这种情况下，难免会碰见一两个不太想见到的人。

客套寒暄完，闻桨带着刚走完红毯进来的尤时去和几个圈里的名导打招呼，辛丛那边又来了两个人。

灯火璀璨的宴会厅里，人影幢幢，觥筹交错。

池渊站在辛丛手边，墨黑色的西装衬得人修身玉立，身姿挺拔。

他额前干净利落，眉眼锋利分明，和人握手言笑间，露出一截白净的衬衫袖边，腕间的表饰低调奢华，气质成熟而稳重。

闻桨即使想要刻意避开，但今晚的圈子就那么点大，终究还是免不了要碰上一面。

有关他们俩之间的八卦早已被传得满城风雨，溪城上层名流人人皆知，但又人人皆故作不知。

闻桨接了杯酒，和他轻轻碰了下，言语谈笑都维持在正常社交范围之内，仿佛只当他是今晚第一次见的陌生人。

这让周围不动声色看八卦的人非常失望。

不久后，晚宴正式开始。

闻桨今晚是作为盛华传媒的总裁出席，座位被安排在前排，正好夹在池渊和肖孟之间。

周围来来往往都是要落座的人。闻桨见池渊和肖孟还未到，抬手将自己座位的名卡和肖孟的调换了一下。

这一动作，全都落在不远处池渊和肖孟的眼里。

肖孟将手里的香槟杯放到走过的侍者托盘中，揶揄道："让你躲着人家，现在好了吧，现在人家也开始躲着你了。"

池渊轻轻蹙了下眉，仍然嘴硬道："我什么时候躲着她了？"

"死鸭子嘴硬。"身旁有熟人走过，肖孟点头致意，又收回视线道，"唐越珩可全都告诉我了，说你之前为了躲闻桨，让你去看试镜不去，后来干脆连吃饭都不去了。"

"我又不是导演，选谁我能做主吗？"

"你不是导演，可你是投资方，选角你怎么不能做主了？"肖孟拍拍他的肩膀，"别嘴硬，我看以后迟早有你后悔的。"

说完，他也朝座位走去。

落座之后，闻桨还和肖孟说了话。池渊放下酒杯，从另一侧走了过去。他一落座，闻桨瞬间收回了视线，也没再和肖孟说话，差别对待十分明显。

肖孟没忍住，抖着肩膀哧哧地笑。

池渊见状又要抬脚踩过去，肖孟及时挡了下，压着声音说："大少爷，好歹注意点场合，这对着镜头呢。"

池渊重重往后一靠，没作声。

第十章

怎么这么暴躁

晚上八点，慈善宴正式开始。

第一个环节是群星的开场节目，之后又播放宣传片，紧接着主持人上台宣读慈善宣言和慈善流程。

第二个环节是拍卖会，现场拍卖十二件珍贵拍品。闻桨早前收到过拍品的简介，都是些珠宝字画。

她虽然没有什么兴趣，但毕竟是做慈善，中间也还是拍了一幅失传很久的江山画。

拍卖会结束之后，闻桨叫来秦妗，起身去了趟洗手间。

进去时里面空无一人，准备出来洗手时，闻桨听见外边有人声传来，刚要继续推门，听见其中一人提到了自己。

"今晚拍了王老先生字画的那个女人你知道是谁吗？"

另外一人大约是开了水龙头，水声淅沥："不认识，以前也没见过。你认识她？"

"当然认识了，她就是盛华传媒现在的当家人。"

之前说不认识的那人恍然："就是那个被池家退婚的闻氏千金，闻桨？"

"对。"说话的人像是知道不少内情，"我听朋友说，池家那位之前就闹得厉害，现在好不容易退了婚，天天都躲着她，出席活动还找人问有没有闻家的这位，要是有就直接不来了。"

"难怪呢，我之前还看到闻家这位偷偷换了自己的座位。"

"人家不要，她再上赶着过去多没意思啊。"

"也是。"

之后又是一阵水声，几秒后，洗手间内重归安静。

闻桨敛了敛眸，轻吸了口气，刚一推开门，对面的那道门也被人从里面推开了。站在里面的尤时和她大眼看大眼，神情略有些局促和尴尬："闻总……"

闻桨"嗯"了声，平静地走到洗手台边洗了手，抬头从镜子里看着她："你助理呢？"

"在厅里。"

闻桨擦了擦手，回头看着她："下次记得不要一个人来洗手间。"

"哦。"

闻桨全程没提刚才的事情，尤时自然也不会上赶着去戳人痛处，洗了手，跟在她身后走了出去。

候在不远处的秦妗走了过来，看到形单影只的尤时，也问了句："你助理呢？"

尤时抿唇："在厅里。"

闻桨打断两人的问话："秦妗，你先带她回去，明天回公司重新给她安排一个助理。"

"好的。"秦妗抓住她话里的重点，"那闻总您？"

"我去透个气，就回。"

秦妗没再过问，带着尤时回了宴会厅里，进门的时候恰好碰到池渊从里面出来。

他叫住秦妗："你们闻总呢？"

秦妗如实回答。

池渊点点头，走了。

等走到里面，尤时扯了下秦妗的衣袖，把刚才在洗手间里听见的事情跟她说了一遍，末了还担心道："闻总会不会跟池总吵起来？"

闻桨这段时间出席活动之前也会让秦妗去探一下消息，秦妗对她和池渊之间的事情不说完全知道内情但也算是一知半解。

听了尤时的话，秦妗反而过来安慰道："放心好了，闻总躲他还来不及，不会吵起来的。不过这事你也别往外说。"

"我知道。"

另一边，说着不会吵起来的两个人，在洗手间外面的长廊不期而遇。走廊灯光明亮，这下谁也不能装作看不见谁。

闻桨今晚一席黑色抹胸长裙，收腰，裙摆斜边鱼尾设计，微卷长发松散披在裸露在外的肩头，肤白胜雪，肌理细腻，小腿线条修长有致，妆容淡雅成熟，五官明艳动人，叫人挪不开视线。

池渊很快收回落在她肩上的目光，对上她有些淡漠的神情，欲言又止。

闻桨没打算和他有什么接触，迈步往前走，高跟鞋踩在地毯上，发出沉闷的动静。

"闻桨。"池渊忽然叫住她。

闻桨停住脚步，回头看着他，眼神平静。

池渊轻滚着喉结："你在躲着我？"

闻言，闻桨像是听到什么好笑的事情，唇角微勾，笑意却不达眼底："不是你在躲着我吗？我现在不过是在顺着你的意罢了。"

对于闻桨的话，池渊不置可否。

这段时间以来，他确实是有意无意地在避开和闻桨碰面，不是不想见，只是他不知道该用什么样的态度去面对她。

说白了，他其实就是还没有调整好自己的内心，也没有完全琢磨透自己对闻桨到底是什么样的感情。

之前的动心不是假的，想答应结婚也不是假的，但后来发生的事情，又让池渊的内心开始动摇。

他和闻桨本身就没有太多的感情基础，说分手其实都算不上，只能说两个人还没到开始的地步就已经提前结束了。

闻桨答应联姻的原因一直是横亘在池渊心里不可忽视的一根刺。他不知道闻桨对自己到底是什么样的感情，也不清楚自己该怎么处理两个人之间的关系。

在这样的情况之下，他只能躲着她，避着她，可是他这样的做法在闻桨看来，全都变成了他对她的回避和不喜。性格使然，她自然也不会上赶着去找不愉快。

　　两个人从一开始就存了误会，谁也没想过去把这个误会解开，久而久之，便造成了如今这般尴尬的境地。

　　见也不是，不见也不是。

　　沉默顷刻。

　　池渊刚想开口说话，不远处忽然传来一阵动静，紧接着便有几道身影正朝这里走来。

　　闻桨轻舒了口气，转身往厅里走。

　　来的几个人中其中有一人是盛华的艺人，见到闻桨，停下脚步叫了声"闻总"。

　　闻桨脚步未停，只是朝她颔首微笑，姿态矜贵而优雅，带着领导者的从容不迫。

　　等她走后，几个女艺人又不可避免地把目光看向池渊，想到两人之间的传闻，心中纷纷涌起无数八卦版本。

　　池渊没必要和她们接触，也没有在意她们带着探寻的目光，抬脚径直走进了一旁的洗手间。

　　这之后不久，池渊和闻桨在长廊处的不欢而散，很快就被编成新的八卦给传了出去。慈善晚宴还没结束，这话就已经传到了闻桨耳边。

　　闻桨听完，抬眸朝艺人座位那边看了眼："让白婧的经纪人，明天早上来一趟我的办公室。"

　　白婧是先前在长廊处和闻桨打过招呼的女艺人。

　　秦妗反应迅速，压低声音问："您是怀疑这话是白婧传出去的？"

　　"只有她看见了。"闻桨轻轻收回视线。

　　秦妗提醒："尤时也知道。之前我们回来的时候，池总找我问了您的去处，尤时也在旁边。"

　　闻桨"嗯"了声："那就让邱阮林也一起来一趟。"

　　"好的。"

　　慈善晚宴一直到晚上十点钟才结束，各家各总的司机都候在会场外。

　　临走前，肖孟约闻桨出去吃夜宵，怕她拒绝，把《边缘》剧组里的男主角和男二号都给搬了出来："你公司不是有个女演员和唐越珩他们在一个剧组拍戏嘛，一起叫着呗。正好等会儿结束，让唐越珩把她一起捎回剧组。"

话都说到这个地步，闻桨也没好意思再拒绝，更何况今时不同往日，多一个朋友总比没有好。

肖孟笑："那就这么说定了，等会儿在会场外碰面。"

"行。"

肖孟走后，闻桨让秦姈去把尤时叫了过来，带着她去和《MK》的主编辛丛打招呼。

尤时现在手上没什么好的作品，甚至连个正儿八经的杂志封面都没有。闻桨有意想捧她，自然得先让她在这些名刊杂志的主编面前混个脸熟。

辛丛也是老江湖了，不会不懂闻桨带着尤时的意思。只是两人都没把话聊得太彻底，毕竟合作的事情也急不来。

和辛丛告辞后，闻桨带着人从后台通道去了会场外面。

四辆车停了一路边，三个男人站在车边有说有笑。闻桨在其中看到一张既陌生又熟悉的脸，侧头问尤时："这部戏你和宋临搭档？"

尤时点点头："不过不是官配，宋老师的官配是楚槐老师。"

"我之前看过剧本，你的戏份不少。"闻桨语调轻松，"好好演，说不定这就是你的成名戏。"

"谢谢闻总。"

"嗯。"

说话间，闻桨已经走到车边，视线轻掠，车里车外都没有看到池渊的身影，遂略微松了一口气。

三个男人也随着闻桨的到来停了话茬。唐越珩主动替她和宋临做了介绍，说完又提了句："他也是宋嗔的堂哥。"

闻桨恍然，点头笑了笑："你好。"

"你好。"宋临说完，不动声色地看了眼跟在闻桨身后的尤时，但很快便收回目光，谁也没注意到。

寒暄客套完，闻桨带着尤时上了自己的车。她已经让秦姈先回去，车里除了尤时，只剩下司机了。

车外，唐越珩和宋临也一前一后上了车，只剩下肖孟还站在外面，不时低头看手机，像是在等人。

闻桨大概清楚他在等谁。

终究还是避不了。

几分钟后，一道身影从会场侧门快步走了出来。夜色倾洒，男人的脸庞轮廓模糊，但即使是这样也掩不住藏在眉眼间的英俊。

车外的交谈声随着没关严的窗缝传进车里。

闻桨收回视线，手指搭着开关键，微微用力，合上了窗户。车外的两道身影也未作停留，拉开身后的车门坐了进去。

肖孟将吃饭的地址发在闻桨的手机上，她点开连接到车内导航，声音冷清："走吧。"

"好的。"

司机保持车速，跟在前车后边。二十多分钟后，车子又停下，闻桨往外看了眼。

原来是一家火锅店。

这地方还真是让人意想不到。

他们一行人不是礼服就是西装革履，明显和火锅店的简朴热闹格格不入。

不过既然来都来了，闻桨也没怎么在意，只是下车之前，从车里拿了件外套披在肩上。

和早早就全副武装的尤时相比，她显然要轻松许多。

肖孟提前订了包厢，也和老板打过招呼，加之这个点火锅店人也不多，所以他们一行人进去的时候并没有引起太大的骚动。

包厢在二楼，圆桌六位座。

肖孟跟唐越珩和宋临不知道是说好的还是真有默契，三个人一进去就紧挨着坐在了一起，剩下另外三个连在一起的座位。

尤时顶着一屋子的注视，愣是站在那里没敢坐。

宋临端起桌上的茶壶倒了杯茶，抬眸看着她，眼角眉梢带着清浅的笑意："尤时，你坐我这里来。"

"好的。"尤时如逢大赦，挪开椅子就坐了下来。

宋临将刚刚倒好的茶放到她面前。

尤时小声说："谢谢宋老师。"

"没事。"

尤时这一坐，桌上就仅剩下两个相连的座位。闻桨面色不变，拉开挨着尤时那边的椅子坐了下来。

池渊跟着坐在最后一个空位上。

肖孟招呼着点餐，询问了所有人的口味之后，点了个全辣九宫格，一顿火锅吃得热火朝天。

桌上所有人都能聊到的话题只有三个演员在拍的新戏《边缘》。

闻桨有心想把这部戏当成尤时向上走的第一个踏板，言语之间都带了这个意思，希望唐越珩和宋临能在剧组多多照顾她。

一顿火锅吃完，时间已经过了零点。

唐越珩他们要赶回剧组，尤时跟着他和宋临一起走了。剩下三个人留在包厢，坐了一会儿，肖孟起身去结账。

包厢里只剩下池渊和闻桨两个人，气氛僵持而沉默。

池渊想到从会场出来之前，偶然听见别人提起自己和闻桨之间的八卦，犹豫着开了口："我承认我之前是有避着你的想法，但是我没有做出让人去查你出席什么活动，我就不出席的事情。"

"你没有做？"闻桨笑了声，语气平静，"但是我做了。"

"……"

"我每次出席活动之前都会让秦妗去探探消息，看你会不会出席。"闻桨看着他，"如果不是今天的晚宴对我、对盛华来说都很重要，我是不会出席的。"

池渊默然。

闻桨轻吸了口气："我承认联姻这件事情说起来确实是闻家亏欠了你，我答应的目的也不是为了你，所以你想要退婚我也没有意见，但是你现在这样做真的没有必要。"

不仅没必要，还伤人。

池渊轻轻滚了滚喉结，心中一团乱麻，胃里也跟着叫嚣。

闻桨没等到他开口，倒是先等到了肖孟发来的信息。

肖孟：闻桨，我公司有急事先走一步了。

肖孟：另外，池渊的车我也先开走了，今天就麻烦你帮我送他回家了。[/ 握手 // 握手 /]

闻桨："……"

这年头狗男人还能扎堆出现？

池渊在得知肖孟把自己丢给闻桨之后，倒也没觉得意外，毕竟这也确实是肖孟能做出来的事情。

只是他看闻桨的神色，好像不太情愿。

也是。

谁愿意送一个成天只想躲着自己的人回家。

想到这儿，池渊只觉得是自作孽不可活，连带着心情也有些讲不出的烦躁，但和闻桨说话时，也还是尽量好声好气："时间也不早了，你先回去吧，我等会儿打个车就行。"

"没必要。"闻桨起身拿起外套，脸上没什么表情，"我不介意送你回去，但如果你介意，那就算了。"

"我不是——"

"那走吧。"

池渊自从回到池氏上班之后，就一直住在自己买的临江公寓，从火锅店开车过去要半个多小时。

闻桨上车给了司机地址之后，车里便没了说话的动静。

深夜的天空并不是纯粹的黑色，像墨蓝色，广袤无垠，格外有温度。夏日晴空万里，夏夜繁星璀璨。

高架桥旁高楼林立，流动的灯光在过快的车速下被拉成一条彩色的轨道。

闻桨和池渊坐在后排，中间隔着还能塞上去两个人的距离。司机抬头从后视镜看了眼，又默默收回了视线。

黑色的宾利下了高架桥，沿途逐渐有了热闹的动静，街道两旁商铺还未关门，人影匆匆。

闻桨整个人陷进椅背里，头抵着车窗玻璃，昏昏欲睡。

她这段时间每天最多只能睡上四五个小时，比之前在医院上班时还要辛苦。

如果不是今天要出席活动，她本来是打算早点回去补个觉的。

晚间路上没多少车，一路也没碰见几个红灯，车内导航很快便提醒说即将到达目的地。

闻桨被这声音惊醒，抬手捏着鼻梁，等完全清醒过来，才听见耳边若有若无的急促呼吸。她转过头，看到池渊手捂着胃，借着车内的灯光，发现他额头和鼻尖都冒了一层细密的汗。

典型的胃疼反应。

"带胃药了吗？"闻桨以为他是老毛病犯了，匆匆叫停车辆，伸手去拿他的外套。

池渊缓了缓呼吸，抓住她的胳膊："不是胃病，可能是太久没吃辣，刺激到了。"

闻桨抿唇，将手收了回来："什么时候开始疼的？"

池渊没说话。

前排沉默了一晚上的司机准确报了个时间："十分钟前。"

说完，他顺便还提供了解决办法："闻总，我刚刚看地图上显示市二院就在这附近，要不要先送池先生过去？"

闻桨没想到送个人还能送出事，皱着眉"嗯"了声。

医院确实就在附近，车子刚启动还没开出五百米就又停了。闻桨估摸着他是急性胃炎，让司机扶着他一起下了车。

结果到医院一检查，还真是急性胃炎，没办法只能留院挂水。

司机在外面忙前忙后。池渊老老实实躺在病床上看着护士将针头扎进手背上的血管里，疼得额头青筋直跳，还不忘劝闻桨早点回去。

闻桨站在床尾，看着他有些发白的脸色，没说走也没说不走，等护士扎好针调试好输液的速度，才一言不发地离开了病房。

病房里安静了。

池渊看着没关严的门，心里空落落的。

胃里火烧火燎的感觉随着输液逐渐消减了不少，他刚要合上眼睛，门口又传来说话的动静。

虽然不太清楚，但也不妨碍能辨认出说话的人是谁。

过了一会儿，说话声没了，病房的门被推开，闻桨从外面走进来，见他闭着眼睛，不由得放慢了动作。

池渊听着她坐下的动静，滚了滚喉结，掀眸看着她："你怎么没回去？"

闻桨没回答他，只是平静地陈述道："医生说你的情况不是很严重，挂完水就可以走。"

池渊垂眸"嗯"了声。

之后，病房里又安静下来。闻桨断断续续接了几个电话，池渊听着动静，疼痛有所缓和，慢慢睡了过去。

吊瓶一直打到凌晨三点。

护士进来拔针的时候池渊醒了过来，眼睛红红的，像是睡眠不足造成的。

等收完针，闻桨见他脸色依旧发白，没忍住问了句："还疼？"

"没。"池渊指腹贴着针口的胶带摩挲了两下，"不疼了。"

"能走吗？"

"没事，能走。"他掀开被子，低头穿鞋，白衬衫压出一道道褶皱，衣角从腰间冒了出来，露出一小截白皙的后背。

闻桨面不改色地挪开视线，让司机进来扶着他。

池渊挡了下司机伸过来的手，拿起外套穿在外面，面容严肃："我想先去一下洗手间。"

等从医院出来，外边已经起了一层薄薄的雾，城市灯光隐在其中，像是蒙了一层轻纱的星星。

黑色的轿车缓缓在路边停下。

池渊坐在车里，之前的浅眠并没有让他恢复太多的精力，整个人犹如霜打的茄子，病恹恹的。

额前落下几缕黑发，让他看起来憔悴不已。

闻桨不放心让他一个人走回去，让司机下车搀着他。等两人走到小区门口，她才看到池渊将医生开的药落在了车上。

她拿上药，跟了过去。

将池渊送到家里后，司机先去了楼下等着。闻桨本来也想走，但是转头看到池渊低垂着脑袋坐在沙发上的身影，出门的脚步一顿，又折身朝里走了几步："家里有热水吗？"

池渊还有些虚弱，闻言，敛着眸认真想了几秒："好像没有。"

闻桨一脸"我就知道"的神情："有烧水的吗？"

"有，在厨房。"池渊指了下，"厨房在那儿。"

"嗯。"

闻桨进了厨房，见电水壶就摆在料理台面上，旁边都是些各种奇形怪状的陶瓷杯。

她接了水，插上电，也没出去。

池渊听着里面的动静，大约是笃定闻桨不会不打招呼就离开，起身打算回房间洗个澡。

之前胃疼得厉害的时候，他出了一身的虚汗，这会儿才缓过来，觉得黏腻腻的，也不怎么舒服。

池渊花了五分钟冲了个热水澡，换了身干净舒适的家居服。

从房间里出来的时候，他看到闻桨站在客厅的吧台处，正在将他等会儿要吃的药给一一拿出来放在桌上。

客厅的灯光是暖黄色的，洒下来的光影既柔和又温暖，她低着头，手肘抵着桌沿，侧脸轮廓精致漂亮，神情格外认真。

池渊有一瞬间不想去打破这幅画面，可闻桨已经听见他的动静。

她放下手，抬头看了过来，神情没有想象中的温和，依旧平静到让人分辨不出这到底是冷淡还是不在意："水已经给你烧好了，药一天吃三次，怎么吃药盒上有写。时间不早了，我先回去了。"

池渊抬脚走了过去，看到摆在吧台台面上大大小小的几种药丸，伸手拿了一颗在手里。

沉默几秒，他抬起头，脸上比起之前多了几分血色："闻桨。"

闻桨对上他的目光，没有应。

房间里安安静静的，只有彼此的呼吸声。池渊抿了下唇角，额前碎发垂落，在眼皮上散着细碎的影子："我之前躲着你，没有别的意思，我只是没有想好该怎么面对你，也不知道该怎么去处理我和你之间的关系。"

闻桨看着他："所以呢？你现在是想好了？"

他点头："嗯，想好了。"

闻桨兀自勾了勾唇，神情冷淡又疏离："可是你想没想好，跟我又有什么关系？"

夏季天亮得早，闻桨从池渊家里出来的时候，东边的天已经开始微微泛着浅色的蓝，又夹杂着一点光影的白，眼看着不久之后就是要天亮了。

在她说完那句话之后，池渊很长时间都没有开口。闻桨失去了耐心，不愿意再等又或者再听他说些什么。

她不是没有心，也会在意，也会难过。

回程的路上，闻桨已经没有多少困意，侧着头看着窗外一闪而过的夜色，神情寡淡平静，让人瞧不出一丝情绪。

司机缄默无声，车轮碾过柏油路面的动静格外清晰。

到了闻宅，闻桨收敛了情绪，拿着外套准备下车，却见右边座位的坐垫与椅背的缝隙之间有一个亮闪闪的物件。她伸手拿了过来，是一只圆形袖扣，扣面是细碎的星空铺砌，搭着边沿的玫瑰金，低调而内敛。

这玩意想也不用想，也知道是从谁身上落下的。

也不是什么便宜的物件，闻桨拿在手里，下了车，让司机早点回去休息，自己进了屋里。

屋里，容姨在餐厅留了一盏小壁灯，餐桌上摆着一个砂锅。闻桨走过去揭开盖子，鸡汤的香味随着温度的递减已经很淡。

从她住回闻宅开始，容姨每天晚上都会给她留一些补汤，有时候赶得早，回来不用热就能喝，像今晚这么迟，还是头一回，鸡汤表面都已经凝了一层薄薄的油脂。

闻桨不想浪费老人家的好意，放下外套，将砂锅重新端进厨房，开了小火煨着。

火开得特别小，一时半会儿汤也热不了。闻桨回房间卸了妆，又洗了个澡，再下楼的时候，看到厨房里多了个身影。

"容姨。"闻桨走过去，"怎么起来这么早？"

"年纪大了，睡不着，正好听见你回来的动静，就顺便起来了。"容姨关了火，盛了一小碗鸡汤端出厨房，"来，趁热喝吧。"

闻桨和她在桌边坐下，捏着瓷勺喝了两口，轻声说："等过两天我给您安排一个全身检查。"

"不用麻烦，我自己的身体我清楚。"

闻桨没和她多说这个问题，心里想着等安排好直接把人带过去就行，低头又喝了几口鸡汤。

容姨见她湿着头发，起身去拿了条干净的毛巾替她细心擦着，感慨道："以前你妈妈在的时候，也和你一样，忙起来就顾不上时间，经常半夜才回家，怕吵醒我，还总喜欢赤着脚在屋里走。"

"是吗？"提起闻宋，闻桨眼里多了些温柔，"我以前都不知道她工作这么辛苦。"

"你那会儿才多大，什么都不知道。"容姨顺着她的头发，笑道，"成天就咋咋呼呼地，谁也管不着你。"

闻桨笑了笑："读书的时候确实爱玩了一点。"

想起过去，容姨轻叹了声气："桨桨，今天下午你爸爸来了趟，也和我说了些话。你别怪容姨多嘴，都这么多年过去了，有些事情该放就放下吧。"

闻言，闻桨垂下眼眸，唇角的笑意跟着浅了几分，却始终没有说话。

容姨一见她这闭口不谈的模样，心里也无奈，但又没有任何办法，只是摸着她的脑袋，温声劝道："不管你是怎么想的，但起码别让自己过得这么累，不说你妈妈和你外公外婆他们，就是容姨现在看着，也是会难过和心疼的。"

闻桨沉着呼吸，眼角泛着红："容姨，我知道你是为我好，可是我真的放不下也忘不了。"

"我有时候也想放过自己原谅蒋远山，但是我做不到，我没办法当作什么事情都没发生。"她轻轻吸了吸鼻子，"容姨，我想不明白，他为什么会做出那样的事情，他如果不爱我妈妈，为什么要和她结婚，我的存在又算什么。"

过去的很多事情到如今已经没有办法再去弄得清楚透彻，现在唯一证明它曾经存在过的，只剩下彼此之间的怨恨和无法原谅。

这是个死结，也无解。

容姨清楚闻桨这么多年从来没有放下过，也知道自己没有立场去劝闻桨原谅谁，不过是出于一个长辈不想再看到自己疼爱了多年，如同亲孙女一般存在的孩子，长久地受这怨恨的苦。

只是看闻桨如今的模样，她深知想要闻桨放下过去的事情简直比登天还难，那些劝慰的话也就无法再说出口。

闻桨近乎一夜没睡，第二天早上秦妗过来接她的时候，她的两只眼睛都布满了红血丝，眼底一片青色。

秦妗自从跟着闻桨，还从来没见过她这个样子，难免有些惊讶，但也没多问，照例汇报工作："我已经通知了白婧的经纪人，让她早会之后去一趟您办公室。尤时的经纪人暂时不在溪城。另外，您让我给尤时安排的新助理也已经到位。关于尤时的下一步工作计划，商务部那边已经将相关资料提交过来了。"

闻桨"嗯"了声，抬手揉了下额头："尤时那你让邱阮林多上点心，如果实在不行，可以给她换一个经纪人。"

盛华的艺人多，每个经纪人手下不止一名艺人。虽然盛华捧人，但难免有时候也会出现资源不平均的情况。

　　经纪人也是拿钱吃饭的，一个不能给经纪人带来创收的艺人，基本上也得不到太多的关注；加之盛华不允许艺人接私活，久而久之不红的艺人也就跟被雪藏了差不多。尤时混成现在这个样子，闻桨猜测和她的经纪人脱不了干系。

　　"好的。"秦妗见她上了妆，状态仍旧不佳，提议道，"要不然您今天上午就别去公司了？"

　　"不用，没事。"闻桨补了个亮色的口红，起身换了衣服。临走前，她看到落在桌角的袖扣，又去书房找个信封把袖扣装在里面，递给秦妗，"这个，你找个人送到池氏，交给小池总。"

　　"好的。"秦妗看了眼什么都没写的信封，"需要署名吗？"

　　"不用，他知道谁送的。"下楼的时候，闻桨看到停在院子里的轿车，想起昨晚的司机，问了句，"对了，昨晚的那个司机叫什么？"

　　"方志伟，怎么了？"

　　"没事。通知财务，这个月给他的工资多加一千。"

　　"好的。"

　　等到了公司，各部门的早会已经结束，闻桨在办公室门口见到白婧的经纪人米罗。

　　米罗是个很干练的女人，见到闻桨，低头打了声招呼："闻总。"

　　"嗯，进来吧。"

　　闻桨在盛华的办公室比在闻氏的要大很多，整体风格也比较时尚，没有那么公务化。

　　早晨的阳光从整面落地窗前洒进来。

　　闻桨也没拐弯抹角，把昨晚在慈善晚宴上听到的八卦说给了米罗："白婧现在在圈内也算是一线了，做事做人还这么没规矩，你觉得你这个经纪人该担多少责任？"

　　白婧是米罗带的第二个艺人，当初凭着一部悬疑题材的电影一炮而红，顺利跻身一线小花行列。

　　在工作上，白婧几乎没让米罗费太多心思，只是米罗也清楚白婧这个人的性格，口无遮拦，有什么说什么，在圈内多多少少也得罪了不少人。但背靠大树好乘凉，白婧是盛华的人，一般艺人也不太敢给她穿小鞋。

但是米罗没想到，白婧如今胆子大到这个程度，竟然敢在背后编排老板的八卦，编就算了，竟然还给传到了当事人的面前。

米罗简直想把白婧的脑袋摁到水里清醒清醒。

"对不起，闻总，是我没有管理好手下的艺人。"米罗抿了下唇角，"这件事的主要责任在我这里。"

闻桨见她揽责任揽得这么干脆利落，轻轻笑了声："你倒是护着手底下的人。"

"闻总——"

"算了，我今天叫你过来不是为了追究谁的责任，毕竟这件事也没有确定是白婧传出去的，但是——"闻桨话音一转，"白婧这个性格，长久下去对她没什么好处。小惩大诫，这段时间她手边的工作先停了吧。"

米罗自知没有转圜的余地，也没有多讨价还价："我明白，闻总。"

"好了，没什么事你就先出去吧。"

"好的。"

米罗出去后不久，秦妗接了内线进来："闻总，刚刚去池氏那边送东西的人传消息回来，说小池总今天没有去公司，他们公司的人也联系不上他，问东西是先拿回来还是放在前台。"

"放那儿吧，让他们公司的人转交一下。"

"我知道了。"

挂了电话，闻桨想到凌晨从池渊家里出来时，他苍白着脸，病恹恹的模样，不由得想往不好的地方想。

这人不会是晕在家里了吧？

急性胃炎不是什么大病，但也不算小问题，闻桨想了想，最后给罪魁祸首肖孟发了条信息。

闻桨：池渊昨天夜里犯了急性胃炎，今天人没去公司，他公司的人也联系不上他，你要是有空最好过去他那里看一下。

消息才发出去，对方就回了过来。

肖孟：[定位]

肖孟：真对不住，出差了，没空过去。我可以麻烦你帮我过去看一下吗？没别的意思，就是怕他死在家里没人知道。

闻桨：……

肖孟：[/龇牙//愉快//玫瑰花/]

闻桨：表情很土，别发了。

肖孟：噗，不好意思，跟合作方聊天聊习惯了。

闻桨：……

两人没聊几句，肖孟说要登机了，闻桨正好要去一趟闻氏开会，也退了微信。

等闻桨再摸到手机，已经快中午了。

肖孟大概是落地了，又给她发了一条微信。

肖孟：我没骗你，我真在外面出差，也没法去看池渊。你就当再帮我个忙，抽个时间帮我去看看呗？[/可怜//可怜/]

闻桨坐在车里，盯着这条信息看了几秒，随即又退出去找到池渊的电话打了过去，依旧是关机。

大中午的，太阳又烈又晒，街上也没多少行人。路过一家粥店时，闻桨叫停了车，让秦妗下去打包了一份养胃粥。

等再回到车上，秦妗发现车的路线变了，沿途不再是高楼大厦，而是毗邻一片的低矮商铺。

池渊长这么大很少生病，但一病起来人就如山倒。昨晚闻桨走后，他吃了药，倒在床上就睡了一觉。

这一觉睡得又长又沉，不仅过了上班的时间还没听见手机响，本就低电量的手机在不停歇的震动和响铃之下耗尽最后一格电量，直接关机了。

快十一点的时候，阿姨过来打扫卫生，看到搁在吧台上的药，又去房间看到昏睡不醒的池渊，忙不迭给池母打了个电话。

池母叫了家庭医生，匆匆赶了过来，正好在楼下碰到因为没有门禁密码进不去楼里的闻桨。

"桨桨。"退婚之后，池母就一直没见过闻桨，这会儿乍一见到分外亲切，"你怎么在这儿？"

闻桨没想到这么巧，在这里还能碰见池母，把昨晚的事情言简意赅地说了一遍，最后只说道："肖孟出差了，托我过来看看情况。"

"难为你跑这一趟了。"池母拉着她的胳膊，"天气这么热，上去歇会儿再走吧。"

"不用了，伯母，我公司还有事，就先回去了。"闻桨把手里的食盒递给她，"这是养胃粥，您给一起带上去吧。"

池母不依她，非说要她上去坐会儿。闻桨推脱不了，只能跟着进了电梯，去了池渊家里。

她们一行人到的时候，阿姨刚把池渊叫醒。他还穿着昨晚那身衣服，端着一杯水坐在餐桌边。

听见开门的动静，阿姨也从厨房里出来。池母的身影在前，池渊刚要开口，又看到跟在池母身后的闻桨，唇瓣动了动，一个"妈"字卡在嘴边不上不下。

池母刚刚从闻桨那里知道了他是什么情况，进来就问他胃还难不难受，问完还不忘数落："你就跟你爸一个样，明知道要遭罪的事情还偏要上赶着过去找罪受。"

不管多大的人，当着外人的面挨骂总归觉得没面子，池渊抬手挠了下眉毛，截断了池母的话："妈，我饿了。"

"饿了啊？"池母提起手中的餐盒，"正好，桨桨给你买了粥，你先吃一点，等会儿医生也要过来了。"

池母去厨房拿了干净的碗筷出来，留了闻桨在这里吃午饭，之后便和阿姨一起进了厨房，把外面的空间留给了他们俩。

闻桨在他对面坐下，低头给秦妗发信息，让她和司机先去吃饭，晚点再过来。

昨晚两人几度不欢而散，让此时此刻的沉默更加明显。

池渊其实并没有很饿，相反他的胃口也不是很大。粥里掺了养胃补药，味道微苦又寡淡。

他强撑着吃了几口。闻桨将手机反扣在桌上："吃不下不用勉强，也不是什么好吃的东西。"

确实是不好吃，池渊也没法说假话，放下瓷勺，对上闻桨的目光，随便找了话："你怎么会过来？"

"肖孟怕你死——"闻桨一顿，改了口，"肖孟出差了，不放心你生病一个人在家，托我过来看看。"

池渊"哦"了声，整个人往后靠，语气带着几分漫不经心："肖孟怎么知道我生病了？"

闻桨抿唇，话也没过脑子，说得跟怼也没什么区别："你话怎么这么多？"

池渊没想到她是这个反应，愣了一秒，竟然还笑了出来："不是，你现在怎么这么暴躁？"

闻桨闭了闭眼，不想和他多说。

池渊也没敢真笑太久，毕竟他现在在闻桨那里只差一步就要被拉进黑名单，再笑怕是真的要进去了。

他端起水杯喝了一口，冲淡嘴里苦涩的味道："我看你昨天的意思，是想把尤时捧起来？"

提到工作上的事情，闻桨倒不至于那么抵触，点点头："有这个想法。尤时的可塑性很高，之前明川导演也说过，她在演戏这方面很有灵气。如果《边缘》能爆火，她很有希望走红。"

闻桨之前看过剧本，尤时在《边缘》中的角色既深刻又讨喜，哪怕电影不能爆火，凭着这部电影的配置，她肯定能刷到不少路人缘。

"池氏不久后有个度假区将要开盘，现在正在找代言人，如果不介意，你可以把尤时的资料发一份给我。"

"度假区？"闻桨想到上午在闻氏开会时，蒋远山提到的项目，"是那个滨湖生态旅游度假区？"

池渊眉梢一扬："是的。你也知道了？"

"上午在闻氏那边开会提到了。"闻桨敛了敛眸，语气认真，"这个项目是和旅游局那边合作的，算是去年政商合作三大项目之一，溪城不少企业都有参投。如果要找代言人，他们肯定会优先参考国内的一线艺人，或者是那些根正苗红的演员，以尤时现在的资历并不在候选人之中。"

"是，主代言人肯定会从一线中挑选，但是滨湖度假区还有好几个分区，不会只有一个代言人。"

"那行，回头我让秦妗把尤时的资料发给你。"

代言人最初并不在闻桨的计划之中，但尤时现在缺的就是曝光率，如果能成功拿下滨湖分区的代言人，对尤时目前的事业来说也可以算是一个很大的跨步。

多一个机会总比没有的好。

想到这里，闻桨的心情也好了几分，连带着看池渊也没有那么不顺眼了，甚至还有心思去想主代言人的事情，毕竟盛华一线艺人和根正苗红的演员也不少，虽然她主力是想捧尤时，但其他人也不能落下。

"那你们公司现在对度假区主代言人有想法了吗？"

"有几个。"池渊捏着水杯，想到之前商务部那边提交过来的名单，倒也没想太多，顺口就道，"都是和元意差不多位于一线的女艺人。"

"元意？"这名字可太熟悉了，闻桨拖着腔"啊"了一声，"想起来了，她不就是你之前夸长得好看的那个？"

"啧。"

"难怪呢。"

关于度假区代言人的事情，闻桨在次日就让秦妗把尤时还有盛华名下几个一线女艺人的资料发给了池氏那边。

闻桨也很快得到了回复。

大名鼎鼎的小池总亲自给她发了微信。

池渊：袖扣收到了。

池渊：谢谢。

看到消息的时候，闻桨正在和公司几个部门经理开会，随意扫了一眼，就把手机放在了一旁。

盛华传媒成立三年之久，名下艺人遍布娱乐圈的半边天，现今的发展算得上如日中天。

近一年来各类选秀节目如雨后春笋般纷纷涌现，盛华早前给艺人的定位多是正剧模式，旗下制作的各类综艺也更偏向于音乐和影视方面，主流打的也是根正苗红的标准，像选秀这类更多偏向于娱乐模式的综艺，并不符合盛华传媒最初的定位。

但闻桨不想墨守成规，固然这类选秀节目是娱乐至上，但在流量当道的娱乐圈中，这类节目并非毫无精华可取。

闻桨在分析了市场经济数据之后，有意想制作一档男团青春成长节目，通过选秀考核的模式组建一支全新的爱豆偶像团体。

当然，这个提议遭到了姜明新和其他几位盛华老董事的强烈反对。在会上，他们和支持闻桨的那一派人吵得不可开交。

整个过程中，闻桨并未发表任何言论，放任他们争得面红耳赤吵得精疲力竭之时，才淡淡出声："娱乐行业更迭迅速，如果盛华仅靠着那一点成就，我相信在不久后的将来盛华一定是最先被淘汰的那一批，就如同盛华的前身一样。"

姜明新收敛了情绪："闻总，您刚接触传媒这一行，这里面有很多事情都没有你想象中的那么简单，更何况盛华一直以来的定位都是严肃严谨的正剧风格，现在突然改风格去拍这种娱乐综艺，免不了要受到大众的非议。"

"姜副总说的也有一定道理。"闻桨轻笑，举手投足之间都带着上位者的气息，"盛华的定位是摆在那里没错，但是盛华早期也不是没有出过类似的节目，盛华也不可能一辈子在原地踏步。在这个行业，一家公司要是失去了创新的能力，那它就离被淘汰也不远了。另外，新节目的事情不是一时半会儿就能定下来的，后续还有多方面需要考核。今天的会暂时就到这里，如果姜副总还有任何疑问，可以到我办公室里，我们慢慢谈。"

闻桨刻意咬重了姜副总三个字，姜明新的神色明显一变，搁在桌上的手慢慢挪到桌下攥紧了。

散会之后，闻桨让秦妗叫了策划一部和二部的经理去她的办公室，几个人聊了大半个小时。

快十一点的时候两个经理才从闻桨的办公室里出来。秦妗进去送文件，提了句："小池总一个小时前打了通电话到我这里，说是有事找您，让您回他信息。"

闻桨揉了揉额角，拿起一旁的手机，才看到池渊在发了那两条信息后不久，又发了两条新信息。

池渊：晚上有时间吗？一起吃个饭。
池渊：还有度假区的几个负责人，谈谈分区代言的事情。

平心而论，如果不是看到第二条消息，闻桨是不打算应这个饭局的，但现在毕竟有求于人，于是便干脆果断地回了信息。

闻桨：好的。
闻桨：时间地点发我。

回完信息，她放下手机看着秦妗："去找一下邱阮林，让她去剧组给尤时请一晚的假，另外再找人给剧组那边送几台移动空调。"
"好的。"

晚上的饭局在林元阁，溪城去年才建成的一栋高奢酒楼，仅一年的时间就跻身为溪城本土一流品牌酒楼。

七点钟的天还没有完全暗下来，天际是浓墨重彩的一笔，勾勒出起伏不定的弧线，像是泼了墨的山峦。

夕阳的余晖还残留了几分在其中，露出隐隐约约的轮廓。

一辆黑色的轿车缓缓停在酒楼正门前，戴着白色丝绸手套的侍者上前开了车门。

车里一前一后下来两道身影。

高一点的穿着干练利落的黑色西装，内里搭着件小 V 领的丝绸吊带，黑色长裤将腿型修饰得笔直细长，脚踩六厘米的黑色高跟鞋，微卷的长发随意披散，明眸红唇，气质又美又飒。

穿着黑色吊带裙的尤时跟在闻桨身侧，被衬得格外娇小可人，气质与她截然不同。

两人被侍者引至电梯口，池渊的电话刚好在这个时候打进来，闻桨接起来，余光瞥了眼尤时，空出手替她整了一下额前凌乱的头发，语调漫不经心："我们到了，在大厅等电梯。"

尤时没听见对面说什么，只见闻桨轻轻淡淡地"嗯"了声，就把电话挂了，呼吸间萦绕着清冷醉人的淡香。

光洁干净的镜面映着两人一高一低的身影。

等电梯的沉默让尤时有些不知所措，她下午接到经纪人的电话后就从剧组赶回了公司，等弄完造型就被秦姈叫走了。直到这个时候，她还不清楚等会儿要去做什么，又要见什么人。

两年前的一幕还历历在目，尤时忍着心里的后怕，斟酌着开口："闻总，我……"

尤时的欲言又止引起了闻桨的注意，她抬起头，明亮的目光落了过去："怎么了？"

尤时捏紧了手："我们今天过来是要去见什么人吗？"

"对。"闻桨以为她是紧张，倒也没怎么在意，"之前给你谈了个度假区的代言人，还不知道能不能成，今天带你过来见一下几个负责人。"

是的了。

和两年前相差无几的对话。

尤时屏息了一瞬，想到过去发生的事情，索性破罐子破摔，声音软糯却带着坚定："闻总，我知道您对我好是想捧我，但不管怎么样，我是不会接受潜规则的，哪怕一辈子坐冷板凳，我也要自己的职业生涯是干干净净的。"

闻桨明显被她的话惊到了，红唇抿了抿，似笑非笑地看着她："谁说我带你来，是送你去被潜规则的？"

尤时咬着唇，没吭声。

她话里藏着不少讯息，闻桨回过神来在细想之下也察觉到不对劲，忍着没问出来，还反过来安慰她："就是简单地吃顿饭，没有其他的事情。我虽然想让你拿到这个代言人，但我也不会用这种肮脏的手段。"

"……"

"就算得不到，我也不会让你背上这种一辈子也洗不掉的黑历史。"说完见她依然白着张脸，闻桨抬手捏了下她的耳垂，半是安抚半是玩笑道，"虽然不是潜规则，但你最起码也要露个好脸色吧？嗯？"

尤时知道自己误会了闻桨的好心，紧张情绪也消散，脸上多了些血色，就连刚刚被闻桨捏过的耳垂也跟着红了。

她有些不好意思地摸了摸鼻子，低声跟闻桨道了个歉。

闻桨笑了笑，说"没事"。

正好电梯也到了一楼，两个人走进去。闻桨按了楼层，拿出手机给秦妗发了条微信，让她仔细去查查尤时过去三年在盛华的所有事情。

秦妗不愧是二十四孝助理，几乎是秒回了个"好"。

等到了包厢，闻桨带着人进去，怕尤时多想，还特意将她的座位安排在自己和池渊中间。

这下好了，尤时没多想，另一位大少爷开始多想了。

落座之后，池渊连着看了闻桨好几眼，等闻桨看过去，他又什么都不说，沉着张脸把头扭了过去。

闻桨："……"

在场的除了尤时，还有好几个其他家的艺人，都是跟着自家老板过来蹭个脸熟的。

闻桨在其中看到了一张熟面孔——顾音。

谢路的出轨对象。

许久未见，她变了很多，化着明艳的妆容。若不是闻桨对她印象深刻，估计一时半会儿也没能把人认出来。

可不同的是，顾音显然已经把闻桨忘记了，巧笑嫣然地给身旁的宾客敬酒。

有些人想往上爬，自然就会舍弃掉一些东西。

闻桨淡淡地撇开了视线。

桌上已经喝开了，其他家的艺人几乎不用自家老板的示意，就已经笑着起身给在场的几位宾客敬酒。

尤时碰了碰闻桨的胳膊，压低声音问：“闻总，我要不要也敬酒……”

“不用。”闻桨夹了一块牛肉。

要是早知道是这种情况，闻桨就不会带尤时过来了，可现在来都来了，再说这些也没什么用。

酒过三巡，顾音起身搀扶着其中一人离开了包厢。闻桨停下筷子，整个人往后一靠。

过了一会儿，尤时去了洗手间。

闻桨和池渊中间只剩下一张空椅子。

又过了一会儿，池渊也起身走了出去，但很快又进来了，若无其事地坐到尤时的位置上。

闻桨偏头看着他，男人的脸庞轮廓清晰，身上带着点酒气，夹着清冷的雪松香铺天盖地地朝她靠近。

“喝多了？”她问。

“没。”池渊敛着眸，长睫轻掩，在尾端留下狭小的影子，随着他眨眼的动作一晃一晃，“本来是想让你过来聊一下代言人的事情，没想到结果是这样，抱歉。”

“跟你没关系。”闻桨端起面前的茶杯，凑在唇边，语气不咸不淡，“男人不都是这个德行。"

闻桨丝毫没意识到自己一句话打死了一船人,只是疑惑尤时为什么去洗手间去了这么久还没回来。

包厢里左右是待不下去了,闻桨又担心尤时,索性拿着包准备开溜,反正桌上这群人都已经喝得醉醺醺的,少一个人多一个人估计都察觉不出来。

闻桨刚起身,胳膊就被池渊拦住了。他凑过来问:"你去哪儿?"

"洗手间。"闻桨睨着他,"怎么,你还要一起吗?"

池渊松开手,站起身来,答应得干脆利落:"好啊。"

两个人一前一后从包厢里走了出来。走廊过道两头穿风,比起里面酒气熏天的沉闷,这风显然格外让人舒畅。

洗手间在走廊拐角处。

闻桨和池渊刚一过去,就看到尤时红着脸从里面跑了出来,没注意,一头扎进了闻桨怀里。

闻桨脚下踩着六厘米的高跟鞋,身形被撞得晃了一下,池渊及时伸手在她腰侧扶了一把。

从后面看,几乎是把人搂在了怀里。

尤时回过神来,忙不迭往后退了一步,整张白净的脸红得不像样子,从耳垂到脖颈线全都泛着红,乍一看就跟过敏了差不多。

闻桨扶住她的胳膊,微微蹙着眉:"怎么了?"

尤时支支吾吾,半天也说不出个所以然来,只是视线不停往洗手间的方向瞟,好似里面有什么见不得人的事情一般。

见状,闻桨松开手,人就要往里面去。

尤时和池渊都拦住她,她不解地看着两人。尤时没辙,凑在她耳边低语了两句。

等她听完,整个人都僵了一下,神情有些不可置信。

既然知道里面是什么情况,闻桨对于刚刚自己要进去看看的事情表示出一点尴尬。她故作无事地轻咳了一声,又低头捋了捋有些褶皱的衣袖:"这饭我们不吃了,回去吧。"

尤时眨了下眼睛："哦。"

除此之外，旁边还站着个大活人，这个大活人刚刚还拦了她一下。闻桨反应了几秒，忽然明白了什么，看着他的眼神也跟着变了。

池渊哪里猜不出她心里在想什么，选择避开这个话题："走吧，我送你们去楼下。"

尤时只请了一个晚上的假，凌晨还有场大夜戏。闻宅和剧组在两个方向，闻桨让司机先送尤时回剧组。

等车走后，闻桨和池渊站在路边。

夏天的夜晚月明星繁，万丈高楼拔地而起，车水马龙的街道交织出整座城市的轮廓。

两个人都不说话。

好像自从退婚之后，两个人的沉默之间就多了几分讲不出道不明的东西。

池渊动了下，鞋底碾过碎石的动静在吵闹的街头并不清晰。晚风温柔，叫人不忍打破这一时的安宁。

这样沉默了几分钟，闻桨小声地叹了口气，偏头看着他："你回去吧，我走了。"

今晚这个局算是池渊弄起来的，虽然结果不尽如人意，但他作为主人总不能不说一声就走了。

盛夏的夜晚虽然有风，但温度依然灼人。

池渊抬手解了领口的扣子，露出沾染了酒意微微泛红的锁骨线条："我让司机送你回去。"

闻桨拒绝了他，正好前边来了辆空车，她抬手招停。上车前，闻桨看了眼站在路边的人影，温声提醒："你胃炎没好，还是少喝点酒吧。"

池渊"嗯"了声。

她轻笑："不管最后的结果怎么样，今晚还是谢谢你。"

"不用。"他说，"什么忙也没帮上。"

闻桨没有多言，弯腰坐进车里。车子启动，离路边的那道身影愈来愈远，直到最后汇入冗长的车流，再也看不见。

第十一章

我是有条件的

那天之后，闻桨和池渊有很长时间没有见面，彼此都有事业，忙起来的时候什么都顾不上。

闻桨让秦姈去查了尤时的事情。虽然刚开始什么都没查到，但闻桨没放弃，私下里找了很多层关系，最后在盛华一个辞职的经纪人那里知道了所有的事情。

两年前，盛华一位高层借口代言的事情，试图让一位投资方去潜规则尤时，尤时知晓后，在饭局上大闹了一通，砸伤了投资方。

当时在场的不过四个人，这件事在高层和投资方的掩盖之下并没有传出去，而尤时也由此被高层以各种借口搅黄了手边的所有工作。

闻桨花了很多心思，却始终没能查出当时的那位投资方是谁，而那位高层也早在半年前移民国外。

唯一的线索便剩下尤时本人和她当时的经纪人，也是当时在场的第四个人，现在也还是她经纪人的邱阮林。

闻桨找到邱阮林，她却说自己当时并不在包厢内，所以也没有见到那位投资方是谁。

尤时对这件事又格外抵触，闻桨没敢去当面问她，这件事就这样成了不解之谜。

这之后，闻桨换掉了尤时的经纪人，还找私家侦探给那位高层的妻子发了高层之前在国内的一些花边绯闻。

至于其他的，闻桨也是无能为力，没有办法。

夏天快结束的时候，蒋远山结束药物治疗，正式入院准备手术。

入院之前，闻氏对外宣称公司全部事宜暂由闻桨闻总经理接手，在闻桨和几位老董事的坐镇之下，闻氏的股票并未出现大幅度的下滑现象。

蒋远山入院的第二天，闻桨回了趟闻宅，带着容姨去医院做了个全身检查。体检结果要第二天才出来，容姨去住院部探望蒋远山。闻桨许久没回医院，去了趟急诊科见了以前的同事。

从急诊科回病房的路上，闻桨习惯性从小花园抄近道，却没想到在熟悉的位置碰见了熟悉的人。

池老太太病情恶化，在蒋远山入院的前一天被送进重症监护室，昨天从重症监护室转出来后，医生让池家人做好心理准备。

闻桨在医院待了两年，自然也清楚这句话的意思。

她在池渊身旁的空位上坐下，上次在这里和他说话的场景还历历在目，那些安慰的话显得苍白无力。

两人也没久坐，临走前，闻桨问他："我能上去看看吗？"

"走吧。"池渊哑着声音，神情疲惫。

池家人都在楼上，就连一向吵闹的瑄崽在这时候也乖巧地坐在一旁，见了闻桨，头一回乖乖叫了声"婶婶"。

还挺奇怪的。

以前她和池渊有着那一层关系时，他说什么也要叫她姐姐，如今没了关系，他反倒改了口。

闻桨摸了摸他的脑袋，抬头朝里面看了一眼。

老太太躺在病床上，身上插满了各种各样的管子。一旁的仪器显示着她并不平稳的生命体征，池老爷子正在里面陪着她。

夫妻俩风雨同舟几十年，到如今一个却要撒手人寰，想来也是不好受。

闻桨原本无意进去打扰两位老人，但池渊却开口："进去和奶奶打声招呼再走吧，也许以后就见不着了。"

"好。"

进去的时候，池老爷子凑在池老太太耳边低语了几句，闻桨看到老太太转头朝门口看了过来。

她正要走近点，池渊却忽然牵住她的手，很用力地攥紧了。

闻桨愣了下。

池渊就这样牵着她的手走到床边，将两个人交握的手放到池老太太的手心里。他垂着眸，语气格外认真："奶奶，这是闻桨。"

池老太太这时候虽然虚弱，但精神状态是正常的，认得出闻桨，也记得她，朝她露了个笑容。

闻桨这短暂的半生经历过太多的生死离别，此时此刻看着老人的笑容，免不了心生悲痛。

闻桨微微敛着眸，遮住眼里的情绪，也轻轻喊了声"奶奶"。

池老太太没有力气说话，只是动了动手指，想要握住他们俩的手，指腹在闻桨的手背上划过。

下一秒，有什么带着温度的液体也跟着落在那一处。

池渊低着头，闻桨也别开了视线。

池老太太最终还是走了。

凌晨三点多，老太太突然从睡梦中醒来，以往有些浑浊的目光格外清亮。池家人福至心灵，全都进了病房。

家里大大小小的人全都红着眼睛。

老太太也意识到自己的生命将要到了尽头，挨个都交代了几句，最后拉着池渊的手不松。

老人的手带着年岁的痕迹，瘦弱干枯，并不细腻，掌心有薄薄的一层茧。

池渊算是爷爷奶奶带大的孩子，小时候常听池老太太提起自己和池老爷子的故事。

封建社会讲究门当户对。

高门贵府的大少爷爱上了书香世家的大小姐，在当时受到了来自方方面面的阻拦。没有人认同他们，大少爷宁死不屈，放弃了家族的企业转而学了文，瞒着父母和大小姐喜结连理。

在这个世界上，唯有爱永恒不灭。两个人历经艰辛，走过战火纷飞的年代，也终于被家族所接受。

到如今，却要阴阳两隔。

池渊没敢去看池老爷子是什么样子，只是跪在病床边，由着池老太太握着自己的手，眼尾泛着深深的红。

池老太太捏捏他的手，又摸了摸他的脑袋，神情慈爱，不畏即将到来的死亡："你啊，从小就生逆骨，越不让你做的事情，你偏偏就越想去做。你爷爷叫我别宠着你，可他比谁都要宠你。"

"我知道。"池渊扶着池老太太的手，神情悲痛。

池老太太又摸到他额角的旧伤疤，声音微弱："别怪你爷爷，砸伤了你，他比谁都难过和后悔，也别总跟你爸妈闹别扭。你爷爷为了我放弃了家业，你爸十八岁就撑起了整个池家。我和你爷爷那时候固执，认死理又想不开，不让他和你妈妈在一起，他也过得很苦。"

池渊紧咬着牙根，不让哭声泄露，脸侧因为他的动作微微绷紧，声音压抑哽咽："我不怪，是我做得不对。"

老太太笑了笑："奶奶知道你从小到大都是有主见的孩子，你做事有主张有原则。联姻的事情你也别怪人家，那孩子也不容易，你要是真喜欢就抓紧了……"

池渊说不出话来，只拼命地点着头。

池老太太最后又看了池渊好久，什么也没说，只是抬手替他擦掉眼角的泪水，然后把目光落在始终背对着自己站在窗边的池老爷子身上："老头子……"

池老爷子身形一颤，转过身来，看着这一屋子的小辈，保持着最后的严肃："好了，你们都出去吧，让我和你奶奶单独待一会儿。"

这是属于他们夫妻俩最后的告别。

一大家子从病房里退出来，池渊低垂着脑袋坐在外面的长椅上。

瑄崽松开妈妈的手，轻手轻脚地走过去，挤进池渊的怀里，肉乎乎的小手覆在他的眼睛上，奶声奶气道："二叔不哭。"

"嗯……"池渊把脸埋在他的颈间，像是逃避又像是为了掩饰什么，"二叔没哭。"

　　小孩子还不懂生死离别的意思，不懂长辈为什么都红着眼睛，不懂为什么二叔说着没哭可还是不停地流着眼泪。

　　闻桨是第二天早上在溪城日报上看到了池家发的讣告，才知道池老太太在凌晨去世的消息。

　　池渊说的也许以后再也见不着了，是真的再也见不到了。

　　池家的葬礼举行了三天，前两天都是池家旁支亲信前来吊唁，最后一天，闻桨随着蒋远山一起去了池家。

　　池渊穿着一身黑色，跟在池父身后，招呼着前来吊唁的人群，神色肃穆而沉重。

　　前来池家吊唁的人很多，闻桨没有找到机会和池渊说话，只是在蒋远山和池庭钟说话时，彼此看了对方一眼。

　　人在生死面前总是无能为力，就连言语也显得苍白无力。

　　按照常理，池老太太今天就要入土为安，告别仪式结束之后，池家人护送池老太太前往溪山公墓下葬。

　　忙忙碌碌到晚间，夜幕来袭，池家灯火通明。

　　池老爷子身体不适，池渊陪着在二楼休息，闻桨陪着池母和其他前来吊唁的女眷坐在一起。

　　说了一会儿话，池母让闻桨陪自己一起去给祖孙俩送点吃的："池渊从小就和奶奶亲，奶奶走了，他比谁都难过。你们年纪相仿，等会儿你帮伯母多安慰安慰他。"

　　"好。"

　　到了二楼，池老爷子吃了药歇下了，池渊在书房看以前池老太太过生日时录的视频。

　　池母还没看几分钟，眼泪就忍不住了，拍拍闻桨的肩膀，把池渊交给她，自己红着眼睛出了书房。

　　闻桨看了眼坐在桌后的人影，轻轻开口："伯母说你一天没吃东西了，别看了，吃点吧。"

　　"没事，我不饿。"池渊暂停了视频，抬手揉着发酸的眼睛，嘴角努力扯出个笑容，"实在是没什么胃口。"

闻桨也没强求，将托盘放在桌角，垂眸看着被暂停的视频画面："我可以看看吗？"

池渊愣了一下，覆在鼠标上的手指微动："可以。"

旁边还有张凳子，闻桨拽了过来，和他并排坐在书桌旁。池渊重新播放了那段没放完的视频。

视频是五年前。

池渊那时候还在国外读大学。

池老太太的生日在秋天，他当时学业繁忙，提前和池母打了招呼，说奶奶生日不回来了。

后来，他又瞒着全家人，在老太太生日当天从国外赶了回来，还特意藏在给老人买的礼物中。

视频正好放到他从箱子里蹦出来，一家人都愣住了，前来开礼物的池老太太显然被吓了一跳，拿着盖子不知所措。

池渊笑着倾身抱住她，少年的声音带着朝气，眉目清俊舒朗："奶奶，生日快乐！"

那个时候的池老太太还在学校里教书，还没有生病，穿着简单素朴的衣衫，眼角眉梢都带着书卷气，笑起来的时候眼角漫开层层细纹，面容和蔼可亲。

如今却已物是人非，人化灰烟。

年少时的池渊蓄着半长不短的头发，大约是在国外没了父母的束缚和管制，将头发染成了奶奶灰，中间还挑染了几缕蓝色。

视频的最后，池渊被回过神来的池母拿着剪刀追着满院子跑，最后一鼓作气窜到池老太太怀里，笑得肆意而散漫。

剩下几秒的画面是黑色的，只听见满是笑声的背景音。

这一个视频结束后，又自动进入了下一个视频。

池渊捏着鼻梁，没头没脑地开了口："以前读书的时候，总想着离家里远一点，后来真去了国外，又开始想家。刚出国第一年，奶奶在学校上课摔伤了腰，在家里躺了三个多月，怕我担心，每次视频电话，都让爷爷帮着打掩护。直到后来我临时有事要回国一趟，才知道她伤得那么严重。"

书房里没有开灯，只有电脑屏幕亮着惨淡的光。

池渊坐在暗处，脸庞轮廓模糊，闻桨看不清他的神情，却从声音里听出他的哽咽和难过。

闻桨没有打断他，任由他自言自语地倾诉。

"以前她在的时候，我总觉得以后的时间还多，平常也不愿意留在家里，有了点时间就想往外面跑。"池渊仰着头，抬手捂着眼睛，喉结轻滚，"有时候想想，我还真是挺不孝顺的。不管是学业还是事业，甚至是婚姻，我总是让他们所有人一起担心。之前和陈家联姻的时候，我胡闹，把两家关系闹僵，爷爷失手砸伤了我，奶奶说爷爷很难过，我知道她其实也很难过。

"她从小就宠着我，我长这么大没受过那么大的伤。爸之前说她最大的心愿就是想看到我成家立业，可我却从来没把她的心愿当回事。我总是那么爱玩，总是说着没有时间。"

池渊声音沙哑："我小时候总是很调皮，每次闯了祸都要奶奶去给我收拾烂摊子。到现在我这么大了，她临走前最不放心的还是我。"

闻桨喉间发涩，忍着心中泛开的尖锐悲痛安慰他："奶奶不会怪你的，她挂念你，是因为你是她最疼爱的人。"

"我知道她不会怪我。"池渊自嘲地笑，"她从来就不会怪我，哪怕我总是给她许下永远兑现不了的承诺。"

他只是后悔。

树欲静而风不止，子欲养而亲不待。

谁都学过的一句话，可谁也没重视过，曾经的有恃无恐和言而无信，终究成了今日的悔恨和无奈。

葬礼持续了三天，池渊便三天未睡。

在和闻桨近似倾诉地说完那些不知道该跟谁说的话之后，他整个人犹如失去了全部的精力，竟然靠着椅背睡着了。

闻桨抬手将还在播放的视频调低了音量。

窗外不知何时落了雨，雨声淅沥。

池渊睡得不是很熟，大约是姿势和座位都不太舒服，眉头微微紧蹙着，呼吸微沉。

闻桨坐在书房里看完了剩下的所有视频，见到了年少时潇洒的池渊，也看到了儿时顽劣调皮的池渊。

比起现在漫不经心又玩世不恭的小池总，竟也有种出人意料的可爱。

最后一个视频结束，闻桨见池渊依旧保持着原来的姿势，轻轻叹了口气，抬手将文件夹关闭，退出了视频播放。

她站起身来，放轻动作挪开椅子，摸到桌角的托盘，打算把粥带到楼下，再让池母上来给他找件东西盖着。

她的手刚碰到托盘，瓷勺和碗就交碰着发出轻微的动静。

闻桨屏息，回头看了眼池渊，见他依然沉睡，略松了口气，抬脚就要往外走，才刚走到门口，身后忽然传来动静——

"闻桨。"池渊叫住她，声音沙哑。

闻桨停住脚步，回过头。

刚才还睡着的人，这会儿已经站起身朝门口走来，身影逐渐暴露在光线之下，一双眼睛里面布满了红血丝。

他抿了下唇，神情认真："葬礼结束之后，我们谈谈吧。"

闻桨看着他，沉默半晌，才说了个"好"字。

池老太太的葬礼结束后不久，蒋远山的病情突然恶化，医院方面在经过多方会诊之后决定将手术时间提前。

盛华方面关于新综艺的事情以少数服从多数为由正式通过策划，已经开始筹备向外招募选手，预备年底和春节档同步上映制作。

蒋远山这一病倒，闻氏和盛华传媒就成了闻桨肩上不可脱离的两座大山，忙碌的工作几乎让她抽不出时间去想别的事情。

她成天医院公司两头跑，对于池渊之前说葬礼结束之后谈一谈的事情，自然也完全抛之脑后。

手术前一天，闻桨在闻氏开会到深夜，从公司出来的时候，已经过了零点。秦妗手里拿着盛华那边递交过来的资料，随着闻桨一同上车：

"《YOUNG》已经通过节目备案,这是目前各地的海选报名情况。另外,您让我联系的《CG 人物》杂志,法律部和商务部那边已经在沟通合作的事宜。他们对尤时的外形条件很满意,不出意外,尤时应该可以登上他们秋季刊的封面。"

闻桨刚接手业务经营,公司大大小小的事情她几乎都要过目。秦妗尽量言简意赅,不耽误她太多时间。

汇报完盛华那边的日常工作,秦妗合上笔记本,看着神情疲惫的闻桨,轻声问道:"您现在还要去医院吗?"

闻桨揉着太阳穴"嗯"了一声:"去看一眼,明天上午他手术的时候,我有个会,应该来不了了。"

秦妗安慰道:"蒋总吉人自有天相,手术一定会顺顺利利的。"

"希望吧。"闻桨放下手,望着窗外浓稠如墨的夜色,微不可察地轻轻叹了声气。

到医院已经是凌晨了,住院部大楼依旧灯火通明。闻桨只穿着单衣从车里下来,秦妗忙跟过去往她肩上披了件外套:"这几天降温了,您还是多注意点。"

闻桨拉紧了衣领,回头朝她笑笑:"辛苦了。"

秦妗摇头,又问:"您今天在公司都没怎么吃东西,要不要我现在去帮您买点吃的?"

闻桨被她这么一提,还真觉得胃里空空的,也就没有拒绝,还顺便让她和司机去吃了夜宵再回来。

闻桨一个人去了楼上。

凌晨的住院部安静寂寥,只有护士站还有细碎的动静传出。

闻桨在蒋远山的病房外见到了许久没回溪城的蒋辞。蒋辞看见她,神情显得既错愕又慌张,像是没想到她会在这个点来这里,又像是害怕她这个点出现在这里。

闻桨走到他面前。他下意识往旁边站了一步,恰好挡在病房门前,眉头微蹙,欲言又止:"你……"

闻桨心下了然,讽笑着打断他的话,语气冷淡又笃定:"她在里面,对吗？"

蒋辞抿着唇，没有吭声。

闻桨上前一步，手握着门把蒋辞伸手拦了下。她抬眸，眼神平静而犀利："你有什么资格拦着我？"

蒋辞握着她的手腕没松，语气带了点恳求："闻桨——"

她恍若没有听见，沉默着挥开他的手，摁下门把推门走了进去，屋里的两个人听见动静都抬头看了过来。

躺在病床上的蒋远山动了动唇："桨桨……"

闻桨没看他，视线笔直地落在站在床边的女人身上。

记得上一次见面还是四年前，也是在医院，她也是像这样站在蒋辞的病床前，神情既脆弱又可怜。

闻桨紧攥着手，强忍怒气，一字一句道："你们俩还真是无时无刻不让人感到恶心。"

一同跟进来的蒋辞闻言想将闻桨拉出去，却不想被她猝不及防地打了一巴掌。掌声清脆响亮，他脸上很快红了一片。

蒋远山和方谨神情陡然一变。方谨想要张唇说些什么，但被蒋辞用眼神阻止了。方谨又低垂着视线，一言不发。

闻桨用力得手都在发抖，连着声音也在发抖："看来是我打扰你们一家三口团聚了。"

蒋辞仍旧拽着她的胳膊，声音微沉："闻桨，事情不是你想的这样。我妈只是担心蒋叔叔，才想过来看看他，她没有别的意思。"

"没有别的意思？"闻桨嘲讽般地笑了声，"她还想有什么意思！你们母子俩已经毁了我的家庭，害死了我妈妈，你们还想要什么！想要闻氏从此跟着你们姓蒋吗？"

闻桨甩开蒋辞的手，红着眼睛看向蒋远山："以前是我不想追究，才容忍你们的存在，容忍你让蒋辞进闻氏，容忍你对这个女人一而再、再而三的关照。可是蒋远山，你到底有没有考虑过我这个女儿的感受？"

"我妈刚去世你就将这个女人带在身边，被外面的人拍到了，上了新闻，害得闻氏的名声一落千丈，你一句解释也没有。"过去的事情犹如在闻桨的心里撕开了一道永远都无法愈合的伤口，"这么多年，你对她好的时候，你有想到过我妈妈曾经也是这样对你千般好万般好的吗？你对我妈妈难道就没有一丝的愧疚吗？"

"你说是我外公一手将你从闻氏提拔起来，可你到头来又做了什么去报答他？"闻桨掐着手指，眼泪模糊了视线，"你害死了他最爱的女儿，还把罪魁祸首的儿子带进他一手创立的公司，这就是你对他的报答吗？可真让人感到可笑。"

听了闻桨的指责，方谨想解释，却被蒋远山拦住。这些天他因为病痛的缘故，整个人苍老了许多，连说话都是有气无力："桨桨，在你妈妈车祸这件事情上，确实是我和你方阿——"

他顿了下，改口道："确实是因为我们的事情你妈妈才出了车祸，可除此之外，我没有做过任何对不起你妈妈的事情。我没有辜负你外公的期望，也没有对不起我和你妈妈的婚姻。"

"那你为什么从来都不解释？"闻桨看着他，满心满眼的失望，"我给过你那么多机会去解释，可你没有。你任由别人去揣测你和她之间的关系，你把蒋辞带进闻氏，你知道公司所有人都是怎么看待我的吗？"

"桨桨，有些事情——"蒋远山颅内的肿瘤在这几天逐渐压迫到了神经，话音还未落，随着不稳的情绪，眼前也跟着忽然一黑，有些还没来得及解释的事情全都随着他突如其来的昏迷被中断。

方谨急忙摁了床头的呼叫铃。没一会儿，值班医生和护士全都挤了进来，护士回头拦了下："家属先出去。"

闻桨走了出去。

蒋辞扶着方谨站在她对面。

中间的过道像是楚河汉界，分裂出两个天地。

闻桨闭上眼睛，做了几个深呼吸，却始终都无法让自己冷静下来，最后只能先一步离开。

蒋辞突然叫住她："你不等他醒了再走吗？"

闻桨攥紧手指，回头看着他和方谨："没必要。比起我，他可能更需要的是你们。"

"闻桨——"

无人回应。

闻桨下了楼，在大厅碰见刚买完夜宵回来的秦妗。秦妗见她脸色不对，轻声问道："您现在要回去吗？"

"回去吧。"

蒋远山的手术时间因为他的突然昏迷而被迫提前到凌晨，医院脑科专家紧急会合。

手术持续了六七个小时，直到第二天上午七点多才结束。

池家那边得到了消息，在蒋远山从手术室出来后，一家人过来探望了一次。

池父池母没有和方谨打过交道，也说不上几句话，只是问了蒋辞一些关于蒋远山的情况。

池渊站在一旁，目光掠过病房，并未看到闻桨的身影。

池母也意识到什么，状似无意提了句："桨桨没来吗？"

蒋辞抿了下唇角，想说些什么，但到最后只是摇了摇头："没，但她昨晚来看了一次。"

池母轻叹："她现在一个人撑着那么大的公司，也忙不过来，医院这里你多费心。"

"应该的。"

池家父母没有久留，池渊没和他们一起离开，送了他们去楼下，又折回病房。看到坐在病床边的方谨，他把蒋辞叫出了病房。

蒋辞知道他要问什么，出了病房就先开了口："我知道你想问闻桨的事情，她昨晚确实来了，只不过遇上了我母亲，和蒋叔叔吵了一架之后就离开了医院，我到现在也没联系上她。"

池渊看着蒋辞："你母亲和蒋伯父……"

"他们没有关系，就算有也是在蒋叔叔和闻桨母亲结婚之前，这个我可以拿性命担保。"

"这句话你还是和闻桨说比较好。"池渊将手放在兜里，眉目疏离冷淡,"闻家的事情我不了解,但是闻桨应该很介意你和你母亲的存在。"

"我知道。"蒋辞轻轻叹了声气,"只是过去的事情牵扯太多,我也不知道该怎么和她说。"

两个人陷入沉默。

池渊摸出手机给助理发了条信息,几分钟后得到回复。

他看了眼,准备离开医院。临走前,他和蒋辞说:"如果可以,我还是希望你能把你母亲和蒋伯父之间的事情跟闻桨解释清楚。据我了解的情况,她这些年因为你和你母亲的事情和蒋伯父的关系并不融洽。如果你想让他们好,就把你知道的事情都说出来。"

蒋辞抿着唇,没有说话。

池渊没多看他,下楼,打车去了闻氏。

闻桨不是不知道蒋远山手术的事情,之所以没有去一方面是因为确实走不开,另一方面是她仍旧记恨着蒋远山。

在没有见到方谨之前,她可以暂时将过去的事情放下。虽然她每次去医院和蒋远山也说不上两句话,但那个时候她也是真的在为他的病而担心。

方谨的出现无异于将她深埋在心里那些惨痛经历全都给挖了出来,她没法原谅他们,也没有办法去面对蒋远山。

她的指责和怒火对蒋远山来说只是雪上加霜。

眼不见心不烦,索性不如不去。

开了一上午的会,闻桨从会议室里出来。秦妗拿着文件跟在她身后,压低了语气:"小池总在您办公室里。"

闻桨还在看刚刚的会议记录,听了秦妗的话,脚步一顿,但又很快回过神来:"什么时候来的?"

"一个多小时前。"秦妗说,"他知道您在开会,让我们不要过去打扰您。"

"我知道了,你去忙吧。"

"好的。"

自从蒋远山入院之后，闻桨的办公室就从盛华那边搬回了闻氏，还是以前的那间。

办公室有一面宽敞明亮的落地窗，对面是溪城最高的观光塔。

闻桨进去的时候，池渊正站在窗前接电话，听见开门的动静，回了头，对着手机那边说了句"晚点再说"就把电话挂了。

闻桨走到办公桌旁，将文件夹放在桌上，抬头看着他："你怎么过来了？"

池渊收起手机："顺路，正好过来找你聊一下度假区代言人的事情。"

"代言？"闻桨微微蹙了下眉，"代言的事情不是已经定下来了吗？"

之前那个乱七八糟的饭局，闻桨没有让尤时参与太多，几乎算是放弃了这个机会。

"我之前没和你说明白，度假区的总代言人虽然池氏不能做主，但分区代言人的主要决定权还是在池氏这里。"池渊勾着唇，"我知道你想捧尤时，这个机会对她来说也很重要。"

"所以呢？"闻桨心如明镜，却还是明知故问道，"你是打算直接把这个机会给尤时？"

"当然不是直接给，我是有条件的。"

闻桨抿了下唇，神情严肃又认真："事先说明，尤时不接受潜规则。"

池渊嗤声："在你眼里，我是能干出来潜规则这种事情的人吗？"

"那你有什么条件？"

"你跟我一起吃个饭。"

这个条件倒是出乎意料，闻桨几乎没有考虑："行啊，没有问题。"

吃一顿饭换一个代言，怎么看都是赚了的事情，虽然也是走后门，但闻桨觉得自己这个后门走得还算干净。

吃饭的地点是池渊挑的，一家粤菜馆，就在闻氏附近的商场三楼，午餐时间，店里人还挺多。

池渊订了包厢。

闻桨这几天都没什么胃口，没吃一会儿就吃好了，放下筷子，看着池渊："你今天来找我，不仅仅是为了代言这件事情吧？"

池渊目光微顿："确实不全是。"

闻桨一副我就知道的样子："所以，还有什么事？"

"我今天上午去了趟医院。"池渊夹了一小块榴莲酥，神情自若，"蒋伯父的手术很成功。"

闻桨捏了下手指，眼眸微垂："我知道。"

池渊停了筷子，端起桌上的茶杯凑在唇边，目光落了过来："蒋辞和我说了些话，关于蒋伯父和他母亲当年的事情可能不是你以为的那样，我听他的话，或许还有隐情。"

闻桨没吭声。

"我说这话不是偏袒谁，也不是为了替谁开脱。"池渊看着她，"我只是希望你可以早点解开心结。"

池渊的话或多或少给了闻桨一些提醒，不管过去的事情是否有隐情，但她和蒋远山也确实是因为方谨和蒋辞的存在成了现在这个样子，而闻宋也同样是因为这件事情才会发生意外。

在过去的四年里，闻桨曾经无数次质问过蒋远山，可每一次他都坚称自己没有做对不起闻宋的事情，但与此同时，他也不愿意和闻桨解释清楚。

父女俩的隔阂和矛盾像是滚雪球，越滚越大，终于到了雪崩的时刻，那碎开的每一片雪花都成了压死两个人的最后一根稻草。没有一片雪花是无辜的，每一片都会让他们俩之间的关系愈发僵硬。

这件事情从始至终，蒋远山都欠她一个完整的解释。

也许事情真的不是像她所想的那样，可她认为自己有知情的权力，是原谅还是继续怨恨，都是她自己的选择。

闻桨后来想了很久，最终做出决定，打算等蒋远山醒了之后，再去和他谈一次。

如果这一次他还是闭口不谈，那么无论事情的真相到底如何，她都不会再给他机会了。

没有人会站在原地等一个永远也等不到的解释。

母亲的死亡始终是横亘在闻桨心里最深的一道疤，它又深又痛，哪怕现在已经恢复如常，可内里永远是不为人所知的鲜血淋漓。

每每提起来，对闻桨来说都是剥皮剔骨的痛。

这是他们父女之间的事情，闻桨不想从旁人口中听见关于这件事情的解释，所以也没有去追问蒋辞。

她想亲口听一听蒋远山的解释。

只是蒋远山自从手术之后一直处于昏迷状态，闻桨过不去心里那道坎，只在深夜无人的时候在病房外停留过几次。

专家说手术很成功，颅底肿瘤已经切除干净，之前压迫到的神经也未完全受损，病人在逐渐恢复意识，生病体征也在趋于平稳，等到不久之后，估计就会苏醒。

闻桨站在病房外，请来的护工在里面忙来忙去。蒋辞和方谨并不在里面，蒋远山躺在病床上沉睡着，对周围的一切看似无所知。

秦妗接了电话回来，站在闻桨身旁："闻总，时间不早了，回去吗？"

闻桨收回视线："走吧。"

照顾蒋远山的护工是闻桨让秦妗请来的。她每次都是夜里来夜里走，没和蒋辞母子碰过面，也不让护工告诉他们自己来过。

在什么都不知道的蒋辞眼里看来，闻桨一次也不来医院看望蒋远山是因为他们母子的缘故，哪怕这是她的父亲。

所以后来，方谨便很少再往医院跑，蒋辞给闻桨发了信息说了这件事，可从来都没收到回复，也依然没有见到闻桨来过一次医院。

在池渊的暗中帮助下，尤时最终拿到了滨湖生态旅游度假区分区二期的代言人。

虽然不是一期，但以尤时目前的资历能拿到二期已经算是锦上添花。如果没有池渊，她可能连三期都排不上号。

因为这件事，池渊最近往闻氏跑的次数比以往勤了很多，但他也不仅仅是为了代言人的事情。

溪城近期有一块位置很好的地皮将要拍卖，闻、池两家早在联姻之前就已经打算合作拍下这块地皮，投建一个心血管药物研发中心。

这事在联姻之前两家公司就已经达成了初步合作，如果不是这块地皮迟迟没有对外拍卖，可能在蒋远山手术之前，这个项目就已经开始启动了。

现在池、闻两家掌权人都已经放权给两个小辈，合作的事情自然也就落到了池渊和闻桨头上。

参与拍卖的还有其他家公司，其中最有竞争力的是融海和中创两家企业。根据中指院数据，这两家在 TOP 100 房企拿地榜上的排名仅次于闻氏，这两家对这块地皮也都势在必得。

为了这个项目，池渊周末还带了人去闻氏开会。会议一开就是一上午，会议室不停有人进进出出，秘书进去加水都加了几轮，出来就和其他同事说里面气氛严肃。

他们聊着聊着，又免不了聊到池渊和闻桨的八卦。

早前两个人要结婚的消息，虽然没对外宣布，但是闻氏上下皆知，后来退婚的事情，又传得沸沸扬扬。现在两个人还能心平气和地坐在一起没呛起来，对他们这些吃瓜群众来说简直就谢天谢地了。

会议室里，闻桨和池渊对这些八卦一无所知。

在商业这块，池渊明显比闻桨更得心应手一些，整个会议，也是他主导方向比较多。

闻桨大多时候都是在听和记录一些重要的信息，秦妗坐在她身后，不时提供一些解释。

会议用了投屏，落地窗遮了帘子。池渊站在桌前，眉目稍敛，举手投足间都带了些平时见不到的认真和严肃。

有时聊到些比较复杂和有争议的问题，他也会停下来听听在场人员的意见，当然，也会专门点一下闻桨。

那感觉就有点像上课时候突然被老师点名回答问题一样，而闻桨绝对是属于上课听讲的那一类，有条不紊地说着自己的意见。

大多时候，池渊都是微侧着身站在桌前，右手微握指节抵着桌沿，微蹙着眉听闻桨说话。

听完后，他眉头舒展，闻桨也不自觉跟着舒了一口气，好像躲过了什么大劫一般。

池渊注意到她的小动作，转开目光的同时，眼里带了些笑意。

会议持续了两个多小时，池渊叫了停，让休息十五分钟。他坐回自己的位置，闻桨拄着胳膊坐在他旁边看刚才的会议记录。

周程半弯着腰在和池渊说事情。

闻桨见时间已到中午，回身交代秦妗让秘书去安排午餐，压在本页上的写字笔随着她的动作不小心掉到桌底。

见秦妗要去捡，她比秦妗的动作更快，弯腰的时候还顾着和秦妗交代事情，没注意到旁边池渊伸过来怕她起身撞到脑袋，又在她捡了笔后不动声色收回去的手。

一旁的周程和秦妗却是看得清清楚楚，两人对视一眼，又默契地当作什么也没看见。

考虑到下午还有会议，秦妗让秘书去福临阁点了外卖，在公司餐厅的包厢摆了两桌。

会议开到十二点多，一行人出了会议室，直接去了楼下就餐。不是什么太正式的饭局，座位也是随意安排。

工作时间不允许饮酒，加之大家开了一上午的会议，胃里饥饿不堪，也就光顾着吃饭了。

饭后，餐厅那边切了几份水果送上来，经理安排人撤掉一些餐碟。

池渊偏着头和公司的人说话，注意到旁边来了人，微微侧了身，手腕搭在桌上，衬衫袖子卷了两道，腕骨凸出清晰，指间把玩着一只白瓷茶杯。

收碟的服务人员没注意，油渍不小心从几个餐碟交叠的缝隙中滴落，正好落了几滴在他的衣袖和肩膀上。

周程及时过来伸手拦了下，才没让更多的油渍滴落。

经理忙不迭过来道歉，面露忧色："池总，真对不起。"

池渊从桌上抽了几张纸递给满手油渍的周程，倒也没多责怪："行了，一件衣服而已，先下去吧。"

经理又道了几声歉，带着人出去的时候碰见去了洗手间回来的闻桨，主动把事情坦白了。

闻桨听完，虽然没多责备，但该有的惩罚也一样没落："下次多注意。池总好说话才没追究你的责任，如果换了别人，可就没这么容易了。"

"我知道。"经理惶恐，"我这次回去一定好好管理手下的人。"

"行了，去忙吧。"

"好的。"

闻桨进了包厢。池渊刚擦完胳膊上的油渍，白衬衫袖子上的几滴油渍逐渐干涸蔓延，看来有些狼狈。

她走过去，听见他交代周程去车里拿衣服。

像他们这样身份的人，经常会有应酬和临时出差，为了方便都会在车里多备几身衣服。

闻桨接了旁边的湿毛巾递给他："你跟我来一下。"

池渊虽然不解，但还是跟着她走了出去，周程和秦妗自然也是跟着自家主子一起。

等到了外面，闻桨看着周程："你等会儿直接把衣服拿到三十四楼。"

周程没有丝毫的迟疑："好的。"

池渊："……"

闻桨看了眼池渊脏兮兮的袖子，又对上他的视线："我办公室里有单独的休息室和浴室，你可以去清洗一下。如果还有什么需要，你跟秦妗说。"

池渊笑了笑："行。"

办公室里虽然有休息室，但闻桨却很少在这里过夜和午休，浴室更是一次也没用过。

里面的东西都还是闻桨刚搬进这间办公室时秦妗让秘书添置的，到现在都没拆封，连床铺都还保持着最开始的样子。

闻桨让秦妗把人带进去，自己留在外面处理文件。

秦妗从柜子里拿了条未拆封的毛巾和洗浴用品一起放在洗手台旁，池渊看了眼，眉梢一扬："没其他颜色了吗？"

秦妗面露难色："这是之前闻总刚搬过来时买的。秘书也不知道闻总喜欢什么颜色，就全买了粉色……"

"你们闻总看着也不像喜欢粉色的人啊。"池渊轻笑，拿起毛巾一看，更是毫不留情吐槽，"何况还是带蕾丝花边的。"

秦妗："……"

也就随便清洗清洗，池渊也不可能让秦妗再专门去给自己买条毛巾，摆摆手让人出去了。

从休息室出去的时候，秦妗想到之前在会议室的那一幕，心里想着以后是不是还要往这里添一些男士用品。

想到这里，秦妗脑袋"咯噔"一下，突然想起刚才给池渊拿的那些洗浴用品，好像都是女士专用的……

胡思乱想间，她已经走出休息室。闻桨抬头见她神情犹疑，问了句："怎么了？"

秦妗秉着二十四孝好助理的风格，把刚才在休息室里的事情一字不漏地都给复述了一遍，末了，还提到那些用品全是女士专用。

闻言，闻桨翻页的动作一顿，等了几秒见休息室里也没什么动静，也没多说什么："没事，你先出去吧。"

"好的。"

过了一会儿，秦妗带着周程进来送衣服。放完衣服，两个人又出去了。池渊始终没出来，闻桨也没在意，拿着文件出去找公司的几个董事。

闻桨回来的时候，秦妗过来告诉她："蒋特助在办公室等您。"

"我知道了。"闻桨合上文件夹，"休息室那位出来了吗？"

"出来了。"秦妗十分钟前见池渊站在办公室门口和周程说话，后来大概是离开了，并未再见到两人的身影。

闻桨"嗯"了声："送杯茶进来。"

"好。"

办公室里，蒋辞坐在会客区的沙发上。他大约是没去公司，穿着简单的牛仔裤和白 T 恤，额前碎发零落，看起来年轻了好几岁。

听见开门的动静，他抬头看了眼。闻桨拿着文件夹走到对面的沙发上坐下，语气疏离："找我有事？"

蒋辞没回答这个问题，而是自顾自说道："医生说蒋叔叔的手术很成功，恢复得也挺好，这段时间也有意识反应，可能不久之后就会醒来。"

闻桨看着他："如果你要和我说这些，没必要，他的情况我比你清楚，医院的护工是我让人请的，那里的医生和护士都是我曾经的同事，你觉得我会不知道他的情况？"

"所以这就是你一次也不去看他的原因吗？"

"蒋辞。"闻桨难得认真叫他的名字，"我不去看他的原因，我想你比我会更清楚。"

"我妈最近已经没有去医院看蒋叔叔了。"

"难道她不去，就代表方谨这个人不存在了吗？"闻桨抿了下唇角，"你想得未免也太天真了。"

说话间，秦妗敲门进来送茶，察觉到两人之间不一样的气氛，看了蒋辞一眼。

之前蒋辞在闻氏，秦妗和他打过几次交道，这会儿也只是想劝他不要惹闻桨生气。

蒋辞接过茶，道了声谢，算是回绝了她的好意。

秦妗没辙，摇头轻叹，转身离开了办公室。

在她走后，蒋辞盯着那杯茶迟迟不言。闻桨的耐心被一点点磨尽，下一秒就要开口赶人。

蒋辞在她耐心彻底告罄之前做了一个深呼吸，像是做好了什么破釜沉舟的准备。

他抬眸看着闻桨，看着这个和自己有着这世上最亲近的血脉关系却一点也不亲近的妹妹，沉沉地开了口："蒋叔叔和我母亲确实有过一段，但那是在他和你母亲结婚之前。"

闻桨眉目一敛，意识到他接下来可能要说些什么，犹豫了几秒，并没有出声打断他。

"我母亲和蒋叔叔是青梅竹马，从小学开始就是同学，后来他们俩一起考入了平城大学。他们的感情一直很稳定，甚至做好了大学毕业就结婚的准备，两家人对于他们俩的事情也都是抱着乐见其成的态度。

"可所有的变故都发生在他们大四那年。"蒋辞轻轻叹了声气，许是想到接下来的事情太让人难受，连带着语气都有些悲痛，"蒋叔叔的父母在去外地送货的途中发生了严重车祸，两人当场死亡，肇事司机逃逸。蒋叔叔一时不能接受打击，在家里吞了安眠药自杀，好在后来被我母亲及时发现，送去了医院，捡回一条命。

"那之后，我母亲几乎和蒋叔叔形影不离。在我母亲的陪伴之下，蒋叔叔逐渐从阴影中走了出来，撞死蒋叔叔父母的凶手也在不久之后被缉拿归案。所有人都以为他俩是苦尽甘来，可谁也没想到，就在临毕业前，我外公突然被查出患有急性髓系白血病。"

在那个年代，白血病几乎可以成为压垮一个家庭的噩耗。

方家人为了给方父治病，砸锅卖铁，却依旧因为没有合适的骨髓配型和无法筹齐手术费，整日都处于痛苦之中。

就在方家人几乎要失去希望的时候，方谨接到了一通电话，也是这通电话，从此改变了她和蒋远山的一生。

办公室里，蒋辞弓着背，语气平静："打电话的这个人告诉我母亲，他可以救我外公，可以帮我外公寻找合适的骨髓，也可以帮助方家人解决手术费的问题，但是他提了一个条件——

"他希望我母亲可以和蒋叔叔分开，并且从此以后断了来往。"蒋辞看着闻桨，"这通电话，是你的外公闻清之闻老先生打来的。"

闻桨愕然："我外公……"

"对。"蒋辞轻轻扯了下嘴角，"你难道没有发现整个故事到现在你母亲都没有出现吗？"

闻桨无意识地捏了下手指。

蒋辞没有给她多想的机会，直言道："闻宋阿姨是蒋叔同专业的师妹，对蒋叔叔一见钟情。但那时我母亲和蒋叔叔已经是学校里的模范情侣，她只能对蒋叔叔保持距离，和蒋叔叔的来往也都保持在正常的社交范围内。本来这件事没有第二个人知道，但蒋叔叔家里出事的那段时间，闻宋阿姨找了闻老先生帮忙，暗中替蒋家查到了肇事司机，闻老先生也在这件事情之后得知了闻宋阿姨对蒋叔叔不为人知的心意。

"闻老先生得知了我外公的病情，瞒着闻宋阿姨给我母亲打了一通电话。"蒋辞垂着眸，"我母亲一开始拒绝了，可不久后，我外公外婆为了不拖累我母亲，留了遗书决定一起跳河自杀。好在护士及时发现了异常，阻止了他们的行为，我母亲也在得知这件事的当天晚上答应了闻老先生提出的条件。"

阳光从落地窗前照进来，明明是暖的，可闻桨却觉得心中发凉。

"在这之后，我母亲借口找到了有钱有条件的结婚对象，和蒋叔叔提了分手，并在闻老先生的帮助之下，带着父母和还在她肚子里只有一个多月的我离开了平城。

"至于后来我们又来到溪城，是因为我也和外公当年一样，患上了白血病，我母亲走投无路了，才想着回来求蒋叔叔帮忙。蒋叔叔没有想过和我母亲再有牵扯，他原本是打算私下里帮忙的，只是没想到被闻宋阿姨意外发现了。"

闻宋性格骄傲，本就忌讳方谨的存在，在得知了蒋辞的存在之后，和蒋远山大吵了一架。

无论蒋远山怎么解释，在她看来都是辩解，之后的意外也来得猝不及防。

闻宋车祸去世，蒋远山还来不及和闻桨解释清楚，又意外被拍到和蒋辞母子出入医院和私家住宅。

所有的事情就跟放鞭炮一样，从引信被点燃开始，就接二连三地炸了。

蒋远山知道闻桨向来敬重闻清之，也不知道该怎么和她说出"我和你母亲之所以能在一起，是因为你外公在背后使了手段"这样的话。

这话他对着现在的闻桨说不出口，对着当年只有十几岁刚刚面临丧母之痛的闻桨更说不出口。

然而，他的解释不清在闻桨眼里全都成了不能被原谅的现实。

父女俩之间的隔阂和间隙随着时间的推移愈来愈大，蒋远山每每想解释，可又无从说起。

他没有做对不起闻宋的事情，可闻宋又确实因为方谨和蒋辞的存在才会发生意外。

这是个死循环，让人无解。

蒋辞话里的信息一时间全部塞进了闻桨的脑袋里，搅得她思绪混乱，不得章法："可是我查过你的出生日期……"

蒋辞是出生在蒋远山婚后一年内。

这也是闻桨一直以来没有办法说服自己原谅蒋远山的原因之一。

"因为我晚了一年上户口。"蒋辞滚了下喉结，"我母亲是未婚先孕，我出生的时候没有办法上户口，外公找了人帮忙，将我的出生日期弄小了一年。这只是很小的一件事，可我们都没有想到闻宋阿姨和你都没有查清楚这件事。"

不仅没有查清楚，闻宋还因此发生意外，闻桨也因此背上了怨恨的枷锁。

"蒋叔叔知道闻老先生对您很重要。那个时候，你的情绪已经很崩溃了，医生说你还有自杀的倾向，他担心如果和你说出那样的话，怕你无法接受，更怕你不愿意相信。"蒋辞轻叹，"不管怎么样，闻老先生始终是我们家的恩人。如果没有他，我外公的病不会好，而我也可能不会出现在这个世界上。

"对于闻宋阿姨的事情，我母亲也一直都很自责。她没有想过破坏你们的家庭，如果不是为了我，她也不会再来找蒋叔叔。"蒋辞搓了搓有些冰凉的脸颊，"闻桨，蒋叔叔没有对不起闻宋阿姨。要说对不起的是我们，是我们不该来溪城找蒋叔叔帮忙，也是我们违背了闻老先生当初提出的约定。"

事情的真相让人难以置信，谁对谁错也不是一时能捋清楚的事情。

闻桨眼红心酸，泪珠直掉。

她抬手覆在眼睛上，声音沙哑："你先回去吧。谢谢你今天把这些事情告诉我。"

蒋辞自知闻桨被这枷锁束缚多年，如今真相大白，是谅解还是不接受，对谁来说都是未知数。

他也不再多言，起身离开了。

办公室里没了说话的动静，闻桨压抑的哭声格外清晰。

秦妗看见蒋辞离开之后，起身来到门前，抬手欲敲门，听见屋里的动静，又默默收回了手，站在门口没敢走开。

闻桨也不知道哭了多久，从沙发到铺着一层绒毯的地上环抱着自己的双腿，将脸埋在膝盖之间，在无论如何无法平复的委屈里哭到不能自已。

休息室里的门开了又关。

池渊走了过来，蹲在她面前，倾身以一个极其别扭的姿势将她搂进怀里，温热的掌心轻扣在她脑后。

没有言语，只是一个简单而温暖的拥抱。

第十二章

追求合作伙伴

池渊中途确实出了趟办公室，交代周程安排好下午的会议，之后又回了休息室。

　　衣袖上的油渍让他觉得黏腻难受，哪怕是换了件干净的衣服，身上还是有股淡淡的油腥味。

　　见时间还早，他将就着冲了个澡。

　　等到完全收拾好，已经是十分钟后的事情，他捡起地上的脏衣服，收进周程拿进来的袋子里。

　　从休息室出去的时候，池渊还在低头回信息；等听见蒋辞的声音，他脚步停了一下，抬头朝外看了眼。

　　蒋辞和闻桨坐在沙发上，前者神情平静，后者则有些冷淡。池渊停在原地听了几秒，意识到蒋辞在和闻桨解释过去的事情。

　　他犹豫了一会儿，没出去打扰，转身又进了休息室。

　　休息室做了全隔音，完全听不见外面的动静，池渊站在落地窗前，墙壁上的时钟一分一秒地走着。

　　过了半个多小时，池渊重新开门出去，毫不意外地听见了闻桨的哭声。他轻轻叹了声气，走过去将人搂在怀里。

　　闻桨哭了很久。

　　她从一开始的克制和压抑到最后如同失了理智一样的号啕大哭，哭得肩膀直抖，眼睛湿红。泪珠随着她失控的情绪一同失控，在顷刻间打湿了池渊的衣衫，炙热滚烫，让他既心疼又无奈。

　　这么多年的怨恨如同枷锁一般如影随形，闻桨几乎日日都沉浸在苦痛之中，放不过自己也无法原谅别人。

如今枷锁破碎，却并没有给闻桨带来如释重负的轻松感，枷锁残留的痕迹太过深刻，叫人始终无法释怀。

哭到最后，闻桨已经没有力气，只剩下眼泪还在不停往外涌，往日漂亮动人的眼睛被泪珠浸湿变红，偶尔发出的微弱抽泣化作密箭扎在池渊心里，成了无孔不入的心疼。

过了许久，闻桨缓过那一阵失控的情绪，抬手覆在眼睛上。池渊从地上起身，回了休息室。

再出来的时候，他的手里多了条被热水沾湿的毛巾。他重新蹲在闻桨面前，轻轻攥着她的手腕把手挪开，将热毛巾覆在她的眼睛上。

眼皮上突然传来的温热缓解了眼眶的酸涩感，闻桨有些发愣，手指无意识蜷了蜷。

池渊保持了一分钟的敷眼睛的动作，然后拿下毛巾，动作温柔地替她擦着眼角和脸侧的泪痕。

闻桨随着他的举动微微垂眸，松开几乎要被咬破的唇瓣，声音沙哑无力："你怎么在这里？"

池渊停住动作，胳膊压在膝盖上侧，上身微微前倾，敛着眸看她："我一直都在这里。"

"是吗？我没有注意。"闻桨的神情有些恍惚，像是突然想起什么，"几点了，是不是要开会了？"

她揉了揉眼睛，想从地上站起来，却因为久坐不动的缘故，小腿有些发麻发软，整个人随之又跌坐在厚实柔软的地毯上。

池渊无奈叹气，将毛巾放在一旁，猝不及防地将人打横抱了起来，利落分明的下颌线条在闻桨眼前一闪而过。

他把人抱进休息室里，放轻了语气："下午的会你不用参加了，回头我让周程整理一份完整的会议记录拿给你。"

闻桨现在的状态确实不适合再参加会议，闻言也没说什么。

池渊出去拿了毛巾，重新洗干净放到她手里："我得去开会了，你要是有什么事情就给我发信息。"

闻桨抬手将毛巾敷在眼睛上，在一片黑暗里，轻声说了个"好"。

尽管池渊各种不放心，但下午的会议不能两个负责人都缺席。他在沉默之中站了一会儿，而后离开了休息室。

秦妗仍旧守在办公室门口，见池渊从里出来，神情有些惊讶："池总，您不是……"

池渊没解释自己为什么是从里面出来，垂眸扣着袖子上的扣子，温声交代道："闻总在休息室，你过半个小时后进去看一下。"

秦妗立马咽下所有的疑问："好的。"

池渊朝前走了几步，又像是想起什么，折回头叮嘱道："等会儿送杯热牛奶进去。"

秦妗应声。

"辛苦了。"池渊说。

下午的会议持续到晚上七点才结束。期间，池渊几次三番看手机，明显有些心不在焉。

周程适时地提醒了一次，他才收了手机。

会议结束之后还有一个饭局，池渊推给了同行的副总，带着周程很快离开了会议室。

等电梯的间隙，池渊偏头和周程交代："下午的会议记录你回头整理一下，明天早上拿给秦妗。"

周程点头，出于关心，问了一句："闻总没事吧？"

闻桨突然没出席下午的会议，池渊给她找了个正当理由，说她中午吃坏肚子了。

周程还被蒙在鼓里，以为闻桨真是身体抱恙。

池渊看了他一眼，面不改色道："没事。"

"那就好。"

等到了三十四楼，秦妗告诉池渊，从下午他走后，闻桨就一直在睡觉，到现在也没从里面出来，送进去的牛奶都放在床头没有动过。

池渊站在办公室里，抬眸朝休息室的方向看过去，抿了抿唇角，收回视线："秦妗，你进去看一下。如果闻总还没醒，你就把人叫醒。这么晚了，总不能一直空着肚子。"

"好。"

秦妗进去之后,池渊又交代周程去安排晚餐,办公室这一处很快就剩下他一个人。

此时夜幕来袭,池渊站在窗前,光洁明亮的玻璃镜面映着他的身影。高楼之下,车如蝼蚁似涌流。

他在想下午蒋辞和闻桨说的话。

在池渊的印象里,闻桨从来都是冷静而自持,很少有情绪崩溃的时候。

到底是怎么样的过去能让一个人委屈成那个样子,哭得上气不接下气,毫无形象可言。

想到这儿,他抬手摸了下肩侧,好似之前的潮湿感仍然存在。

身后传来脚步声,池渊收了手,转头看回去,只有秦妗一个人:"她呢,还没醒?"

"醒了,只不过闻总说想一个人待会儿,让我明天早上八点之前不要进去打扰她。"

池渊沉默了一会儿,叹气:"算了,听她的吧。"

接下来的几天,闻桨似乎恢复如常,每天照例出席会议,处理各项工作,唯一与之前不同的便是沉默和出神的时间长了些。

她经常开着开着会人就走神了,池渊叫她几声,她才能反应过来。

这样的情况一直持续到拍卖会的前一天,秦妗在会议中途休息的时候接到了医院的电话。

蒋远山醒了。

他想见闻桨。

挂了电话,秦妗重新走进会议室,弯腰靠近闻桨:"闻总,医院说蒋总醒了,他想见您。"

秦妗说这话时没有回避池渊,他也听见了,抬眸看了闻桨一眼。

闻桨指间转着笔,平静道:"等会议结束再说。"

"好的。"

后半程会议池渊担心闻桨情绪不稳定，时不时侧眸看她。几次下来，连闻桨也察觉到了。

她捉住池渊又一次试探来的目光："你总是看我做什么？"

池渊抬手摸了摸鼻尖："没什么。"

闻桨不说话了，盯着他看了半晌，直到他不自然地轻咳了一声，她才收回了视线。

会议在两小时后结束。

池渊和闻桨一起去了医院。

蒋远山恢复得很好，醒来之后有过短暂的记忆混乱，是蒋辞帮助他捋清了，还告诉他自己已经把全部的事情都告诉了闻桨。

后来蒋远山说要见闻桨，蒋辞联系不到人。蒋辞他知道护工是闻桨请来的，托她给闻桨那边打了个电话。

之后方谨也来了医院。

闻桨和池渊过去的时候，他们母子俩还没回去。推开门进去见到人的一瞬间，池渊下意识拉了下闻桨的胳膊。

闻桨回头看了他一眼，也没问什么，只是平静地转过视线，看着对面站着坐着躺着的三个人："正好，既然都在这里，我们今天就顺便把话说清楚了。"

池渊松了手，让她朝里面走，自己出了病房，站在门外没走远。

病房里，蒋远山看着闻桨欲言又止。

他刚从昏睡中醒来，脑袋因为手术被剃了头发，只剩下薄薄的一层贴着头皮，眼角眉梢都带着岁月的痕迹，看起来既苍老又疲惫。

闻桨叹了声气，先出声问了几句他的情况。蒋远山又惊又喜，语速很慢地回着她的话。

闻桨问了话，又沉默了。

过了片刻，闻桨似乎是觉得这么站着说话有些不太合适，从旁边拽了张凳子坐在旁边，淡声说："蒋辞把过去的事情都和我说了。"

蒋远山嗫嚅："我知道。"

"所以你们是不是都觉得我外公当初做错了事情？"闻桨讽笑，"可我不这么认为。这个世界上本来就是有舍有得,我外公也不是慈善家,既然当初有了这个约定,就应该一辈子遵守。如果连这一点要求都做不到,那又何必答应别人?"

方谨忍不住出声:"我当时也是走投无路……"

"走投无路?那是谁要走的这条路?又是谁要生下的孩子?"闻桨看着方谨,"你一个人的选择凭什么要搭上我母亲的一条生命?"

方谨本就理亏,此刻面对闻桨的质问显然有些招架不住。

"算了,现在再说这些已经没有意义。"闻桨深吸了口气,敛眸对上蒋远山满是愧疚的目光,心中却毫无波动,"我以前没办法原谅你,是因为你什么都不解释,每次争吵只会对我说你没有做对不起我母亲的事情,让我不要质疑你对她的感情,可是你明明都已经和这个女人重新纠缠在一起了,还对外宣称蒋辞是你的继子,这样的你让我怎么相信你没有对不起她。"

蒋远山动了动嘴唇,没有再像以前一样沉默不语:"我们没有重新在一起,那些只是外面的误报。我承认当初答应和你母亲结婚是出于感动,可是后来我对她的感情都是真的,哪怕到现在,我心里也只有你母亲一个人。"

闻桨看着他,神情冷淡:"现在说这些还有什么用吗?"

蒋远山哑口无言。

闻桨也不想再和他多说什么,直言道:"不管怎么样,你和方谨害死我母亲的事实永远也改变不了,所以我这辈子都不会原谅你们。"

说完,她不管蒋远山是什么反应,自顾转了视线:"我以前不知道你和我外公的约定,也就没有追究你和蒋辞的存在,可现在我知道了,我没有办法再容忍你们在我眼前晃来晃去。如果可以,我希望你们能够尽快离开溪城。"

蒋辞扶着方谨的肩膀,目光平静:"我们会离开,之前没有走是因为想等蒋叔叔醒过来。"

"不用和我解释,我在意的只有结果。"闻桨起身,居高临下地看着他们,"我外公是个襟怀坦荡的人,他这辈子做过唯一的错事,就是为了成全女儿的爱情，帮了一个不知回报到头来还害死他女儿的恶人。"

闻桨对蒋远山的最后的仁慈便是没有联合董事会收回他在闻氏的股权。

不管蒋远山是出于愧疚还是其他的什么，这么多年来，他确实对闻氏付出了全部，这不可否认，况且蒋远山在闻氏多年，牵扯到的方面太多，如果真要清算起来也不是一天两天的事情。

医院一面之后，闻桨再也没去见过蒋远山，而是全身心地投入到了接下来的工作当中。

闻、池两家企业成功拍下了那块被各家争抢的地皮，为此两家公司在一星期后联名办了场慈善募捐，请了一帮娱乐名流、商界大佬来为新项目造势。

傍晚，秦妗来公司接闻桨去工作室做造型。

在路上，她和闻桨汇报盛华旗下新节目的筹备情况，末了，又提了句："周程那边下午传了消息过来，说池总想让您晚上和他一起走红毯，问您这边是什么意见。"

闻桨正在看文件，闻言头也没抬："今晚不行，推了吧。"

"好的。"

秦妗给周程回了消息，但很快又收到回复。她抬头看着闻桨："池总那边问为什么。"

闻桨停下翻页的动作，指间夹着笔，笔帽戳着封页，轻笑了声："就说我有伴了。"

今晚的慈善募捐是闻、池两家共同联名，邀请了娱乐圈内不少名人，盛华传媒旗下的一线艺人几乎全数出席。

闻桨之前定下的男团选秀综艺《YOUNG》的初步海选已经结束，早在节目通过备案之后，盛华宣发方面就已经公布了这档节目的四位导师——盛嘉洛、褚思阮、林景恒、邵渊。

这四位都是圈内有名有姓的一线艺人，但其中只有盛嘉洛是盛华旗下的签约艺人。

他当初也是选秀节目出道，后来签在盛华名下，凭借着扎实的业务能力和一张横扫圈内无数小生的漂亮脸蛋，成功跻身新晋四大男神行列，很快便在圈内占有一席之地。

闻桨今晚打算带着他一起走红毯，毕竟是自己家的活动，总不能让别人去撑这个场子。

秦妗照着闻桨的原话给周程回了消息，对方回了句"好的"就没了下文。

闻桨似乎也不在意这件事情的结果，支着脑袋继续翻看文件，暮色在窗外一闪而过。

当天的慈善晚宴设在闻氏旗下的菘蓝酒店，全过程在某视频网站独家实况直播。

酒店门口铺着红毯，走到尽头是一块展板，上面印着此次慈善晚宴的赞助商和闻、池两家公司的商标。

礼仪小姐守在展板入口处，手里拿着一块垫着红绒布的托盘，上面摆了七八只签字笔，用以给在此处定型拍照的艺人签名。

闻桨在工作室里提前和盛嘉洛碰了面。

不得不说，他当真是担得起漂亮这两个字，五官精致好看，但又不是教科书式那种标准的好看，单拆开来每一处都很完美，组合在一起便是锦上添花的完美，非常有辨识度，属于那种丢到一万个人里也能一眼就看到的长相。

闻桨之前没和他正面接触过，只是在秦妗提交上来的资料照片和视频中见过他。

比起那些刻板又带着各种软件锐化的样貌，他本人显然更加好看，浓密的眼睫如同鸦羽般，朝着她粲然一笑，世界也失了颜色："闻总你好，我是盛嘉洛。"

闻桨保持住理智没有被蛊惑，礼貌又疏离地笑了笑："你好。"

之后盛嘉洛被秦妗带去试礼服，闻桨一边任由"托尼"老师在自己脑袋上折腾，一边仍旧看着手里的文件。

弄完造型，她和盛嘉洛搭同一辆车去现场。

在路上，闻桨问了他一些有关《YOUNG》录制的情况，他都说挺好，没什么大问题，也不知道话里有多少真多少假。

池、闻两家的新任接班人是今晚慈善晚宴的主角，走红毯被安排在最后面。等将现场艺人拍得差不多了，在场的媒体记者全都歇了长枪短炮，巴望着路口的位置，试图成为拍到第一手资料的人。

池、闻两家的八卦早就随着池渊和闻桨两人在媒体面前的接连露面不胫而走，成为不少人茶余饭后津津乐道的谈资。

今晚的晚宴是两家一起筹办，有灵活的媒体记者搞到内部名单，在上面看到各家走红毯的名单顺序。

闻家压轴，池家最后，两家并不是一起走红毯。对比起两家前不久刚传出的合作消息，这显然又是一个新的八卦热点。

临近七点，路口有人跑过来，说是看到闻家的车。这消息一传十传百，很快就传遍了现场。

在场的媒体记者纷纷重新扛起设备对准路口的位置，几分钟后，一辆黑色的高级轿车从路口缓缓朝酒店门口驶来。

酒店保镖负手挡住拥挤的人流，待车停之后，其他组保镖纷纷站到车旁，白手套覆在门把上，将车门拉开。

众人屏息等着车里的人出来，现场各种快门声此起彼伏。

等了大约几十秒，终于见人从车里出来了。

穿着一身黑色西装的盛嘉洛站在车旁，侧着头和助理说话，期间还没忍住略微跺了下脚。

面对现场的镜头，他单手扣着西装外套的扣子，笑着挥了挥手。

身后的车在他下车之后很快驶离了现场。

没人了？

得到消息说闻家那位要和旗下艺人走红毯的记者一脸懵地看着车开走，同时还不忘对着盛嘉洛的脸狂拍。

其他人和他的反应差不多，心里虽然惊讶，但也不妨碍对盛嘉洛的采访。

等盛嘉洛在展板上签完名，有记者就提了这个问题："嘉洛！嘉洛！

不是说今晚您要和闻总一起走红毯的吗？"

盛嘉洛笑了笑，眼皮挤出一条浅浅的褶皱，在眼尾分叉开来，内勾的眼线衬得他的眼睛又细又长。

面对记者的询问，他有条不紊地答道："我没听说我要和闻总一起走红毯啊，是你们消息来源有误吧。"

明明就拿到了名单的记者朋友："……"

你是不是觉得我在圈里的人脉都是假的？

很快又有其他人提了别的问题，盛嘉洛真话掺着假话答。

最后被问到最近的工作安排，他视线往下看了眼提这个问题的记者，伸手接过她的话筒，让印在话筒上的赞助商完整无误地暴露在镜头之下，笑道："我最近在录制盛华自制的新综艺《YOUNG》，不出意外应该在年底能够和大家见面。"

一旁就等着说完这句话的经纪人适时上前拦下后面的采访，护着盛嘉洛往内场休息室走。

长枪短炮全都被隔在身后。

等到了休息室，随行的化妆师过来替他补妆，经纪人任元祺抱着胳膊站在一旁："之前闻总不是说让你和她一起走红毯吗？怎么就你一个人？"

盛嘉洛闭着眼睛，任由化妆师在他脸上捯饬，语气带着几分调笑："本来是一起的，但是半路突然杀出了个程咬金，把闻总给截走了。"

"池家那位？"

"除了他还能有谁。"

半个小时前。

闻桨还坐在车里和盛嘉洛聊着新节目的事情。

他平日里工作忙，之前也一直都待在剧组里，没和闻桨见过面，也没摸清楚这位新任闻总的脾性，什么事情都保留了三分余地，没把话说得太实。

闻桨不知道是没在意还是没听出来，始终不咸不淡地问着话。

后来确实是没什么可说了，闻桨低头在看手机，好像是在处理邮件，盛嘉洛靠着车窗在数外面的树。

快到酒店的时候，坐在副驾驶位的秦妗接了个电话，之后就回过头看着闻桨："闻总，池总的车在前边路口，说有事找您。"

盛嘉洛不是没听过池渊和闻桨的八卦，闻言动了动耳朵。

闻桨沉默了一会儿："停过去吧。"

"好。"

池渊的车停在距离酒店最近的一个路口处，周程站在车旁，不时抬头看一眼过往的车辆，很快就看到了熟悉的车牌号。

他敲开后排的车窗，弯下腰和里面的人说话："闻总的车来了。"

池渊从车里下来，越过马路，走到对面刚停下的轿车旁。闻桨降下车窗，坐在车里看他："有事？"

"有事。"池渊煞有介事，"这里说话不方便，去我车里说。"

闻桨没辙，跟着去了他的车里。她刚一坐进去，就听见池渊交代周程："你去和秦妗说一声，闻总跟我车走，红毯让那谁自己走。"

"好的。"

闻桨挑着眉："你做什么？"

"邀请——"池渊顿了下，而后理直气壮地改口道，"要手段邀请你和我一起走红毯。"

闻桨还没见过他这样的，又气又好笑："我要是不答应呢？"

"那就不走红毯，我们直接进内场。"池渊像是解决了一件大事，支起胳膊抵着脑袋看她，神情愉悦，"反正你今天的伴只能是我。"

"凭什么？"

"就凭我们现在是合作方。如果连红毯都不一起走，难免让人怀疑我们合作的真诚性。"

这只是能说出来的一方面。

不能说的，是池渊觉得他们俩之间的事情已经随着这次的合作传得沸沸扬扬的，如果红毯分开走，很难保证不会再出什么新的八卦。

本来他们俩的关系就很微妙，万一再闹出点什么事情，池渊不敢想闻桨会有什么反应。

闻桨被气笑了："行，那就直接进内场吧。"

话音刚落，周程正好拉开车门坐进来。司机和周程大眼看小眼，一时拿不准决定。

周程轻咳了声，目光看向闻桨："闻总，我们现在去哪儿？"

闻桨看了他一眼，没说话，但那眼神却像是在透露着"这事你不问你自己主子你问我做什么"的意思。

周程戚戚然，抬手摸了摸鼻尖，又看着池渊。

池渊轻叹："直接去内场那边。"

"好。"

内场入口隐蔽，周围没有记者，车一停就有迎宾过来开门。闻桨从车里下来，也没等池渊，自顾自就朝里面走。

池渊几步一跨，就跟了上去，倾身拽住她的胳膊，眉头微蹙，像是不理解她为什么不等自己："你走那么快做什么？"

闻桨："你自己走得慢还怪我了？"

池渊："……"

行。

反正吵架他就没赢过。

池渊抿了抿唇，也没有松开她的手腕，而是顺势将她的手挽在自己手臂上，目光直视前方的人影，面上挂着漫不经心的笑："闻总大人不记小人过，今天就给我个面子行不行？"

话已经说到这个地步，闻桨不可能再拒绝，只能顺着池渊的动作将手轻轻挽住他的手臂，指腹挨着他质地良好的西装外套。

他们俩出席正式场合都偏向于黑色系的衣服，加之同样出挑的样貌，使得两个人站在一起像是一对情投意合的璧人。

之前池、闻两家传出有新项目合作的时候，有不少人都在等着看两个年轻人针锋相对闹翻天的笑话。可谁也没想到，两个在众多八卦版本中皆不对盘的当事人在今天会携手一同出席晚宴，这给在场不少想看热闹的人减去了好些乐子。

闻桨对这些打量试探的目光熟视无睹，随着池渊进入到内场之后，不动声色地将挽在池渊胳膊处的手收了回来。

这次两家新项目的合作算是造福溪城市民，为此得到了政府的大力扶持，也因此溪城有不少家企业都试图想要来分一杯羹。他们进去后，很快有认识的生意伙伴过来和他们俩打招呼。

生意场上的人都爱说些漂亮话，什么年少有为、事业有成、青出于蓝而胜于蓝的话都给夸了出来，到最后还有位老总不知是喝多了还是脑袋缺根筋，竟然问池渊和闻桨什么时候结婚。

旁边人各种眼神示意他，拦都拦不住。他仍旧拍着池渊的肩膀，笑道："我可是一直都在等着你们这杯喜酒的。"

这话一出，周围都安静了。

池、闻两家联姻又退婚的事情在场没有人不清楚，两个小辈向来不和的八卦也一直都没停过。

一旁站着的人都竖起耳朵在听这里的动静。

场面安静片刻。

池渊抬手从侍者那里接了杯香槟，轻轻碰了碰说话人的酒杯，姿态从容，让人辨不出真假："借您的吉言。"

这台阶给得及时，周围其他人跟着出来和稀泥，很快将这个话茬给翻了篇。

整个过程，闻桨都没有开过口，既没有反驳也没有承认，和周围人一样都觉得这只是句场面话。

还是做不得数的那种。

之后晚宴开始，众人回到各自的位子上，闻桨和池渊分别作为两家公司代表，上台讲话。

这次慈善晚宴的座位都是提前安排好的，闻桨和池渊作为主家自然是被排在一起。同桌的都是溪城有名的中年企业家，这个年纪的人都爱好烟酒，会场严禁烟火，酒自然就成了必不可缺的一样。

在座的只有闻桨和池渊两个小辈，免不了要敬几杯酒，一来二去，已经快要数不过来喝了多少杯。

闻桨喝酒容易红脸，几杯酒下肚，脸颊连着耳侧那一片很快泛起一层浅浅的红意。

她今天穿的是一身黑色收腰长裙，一字肩，平直精瘦的锁骨和修长的脖颈全露在外面。

配着那一点嫣红，别有一番风情。

池渊不经意间瞥了眼，眸光微动，想说点什么，但最后还是没开口，只是在侍者要继续给闻桨添酒的时候，虚手挡了下："她不用了，谢谢。"

"好的。"

侍者又去给其他人添酒。闻桨屈指捏着红酒杯长长的杯柄，抬眸看着池渊："你要我端着空气去给人敬酒？"

溪城这时候是九月份，会场内已经提前开了中央暖气。

池渊边解着领口的扣子，边歪头靠近她的耳侧："你要不要去洗手间看看你现在脸红成什么样了？"

他离得太近，说话时的温热气息铺天盖地地朝她袭来。

闻桨忍着抬手揉耳朵的念头稍微往旁边撤离了些，却从这个角度看到他衬衫领口隐约露出的锁骨和起伏的胸膛。

非礼勿视。

闻桨故作自然地挪开视线："我对酒精的耐受度不高，喝了酒一向这样，习惯了。"

"那有没有什么解决办法？"

"有。"

池渊往后靠，胳膊搭在她的椅背上，修长分明的五指虚垂着，语气懒洋洋："什么办法？"

闻桨注意到他的动作，后背在不经意间绷直，抬眸对上他被酒精浸染后过亮的眼眸，一本正经道："多喝点就好了。"

宴会到后半程，已经不局限于只在一桌喝酒，尽管有池渊暗地里拦着，可闻桨到最后还是不可避免地喝醉了。

池渊找了秦妗过来把闻桨带到休息室里，自己留在厅内等到散场。

这一晚上下来，他其实也喝了不少，好在后来有公司几个董事帮着带了几杯，不至于醉成闻桨那样。

结束之后，池渊带着周程回到休息室，却不见闻桨和秦妗，屋里空荡荡的，只有桌上摆着的半杯蜂蜜水能证明这里曾经有人。

周程在池渊开口之前给秦妗拨了个电话，第一遍没人接，第二遍才有动静："我们在洗手间，闻总喝多了，有些不舒服。"

池渊离得近，屋里又安静，通话内容听得一清二楚。挂了电话，他让周程通知司机把车停到酒店门口，自己出门往洗手间的方向走去。

闻桨很少在外面喝成这个样子，今晚算是特殊情况，在洗手间里折腾了好久，几乎要把胃里的东西都给吐干净，人才缓过神来。

秦妗扶着她走到外面洗手台边，她也顾不得脸上还有妆，直接抄着凉水往上扑。

几次下来，人也精神不少，她手撑着洗手台的大理石台面站直身体，接过秦妗递来的纯净水漱了漱口。

"还好吗？"秦妗问。

"没事。"大约是刚刚吐过，闻桨的声音还有点哑，嗓子也很干，就着剩下的半瓶水喝了两口，把瓶子丢进一旁的垃圾桶，长舒了口气，"回去吧。"

"好。"

她们还没走出洗手间，池渊已经找了过来。

他见闻桨湿着张脸，眉角还挂着水珠，走上前从旁边抽了张纸巾递给她："擦擦。"

"嗯？"闻桨没反应过来。

池渊倒也没再多说，往前靠近了一步，抬手替她擦了擦脸上的水珠，而后将纸巾捏成团丢进垃圾桶，整个过程自然又熟稔。

秦妗低着头，假装自己是个工具人。

闻桨大约是被酒精麻痹了神经，反应慢了好几拍，等池渊开口说送她回去，才回过神来意识到他刚才做了什么了。

池渊忽略了她的错愕，只温声说："走吧，车已经在楼下等着了。"

秦妗之前一直忙着照看闻桨，也没顾得上通知司机过来，所以池渊说的车只能是他的车。

溪城最近昼夜温差大，白天气温高，夜里起的却是凉风，闻桨刚走出酒店，被风一吹，没忍住哆嗦了下，紧接着肩上就落了件还带着温度的外套。

不用说，她也知道是某人的。

周程和秦妗眼观鼻鼻观心，权当什么也没看见。

回去的路上，车里开了暖气，闻桨拿下外套放在自己和池渊座位的空隙之间，封闭的车厢内弥漫着一股淡淡的酒气。

这些天他们俩虽然常见面，但基本上谈论的都只有工作的事情，像这样安静又无事地坐在一起的机会很少。

池渊心里一直记着蒋远山的事情，但始终没找到合适的机会开口。

前天他回了趟池宅，听池母说蒋远山在准备转院离开溪城的事情，也从池母那里听了几句闻桨和蒋远山过去的矛盾。

他不能说一点惊讶都没有，但更多的还是心疼。

窗外夜色弥漫，林立于街道两旁的高大梧桐树随着细风挥落枯叶，月光倾泻如流影。池渊降了半扇车窗，凉风争先恐后地往车里挤，又给合上了。

闻桨刚才差不多要睡着了，被风忽然一吹又惊醒过来，揉着酸涩的眼睛道："你想开就开吧，我没有那么冷。"

"没事。"安静片刻，池渊低声说，"闻桨。"

"嗯？"

"蒋伯父要离开溪城了。"

闻桨往后靠着椅背，眼里映着车外一闪而过的高楼大厦："我知道了。"

池渊静静地看着她。

然后他就听见她有些轻淡地说："不过以后他的事情还是不用告诉我了，我不是很想了解。"

池渊早知道她会是这个反应，叹口气："我现在告诉你，只是不希望你将来是从别人嘴里听到这件事。"

"你难道不是别人吗？"闻桨偏过头看他，眼神清亮，"我知道在蒋远山这件事情上，你们都觉得我过于苛责冷血又不讲情面，但这已经是我最大的让步了。"

池渊敛着眸，语气认真："没有。"

"什么？"

"我没有觉得你苛责冷血不讲情面。"池渊盯了她一会儿，"无论你做什么，我都不会这么觉得。"

闻桨扭头对上他的目光。车里的小灯光线充沛，她在他眼里看见一个很小的自己。她突然想起池老太太葬礼那天的事情，微微抿了抿唇开口："你之前说想跟我谈谈，你想跟我谈什么？"

池渊大概是没想到闻桨会忽然提起这件事，愣了一瞬，才道："其实也不是谈什么事情，我只是觉得从联姻到退婚，我们好像都没有认真了解过彼此的想法。"

闻桨听明白了。

她垂着眸，低笑一声，好似自言自语地轻声说："我之前是真的想和你结婚的，虽然最开始的目的不纯，但我也是想要认真对待这段婚姻的。如果你没有提退婚，我想我们现在应该已经是夫妻了。后来你提退婚，也在我的意料之中，没有人能接受自己的婚姻是出自一场交易。"

池渊轻轻蹙了下眉，然后听见闻桨给他们俩这段讲不清道不明的关系下了最后的判决："我现在没有心情也没有时间去经营一段感情，如果可以，我希望我们以后只是简单的合作伙伴关系。"

在闻桨说完这些话之后，池渊从始至终都没开口，只是在她下车之后还平静地叮嘱她晚上回去记得泡点蜂蜜水。他整个人像是没有受到任何影响，还是和以前一样对任何事情都漫不经心的样子。

他这个反应在闻桨的意料之中也在意料之外，但话已至此，他不可能听不懂自己话里的意思，他们之间有些事情并不需要完全摊开来说。

闻桨下车之后，司机从后视镜里看了眼坐在后排默不作声的池渊，斟酌着开口询问："池总，我们现在回去吗？"

池渊像是没听到他的话，没有任何反应。

司机："……"

周程不在车上，司机也找不到可以商量的人，简直不知道该如何是好。

就在司机快要忍不住开口问第二遍的时候，突然听见后排传来一声无可奈何的轻叹："回去吧。"

"好的。"

司机如逢大赦，忙不迭发动车子离开这里。

半道上，池渊接到肖孟的电话，又让司机转道去了旧梦。

肖孟这大半年来在分公司做了很多漂亮又成功的项目，肖老爷子特准他提前结束历练，回到溪城的总公司任职。

今晚算是一个小型庆功宴，他在旧梦叫了一圈人，就连整日待在剧组拍戏的唐越珩也特意请了假来捧场。

池渊到的时候，两个卡座已经挤满了人，肖孟特意在自己手边给他留了个位置。

池渊坐过去，一旁戴着棒球帽的唐越珩伸手从桌上拿了杯酒放在他面前："还能喝吗？"

池、闻两家的慈善晚宴唐越珩也有所耳闻，他之前也参加过类似的晚宴，猜测池渊晚上估计已经喝了不少。

"没事。"池渊解了袖口的扣子，将衣袖往上卷了两道，端起酒杯一口气给喝了个干净。

酒过几巡，大家都喝得偏多但又不想散场，肖孟索性去楼上开了个包厢，叫上一伙人去打牌。

池渊和肖孟、唐越珩还有程家的小公子程勉坐了一桌。程勉要给池渊拿烟，池渊虚手挡了下："我不抽烟。"

"哦对，我给忘了。"程勉笑着收了手，给唐越珩和肖孟拿了烟，状似无意提起，"我听说池、闻两家合作的新项目得到上面的——"

他话没说透，但在桌的人都明白。

池渊敛眸看着手里的牌，领口微敞，露出一截笔直的锁骨线条，喉结微凸，随着他说话的动作上下滑动："只是政策鼓励，其他的还是要按照规章条例来走流程。"

"是吗？"

"不相信？"池渊抬眸觑着他，随手丢了一张单牌出去，笑意微懒，"那我可没办法。"

程勉笑着打哈哈："没有没有，我当然相信。"

肖孟是池渊的下家，接了他的牌，也跟着打圆场："哎哎哎，今儿出来就是消遣，能不能别提工作上的事情？"

程勉顺着台阶下，过了肖孟的牌，唐越珩接牌。见桌上没人要，唐越珩随手丢了个三带二。

这正巧对上了池渊的牌。池渊丢了对三带二，又甩手往桌上丢了四张九，轻轻松松赢了第一局。

如果说这只是第一局也就算了，谁知道接下来一个晚上，池渊的牌永远好到爆炸。

闹哄哄到后半夜，站在牌桌旁围观的人看到池渊面前堆成小山的筹码，笑着打趣道："池总今天怕不是在女朋友那里没得到好处吧？"

情场失意赌场得意，本来就是句玩笑话，说话这人也没想到正好就撞到了枪口上。话音刚落，池渊脸色就变了一瞬，但随即又挂上那副云淡风轻的笑，没有接这句话。

不熟悉的人只以为他是不在意，只有熟悉的人才知道他这是生气的表现。

肖孟轻咳了一声，随便打着哈哈把这个话茬给掀了过去。又打了几圈后，肖孟借口说时间不早了，自己先撤了场，让剩下的人随便玩随便喝，单他埋。

肖孟要走，唐越珩、池渊自然也是跟着一起撤了。

包厢里有人捕捉到池渊刚刚那几秒的情绪变化，指责刚刚哪壶不开提哪壶的人："你有这开玩笑的时间，能不能去多了解了解池家这位在感情上的八卦？"

有人迫不及待地问："什么八卦？"

"这位早些时候不是传和闻家那位感情不和导致联姻失败，现在两家又在一起合作，你觉得他在情场上能讨到什么好处？"

众人恍然大悟，撞枪口那位悔不当初。

从包厢里出来之后，肖孟在一楼卡座附近碰到以前项目上的合作伙伴，停下来聊了几句，池渊和唐越珩先一步走了出去。

凌晨的闹市街区依然人声热络。

旧梦对面是一家二十四小时营业的便利店，他俩在路边站了一会儿，见肖孟一直不出来，就去了便利店买水。

晚上的便利店只有一个员工值班。

唐越珩压低了帽檐，跟在池渊身后快步走了进去。两人站在货架旁挑挑选选，只露出半个脑袋的轮廓。

唐越珩觉得肚子有些空，拿了水又从冷藏柜里拿了两个饭团，等加热的间隙，站在店外和池渊聊天："你和闻桨出问题了？"

"没出问题。"池渊捏着矿泉水瓶，脚边映着两个人的影子，"也不是出问题，就是她想和我保持距离。"

唐越珩问："保持到什么程度的距离？朋友？还是前未婚夫？"

"……"

"实话实说，合理猜测而已。"

池渊回身将手中的水放在车前引擎盖上，整个人往后靠着车门，眉目间笼着一缕烦闷："合作伙伴的距离。"

唐越珩抬了抬眉："和你说件事。"

"嗯？"

"我和宋嗔在一起之前，她也有说要和我保持在雇佣者和被雇佣者的合法关系之内。"提到喜欢的人，唐越珩以往有些冷淡的眉眼在不自觉中软化下来，"后来我想了下，还是换个其他的合法关系比较牢靠。"

池渊听出他话里的意思："你跟宋嗔求婚了？"

"还没，但也快了。"见话题突然扯歪，唐越珩"啧"了声，笑了起来，"聊你的事呢，别八卦我。"

池渊这几天难得听见喜事，跟着笑了起来，拿起矿泉水跟他碰了一下："提前祝你求婚成功。"

"谢了。"唐越珩回便利店取加完热的饭团，出来继续前面的话题，"我没什么建设性意见给你，但就一个问题，你喜欢闻桨吗？"

"不喜欢我跟你在这儿说什么话呢？"

他也不知道是自己什么时候动心的，但是等到回过神来的时候，她就已经在心里了，舍不掉也放不下。

池渊以前几乎不碰感情的事情，因为他讨厌失控的感觉，而感情却又最让人失控。可面对闻桨，他对这份失控却又乐在其中。

唐越珩几口解决完一个饭团："那就追呗，管她说的什么保持距离的话，死缠烂打就行了。"

池渊恍然大悟似的"哦"了一声，然后忽然扯着嘴角笑了："那我改天得找宋嗔聊聊。"

"聊什么？"唐越珩丢了垃圾，抬手拿下棒球帽，随手扒拉了两下头发，又将帽子戴上，没怎么在意。

"聊一聊——"池渊顿了一下，刻意拖长了语气，揶揄道，"大明星是如何死缠烂打抱得小娇妻的故事。"

唐越珩的话不是全无道理，池渊也不是一点也没听进去。

次日清晨，闻桨像往常一样走进办公室，刚坐下没多久，秦妗突然抱着一束鲜艳欲滴的玫瑰花走了进来。

闻桨以为是助理买的，也没在意，只是提了句："下次让小林不要买玫瑰，我不太喜欢，换成别的吧。"

秦妗捧着花，站到桌旁："闻总，这是池总那边一早送来的，前台签收的时候，送花的人点名说是送给您的。"

闻桨愣了下。

秦妗这段时间见了太多大风大浪，此时仍然能够镇定自若地开口询问："那这花是给您摆在办公室还是拿出去？"

"拿出去吧，你留着也行，拿给手底下的小姑娘也可以。"闻桨只愣了那几秒便很快回过神来，语气平静而坦然，"另外你再通知前台的工作人员，让她们以后不要再签收这些。"

秦妗应了声"好",又问道:"那除了不签收花,其他的能签收吗?"

闻桨停笔,抬头看着她。

秦妗摸了摸鼻尖:"池总那边还让人送了早餐过来,我刚才看有些凉,让小林拿去加热了。"

闻桨正想说些什么,下一刻,搁在桌上的手机忽然"嗡嗡"震动了几声,状态栏冒出收到一条新微信的提醒。

她点开。

池渊:早上好。[玫瑰 // 咖啡]

这是什么八百年前的非主流表情。

闻桨放下手机,揉了揉额角,像是有些无奈:"通知前台,以后池总那边送来的东西一律不准签收。"

"好的。"应完,秦妗试探又迟疑地开口,"那早餐您吃吗?"

"不吃。"

"但是小林今天因为池总送来的早餐,没有给您订早餐了。"

闻桨叹气:"算了,拿进来吧。"

"好。"

一个早上的时间,池渊给闻桨订花又送早餐的事情和闻桨让公司前台拒收池渊礼物的消息几乎传遍了整个闻氏。

在一些热心员工的丰富想象之下,一出豪门虐身虐心的爱恨纠葛大戏很快在公司各部门的八卦群内传得沸沸扬扬。

闻桨午休出去倒水,回来的时候路过秘书处,想起来还有份文件在秦妗那里,索性推门走了进去。

秦妗中午和朋友出去吃饭了,秘书处其他员工也都不在,只有助理小林趴在电脑桌前敲敲打打,入迷到连闻桨进来了也没注意到。

文件就摆在秦妗桌上最显眼的位置,闻桨拿起来翻阅着往外走,余光瞥见趴在桌前把键盘敲得噼里啪啦响的小林,收起文件,轻手轻脚地站了过去。

小林对此毫无知觉，还在群里和姐妹聊得热火朝天。

看小林给的备注，群里六个人都是其他部门的小秘书，她们把池渊和闻桨两人的生日、星座和生肖属相全都算了个遍。

最后还有人开始下注，赌池渊能不能追到闻桨，赌注是一顿饭。

能或者不能，也就两个选项，A 和 B。

小林纠结了好久。

闻桨站在她身后悠悠地开口："选 B。"

说完，她就怡然离开了办公室，留下小林一个人面对内心的狂风呼啸。

群里其他五个人都已经选了，只剩下小林。她抖着手点了个 B。

经营处小秘：林林！你怎么选不能！你之前不是还说池总和闻总在一起是迟早的事情吗？！

小林想着不能让我一个人担惊受怕，于是迅速敲了一句话发了出去。

闻总助理的助理小林：哦，这不是我选的，这是闻总选的，她刚才站在我旁边。[/ 哈哈我不想活啦 .jpg/]

群里其他五人：……

下一秒，群里接连冒出五条退出群聊的提示，很快群里就只剩下卑微小林一个人。

小林担惊受怕地上完了剩下的半天班，时时刻刻都战战兢兢的，生怕下一秒就接到人事通知自己被辞退的消息。但一连三天过去，人事那边毫无动静，闻桨也没有让秦妗通知她什么，她的一颗心又放回了原处。

周五中午快下班的时候，小林照例给闻桨订午餐，正在纠结订什么的时候，楼下前台忽然通知，池总上三十四楼来了。

小林立马接了内线进闻桨办公室："闻总，池总来了。"

"知道了。"

挂了电话没多久，小林出办公室看到提着食盒从电梯里出来的池渊，打了声招呼："池总好，闻总在办公室。"

"好，谢谢。"池渊走了几步，想起什么，回头看着她，"今天不用给你们闻总订午餐了，她和我一起吃。"

"好的。"

池渊敲门进办公室时，闻桨刚和秦妗交代完下午会议的安排，见他来了，让秦妗先出去了。

秦妗低声和池渊打了声招呼，不可避免地看到他手里提着的食盒，眉心微微动了动。

等人走后，闻桨起身走到一旁的沙发："你怎么来了？"

池渊将食盒放到茶几上，眉眼舒展开来，语调稍扬："你不让公司的员工收我送来的东西，那我不就只能自己亲自来送了？"

闻桨看着他："你没工作的吗？"

"当然有，但那也不能不吃饭啊。"池渊笑了笑，"不知道闻总有没有时间，赏光和我一起吃个饭？"

闻桨扯了下嘴角，避轻就重："我之前的话你是不是没听进去？"

"听进去了，不就是保持合作伙伴的关系吗？"

闻桨意有所指："所以你现在这样是在做什么？"

"看不出来吗？"池渊笑了声，抬眸看着她，目光温柔得有些暧昧，但细看却又显得格外认真，"我正在努力追求我的合作伙伴。"

只想喜欢你

岁见 著

下

江苏凤凰文艺出版社
JIANGSU PHOENIX LITERATURE AND
ART PUBLISHING

目 录
CONTENTS

第十三章　是她的追求者　　　001

第十四章　为你守身如玉　　　031

第十五章　你是不是有病　　　059

第十六章　不会有不开心　　　089

第十七章　睡在你哪一边　　　117

第十八章　我来接你回家　　　145

番外一　　求婚记　　　171

番外二　　带崽记　　　219

番外三　　全家福　　　243

番外四　　最浪漫的事　　　263

番外五　　子非渝，焉知渝之乐　　　275

后　记　　　369

第十三章

是她的追求者

池渊的行为做派向来出人意料，闻桨拿他没有任何办法，小半个月下来，闻氏三十四楼的秘书处已经快要被花海淹没了。

　　闻桨不让工作人员签收池渊送来的东西，池渊就亲自送上门，而且每次都正好掐着点过来，带着各种让人没法拒绝的理由。

　　时间一长，整个闻氏的工作人员都知道合作方的池总在追求他们的闻总。

　　后来闻桨没辙，只能松口答应让前台继续签收池氏那边送来的东西。但东西收是收了，闻桨从来不让秦妗把花拿进自己的办公室，只让她处理，送人或者自留都可以，反正从来没说过让给丢了。

　　一天一束花，整个秘书处几乎天天都在找后勤库管要空花瓶，要就算了，还得是好看又精致的玻璃材质花瓶，整得库管老大爷天天下班都要去瓷器市场晃一圈。

　　闻桨有一次去秘书处找秦妗，推门一进去就看到摆在墙角的玫瑰花，满屋都是浓郁纯粹的花香。

　　下午秦妗去闻桨办公室汇报工作，结束后，闻桨随意提了句："以后池总那边送来的花尽量不要留在秘书处的办公室，如果实在没地方放，可以丢了。"

　　闻桨这话完全是出于公事公办，毕竟秘书处直接对接她这里的工作，如果有客户来访，容易给人留下不够严谨正派的印象，但在众多吃瓜群众看来，这就是闻桨在隐晦地拒绝池渊的追求。

　　那些之前投了池总追妻成功的人纷纷倒戈，转投池总追妻惨遭滑铁卢的票。

这事当然也不可避免地传到了池氏那边，毕竟两家现在是合作伙伴，来往密切。

八卦一传十十传百，很快就传到了当事人的耳朵里。

周一例会结束之后，池渊沉着脸将周程叫进了办公室。周程以为是项目上出了什么问题，心也跟着提了起来。

周程前脚刚进办公室，池渊后脚就让他把门关上，还特意交代要落锁。

等关好门，又给自己做好心理建设的周程木着张脸站到了池渊面前，一言不发的模样看起来格外严肃。

池渊坐在办公桌后，伸手从桌上厚重的文件架上抽了一份文件出来，仔细认真地翻看了好久。

早晨的阳光落了一束进来，他低着头，脸庞在光影里有些朦胧的不真实感。

一旁的周程在心里天人交战，从头至尾梳理了一遍自己最近的工作内容，在确定没出错也没有什么大问题的时候，微微松了口气。

池总应该不是跟自己谈解雇的事情吧？

也不知道过了多久，池渊终于看完那份文件，抬起头看着周程，指节无意识地敲着桌面，语气漫不经心："周助理今年有二十七了吧？"

周程准备了一堆说辞，冷不丁听到这句话，迟疑了几秒，才点头说："是的。"

"有女朋友了吗？"

周程眉心动了动："有。"

池渊好似突然来了兴趣，上半身往前倾了些，两只手肘抵在桌面上，手指交握托着下巴，目光盯着他，带了点笑意："谈多久了？"

"有六七年了。"

"那挺久了。"

"……是的。"

池渊这些问题来得猝不及防，周程虽然疑惑但也都实话实说。但他总有种错觉，似乎池渊想问的重点不在这里。

　　果不其然，在池渊兜来转去又旁敲侧击地问过他什么时候和女朋友求婚之后，突然毫无预兆地开口问道："你当初是怎么追到你女朋友的？"

　　周程恍然大悟。

　　搞了半天是在这里等着他呢。

　　但是这个问题呢，周程有些不太好回答。

　　池渊当他的欲言又止是不好意思，抬手刮了下眉角，笑了出来，语气带着显而易见装出来的失望："不好说吗？那就算了，我也就是看你成天跟着我，平常也没个假期，关心关心你而已。"

　　说完，他还欲盖弥彰地补了一句："我没有其他意思。"

　　周程紧咬着牙根才没让自己笑出来："池总，我不是这个意思，这没什么不好说的。"

　　池渊"嗯"了声，气定神闲地等着他的下文。

　　周程忍笑忍得脸酸，低头抿了抿唇角，又轻咳一声，一本正经地回答道："对不起，池总，我当初和我女朋友在一起，不是我追的她。"

　　"……"

　　"是她先追的我。"

　　"……"

　　偷师失败的池渊找借口把周程赶了出去，之后还打电话通知人事部，自己要换个新助理。

　　周程当初是人事部的经理亲自面试招进来的，这几年他在池氏的业务能力也是有目共睹的。听了池渊的话，人事部经理冒着被摘掉乌纱帽的风险，战战兢兢开口："是周程做错了什么事情吗？"

　　池渊被这个问题堵得哑口无言，丢了句"算了，我不换了"就把电话挂了。

　　人事部经理听着听筒里的嘟嘟声，心里松了一口气，这要是池渊真想换助理，他一时半会儿还真找不到什么合适的人来替换周程。

　　想到这儿，他在微信上找了周程，旁敲侧击地提到池渊最近有换助理的想法，让他平日里在工作上多上点心。

　　周程谢过他的提醒，之后在工作上更加上心。除此之外，周程对顶头上司的追妻之路也上了心。

转眼九月结束，溪城迎来降温，国庆七天长假在秋风扫落叶的苍凉间如期而至。

国庆节当天，容姨亲自下厨准备了一桌饭菜。闻桨陪着容姨吃了顿饭，之后一直在书房处理工作，因为假期对她来说不过就是换了个地方办公。

吃过晚饭，闻桨在项目工作群里和几个负责人开会，商讨在项目工程这块闻氏给出的最终报价。

池、闻两家合作投建的心血管药物研发中心如今已经通过审批，目前正在寻求合适的工程方进行项目合作。

池氏和闻氏目前均有几家意向单位，但最终还是要看各家的报价才能定下具体是哪一家。

会议持续了一个多小时，闻桨叫停，休息十五分钟，起身去倒了杯水，回来之后又开了大半个小时才结束。

几个负责人接连下线。

闻桨低着头在翻看财务那边刚刚传真过来的资料，没注意工作群里的视频电话还未挂断。

时间一分一秒过去，直到视频里忽然传来和她不同频率的翻页声，闻桨才意识到什么似的抬起头。

未断掉的视频另一端，池渊穿着棉灰色的家居服，微低着头，高挺的鼻梁上架着金丝边眼镜，清俊的脸庞在暖黄的光影里被勾勒晕染得格外温柔。

他似乎也正在翻看着什么，并未注意到闻桨的视线。

闻桨忘记了，之前为了方便，和这个项目相关的群，自己和池渊都在内，自然也包括现在这个群。可是她记得会议刚开始前，并没有看到池渊的头像亮起来，也不知道他是什么时候进来的。

闻桨屈指轻敲桌面，视频对面的人闻声抬起头。两个人隔着屏幕对视，好像也见面了一样。

"什么时候来的？"闻桨问。

池渊摘下眼镜，捏了捏鼻梁骨："你们中场休息的时候，刚好看见了，就顺便来听听你们这边给出的报价，也省得回头还要特意再听一遍。"

闻桨想挂断，但又觉得不太合适，可不挂断也觉得有些奇怪，索性就着报价这个问题和他聊了起来。

池、闻两家给出的报价并不统一，后续还有不少协商工作，闻桨和他提了自己这边的意向合作单位："毕竟是政府鼓励项目，我们这边比较希望能够和具有国家建筑工程设计甲级资质的设计院合作。市建院是首选，我看你们那边提交的名单里也有市建院，只不过我们两家测算出的报价不一样。"

池渊沉吟片刻，说："市建院确实比较合适，但是我们综合考虑其实更偏向于中建。"

闻桨点点头："中建确实不比市建院差。既然两家差不多，那就看最终报价，等三家问询结束之后再定。"

"行。"

"那不早了，我先挂了。"

池渊看着她迫不及待的样子，没忍住笑了出来："我们之间难道除了工作就没其他的事情可以聊了吗？"

闻桨："那不然呢，你还想聊什么？"

池渊勾着唇，没了眼镜的遮挡，眼眸格外漆黑明亮："我听说你让公司的人把我送去的花当垃圾扔了。"

闻桨不知道他从哪里听来的小道消息，眉头微皱："既然都是送给我的东西，我怎么处理应该和你没有关系吧。"

池渊："……"

闻桨后来也没和池渊聊太久，挂了视频电话几分钟后，他又在私聊框里发来一条信息。

池渊：你把后天的时间空出来，我打算约几个人出来吃饭，顺便谈一下项目的事情。

公事没法拒绝，闻桨回了句"知道了"。

等到了三号那天，闻桨一早收到池渊发来的吃饭地址，是在滨湖生态旅游度假区，池氏上半年才刚落成对外开放的产业。

饭局时间定在中午。秦妗前一天晚上接到闻桨的通知，上午十点不到就带着司机到了闻宅。

容姨拿了茶和点心招待秦妗，她受宠若惊，几番推辞。

闻桨从二楼下来，见她诚惶诚恐的模样，轻笑："吃吧，没事，就当在自己家里。"

秦妗这才在沙发上坐下。

容姨拉着她问了些闻桨在公司的情况，还让她多盯着闻桨的饮食，不要空着肚子工作。

秦妗和老人家说公司有专门负责给闻桨订一日三餐的助理。

容姨又问了些其他的。

没聊几句，闻桨已经收拾好了，秦妗起身和老人家告辞。

度假区在另外一个区，距离闻宅有将近一个半小时的车程。

闻桨这几日睡眠不足，上了车就在补觉，手机开了静音放在包里，错过了池渊打来的几个电话。

倒是坐在前排的秦妗收到了周程发来的微信，问他们出门没，秦妗回复对方已出门，闻总在车里休息。

周程说"好的"，之后便没了下文。

到了吃饭的地方，天空不知在什么时候变得有些暗沉，又刮了风，像是下雨前的征兆。

闻桨下了车，觉得有些冷，又折身从车里拿了件风衣随意穿在外面。

滨湖生态旅游度假区主打的就是生态，环山靠水，园区内还有从山泉引流而下的温泉馆，餐饮、住宿、体育、娱乐、购物等各类设施皆有配备，定位是中高档消费。

闻桨还是头一回来这里，下车后，被提前告知等在度假区门口的经理领着进了园区内的酒店。

距离中午的饭局还有一会儿，闻桨先回了事先安排好的房间，稍作休息后，才去了吃饭的楼层。

包厢里只有池渊和周程。

池渊给她沏了杯茶："不想和他们吃饭可以先回去休息，我让人把晚餐给你送到房间。"

闻桨不解地看着他："那这样我来这里还有什么意义吗？"

池渊笑而不语，看起来神神秘秘的。

饭局结束后，闻桨揉了揉有些晕沉沉的脑袋："我也先回去了。"

池渊见她确实脸色不好，也没多说什么："好，你先回去吧，有事我再通知你。"

"嗯。"

闻桨回了房间。酒店工作人员送了两杯解酒茶过来，她拿了一杯，站在窗前。屋外已经开始下雨。

对于今天的饭局，闻桨总觉得池渊叫自己过来有种醉翁之意不在酒的感觉，好像不仅仅是为了吃饭。

唉。

来都来了，想那么多也没用。

闻桨喝完半杯解酒茶，脱了外套，掀开被子躺了进去，春困秋乏还真是一点不假。

许是酒精的作用，闻桨这一觉睡得很长，醒来时外面的天已经完全暗了下来，可等到她打开手机看时间却才刚过五点。

外面的雨势不见小，乌云压阵，整片天空都是黑漆漆的。

闻桨赤脚下床，进浴室简单洗漱了下，走出房间的时候，看到秦妗正坐在客厅里玩手机。

想到本该好好享受假期的人现在却跟着自己在这里，闻桨心里冒了点愧疚："辛苦了，假期还要你跟我跑这一趟。"

秦妗抬头看她，笑了笑："没事，反正我放假在家也是一个人。"

"父母不在家？"闻桨倒了杯凉水，又想起什么，轻笑，"我倒是忘了，你家在南城。"

南城离溪城千百里，没有直达的航线，秦妗平常假期都很少回去，只有过年的时候才会回家看看父母。

"今年年假给你多调几天。"闻桨说。

"谢谢闻总。"

"应该的。"

闻桨喝着水，随手翻看放在一旁的酒店介绍，发现酒店里也有温泉，想着这会儿也没什么事，索性带着秦妗去泡温泉了。

接到池渊电话的时候，闻桨和秦妗刚到温泉馆换了衣服，正准备拿了牌子进去泡温泉。

她让秦妗先进去，自己站在过道处接电话。

酒店内设的温泉馆从建筑到装饰都有点偏日式风格，地面铺了一层地暖，上面又加了层绒毯，踩在上面软绵绵的。

池渊在电话里问她去哪儿了，说是项目负责人那边急着要一份闻氏的报价表，要综合对价，但是联系不到闻氏财务处的人。

闻桨没说自己在哪儿，只道："我马上回来。"

挂了电话，闻桨去里面和秦妗打了声招呼，直接穿着温泉馆的衣服回了九楼的房间。

池渊和周程都等在她房间外面，见到她的穿着，目光皆是一愣。

闻桨硬着头皮过去开门，盘起的头发落了一缕在后颈间："报价表在我 U 盘里。你们带电脑了吗？"

周程："带了。"

等弄完这些，已经是十几分钟后的事情，周程拿着手机出去联系项目那边的负责人。

池渊坐在沙发上，目光落在闻桨身上。

温泉馆拿给客人的衣服都是短袖和短裤，上衣是 V 领，衣服又比较宽松，闻桨穿在身上，锁骨完全露在外面，骨窝深陷，线条平直，微长的头发被她随意绾了个髻，松松垮垮地盘在脑后，白皙修长的脖颈随着她低头抬头的动作格外明显。

闻桨没注意到池渊的视线，敲敲打打回了几条信息，才关了电脑，准备回去继续泡温泉。

她起身的时候没注意，脚下绊到了电脑的充电线，整个人往前趔趄了一下。

池渊还没反应过来，闻桨已经扶着旁边的沙发扶手站稳了身体，领口在她的动作间露出大片白皙的肌肤。

她似乎没意识到，抬手将额前散落的碎发别到耳后："我先过去了。如果还有什么事情你就微信联系我。"

池渊别开视线："好。"

等闻桨走后，池渊找来酒店的负责人："酒店温泉馆拿给客人穿的衣服，以后全都换成长袖长裤。"

"？"

他抿着唇，神情煞有介事："现在这批衣服太暴露了，影响不好。"

闻桨和秦妗在温泉馆停留了一个多小时，出来的时候外面的雨已经停了，园区内灯火通明，亮如白昼。

许是因为之前一直在下雨的缘故，晚间的园区不比白日喧嚣热闹，人烟寥寥，显得有些安静。

到房间的时候，闻桨收到池渊的信息，说是晚间的饭局推迟，问她这边结束了没有。

闻桨点开键盘，一句话才打了几个字，屏幕突然跳了一下。

许南知来电。

"南知？"闻桨从浴室里找了条干净的毛巾擦头发，赤着脚踩在铺着绒毯的地板上。

许南知兴致不高地"嗯"了一声，又问："容姨说你出去办事了，什么时候回来？"

"我这边一时半会儿可能没法结束，晚点还有个饭局。"闻桨站在窗前，"你有事吗？不然你来找我好了。"

"你在哪儿？"

闻桨说了个地址。

许南知沉默了几秒："行吧，我过去找你。"

"好。"

挂了电话，闻桨在微信上给她发了定位和房间号，叮嘱她路上注意安全，之后又给池渊回了信息。

闻桨：我这边结束了。

池渊：我在二十二楼，我让周程过去接你过来。

闻桨：不用麻烦周程了，我自己过来。

池渊：……

结束和池渊的聊天，闻桨给秦妗发了条信息告诉她许南知晚点会过来，让她到时候去酒店门口接一下。

没等秦妗回复，闻桨就将手机放了回去，然后进浴室吹头发。

出门前，闻桨习惯性地抬头看了眼挂在玄关处的镜子，发现脸色有些苍白，又从包里掏出口红补了补。

她下午的时候翻过酒店的介绍册，二十二楼一整层都是高级私人会所。周程虽然没有亲自下来接她，却一直等在二十二楼的电梯口前。

见到闻桨，他略微颔首打了声招呼："闻总，池总他们在里面等您。"

"过去吧。"闻桨说。

这里，除了有些闷热之外，空气里并无其他异味，反而还飘着一缕淡香。

进到里面之后，她在看到悬挂在大厅上方的禁烟标识时，轻轻挑了挑眉梢。

包厢里已经坐了一桌，池渊坐在上方，黑色衬衫的领口微敞，露出半截锁骨，脖颈处的喉结锋利分明，往上是轮廓硬朗的五官，昏暗的灯光下隐约能看得见唇角处慵懒的笑意。

他手里捏着几张牌，手指修长骨节凸起，姿态懒散，神情有些漫不经心，似乎并不在意牌局的输赢。

闻桨走过去和其他几位贵宾打了招呼。有人起身要给她让座，池渊抬手拦了下，同时也跟着站起身："不用，她坐我这里。"

说完，他将手里剩下的几张牌递给她，手撑着后边的椅背，俯下身靠近她耳边，低声问："桥牌，玩过吗？"

桥牌种类比较繁多，闻桨以前在学校的时候玩过几次，但并不是很熟练。

"玩得不多。"闻桨翻开手里的牌，"也不怎么会玩。"

"没事。"池渊从旁边勾了张椅子，和她说了现在牌桌上的情况，轻笑。

不一会儿，闻桨温声问："什么时候去吃饭？"

池渊以为她是着急回去，旁敲侧击地劝道："你等会儿还有事？如果没事的话，今晚就留在这里吧，晚上还不知道什么时候才结束。"

"没什么事，只不过晚点有个朋友要过来。"

池渊挑眉："谁？"

闻桨看着他，端起桌上的水喝了一口，想起之前他说过的话，咂舌道："一个你们俩见面就会打起来的朋友。"

"……"

许南知是在闻桨准备去楼下吃饭的时候才到的酒店。池渊听到闻桨接电话的动静，让周程安排酒店餐厅的工作人员送了两份晚餐到闻桨的房间。

等吃过饭后，闻桨心里想着许南知的事情，先一步回去了。

她其实对许南知的到来有些诧异。

以往国庆假期，许南知都会和许父许母去老宅吃饭，如果没其他事情，差不多都会在老宅等到假期结束才会回来。

许南知一见到闻桨皱眉头，就知道她要问什么，抢在她之前开了口："我被赶出来了，出来之前跟我爸吵了一架。"

闻桨眉梢一扬，走到沙发旁坐下："你跟许伯父又怎么了？"

"他们想让我去相亲，我没答应。"

自从许南知和谢路分手之后，她的婚姻大事就成了许父许母心里的大事。在许南知接二连三地拒绝去和他们安排的人选相亲之后，他们开始不停地当着她的面提起谢路，提起她过去那些错误的决定和识人不清的愚蠢，试图通过这种办法来让她明白他们这些所谓过来人的苦心。

闻桨靠着沙发，看着脸色并不太好的许南知，语气有些犹疑："南知，你是不是还没忘记谢路？"

"早忘了。"许南知答得干脆，说完对上闻桨担心的目光，抬手按了按眼皮，沉默半晌才松了口，"伤口结痂了还有疤痕存在。我和谢路六七年的感情，哪能说忘就忘了，就算分开了，也总会留下些痕迹，时刻提醒我曾经有这样一个人存在。"

不是不想忘，是压根就忘不了。

许南知和谢路的好友圈重叠度很高，又是同行，就算有心想要避开，可总是会在无意间听到他的消息。

无论好坏，但那也都是与他相关。

感情的事情冷暖自知，别人没有办法完全感同身受，闻桨不知道怎么安慰，许南知恰好也不需要安慰。

她很快借着别的由头将这个话茬翻了过去："我听说池大少爷最近天天往你办公室里送花？"

闻桨不知道怎么突然就扯到这件事情上，端起茶杯凑在唇边，一副避而不谈的模样。

许南知哪里能放过她，轻笑了声："他这是在追你？"

闻桨避重就轻："你现在比以前八卦了。"

"八卦也得看是谁的事情啊，要是换了别人，我连问都懒得问。"许南知微眯着眼睛，侧身胳膊搭着沙发靠背，"池渊真的在追你？"

闻桨不咸不淡地"嗯"了声。

许南知眉梢微扬："现在费这么大劲来折腾，那他之前何必要退婚，不是有病吗？"

闻桨故作认同地点了点头："可能是有一点吧。"

许南知心情算不上多好，来的路上还带了几扎啤酒，在闻桨没回来之前一个人全都解决了。

　　这会儿酒精晕人，两个人还没聊几句，她就叫着困，倒在床上不到三分钟就睡着了，也不知道她来这里到底是为了什么。

　　闻桨下午睡得足，这会儿没什么困意，怕许南知半夜醒来口渴，起身去烧了壶水。

　　等水开的间隙，闻桨在微信上和秦妗交代之后的工作任务。

　　园区有夜场活动，十一点开始，十点多的时候酒店外面就已经有了热闹的动静。

　　闻桨站在窗前看着楼下来来往往的人影，静静地喝完一杯热水，准备进浴室洗澡时，搁在吧台上的手机突然"嗡嗡"震动起来。

　　她走过去接起来。

　　池渊不知道在什么地方，周围都是嘈杂的人声，但很快又没了："你睡了吗？肖孟和唐越珩他们过来了。"

　　闻桨停了两秒："他们怎么来了？"

　　"他们无聊，过来玩。"他笑了起来，声音很好听，有点低音炮，"你要过来吗？"

　　"我不来了，你们玩吧。"闻桨捏着手机，眉眼低垂，"南知喝醉了，我不放心。"

　　"那怎么办，我已经和他们说你一定会过来，况且——"池渊刻意停了下，话里带了几分笑意，"我已经到你房间门口了。"

　　话音落下的同时，房门被敲响。

　　闻桨挂了电话过去开门。

　　池渊站在走廊里，还穿着下午那身衣服，黑衣黑裤，身形挺拔，额前碎发垂落，眼眸漆黑，唇角勾着一抹淡到不能再淡的笑。

　　他抬手晃了晃，卷起的衣袖往下滑落几分，露出胳膊的肌肉线条和手腕脉搏处的一颗小痣。

　　闻桨错开视线，抬头觑着他，叹了口气："好吧，你等我几分钟，我和南知说一声。"

　　池渊笑："行。"

许南知睡得沉，时间又太晚了，闻桨不打算麻烦秦妗，只在床头的桌子上给她留了张纸条和一杯水。

聚会地点定在池渊的房间。

闻桨是去了才知道，来的不仅只有肖孟和唐越珩，向家的两兄弟向宁琛和向成渝也在，除此之外，还有好些其他家的公子哥千金小姐。

闻桨进去的一瞬间就想走，池渊察觉到她的意图，抬手将门落了锁，还将门闩给别上了。

闻桨翻了白眼："我又不会跑。"

"是我怕你跑了。"池渊懒洋洋地笑，"走吧，过去坐。"

肖孟招呼着起身让了座，闻桨和池渊一同坐在沙发上。唐越珩跟宋嗔换了座位，让两个女生坐在一起。

闻桨和宋嗔聊了几句，得知她现在已经不是唐越珩的家庭医生，而是去了正规医院上班。

"那你现在在哪家医院？"闻桨随口闲聊。

宋嗔："在第一人民医院的骨科。"

闻桨恍然地轻"啊"了声，眼里有一闪而过的羡慕："我以前也在那里上班，不过和你不是一个科室，我在急诊科。"

"是吗，那还挺巧的。"宋嗔笑了笑，漂亮的眼睛里荡着一抹亮光，"你知道今天来是做什么的吗？"

"什么？"闻桨还真不知道。

宋嗔倾身靠近她耳边："你旁边那位等会儿要跟你表白。"

闻桨愣住了。

见她呆滞的模样，宋嗔"扑哧"一声笑了出来："对不起、对不起，我跟你说着玩的。"

闻桨眨了下眼睛，刚刚因为过度震惊而飞走的思绪逐渐回笼，摇摇头，说了声："没事。"

之后宋嗔又和闻桨聊起了别的，其中就包括她从唐越珩那里听来的圈内八卦，有些还是盛华旗下的艺人。

闻桨见她说得起劲，抿了抿唇，没有出声打断她。

快零点的时候，房间里出去了几个人，闻桨没怎么注意，正好池渊凑过来和她说话，就把这茬忘了。

"是不是有点无聊？"池渊问。

闻桨回过神来："还好。"

他抬手看了下时间："等会儿我送你回去。"

"不用，我——"

闻桨话还未说完，房间里的灯突然不声不响地灭了，紧闭的窗帘遮住了最后一丝亮光，屋里黑漆漆的，什么也看不清楚。

闻桨不知怎么突然想到宋嗔刚刚说的话，心跳突然漏了一拍，刚要起身，池渊却在黑暗中准确无误地抓住了她的手，低声问："害怕？"

他刚才喝了酒，体温偏高，掌心有些热。

闻桨无意识蜷了下手指，指尖不小心刮过他的手心。她回过神来，将手抽了回来："没有。"

池渊往后靠了靠，莫名笑了一声。

下一刻，房间的角落突然传来英文版的《生日快乐》歌，紧接着，肖孟端着一个点满了蜡烛的蛋糕缓步朝客厅走来。

室内开始有了微弱的光影。

闻桨像是意识到什么，回过头看着池渊："你今天生日？"

他"嗯"了了声，依旧姿态懒散地靠着沙发，轻仰着头，视线落在她的脸上，睫毛又密又长，衬得眼眸漆黑深邃。

房间里的安静只有几十秒，大家开始起哄。肖孟将蛋糕放在茶几上，笑得肆意："恭贺池大少爷喜得二十五岁高寿。"

池渊随手拿起沙发上的靠垫朝他丢了过去："谢谢儿子。"

肖孟笑骂："滚。"

周围陆陆续续围了一圈人，池渊在大家的注视之下规规矩矩地许愿。

闻桨看着他的侧脸，从她的角度看过去，只能看见他轻阖微颤的眼睫留在尾端的影子，高挺的鼻梁弧度和棱角分明的下颌线。

十几秒的光景，他重新睁开眼睛，略微倾身吹灭蜡烛，黑色的衬衣拉出好看的脊背线条。

闻桨还未来得及收回视线，旁边突然伸出一只恶魔之手，试图将池渊的脑袋摁进刚刚拿掉蜡烛的蛋糕里。

拿蛋糕整蛊人这游戏还真是不分年纪。

池渊反应迅速，在那人伸手的同时侧身往旁边躲了下，笑道："我今天就想好好过个生日，都别闹。"

"行行行，你过生日你最大。"周围人笑。

池渊抬手刮了下额角，坐回原位，在场的人纷纷拿了礼物给他，大大小小的都有。

闻桨不知道他今天过生日，自然也就没准备礼物。

池渊明明知道却故意装作不知道，等收完其他人的礼物，歪着脑袋看她，语气带着几分调笑："我的礼物呢？"

闻桨盯着他，强行压下内心想打人的冲动，故作委婉地暗示："我不知道你今天过生日。"

"这样啊。"池渊笑得漫不经心，"那不然，你满足我一个生日愿望当礼物也行。"

看着他这副不正经的模样，闻桨不用想也知道他的生日愿望估计也不是什么正经愿望。

她果断拒绝："不行，你想要什么我回头可以补给你。"

池渊笑了起来，连带着语气都有了几分笑意："我想要什么都可以？"

闻桨突然感觉自己给自己挖了个坑，但话已经放了出去，再反悔又不太合适，只能硬着头皮说："在不违背我意愿的前提下都可以。"

池渊轻啧了声，神情好似有些苦恼，话里带了几分若有所思："那我得考虑考虑。

"你亲我一下和我亲你一下哪个比较违背你的意愿？"

闻桨被他理直气壮的语气给惊到，连带着眼睛也微微瞪大些许，简直无言以对。

房间里重新开了灯，洒下暖色的光影。

池渊侧着脑袋，微沉的目光始终落在她脸上，直直地望进她眼里：

"嗯？不选吗？"

他勾着唇笑，眉眼间藏着一抹春色，格外勾人："那我是不是可以认为这两个选项都没有违背你的意愿？"

"你做梦吧。"站在陷阱边缘的闻桨及时撤回将要迈出去的步伐，收敛起那一瞬间的心软，"时间不早了，我回去了。"

"我送你。"

"不用。"闻桨站起身来，影子映在墙壁上，影影绰绰，眉目一如既往的轻淡疏离，"又没有多远。"

"那你到了给我发个信息。"

两层楼的距离硬是被他整出二十公里的感觉，闻桨没有理会他的小题大做，径直出了房间。

闹腾完的肖孟注意到房间里少了个人，凑到池渊身旁，轻声问道："闻桨怎么走了？"

"想走不就走了？"池渊往后靠，整个人都陷进柔软的沙发里，话里话外都透露着不易察觉的委屈。

肖孟觉得稀奇，以前还没见过他这样，忍着幸灾乐祸，关心道："你惹人家生气了？"

"怎么可能？"池渊简直要跳脚，"我现在哄着她都来不及，哪里还敢惹她生气。"

"那你刚才和她聊什么呢？"

池渊沉默了几秒，然后把自己和闻桨的对话一五一十地重复了一遍。

肖孟听完实在是没忍住笑了出来："就你这样，等你追到闻桨，可能我孩子都能打酱油了。"

"……"

"哪有还没追到人就开始聊谁亲谁的问题了。"肖孟毫不顾忌地吐槽着池渊之前的操作，"我要是闻桨，没往你脸上浇杯凉水再骂声流氓，就已经够仁慈了。"

"……"

闻桨回到房间的时候许南知正在浴室洗澡，她给前台打电话，让送杯蜂蜜水上来。

许南知这趟出门不算匆忙，来的时候带了一个行李箱，除了衣服，还将办公用的笔记本电脑都一起带了过来。

大大小小的东西全都堆在行李箱里，电脑搁在桌子上充电。

闻桨将许南知掉在地毯上的外套捡起来挂在门口的衣架上，回身往房间里去的时候，她恰好从浴室里推门出来。

她带了睡衣，灰色丝帛质感的长袖长裤套装，一头湿发被白色的毛巾包裹在其中，水珠顺着脖颈的线条往下滑落，不施粉黛的脸庞白皙干净，许是被水汽蒸过，隐隐透着红润。

闻桨盘腿坐在床上，盯着她蹲在地上找面膜的背影："你是打算这几天都住在这里吗？"

"嗯。"许南知找到面膜，随意坐到房间角落的单人沙发上，"反正家是回不去了，我自己住的地方他们又都知道，住在这里正好，没人烦也没人管。"

"可是你总不能一直这样躲下去的。"闻桨担心许父又像几年前一样施压为难，"许伯伯的行为做派你不会不比我清楚。"

许南知默然。良久后，她轻轻叹了口气："能躲一阵是一阵，我不想和他们吵架。"

十几岁时没有能力，只能依靠大吵大闹来争夺最后一分尊严，如今二十五岁的许南知已经不再需要靠这种虚张声势的手段来证明什么。

她只不过是不想再伤父母的心，但又不愿意屈服，只能选择逃避。

许南知要留在这里，闻桨不放心她一个人，正好这几天又是假期，公司也没什么公务需要处理，决定留下来陪她住几天。

次日一早，闻桨和许南知一前一后在已经固定的生物钟下准时醒来，本来还想再多睡一会儿，但由于两个人昨天都没怎么吃东西，胃里饿得难受，索性打算起床去楼下餐厅吃早餐。

酒店的餐厅是二十四小时自助式。

闻桨和许南知洗漱完下楼，已经八点多了，刚巧赶上人多的时候，再加上这几天是假期，度假区比以往多了几倍的游客，餐厅自然也是。

许南知打了个哈欠，拿着盘子走到队伍末尾："人真多。"

"假期么，人肯定比平时要多。"

闻桨昨天过来的时候没想着在这里久留，也就没有带换洗衣服，早上洗完澡，许南知从箱子里给她随便翻了件 T 恤和牛仔裤。

她皮肤白又没化妆，微长的卷发随意扎起束在背后，搭着这身衣服穿感觉年轻了好几岁，像个还没出校园的大学生。

池渊一行人到餐厅时，正巧看到几个男生站在闻桨面前，其中一个和她穿着相似的男生手里拿着手机，看样子像是在问她要联系方式。

在不清楚状况的人眼里看来，闻桨和那个男生如出一辙的装扮反倒像是一对情侣。

池渊在看清人影的同时就要过去，不明所以的肖孟下意识抬手拉住他的胳膊："你干吗去？"

"消灭一切可能存在的情敌。"说这话时，他的目光始终落在不远处的两道身影上。

肖孟顺着他的视线看过去，待到看清之后，好似做戏一般的更加用力地拽住他的胳膊："别冲动，兄弟，冷静。"

池渊蹙着眉看他："你有病？"

肖孟"哧哧"地笑，松开他的手，隔着不远不近的距离喊了声："闻桨！"

听到这一声时，闻桨刚刚拒绝男生提出要加微信好友的请求。她回头看了眼，自然而然地也看到站在一旁的池渊，还有站在他身后的向家两兄弟。

她朝肖孟点了点头，又收回视线看着眼前的男生，笑着道："不好意思，我对姐弟恋不感兴趣。"

"啊？"男生的神情显然有些惊讶，"你别骗我了，你看起来顶多也就二十岁。"

闻桨笑得有些无奈，拽了下许南知的袖子，示意她开口帮个忙。

许南知也是秉着看热闹的态度，朝她扬了扬眉毛，勾着唇笑道："你拽我干什么？我又不对姐弟恋感兴趣。"

说话间，池渊他们几个人也走到了跟前，听到许南知的话，站在旁边的向成渝抬头看了她一眼。

池渊站到离闻桨很近的地方，借着身高优势略微俯视地看着眼前的男生，眼神凌厉又冷淡，不说话时也带着一股天生自来的压迫感。

男生不知道池渊突如其来的敌视是从何而来，最后还是突然意识到什么的同伴伸手将他拉走，直至走出很远才说："你傻啊，看不出来那人和那姐姐关系不一般吗？"

男生挠了挠脑袋，神情困惑："啊，是吗？难怪我觉得他看我的眼神就跟我抢了他女朋友一样。"

小插曲很快结束，闻桨略微松了口气，朝眼前几人笑笑，神情稀松平常："这么巧。"

在场的池渊还在生闷气，向宁琛和向成渝跟闻桨不算熟，所以接话的只有肖孟："是啊，挺巧的。"

之后在肖孟的盛情邀请下，闻桨和许南知的二人早餐变成了六人一桌的热闹场景。

度假区是池家的产业，池渊在这里就餐，早餐都是从后厨直接送过来，并不需要排队自取。

等落座之后，餐厅经理过来询问池渊是否可以上餐。

池渊看了他提供的早餐种类，目光停在其中一行，随即提笔将其中的海鲜粥改成了五份，另外加了一份鸡丝粥。

早餐很快被送上来，六个人的早餐都是同一份，唯独有一份例外。服务员将最后一碗粥放到餐桌上，同时提醒道："这份是鸡丝粥。"

向宁琛咋咋呼呼："拿错了吧，我们点的不是海鲜粥吗？"

"没拿错。"池渊伸手将那份粥端到闻桨面前，回头看着欲言又止的服务员，"好了，没事了，你去忙吧。"

"好的，闻总。"

见状，向宁琛也不再多问，权当什么也没看见。

整个过程池渊没有和闻桨有过任何眼神交流，就连闻桨想和他说声谢谢，都没有找到机会。

面前的鸡丝粥还散发着淡淡的香味。

闻桨盯着他的侧脸看了一会儿，在他接二连三的手忙脚乱之中坦然收回视线，拿着瓷勺舀着碗里的粥，唇角勾着一抹淡到几乎可以忽略的笑。

肖孟在早餐结束后的闲聊中得知闻桨和许南知会在度假区停留几日，笑道："那正好，我们打算今天下午去爬山，你们要不要一起？"

闻桨留在这里全是因为许南知，自然一切安排都是以她为主，把决定权留给了她。

按照闻桨对许南知的了解，她是不会答应这种无聊又费力的活动的。

谁知道许南知在听了肖孟的提议之后，欣然答应："好啊，反正我们也没什么事。"

趁着肖孟和池渊说话，闻桨凑到许南知耳边，低声问道："你以前不是不喜欢参加这种无聊的活动吗？"

许南知勾着唇笑了下："无聊吗？那可不一定。"

爬山定在下午，吃过早餐后，一行人取消其他娱乐活动，打道回房间养精蓄锐。

第一趟电梯上来时里面站了五六个人，肖孟故意将池渊和闻桨留在外面："站不下了，你们等下一趟吧。"

肖孟之心，人人皆知。

活跃气氛的人乍一离开，沉默就显得格外清晰。

闻桨看着映在电梯壁面上的两道身影，侧头瞧他一眼，轻声说："早上的粥，谢谢了。"

池渊低着头，又密又长的睫毛遮盖住眼底的情绪："没什么。"

"你怎么知道我不能吃海鲜？"

"你自己说的。"

自己说的？

闻桨想了好久都没有想起来自己到底什么时候和他说过这些事情，

见他的样子也不像会说清楚这件事，索性没有再问下去。

沉默了片刻，她又问："你是不是生气了？"

池渊疑惑地"嗯"了声，侧头对上她询问的视线，不自然地摸了摸鼻尖，嘴硬道："没有。"

其实也不是生气，更多的可能只是吃醋。

闻桨笑："我还以为你生气了，既然没有，那就算了。"

这话里明显藏着另外的意思，池渊放下手，试探性问道："那如果我说我是在生气，你打算怎么做？"

闻桨看着他，缓慢地眨了下眼睛："这和我有关系吗？"

因着下午要去爬山，在回到房间后，闻桨让住在隔壁的秦岭随自己回了趟闻宅，拿了换洗衣服和需要处理的文件。

回度假区的时候是闻桨一个人，没有让秦岭再跟着自己跑，毕竟还是假期，总不能让她和自己一样把时间全耗在酒店里。

中午闻桨没和肖孟他们一同吃饭，而是叫了午餐到房间，饭后和许南知各自占据沙发的一端处理了些手上的工作。

快一点多的时候，门外传来敲门声。

闻桨正在阳台接电话，许南知放下手里的电脑，低头没找到拖鞋，索性赤着脚过去开门。

正在低头看手机的向成渝闻声抬起头，待看清开门的是谁之后，神情顿了下，随后乖巧地喊了声："南知姐。"

许南知对他不设防，淡淡地"嗯"了声，问道："怎么了？"

"我哥他们准备在山上扎营看日出，吃的用的我们会带，你们只要带点自己需要用的东西就好了。"向成渝眨了眨眼，"等会儿两点钟在楼下集合。"

"知道了，等会儿楼下见。"说完，许南知就准备关门，抬眸看着眼前的小朋友，"没其他事情了吧？"

向成渝摇头："没。"

"那我关门了。"

话音刚落，门就跟着关上了。

回过神来的向成渝看着眼前紧闭的房门，抬手摸了摸鼻尖，莫名笑了一声，很快转身离开了。

许南知回到客厅，闻桨刚接完电话从阳台进来，问她："谁啊？"

"向成渝。"许南知弯腰拿起放在沙发上的电脑，边敲边说，"说是今晚要在山上留宿，让我们看着带点要用的东西。"

"露营吗？"

"看情况是。"许南知合上电脑，"我去看看带点什么，等会儿两点钟楼下集合。"

说话这会儿已经一点十几分了，闻桨也匆匆结束未完成的工作，回房间收拾东西和换衣服。

临走前，许南知从包里翻出一盒糖揣在运动外套的口袋里。

到了楼下，池渊他们几个已经等在那里，四个人也都换了身运动装，脚上踩着同个品牌的登山鞋。

见到她们俩，肖孟率先从沙发上站起身，从桌上拿了两瓶水递过来："走吧，车已经在外面等着了。"

"好。"

池氏因为开发度假区的缘故和周边旅游景点都有合作，登山露营所需的东西池渊都已经找人安排好了。

一行人都是轻装出发，只有向成渝背了包零食。

上车之后，闻桨和池渊莫名其妙被挤到最后一排的位置。闻桨挨着窗户，池渊挨着她，旁边还挤着向宁琛和肖孟。

八人座的车厢硬生生被他们刻意挤出四人座的感觉。

从车上到目的地山脚下有十几分钟的车程，闻桨开了窗户，环山公路的凉风争先恐后往车里钻。

池渊离她很近。

风里有很淡的香味，是那种清清爽爽中又带着温柔的香调，不会太烈，也没有过分清淡。

长久的沉默中。

又换了香水，闻桨心想。

紫嵩山是溪城海拔第三高的一座山峰，早些年这附近还没开发的时候，这山里很少有人来，连着山上的紫嵩寺也少了许多香火。

这几年溪城大力发展旅游业，紫嵩山成为开发重点，周围开设各种旅游项目。在滨湖度假区建造完成对外开放后，这里逐渐成为旅游重地，紫嵩山也成了比较有名的旅游景点。

车子在山脚处缓慢停下。

坐在副驾驶位的许南知率先从车里蹦下去，摸到口袋里的糖抠了两颗丢进嘴里，站在一旁等着他们下车。

闻桨从车里下来之后，觉得呼吸间都是那股若有若无的淡香，索性找许南知要了几颗糖。

薄荷的冰凉和刺激很快将其他的味道覆盖了。

爬山不是爬，主要靠走。

一行六个人，除了肖孟和向宁琛有说有笑，其他人都沉默寡言，要不就是半天才搭句茬。

走了一半，肖孟实在是没忍住吐槽了句："我以后绝对不会再跟你们出来玩了，到哪儿都一副上坟扫墓的神情，太扫兴了。"

众人："……"

剩下半程山路，不知道是不是肖孟的话起了作用，倒也没至于和刚来时一样沉默。

几个成年人，除了向家两兄弟，剩下四个要么已经接手家族企业，要么就是有自己的事业。

聊的话题总脱不开职场上的事情。

一路上来往的游客众多，六个人走走停停，闻桨和池渊很快就被其他几个人有意无意地落在了后面。

等闻桨意识到这点时，已经和他们拉开了很远的距离，遥遥望过去只能看见几个隐隐约约的背影。

她也不是傻白甜，明白他们这是在给她和池渊制造单独相处的机会。

闻桨看了眼走在一旁沉默不言的池渊，刚想开口说些什么，前方猝不及防冲过来一个小男孩，过猛的冲劲将她整个人直接撞倒在地，小男孩刹不住紧跟着砸进她怀里，她的掌心和下巴处倏地一阵刺痛。

"嘶。"闻桨轻轻吸了一口气。

下一秒，身上的重量骤然减轻。

闻桨抬眼，看到神情紧张的池渊有些粗鲁地将小男孩提起来放到一旁，又回过头来扶她，手下的动作轻柔到仿佛和刚才几乎要把小屁孩扔掉的狠厉判若两人。

"怎么样？"池渊呼吸有些急，声音也带着着急。

闻桨被扶起来靠在他怀里，男人的气息滚烫，夹杂着之前被覆盖的那点淡香漫天卷地地朝她重新袭来。

尽管砸下来的势头很猛，但闻桨除了被小男孩砸到的下巴和擦到石子的掌心，并没有伤到其他地方。

她被扶着站起来，作为医生的下意识动作就是检查骨头有没有扭到："还好，没什么大问题。"

只是下巴和掌心的隐隐作痛不太好受。

小男孩的家长也从后方跑了过来，父亲出面和闻桨道歉，母亲在后面教训自己胡闯乱跑的儿子。

见那母亲还有动手的迹象，闻桨出声拦了下，目光落到小男孩脚上的鞋子，语气放沉了些："走山路就不要让孩子穿带滑轮的鞋，如果刚才撞到的是其他小朋友，后果绝对不堪设想。"

男孩父亲面露窘色，态度始终温敦："真对不起，是我们考虑不周。您看现在要不要去医院检查一下，费用我们出，有什么问题我们一定会负责。"

"不用了。"闻桨看了眼被母亲训斥到不敢出声的小男孩，"小朋友刚才也摔得不轻，你们带他去看看吧。"

等到男孩父母第不知道多少遍道完歉离开之后，闻桨才忍不住又轻轻嘶了一口气。

还真是有点疼。

池渊目光落在她隐隐渗着血珠的手，眉间微拢："还能走吗？"

闻桨转了转脚腕："能走，没伤到骨头。"

"那走吧。"池渊扶着她走到刚才上来时路过的一个小亭子里，"在这坐着等我。"

"好。"

他给景区负责人打了通电话，之后又往山下跑了跑，在路边的一个小摊上买了几瓶水和两根冰棍。

来回几百米的距离，池渊一路都是跑着的，哪怕是在气温较低的山里，他也硬是出了一身汗。

也不知道是跑的，还是急的。

闻桨看到他买的东西，轻轻扬了扬眉梢，不知道他怎么这个时候还有心思吃冰棍。

结果下一秒，池渊就把拿在手里的冰棍直接贴在她的下巴处，呼吸微沉："自己拿着。"

闻桨用没受伤的那只手接住他的动作。

池渊捏着她受伤的那只手，小心避开掌心的伤口，将衣袖往上卷了卷，露出一小截白皙瘦弱的手腕。

山路上都是石子和沙砾，伤口摩擦得深，这会儿已经出了不少血，看起来有些恐怖。

池渊用纸巾沾着水替她擦着手上的灰尘，怕感染也不敢直接接触伤口。

他低着头，眼睛一眨不眨，额角出了一层细密的汗，发际边缘的黑发也被沾湿。

动作是温柔的，神情却是有些紧绷，唇角几乎要抿出一条笔直的线。

闻桨看着这样的池渊，心里某个地方猝不及防被戳了下。

这之后不久，景区的负责人带着医务所的医生从山脚搭乘景区的游览车匆匆赶到这里。

处理伤口的过程，池渊始终沉着张脸站在一旁，闻桨稍微发出点什么动静，他眉宇间的沉郁就更甚一分。

好在伤口虽然深，但也不是很严重，医生替她处理干净又缠了一层绷带，才拉下口罩叮嘱道："这几天注意不要沾水，防止感染。"

"好，谢谢。"闻桨看着缠着绷带的手，轻舒了一口气。

医生另外开了些消炎的药，之后和景区负责人一块下了山，还留了辆游览车在路边。

池渊将刚才的垃圾收进塑料袋里，目光看到她已经有些泛青的下巴，抬手指了指："这里还疼吗？"

闻桨下意识抬手摸了摸，轻微的刺痛感："有一点，不过还好，可能只是淤青。"

池渊"嗯"了声："那还去露营吗？"

"去啊，为什么不去？"她侧头瞧着池渊，"我伤的是手，又不是腿也不是脊椎，能走能跳的。"

"哦，听你这话你还挺得意是吗？"

两个人三句话不对盘，干脆彻底歇了话，省得等会儿还要吵起来。

旁边坐着一对歇脚的老夫妻，听了两人的对话，老奶奶笑道："小姑娘，你男朋友也是担心你呢。"

闻桨神情倏地一顿，下意识抬头朝池渊看过去，刚好他也朝她看过来。

两个人的视线隔着不远不近的距离，在半空中猝不及防地相碰。

她抿了抿唇，撤回视线，刚要开口解释，就看见旁边传来有些轻淡的一声："我不是她男朋友。"

闻桨收起话，没有看他，也没有吭声。

老奶奶对于自己看错关系的眼神有些失望："这样啊……"

"不过您也没有说错。"池渊看着闻桨的侧脸，收敛起漫不经心，眼眸明亮，语气认真道，"我现在是她的追求者。

"在将来会成为她的男朋友。"

第十四章

为你守身如玉

后半程上山的路，闻桨和池渊放弃了步行，选择了搭乘景区的游览车，最后还比肖孟和许南知他们四个人更早一步到达约定的地点。

　　昨天一场雨结束之后，天空放晴，山峦之间的雾气也随着时间的推移逐渐散去，露出原本错落起伏的轮廓。

　　山林中多是松柏类树木，枝干高耸入云，枝叶一年四季不曾枯败，阳光穿过枝叶的罅隙落入林中，残影斑驳而细碎。

　　池渊和闻桨下车走到露营点时，负责运送物资的工人已经将三个大帐篷扎好，烧烤架和食材也全都安排妥当；等他们人到，打了声招呼又交代了些注意事项，这些人就下山了。

　　闻桨最近一次露营还是高考结束毕业旅行的时候，算起来已经有好几年了。

　　她顺着露营点附近转悠了一圈，在周围看到不少其他游客的帐篷，各种颜色各种款式的都有。

　　转回来的时候，肖孟他们也到了。

　　正在喝水的许南知朝她看了一眼，神情有些惊讶，很快拧上瓶盖起身朝她走来："你这是爬山还跟人打了一架？"

　　"怎么可能？"闻桨抬手摸了摸下巴，轻笑，"来的时候被一小孩撞了下，没站稳摔着了。"

　　许南知蹙着眉头，似乎有些无语。

　　爬山用了将近个把小时，到地方几个人坐在一起聊了会儿天，除了闻桨和池渊，其他几个人都觉得有些疲惫，趁着时间还早，六个人索性钻进帐篷里歇着了。

闻桨和许南知住在中间的帐篷里。

进去之后，闻桨脱了外套，又让许南知帮忙脱了里面的 T 恤，肩背处的淤青清晰可见。

在摔倒的那一瞬间，闻桨怕磕着脑袋，落地的时候用了肩侧的力量垫了一下，加上手上撑了点力，才没让脑袋着地。

之前没察觉到疼，是因为注意力全都在掌心和下巴处，这会儿整个人放松下来，闻桨才觉得肩背处隐隐作痛。

她皮肤白，淤青的面积又大，看起来有些触目惊心。

"你这摔得不轻啊，不然去医院看看吧。"许南知有些担心。

闻桨耸了耸背，缓慢地做了几个动作，并未感觉到有特别明显的刺痛感，松了一口气："不用，没伤到骨头，估计只是磕到了，有些淤青。"

许南知瞅着她那淤青，还是不大放心："那我去给你买点跌打药。"

闻桨不想太声张，但又拦不住许南知，只好边穿衣服边说："我跟你一起吧，这一来一回也不近。"

说话间，正好向成渝过来给两人送零食。许南知等她穿好衣服："你别去了，我叫小朋友跟我一起去。"

许南知起身拉开帐篷的帘子，接过向成渝手里的零食丢给闻桨。

林中的阳光正好，许南知抬手挡了下："我打算去山下买点东西，你陪我去一趟，行吗？"

向成渝愣了下，很快回过神来，点点头："好。"

得到满意的回答，许南知抬手拍了拍他的肩膀，笑着夸了声："真乖。"

等许南知和向成渝走了之后，外面彻底安静下来，只有偶尔传来的鸟叫声。

闻桨坐着玩了会儿手机，觉得有些困，找了个碰不到后背淤青的姿势，躺下去睡了一个很短的觉。

再醒来，她听见外面有说话的动静。

闻桨在迷迷糊糊中摸到手机看了眼时间，才刚过四点，她也就睡了不到半个小时。

帐篷外，池渊和肖孟正准备生火。

山里的气温降得很快，尤其是秋冬季节，往往过了五点钟，就已经能感觉到凉意。

干柴和烧烤用的炭都是备好的。

"三哥，成渝回来了吗？"这是向宁琛的声音。

池渊往篝火的坑里丢了几根干柴，头也没抬地问："成渝出去了？"

"是啊！"向宁琛从箱子里摸了瓶水，拧开瓶盖凑到唇边，"他说和南知姐下去买点东西。"

"买什么？"

"这我没问。"

池渊朝中间的帐篷看了眼，淡声说："还没回吧。"

"哦。"

之后三个男人就在外面断断续续地聊了起来，但大多时候都是肖孟和向宁琛的声音，池渊只是偶尔搭声茬。

闻桨裹着被子听他们说话忙碌的动静，直到过了四点半才爬起来穿上外套从帐篷里出去。

篝火已经生了起来，热意直窜。

肖孟离帐篷最近，听见动静扭头看了眼，笑道："醒了啊。"

"嗯。"闻桨走到他旁边，"要帮忙吗？"

"可别。"肖孟低头拨弄着炭火，语气意有所指，"支使你一伤号，我怕某人半夜杀人灭口。"

池渊面无表情地从一旁走来："什么灭口？"

"没什么。"肖孟笑着打哈哈，放下手里的火钳，"这里交给你了，我去看看有什么食材。"

池渊神情自若地"嗯"了声，低头将那些由于没有完全晒干而冒着烟的干炭挑出来。

闻桨在旁边站着，也没主动开口。

下午在小亭子那一茬，她其实没有想到池渊会那么说，更不知道这人到底是自信过了头，还是当老人家好糊弄。

反正他睁眼说瞎话的功夫是与日俱增。

沉默了许久，池渊停下手里的动作，侧眸瞧了她一眼又很快撤回："许南知下山去买什么？"

"生活用品。"闻桨没告诉他实话，"我们来得着急，忘了带。"

说完这句话，两人又陷入沉默中。良久，池渊状似无意地问："是给你买的吗？"

闻桨有些疑惑，但还是据实回答："对，给我买的。"

他点点头，没有再问。

又过了半个小时，许南知和向成渝买完东西回来了。忙着给食材刷油的池渊见空抬头瞟了眼，看到她手里提了个黑色的塑料袋，又默不作声地收回了视线。

忙忙碌碌，时间就不早了。

山里天黑得早，虽然雾气浓，但周边到处都是扎营露宿的游客，也不至于显得荒凉颓败，反倒是有些热闹喧嚷。

肖孟将吃饭的桌子支在篝火和烧烤架中间的空处，又放了六张折叠椅子，两个小朋友忙前忙后，往桌上端食材。

闻桨和许南知坐在桌旁聊天。

"还疼吗？"许南知压着声音问。

"还好，不动的话就没什么感觉。"闻桨回完工作信息，抬头看她，笑道，"你别太担心了，又不是什么大问题。"

"那要是疼得厉害，你就和我说。"

"嗯。"

说话间，桌上已经陆陆续续摆满了吃的，肖孟将最后一份烤鸡翅端上来，向宁琛搬了一箱啤酒放在桌旁。

闻桨不能喝酒，池渊给她拿了两瓶饮料，热的。

她接到手上的时候愣了下，回过神的时候，池渊已经收回手，神情坦然地坐到她旁边的空位上。

闻桨有些纳闷，受伤了不能喝酒也没说不能喝凉的呀，烧烤配热饮，这是什么奇怪的搭配。

池渊倒是反应如常，将桌上有几盘烧烤放到离她伸手就能拿到的位置，温声说："这些都是不辣的。"

她手上有伤口，烤的时候池渊就特意分了辣和不辣两种口味，只是刚才他们端上桌的时候没注意，都给放混了。

闻桨拿了串羊肉："谢谢。"

"嗯。"

桌上酒过了三巡，肖孟在说自己的感情经历，大家都在听，向成渝将剩下的最后两串烤鱿鱼放到许南知和闻桨的盘中。

山里的光线暗，闻桨也没注意，只顾着听肖孟说话，随手拿起来就咬了一口，待尝出来是什么之后，抽了张纸低头给吐了出来。

池渊放下酒杯，倾身靠过来："怎么了？"

"吃到鱿鱼了。"闻桨端起桌上的白水漱了漱口。她对海鲜过敏很严重，以前只是不小心吃了点鱿鱼丝，身上立马就冒了红疹。

"只是尝了点味道也会过敏吗？"池渊又回过身将桌上的热水壶拿过来，给她倒了杯热水。

"不确定，但应该不会，我只是咬了一口。"

"那先吃点别的吧。"池渊重新拿了个干净的盘子，换掉她面前放着鱿鱼串的盘子。

闻桨看着他过分自然的动作，眼睛眨了眨，没有说话。

吃过烧烤已经七点多了。山里的月亮格外亮，白日的晴空换来夜晚的繁星密布，山峦藏在雾气后露出影影绰绰的轮廓。

一行人收了垃圾，围坐在篝火旁。

池渊站在不远处打电话，背影高大而挺拔，闻桨盯着看了几秒，默默收回了视线。

他很快结束电话，朝这里走了过来。

考虑到明天一早要起早看日出，几个人没有聊太久，等简单洗漱完，各自回了帐篷。

许南知替闻桨抹完药，掀开帘子出去洗手，回来的时候往闻桨面前放了个白色的塑料袋："池渊让我拿给你的。"

"什么？"闻桨把目光从手机上挪开，愣了几秒后才伸手将袋子里的东西拿出来。

是过敏药和暖宝贴以及一小包生姜红糖。

过敏药闻桨可以理解，但暖宝贴和生姜红糖是什么鬼？

还没来得及细想，闻桨脑袋里倏地闪过什么，想到下午和他的对话还有晚上的热饮。

她终于反应过来了。

许南知对其中两样东西并不陌生："你生理期到了？"

"没。"闻桨解释了暖宝贴和生姜红糖出现的原因，有些哭笑不得，"他可能是误会了。"

许南知挑了挑眉："看不出来啊，他还有这心思。"

闻桨按照药盒上的医嘱吃了过敏药，将剩下暂时用不上的东西又重新装进袋子里放到旁边。

帐篷里很快没了光亮，陷入一片昏暗。

长久的沉默中，许南知忽然毫无预兆地开口："其实池渊也挺好的，你和他在一起，我也放心。"

闻桨翻了个身，看着她："你以前不是对他印象挺不好的吗？"

"你也说了那是以前。"许南知侧头对上她看过来的目光，"至少现在，他是真心实意对你好，也比我想象中要认真。"

"嗯。"

"但感情不是儿戏，你也要好好考虑，不能因为别人对你好就妥协。"许南知看着她，"两个人在一起，一定要互相喜欢才可以，知道吗？"

闻桨轻叹，脸颊蹭着枕头，声音有些闷："知道了。"

两天一夜的露营结束之后，一行人回归正常的生活轨迹。

池渊和肖孟在当天傍晚先一步离开度假区，闻桨一直陪着许南知在酒店住到假期结束。

短暂的休憩换来的是更加忙碌的生活。

许南知所在的市建院成功拿下池、闻两家合作投建研发的心血管药研究所的设计权。

项目正式进入开工阶段。

在这之后，池渊和闻桨各自工作，每天都有忙不完的应酬和各种生意场上的酒局、饭局，很少能空出时间见面，但闻氏前台的工作人员每天依旧会签收一束送往三十四楼的玫瑰花。

转眼间，距离国庆假期结束已经一个多月了，溪城进入寒冷萧瑟的深秋，接连几日的冷空气让溪城的气温直降至个位数。

突如其来的降温让不少毫无防备的人中招，病毒性感冒在悄然之间滋生，闻氏的人事部在一星期之内接连收到各部门递来的假条。

闻桨白天在公司开会，晚上回来就感觉人有些发热。容姨给她找了感冒药，让她睡前吃一粒。

第二天一觉醒来，闻桨整个人虚弱无力，喉咙发痛，一量体温38.7℃，比昨天还严重了些。

容姨叫来家庭医生重新量了体温开了药。扎针吊水的间隙，闻桨给秦妗打了个电话，让她把早上的会议推迟到下午。

交代完工作上的事情，闻桨让容姨去书房给她拿了几份待处理的文件。文件还没看完，人就扛不住睡了过去。

等到她再醒来的时候，三瓶水已经挂完，手背上贴了两条白色的胶带，针孔处隐隐作痛。

发热咽喉痛的症状并没有减轻太多，闻桨在床上躺了会儿觉得胃里有些空，起床去了楼下。

大约是生病的缘故，浑身有些发软，人也有些烧糊涂了，所以当闻桨在一楼客厅看到坐在沙发上的人影时，有一瞬间还以为是幻觉。

但很快，幻觉就被击破了。

坐在沙发上的人听到动静，回头看了一眼，随即放下手里的文件起身朝她走来："醒了？"

闻桨抬手按了按眼皮，再睁眼时眼睛里多了几丝清明，只是声音依旧有些沙哑："你怎么来了？"

"你推迟了早上的会议，我给秦妗打电话，她说你生病了。"说话间，池渊动作自然地抬手摸了摸她的额头，察觉到手下的温度有些烫，他微微蹙了蹙眉，"还有些低烧。"

闻桨也是烧糊涂了，忘记今早的例会池渊也要出席，早知道这样就不用推迟了。

反正他们俩只要有一个在场就可以，不过现在不是讨论这个的时候。

"感冒发烧也不是马上就能好的。"闻桨朝厨房那边望了眼，"容姨在里面吗？"

池渊察觉出她的意图："饿了？"

她舔了舔有些干燥的嘴唇："有点。"

"容姨熬了粥，你坐会儿，我去给你盛。"池渊伸手捋了捋她睡得有些凌乱的头发，然后转身进了厨房。

厨房的移门被拉开。

闻桨站在原地，看到池渊低头和容姨在说些什么，男人的侧脸轮廓深刻又分明。她抬手揉了揉额头，走到餐厅里坐下。

许是生病虽然感觉有些饿，但闻桨的胃口却不是特别好，一碗粥只吃了三分之一。

她喝粥的时间里，池渊拿了文件坐在对面。他们现在有事业，肩上都担着重任，最近也都很忙，从骤然减少的见面次数就可以看出来。

餐厅里很安静，闻桨抬起头看了他一眼。

一个月的时间，池渊也没什么变化，除去头发剃得更短了些，样貌依旧俊朗英气。

他垂眸看手里的文件，神情格外认真，压着纸页的手指修长而骨节分明，不时提笔在上面勾勾画画。

两人面对面坐着，桌上还摊着些其他文件。闻桨无意间瞥了一眼，看到上面的标题和内容，眼皮倏地一跳，紧跟着撤回了视线。

文件上的内容是关于池氏接下来的发展计划，这相当于一个公司的机密文件。

闻桨不知道他究竟是心大还是过于信任自己，就把这么重要的文件以这样随意的方式放在她面前。

他到底有没有想过，如果她想要利用这份文件做什么新闻，会给池氏带去什么风波和影响。

想到这里，闻桨倏地莫名笑了声。

算了，这事她也做不出来。

池渊被这笑声打断思路，抬头隔着一张桌子看她，眼眸明而亮，既温柔又漂亮："笑什么？"

"没什么。"闻桨不想把有些事情弄得太清楚，放下手里的瓷勺，瞧着他手里的文件，温声问，"你最近很忙吗？"

"嗯，确实挺忙的，公司准备新增 AI 医疗项目，最近一直研讨关于这方面的会议，之后如果董事会通过方案，可能还要更忙些。"说到这里，池渊顿了下，勾着唇笑，"不过你不用担心，就算再忙我也还是能抽出时间来看你的。"

闻桨简直无语，低下头不再看他："谁担心这个了。"

"那你担心什么？"池渊放下文件，好整以暇地看着她，慢悠悠道，"总不能是担心我吧？"

"……"

"那你放心好了，在你没答应我之前，我会一直为你守身如玉的。"

"……"

不知道他怎么突然就扯到了这个方面。

闻桨完全摸不透他跳跃式的想法，生病让她的战斗力直线下降，最后只能气急败坏又有些幼稚地怼了一句："你守个鬼。"

池渊留在闻宅吃了午饭，之后闻桨和他一起去了闻氏。只不过等下午的会议一结束，池渊就让秦妗把她送回了闻宅。

闻桨这次确实是病来如山倒，不过好在隔天便是周末，就算是休息也耽误不了太多的工作。

她在家里挂了两天的水，烧是退了，只不过感冒依旧没好。医生让她忌油腥，容姨连着让她吃了两天的白粥。

闻桨吃得嘴里都没了味。

就这样食之无味地过了一个星期，闻桨的感冒彻底痊愈，约了许南知下班去市中心吃火锅。

到了快下班的点，闻桨收到了池渊的微信，问她什么时候下班，晚上有没有时间一起吃个晚饭。

闻桨刚给他回了信息，说是已经约了许南知去吃火锅。

信息发出去的下一秒，她想了想又敲了几个字过去，问他要不要一起。

池渊：好。

池渊：那我在停车场等你。

闻桨没有回这条信息，而是起身开始收拾东西。秦妗进来送文件时并未觉得惊讶，毕竟闻桨一早来公司就让她把今天下班之后的所有应酬都给推了，说是有私人约会。

秦妗将文件放在她桌上，问："闻总，需要通知司机在楼下等着吗？"

"不用。"闻桨拎着包，"你也早点下班吧。"

"好的。"

闻桨出了办公室，进了专用电梯，直达负二层停车场，池渊在这里有固定的停车位。

她出了电梯之后，轻车熟路地走到某个停车位前，看到了站在车外打电话的池渊。

池氏最近有计划要并购海外一家药业公司，结果暂时还是未知数，但外界都有传闻，如果并购成定局，池氏在海外市场的份额又将提高不少，国内市场经济的占比可能又要重新洗牌。

闻桨听到他在用英文和对方交流。

标准的英伦腔调，配着他深沉而磁性的嗓音，有点低音炮，听得人耳朵发麻。

闻桨抬手揉了揉耳朵，站在原地想等他打完电话再过去，恰好旁边有车辆驶过。

池渊回头看了眼，但一时半会儿又没有办法结束电话，只能边说边抬脚朝她这边走过来。

低音炮离得越来越近，直到停在面前，闻桨觉得耳朵好似被什么咬了一下，酥酥麻麻的。

池渊不能和她说话，只能用手比画了一下，大概意思是让她先上车。等闻桨跟着他走到车旁，他却拉开驾驶位的车门，示意她坐到这里。

闻桨挑了挑眉，动了动唇，却没发出声音："我开？"

他点点头，意思不言而喻。

闻桨估计他应该要接很长时间的电话，没发表其他意见，走过去坐进驾驶位。她才刚坐稳，池渊突然也跟着弯腰探身进来。

倏地拉近的距离，让闻桨有些不知所措，紧贴着座椅的后背微微绷直，连呼吸都跟着放慢了。

池渊却仿佛毫无察觉，一只手拿着手机，另一只手摸到调整座椅位置的按钮，替她调了调座位的前后距离。

男人的五官轮廓在昏暗的车厢里并不清晰，但过近的距离，让闻桨还是将他的神情看得一清二楚。

他微抿着唇，眉头也微微轻蹙，电话的另一端的声音有些激动，这似乎并不是一件轻松共赢的事情。

声音愈来愈激动，闻桨隔着听筒也能听得清楚。

池渊始终没有出声打断对方。等调完座椅的位置，他又伸手将一旁的安全带扯过来给她扣好。

暗扣合上的瞬间发出一声响。

池渊抬头看了闻桨一眼，但又好像不是在看她，只是在接电话时目光恰好出神落在这里而已。

他停留的时间太长。

闻桨抬手在他眼前晃了晃。池渊回过神来，伸手捉住她的手指，低声问："做什么？"

车内的光线昏暗，池渊站在车外，身影背着光，五官轮廓被打上一层天然的阴影，显得格外立体。他松开微抿的唇角，漆黑的眼眸直勾勾地看着闻桨，睫毛又密又长，在尾端的一侧留下痕迹。

他的指腹柔软而温热，几乎没有怎么用力地握着她的手指。

闻桨猝不及防撞上他的目光，心跳陡然落了一拍，手指微蜷，指腹擦着他的虎口处。

池渊没有等着她的回答，几秒后松开手，往外退了一步，修长而白皙的手指仍旧搭在车门上，指甲剪得平直。

从这个角度，闻桨的目光恰好停留在他的腰腹间，整齐塞进西装裤里的白衬衫，低奢品牌的皮带勾勒出精瘦有力的腰线。

这样的近距离，闻桨甚至能看清楚他衬衫纽扣上的复杂暗纹，弯弯绕绕，和他的简单直白截然相反。

车门很快被池渊从外面关上，身影绕过车前来到副驾驶位。

闻桨被迫收回视线，莫名有些脸热，抬手将车窗降了几厘米，可惜停车场内环境封闭，没有多少凉风。

好在池渊始终专注于接电话，并没有意识到什么。

黑色的轿车很快悄无声息地从停车场驶离，汇入外面冗长的车流之中。

池渊接了大半程的电话，但很少有交谈声，更多时候都是沉着脸在听对面的人说话。

不难猜测，这一次的并购并没有像外界传得那么轻松。

闻桨单手把着方向盘，目光看着前方的车流，神情若有所思。车外的凉风顺着她先前开了几厘米的窗缝争先恐后地往车里钻。

秋冬的风干冽寒冷，带着刺骨的凉意，不似春日的和煦。

这一处的红灯秒数格外长，闻桨想得出神，并未注意到池渊已经结束通话，朝她这里看来。

"闻桨。"

"嗯？"她回过神来，扭头看过去，"怎么了？"

"车窗关了。"池渊言简意赅，语气有些沉。

闻桨其实不想关，因为车内开了暖气，有些闷，留着的这点缝隙恰好可以透气。

但看他微敛着神色，闻桨想到刚才那通并不愉快的电话，最终还是把车窗关上了。

合上仅有的一点缝隙，车外嘈杂的动静和呼啸的风声都被隔绝，车内安静如往昔，只剩下两道不同的呼吸声。

约莫过了几十秒的光景，池渊收回落在闻桨身上的目光，像是知道她在想什么般地解释道："语气不好不是因为刚才那通电话。"

闻桨还没来得及开口。

他已经很快接上第二句话："是因为你。"

这是什么意思？她刚才又没做什么。

闻桨有些没想明白，偏头看着他，没忍住问了出来："我现在什么都不做都能影响到你的情绪了？"

"确实。"池渊笑了一下，手肘抵着窗沿支着脑袋看她，眼里也带了笑，"你什么都不做，我就已经很喜欢你了，这难道还不算影响我的情绪吗？"

"……"

到了吃饭的地方，许南知对于池渊的出现并未有太多惊讶，仍然一如既往和他针锋相对，三句话不投机就要撂筷子打起来。

闻桨简直不敢吱声。

一顿火锅吃得热火朝天，结束时，闻桨起身去洗手间，顺便去楼下埋单。

走到门口，她想起什么，回头看了眼相对而坐的两人，怕自己一走这里就成了战场，问了许南知要不要一起。

许南知拒绝得干脆利落："不去。"

闻桨抿了抿唇，离开得心惊胆战。

开关门的动静只有一瞬，许南知往门口看了眼，又很快将目光收回，落到坐在对面的池渊身上，语气平静而坦然："说实话，你和闻桨的事情我一开始并不赞成。"

"我知道。"池渊把玩着手里的杯子，想到初次碰面时听见的八卦，轻笑，"你之前觉得我不是什么好人。"

许南知强调："现在也是这么觉得。"

许南知和他对视，两个人都笑了起来。几秒的时间，她收了笑："好吧，我道歉，以前是我误会你了。"

池渊笑了笑，似乎并没有把她的误解放在心上。

"桨桨的性格受她父母的影响，克制、沉默、冷静，但其实她以前不是这样的。"许南知往后靠着椅背，姿态放松，"你如果见过学生时代的她，可能会很惊讶，因为那个时候的闻桨和现在的闻桨几乎可以说是两个截然不同的人。"

"我见过。"池渊看着桌上还在汩汩冒着泡的锅底，言简意赅地解释了自己见过的缘由，"在闻桨大学同学的婚礼上，我看过一段她大学时期的视频。"

许南知怔了怔，抬起眼。

"我知道你在担心什么。"池渊表情很淡，但眼神却很认真，"我们家没有在感情上胡来的人，所以一开始两家提出联姻的时候，我才会不同意，后来退婚也是因为我不想让这段感情从一开始就掺杂了别的目的。我希望两个人在一起，只是因为互相喜欢，而不是因为别的原因被迫牵扯在一起。"

"能听到你这句话我就放心了。"许南知笑了下，"桨桨这些年一直都是一个人，现在能有个人陪在她身边，我也很开心。"

池渊和许南知没有聊太久，后来等闻桨回了包厢，三个人都不擅长聊天叙旧，很快就散了场。

送闻桨回去的途中，经过一家蛋糕店，池渊想起刚刚在包厢和许南知聊完后她突然提起的一件事情——

"你应该知道这周日是桨桨的生日，但是你不要给她过生日或者准备什么惊喜。"

池渊不解，问："为什么？"

"她不喜欢。"许南知说这话时，语气有些低沉，"自从闻宋阿姨去世之后，她就不过生日了。"

想到这儿，池渊忍不住叹了口气。

闻桨远比他想象之中还要介怀和放不下过去的事情。

他忽然觉得车厢里有些闷，抬手将车窗往下降了降，但转念又想到闻桨大病初愈，又给关上了。

低头正在回信息的闻桨听见动静，头也没抬地说："你开吧，我也觉得车里好闷。"

"我不觉得。"

有了许南知的叮嘱，池渊虽然没有在闻桨生日当天表示什么，但还是在下午的时候抽空去了趟闻宅。

只是没想到却跑了个空。

容姨迎他进了屋里，给他倒了杯茶，眼尾泛着不易察觉的潮红："桨桨一早就出门了。"

池渊握着茶杯，眉宇间是藏不住的担心："您知道她去哪儿了吗？"

"舟山墓园。"容姨别开眼睛，光是提到这几个字，声音就有些哽咽，"闻家的人都葬在那里。阿宋去世之后，她每年在这天都会过去一趟，一待就是一天，劝也劝不住。"

闻宅的面积很大，上下两层，客厅和二楼挑空，阳光从落地窗外照进来，径直洒向客厅。

池渊盯着落在桌角的光影看了许久，看得眼眶发酸发热，才收回视线，放下手里的茶杯，起身告辞："容姨，您别担心，我过去看看。"

容姨红着眼睛，连说了三声"好"。

舟山墓园在西郊，距离位于市中心的闻宅大约有两个小时的车程，下了高架桥之后进入辅道，是一条笔直的路线。

路面上的车流很多，池渊的车速提不了很快，停停走走用了将近两个半小时才到墓园。

随着车内导航的结束，池渊也在墓园附近的临时停车场看到了闻桨的那辆车。

附近还有许多车位，他将车停过去，人却坐在车里没下去。

随着夕阳的下移，墓园附近的林间逐渐起了雾，天空也在一点一点变得暗沉，秋冬的天总是比往日黑得要早一些。

池渊也不知道在车里坐了多久，可能有一两个小时，也可能更长。直到夜色将整个墓园笼罩，他才看到远处的石阶处走来一道熟悉的身影。

夜色阒寂无声，月光将那道身影勾勒得格外寂寥孤单。

闻桨走完最后一级石阶，路过墓地管理处，依旧没有见到以前那位管理员爷爷。

她没有再停留，转身朝停车场走去，刚走到车旁，身后忽然传来一阵急促的脚步声。

闻桨虽然是无神论者，但此刻墓园空无一人，心中难免起了不好的念头。

没等她拉开车门坐进去，那人已经靠近，带着气喘吁吁的声音："请问您是闻桨女士吗？"

闻桨回过头，才发现这人身上穿着管理员的衣服，看起来年纪也不大，估计也就十七八岁。

她微不可察地松了一口气，松开门把手："我是。你有什么事情吗？"

"还好没错过。"男生将手里的信封递给她，"这是我爷爷临终前让我转交给您的。"

闻桨接过来，借着未封严的封口看到里面的一叠红色钞票，忽然反应过来："你爷爷是杜松龄老先生？"

杜松龄是这里的墓地管理员，闻桨以前每次来都是他在这里值班，平常闻桨不过来时，老人家还会帮着擦一擦闻家人墓碑上的灰尘。

只是世事无常，闻桨没想到上一次见面已经是最后一次。

这信封里的钱都是她每次走之前偷偷留下的，老人家一分没花，全都还了回来。

闻桨没有收下信封，还回去的时候还往里面多塞了几张，说是用来给老人买纸钱的。

离开墓园的时候，闻桨从倒车镜往后看了眼，看到男生站在原地朝她鞠了一躬。

与此同时，她也从这个角度瞥见旁边停着的一辆车。

一辆并不陌生且格外熟悉的车。

深秋的夜晚萧索苍凉，冷风从林间穿过，空旷安静的墓园让刹车熄火的动静格外清晰。

闻桨将车停在路边，收回落在车后的视线，推开车门朝着停在角落的车辆走去。

路面上落了一层枯叶，踩上去会发出轻微的动静，夜里的风凛冽又刺骨，闻桨将脸往衣领里埋了埋。

池渊坐在车里，看着闻桨一步步朝这里走来的身影，垂眸轻轻叹了声气，伸手推开车门走了下去。

他在车外站定的同时，闻桨也来到车前。

夜色与雾气弥漫的墓园，只有零星几盏路灯，不遗余力地发挥着自己作为一盏灯的使命。

白炽灯的光冷白又明亮，两道身影隔着不远不近的距离，映在脚边的影子被延长，在看不见的地方相遇。

闻桨瞧着他，眼睛明而亮，下巴隐在衣领之下，说话时唇边冒出一小团白气："你饿了吗？"

这猝不及防的问题，叫人一时反应不过来。

"嗯？"闻桨稍稍扬了扬眉毛，像是对他的沉默表示不解和疑问。

池渊也跟着呼出一口气，话音温柔："还好，不太饿。你呢，饿吗？"

"有一点。"其实不止一点，闻桨这一天都待在墓园，几乎滴粒未进，这会儿胃里又空又难受。

"那就一起去吃饭吧。"说完，池渊拉开车门，拔下车钥匙，拿上外套，重新站在她面前，"我坐你车。"

"那你的车怎么办？"

"明天我再让人来取。"几步远的距离，池渊将外套搭在手臂上，只穿了件单薄的衬衫，身形修长而挺拔，"走吧。"

"好。"

从碰面到回去，闻桨始终都没有问池渊为什么会出现在这里，池渊也没有表现出关心或者担忧的样子。

两个人都没有试图去戳破那层窗户纸，好像这就是一个简单的周末，一场简单的相遇。

回去的路上经过商场，闻桨将车停在商场门口的临时车位："我去里面的超市买点东西。"

池渊没有发表意见，只是解了安全带和她一起下了车。

许是新年将近加之又是周末的原因，超市里人多得超乎想象，很多货架上的商品没有了又很快被补充到货，每个人的推车里都堆满了东西，收银台前更是排了很长的队伍。

闻桨在门口推了辆小车，进到里面后，池渊从她手里将推车接了过去："要买什么？"

闻桨不答反问："你想吃什么？"

池渊笑了下。超市里人如潮涌，他伸手将她往身边拉了拉，随口问："怎么，你要亲自下厨吗？"

"不是。"闻桨拿了一盒草莓，"我只是不知道晚上吃什么。"

"……"

"不过你要是有什么想吃的，我可以买回去让容姨给你做。"闻桨说，"容姨的厨艺很好。"

她说这话时语气很平常，跟平时没什么区别，但池渊却从字里行间察觉出一些微小的亲昵。

想到这儿，他轻轻地笑了出来，最后还真点了几道菜。

闻桨按着他说的菜品拿够了食材，埋单的时候池渊抢在她前边给收银员递了银行卡："我来吧，作为你邀请我回家吃饭的回报。"

她没有拒绝，也没有忽视掉收银员朝他俩投来的暧昧目光。

买完东西从超市出来之后，池渊没有让闻桨提东西，两个大购物袋都被他拎在手里。

购物袋过分的重量将他的手心勒出一道红痕。

闻桨看见了，伸手要去接："给我一个吧。"

池渊却不愿意："没事，我可以。"

闻桨不想和他争论这个问题，直接动手去拿，手指刚挨到购物袋的边缘，听见他叹了声气："好吧，给你一个。"

说完，闻桨看到他把两个购物袋都放在地上，然后从其中一个稍满些的袋子里拿出一个装着葱姜蒜的小袋子递给她。

闻桨有些哭笑不得地接了过来："这是什么意思？"

池渊的眼神很无辜："这不是你要的吗？"

闻桨带池渊回了闻宅，她之前说不下厨，但因为不想让容姨太辛苦，最后还是进厨房帮忙做了最后两道菜。

吃了晚饭后，池渊没有久留，闻桨安排了司机送他回去。

这之后两个人都过上了比想象中更加忙碌的日子。

研究所的项目上各种琐碎的问题频出，之前拍下的那块地皮还有历史遗留问题，导致开发进程一拖再拖，闻桨和池渊只能带着助理和各处的负责人东奔西走，与各色人物沟通。

与此同时，盛华旗下自制的选秀综艺也在圣诞节当天正式开播，第一期的收视率超乎之前参照各种数据计算得出的结果。

微博上好评不断，参赛的一百零八位选手的粉丝流量也在节目播出之后大幅增长。

闻桨在和盛华策划部的几位负责人开过会之后，计划参照《YOUNG》的模式筹备一档同类型的女团综艺，预计在下一年六月推出。

忙起来的生活仿佛永远没有尽头。

池氏的海外并购案进展得并不顺利，作为主要负责人的池渊在元旦当天亲自飞往英国处理相关事情。

他行事低调谨慎，出国的消息被封锁，在事情未完全成定局之前，外界媒体并不清楚他的行踪，只有闻桨每天和他保持着联系，听他说些英国的人文风俗、他以前在这里就读过的大学，还有在生意场上碰见的奇葩合作商。

虽然池渊很少和她聊到和并购有关的话题，但她从上一次他那通并不怎么愉快的电话可以想象这次的事情并没有他所描述的那般轻松。

只是他不提，闻桨自然也保持同样的默契，照旧每天在微信上听他说些生活琐事。

后面年关将近，公司的事情多了起来，两个人也都忙了起来，联系就没有那么频繁，又因为时差的缘故，几乎没有什么同时间交流。

池渊通常会在深夜给她发来信息，而往往那个时候闻桨要么在忙，要么就是在开会，等看到信息时，他那边也已经是凌晨了。

保持这样的联系过了半个月之久，闻桨在国内一则经济周刊上看到池渊的身影，采访的大幅内容都是和这次池氏成功并购英国某知名药企有关。

负责这次专访的编辑在末尾对池渊进行了从头至尾的夸奖，都是些青年才俊、年轻有为的溢美之词。

文章的右侧放了一张池渊的照片。

他穿着一身深色西装坐在镜头之前，墨黑色的衬衫搭着颜色相差无几的领带，从扣子到袖扣每一丝每一毫都透露着和以往与众不同的严谨和矜贵。

额前碎发被梳起，露出饱满的额头，大约是上了妆，脸庞轮廓比平常更深一些，眉尾向两鬓延展至恰到好处的点，眉骨锋利分明，眼眸漆黑明亮。

摄影师最擅长捕捉人的神态。

照片里的池渊风度翩翩，神情却是淡淡的，高挺鼻梁之下薄唇微勾，带着礼貌得体的笑容，气质温文尔雅。

文章的末尾是一则小编提示。

本次专访的视频花絮官微首页可见。@时代人物周刊

闻桨看到这里竟鬼使神差地打开了微博。

专访是一周前的事情，官微首页置顶了这条花絮的视频，视频里的池渊比起刻板的照片更加气度不凡，举手投足间都带着让人着迷的气息。

过分出众的样貌很快让微博上的粉丝注意到了池渊本人。

闻桨拉了进度条，在三分十六秒的时候看到池渊拿着手机坐在化妆台前，周围有人在给他弄造型。

这一处的场景有些熟悉。

闻桨拿起手机点开和池渊的聊天框，按照专访的日期找到那一天他们俩的聊天内容。

池渊在微信上和她抱怨采访既无聊又枯燥，问的内容也很幼稚，还怀疑化妆师给他弄造型时试图占他便宜……

对比起视频里戴着一层面具显得没有那么平易近人的池渊，在闻桨面前的池渊显然更加真实，甚至是有点出人意料的可爱。

一个星期后，池渊结束在英国那边的工作，启程回国。他来去低调，出国时身边只跟了周程和公司法务部和财务部的经理，国内并无人知道他回国的消息。

池渊并没有提前告诉闻桨自己回国的事情，本意是想给她一个惊喜，但却不想在飞机落地时闹了个乌龙。

他和国内某知名一线女艺人撞了航班，巧的是这位女艺人的团队在当天给自家艺人约了机场街拍，阴差阳错之下，池渊被误当成女艺人在圈外的秘密男友和女艺人一块上了热搜，他回国的消息也因此传得人尽皆知。

娱乐圈八卦消息的传播速度超乎想象，再加上前者对池渊的身份背景有所了解，有意蹭他的热度，索性放任公司团队往两人的热搜上砸钱，以至于池渊一个圈外人也有幸体会了一把爆红的感觉。

后来闻桨也从网上看到了消息，当然也不可避免地看到了池渊和那位女艺人的相关热搜。

元意恋情曝光
元意 池渊
池渊是谁
……

呵。

还真是巧了。

娱乐八卦的热度本就增长迅速，更何况热搜背后还有资本运转。等周程接到公司公关部的电话时，池渊和元意的相关词条已经占据了热搜首页的半壁江山。

元意不是什么网红十八线，池渊也不是什么平庸之辈，两个人的身份背景就足够吃瓜群众议论半天。

在双方公关团队出来辟谣之前，女方团队还私下联系了在业内的狗仔资源，有意无意透露出元意和池渊的关系不浅，甚至连元意之前成为池氏度假区代言人的事情也放了出来。

女方的团队做事隐蔽，联系的资源都避过了公司，就算是有心想查也查不出来。

但现在最重要的也不是这件事。

周程接完电话，立马和池渊汇报了这件事，末了，还将公关部提出的公关方案也说了一遍："公关部那边的意思是先发通稿将恋情的事情澄清，至于热搜的事情，他们觉得这是免费给度假区打广告的资源，建议不撤，毕竟元意目前还是一区的主代言人。"

池渊舟车劳顿本就疲惫，现在又出了这档子事，心情意料之中的差，语气也有些不耐烦："池氏现在很穷吗？"

"……"

"缺这点广告费？"

周程正色道："我马上联系贺媛去处理撤热搜的事情。"

"嗯。"

周程联系公关的时间里，池渊也在给闻桨发消息，只是一直没有收到回复，打电话也全都是无人接听。

池渊有些烦躁地按了按太阳穴，等周程打完电话，沉着声道："让贺媛那边去查清楚，今天这事到底是意外还是有备而来，如果有什么阻碍，可以让她动用池氏的所有公关资源。"

"好的。"

"另外——"池渊顿了一下，这一停顿，半天没接上下句话。

坐在副驾驶位的周程疑惑地扭过头看了他一眼："池总？"

池渊抿了下唇角，沉默几秒。就在周程以为他不愿说时，他又开了口："算了，先不回公司了，去一趟闻氏。"

"好的。"

司机在下个路口掉了头。

闻桨其实不是故意不回信息不接电话，只是刚好池渊给她发信息打电话的时候，她正在会议室里开会，把手机留在了办公室里。

后来会议结束，闻桨叫了几个部门经理去她办公室商讨之前在会议上还存有争议的遗留问题。

一行人从电梯里出来，闻桨边走边交代："通知俊海集团的负责人，关于这次合作我们只会按照合同约定的点来支付，至于他们要求的其他义务，我们一律不会履行。"

"好的。"

"另外你再让法务部的陈经理来一趟三十四楼。"闻桨一边和秦妗说话，一边去开门。

坐在办公室沙发上的池渊听见开门的动静，放下手里的杂志，起身回头，刚要开口，却见闻桨身后乌泱泱站着一群人。

闻桨比池渊先反应过来，没有在意几个部门经理的眼神交流，淡声问道："你怎么过来了？"

"刚好路过。"池渊弯腰拿起搭在沙发上的外套，"那你先忙，我晚点再过来找你。"

闻桨现在确实有事，也没拒绝："好。"

池渊走到门口，又像是想起什么，回过头看着已经坐回办公桌后的闻桨："元意和我同航班的事情我事先并不清楚，至于热搜上的事情，我已经让公司的人去处理了。我之前和元意除了试镜那一次，之后也就只有度假区代言人时期有过接触。"

闻桨说："知道了。"

池渊又认真强调了一遍："我和她清清白白，你要相信我，不然我没有心思回去上班。"

闻桨顶着几双八卦的视线，硬着头皮又重复了一遍："我知道了，你快回去吧，我还有事情要处理。"

他这才露出数月未见后第一次碰面的第一个笑容，神情愉悦轻松："那我先回去了。"

闻桨不看他，说了个单音节的"嗯"。

池渊收回目光，和站在门口的几位经理点头示意，很快离开了办公室，搭乘电梯直接去了负二层停车场。

周程坐在车里边等他边处理热搜上的事情。

池渊拉开车门坐进去的时候，周程还在和公司公关部的经理贺媛打电话，见他回来，很快挂断，正声汇报道："公司已经发声明澄清了您和元小姐的关系，另外贺媛查到热搜的事情是元小姐的团队似乎在背后花了钱，但是没有实质性的证据。不过发通稿的那几家娱乐公司，法务部也都给他们递去了律师函，他们已经删除了有关内容。"

池渊听完想了几秒，车内暖黄的光影也不能将他眉眼间的凌厉软化："当初公司和元意签的代言人合同，解约金比例是多少？"

周程心下惊讶，但还是据实回答："三比一。"

池渊交叠双腿，右手搭在膝盖上方，墨黑的西裤衬得无节奏轻敲着的手指格外白皙。

池渊想了想，随口问："酬金加上违约金，将近一个亿，现在和他们提解约是不是不太划算？"

周程摸不准他的想法，没敢把话说得太死："可能是有一些。"

"那就不解约，先让法务部通知对方下一季不再续约的事情。"池渊缓缓勾了勾唇，笑意却不达眼底，"另外，你再去查查元意接下来有哪些代言。"

"好的。"周程感觉事情没有那么简单。

果不其然，下一秒就听见池渊有些漫不经心地开口："查出来之后想办法截下，截不过来就搅黄。"

周程在心底默默给元意点了三根蜡烛，同情之余不忘关心老板和老板娘的感情问题："那闻总那边？"

"没事。"池渊低头看手机，嘴角勾着一抹淡淡的笑，"到时候你把元意的代言抽一两个私下里牵线给盛华的艺人。"

"好的。"

池氏公关雷厉风行，很快就将热搜上池渊和元意的相关词条撤得干干净净；除此之外，他们还雇了一批水军在微博首页散布消息，说这次的事件主要是女方为了蹭热度才做出来的。

池氏雇的水军经验老到，内容说得隐隐约约，但又可以让人有无数的想象空间。

这些内容很快引起了元意粉丝的群愤。

不久之后，"元意蹭热度"、"元意粉丝恶意掐架"等相关词条便代替之前的绯闻恋情爬上了微博热搜首页。

热搜的热度和爬升速度都是和资本力量相关，池氏家大业大，自然不会在意这点小钱，很快就让和元意有关的热搜死死地钉在首页前排，让后排的其他热搜内容望尘莫及。

对于池氏的做派，元意的经纪团队除了发声明澄清恋情的事情，根本没有任何应对方法。

池渊回到公司和几个董事就在海外的并购案开了场会。

结束后，周程告诉他，元意那边传消息过来，说想请他吃饭，顺便再解释一下这次的事情。

"我已经先替您回绝了。"周程说。

池渊"嗯"了声，低头翻了页文件，又抬头看着周程，有些欲言又止："你平时……"

他这个样子周程太熟悉了，立马做好了他问什么都不会据实回答的准备。

池渊盯着周程的脸看了几秒，想到之前问他怎么追女朋友那次的尴尬，想了想，还是没问出来："算了，没事，你先出去吧，帮我把下午五点之后的安排都推到明天。"

周程松了一口气，但出于为老板分忧解愁的职责，还是问了句："闻总因为这件事生气了吗？"

池渊轻轻扬了扬眉毛，语气一本正经："周程，你现在比以前八卦了。"

"……"

行！

再问、关心这事，他就是狗！！！

周程保持良好的职业操守，并没有将关门的动作放得很大，办公室的门被轻轻合上。

池渊盯着门笑了一声，而后收回视线，拿起手机打开微信，把公司写的那份声明发给了闻桨。

等了半天才等到对方的回复。

闻桨：……

池渊：你忙完了？

闻桨：嗯。

池渊：那我现在过来找你。

闻桨：你没有工作的吗？

池渊：我们已经一个月没见了，我很想你。

闻桨：两个小时前才见过，我等会儿要去一趟盛华，晚点再见吧。

池渊盯着后面几个字，轻轻笑了声，敲下一个"好"字回过去。

闻桨没有再回信息，他也放下手机继续处理工作。

快五点钟的时候，池渊接到了池庭钟的电话，被告知晚上有重要饭局，不得缺席。

池渊只好给闻桨发信息取消了晚上的见面，等收到闻桨回复的时候，他已经坐在了池庭钟的车里。

车外夜色来袭，城市的灯光被拉出一道道光影。

池渊盯着微信里聊天页面里闻桨回过来的一个看不出情绪的"好"字，犹豫几秒，给她拨了通电话。

电话很快被接通又很快被挂断，几秒的时间里，池渊经历了如同过山车一般的跌宕起伏，但很快他就又回到了踩着平地的踏实感，因为他的微信里有了两条来自闻桨的新信息。

在开会，不方便接电话。

没有生气。

第十五章

你是不是有病

闻桨在开会，池渊便没有再继续给她发信息，随手点进她的朋友圈翻了翻，就退了微信，没有在意心里那一点微不可察的别扭。

　　坐在一旁看报纸的池庭钟头也没抬地问："你和那个女演员是怎么回事？"

　　"对方娱乐营销。"提起这件事，池渊还是忍不住蹙了蹙眉，"不过事情已经处理好了。"

　　"那你和桨桨又是怎么一回事？"池庭钟收起手里的报纸，隔着一层玻璃镜片瞧着他，"真当我什么都不知道？"

　　池渊把玩着手机，唇角勾着一抹笑："就是您听到的那回事。"

　　"哦？是吗？"池庭钟收回视线，悠悠道，"我听到的可是池氏的小池总给人送花结果还被拒收的故事。"

　　池渊哑然失笑，抬手挠了下额角，索性破罐破摔："那可不就是这么一回事吗？"

　　池庭钟看了他一眼，收了笑，正声道："桨桨是个好孩子，你可别再像以前一样胡来了。"

　　池渊抿了下唇角："我知道。"

　　池庭钟"嗯"了声，又拿起报纸展开，语气悠悠地吐槽道："早知今日何必当初啊。"

　　池渊："……"

　　池氏计划在下一年度开展 AI 医疗项目，海外药企并购案的成功只是实现了初步计划，国内还有很多审批手续没有下来，后续的工作量只会多不会少。

新项目是池渊提出的，他是主要负责人，池庭钟只能算是帮他在中间牵了线，至于其他的事情还是需要他自己出力出策。

到了吃饭的地方，池渊又翻出平时用来装样子的眼镜架在鼻梁上，扣紧衬衫衣领最上方的一粒扣子，跟着池庭钟一起进了包厢。

酒过三巡，池渊忍不住解了两颗扣子，在喝了两口白水之后，拿着手机在桌底偷偷给闻桨发信息。

池渊：[/ 晕 /][/ 晕 /][/ 晕 /]

这时候已经是七点多了，池渊不知道闻桨在做什么，只知道自己等了好久都没有等到她的回复。

旁边的宾客过来敬酒，池渊又收了手机，起身端杯回敬。

包厢里光线明亮，推杯换盏间青白的烟雾在灯光之下腾然而起，空气沉闷而难闻。

池渊摘下眼镜捏了捏鼻梁骨，眼尾被酒精熏出显而易见的红意，长长的眼睫轻轻盖下来，模样潋滟而勾人。

饭局结束时已经过了十点。

池渊随着池庭钟将几位宾客送上车。冬夜里的风凛冽刺骨，黑漆漆的天空只剩下一轮朗月。

池庭钟站在车旁，声音微沉："你是跟我回家还是回你自己那儿？"

"您先回去吧，我叫了司机来接我。"池渊从包厢里出来时没拿外套，风吹着他单薄的衣衫。

"好，那你进去吧，这么冷的天出来也不知道注意点。"

池渊笑笑没反驳，站在路边等池庭钟的车走了之后，才转身返回包厢。周程给他发了信息，司机大约还有十多分钟才到。

他回包厢拿到手机，看到闻桨在一个多小时前回了信息。

闻桨：刚刚在开视频会议。你怎么了，喝多了吗？

　　包厢里的气味不太好闻，池渊拿着外套一边往外走，一边在微信上给闻桨回信息。

　　池渊：没喝多。

　　等走到电梯口，电梯的下行提示灯刚好闪了闪，门打开了，池渊收起手机走了进去。

　　电梯在六楼停了一停，门打开的时候，池渊看到站在外面似乎在起争执的两个人。

　　算不上陌生，但也不是很熟悉，也就是白天才刚刚一起上过热搜的关系。

　　元意和经纪人显然没有想到会在这里见到池渊，两个人都愣了愣。见池渊抬手要去按键关门，她的经纪人杜真桦先反应过来，伸手挡了一下，拉着元意走了进去，等电梯开始下行，还和池渊打了声招呼："池总好。"

　　池渊没有搭理。

　　元意扯了下杜真桦的衣袖，示意她不要开口，而后自己往前一步，放软了声音道："池总，关于今天上热搜的事情，我很抱歉。"

　　元意这段时间都在山里拍戏，没什么曝光度，最先团队只是想给她约一次机场街拍适度营业，只是没想到会牵连到池渊，还闹出那样的乌龙。

　　热搜刚出来的时候，她也许有责任，但并不是主要过错方，要论起来她其实也算娱乐八卦的受害者。

　　可后面的事情，就不能用对与错来衡量了。

　　一个人如果想要的太多，但是又没有能力承担得到这些之后的后果，只能是自食恶果。

　　池渊看了她一眼，又很快收回视线，语气格外冷淡："不必。"

　　元意还想说些什么，电梯已经抵达一楼大厅，池渊快步走出电梯，仿佛身后站着的是什么洪水猛兽。

走到酒店大堂时，元意又跟了上来，因为她的团队今天下午收到池氏递来的消息，她下一季代言人的资格已经被取消。

当初签代言的时候，双方为了防止后期有什么变故，合同都是按照季度来签的，如果需要续约则需再继续签订合同。

度假区代言人虽然不是元意今年最大的一个代言，却是最风光的一个，光是池氏这两个字说出去，就足够甩同线艺人一大截，只是没想到现在会出这样的事情。如果代言人资格被取消的事情传出去，不仅仅会对她目前的身价造成影响，甚至还会对她在其他方面的资源有所影响。

如果池氏得理不饶人，在暗地里给她使绊子，那元意失去的可就不仅仅是这一个代言的问题了。

想到这儿，元意的语气不由得变急了些："池总，您听我解释——"

池渊停下脚步，见离她太近，又往旁边让了一步，淡声打断她的话："没什么好解释的，既然你做出这样的选择，那就要做好为这个选择负责任的准备，你还没资格让我给你的过错埋单。"

"池总——"

池渊再次打断她，神情有些不耐："元小姐，请您自重。"

闻言，元意忍不住咬了咬下唇，眼眶迅速红了起来，看起来有些可怜，让人心生不忍和怜惜。

池渊看了只想打人，索性转身快步离开这里，走到门口时没太注意，不小心撞到了人，对方的手机被撞掉在地上。

"抱歉。"说话的同时，池渊正准备弯腰去捡，没想到对方比他反应还快，抢先一步捡了起来。

没等他问什么，人丢下一句"没关系"就跑了出去。

池渊心中正烦，也没太关注，给周程打了电话，问了司机的位置，快步走了出去。

年底的事情比闻桨想象中还要多，她甚至还庆幸池渊取消了晚上见面的事情，不然可能就是她没有办法赴约了。

八点多从会议室出来，闻桨又和盛华副总姜明新在办公室聊了大半个小时，等看到池渊发来的信息时，已经过了九点。

池渊特别喜欢发微信系统自带的表情，看起来一点也不像二十五岁，反倒是有点像五十二岁的风格。

回完信息，她又匆忙地去工作，直到十点多才离开盛华，在路上才发现手机已经低电量自动关机了。

到家之后，闻桨先去了书房给手机充电，又折回楼下喝了容姨给准备的鸡汤，然后回房间拿了睡衣进浴室洗澡。

等到洗完澡出来，她湿散着头发去了书房。

屋里开了暖气，温度很高，穿得少也不会觉得冷。

手机里有池渊在半个小时前发来的微信，问她忙完了没有。

闻桨拔了充电线，给他回复忙完了。

信息刚发送出去，状态栏池渊两个字就跳转变成对方正在输入中，下一秒，一条新信息冒了出来。

> 池渊：我在你公司楼下。

发梢有水珠滴落在眼皮上，闻桨抬手抹掉，敲了几个字发过去。

> 闻桨：我已经到家了。
> 池渊：……
> 池渊：那我过来找你。

闻桨看到这句话的同时，又看了看右上角的时间，已经接近零点，加之现在又是冬天，没有答应让他过来。

> 池渊：可是我很想见你。[/ 快哭了 // 快哭了 /]

闻桨盯着那两个丑到出奇的表情，实在是没忍住笑了出来，心情突然变得很好。

闻桨：明天见吧，现在太晚了，我要休息了。

这条消息之后，闻桨没有收到池渊的回复，而是直接接到了他打来的视频电话。

闻桨摁了接听，池渊出现在屏幕里。

他坐在车里，背景音是嘈杂的汽笛声，还穿着白天那身衣服，白衬衫和西装外套，头发有些乱。

车里开了灯，光线很亮，闻桨看到他的脸有些红，眼睫微垂，不说话的时候像只可怜兮兮的大型动物。

闻桨心里一软："时间不早了，你快回去吧。"

池渊说了"好"，却没有挂电话。

闻桨也没有挂。

两个人隔着屏幕听着对方的呼吸声，还有又乱又急的汽笛声。

池渊关了车窗，周围安静了很多。他抬头看着闻桨，突然开口问："你为什么不生气？"

"你想让我生气吗？"

"不想。"池渊抬手按了按眼皮，"也是想的。"毕竟生气才代表在乎不是吗？

闻桨眨了眨眼睛，像是知道他在想些什么，抿了下唇角才开口："不生气不是因为不在乎。

"是因为足够相信你。"

视频通话的最后是以双方互道晚安作为结束。在回住处的路上，池渊给周程拨过去一通电话。

对方显然没有想到这个时候还会接到大老板的电话，以为出了什么意外，接电话时既匆忙又紧张："池总？"

池渊注意到他的语气，轻轻笑了声，安抚道："是我，我没出事，只是有个工作安排想和你说一声。"

周程松了一口气，恢复到以往的冷静："您说。"

车外光影变幻莫测，池渊看在眼里，整个人陷进柔软的座椅里，不紧不慢地交代道："我打算买套房。"

"嗯？"周程愣了神，这是什么工作安排？

"地段我已经提前选好了。"池渊将手机从左手换到右手上，说话时的声音随着他的动作忽远忽近，"和闻总家在一个小区。你这两天帮我看看，那附近有没有合适的房子，距离最好离闻总家不超过五百米。"

周程这才听明白了，感情您买房就是为了和老板娘做邻居啊！

"价格、房型都不是问题，我只要距离近一点就可以。"池渊又陆陆续续交代了些其他注意事项。

在他说话的间隙，周程拿着手机走到书房，打开电脑在微信上给自己做房产的朋友发信息问了房子的事情。

对方回复得很快：这个小区目前已经没有剩余房源了，你想买房吗？我可以给你推荐其他的。

周程回了"谢谢"，又打断池渊的喋喋不休："池总，我刚刚打听过了，闻总家所在的小区已经没有多余的房源了。"

听筒里忽然安静下来。

买房不过是一时兴起，但听到这个结果，池渊难免还是有些失望，最后挣扎了下："那这样吧，你去联系联系同小区的住户，问问他们愿不愿意转让房子，价钱可以谈。"

周程揉了揉脑袋，用异常冷静的语气敲醒了已经完全陷入恋爱脑的某人："池总，闻总家所在小区目前市场均价在十五万一平方米。"

如果不是现实情况不允许，周程其实更想当面朝他吼两声：你清醒一点！！！人家不缺钱！！！

"……"

池渊消停了。

周程听着他微沉的呼吸声，又有些于心不忍："池总，如果您真的想和闻总做邻居，那我建议您——"

他顿了下，用平静的语气缓缓说道："不如趁早和闻总把关系定下来，这样您就不用费工夫买房，还可以直接住进闻总家里。"

"……"

"或者您让闻总住进您家里也可以。"周程一板一眼地说。

"……"

池渊直接把电话挂了。

什！么！玩！意！

他！现！在！是！这！么！随！便！的！人！吗！

几分钟后。

周程在朋友圈刷到了池渊在一分钟前更新的一条状态。

池渊：【做人还是随便点好：D】

周程话糙理不糙，池渊在心里想了想，决定挑个合适的时间和闻桨把话说清楚。

毕竟这么长时间过去了，他们俩的关系虽然在潜移默化间变得更加亲近，但实质关系却仍旧停留在原地，没有任何进展。

到家之后，池渊去浴室冲了澡，出来后去书房处理了几封工作邮件，等头发晾得半干，就回屋里睡觉了。

睡觉之前，他摸出手机给闻桨发了句"晚安"，为这个美好的夜晚画上了一个完美的句号。

可惜这个句号代表他的结束却不代表其他的人结束。

次日凌晨，微博上一个名叫八卦爆爆爆的娱乐营销号连发了三条微博，全部都是池渊和元意相关的内容。

第一条微博是一段视频，拍摄内容是池渊和元意站在酒店大厅说话，视频是偷拍的，画质虽然不清楚也听不清说了什么，但也足够让人认出来视频里的一男一女是谁。

第二条微博是四张照片，和上一段视频的场景差不多，但是这个营销号在这则微博配了文字解释：

白天微博撇清关系，晚上酒店见面吵架，娱乐圈的人还真的是会演戏。

第三条微博的文字内容则更加细致，从头至尾地解释了几张照片的来龙去脉，又暗自揣测两个人吵架的原因是池渊介意元意不小心曝光了自己和她的关系，最后这个营销号还大胆猜测元意拿到池氏度假区代言人是通过不正当的手段。

爆料的内容点到为止，却步步踩中吃瓜群众的胃口，这几条微博很快就在众多网友的点赞、评论、转发一条龙的吃瓜标准姿势下火速爬上了热搜首页。

元意和池渊相关词条内容被不停搜索查询，最后两个人的名字甚至成了搜索关联词。

由于爆料的时间点在深夜至凌晨，正是各类公关松懈之时，加之微博的流量数以亿计，这三条微博的热度始终居高不下。

周程凌晨五点接到公司公关部经理贺媛的电话时，三条微博底下点赞评论和转发量合计均已经过了百万。

贺媛沉着声："看热度不太像非人为，我怀疑背后有团队控场。我已经在联系撤热搜的事情，但是我们得到消息的时间太晚，现在撤了热搜只能被人说是掩耳盗铃。"

"那也要撤。"周程随便点开一条微博，底下的评论都是些很难听的骂声，他蹙了蹙眉，"你知道池总的脾气，他一向厌恶这种事情。"

"我明白。"贺媛说，"池总那边麻烦你了。"

周程说"没事"，跟贺媛沟通完之后立马给池渊拨了通电话，将这件事情在电话里和他说了一遍。

"贺媛已经在处理这件事情。"周程说，"她怀疑这件事情可能跟元小姐的团队有关系。"

池渊被气笑了一声，带了些嘲讽的意味："她们薅羊毛还薅上瘾了是吗？"

周程没接话，听见电话那边传来窸窸窣窣的动静，紧接着又听见池渊冷淡到连怒气都显而易见的声音："联系贺媛和法务部，现在到公司开会。"

"好的。"

池氏二十四楼会议室。

池渊在听完各方面汇报之后，压着盛怒的模样让整个会议室的气氛都有些紧绷。

贺媛摁了两下手里的笔，没有出声。

虽然事情刚出来的时候她第一个怀疑的就是元意和她的团队，但现在冷静下来却又觉得不太合常理。

毕竟昨天白天那一出，元意已经自食恶果得到教训，像她这种身份的人，这时候应该吃一堑长一智，而不是选择做出这种自断前程的决定。

但不管怎么说，事情是因她而起，无论这次的事件和她有没有关系，贺媛想池渊应该都不会放过她。

池渊穿着黑色衬衫坐在主位，脸上什么表情也没有："贺媛，具体的应对措施就按照你刚才说的办。"

"好的。"贺媛提笔在纸页上打了个钩。

池渊盯着桌上的用来净化空气的小盆栽，不紧不慢地做出决定："法务部这边尽快将代言人的解约合同递交给对方，解约金按约支付；另外再通知对方团队，池氏以后不会再和他们公司有第二次合作。"

"好的。"

池渊沉默几秒，淡声说："先这样，散会吧。"

在这不久后，池氏官微发了一封声明，再次澄清了和元意的关系，并且和元意方提出解约。

在声明的末尾，池氏还决定向八卦爆料人以诽谤、言论捏造和散布谣言等行为提起诉讼。

池氏的声明一出，引起众方哗然。

池渊没有去关注这些，回到办公室还没坐几分钟，又让周程安排车离开了公司。

他去了闻宅。

之前在来公司开会的路上，池渊给闻桨打了电话、发了信息，但全都和昨天一样，如石沉大海，了无回音。

池渊有些担心也有些气恼，总觉得自己辜负了闻桨的信任。虽然自己没有真的做出什么对不起她的事情，但自己这样一而再、再而三地和别人以这种方式出现在公众视野里，池渊不敢保证闻桨不会生气。

在去闻宅的路上，池渊已经做好了闻桨生气的准备，也想好了到时候该怎么办该怎么说，但是他没想到会跑了趟空。

闻桨去平城出差了。

容姨早起在院子里锻炼身体。老人家显然没有了解网络的习惯，眉目一如既往的和蔼："七点多就走了，说是有什么着急的事情要过去处理，工作上的事我也听不懂。"

池渊抿了下唇角，没有再问什么，陪着老人家坐了一会儿，便起身告辞又回了公司。

闻氏在平城还留有一部分产业，上半年的时候分公司在市二环拍了一块新地皮，用来筹建新楼盘。

这半年来项目进展顺利，不出意外今年可以开盘。

昨天夜里，工地负责人想要在年关阶段赶工程进度，让工人夜里加班，没想到出了意外，搭建在楼层外围的脚手架突然崩塌，导致数十位工人意外从高层坠落。

三名工人当场死亡，另外九名仍在医院抢救。

闻桨一早接到秦妗的电话，连忙订了机票飞往平城。

在去机场的路上，她连着开了两个视频会议，手机上信息电话不断，忙到转不过神。

下了飞机之后，闻桨在分公司负责人的陪同下直接去了医院，先去看望了去世工人的家属。

去世的三位工人都是家中独子，是丈夫也是父亲，家属和亲友情绪激动，场面混乱不堪。

闻桨还没说话，其中一位工人家属的妻子突然情绪失控，猝不及防冲到闻桨面前扬手挥了一巴掌。等到被旁人拉开之后，她彻底瘫倒在地上，声嘶力竭地哭诉嘶吼，带着对往后生活的绝望和无助。

秦妗瞧着闻桨脸侧迅速冒出的指印，忍不住想要上前说些什么。闻桨拦了下，带着人从病房里走了出来。

"闻总……"秦妗欲言又止。

"没事。"闻桨深吸了口气，"走吧，去看看受伤的那几位工人。"

等到从医院出来，时间已经到了下午，闻桨来不及顾及脸上的伤，带着一行人回了分公司大楼。

事出突然，闻桨早上在接到消息之后，并没有同意分公司提出封锁消息的意见，反而让他们主动发了道歉声明。

这世界上没有不透风的墙，一个鸡蛋如果有了缝，那么在往后就会引来无数只苍蝇。既然这样，还不如在鸡蛋最开始出现缝隙的时候，直接将鸡蛋砸碎了处理干净，然后再换一个让苍蝇叮不到缝隙的新鸡蛋。

事情的进展比闻桨想象中还要顺利些。

在抵达平城的第二天，闻桨召开了记者发布会公开道歉，并且在会上提出会妥善安排后续事项以及相关赔偿。

发布会结束之后，闻桨又去了趟医院，告知受伤工人的家属闻氏会承担治疗期间的所有费用，另外还给了他们一笔不小的赔偿金。

至于去世的三位工人，闻桨不仅亲自登门道歉，还以个人名义出面替三位工人在平城西郊买了三块墓地。

除此之外，赔偿金和其他安排一样未落。

事情处理完成之后，闻桨并没有立马离开平城，而是留在分公司整顿内部环境。

她对这次事件所有涉事人员进行层层惩处。

在平城的最后一天，恰好是分公司的内部年会，往年闻桨是不会出席的，今年正巧碰上了，免不了被邀请出席。

这几天闻桨在分公司雷厉风行的做派让公司上下所有人都有些提心吊胆，闻桨也清楚，这也是自己出席年会的主要原因，毕竟松弛有度的处理方式才能将员工对企业的忠诚度最大化。

闻桨没有在年会上停留太久，喝了几杯酒之后便离了席。

在回酒店的路上，秦妗照例向闻桨汇报第二天的工作安排。

末了，她不动声色地提了句："池总那边前两天和我联系了一次，问您什么时候回去。"

闻桨沉默了一会儿，说："暂时先不要和他透露我的行踪。"

"好的。"秦妗从后视镜里看了闻桨一眼，想起在来平城那天微博上闹得沸沸扬扬的事情，微不可察地叹了口气。

回到酒店之后，闻桨胃里有些不舒服，秦妗从包里翻出胃药给她。

吃完药之后，闻桨去了浴室洗澡。秦妗打电话给前台，让他们送了一份白粥到房间。

之后秦妗便留在房间替闻桨收拾行李。按照计划，她们本该在今晚返回溪城，但闻桨临时提出参加年会，秦妗又将机票推迟到了明天下午。

闻桨洗完澡出来，见秦妗已经收拾好行李，桌上摆着一碗白粥和几样小菜。她其实没有什么胃口，但不想辜负秦妗的好意，最后还是吃了小半碗。

秦妗离开之后，闻桨起身走到窗前，盯着窗外的车水马龙看了一会儿，忽然有些怀念以前在医院上班的时候。

那会儿虽然忙碌，但至少每一天都是充实的，不像现在，忙碌到失去了自我，成天戴着面具，做事之前永远讲究结果计较得失。

回想起这一年多以来发生的事情，闻桨仍旧觉得这就像一场梦，恍惚且不真实。

房间里的温度有些低，闻桨没有在落地窗前站太久，很快就关灯回了卧室。

困意来得猝不及防，但闻桨睡得并不踏实，做了一个很短的梦。

梦里她回到了小时候但很快又长大了，身边很多人出现又消失了，化成虚幻的光。

闻桨试图去抓住什么，但每一次都是空手而回。

池渊出现得很突然，在闻桨不知道的时候，他已经在梦里追着她走了很远的路。

等到闻桨回过头的时候，他却又不见了。

梦里开始有很急促的响声，尖锐又刺耳。

闻桨猛地惊醒过来，从梦里回到现实，耳边却依然能听见那道响声，好像还在梦中。

她抬手揉了揉脸，缓过那阵心悸，伸手将旁边响个不停的手机拿了过来。

热搜的事情处理起来比想象中还要迅速，池渊来去闻宅的时间，贺媛已经联系相关人士将微博上所有和元意、池渊有关的内容清除干净，热搜上逐渐被其他明星的娱乐八卦代替。

接连两次的荒唐热搜明显已经惹恼了池渊，贺媛和周程处理起事情也丝毫情面不敢留，几乎是快刀斩乱麻的节奏。

不过一天的时间，他们已经将第二次热搜的幕后推手查了出来，是和元意同个经纪公司的一位女艺人。她本来只是想着落井下石，却没想到把自己余生的事业全都搭了进去。

池氏对她进行了全方位的封杀，更是对外宣称以后不会再和其所在的经纪公司有任何合作。

事情尘埃落定的速度远远甩出吃瓜群众娱乐八卦的速度，一出大戏还未到高潮就已经戛然而止。

在此期间，闻氏新楼盘工人意外坠楼的新闻也传了出来。

池渊让周程去联系了相关媒体，尽量压了一些不利于闻氏的新闻报道，但也适时放了一两个出去。凡事都有利弊，闻氏出了这么大的事情，如果没有一点不利报道，那才是奇了怪。

他自己抽不开身去平城，安排手底下的人过去跑了一趟。

对方汇报说闻总处事果断迅速，已经取得工人家属的谅解，媒体报道也是一片好评，几乎不需要他们在私下出手帮忙。

听到这里，池渊就弯弯唇，无声地笑了下，然后交代周程通知他们不用再继续留在平城了。

池渊原本以为这几天联系不上闻桨，是因为她工作忙碌事情多抽不开时间。

他自己也忙，知道忙起来什么都顾不上的感觉是什么样，加之这次是闻桨接手闻氏以来碰到的第一个意外事故，只会比平常更忙，所以他基本上不会主动去打扰她。

现在事情结束了，池渊照例给她发消息、打电话，但全都和之前一样如石沉大海，了无回音。直到这一刻，他才意识到闻桨这一次可能不是因为忙才不回消息、不接电话的。

想到这儿，池渊拿出手机买了张飞往平城的机票，还没等到出发，公司项目上又出了问题。

他开会出差，忙到不分昼夜，那张飞往平城的机票自然也作废了。

池渊像陀螺似的转了数十天，直到年关前才有一刻的停歇。晚上出席完酒会，池渊从宴会厅出来，穿着一身黑色，鼻梁上架着眼镜，身形高挑出众，后边照例跟着一群西装革履的年轻男人。

周程快步跟上他的步伐，长风衣在身后带起一道弧度，声音压得又低又沉："闻总目前还留在分公司那边处理工作，秦蛉没透露她们什么时候回来，不过下周五在海城举办的第五届经济论坛峰会，我们收到了邀请函，闻总那边估计也会收到邀请，到时候闻总应该会出席的。"

池渊"嗯"了声，没有作太多的回应。

周程见他神情淡淡的好似不怎么在意，也就没有再多说什么，上车之后，汇报了些接下来的工作安排就安静了。

车内没有开灯，池渊坐在后排，低头看着手机。屏幕透着惨淡微弱的光，衬得他的脸庞轮廓影影绰绰。

微信里，他和闻桨的聊天记录停留在今天早上他问她什么时候回来那一句，一如既往的没有回复。

池渊往上翻了翻，这半个月以来的所有内容就像是他一个人的独角戏，得不到她任何的回应。

从酒店回家的路程有点远，堵在路上的时候，池渊接到了肖孟的电话，然后就让司机在下个路口转了弯。

肖孟找他也没什么正事，不过就是长时间未见，正巧又碰上唐越珩新戏杀青回了溪城，约他出来喝酒。

他们几个人碰面的地方百年不变，基本上都在旧梦，毕竟是自己的地方，安全隐蔽，玩乐又方便。

池渊今天到的比平常要早些，包厢里还没多少人，几个经常在一块玩的公子哥都在。

唐越珩坐在沙发边缘。他前段时间为戏献身，将短发留成长发，随便扎了个揪在脑后。

肖孟笑他像个颓废的文艺青年，等看到池渊，"扑哧"笑得更大声："我说你们俩这段时间是干吗去了，怎么一个比一个颓废。"

池渊没搭理他，径直从他面前走过，高定的皮鞋熟视无睹地从他的脚面上踩了过去。

肖孟大叫一声："我去！你怕不是眼镜戴多了真成近视了吧？"

池渊用一种看傻子的眼神看着肖孟。他其实最近有些累瘫了，做什么都是懒洋洋的，脸上没什么表情的时候格外冷。

肖孟深吸了一口气："行，你是大爷。"

池渊又懒洋洋收回视线，挨着唐越珩坐下来，昏暗的灯光落在他脸侧："什么时候回来的？"

"今天刚回。"唐越珩还带着戏里角色的小习惯，抬手拨弄了两下脑后的小揪，声音带着笑意，"还没到家，就被这货给叫过来了。"

"新戏什么时候上映？"池渊随口问。

"早着呢，能不能过审还不一定。"

"哦。"

没聊一会儿，几个爱闹的公子哥到场，很快就把气氛搞了起来。池渊脱了外面的长风衣，三杯酒下肚又将外套脱了丢在旁边。

光喝酒没什么意思，一行人玩了会儿骰子。后来不知道是谁从哪拿了一副牌，每张牌面上写着的不是数字，而是各种限制级的大冒险。

游戏是从 Never have I ever（我从来没有过）开始的，这是一种类似于真心话大冒险的游戏，但是又比前者尺度更大些，大致的游戏规则就是由一个人开始说一件自己没有做过的事情，如果这件事其他人做过，那做过的喝酒，如果大家都没做过，那么这个从来没有做过的人喝酒。

游戏规则没有变动，只是增加了一条：喝酒的人需要从桌上的牌堆里抽一张大冒险，并且无论是什么都要当众完成。

如果不选大冒险，就必须喝掉加了各种料的酒，三个大满杯。

池渊输了几局，但都没有选择大冒险，而是选择喝下那三杯加了料的酒。

酒里加了不少东西，勾勾兑兑，酒精浓度很高。

又一个三杯喝完，池渊摘下眼镜放在桌角，抬手搓了搓眼尾，睁眼看人还是有些重影。

他抬手解了领口的扣子，露出平直的锁骨线条，往上脖颈连着耳侧那一片泛着红。

肖孟有意想报之前池渊那一脚之仇，因此轮到他的时候，他就慢悠悠地开口："我没有干过退婚这种缺德事。"

话音刚落，旁边就有人笑，很显然肖孟这就是朝着池渊打过去的球。

池渊这时候已经有些醉意了，思维反应都慢了很多，但还是没忘记喝完那杯惩罚酒。

放下酒杯的时候池渊随了肖孟的意，伸手从桌上的牌堆里抽了张大冒险，拿到眼前半天都没能看清上面写了什么，最后还是唐越珩从他手里将牌抽了过去。待看清上面的要求后，唐越珩勾着唇笑了声："交出手机，任人翻阅。"

手机可比什么前任现任、睡过多少人的问题有吸引力多了，唐越珩话音刚落，场面就乱了，各种起哄声。

池渊还没来得及反悔，肖孟已经将他丢在一旁的风衣和外套拿了过来，手机自然也被翻了出来。身边挤过去一圈人要看，抢夺之间，也不知道是谁碰到了哪里，一通电话拨了出去。

池渊头脑发胀地倒在一旁，只听见一句"谁打的电话"，然后周围就安静了一瞬，那道冷若冰霜的女声格外清晰。

"池渊，你是不是有病？"

话音刚落，场面瞬间陷入死一般的寂静。

拼命用忙碌的工作和压力装了十几天漫不经心的池渊，却仍然在听见这道声音的刹那忍不住眼眶一酸，难受在顷刻间铺天盖地地朝他袭来。

在场的人面面相觑，全都默契地停住动作，看着原先还醉眼蒙胧歪倒在一旁的池渊倏地伸手夺过手机，垂着眼眸委屈巴巴道："桨桨，你听我解释。"

这下周围连呼吸声都变得轻了。

刚才电话拨通时，连带着免提也开了，池渊喝醉了也没有反应过来，抓着机会颠三倒四地说了一大堆话，说到最后连声音都隐约有些哽咽。

他往后仰着头，两行泪顺着太阳穴没入发间，像是怕被人窥见这一刻的脆弱，池渊抬手捂住了眼睛。

听筒里静默了一会儿，免提的扩音将对面那道若有若无的叹息声放大了无数倍。

"你别哭了。"闻桨有些无奈地说。

那晚到最后，池渊不记得闻桨说了什么，也不记得后来发生了什么，只是在第二天醒来的第一时间就打电话让周程替他订一张飞往平城的机票。

周程对于他的突然出行只表现了一瞬间的惊讶，然后迅速买了张机票，准备好行李送到了机场。

从溪城到平城有两个小时左右的飞行时间，池渊在飞机上什么事情也没做，只是看着机翼穿过云层，看着远方缓缓升起的太阳，心情是从未有过的愉悦和轻松。

这是一趟充满惊喜的旅程。

至少对于下飞机前的池渊来说是这样的。

飞机在十一点零五分落地于平城新桥机场。在去酒店的路上，池渊在车里开了一个简短的视频会议，将他临时出行带来的工作问题全都安排妥当。

四十分钟后，池渊抵达闻桨下榻的酒店，但是他并没有如愿见到闻桨，因为在他来的路上，闻桨已经办理过退房手续离开了酒店。

或许是没有全然的期待，池渊也没有想象中那么失望。他平静地和前台说了"谢谢"，然后住进了闻桨退掉的那间房里。

深夜来袭，池渊站在落地窗前，关了灯的房间只剩下对面大厦倒映过来的光影。

他开始想象闻桨是否也曾经站在这里，看过如蝼蚁般的车流，看过鳞次栉比的高楼大厦、斑斓的灯光和寂寥无声的夜。

房间的中央空调的排风口重新修过，是闻桨在退房之前告知酒店前台工作人员，屋内的制暖有些问题。

池渊在房间里走了一圈，最后重新回到窗前，在对面大厦灭掉灯光之前，拿出手机拍了一张照片。

窗外的万千景色和映在玻璃上的他一起被收纳进镜头里。

池渊把这张照片发给了闻桨，但是没有留下任何文字。

他只是想和她分享这个普通又寻常的夜晚，他拍下了一张普通又寻常的照片，并没有期望有任何回复。

在照片发送成功之后，池渊给周程发了信息，让他订一张明天早上回溪城的机票。

周程的回复伴随着航班号一同抵达。

池渊回复"知道了"，之后便放下手机进了浴室。

临睡前，他从包里拿出充电器准备给手机充电，在卧室找了一圈也没找到手机，走出卧室才发现手机放在沙发上。

他走过去拿了起来，指腹触碰到解锁键，屏幕自动解锁跳转到锁屏之前的微信页面。

置顶的聊天框头像右上角有一个红色的数字1。

那是未读消息的提示。

池渊怔了怔，点开。

闻桨：房间里的制暖有问题，你注意不要生病了。

池渊指腹挨到锁屏键摁下又解锁，重复几次才确定自己没有看错也不是自己的幻觉，这条信息是确确实实存在的。

他压着嘴角的笑意，很快回复闻桨。

池渊：已经修好了。

对方正在输入中。

十几秒后两条微信接连冒了出来。

闻桨：嗯。
闻桨：晚安。

"晚安。"池渊认真敲下这两个字。

接下来就是往前翻，翻过这几天的独角戏，回到三十五天前的那一个晚安，他将这两个不同时间的晚安分别截了图和那张照片一起发了朋友圈。

晚安。
[图片][图片][图片]

次日池渊从平城回来，周程在机场接到他，很明显感觉到他如同新生般的状态。

但周程其实是有些惊讶的，因为昨天下午他跟随代表池渊的副总去闻氏开会时碰见了本该留在平城的闻桨。

他以为池渊这趟跑了空回来会一蹶不振，却没想到是截然相反，但不管怎么样，总归是好的结果。

池渊直接回了公司，开了一天的会，接下来的几天也都是一样，几乎空不出什么时间去做其他的事情。

在周五的经济峰会来临之前，周程从秦妗那里听到了一个好消息。

"新来的助理不小心把池总送来的花放进了闻总的办公室，闻总没有生气也没有让她拿出去。"秦妗在电话里是这样说的。

这话别人听了只会觉得有些大题小做，只有周程和秦妗在对比起之前送去的花只能放在秘书处或者丢弃的结果后，觉得这显然是个天大的好消息。

下午进办公室汇报工作的时候，周程状似无意地和池渊提起这件事。

没想到池渊已经提前知道了这件事，并且在签完字之后交代他："下次不要送花了，闻总说她不喜欢。"

周程面不改色："好的。"

"另外通知负责订餐的小方，让他明天换一家店，闻总说她吃腻了现在的这一家。"

"好的。"

第五届经济峰会开始的前一天，闻桨和池渊分别从两个城市出发，历时数个小时先后抵达位于地图最南边的海城。

闻桨的航班落地时，已经是傍晚了。她从机场出来，迎面吹来的风里都带着海水的气息。

池渊比她早半个小时落地，车子和人都等在机场外面的停车场，周程过来替她拿了行李。

拉开后车门的时候，池渊还在接电话，抬头朝她看过来，又很快转过视线，唇边勾着一抹很浅的弧度。

他今天穿得比较休闲，虽然也是白衣黑裤，但和平常出席正式场合的款式不太一样，看上去攻击性也显得没有那么明显。

闻桨坐进去，秦妗在外面替她关上车门，然后和周程一同走向了后边的那辆车。

池渊的电话在车子开出停车场的时候就结束了。

冬天的海城气温依旧很高，热带海洋性季风气候让这座城市长夏无冬，寒暑变化很小。

黑色的轿车窗户全开，热风争先恐后地从前后窗口挤进来。

闻桨想了下，从池渊出国再回国然后直到现在，隐约觉得离上一次见面好像已经过了很长时间。

过了一会儿，池渊摘掉耳机，侧眸看过来，略有些正式地开口："好久不见。"

闻桨愣了一下，在四目相对的瞬间笑了出来，也规规矩矩地回了句："好久不见。"

这是到酒店之前两个人唯一的一次对话。

到了酒店之后，周程提前联系了举办方安排酒店的负责人，将池渊和闻桨的房间放到了同一楼层，只差一步就能放到同一间了。

晚上举办方安排了欢迎会，闻桨胃口不适，吃到一半就从宴会上离开回了酒店。

她现在有胃病，秦妗每次出差都随身备着胃药。

回到房间吃了药，闻桨进浴室泡了会儿澡，换了身轻便舒适的 T 恤短袖，坐在地上收拾行李。

这次的会议要开一个星期，回去的第二天就是除夕，闻桨打算过几天将容姨接过来，今年留在海城过年，然后等到整个年过完再回去，所以这一趟来海城，她带了不少东西。

磨磨蹭蹭收拾到一半，房门被敲响了。

闻桨以为是秦妗，赤着脚过去开门，嘴里还念叨着："秦妗，你等会儿——"

话音戛然而止。

门外，池渊换掉了下午那身衣服，略微正式的白色衬衫，肩膀上还有暗纹，在光下才能看得见，木质花雕纽扣，黑色外套搭在胳膊上，此刻正垂眸看着她，神情莞尔："找秦妗等会儿做什么？"

"没事，拿点东西。"闻桨松开扶门的手，进到里面穿了鞋，见池渊还站在门口，抬头看着他问，"你不进来吗？"

"我没有得到邀请。"

闻桨将行李箱里的最后一件衣服拿出来，头也不抬地说："那我现在邀请你进来。"

池渊笑着走进来，走到沙发旁坐下，目光落在她另一个还没有开始整理的行李箱上："你怎么带了这么多东西？"

"打算在这里住一段时间。"闻桨将空行李箱收了起来，放到墙边靠着。她本来还想继续收拾另外一个，但又不清楚里面有没有放什么比较私人的东西，索性继续坐在地上整理没叠好的衣服。

池渊皱了皱眉头："你是准备在这里过年？"

房间里没有开空调，晚间海边的凉风从阳台吹进屋里，闻桨抬手将头发扎起来："对，在这里过年。"

"那你什么时候回去？"

"过完年吧。"闻桨看着他轻笑，"怎么了，你也想留下来吗？"

池渊静静地看着她，看了一段时间说："想留下来陪你过年，但是更想带你回家过年。"

闻桨顿了下，没有想好说什么，房间里又安静下来。

过了一会儿，池渊站了起来，很慢地走到她面前，然后半跪下来，和她的目光平视。

闻桨看着他有些过分明亮的眼睛，想到不久前的那通电话，抿了下唇角，说："你之前给我打电话的时候，是哭了，对吗。"

明明应该是疑问句，她却用了肯定的语气。

池渊的脸有点热了起来，不自然地撇开视线，错开她有些直白的目光，垂眸"嗯"了一声。

"为什么哭？"

"喝多了。"

"池渊。"闻桨盯着他额角的疤痕，"我想听实话。"

他把脸转过来，回想起那天的记忆其实已经所剩不多，只记得那一通电话带给他的难受和无论多难过也没办法忽略掉的那一点微乎其微的欣喜。

"因为难过。"他说，"你没有回信息也不接电话，我怕你生气。"

"我不应该生气吗？"闻桨安静地看着他，"你说你喜欢我，可你又跟别人传了绯闻。"

池渊压着唇角的笑，问道："你这是在吃醋吗？"

闻桨没有回答这个问题，池渊也没有执着于她的答案，只是伸手扣住她的手腕，又沉默了几秒，才说："你把我送你的花拿进了办公室。"

闻桨"嗯"了一声。

池渊的指腹贴着她的脉搏，语气很慢地说："那你什么时候能让我住进你心里？"

过近的距离，彼此的呼吸都纠缠在一起。

闻桨看着他，安静了几秒，然后很轻地笑了笑，用同样很轻的语气说："已经让你住进来了。

"在很久之前。"

池渊的大脑一片空白，但很快里面又像是放起了烟花，噼里啪啦的，如同他乱了节奏的心跳，让人失控而情难自禁。

屋里落下明亮的光影，池渊安静而专注地看着闻桨。

她脸上的表情又轻又淡，潋滟动人的桃花眼，眼眸漆黑明亮，睫毛卷翘密长，不施粉黛的脸庞白皙粉净，鼻尖有一个不起眼的黑色小痣，此刻却在光芒下熠熠生辉。

池渊心中微动，眼眸不自觉轻轻眯起，扣着她手腕的掌心微微收紧，指腹贴着手腕内侧轻轻摩挲，在不动声色与恰到好处之间拉近彼此的距离。

温热的呼吸几乎纠缠在一起，微醺的酒香掺着沐浴过后的淡香，生出一点暧昧的气息。

房间里太安静了。

池渊听见自己藏在胸膛之下的心跳声，指腹之下感受着与之相差无几的颤动，锋利分明的喉结轻滚。

愈来愈近的距离，不断升温的暧昧气氛，闻桨微微绷紧了后背，手指无意识蜷了蜷，连呼吸都变了频率，又密又长的睫毛微微颤动。

猝不及防的门铃声打破了房间里的旖旎。

两个人都像是从梦中陡然惊醒，目光对视间有显而易见的尴尬，亲密距离差之毫厘失之千里。

池渊松开闻桨的手腕，整个人向后靠着沙发，呼吸急促又紊乱，衬衫领口微敞，颈侧连着耳侧那一片都红了起来，连耳尖都染上了旖旎的红。

他攥了攥手，掌心濡湿温热，脸上的表情不明显，眉尖却不着痕迹地蹙了起来，窄而细长的眼睛，眼尾轻轻敛起一道皱褶。

闻桨没有说话，垂眸将目光落在先前被池渊攥出指痕的手腕上，上面好似还残留着他掌心里的温度，灼人又清晰。

她抬手覆过去揉了揉，起身去开门。

这一次门外真的是秦妗。闻桨晚上没有吃太多东西，她放心不下，从宴会厅出来之后去酒店外面买了些口味清淡的食物。

门打开后，她看到坐在沙发旁的人影，要出口的话瞬间就卡在了嘴边，甚至还觉得自己好像来得不是时候。

闻桨没有注意到她的不自在，松开手，转身往里面走："进来吧。"

"好的。"秦妗走进屋里，将手里的打包盒放在吧台上，扭头和池渊打了声招呼，"池总好。"

池总侧脸朝她所在方向偏过来一点，也没有太多的反应，只是点头"嗯"了声。

秦妗从这个单音节里听出了明显的嫌弃，在汇报完明天的行程安排之后，果断又迅速地离开了房间。

闻桨在吧台边坐下，边解食品袋子边有些好笑地说："你对秦妗那么凶做什么？"

池渊这下完全把目光转了过来，一脸无辜："我有吗？"

"你有。"闻桨解开袋子才发现秦妗买了不少吃的，回头问他，"你饿不饿，要不要吃一点？"

他语气有些委屈："不吃。"

闻桨淡淡一哂，揭开一份米粥，吃了几口，听见身后传来窸窸窣窣的动静和逐渐靠近的脚步声。

她回过头准备说话，却不防池渊已经走到跟前，正微微俯身靠近她耳边，唇瓣正好贴着他的脸颊不轻不重地擦了过去。

闻桨眨了眨眼睛，缓过神来从桌上抽了张纸巾递过去，但池渊却没有接，而是直接用指腹擦掉了那一点痕迹。

下一秒，他将手指落到唇边，做出要舔一下的动作。

闻桨有些脸热，抢在之前将他的手拽了过来，拿着刚才他没接的纸巾仔仔细细擦了好几遍。

池渊的计谋得逞，揣着心满意足的笑，漫不经心说道："你快要擦掉我一层皮了。"

闻桨丢开他的手，扬了扬眉尖："那有什么关系，反正你脸皮厚得都可以防弹了。"

池渊走到闻桨对面的位置坐下，托着腮盯着她吃东西，指节无意识敲着脸颊，目光专注而深邃。

闻桨实在受不了，抬起头和他的目光有了短暂的相撞："你能不能别这么盯着我？"

池渊反问她："为什么？"

闻桨道："你这么看着我，我容易消化不良。"

池渊又是一笑，脸上的表情愉悦又轻松，眼里也漾着一抹淡淡的笑："那我不看了。"

闻桨也收回视线。

还没过一分钟，那道灼热的目光又落了过来。

池渊扯唇笑得更明显："怎么办？我就是忍不住想看你。"

"那你看吧。"闻桨放下手里的汤勺，整个人抱着胳膊往后一靠，姿态大大方方，目光却比他还专注。

看着看着，不知道怎么就被戳中了笑点，两个人都没忍住笑了起来，视线交错间都是爱情的痕迹。

笑了好一会儿，池渊停下来，捋了捋衣袖问她："时间还早，要不要去海边走走？"

"好啊。"

闻桨去卧室拿了件米棕色的长开衫外套和他一起出了门。

等电梯的时候，闻桨看着映在电梯壁面上的两道身影，有一瞬间还觉得像在梦里。

因为这一切都太不真实了。

电梯很快抵达，两个人一前一后走了进去。里面已经站了五六个人，闻桨和池渊站在靠近边缘的位置。

电梯在中间陆陆续续停了几次，有出去的也有进来的，后来在四楼停下一次，走进来五六个人，但因为超重，又出去了两个人。

闻桨的胳膊挨着电梯的金属墙壁，池渊站在她身后，温热的胸膛紧贴着她的后背，下巴碰着她的脑袋。

前边的人专注接电话，人往后一退，差点踩到闻桨的脚，池渊及时伸手挡了下，前边的人扭过头道了歉又继续接电话。

池渊面上云淡风轻，修长的手指却在底下准确无误地抓住闻桨的手，掌心贴过去，指节穿过她的指缝，格外亲昵的十指相扣。

等到了一楼，池渊牵着闻桨跟着人群从电梯里走出来。掌心互相传递的温度，让她有了踩到实地的真实感，心里不再是空荡荡的，而是被眼前这个人完完全全地填满了。

晚间的海边不比白天人潮拥挤，显得有些空旷寂寥，一望无际的大海在灯光也蔓延不到的地方翻滚汹涌。

海风温热，带着散不尽的潮湿。

沙滩上有几道奔跑的身影，不远处飘来的模糊歌声为这个夜晚平添了些许温柔。

池渊和闻桨沿着沙滩边上铺着鹅卵石的道路往前走，暖色调的路灯在路面层层铺开，道路两旁的椰树生得高大，身影和树影交织，变成斑驳的剪影。

道路的尽头是沙滩的另一个入口。

夜晚的灯光不够明亮，闻桨怕踩着什么乱七八糟的东西，便没有脱鞋，深一脚浅一脚地踩在柔软的沙子上。

不一会儿，她的鞋里就钻进了不少小沙粒，不影响走路，但也不是特别舒服。

池渊注意到她的不对劲，偏头看过来："怎么了？"

"鞋里进沙了。"闻桨松开他的手，弯腰脱了鞋将里面的沙粒倒出来，最后想了想还是选择放弃穿鞋，"走吧。"

她手里提着鞋，自顾往前走了两步，见池渊还站在原地，不解地看过去："你怎么不走了？"

池渊看着她，却不作声，零碎星光和黯淡月光将他的身影修饰得高大而挺拔，眉眼如画卷，笔笔勾勒到至极。

闻桨看了他一会儿，像是想起什么，折回去重新牵住他的手，毫不留情地吐槽："走吧，二十五岁的小朋友。"

池渊笑了一声，闻桨眨了眨眼睛，心跳陡然落了一拍，脸红耳热地甩开他的手。

但很快他的手指便又纠缠过来，伴随突如其来的黑暗和戛然而止的话音："好了——"

停电了。

整片海域的灯光都灭掉了，四周的光线陡然变暗，海滩周围逐渐传来热闹的人声动静。

闻桨下意识抓紧了池渊的手指，黯淡的月光并不足够看清眼前的人影，他模糊的下颌线条在眼前一闪而过。

池渊伸手拉住她的胳膊，低头靠近了些，眼睛在昏暗的光线里直直看进闻桨的眼底。

周围的人声忽远忽近。

闻桨像是意识到什么但还没反应过来，池渊已经低头吻了下来，手松开她的胳膊转而落到后背，掌心轻轻抚过她凸起的瘦削的肩胛骨和深陷美好的背沟，带起一阵微妙的酥麻。

闻桨背脊轻轻地战栗，整个人陷入短暂性的思绪短路中。

池渊轻吮着她的下唇，牙齿微微用力咬了咬，舌尖探入她的唇齿中，带着滚烫又不容忽视的侵略。

闻桨完全被困在池渊怀里，从里到外每一寸都在他的掌控之下，她的每一声喘息每一次纠缠都在他的意料之中。

意识恍惚间，闻桨在斑斓零碎的星光里看见对方沉溺而温柔的目光，像是天上星，又像是水中月，叫人挪不开视线。

又一阵湿热的海风袭来。

池渊停下动作，从喉咙里溢出一声笑，伴随着还未平息的急促呼吸一同传入耳中。

"刚刚在房间里就想这么做了。"

第十六章

不会有不开心

待缓过那种令人腿软的失控感觉之后，闻桨稳住身体挺直脊背，松开紧揪住他衣袖的手，微微拉开两个人的距离。

她犹豫了片刻，像是有些难以启齿："你觉不觉得……"

"什么？"海滩的供电还未恢复，隔着不远不近的距离，池渊只能看见她不怎么明晰的轮廓，似乎是不能忍受，又往前一步将剩下的那点距离消除，将她放在完全可见的范围之内。

周身萦绕着若有若无的冷冽香调让闻桨呼吸一紧，她假装镇定地开口："你觉不觉得我们的进展有一些快了？"

"我不觉得。"池渊伸出手勾着她的腰，将人往跟前带了带，低头和她的鼻尖相触，语气悠悠道，"你要是同意，我甚至还可以加个速。"

闻桨没好气地伸手推开他："你离我远点。"

池渊笑了一声，伸手勾住她的小指不松，指节蹭着指节："好了、好了，我不说了。"

闻桨有意甩开他的手，还没来得及用力，远处忽然有了亮光，紧接着整片海域的灯光接二连三地亮了起来。

下一刻，她的眼前忽然又陷入一片黑暗中，池渊在灯亮之前抬手覆在了她的眼睛上。

两人肌肤相贴，独属于他的体温缓缓朝她渡了过来，最后悄无声息地钻入她的皮肤表层之下。

闻桨缓缓眨了下眼睛，睫毛扫过他的掌心。她抬手抓住他的手腕，感受他藏在皮层下不停跳动的脉搏，低声问："做什么？"

"不知道吗？"池渊松开手，垂眸看着她的眼睛，"人长时间处于黑暗中，乍一接触光亮会眼酸。"

闻桨望着他，伸手轻轻按了按他的眼皮："那你怎么不记得捂住自己的眼睛？"

池渊下意识闭着眼任由她动作，而后才似笑非笑地说道："现在在我这里，你比较重要。"

听到这话，闻桨停了动作，指腹在他的眼皮上停留了几秒才收回，神情有些复杂："我之前是不是对你特别不好？"

"啊？"池渊睁开眼睛，朝她投去疑惑的目光，"没有，你没有对我不好啊，就算有，也是因为我自己的问题。"

闻桨微顿，而后像是想起什么，收敛起那一点内疚，似有若无地勾起唇角："也对。"

她停了几秒，视线极快地从他脸上掠过，淡淡呵笑一声："毕竟婚是你自己要退的。"

什么叫搬起石头砸自己的脚，池渊今天算是体会到了。

他抬起手有些不自在地摸了摸鼻尖，非常明显又生硬地转移话题："时间不早了，我们回去吧，明天还要开会。"

闻桨见好就收，没有继续深入这个话题。

回去的路上碰见好几个同是从溪城来的企业家，池渊和闻桨停下脚步和他们客套寒暄了几句。

分别之后，他俩听见从背后传来的刻意压低但依旧能听得见的议论声。

"之前不是说池、闻两家因为联姻的事情闹得不太愉快吗，怎么现在又走到一起了？"

"谁知道呢？他们这些年轻人不都是想一出是一出，说不定呀，过阵子再见身边又不知道站着的是谁了。"

天杀的。

如果不是杀人犯法，这两人可能已经被池渊暗杀了。

进电梯之后，池渊状似无意地看了闻桨好几眼，唇瓣张了又张，但又什么都没说。

闻桨瞧着他如临大敌又不知所措的模样，没忍住笑了出来："你那么紧张做什么，我又没有生气。"

池渊一本正经："我没紧张。"

"行吧。"闻桨故意逗他，"我其实有点生气。"

池渊欲要开口解释："我——"

"好了，骗你的。"闻桨打断他，偏头看了他两三秒，轻声问，"你到底是对我没信心，还是对你自己没信心？"

"没有。"池渊挺直后背，斟酌着言辞，"不是没信心，只是没经验，不知道该怎么办。"

闻桨煞有介事地"哦"了一声，说："我也没有经验，但是我生气或者觉得不高兴的时候，我会和你说。"

池渊还想说些什么。

闻桨突然将手放到他的手心里，屈指挠了一下，像是在哄他："所以以后你有什么不开心的地方，也要记得和我说。"

"不会有不开心的地方。"池渊捉住她作乱的手指，垂眸对上她的目光，神情认真，"和你在一起，我就已经足够开心了，又怎么会浪费时间去生气。"

从电梯里出来之后，闻桨接到了秦妗的电话，需要紧急开一个视频会议，来不及和池渊说再见，就直接回了房间。

池渊在走廊里站了一会儿。

前来汇报工作安排的周程从电梯里一出来，就看到站在闻桨的房间门口那道孤零零的身影。

他以为是池渊又做了什么事情惹恼了闻桨，在心里哀其不幸怒其不争，快步走了过去："池总。"

池渊有些意外地抬起眼睛，然后朝旁边走了两步，摸出房卡贴在门下刷了一下："你怎么过来了？"

"给您送明天的行程安排。"周程跟在他身后走进屋里，"会议早上八点半开始，下午五点结束，中间有两个小时的休息时间，晚上举办方安排了正式酒会。除此之外，您作为这次大会的代表，需要在明天上午的开幕会上发言，发言稿我已经发到您的邮箱里了。"

池渊"嗯"了一声，抬手解着衬衫的扣子，不着痕迹地蹙眉："我刚才在楼下碰见宇成和徽众的两位老总。"

周程没反应过来："嗯？"

池渊不打算细说，只言简意赅地交代了结果："将这两家公司从池氏的合作名单上剔除。"

周程有些不解："但是宇成医疗在国内药企行业算是顶尖，在 AI 医疗方面建树很多。"

池渊停下动作，神情自若地朝前走，语气冷淡："上梁不正下梁歪，上边的是这个德行，公司可想而知。"

周程这下明白了，猜测大概是之前在楼下发生了什么不愉快，也没有多说："好的，我知道了。"

"嗯。"池渊停在落地窗前。

周程盯着他的背影看了一会儿，想到自家主子堪忧的感情之路，出于关心还是问了句："您和闻总是不是……"

又闹矛盾了，这后半句话被周程藏在自己的欲言又止之中。

池渊闻言，面上浮起几分笑意："是的，你没猜错。"

周程顶着"我就知道"的目光在心里疯狂发着弹幕。

那你还笑得出来？

现在这什么情况你不清楚吗？

才刚和好几天啊你又在乱造什么呢？

就在周程恨不得冲上去敲开池渊的脑袋看看里面到底装着些什么的时候，突然又听见他说了句："以后见到闻总记得改口。"

嗯？

改口？

什么情况？

池渊没有注意周程的茫然，自顾抿唇想了几秒，而后有些委屈地叹了声气："算了，还是继续叫闻总吧，不然她又要觉得我在拉进度条了。"

拉进度条？

周程彻底蒙圈了。

你拉什么进度条呢？你都被人关在门外了，还拉进度条，我看你去拉皮条还差不多。

生活不易，周程叹气。

池渊没太在意周程的反应，也不清楚他的内心想法，松开微蹙的眉头："好了，没什么事你就先回去休息吧。"

周程想说些什么，但是池渊已经转身进了浴室，压根没有给他开口说话的机会。

闻桨开完视频会议已经是一个小时后的事情，和秦妗交代完工作上的事情，看到微信上有池渊发来的消息，问她什么时候结束。

她随便点了个句号回过去，然后放下手机起身去倒水。

没一会儿，门口就传来敲门声。

闻桨捧着水杯去开门。

池渊洗过澡已经换了身衣服，白色短袖和灰色家居裤，看起来闲适而慵懒，额前碎发垂落，五官利落干净，身上的气息清爽，神情带着点显而易见的愉悦。

他的喉结动了动，低声问："事情处理好了？"

闻桨将门抵着墙，人抱臂靠着门板，右手端着一个玻璃杯，微微歪着头看他："嗯，剩下的交给公司其他人去处理了。"

"那你早点休息。"池渊的双唇一张一合，唇色偏粉，又薄又好看，"晚安，明天见。"

闻桨的目光从他的嘴唇上一掠而过，然后转身将玻璃杯放在玄关的鞋柜上，回过头朝他勾勾手："你低头。"

池渊轻扬眉尖和她对视，毫不设防地低下头，眼里有着明显的笑意，嗓音又低又沉："嗯？怎——"

他的话没有说完。

因为下一秒，闻桨忽然朝着他低头的方向迎了过来，紧接着温软的唇瓣准确无误地落在他的唇上。

池渊瞳孔微张,保持着弯腰低头的动作僵在原地,神情像是有些难以置信。

怔愣之间,闻桨已经结束这个吻,身影往后退了点。拉开距离之后,她又伸出手摸了摸他的下唇,感受指腹下的柔软和热度,眼底漾着一抹笑意:"说晚安怎么可以没有晚安吻。"

池渊以前觉得自己在谈恋爱这方面虽然没什么经验,但起码也保持在没吃过猪肉也看过猪跑的地步,但是现在和闻桨这么一比,他觉着自己简直就被秒成渣了。

闻桨没给他太多的反应时间,亲完摸摸他的下唇又捏捏他的脸,最后说了声"晚安"就把门关上了。

池渊站在走廊里,保持那一个姿势差不多有五六分钟才回过神。

他先是抬头看了看眼前紧闭的房门,又伸手摸了摸似乎还残存着温度的唇瓣,好像有点怀疑人生。

这就结束了?

不是你说的说晚安怎么可以没有晚安吻的吗!

我还没有晚安吻呢!

池渊秉着礼尚往来的原则,抬手敲了敲门,等了几分钟没见闻桨来开门,转身回了自己的房间,从里卧床上的天鹅绒被下摸出手机,解了锁,给闻桨发了两条微信信息。

池渊:?

池渊:在做什么?

发完这两条信息,池渊差不多等了半个小时才收到对方的回复。

闻桨:刚刚洗完澡。怎么了?

池渊整个人倒在床上,双人枕头被他叠起来垫在背后,双手捏着手机敲敲打打,很快又发过去一条。

池渊：有点不公平啊。

闻桨：？

池渊：为什么你说晚安没有晚安吻？

闻桨：……

池渊试图得寸进尺，但是闻桨在这方面并没有纵容他，而是很快说"拜拜"下了线。

池渊被她这么一闹得笑了出来，只好又回了句"晚安"，然后点开她的朋友圈，从上到下翻了一遍，这才心满意足地放下手机关灯准备睡觉。

但当真躺下来，池渊却是一点困意都没有，反而更多的还是难以抑制的激动和兴奋。

说来也奇怪，又不是十几岁的小男生了，但他就是控制不了，恨不得昭告四方自己谈恋爱了。

想到这儿，池渊摸黑在枕头旁摸到手机，滑开，先给肖孟发了条信息，告诉他自己脱单的事情。

然后他又给唐越珩发了同样的信息。

就这还没完，他又点进自己和肖孟、唐越珩共同的三人小群，刷屏似的发了十几个红包，每个红包上都写着"老子脱单了"这五个字。

这炸雷似的阵仗很快就把群里另外两个人给炸了出来。

肖孟：我去！唐越珩这什么手速！我一个红包都没领着！兄弟十几年，好歹给我留一个吧。

唐越珩：红包面前无兄弟。

肖孟：……

唐越珩：恭喜恭喜。@池渊

池渊：谢谢谢谢。@唐越珩

肖孟：你们两个！当我不是人吗？

池渊：我觉得你现在可能不太适合待在这个群里。

肖孟：[听听，你说的是人话吗.jpg]

池渊：忘了，狗是听不懂人话的。

肖孟：退群了。

唐越珩：如你所愿。

紧接着，群里便冒出一条【肖孟被唐越珩移出群聊】系统提示。

池渊：……

唐越珩这一操作，导致肖孟气得直接在朋友圈对这两个人"口吐芬芳"，与此同时他也间接将池渊脱单的消息给传了出去。

当天晚上，池渊收到了来自四方好友的祝福，等到一一回复完，已经到了后半夜。

他将聊天栏扒拉到最上方，才看到闻桨在半个小时前又发来一条信息。

闻桨：晚安。[/飞吻/]

池渊盯着那个小表情看了几秒，很快笑了出来，这个晚安吻还真是出人意料的别致。

但又不得不承认，他有被这份独一无二的敷衍给哄到。

闻桨第二天早上醒来，秦妗已经将早餐拿回了房间。她起床只刷了个牙，就出来吃上了，边吃还不忘看手机里许南知给她发来的消息。

许南知问她是不是和池渊在一起了，还给她发了昨晚肖孟发的一条朋友圈截图。

闻桨点开看了看，很快给她回复：

不是故意瞒着你，只是还没来得及和你说这事。

等了一两分钟，有新信息进来。

许南知：我跟你还用在意这些？我就是觉得好笑，池渊这人谈个恋爱怎么这么高调。

这个问题闻桨也没法回答，况且她这会儿还不清楚池渊到底做了什么事情，只好拜托许南知给自己科普一下。

许南知：也不是什么大事，好像就是你家这位在群里发了十几个红包宣告自己谈恋爱的事情，把人炸出来之后，他又跟唐越珩把没对象的肖孟给踢出了群聊。

许南知：要不是身份证摆在那儿，我真怀疑他是不是给自己多加了十岁，怎么这么幼稚啊。

这话闻桨没法接，毕竟这事看着像池渊能干出来的，恰好这时候他的电话又打了进来。

接通后，闻桨抽了张纸巾擦了下嘴角，起身边走边说："你昨晚和唐越珩合伙针对肖孟了？"

"嗯？"池渊的语气一本正经，"没针对，我们是为他好，怕他留在群里受伤害，而且昨晚到最后唐越珩又把他拉回来了。"

闻桨调侃似的问了句："你们这样，不会让肖孟觉得你们是在侮辱他吗？"

"是吧，肖孟可能也是这么觉得的。"听筒里有关门的动静，很快又传来他的声音，"所以他到现在也没同意进群。"

池渊笑了下："不说这个了，你收拾好了吗？等会儿我们一起去楼下吃个早餐吧。"

闻桨看了眼摆在吧台上吃了一半的早餐，睁眼说瞎话："还没，你等我一会儿吧。"

"好，那你开门，我在你门外。"

"……"

头疼。

"给我三分钟。"闻桨挂了电话，将吧台上的早餐收了起来，然后走过去给他开了门。

池渊今天要作为大会代表上台演讲，着装比起昨天要正式些，墨黑的西装外套，内里搭着件象牙色的衬衫，黑色白细纹领带，额前留有几缕黑发，两鬓精修，高挺的鼻梁上架着金丝边框架眼镜，整个人从里到外都透着一股子斯文败类的气质。

闻桨盯着他看了几秒。

池渊有些不自在地摸了摸鼻尖，视线微垂："怎么了？"

"没事，没怎么。"闻桨伸手替他整了整领带，然后拍掉他肩膀不存在的灰尘，发自内心地夸赞道，"很帅。"

池渊这下才真是不好意思了，滚了滚喉结轻咳一声："你快去收拾吧，时间不早了。"

"嗯。"

闻桨回里卧的浴室重新刷牙洗脸，做完护肤工作，快速化个妆，换好衣服，选了支颜色比较娇艳的口红抹在唇上。

从里卧出来时，池渊的目光落在她的唇上，顿了一下，但又很快移开了视线。

早餐是在餐厅的包厢，独立空间无人打扰，闻桨早晨本就吃得不多，再加上之前已经吃个了半饱，要了份分量不多的西式早餐。但尽管这样，她也还是只解决了三分之一。

池渊差不多和她同时放下餐具，抬头看着她："吃好了？"

闻桨点头"嗯"了声。

他的目光落到她面前："你吃得不多。"

"不太饿。"

池渊没多问，正好此时又收到周程的行程提醒，拿餐巾擦了下嘴角："走吧，大会快开始了。"

"好。"

路过挂在玄关处的圆镜，闻桨抬头看了眼，停下脚步，从包里翻出口红准备补个色。

池渊注意到她的动静，松开门把手将门重新合上，回身走到她面前，沉默几秒，淡淡开口："我觉得这个色号不好看。"

"嗯？"闻桨刚擦干净已经所剩不多的口红，露出原本的唇色，闻言侧眸瞧着他，有些不太相信，"你还懂这个？那你和我说说什么色号好看啊。"

他抿了抿唇，说："这个。"

闻桨还没反应过来，下一秒，他忽然摘了眼镜倾身靠过来，在不弄乱她妆容的前提之下，低头亲上了她的唇。

不是浅尝辄止，而是热烈的深吻。

闻桨怔了怔，回过神后脸上热意蒸腾，下意识就要缩着脖子往后躲，口红掉落在地上也不自知。

池渊察觉到她的意图，在她有所动作之前，倏地伸手攥住她的手腕，将人紧紧扣在怀里，另一只手将眼镜随手放在一旁，然后伸过来扣在她脑后，气息交融，将这个吻变得更加炙热而绵长。

结束时，闻桨已经有些腿软，整个人贴着墙壁无意识往下落，但很快就被池渊重新搂着胳膊给捞了回去。

"你真是……"她的声音有些哑，气息急促，脸庞泛红发烫，唇色潋滟动人，唇瓣上还留有他刚才咬过的痕迹，看起来暧昧至极。

池渊勾着怀里人的腰，脑袋枕在她肩颈处，温热的气息萦绕在她的颈侧。他的声音虽然哑，却带着笑："我真是什么？"

闻桨伸手推开他，往旁边躲了躲，神情带着显而易见的谴责，然后毫不留情地送了他三个字。

不要脸。

这还是头一次听见她骂人。

池渊笑得极为放肆，脸庞在光影之中格外俊朗："我怎么就是不要脸了？嗯？"

闻桨没有搭理他，低头找刚才不小心掉落在地上的口红。

池渊眼尖，比她先看见，弯腰捡起来后，伸手将她重新拉到面前，眼睫微垂："我帮你抹。"

"算了吧。"闻桨拦着他的手腕，"我等会儿还要见人的。"

"放心。"池渊借着身高优势稍微抬高了手，单手转出一小段口红，左手轻轻捏着她的下巴往上抬了抬，语气漫不经心，"我技术没那么差。"

"……"

闻桨显然没有想到他会这么说，表情愣了下，池渊已经捏着她的下巴，动作温柔地在她唇上涂抹。

他微低着头，长长的眼睫垂下来，鼻梁的弧度高挺，身上散发着若有若无的香味。

闻桨嗅了嗅，很明显又换了香水，是他以前常用的木质雪松香调，气息凛冽干净。

池渊注意到她的小动作，弯唇笑了声："怎么了？"

"你换香水了。"说完，闻桨往后退了退，从他手里接过口红，对着镜子抿了抿唇角。

池渊回身拿过眼镜重新架在鼻梁上，眉尖轻扬，神情多了几分玩世不恭："喜欢吗？"

"还行。"闻桨又嗅了嗅，认真给出答案，"不过还是昨晚那款好闻一点。"

"那下次我再用那个。"池渊停顿了几秒，然后俯身靠近她耳边低声说了几个字。

饶是镇定如闻桨，也抗不住他这么没皮没脸，全身的血液在刹那间齐齐涌向头顶，耳朵又红又热，恨不得把自己这一生知道的脏话全砸给他。

"你能不能要点脸？"闻桨伸手将他往后一推，但由于力道没控制好，池渊整个人都撞在门上，发出"嘭"的一声。

池渊揉着肩膀站直身体，好似完全不受影响，仍旧在笑："你这动静，外面不知道的还以为我们俩在这里面做什么见不得人的事情呢。"

闻桨深吸了口气，几乎有些咬牙切齿："池渊！"

"啊？"他笑着应了声，眼见她确实有些生气的模样，收敛了几分笑意，"那我先出去看看外面有没有人，没人我再叫你出来。"

说这话时，池渊已经按下门把手准备出门。闻桨一时没反应过来，等回过神才意识到不对劲。

什么叫没人她再出去？

她又没干什么见不得人的事情！

想到这儿，闻桨缓慢地眨了下眼睛，朝前走了几步，指尖刚挨上金属的门把手，它已经先一步被人从外面按了下去。

紧接着，池渊从门缝里伸个脑袋进来，语气认真，但哪儿哪儿都透着不正经："没人，快出来吧。"

话音未落，对面两个包厢的门忽然被人拉开，紧接着从里面走出数十个一同来参加会议的同行。

一行人看着他们俩，又想到刚才在里面听见的那一声响动，不由得变了神情，连带着看着两人的眼神都暧昧了几分。

都是熟面孔，不能不打招呼，但这会儿吧，好像又挺尴尬的，都没人先开口说话。

闻桨没忍住踢了池渊小腿一脚，在心里面又骂了他无数遍，最后整理好表情，从里面走出来主动和他们打了声招呼。

商场上的客套寒暄都是那回事，敷衍又虚假。

没聊几句，十几个人就一块朝着会场走去，闻桨没忽略这几个老狐狸看她和池渊的目光，又在心里骂了遍池渊。

到了会场，闻桨和池渊各自分开，因为他们公司代表的行业不同，座位安排自然也不在一起。

闻桨找到座位坐下来，随意扫了眼左右两边桌上放着的名牌，上面写着的名字都是国内赫赫有名的地产大亨。

等了一会儿，右边科海集团的代表人孟中海走了过来，笑呵呵地朝闻桨伸出手："闻总，久闻不如一见啊。"

闻桨起身回握："孟总客气了。"

正说着话，一位工作人员走过来，将原本放在闻桨左边桌上的中创齐松山换成了中创齐邵珩。

孟中海感慨道："这么重要的会议让二公子来参加，看来中创的这场内战差不多是时候要分出胜负来了。"

闻桨笑笑没接话。

中创的这位齐二公子闻桨之前在拍卖会上碰过一面，但当时两家是对手，并没有太多接触。

闻桨对齐家、对中创的兄弟之争了解得也不多，所以等到正式见面的时候，也只是浮于表面的客套。

大会开始之后，主持人上台宣读大会的宗旨，海城的市长作为开幕代表发言，之后便是业内各优秀代表上台发言。

闻桨看了眼桌上的会议安排表，池渊在第三位，演讲的内容无非是倡导各行各业百花齐放，再针对这次大会对当前的行业情况进行一个简短的分析和接下来几年的战略启程计划。

第一天的会议内容其实有些无聊，基本上都是各种演讲，但场内的氛围并不轻松，甚至可以说是有些严肃。

上午三个小时的会议，中途有半个小时的休息时间。

闻桨听得头脑发胀，好不容易能松口气，却又免不了要和现场的同僚客套寒暄。

正说着话，闻桨忽然瞥见站在不远处的池渊正在和一位穿着干练精致的女人说话。

注意到他身旁还站了些其他企业家，她又很快收回了视线，笑着应和眼前的交谈。

约莫过了几分钟，池渊和其他几位企业家在这次大会主席的引领下，来到闻桨这边。交谈的圈子扩大了些，各自认识之后，池渊停留在闻桨身侧，胳膊挨着胳膊的距离。

没人注意到的时候，池渊拿垂在腿侧的手指碰了碰闻桨的手背，等到她抬头看过来，他也神色自然地和她对视。

闻桨不比他的没皮没脸，故意往旁边挪了挪。

两个人的关系到目前还不算完全公开，知道的人并不多，要是再阴差阳错传出什么乱七八糟的八卦，这接下来的会议他们俩也不用参加了。

短暂的休息时间结束，闻桨正准备回去，池渊从她旁边走过，突然往她手里塞了样东西。

闻桨脚步一停，看着他的背影，跟做贼似的将手攥紧，等回到座位上才摊开手，看清了手里的东西。

一块巧克力。

闻桨早上在包厢餐桌的果盘里看到过相同包装的巧克力，当时也没注意到他拿了这个。

她下意识抬头朝前边看过去，池渊的视线恰好也朝这边看过来，还抬手晃了晃手机。

闻桨收回视线，从包里翻出开了静音的手机，看到微信上有他的信息。

池渊：赶快吃。

一整天的会议开下来，包括中午两个小时的休息时间，闻桨基本上都没怎么歇过，枯燥无味的会议内容听得人昏昏欲睡。

坐在闻桨左边的齐邵珩在下午的时候就支着胳膊睡了一会儿，后来自己醒了之后，又微微坐直了身体假装认真听会议内容。

散会之后，闻桨听见周围有人在议论齐邵珩的做派，有说他是个不成事的，也有说齐老爷子老糊涂挑个混不吝的人来代替他参加会议。

闻桨正随着人流往外走，目光落在前边的身影上，神情若有所思，连池渊站到身边都没注意到。

"想什么呢？"池渊冷不丁开口。

闻桨回过神来，抬眼看他："在想齐邵珩的事情。你还记得他吗？上次拍卖会的时候我们跟他碰过面的。"

池渊"嗯"了一声，神情淡淡："记得。怎么了？"

闻桨皱了皱眉："当初在拍卖会上齐老爷子当众下了这位二公子的面子，分明是不看好他，但这次会议这么重要却又让他来参加，你难道不好奇吗？"

池渊挑着眉毛，显然有些不能理解："我为什么要对一个男人感到好奇？"

"……"

话不投机半句多。

闻桨懒得跟他说这些，加快步伐离开了会场。池渊还有些事情没处理，笑了声没跟过去。

晚上举办方安排了酒会，比起昨晚的接风宴，酒会的规格和档次显然都往上提了不少。

酒会八点开始，闻桨回了房间，秦妗将晚礼服拿了过来。一条黑色长裙，款式简单大方却不俗气，属于一般人驾驭不了的款式。

秦妗汇报了些工作上的事情，等闻桨卸完妆进了浴室，便离开了房间，准备等到七点再过来。

她走了之后没多久，闻桨便从浴室里出来，换了身衣服，将头发吹了半干，倒在床上就睡着了。

会议五点结束，池渊六点多才从会场回来，同时还叫了周程来房间交代了些事情。

之后他一个人待了会儿，中途收了封周程发来的邮件，看完到七点，他关了电脑出门去敲隔壁的门。

开门的是秦妗："池总。"

池渊应了声："你们闻总呢？"

"在睡觉，还没起。"秦妗往旁边退了一步让人进来，语气有些迟疑，"需要我去叫闻总起床吗？"

池渊先是说"好的"，但很快又改了主意，要自己进去叫闻桨起床。

秦妗愣了下，还没搞懂什么情况："可是……"

池渊大概猜出她在想什么，轻轻抬了抬眉毛，语气带着笑："闻总没和你说吗？"

"说……什么？"

"我现在正在和你们闻总谈恋爱。"池渊非常诚恳地看着秦妗，"所以我叫自己女朋友起床应该不过分吧？"

与此同时，房间里卧的门被拉开。

闻桨穿着睡裙站在门后，抬眸看着池渊，语气像是谴责："你别背着我欺负我手底下的人。"

池渊扬着眉毛，就差蹦起来了："我哪里有？"

闻桨抬手按了按眼皮，没有理他："秦妗，你先回去吧，我这里也没什么事了。"

"好的。"

等秦妗走后，池渊跟着闻桨进了卧室，看着她掀开被子又躺了进去，有些好笑地蹲在床边："你不打算参加酒会了吗？"

闻桨将脸埋在枕头里，声音瓮瓮的："那么多人，去晚一点也没关系。"

池渊就这么蹲在床边盯着她看了几秒，伸手碰了碰她的鼻尖，样子是少见的神秘："我和你说件事。"

"嗯？"闻桨睁开眼睛，"什么？"

"齐邵珩他哥哥没有生育能力。"

"……"

闻桨觉得这人有病吧。

他没生育能力跟我有什么关系，她心里是这么想着，顺其自然地也就把这句话给说了出来。

池渊哪知道她是这反应，表情愣了下，很快笑出声："是，他当然和你没关系。

"和你有关系的是我。"

闻桨对于池渊的这种话已经有了一定的脱敏能力，闻言也只是重新闭上眼睛，将脸埋进被子里，并不理会他。

池渊皱了皱眉，伸手小心翼翼地将被子往下扯，语气有些委屈："不是你先问我齐家的事情吗？"

闻桨睁开眼睛，似乎是明白了什么，神情有些惊讶："所以齐邵珩能成为中创的当家人，是因为他哥不能生育？"

"对。"池渊还蹲在地上，视线和她平视，"齐邵珩的父亲齐松山并不是齐家的嫡系血脉，他是齐老爷子当年在外面的私生子。齐老爷子那时候的正妻已经育有一子，所以并不打算将齐松山和他母亲接回齐家。后来齐家内斗，齐老爷子的儿子被他弟弟设计出了车祸身亡。齐老爷子为了给齐家留血脉才将齐松山接回了齐家，所以齐松山这个人也特别在乎血脉继承。尽管齐邵瑜比齐邵珩优秀一百倍，但只要齐邵珩拿齐家香火当筹码，齐松山不可能不松口。"

"这样啊。"闻桨调整了姿势，露出整张脸，"那这种豪门秘密你又是怎么知道的？"

池渊眉眼一挑，满脸都写着"你快夸我"四个字："我回来之后让周程找人去查的。"

闻桨看了他好一会儿，然后卷着被子翻了个身，藏着笑意，故意反着来说："那周程找的这人还挺厉害的，这种事情都能查到。"

"……"

由于是背对着，闻桨看不到池渊的神情，只是听见他窸窸窣窣的动静和有些勉强的认可："是吧，确实挺厉害的，我当初托他查你——"

话音戛然而止。

池渊在说出那几个字的时候，脑袋里瞬间砸下来两个大写加粗的字——完蛋。

池渊甚至感觉房间里的空气都凝滞了，就连闻桨接下来的一系列动作在他眼里看来仿佛都被开了零点五倍速。

吃瓜没想到还能吃到自己头上的闻桨明显愣了几秒，但很快又回过神来，翻身对上池渊有些心虚的目光，微挑着眉毛，眼中有几分诡异："你刚才说什么？"

这件事池渊不占理，也不能像以前一样插科打诨靠着没皮没脸的话给糊弄过去，想了想，决定直接坦白。

他看着闻桨，态度十分诚恳："一年前你和蒋伯父第一次去池宅的那天，我找人查了你。"

闻桨拥着被子坐了起来："你查我做什么？"

池渊抿了抿唇角，声音放低了，似乎是有些心虚："我当时不是铁了心要退婚吗？所以就想先从你这边入手。"

"嗯？"闻桨似笑非笑地看着他，"然后呢？"

"然后我看了你的资料，发现你不论是在学业、生活还是工作上，都让人挑不出任何差错。"池渊瞟了闻桨一眼，恰好对上她始终盯着自己的目光，又迅速别开眼睛，轻咳了声说，"是个非常完美的人。"

闻桨看着他这样，忍着笑说："那你当时岂不是很失望？"

池渊当即不假思索地否认道："没有！绝对没有！我发誓！"

闻桨点了点头，话锋突然一转："那你发吧。"

池渊愣了下，见闻桨没有开玩笑的意思，心里的那点侥幸荡然无存，长睫低垂："我承认我当时确实是有些失望，但那仅仅只是因为我没能从你这里找到突破口，跟其他的没有关系。"

"所以那天晚上你当着那么多人的面说——"闻桨回忆了下，却也只记得大概，"什么就算是死也不会结婚的话，是故意说给我们听的？"

提起以前的事情，池渊还有些不好意思，抬手挠了下额角，含糊地"嗯"了一声。

闻桨拖着腔"啊"了声，掀开被子从另一侧下了床，语气调侃："你当时誓死不从的模样还真是吓到我了。"

"……"

池渊简直悔不当初，起身跟在闻桨身后，丝毫没有在外面时的威风："桨桨，你听我解释。"

"还有什么好解释的，这不都解释清楚了吗？"闻桨将长发随意绾在脑后，侧眸看着他，神情平常，"你不想联姻去调查我情有可原，你胡闹也是因为想退婚，你做什么都是有原因的，所以也没有什么好解释的啊，我能理解。"

池渊这时候要是再听不出来闻桨在生气，那他今天就不用活着从这里走出去了。

安静了片刻，池渊才重新开口解释："我不愿意联姻是因为我不想让自己和对方都成为没有选择的人，婚姻是一辈子的事情，我不想让它掺杂了太多感情之外的东西。"

"当初听到你和蒋伯父的对话，我其实有一瞬间想过要假装什么也没听见。"他敛了敛眸，继续说，"但是，桨桨，对不起，我没有办法说服自己接受一份从开始就目的不纯的感情，我也不想让你成为那个没有选择的人。"

闻桨抿了抿唇，没有说话。

"后来躲着你，也是因为我还喜欢你，但又没有想好该怎么面对你。"池渊轻轻叹了声气，"那段时间，我其实一直挺矛盾的，怕你介意退婚的事情，也怕你不介意这件事，我——"

闻桨猝不及防地打断他："我介意。"

"嗯？"池渊一时没回过神。

"我介意退婚的事情。"闻桨看着他，"我当初提出和你试试，你拒绝我的那天晚上，我回来找了江沅，问了她当初是怎么追到沈漾的，又是怎么和男生相处的。"

池渊心跳陡然一乱，说不出话来。

"当时，我已经做好了要主动朝你走去的决定，后来在灾区的时候，你说让我回来之后定一个结婚的日子，我也做好了未来要和你共度一生的准备。我知道这份感情一开始的目的并不纯粹，所以我一直在努力想让它变得美好，想让你没有那么委屈和勉强。"闻桨看着他，"可是这些，你全都错过了。"

"我……"池渊觉得心里像是堵了一块石头，难受和悔恨交织在心头，让人喘不过气来。

两人陷入突如其来的沉默。

片刻后，闻桨叹了声气，向前一步将两人之间的距离拉近，抬起眼睛看他，语气缓慢地说道："虽然你错过了曾经的闻桨，但是很幸运，你追上了现在和将来的闻桨。"

池渊鼻尖倏地一酸，喉结上下滑动着，声音很轻："桨桨，对不起。"

"没有什么好对不起的。"闻桨抬手摸了摸他的眼睛，"联姻的事情是闻家提的，退婚是你提的，所以我们扯平了。"

池渊随着闻桨的动作下意识眨了下有些酸涩的眼睛，伸手握住她的手，将人扯进怀里，脑袋用力埋在她颈侧。

房间里没了动静，海风从窗口吹了进来。

闻桨感受着他微沉的呼吸，刚要开口说话，却倏地感受到从脖颈间传来的清晰的热意和湿意。

"……"

闻桨有些好笑，抬手拍了拍他的后背，放软了语气："池渊。"

"嗯。"他应了声，声音有些哑。

"你是哭了吗？"

"没。"说完，他就动了动，将后脑勺对着她颈侧。他的发质偏软，蹭在脖子上有些痒痒的。

闻桨向后仰了仰脖子，伸手揉着他柔软的头发，声音带着笑："你别哭了，你有什么好哭的，我又没有怎么着你。"

池渊沉默着将整个人的力量都卸下来，完全倚靠着闻桨，等她承受不住向后退了几步挨着桌子边沿撑住之后，才重新抬起头看着她。

房间里只开了床头的一盏壁灯，光感偏暖，洒下一小片昏黄色的光影。

池渊背着光，眼眶是显而易见的潮红，眼角和脸颊边缘依稀还留有湿意，灯光将他的轮廓勾勒得清晰利落。

闻桨抬眼看他，伸手沿着他的眼角往下滑，指腹从他脸侧擦过，微微皱了皱眉："我好像一直在让你哭。"

"不怪你。"池渊偏了偏头，语气暧昧，"更何况，以后我有的是机会让你哭。"

两个人隔着很近的距离对视。

闻桨被他挤着，后腰抵着桌沿，有些硌得慌，忍不住伸手推了他："你往后退一点。"

池渊没依，反而直接伸出手将她抱着直接放在了桌子上，整个人挤进她双腿间，微仰着头和她接吻。

不同于以往的耳鬓厮磨，男人气息滚烫，带着十足的攻击性，舌尖用力扫过她的唇齿，动作有些粗野。

闻桨脑袋空了一瞬。

但很快又被下唇的刺痛感拉了回来，紧接着唇齿间甚至有淡淡的血腥味漫开。

"……"

闻桨要疯了。

这人属狗的吗？

她也不甘示弱地张唇咬了一口，但由于没有掌握好技巧，不小心咬到了池渊探进来的舌尖。

闻桨明显感觉到他的身体似乎僵了一下，然后便是更加疯狂的掠夺。

滚烫的气息，炙热的纠缠。

每一分每一寸的深入都叫人失控。

良久后，池渊松开闻桨的唇，整个人重新靠进她怀里，平复着有些急促的呼吸。

以及，某些不可说的汹涌。

闻桨也缓了缓，然后抬手摸了下下唇处的伤口，还有些许痛意。她轻轻嘶了一声，忍不住在他胳膊上掐了一下，不满地抱怨道："你属狗的吗？"

闻言，池渊抬起头来，红意未消的眼里染上几分笑意，声音有些低："不巧，还真是。"

"那你是真狗。"闻桨伸手推开池渊。他往后退了一步，鞋跟踩在刚才在纠缠中她不小心滑落掉在地上的拖鞋。

他弯腰将拖鞋捡起来，就着半蹲的姿势将鞋穿到她脚上，随后仰着脸看她："你也不是属狗的吗？"

闻桨没有搭茬，从不高的桌子上跳下来，径直进了一旁的浴室，将门关得嘭响。

在一片水声中，池渊低头笑了下，很快走出了卧室。

闻桨的房间朝向极佳，站在阳台可以俯视整片海岸线。夜色来袭，海边亮起斑斓闪烁的灯光，沿着岸边的栈桥一路向西，延伸至很远的地方。

池渊站在阳台上吹海风，视线跳跃间皆是来往的人影。大约过了半个小时，他才等到闻桨从屋里出来。

秦妗拿给闻桨的是一条黑色长裙，一字肩，微卷的头发全都绾了上去，耳际松松散下几缕。

雪白圆润的肩头，修长的脖颈，精致凸出的锁骨，凡是视线可及的范围之内该看的能露的全都一个不落。

池渊从阳台走了进去，看到她手里勾着两双高跟鞋，细跟大约有六七厘米，跟个竹竿似的。

闻桨本来已经选好了穿哪一双，见池渊走进来，晃了晃手里的高跟鞋，眼角眉梢皆是明艳妩媚："选一个？"

池渊视线一垂，把目光从她脸上落到手上，眉头皱了又松，最后不负众望地选了被闻桨淘汰的那一双。

"……"

行吧。

满足你的审美。

闻桨把他选的那双鞋放在地上，另一双鞋放回原处，刚在玄关处的凳子上坐下来，池渊忽然走过来在她面前蹲下。与此同时，他也伸手将放在地上的高跟鞋拿了起来："我帮你穿。"

闻桨抬手抵着桌沿，慵懒地撑着额角，笑眯眯地看着他："行啊。"

长裙的质地丝滑，裙边上镶着细碎的熠熠亮片，在光亮下折射出很漂亮的光影，像是落了一层天上星。

池渊捏着她盈盈一握的脚踝，将两只鞋都穿上，然后屈指捏起高跟鞋上的两根带子在她脚踝处绑了一个漂亮的蝴蝶结。

两人安静了几秒，闻桨瞧着他欲言又止的模样，眼里晃荡着笑意："怎么，有事？"

"没事。"池渊松开手站起身，往后退了一步，目光若有若无地从她的肩头划过。

闻桨忽然福至心灵，语气含着几分调笑："你是不是不喜欢我穿这条裙子啊？"

池渊眸光一顿，故意别开眼睛："没有。"

"那我穿好看吗？"

"好看。"他像是硬憋出来的两个字。

"别勉强，说不好看也没关系。"闻桨松了松裙摆站起身，"反正你的意见也不在我的参考范围之内。"

"……"

酒会设在酒店顶层的高档宴会厅，闻桨和池渊在房间耽误了许久，到地方的时候，时间已经过了八点。

宴会厅灯光通明，闻桨和池渊的携手入场，引来附近来往宾客的注目，眼神里或多或少带着好奇和八卦。

池渊和闻桨有各自的事情，临分开前，池渊偏头在她耳侧低语，温热的气息萦绕："少喝点酒。"

"嗯。"闻桨面上挂着恰到好处的笑，收回搭在他胳膊上的手，"放心，我有分寸。"

"行。"

池渊走后，闻桨没有关注别人有意无意的探寻目光，姿态从容地从侍者手里拿过一杯红酒，款款入场。

不多时，闻桨身边便围了些人。

闻氏在国内的实力和名气虽然比不上池氏，但好歹也是重点企业，在全国各地皆有设立分部，行业涉及多方面，也是众多企业争相合作的对象。

闻桨和几位同是地产行业的老总聊了几句，但没一会儿话题便转移到了齐家的八卦上。

生意场上的老狐狸说起别人家的家事，不比别人差。眼见着话题逐渐不入流，甚至是牵扯到了上辈人的事情，闻桨端着红酒杯，悄无声息地从人群中退了出来，绕去了取餐区，随意拿些食物，挑个人少僻静的地方坐了下来。

坐下没一会儿，周围来了好几个女眷，以为闻桨也是谁家带过来的女伴，笑着问她能不能同个桌。

伸手不打笑脸人，闻桨冲来人淡淡一笑："没问题。"

三个人坐下聊了一会儿，话题无非是珠宝妆饰，往大了聊，就是猜测谁是谁家带来的。

闻桨胃里有些空，低头专注吃着盘子里的食物，猝不及防被其中一人问及，是跟着谁来的。

她放下叉子，拿起餐巾抿了抿嘴角，心里起了开玩笑的念头，面不改色地胡扯道："池氏的池总。"

"溪城池家那位？"

闻桨的目光落在正朝着这里走来的男人，低头笑了笑，一副娇羞做派："是的。"

"那你可真是好运气。"其中一位女眷给另外两人科普池渊的身家背景。要说到这个其实也不稀奇，能来这里的谁没个显赫的身家，最让人艳羡的莫过于池渊的年纪和样貌。

不到而立之年便身家资产过千亿，长得一表人才，模样英俊出众，是多少人梦寐以求的良婿。

闻桨听着好玩，倒也没打断她们，余光注意到池渊已经快要走到这里，放下手里的酒杯，遥遥起身："不好意思，池总过来寻我了，我先走一步。"

众人顺着她的目光朝后看，待看清来人，眼里更是多了几分艳羡，纷纷起身和池渊打招呼。

池渊的目光从始至终都落在闻桨身上，闻言也只是淡淡应了声，并未给予太多关注。他停在闻桨身旁，眉眼英俊出众，手臂自然地圈在她腰后将人往怀里带了带，朝着众人微微颔首道："失陪。"

池渊五指虚搭在她的腰侧，闻桨随着他往宴会厅中央走。两个人挨得很近，落在旁人眼里倒像是天造地设的一对璧人。

"你刚才跟她们聊什么呢？"池渊还没靠近就已经先看见她脸上憋着的坏笑。

"她们问我是跟谁来的。"

"嗯?"

闻桨勾着唇,看起来心情极佳:"我告诉她们,我是跟着池总来的。"

池渊低笑了声:"那你知道这些跟着来的女伴,在宴会结束之后都要做些什么吗?"

闻桨怎么可能不知道,但她偏不想让池渊占了便宜,故意道:"不知道,你知道吗?"

"那你又是怎么知道的?"

"难不成你带过?"

池渊:"……"

玩不过。

第十七章

睡在你哪一边

池渊领着闻桨见了几位合作商，其中有一位合作商的妻子是时尚圈的著名摄影师，拍过不少国内的一线艺人。

　　如果能搭上这条线，对盛华的艺人来说是一个很好的机会，闻桨这次虽然没有见到她本人，但是在池渊的牵线搭桥之下，也算给这位合作商留了一个好印象，对以后合作有利无弊。

　　酒会在十点半结束，池渊还有其他的事情，闻桨留在休息区等他，周围人来来往往。

　　她披着池渊的外套坐在沙发处，不时抬头打量不远处说话的几道身影，眉目间并未有半分不耐。

　　坐下没一会儿，闻桨忽然听见沙发背后传来一道闲散慵懒的男声："齐邵瑜那个废物，哪怕是不能续香火，老爷子对他也比对我好。反正这事你别管，你只要找机会把结果弄假成真就行了。"

　　今天是跟齐家人杠上了是吗？

　　闻桨回过头，背后是一层厚重的帘子，刚才坐下来没有注意，这会儿仔细看了才瞧见帘子背后还别有洞天。

　　她之前虽然好奇齐家的事情，却没有偷听别人说话的习惯，起身换到了对面的沙发上，和齐邵珩站着的阳台隔了几米，这样远的距离几乎什么也听不见。

　　过了一会儿，齐邵珩掀开帘子从外面进来，看到坐在不远处的闻桨，眸光一顿，收起手机走到她面前："闻总，这么巧。"

　　闻桨没看到第二个人从阳台出来，意识到他刚才是在接电话，神色不变："齐总。"

齐邵珩其实长得不俗，眉眼精致冷峻，唯一的缺点便是唇角总是挂着玩世不恭的笑，给人一种混不吝的感觉。比起齐邵瑜的温文儒雅，他的确不太像能成为中创当家人的人，齐松山不看重他也在情理之中。

可惜造化弄人。

齐邵瑜天生不幸，倒让他捡了个便宜。

闻桨和齐邵珩交谈的身影很快落入站在不远处的池渊眼中，他面上不显，依旧平淡温和，等到商讨的事情有了决定，便要迫不及待地离开。

只是他还没走几步，又被人叫住："池总，请留步。"

池渊停下脚步，回头看了眼朝自己走来的身影，眉宇微凛，语气淡淡的："喻总还有事？"

喻容辛是国内知名药企华康集团的董事，早前便听说过池渊，心中有意借着这次大会和他拉近关系。

她一袭红裙，妆容成熟妖媚，笑颜微展："是这样的，我有几位朋友早就听闻池总的大名，有心仰慕，不知道池总今晚有没有时间，给我个机会让我代为引荐，一起去楼下喝两杯？"

"抱歉。"池渊拒绝得干脆且不留余地，"工作之外的时间，我得听我女朋友的安排。"

喻容辛完全没有想到池渊会这么说，妆容精致的脸庞僵愣了一瞬，待到回过神后便是怎么也掩饰不了的尴尬。

池渊权当看不见，从容扣上西装外套的扣子，神情依旧淡淡的："喻总，告辞。"

喻容辛脸庞微红，好在周围没什么人，压了压面上的几分尴尬，快速离开了这处。只是在走到拐角处时，她又忍不住回头看了眼，却见刚才还眉目冷淡的男人如同变了一个人般，神情是不可比拟的温柔，眼里唇角都漾着笑意。

那个女人喻容辛之前也有耳闻，是闻氏的千金，早几年在溪城并未有声名，几乎可以算是查无此人，也是近一年才出现在公众的视野中，现在是闻氏的新一任掌权人。

她穿着一袭黑长裙，身姿曼妙，明艳妖媚的一张脸在入场时便吸引了众多目光。

输给这样的人，喻容辛的心里好似平衡了许多，匆匆收回视线，将那两道身影落在身后。

池渊没能和齐邵珩打上照面，在他过去之时，齐邵珩恰好又接到一通电话，已经先一步离开了。

闻桨抬手拢了拢耳边的散落的乱发，却不防落入一个温暖熟悉的怀抱之中，心跳在听见对方的声音时缓缓落回原地。

"刚才那是齐邵珩？"池渊问。

此时已经散场，留在宴会厅的宾客并不多，闻桨任由他将下巴抵在自己肩上："是他。"

"你们聊什么呢？"

"没聊什么。他在阳台接电话，我没注意到，坐在那里听见了，出来碰上就打了声招呼。"闻桨拨开他的手，回过头看着他漆黑的眼睛，"倒是你，刚才和那位漂亮女士在说什么呢？"

池渊磕巴了下："你看到了？"

"我又不瞎。"闻桨伸手，指腹软绵绵地贴着他的下巴，眉眼弯弯，"她是不是在搭讪你？"

"应该是吧。"池渊没隐瞒，把喻容辛的话说了一遍后，还有些不乐意地抱怨道，"当我傻呢，以为我猜不出她说的这个朋友就是她自己。"

搭讪这事闻桨也没多在意，毕竟池渊这张脸打小就能骗到小女生，况且就他这个情商，几乎不用她出面，他自己就能把自己身边的桃花断了个干干净净。

从宴会厅回来之后，闻桨和池渊没太多腻歪，只是在临分别前交换了一个绵长的晚安吻。

"早点休息。"池渊松开手，往后退了一步，视线落在她脸上，脸庞和耳垂都在不经意间染上了情欲的红。

他的眼珠颜色很黑又很亮，偏生还喜欢直勾勾盯着别人看，闻桨有些招架不住，匆匆丢下一句"晚安"，便将房门关上了。

池渊在门口站了一会儿，唇瓣上似乎还沾染着刚才的热度。他抬手摸了下嘴角，那里有个很小的伤口。

是刚才闻桨为了报复他傍晚在房间时有些恶劣的行径故意咬出来的，很小，但是也不是完全看不见，旁人看了很难不生出什么旖旎的想法。

算了。

下次再咬回去吧，他在心里这样想。

零点之前，周程拿着文件来池渊房间汇报工作。这段时间池渊白天开会，很多工作只能推到晚上来处理。

周程为了不耽误太多池渊的休息时间，每次来基本上都将时间控制在半个小时之内。

零点一刻，汇报结束，周程合上文件夹："现在一些刚刚更新版本的测试医院出现了 BUG，暂时无法解决，只能处于宕机状态，这可能会影响整个产品更新速度。"

"让产品运营那边继续跟进医院方面反馈的产品功能需求，至于其他的，留给医院方面自行处理，这是他们内部出的问题，不该由我们承担后果。"池渊敛着眸，"如果影响到产品，按合同追究他们违约责任。"

"好的。"周程说，"那没其他的事，我先回去了。"

池渊"嗯"了声，没几秒又想起什么："对了，你等会儿把公司官微的账号和密码发给我。"

池氏官微的 ID 背后不只是一个人，是一整个公关团队，平时账号的运营和打理基本上用不着池渊过问。

他现在突然要账号和密码，周程还有些诧异："您是要？"

"没什么，我就看看。"池渊神色坦然，"怎么，我不能看吗？"

"没有，我回去马上发给您。"

"去吧。"

其实池渊要账号的原因很简单，他就是想去发条微博。

他和闻桨在一起的事情暂时只有身边朋友清楚，甚至都比不上当初两家联姻失败知道的人多。

当初两家退婚的事情闹得沸沸扬扬，后来他和闻桨不和的事情也是人人皆知，反倒是现在两个人真正在一起的事情没几个人知道。

本来池渊觉得谈恋爱是两个人的事情，但是今晚喻容辛的事情，让他意识到了宣示主权的重要性。

周程的效率很高，回去不到十分钟就将账号和密码发到了池渊的微信上，像是怕他胡来，还特意交代了一句，让他注意不要手滑点赞到什么乱七八糟的微博。

这毕竟是一个大公司的官微账号，平时走的都是正经严肃的画风，要是不小心点赞了什么名模大长腿照片的微博，贺媛怕是要以死明志才能挽回公众对池氏公关的印象了。

池渊觉得周程有点杞人忧天，但毕竟也是关心，破天荒回了句"知道了"，然后在网页版登录了微博。

池氏官微的粉丝不多但也不算少，刚五十万冒头，其中可能还有一部分水军，还有一部分都是因为之前元意事件跑来看八卦才关注的，剩下的活粉也就够凑合着看，毕竟不是什么营销号微博，粉丝多少重要性不高。

置顶微博还是那份追究责任的声明书，底下的评论和点赞量远远超出官微其他微博的总数。

池渊随便翻了翻，只觉得现在的网友有些无聊，不过他很快在众多评论中发现一条与众不同的评论。

【西瓜抹茶味蛋挞：本池氏员工来说一句，我们池总目前已经有正在追求的对象了，对方是我们公司合作方的总裁，人有能力不说还长得特！别！漂！亮！家境真不是一般人能比得上的 [跪了][跪了][跪了]】

这条评论底下还有其他评论，池渊顺手点进去看了一眼。

几分钟后，怕自家总裁出现什么糟糕操作，所以一直用私人账号关注官微动态的贺媛和周程，意料之中又意料之外地刷到了一条新的微博动态。

【池氏官微：追到了，谢谢关心。//@西柚柠檬橘子茶：吃过期瓜的问一句，你们池总现在追到人了吗[狗头][狗头]//@西瓜抹茶味蛋挞：本池氏员工来说一句……】

周程："……"

贺媛："……"

虽然池氏官微的粉丝不多，但池渊好歹也是上过热搜的人，官微的这条微博勉强够上热搜首页的尾巴，但很快便被其他微博给挤了下去。

有一些粉丝是池氏的某些项目部的技术粉，刚开始看到官微的转发还以为是账号被盗了，但等了半个小时都不见有人上来删除微博又或是解释什么，才明白过来不是盗号。

贺媛和周程在池渊的示意之下并未对这条微博进行操作，任由它热度自由上升又自由下降。

等到次日闻桨从秦妗那里得知这个消息时，她的身份信息已经被知道内情的人贴了出来。

她虽然不是什么名人，但光凭着那张明艳动人的脸，也足够出圈，更别提身家背景这些了。

很快一个"什么是势均力敌的爱情"的词条便爬上了微博首页，点进去第一条微博就是池渊和闻桨。

网友从两人的身家背景开始分析，最后着墨于两个主角出众的样貌，纷纷化身尖椒鸡和柠檬树。

"听周程说，这条微博是池总自己发的。"秦妗站在沙发旁，见闻桨盯着手机不说话，轻声解释道。

"我想也是。"闻桨放下手机，言语之间虽然嫌弃却透着十足的亲昵和宠溺，"只有他能做出这么幼稚的事情了。"

"那这条微博？"

"不用管，也不是什么坏事。"闻桨起身倒了杯温水，余光落到吧台处，"对了，我昨天忘了跟你说，以后早上准备早餐，记得准备两份。"

秦妗看着桌上的一人份早餐，反应迅速："那我现在再去订一份。"

"辛苦了。"

秦妗离开之后，闻桨拿上手机跟着出了房间，敲响了隔壁的门。

开门的池渊大约是刚洗过澡，穿着酒店的浴袍，系绳松松垮垮的，露出胸膛大片白皙，黑发上的水珠顺着身体轮廓滑落，一路淌过脸颊脖颈锁骨胸膛，最后没入看不见的地方。

两个人都愣了下。

闻桨是没想到一大早就能看到这么好的福利，而池渊则是没想到敲门的是她。他回过神之后，迅速拉紧了腰间的系绳，还刻意紧了紧衣领，耳尖泛红："你怎么来了？"

"我过来叫男朋友起床应该不过分吧？"闻桨对上他躲闪的目光，语气调笑，"你就这么来开门，不怕外面是什么乱七八糟的人吗？"

"我以为是周程。"池渊抿了下唇角，"平常没人这个时间来找我。"

闻桨没在意这个问题，晃了晃手里的手机："微博怎么回事？周程说是你自己发的。"

"我就是看到了，随手转发的。"池渊神情有些不太自然，"你生气了？"

闻桨有些好笑："我现在在你眼里就是那么容易生气的人吗？"

"没有，我不是这个意思。"池渊语气有些紧张。

"我没生气，也不会生气。"闻桨说，"我让秦妗拿了早餐，你快点换衣服过来吧。"

池渊"哦"了声，闻桨又转身回了自己房间。

吃早餐的时候，并不是池渊想象中的气氛，闻桨始终低头在摆弄自己的手机，不知道在忙些什么，也不怎么和他说话。

他咬着面包，心情有些复杂，她会不会是假装不生气其实很生气？但看着又不太像。

早餐吃了二十多分钟，闻桨收起手机，喝完杯里最后一点牛奶，抬头看着池渊："我去换衣服，你等我一会儿。"

他点点头："好。"

等待的间隙，池渊又登上了公司官微的账号，正在删除与不删除之间犹豫时，忽然在转发一栏看到个熟悉的名字。

【闻氏官微：[心][心][心]//@池氏官微：追到了，谢谢关心。//@
西柚柠檬橘子茶：……//@西瓜抹茶味蛋挞：……】

　　接下来几天，闻桨和池渊的日程安排如出一辙，白天开会应酬兼顾
视察博览会，到了晚上也没个闲空，只有早晚餐时才能坐下来说上几
句话。

　　会议结束前一天，闻桨安排秦妗回溪城将容姨接过来，早餐的事情
便落到了周程的肩上。

　　次日一大早，周程提着两份食盒敲响了池渊的房门，进去之后没多
久，闻桨也从隔壁过来了。

　　"早。"闻桨熟稔地在吧台边坐下，伸手给自己倒了杯温水，随口问，
"你们今天几点的飞机？"

　　今天是经济峰会的最后一天，上午的安排并不多，到中午庆功酒会
结束，就算是完美收官了。

　　加之明天是除夕，阖家团圆的日子，池渊之前没说要留在这里，闻
桨自然以为他会在今天回溪城。

　　但是周程却没有给出她想象中的回答："我们是下午三点的飞机，池
总暂时还没有定下回去的行程。"

　　"嗯？"闻桨闻言轻轻挑了挑眉尖，"他不回去了吗？"

　　"回，只是不是今天。"说这话的是池渊，他从卧室出来，在闻桨对
面坐下，眼底浮现出淡淡的笑意，"怎么说也是在一起的第一个新年，我
想着还是留在这里陪你比较好。"

　　"其实没关系的，我不是特别在意这些，更何况今年我也不是一个人
留在这里，不然你还是回家吧。"闻桨打心底里还是希望他回去和家人团
聚，毕竟一年到头也很少有这样的机会。

　　"我在意。"池渊神情认真，"我是想留在这里陪着你。怎么，难不成
我留在这里不回去你还要把我绑回去？"

闻桨说："强词夺理。"

池渊托着腮，咂舌道："可能是有点吧，但我也是因为想留在这里啊。"

闻桨安静地看了他几秒后，低头喝了口粥，没有搭茬，但也没有再说其他拒绝的话，像是默许了他的决定。

池渊心满意足地收回视线，拿起筷子夹了一个小笼包放进她的碟子里，闻桨随后也礼尚往来地给他夹了一个。

两人虽然没有交流，却从内而外都透着显而易见的默契和亲密，旁人费尽心思也挤不进去。

一旁候着的周程深深地叹了口气，最终，还是他一个人承受了所有狗粮。

吃过早餐，闻桨回房间换衣服，池渊回卧室拿手机，看到池母在微信上问他今天什么时候回来。

池渊没敢怠慢，果断拨了通电话过去。

等待接通的间隙，他从柜子里拿出一件干净的衬衫，将手机开了扩音放在床边的柜子上，自己站在床边换衣服，刚脱下睡衣，便听见池母用十分笃定的语气问道："你今年过年不回溪城了吧？"

还真是知子莫若母啊。

池渊穿上衬衫，敞着怀，走过去拿起手机关了扩音凑近耳边："对，打算过了年再回来。"

"那你不用回来了。"池母道，"你爸定了今年全家去新西兰度假的计划，我们现在已经在机场了。你过完年也不用急着回来，在那边过完元宵也可以，反正家里也没留人。"

池渊愣了下，有些难以置信："你们都去了？我姑我舅全去了？"

"说了是全家出游，他们当然也去了。"

池渊抬手挠了下额角，被气笑了："那你们出去玩怎么不提前和我说一声！万一我今年要是没在海城过年怎么办？"

听筒里安静了下来，显然是池父池母从一开始就没有将他纳入出游计划之中。

片刻后，池母轻咳了声，声音隔着听筒显得有些冷淡："难道提前告诉你，你就打算回来过年了？"

池渊抿了下唇角："那倒没有。"

"那不就行了。"池母笑了下，毫不留情地说，"不过这事要怪也只能怪你自己，要是你当初不吵着闹着要退婚，现在不就能跟我们一起了？"

池渊直接把电话撂了。

他气死了。

他活得简直不像个亲生的。

池渊花了一个穿好衣服的时间才将情绪缓过来，到最后还反过来自己安慰自己习惯就好。

毕竟父母是真爱，他就是个意外。

换好衣服从卧室出来之后，池渊边整理腕表，边往外走："我去闻总那边，之后没什么重要的事情，你可以早点回溪城，至于公司其他事情，等到假期结束之后再联系我。"

"好的。"周程问，"需要我给您提前订回程的机票吗？"

"不用了。"池渊想到刚才那通电话就忍不住叹了声气，但又很快收敛了神情，温声说，"代我向伯父伯母问好。"

周程笑了笑："谢谢池总。"

池渊"嗯"了声，正准备出门，门口却先一步传来敲门的声音，他以为是闻桨提前收拾好了，笑着走过去开了门。

却不防门一开，还没看清外面是什么情形，只见一道人影直直朝他怀里倒了过来。

池渊吓了一跳，眼疾手快地将人捞起来，蹙着眉问道："怎么了？"

"过敏。"闻桨的胳膊和脸侧起了不少红疹，呼吸也有些急促，"应该是误吃了海鲜。"

池渊当机立断，弯腰将人直接打横抱起："我送你去医院。"

闻桨其实挺纳闷的，来这里的几天里，她一直小心饮食，生怕吃到和海鲜有关的食物。

谁知道千防万防到最后还是没防住，先前吃过早餐回房间时，便隐隐有些不适，但她当时并未想到是过敏。

直到换过衣服，她察觉到身上开始陆陆续续冒出红疹时，才意识到是海鲜过敏。

出门去找池渊的那会儿，闻桨已经有些恶心和头晕的现象，但她回想了下，自己从昨晚到现在并没有吃过什么和海鲜有关的食物，所以才觉得十分纳闷，不知道什么时候吃了不该吃的东西。

这一疑问，在去医院的路上才被解开。

周程不知道闻桨对海鲜过敏，早上买的粥是酒店特色，汤底专门用各类海鲜熬制，但因为用料特殊，加之用了其他食材调味，所以粥里并未有很明显的海鲜味，宛如白粥却比白粥味道更甚。

"闻总，抱歉，是我疏忽了。"周程自知做错了事情，见着闻桨难受至极，心里格外过意不去。

"不怪你。"闻桨咳嗽了声，只觉得浑身都痒，忍着不去抓，低声宽慰道，"是我自己不小心，没有和你说清楚。"

周程还要说些什么，池渊已然出声打断："这事和你没关系，你不要太在意，下次记着就好了。"

"我知道了。"周程暗自做了一个深呼吸，心情却并未放松太多。

车里安静下来，风从敞开的窗户吹进来。

闻桨被池渊抱在怀里，抬头便可见他有些紧张的神情和绷紧的下颌线条。她靠过去，脑袋枕着他的肩窝："我没事，你别担心。"

"我知道。"池渊低眸看她，眼里是藏不住的担心，却言不由衷，"你是医生，你说没事肯定没事。"

"那你这么用力抓着我的手做什么？"闻桨用指甲轻轻掐了下他的手指，放低了声音，"你松开一点，很疼。"

池渊闻言果真是只松开了一点。

闻桨有些好笑，但因为人难受，耗尽了力气也只能凑到他下巴亲了一下，而后似是低哄道："听话。"

"嗯。"

池渊松开了手，却将人搂得更紧。

到医院时，闻桨已经处于过敏性休克状态，血压下降脉搏微弱，人已经失去意识，但好在送医及时，在经过抢救之后，人脱离了危险，也并未再出现其他并发症。

池渊和闻桨没能参加会议的原因被举办方相关领导得知，对方直接联系医院院长安排了高级病房，并在之后亲自来了趟医院探望。

连轴转了一上午，等将来看望的各方领导和公司高层送走之后，池渊才得以喘了口气。

周程买了午餐回来，池渊也没什么胃口，草草吃了几口便又回了病房，坐在病床边守着。

过了医院的午休时间，池渊想起什么，起身走了出去，看到坐在沙发上的人影，交代道："周程，你去查一下秦妗的航班，晚一点安排司机去机场把人接过来。"

"好的。"周程随即起身往外走。

池渊又叫住他，说："闻总过敏和你没关系，这事是我之前没和你说清楚，闻总和我都没有要怪你的意思，你也不要太自责了。"

周程抿了抿唇，正声道："我知道了。"

"行，去忙吧。"

"嗯。"

周程走后没多久，闻桨就醒了，只是依旧不太舒服，但好在呼吸已经恢复正常，也没有出现吞咽困难和反复咳嗽的现象，总之比起之前奄奄一息的状态可令人安心太多。

看到池渊舒展不开的眉头，她阖上眼眸缓了几秒，哑声问道："几点了？"

池渊垂眸瞥了眼手上的腕表："两点五十。"

"容姨和秦妗快到了。"闻桨舔了下有些干燥的唇角，勾着他的手指，"你安排人去接一下。"

"嗯，我已经让周程过去了。"池渊顿了下，问，"要接到医院还是先送回酒店？"

"接过来吧，迟早要知道的。"闻桨用没有输液的那只手顺着他的手背摸到他手腕上戴着的腕表，指腹停留在表盘上，眉眼弯了弯，"我给你买了新年礼物，本来想着回溪城再拿给你的，来之前没想到你会留下来，所以我让秦妗这趟回去给带了过来。"

"什么礼物？"

"暂时保密。"

池渊捉住她的手指，指腹贴着手背摩挲，垂眸低语："我还没来得及给你准备礼物。"

闻桨刚想说没关系，却见他倏然抬起头，神情认真地看着她："不然等你出院了，我把我自己送给你好了。"

闻桨被他的虎狼之词噎得一口气没提上来，像是忍受不了般不停地咳嗽，原先有些苍白的脸色也在瞬间变得又红又热，连带着喘息声都变得重了些。

池渊也被她的反应吓了一跳，匆忙起身拍着她的后背顺气，等到她彻底平息下来，转身倒了杯水递给她，笑道："反正都是迟早的事情，你反应这么大做什么？"

闻桨翻了个白眼没有搭茬，捧着玻璃杯小口喝着水，等到缓过那阵急促的不适，才不咸不淡地开口道："你想得美。"

池渊没反驳也没在这个问题上多争论，而是倾身按响了床头的呼叫铃，叫了护士进来替她拔针。

"我今天可以出院吗？"拔过针后，闻桨摸着手背上的医用胶带，轻声问了一句。

"刘医生说还需要留院观察一晚。"护士拿了一管药膏放在床头，"这是消红疹的药膏，早晚各抹一次就行了。另外你这两天暂时先不要洗澡，饮食方面也要注意。"

"好的，谢谢。"

护士出去之后，闻桨躺在病床上和池渊说了会儿话，但很快又迷迷糊糊地睡了过去。

池渊起身将病房里的窗帘解开放了下来，充沛的日光被遮挡住，屋里陷入昏暗之中。他走到床边弯腰替她掖了掖被角，而后放轻脚步离开了病房。

闻桨这一觉睡得漫长而沉稳，大约是太过疲劳，连做梦的精力都没有，醒来时外边的天空已经彻底暗了下来。

温热的风从窗口的缝隙吹进来，轻纱般的窗帘随之起起伏伏，夜色从中倾泻而来。

闻桨抬手按了按有些酸涩的眼皮，觉得喉间干涩，伸手拿过床头的玻璃杯，从保温壶里兑了些热水到杯里。

整个过程，她没有开灯也没发出太大的动静，可坐在外面的池渊不知是碰巧还是心有灵犀，在她倒个水的工夫，他人已经推开病房的门，顺势也开了灯。

突如其来的光亮让长时间处于昏暗中的闻桨有些不适，下意识抬手虚遮了下眼睛，却不防手里拿着杯子，杯子里的水跟着洒了一半出来，浸湿了她的衣袖和小面积的被面。

池渊走到床边，从她手里拿过杯子，神情微凛："烫到没有？"

"没。"被子上沾着水，闻桨索性下了床，站在一旁看着他收拾残局，"是温水。"

池渊将被子铺平在床上，然后重新给她倒了杯水："容姨和秦妗已经到了，下午你睡着的时候来了趟医院。我让周程在这附近租了栋民宿别墅，让容姨先住了过去，等你出院之后，我们再一起搬过去。"

闻桨点头说了声"好"。池渊伸手摸了摸她被水浸湿的袖子："我让护士给你拿件干净的衣服？"

"不用，等会儿用吹风机吹一下就行了。"

池渊松开手，去卫生间找到吹风机，出来插在床边的插座上，朝她招手："过来，我给你吹一下。"

闻桨没作声，几步走过去坐在沙发上。

袖子只是被打湿了一小块，吹了不到几分钟便干透了。池渊关了吹风机，替她将衣袖往上卷了卷，露出一截又瘦又白的手腕。

"容姨她们晚上还过来吗？"闻桨收回胳膊，无意识动了动手腕。

"来。"池渊又开了吹风机对着被子吹，声音有些模糊，"再晚一点会过来给我们送晚餐。下午周程带容姨去超市买了不少东西，还说明天要在家里包饺子。"

"从我记事起，容姨每年都会包饺子。"闻桨笑了笑，"而且容姨还会在饺子里放硬币，吃到的人新的一年里都会有好运气。"

"那你吃到过吗？"

"当然。"闻桨眉眼弯弯，"容姨很宠我的，每年都会特意把有硬币的饺子留给我。"

池渊笑了下，没说话，吹风机"嗡嗡"地响。

闻桨坐在旁边托着腮看着他站在灯下的身影，脑海里忽然想起一年前两个人针锋相对的模样，低头莫名笑了下。

时间真快啊。

就跟做梦一样。

容姨是七点多才来的医院，准备了好些吃的，还特意给闻桨熬了些清淡的补汤。

秦妗和周程都因为这突如其来的变故未能按照计划在今天坐上回家的航班，闻桨为了补偿，给他俩一人发了一个四位数的红包。

吃过晚餐，周程和秦妗回了趟酒店，替自己主子收拾行李，下午事情匆忙，都没来得及去酒店。

医生交班之前来了趟病房问了些闻桨的情况，之后又交代了几句注意事项，闻桨没太在意听，倒是池渊不知道从哪里找了纸跟笔，认真地将医嘱记了下来。

闻桨习以为常，容姨却把这一切都看在眼里。

趁着池渊出去接水，她拉着闻桨的手感慨道："当初你的婚事突然取消，容姨还以为是你跟这孩子没缘分，现在看倒不是那么一回事了。"

"阴差阳错吧。"闻桨脸上的红疹不多，大部分都在胳膊和后背上，之前昏睡着没觉得痒，这会儿恢复了精神，才觉得哪儿哪儿都不舒服，说话时，手指还无意识地在胳膊上挠了挠。

容姨眼尖，猝不及防地朝她手背拍了一巴掌："你这孩子，怎么还跟小时候一样，都说了不能抓，抓破了会留疤的。"

闻桨轻轻嘶了一声，慢吞吞将手背到身后，也不敢反驳："行，都听您的，不抓了。"

"你啊。"容姨轻轻叹了声气，眼角眉梢都带着让人无法忽视也无法回避的苍老。

闻桨抓着她有些粗糙的手，眉眼低垂，也没说什么。

容姨瞧着她沉默不语的样子，想了想，最终还是没有把蒋远山找过自己的事情告诉她。

要放下已经足够困难，说谅解谈何容易，老人家终归还是更偏心闻桨，不愿把她好不容易才解开的枷锁重新提起。

容姨长途跋涉不适合留在病房陪护，闻桨又不放心她一个人，让秦妗陪着一起回去了，到最后还是池渊留了下来。

将容姨送上车之后，池渊回到病房，拿着睡衣进了卫生间冲澡，闻桨端着电脑坐在床上。

刚开始还没意识过来，直到听见从卫生间里传来的淅沥水声，她脑袋里咯噔了下，倏地飘过八个大字——孤男寡女，共处一室。

下午池渊的那番礼物说也在此时不停地从她脑海里冒出来，像是在提醒抑或是暗示着什么。

水声很快停了，闻桨晃了晃脑袋，将那些乱七八糟的想法甩出去，回过神来又笑自己想太多。

闻桨清理思绪的工夫，池渊已经擦着头发从卫生间里走了出来。他脱了衬衣西裤，换上了棉质的白色短袖和灰色家居裤，整个人从内而外都透着几分慵懒气息。

他走到床尾停下，发尾的水珠顺着滴落在毛巾上："你进去洗漱吧，等会儿出来我帮你擦药。"

"好。"闻桨没设防，低头刚穿上拖鞋，倏地回过神来，僵硬地抬起头，"……你刚才说什么？"

擦药？

谁帮谁擦药?

池渊知道她听清楚了,极为轻淡地笑了下,有理有据道:"这里就只有我们两个人,我不帮你擦药谁帮你?"

"我可以自己来。"闻桨甚至不用去想那幅场景,耳朵就已经泛起可疑的红,"不用麻烦你。"

池渊朝她走过去,轻轻抬了下眉尖:"我是你男朋友,擦药这点小忙怎么叫麻烦。"

她气恼:"池渊!"

他终于忍不住笑出声来,肩膀跟着颤了颤。就在此时,门外传来敲门声:"池先生,现在方便进来吗?"

"方便。"池渊去开门之前,屈指在她鼻尖上刮了下,笑着道,"快去洗漱,帮你擦药的人来了。"

池渊找了护士过来帮忙。

闻桨在屋里擦药,他坐在客厅翻着手机打发时间。擦药原本就不是什么繁琐的工作,十分钟不到护士就从里面走了出来。

池渊和人道了谢,又将人送出门,才折回去重新进了病房,站在门口轻声问:"要关灯吗?"

闻桨却不太乐意搭理他,但又不想表现得太明显,淡淡应了声:"关了吧。"

"好。"

话音刚落,屋里便陷入一片昏暗中,池渊借着窗外星光挪到床边坐下:"生气了?"

"没。"闻桨放下手机,往下躺了躺,"我要睡觉了。"

池渊"嗯"了声:"那你睡。"

"你不出去吗?"

"这里就一张床,你要让我出去睡沙发吗?"

闻桨敛着眸,在昏暗的光线中看清他的身形轮廓,故意曲解他话里的意思:"不然呢,难不成你还要我这个病人出去睡沙发吗?"

池渊俯身靠近,长睫微微垂落,高挺鼻梁之下,薄唇勾着一抹淡淡的笑意:"我有个两全的办法,你要不要听?"

"我不想听。"闻桨索性阖上眼眸,拒绝一切交流。但人在看不见的时候,听觉便会格外灵敏。

她感觉到池渊从床边起身的动静,听见他逐渐走远的脚步声,心里逐渐放松警惕,但没过多久,屋里的灯又被重新点亮。闻桨掀起眼眸,看到池渊抱着一床被子站在床尾,忍不住问了句:"你做什么呢?"

"没事。"池渊蹙着眉,像是在回答一道难题,"我只是在想等会儿睡在你哪一边比较好。"

次日,闻桨在得到医生的准许之后,从医院回到了池渊在附近租住的民宿别墅。

别墅分属度假区,园区内全是各种排列组合的独栋别墅,林荫大道径直向前,道路两侧的椰树遮天蔽日。

别墅外边是一望无际的海岸线,碧海蓝天浑然一色,海波荡漾,海风湿润而温热。

周程和秦妗一早买了高价机票回了老家,除夕这天别墅里只有闻桨、池渊和容姨三人。

容姨按着往年的习俗,过了中午就开始准备包饺子需要的食材,从擀面到制作饺子皮、饺子馅全都是纯手工制作。

闻桨卷了袖子要来帮忙,被池渊直接从椅子上端起来放到了旁边的沙发上:"你别乱动,这些我和容姨来就好了。"

"你会包饺子吗?"闻桨挺稀奇地看着他,"你不该是十指不沾阳春水的人设吗?"

"那你就当我人设崩了吧。"

"……"

池渊从医院回来之后,换了身简便的衣服,白 T 恤黑裤子,舒适而慵懒。

这会儿,他从容姨手里接过围裙,动作熟练地往身上一套,转过身让闻桨帮忙系了个结,语气温和:"我以前在国外读书的时候,在中餐厅做过兼职。"

闻桨下意识接了句："兼职厨子啊？"

"……"池渊回头盯着她看了两秒，憋了三个字出来，"服务生。"

闻桨没忍住笑了出来。

池渊确实没撒谎，除了不会擀面没法帮忙之外，包饺子的其他程序他几乎全权包揽。

午后的阳光静谧而温暖，闻桨刚开始还盘着腿坐在沙发上看两人忙活，时不时聊上几句。

到了后面，困意倦怠，她随便从旁边抓了个靠枕垫在脑后，又拽过毛毯搭在身上后，便迷迷糊糊地睡了过去。

良久听不到她动静的池渊抬头看了眼，没作声，只是收回视线后放轻了手里的动作。

低头忙着擀饺子皮的容姨也注意到太过安静，抬头瞧见闻桨睡得正熟，压着声音笑道："这孩子。"

池渊没说话，修长的手指翻动，很快捏出一个漂亮又饱满的饺子。

容姨放缓了动作，眼角细纹密布，眉目和善温敛："当初你们分开的原因，容姨也知道一些。你以后说起这事别怪桨桨，她也不容易，这些年始终一个人在外面飘着，现在好不容易放下了心结，容姨希望你能好好待她。"

"我知道。"池渊停下手里的动作，认真道，"容姨您放心，我以后会好好照顾闻桨。"

"容姨看得出来你是真心喜欢桨桨。"容姨垂下视线，"我老了，也陪不了她太久了，以后她就只有你一个人，你可千万不要负了她。"

"容姨……"

"好了，大过年的就不说这种丧气话了。"容姨轻笑了声打断他的话，片刻后，又状似随口提了句，"我来这里之前，桨桨的父亲联系过我一次，看样子是希望从我这里替他缓和缓和关系，我没答应，也没把这事和桨桨说，我估计她父亲过阵子可能会联系她，你到时候多照看着些。"

池渊愣了下，说了声"好"。

包完饺子还不到傍晚，池渊让容姨先回房休息一会儿，自己收拾了残局，然后抱起还没睡醒的闻桨回了房间。

闻桨这些天鲜少有这样闲暇轻松的时间，睡起觉来昏沉沉的，怎么也醒不过来。

但池渊抱她起来的时候，她突然感觉失重，还是有了些清醒的迹象，但还没完全醒透彻。

闻桨在半梦半醒之间感觉自己被放到一个更柔软和宽敞的地方，手无意识抓了抓，陡然抓到了实物，这才睁开眼来，睡眼蒙眬地看着还未来得及松开手的池渊："饺子包完了？"

"嗯。"池渊将衣摆从她手里拽出来，从旁边拉过被子替她盖好，"还要睡吗？"

"不睡了，不然晚上睡不着了。"闻桨抬手按了按有些酸涩的眼睛，"容姨呢？"

"回屋里歇着了。"

她放下胳膊："几点了？"

"三点多。"

"那你要不要回去睡一会儿？"

池渊思考了三秒，用掀开被子躺下来的动作代替了回答："不是很困，但你既然开口了，我也不好拒绝。"

"……"闻桨简直想给他一个大嘴巴子，"如果我没有记错的话，我刚才说的是让你回自己房间。"

"是吗？"池渊侧眸看着她，笑得理所当然，"那就是我听错了。"

"……"

行吧。

反正昨晚也不是没睡过。

闻桨和池渊各占据了一个枕头，中间隔着距离，并不是很亲昵的姿势。风从阳台吹进屋里。

两个人有一搭没一搭地聊着天。

"你刚才说你大学的时候在国外做兼职是怎么回事？"闻桨侧头看

他，"池伯父池伯母难道不给你生活费吗？"

"第一年没有给。"池渊垫着枕头靠在床头处，"他们当初想让我在国内读书，但我那会儿叛逆又向往自由，瞒着他们报了国外的大学。我爸知道后特别生气，但当时也没有其他办法，只能放狠话任由我在国外自生自灭，还威胁我不许找家里人帮忙，不然就让我退学回来重新高考。"

闻桨没去国外读过书，但听去过的同学提起过，如果没有家里的支持，光靠自己在国外能活下来就已经很不容易了。

池渊漫不经心地叙述："他这么说，我性格又执拗，肯定不想先认输，所以就真的没管他们拿钱。第一年靠着奖学金和兼职，勉强扛了下来。那年的寒假我为了攒下学期的生活费，连家都没回。后来我妈心软了，跟我爸吵了一架，这事才算到此为止。"

闻桨笑了下："你这是励志人生啊。"

池渊不置可否，侧头看着她："那你呢，你以前是因为什么才想学医的？"

"因为死亡。"

这答案出乎意料，池渊摸着她的头发，温声问："为什么？"

"我读高三之前外婆和外公都因病离世了，所以那时候的我很恐惧死亡，觉得它离我很近又离我很远。"闻桨神情从容坦然，"后来我从书上看到一句话——当你无限接近死亡，才能深切体会生的意义。医院不就是这样的存在，每天有人生便有人死，生命循环生生不息，所以后来我就去学医了。"

池渊听着，心里像是被什么戳了一下，指腹捏着她柔软的耳垂："对不起，如果当初我没有提退婚，也许你现在还是闻医生。"

闻桨听到这句话，顿了一秒，随后抬头对上他的视线："这和你没有关系。我生在这样的家庭，注定这一生会为了一些事情而向现实妥协，理想对于我来说，只要曾经实现过，就足够了。"

池渊"嗯"了声，没有多言。

片刻后，闻桨因为没睡够，很快又裹着被子睡着了。待她睡熟之后，池渊轻手轻脚地下了床。

离开之前，他还不忘关上窗户才出门。

晚上的年夜饭的菜单是早就定好的，池渊去了楼下厨房提前将食材洗好备好，五点多的时候，容姨也来了厨房。

她掌厨，池渊帮忙打下手，忙起来有条不紊。

等闻桨睡醒从楼上下来时，满屋都是令人馋涎的香味。她快步走到厨房里，刚走进去，便被池渊推了出来："油烟重，你别靠近。"

她只好站在门口，等着池渊时不时的投喂。

七点一刻，池渊将最后一道菜端上桌，闻桨开了客厅的电视，春晚的背景音格外热闹。

三个人在桌旁坐下，有说有笑地吃着饭。闻桨从碗里夹了个饺子，第一口咬下去，便吃到了放在里面的硬币。

虽然每年都会吃到，但每次吃到依然还会觉得是个好兆头。

只是接下来，闻桨吃完碗里的饺子后，看着堆在碗边的硬币，似乎明白了什么，侧眸看着池渊："你是不是把所有包着硬币的饺子都盛到我碗里了？"

池渊夹了一筷子鱼肉放到容姨碗里，否认道："没有，容姨不是也吃到了吗？我也吃到了。"

说完，容姨起身去厨房盛新的饺子，他弯了弯唇角："只是我想给你多一点好运。"

其乐融融地吃过饭后，池渊将碗碟收进厨房交给洗碗机，闻桨陪着容姨在客厅聊天。

等他收拾完出去后，容姨拿了两个红包递给他们俩："别不要，长辈给的压岁钱，不能不收。"

两个人笑了笑，齐声道："谢谢容姨。"

容姨上了年纪熬不起夜，坐到十点钟便回了房间休息。闻桨和池渊坐在客厅等着零点的到来，可还没到十一点，闻桨便撑着脑袋一点一点的，看起来困极了。

池渊起身关了电视机，热闹喧嚷的动静消停下来。他站在闻桨面前："别熬了，回去睡觉吧。"

年轻人没有什么守岁的概念，闻桨索性点点头："行。"

两人各自回了房间。

池渊洗过澡拿着手机坐在沙发上回信息，快零点时，闻桨过来敲他的门，手里提着一个黑色的纸袋。

池渊眉梢轻扬，把人迎了进来："不困了？"

"还好。"闻桨在沙发上坐下，"你跟池伯父池伯母他们联系了吗？"

"没。"池渊揉了揉额角，"昨天忘了和你说，他们去新西兰度假了，现在不在溪城。"

"难怪呢，这个点新西兰那边应该是后半夜了。"说完，闻桨抬手摁亮他放在茶几上的手机。

23:50。

还有十分钟到新年，她拿了个枕头垫在腿上，随口问："那你打算什么时候回溪城？"

"过几天吧。"池渊问道："你呢，什么时候回去？"

闻桨托着腮："可能要过完元宵节。容姨难得出来一趟，我想带她在这边逛逛。"

"行。"池渊在她身旁坐下来，身上散发着和她同款沐浴露的香味，清爽而干净，"那我到时候过来接你们。"

闻桨正想说不用，池渊放在茶几上的手机冷不防响了起来。

两个人都被这突如其来的动静吸引了目光，手机屏幕宽而亮，来电显示清楚明了——蒋伯父。

闻桨眉头微不可察地蹙了下。

池渊见状，起身拿着手机准备去别处，临走前，伸手在她发顶揉了一下，似是安抚。

闻桨却伸手拉住他的手腕，神情淡淡的："在这儿接吧。"

池渊盯着她看了几秒，在来电自动挂断之前，接了电话，声音沉沉："蒋伯父。"

他被拉着重新坐回原处，虽然没开扩音，但因为离得近，闻桨还是能听见电话里蒋远山的声音。

对于这通电话，她心里不能说一点意外没有，但更多的还是排斥和厌烦。

蒋远山也没有和池渊聊太久，因为池渊告诉他闻桨已经睡下了，并不在他身边。

挂了电话之后，池渊反握住闻桨的手，垂着眼眸坦白道："其实容姨今天跟我说了件事。"

"嗯？"

"容姨说蒋伯伯之前联系过她，我听着意思是他想从容姨那里想办法和你缓和关系。"池渊滚了下喉结，"但是容姨拒绝了，她怕你烦心也就没和你说这事，还让我多留意这段时间蒋伯伯会不会联系你。"

闻桨没说话。

池渊看着她："我本来也没想和你说这事，但是我没想到蒋伯伯会给我打电话。不过你放心，不管你做什么决定，我永远站在你这边。"

闻桨"嗯"了声，不太想谈论这个话题，胡乱打岔道："桌上的袋子里是给你的新年礼物，你要不要看看？"

"好。"

池渊伸手拿过纸袋，将礼物拿出来。

是一个腕表，黑色小牛皮表带，表盘精致复杂。

闻桨眨了眨眼睛："喜欢吗？"

"喜欢。"池渊将礼物放回袋子里，抬眸直勾勾地看着他，声音带着几分蛊惑，"那你要不要也看看你的礼物？"

池渊话音刚落，闻桨的第一反应便是你哪里来的礼物，但很快她就想起昨天在医院时，他曾经说过和新年礼物有关的一句话——不然等你出院了，我把我自己送给你好了。

现在。

她勉强算是出院了。

天时、地利、人不和。

闻桨心跳陡然落了一拍，对上男人有些深邃的目光，心中犹如乱了盘，嘈嘈切切的，让人摸不着头绪。

她神色有些不明，手指无意识蜷了蜷，似乎是不知道如何应对眼前的一切，眼神无辜而慌张，像是仓皇之中闯入猎人布下的层层陷阱中的小鹿，深知前方迷雾危险重重，却被困在原地不知所措。

猎人察觉到猎物的不安。

步步紧逼。

池渊单手撑住沙发扶手，身子缓缓朝她靠近，停在和她不过鼻尖相触的距离，清爽干净的气息中已然生出一丝旖旎。

他没有更进一步，而是抬手动作暧昧地捏着她的耳垂，眼神直勾勾的，姿态漫不经心，却处处勾魂摄魄。

"看吗？"他刻意压着声音，却偏生更让人耳朵发麻，"闻总。"

闻桨的心跳已然失了秩序，被他捏过的耳垂红得泣血。她从未见过这样处处都透着魅惑的池渊，一颦一笑、一举一动都让人无法自持。

池渊稍稍往后撤了些，甫又低头在她唇侧落了一吻，男人滚烫的气息灼人又难耐。

他贴着她的唇瓣，眼眸幽深晦暗，缓缓重复那两个字："看吗？"

闻桨完全被他蛊惑甘愿俯首称臣，带着湿意的掌心覆上他的手腕，彼此的温度交换，谁也不比谁更清醒。

她仰起头，更深切地吻上他的唇，彼此呼吸交织纠缠，暧昧的气息寸寸舔舐而生。

良久后，一吻毕。

闻桨松开唇，伸手挑着他的下巴，脸颊泛着旖旎的浅粉，细长的眸子水光湿润潋滟生色。

她慵懒地勾了勾唇角，笑得风情万种。

"当然。"

第十八章

我来接你回家

次日清晨，冬日海城的一缕阳光落进屋里，宽敞的卧室，床边的地板上散着凌乱的衣服。

　　床上的两人交颈而眠，呼吸平缓温和，显然还在睡梦之中。

　　日上竿头。

　　闻桨被一阵急促的铃声吵醒，伸手朝声源处摸去，向右一划，将手机凑到耳边，冷不防听见对面有些过于热情的声音。

　　"池总新年好！我是——"

　　扰人清梦，让人生厌，更何况还是打错了的电话，闻桨闭着眼，将脸往被子里埋了埋，有些不耐烦地打断他："你打错了。"

　　对方的声音戛然而止，像是在一瞬间被扼住了呼吸。

　　闻桨直接挂了电话，将手机往旁边随便一扔，带着重量的手机匆匆落在被子上，发出沉闷的动静。

　　三秒之后。

　　闻桨猛地睁开了眼睛，像是想起什么，骤然起身的动作牵扯到某处。她微微皱着眉头，忍着腿酸伸手拿过被丢在一旁的手机。

　　"……"

　　这不是她的手机。

　　她也不在自己的房间。

　　刚才的电话也不是打给她的。

　　闻桨抬手揉了揉脸颊，缓缓吐了口气，有关于昨晚的记忆如同潮水一般涌进她的脑海里。

　　屋里这会儿除了她没有别人，闻桨闭着眼睛放空了会儿脑袋，然后掀开被子准备下床去浴室洗漱，却不防甫一抬腿，全身便犹如遭受过酷刑，每个角落都在叫嚣着疼和酸。

她轻轻吸了一口气，又缓缓躺了回去。

闻桨原本就缺觉，这么一折腾，人更加疲惫，躺回去之后没多久，便又闭上眼睛睡着了。

这一觉睡得很长也很实在，醒来已经是傍晚了，卧室阳台的轻纱未拉起，窗外迤逦暮色连同站在阳台的颀长身影一同被收进闻桨的眼中。

池渊正在接电话。

听声音像是他父母。

闻桨抬手按了按睡久了有些酸胀的眼皮，起身坐了起来，浑身的酸痛在时间和睡眠的治愈下消退了不少。

床头的柜子上放着一杯水，她端过来喝了一口，然后掀开被子，坐在床沿边低头找拖鞋。

也不知道昨晚被踢到哪里去了。

池渊听见动静，转身朝里面走来，去了床的另一边将拖鞋拿过来放在她面前，手指按着手机听筒喇叭，轻声问："饿不饿？"

"有点。"闻桨睡得久，声音有些哑。

池渊把水杯递给她，等她喝完，又主动接过去放回桌上，然后匆匆结束电话，蹲在她面前："先去洗漱，我给你留了吃的。"

"好。"

闻桨踩着拖鞋起身，由于一天没进食，人有点低血糖，起身的时候身子倏地一晃，好在池渊及时伸手扶了一把才没摔着。

池渊神情紧张："没事吧？"

"没事。"闻桨扶着他的胳膊，呼吸声很轻，"可能有点低血糖。"

池渊索性直接将她打横抱进了浴室，忙前又忙后，就差亲自动手帮她刷牙了。

闻桨洗干净脸，想起早上的电话，皱起眉头说："我早上接了你的一个电话，十一点左右，我好像凶他了。"

"看到了，是公司的副总。"池渊靠着干净光洁的墙壁，勾着唇角笑了笑，"他以为我手机被偷了。"

闻桨扬了扬眉尖，对于自己没有被误会的结果感到一丝庆幸："是吗？那就好。"

但她不知道的是这位副总在误以为池渊手机被偷了之后，迅速又果断地联系了周程，结果被周程告知池总和女朋友目前正在海城度假，手机没丢，接电话的人不出意料应该是未来的池太太。

于是这位副总转头便把早上给池总打电话拜年结果接电话的是池总女朋友这件事广而告之传之，从而导致池氏人人皆知。

池渊也知道这件事，但说了之后肯定会有倒霉的事情，他当然是选择不说出来。

闻桨洗漱完回了自己房间换衣服，池渊在这个间隙去了楼下将有些微凉的饭菜放进微波炉里热了热。

容姨听到动静，也从屋里出来："桨桨起来了？"

"起来了。"池渊揭开煲汤的砂锅盖子，盛了一小碗鸡汤出来。这汤一直用小火煨着，香气扑鼻。

容姨帮他把热好的菜端到桌子上。闻桨换好衣服从楼上下来，池渊将鸡汤放到她昨晚坐的位置。

"容姨，新年好。"闻桨走过来，将手里一个首饰盒子、一个红包递给容姨，"新年礼物。"

正好从厨房出来的池渊听到这四个字，动作顿了下，而后莫名笑了出来，神情若有所思。

闻桨反应过来："……"

好在容姨及时收了礼物，并且把餐厅的空间留给了她跟池渊，自己去了客厅，在手机上和小姐妹聊天。

池渊刚在闻桨对面的椅子上坐下来，小腿就被她踢了一脚，力道还不轻，他忍不住叫了一声。

容姨在客厅问："怎么了？是不是撞到了？"

闻桨用眼神威胁池渊闭嘴，然后回头说了句："容姨，没事，他不小心撞到了桌子。"

"哦，你们注意点。"

"知道了。"

闻桨收回视线，对上池渊有些肆意的笑，气不打一处来，皱着眉说："你能不能稍微收敛点？"

"我怎么了？"池渊眼神无辜，"我就是觉得容姨的新年礼物比较好看，替她高兴而已。"

"闭嘴吧你。"

"……"

闻桨低头喝汤，领口微倾，露出锁骨上斑驳的红印。池渊轻轻咳了一声，默默挪开了视线。

吃过饭后，池渊照例收拾残局，闻桨起身去客厅和容姨聊天，没有回避地提到了蒋远山。

容姨神色稍愣，听着她说。

"我没法原谅蒋远山是我的事情，但我不介意您和他联系，毕竟您是长辈，这些道理我都懂。"闻桨抿了下唇角，"我和蒋远山已经没有办法再做父女，有些事情不是原谅了就能代表它不曾发生过，他可以忘了过去的错误，我不可以。"

容姨叹了声气："我明白，你放心做你自己的事情，容姨心里有数。"

闻桨在楼下坐了一会儿，还是觉得有些累，容姨让她回去休息，池渊也陪着一块回了房间。

等回到卧室重新躺进舒适柔软的被窝里时，闻桨却没了在楼下时的困意，眼睛看着屋顶天花板，声音淡淡的："等这次回溪城，我想抽个时间去和他见一面。之前有些事情说得匆忙，再加上公司这边还有他的股份，不见一面，可能没办法彻底解决。"

半躺在一旁处理手机邮件的池渊闻言反应了几秒，才明白她说的是蒋远山，温声问道："要我陪你一起过去吗？"

"不用。"闻桨捏着他的手指把玩，眼眸微垂，轻声嘀咕了句，"又不是什么好事情。"

池渊知道这是她心里的一个未解的结，也没再多提这件事，随意提了别的话题将这一茬掀了过去。

两人在青天白日里，无所事事地聊着天。

不知怎么聊到了小时候的事情，池渊提了几件自己儿时的趣事，没讲几句忽然停下话茬，俯下身将人搂进怀里，语气缱绻温柔："不说了，等你嫁给我，让我妈妈讲给你听。"

池渊订了年初八中午十二点的机票回溪城。

出发前一天晚上，闻桨在自己房间洗完澡，过去帮他收拾行李，才进屋就被拉进了卧室。

池渊凑过来在她额头、眉角、眼睛和鼻尖处轻轻落着吻，缱绻不舍。

闻桨困极了，没什么力气地把他的脑袋推开，不耐烦地说："你别闹……"

池渊轻笑着重新凑过来，声色如玉："桨桨。"

"嗯……"

"等这次回去，你搬过来和我一起住吧。"他侧身支着脑袋，指腹在她下巴处摩挲了几下，放轻了声音哄着，"好不好？"

闻桨这会儿差不多已经是半梦半醒的状态，对于他的话基本上没有过脑袋，只是迷迷糊糊应了句"好"。

池渊得到满意的回答，将人搂进怀里，逐渐也陷入梦乡之中。

天完全亮起来的时候，闻桨被敲门声惊醒，手下意识往旁边一摸，身边已经空了。她缓了几秒睁开眼睛，伸手拿到床头桌上的手机，摁开看了一眼。

09：06。

不早不晚的时间。

闻桨翻了个身坐起来，感觉没有之前那么疼，但还是有些酸。她掀开被子，拿过放在一旁的干净睡衣穿在身上，赤着脚往外走。

房间的卧室和小客厅有一个拐角的遮挡，她走过去，才看到站在客厅的池渊和周程。

池渊大概是起来得早，已经全部收拾穿戴好，身形挺拔如松，衬衣领带整齐，黑色的公务行李箱靠在沙发一侧，拉杆的横杆上搭着件黑色的西服。

周程和他装扮相似，但气质却与其截然不同，少了几分凌厉多了些温润，视线比池渊还要先一步看到闻桨，颔首浅声道："闻总。"

闻桨笑笑："早。"

池渊也转身朝闻桨看过来，微皱的眉头稍稍舒展，回过头和周程道："你先去楼下等我，具体事情路上再说。"

"好的。"周程又朝闻桨点了点头，才离开房间。

这个点天已经完全亮了，刺眼的日光从外边落进来。

闻桨走过去，眼角眉梢浅含春色，声音带着刚睡醒时的慵懒："都收拾好了？"

"嗯。"池渊视线微垂，落到她莹白的脚上看了几秒钟，倏地抬手将人抱起来放到旁边书架边缘的桌子上，"你昨晚答应我的不要忘记了。"

"什么？"闻桨手搭着他的肩膀，对于他说的承诺确实是想不起半分，微微皱着眉问，"我怎么没印象了？"

"这不重要。"池渊往前靠了靠，低头吻了过去，声音含笑，"重要的是你已经答应我了。"

闻桨还没抓住他话里的重点，就已经被吻得晕头转向，空不出别的心思再去思考这件事。

池渊的航班在十二点一刻，闻桨本来想着送他到机场，顺便再来一个深情告别，但一想到来回得花三个多小时的时间，本来就不怎么强烈的想法就彻底蔫了。

"我们还是溪城见吧。"闻桨低头打了个哈欠，"我元宵节前一天回去，到时候再联系。"

"好。"池渊摸了摸她的脸颊，"元宵节要不要来我家里吃饭，我妈她们那个时候也回来了。"

"再看吧。"闻桨抬眸，"这次算见家长吗？"

"你觉得呢？"

"说不好。"她的手指抵着他的衬衣扣子打圈，笑眼弯弯，"毕竟之前也见过，而且那时候还是未婚妻，身份比女朋友好像还正式些哦？"

池渊捉住她作乱的手，指腹在她无名指的指节根部摩挲着："那就算吧。"

"好啊。"闻桨笑了下。

池渊回去之后，闻桨的生活也没闲下来，趁着回去之前的几天带着容姨在海城玩了一圈。

中途，闻桨还去了趟海城的楠山寺，为外公外婆和母亲分别点了盏灯，容姨则是斥巨资为她和池渊各自求了一个平安扣。

毕竟，这世道没有什么比平安健康更重要了。

闻桨从海城回去的这天，池渊在国外出差，要第二天早上才能回溪城，两个人只是在手机上简短地聊了几句。

到家之后，许南知知道她回来的消息，下午来了趟闻宅。

这个新年，许父许母为了让女儿答应相亲，直接把她锁在了家里，还没收了她的手机和其他通信工具。

许南知用尽了办法，就差从卧室二楼跳下来以死明志了。但是许父许母这次是铁了心要让女儿去相亲，不管许南知怎么闹腾，他们始终都不肯松口。

后来许南知也疲了乏了，索性就顺了两位老人的意，去相了几次亲，但结果都不尽如人意。

好在这之后不久，年假结束，许南知年前的项目未结，市建院那边不放人，她这才有机会从家里的牢笼跑了出来。

"我一天没个交往对象，他们就觉得我活着就是在占用公共资源。"见面这天，许南知提起这事，仍旧连声叹气，"我真是拿他们一点办法都没有。"

对于许家人的执着，闻桨不认同但也没法评价，只能安慰道："为人父母，考虑事情和我们不一样。"

许南知失笑摇头："算了，不说这个了，说说你吧，这趟去海城是不是直接一步到位了？"

闻桨端着咖啡杯，默默挪开了视线。

许南知留在闻宅吃了晚饭，但她还是一如既往的忙，吃个饭的工夫就接了三通电话。

吃过饭，人就匆匆离开了。

闻桨晚上洗完澡躺在床上，想了想，还是给蒋远山发了条信息，约他后天来溪城见一次面。

不到半分钟，她便收到了回复。

蒋叔最近身体出了些问题，暂时没有办法离开平城。能不能换个时间或者换个地方见面？

我是蒋辞。

有些事情闻桨已经不想再拖了，只好和他约了后天在平城见面，顺便还让他把具体地点发过来。

蒋辞回了个"好的"。

闻桨没有再回复，将聊天框删除，放下手机准备睡觉，临睡前又突然想起什么，伸手拿过手机给远在国外的男朋友发了条"晚安"。

池渊是在登机前看到的微信。

从海城回来之后，他一直在国外出差，和手底下的人连着几天不眠不休才赶在元宵节前一天把所有事情处理完。

为了补偿也是奖赏，池渊让周程转告他们，剩下来的几天，他们在国外的所有消费公司全部报销，而他自己则是匆匆买了深夜回国的机票。

打工仔周程也不得不跟着一起回来。

飞机在第二天早上抵达溪城国际机场，刚落地，池渊就接到池母的电话，说了晚上让他带闻桨回家吃饭的事情。

池渊笑着应下。挂了电话之后，他就让司机把自己连人带行李一块送到了闻宅。

等闻桨早上起床，看到坐在餐桌旁的人时，还以为自己是在做梦，愣了几秒才回过神来。

她坐过去，拉开椅子坐下来："你什么时候到的？"

"挺久的了。"久到他在客房洗了个澡换了身衣服，还吹了个头发。

闻桨"哦"了声，低头喝粥，几秒之后，又抬头看着他，似乎是有些无语："不对。"

"什么？"

"你回来不回家，来我这里做什么？"闻桨也是睡糊涂了，这会儿仔细盯着他看了几秒，才发现不对劲，"你竟然还在我这里洗了个澡！"

池渊抬眸看着她，神情带了几分深思熟虑之后的认真："我从海城回来之后，仔细考虑了下，如果你搬过来和我住的话，容姨就一个人住在这儿了，我总觉得不太合适。"

当然不合适了，闻桨这么接了一句之后，倏然睁大眼睛看着他："等会儿，我什么时候答应搬过去和你住了？！"

"就之前啊。"池渊眨巴眨巴眼睛，神情无辜而天真，"初七那天晚上，我问你要不要搬过来和我住了，你说好，第二天我还和你说了这事，你当时也没否认这事。"

"……"不是，这都哪儿跟哪儿，闻桨压根没这印象，张嘴就要反驳，"你肯定记错了，我没说过这话。"

"记错了就记错了吧，反正这些现在已经不重要了。"池渊托着腮看她，语气松散道，"我都想好了，你不用搬出来跟我住，我直接搬到闻宅，这样照顾容姨也方便些。"

"……"

正说着话，容姨浇完花回来，一句话没听完整，笑着随口问了句："谁要搬家啊？"

"我要搬家。"池渊似乎心情很好，回过头来，胳膊搭着椅背，嘴角勾起一抹弧度，"容姨，我搬到这里和闻桨一块照顾您怎么样？"

容姨笑了笑，神情温和慈祥："那好啊。"

"那我今晚就在这里住下了。"池渊继续得寸进尺，"您也不用给我收拾房间了，我在闻总屋里打个地铺就行了。"

闻桨捏紧了手里的瓷勺，忍了又忍，才没把碗扣在他头上："你行了啊，我什么时候让你打过地铺了？"

池渊手臂搭着椅背用来垫着下巴，神情意味深长，用只够彼此听见的音量，低声说："也对，我每次都是睡在——"

他刻意停顿了下，闻桨不用猜，光是看他那张脸就知道不是什么好话，及时拿了一个小馒头堵住了他的嘴，语气不耐道："你能不能不要说话？"

池渊将嘴里的馒头拿下来，几口吃完就要说话。

闻桨抬起头，见他唇瓣微张，迅速抬手捂了过去："你闭嘴！"

池渊眉眼稍抬，微微动了一下舌尖。

不知道是不是在海城那几天待出条件反射了，等两个人都吃完后，池渊下意识就要起身去收拾碗筷，被闻桨疑惑的眼神一看，又堪堪坐了回去，抬手摸了下鼻尖，笑意松散道："我还以为我们在海城。"

闻桨挑了挑眉尖，见他神色是显而易见的疲倦，放下手里的杯子说："你去楼上睡一会儿吧。"

池渊"嗯"了声，问："我睡哪间屋子？"

"随便你，你睡客厅也没人管。"闻桨很快起身离开餐厅，走到楼梯口不见他跟过来，回过头看他，"你还真打算睡客厅？"

"当然不是。"池渊笑着走了过去。

闻桨的房间在二楼最南边的一间，主卧客卧打通的一间房，成片的阳光从窗外落进来，照得屋里亮堂堂的。

池渊跟着她走进去，目光在屋里巡视了一圈，最后着重落在屋里的那张大床上。

上边很乱，翻开的书和平板放在枕头旁，被子堆在床尾，其中透出一小片黑色丝绸衣角，闻桨走过去把被子抻开。

是一条黑色的睡裙，吊带款式。

池渊很快移开了眼神，站到窗边，从这个角度恰好能看见楼下的花房，将四季皆收眼底："这花都是容姨养的？"

"差不多吧。"闻桨将床上乱七八糟的东西全收起来放到衣篓里，"还有一些是我外婆以前养的，不过都是后来用种子重新栽培的，有些花种不长久，也难养活。"

池渊没有再问，后腰抵着窗沿，看她在屋里转来转去："我和容姨说了晚上一起去我家里吃饭的事。"

闻桨"啊"了声："好，那什么时候过去？"

"晚一点吧。"池渊朝床边走过去，接过她手里换下来的被套，"去早了，家里都是长辈，我怕你应付不来。"

"其实——"闻桨微微皱着眉头想了几秒，"我觉得这种场面我应该能应付得过来。"

毕竟管着那么大一个公司，每天面对各种苛责古板的老董事，不比应付这些轻松多少。

"那我们下午就早点过去？"池渊问。

闻桨斟酌了一番，认真道："还是晚一点吧。"

池渊轻淡地笑了声，抬手在她脑袋上揉了一把："怎么办，我好像有点被你可爱到。"

闻桨忙着换被套，有些无语地挥开他的手，纠正道："我已经二十六了池总，可担不起你这一声可爱。"

池渊这段时间说起情话手到擒来："在我心里你永远十六岁。"

"你见过我十六岁是什么样吗？"闻桨把另外两个被角递给他，"拿一下，等会儿抓紧了。"

"没见过。"池渊手里捏着被角，"那你十六岁是什么样？"

"叛逆。"闻桨抖了下被子，轻绒在光影里起伏，仅用两个字就涵盖了她的整个十六岁。

池渊被勾起好奇心："怎么个叛逆法？逃课、打架、闹事？"

"差不多吧。"闻桨隔着一张床的距离抬头看他，"闹事倒没有，打架确实打过几回，但都是别人找上门来的。"

池渊不说震惊但惊讶总归是有的，毕竟闻桨从始至终身上都贴着优等生的标签，可不像能和打架这两个字沾上关系的人。

他还没问，闻桨已经主动开始解惑答疑："我是高中那会儿性格比较张扬，加上当初入校是顶着全市第一名的名头进去的，风头比较盛，可能是比较招人恨了点。树大招风风撼树，人为名高名丧人，这个道理你该懂的。"

池渊也是从校园时期走过来的风云人物，当然明白这些，但依旧轻轻摇了摇头，却不是否认只是有些难以置信："要是你没转学就好了，说不定我们还能成为——"

他想了想，也实在想不出如果闻桨不转学留在溪城读书，那个时候的他和她会成为朋友还是死对头，又或是毫无瓜葛的陌生人。

没有答案的问题闻桨向来不愿意多想，动作迅速地换好最后一个枕头套："好了，你睡一会儿吧。中午吃饭需要喊你吗？"

"不用。"池渊这段时间几乎每天都只睡三四个小时，加之昨晚在飞机上也没怎么睡好，属于严重缺觉，如果不是晚上有事，他估计能睡到第二天下午才醒。

"那你睡吧。"闻桨说，"我在隔壁书房，有什么事你叫我就好了。"

池渊却没让她轻松离开，抓住她胳膊把人往怀里一拽，两个人一块摔到柔软的被子上。

"陪我躺一会儿吧。"他轻声说。

闻桨借着姿势仰起头看他，毫无意外在他眼睛下方看到熬夜过度的淡淡痕迹，指腹贴过去："这么累，之前怎么不直接睡觉。"

池渊动了动胳膊，将被子从底下拽出来盖在两人身上，声音已经带了倦意："想见你。"

闻桨笑笑，凑过去亲了亲他的下巴，然后在他怀里调了个舒服的睡姿："那你睡吧，我陪你。"

"嗯。"他翻了个身，胳膊垫在她脑后。两个人皆侧着身子面朝一个方向，睡姿十分契合。

池渊确实是困了，入睡速度比平常快了不是一点。闻桨才刚起床没多久，昨夜睡眠质量极佳，这会儿人异常清醒，回笼觉是睡不成了，但一时半会儿又没法走，索性拿过旁边的平板戴着耳机看电影。

两个多小时过去，电影已经到了片尾曲，池渊依旧睡得很沉，闻桨摘了耳机将平板放回桌上，翻了个身面朝着他。

池渊的睡相和睡品都极佳，双眸阖着，睫毛卷翘密长，皮肤白皙细腻，唇瓣是浅浅的粉色。

闻桨盯着看了几秒，抬手摸了摸他的唇瓣，触感柔软温热，怕闹醒他，也只是停留了几秒便撤回了手。

不知道他什么时候能醒，闻桨也还有工作没处理完，见他睡得沉，小心翼翼地拿开他搭在自己腰间的胳膊。她才往外撤了半厘米，腰间的束缚又重新搭了回来，他人跟着靠过来，唇瓣贴着她的额头，声音带着刚睡醒时的慵懒和喑哑："怎么，耍完流氓就要跑吗？"

闻桨往后仰了仰头："谁耍流氓了？"

他笑着睁开眼，眼睛红红的，像是睡眠不足："难道刚才不是你在摸我的嘴唇吗？"

"你刚才就醒了？"

"不是。"池渊垂眸对上她的视线，"你翻身的时候我就醒了。"

"……"

池渊笑出了声，肩膀跟着一颤一颤的，伸出手抓着她的手指，拖着长音说："只摸了嘴唇是不是不太尽心？"

"嗯？"

他低头靠过来，呼吸的热气洒在她耳侧："要不要再摸摸别的？"

"……"闻桨猛地将手抽了回来，掀开被子坐起来，拿起自己的枕头直接朝他脸上掴了过去，语气有些气急败坏，"你能不能正经点？！"

池渊被她猝不及防的动作弄得有些喘不过气来，伸手拽了一下，将枕头扯开了，笑得漫不经心："我怎么不正经了，我这不是年纪小火气旺吗？"

"滚吧。"闻桨又拿起枕头砸在他的脸上，"你都二十六了，还年纪小火气旺，要点脸成不？"

池渊抱着枕头笑得肆无忌惮。

闻桨懒得搭理他，但又觉得不解气，从床上下来之前伸手在他脸上狠狠掐了一下。

池渊轻轻"嘶"了一声，也没躲开。

他皮肤白，别说是掐了，就是随便磕磕碰碰都能留下痕迹，所以当闻桨一松开手，看到那一大片红印时，气顿时解了不少。她心满意足地下了床，踩着拖鞋往浴室走。

池渊躺在床上揉着脸，想了想，也起床跟了过去。

中午吃饭只有容姨和池渊两个人，对于闻桨的缺席老人家心知肚明，没多问，只是吩咐用人留了些饭菜。

因为晚上要去池宅吃饭，容姨中午吃过饭后就开始着手准备上门拜访的礼品。

池渊随意瞅了眼礼单，被上面的东西吓到了，有些受宠若惊道："容姨，不用这么正式，只是随便吃个家宴而已，更何况这些应该是我们家先来拜访您才是。"

容姨停了笔，让用人去储藏间按照单子上面的东西拿，才道："都是些不值钱的东西，放着也是放着了。"

几万一颗的灵芝，您说得这么随意真的合适吗？

"对了，这个是之前我在海城的楠山寺求的平安扣。"她拿起旁边一个精致的木盒递给池渊，"你和桨桨一人一个，留在身边保个平安。"

池渊接过来，打开木盒，将里面的平安扣拿了出来。很普通的款式，但材质却不普通，饶是他一个不太懂行的人，光是凭着玉石表面的色泽纹路就能觉察出这物件价值不菲。

他将平安扣收了起来，认认真真道了声谢。

容姨不大在意，继续发挥不值钱言论："行了，也不是多贵重的东西，就是讨个吉利。"

池渊有些无奈地笑了声。

恰好用人已经从储藏室取完东西回来，容姨没和他多说，起身去挑选晚上要带的。

池渊在客厅坐了一会儿，然后起身回了二楼的房间。

中午吃饭之前那会儿他们俩没折腾太久，事后闻桨也只是浅眯了一会儿，听见池渊进来的动静，她顺手抓起桌子上的书就朝他丢了过去。

池渊没注意，被砸了个正着，书先是砸到他肩膀，然后才掉在地上。

闻桨听着声音不太对劲，起身看了眼，见他神色平常，又躺了回去：

“砸到你了？”

他“嗯”了声，弯腰将书捡起来，朝着床边走过去。

闻桨看着他的身影出现在视野里，抿了抿唇：“你怎么不躲？”

“没注意。”池渊低笑了声，漫不经心道，“我哪里想到这温柔乡里竟然还藏着暗箭。”

溪城立春之后气温回升得很明显，连带着昼夜温差也变得明显了许多，白天和傍晚仿佛是两个季节。

闻宅的门口早早地亮起了灯，司机等在院子里，容姨正在吩咐用人将礼品往后备厢搬。

闻桨在房间都能听见楼下的动静，放下口红微微抿了抿唇角，抬头看向站在窗边的人影：“容姨她们在做什么？”

“搬东西，容姨带了不少礼品。”池渊合上手里的书放到一旁的桌子上，“你收拾好了？”

闻桨“嗯”了声，起身去浴室洗了个手：“走吧。”

“好。”

闻桨这不是第一次去池宅，但之前几次的氛围大多不太愉快，还没有哪一次像这样轻松。

在去的路上，容姨还在嘀咕着礼品是不是备少了，还问了几遍池渊家里有哪些长辈亲眷。

闻桨被容姨如临大敌的模样弄得有些哭笑不得，但老人家想法多，她也没多说，只是随便宽慰了几句。

等到车开进通往池宅的林荫道，闻桨从半开的车窗远远看见池母和池家其他女眷站在池宅的廊檐下时，莫名也有了些紧张感。

随着车离池宅愈来愈近，闻桨的心就跳得愈发快，轻轻做了几个深呼吸，才稍微缓和了些。

池渊伸手握住她有些冰凉的手：“紧张？”

“有一点吧。”闻桨看了看窗外又看了看他，忽然笑了，“毕竟这也算是我第一次正式见家长。”

池渊握着她的指尖，禁不住说："别紧张，你又不是不知道，我家里人都很喜欢你，连瑄崽那个混世魔王都比黏我还要黏你。"

提到瑄崽，闻桨的语气轻松了不少："说起来，也好久没见到瑄崽了，还挺想他的。"

说话间，车已经开进池宅的院子里。池母从廊檐下走过来，先扶容姨下车才过来和闻桨说话，保养良好的眉眼间皆是藏不住的高兴："桨桨来了啊。"

闻桨笑了笑："伯母好。"

说完，闻桨又跟池渊的姑姑和舅妈分别打了声招呼。两位长辈都分外热情，好似全都是第一次见到闻桨一般。

一行人有说有笑地朝屋里走，池母挽着容姨的胳膊，闻桨被池渊牵着手，走在人后。

别墅的落地窗透着暖黄色的光影，客厅里的欢乐动静传了出来，闻桨看着听着，心里是酸的，也是软的。

进了屋，几位长辈都已经先去了客厅，池渊从鞋柜里拿了双灰白色的拖鞋放在地上，自己也顺势半蹲在地上，抬头看着闻桨，眼角眉梢都是温柔："过来，我帮你换鞋。"

闻桨脸一热，推开他的手，坐在旁边的矮凳上："我自己来。"

池渊知道她是不好意思，倒也没强求，起身从鞋柜里将另外一双同样款式颜色的男士拖鞋拿出来，勾起唇角一笑："我妈还挺懂，连拖鞋买的都是情侣款。"

长辈们都还等在里面，他俩也不好在这里耽搁太长时间，换好了鞋就走了进去。

原先蹲在地上搭积木的瑄崽一眼看到闻桨，眼睛一亮，叫了声"姐姐"之后便迅速从地上爬起来，整个人差不多是直接朝着闻桨怀里扑了过来。

小孩子长得快，冲击力不小，闻桨被他撞得往后退了一步。池渊眼疾手快地在她腰后扶了一把，然后弯腰把罪魁祸首拎起来抱在怀里："小鬼，你怎么光长肉不长个啊？"

瑄崽被他说得不好意思，扭着腰从他怀里下来，然后又抱着闻桨的腿撒娇："姐姐！我们什么时候再去看小企鹅啊？"

闻桨完全被这奶声奶气的尾音给软化了，捏了捏他肉乎乎的脸颊，笑了笑："你想什么时候就什么时候去。"

"那今天可以吗？"

"不可以。"池渊把瑄崽重新捞到怀里，带着坐在沙发上，漫不经心道，"这个点小企鹅都吃饱睡觉了。"

瑄崽还是比较黏池渊的，眨巴了两下大眼睛，轻轻说："那我不吵醒它可以吗？"

童言童语着实令人觉得天真又好玩。

池家的家庭氛围一如既往的温馨热闹，连吃饭时也是如此，热热闹闹的，让人心生暖意。

饭桌上，池渊舅舅家的表弟俞琛知道池渊现在住在闻桨家里，开了个玩笑："哥，你这哪里是娶媳妇，分明是上门女婿，入赘了啊。"

池渊不以为然，白俊的脸庞沾染着微红的酒意，漆黑明亮的眼眸盛着一抹笑意，没有出声反驳。

反倒是俞琛被自己母亲敲打了一顿："你还好意思说，到现在连个女朋友都没有。有本事你也找个人去当上门女婿啊，我跟你爸绝对不拦着你。"

"……"

一桌人都笑了起来，池渊在桌下偷偷握住闻桨的手，偏过头看着她，眼角眉梢都是温柔。

闻桨也慢慢回握，掌心的温度逐渐传递交融，心里被这份暖意熨帖，唇角勾着浅浅的弧度。

吃过饭已经是晚上九点多，池母留了闻桨和容姨在家里过夜，她昨天专门收拾了两个房间。

原本池母只收拾了一间卧室，但是转念又觉得闻桨毕竟是女孩子家，况且还有长辈在，这样安排有些不太合规矩，于是她又多收拾了一间出来。

夜色渐晚，闻桨陪着容姨回屋休息，池渊在楼下听池母和池父聊起容姨这趟来带的礼物。

他们觉得这礼物贵重得有些不合礼数，池渊笑着打岔了一句："不过是老人家的一片心意。"

池母瞥了他一眼，没作声。

池父摘下眼镜缓声道："是老人家的一片心意不假，但恐怕这心意还是为了桨桨。"

池渊微微皱着眉头，有些不解。

池母轻叹："桨桨的母亲早逝，现在又跟你蒋伯伯闹成这样，怕是以后也不会来往。老人家怕是担心桨桨以后嫁过来，我和你爸觉得她娘家没人怠慢她，不拿她当回事。"

闻言，池渊垂下眼眸，想起白天和容姨聊起这个事情时，老人家不甚在意的模样，莫名觉得有些心酸。

池母最后说了一句："你以后可要好好对待桨桨，你要是待她不好，我跟你爸都不会原谅你。"

池渊无奈失笑，但也清楚自己以前劣迹斑斑，难免让人心生忐忑和不安。他微微抿了抿唇角，正声道："我知道，我不会的。"

池渊上楼的时候，闻桨还没从容姨的房间里出来。他站在门口没有进去，门缝透着屋里的光。

没一会儿，光亮没了，面前的门也跟着从里面打开，闻桨一抬头看到站在走廊的人影，眼皮倏地一跳，压着声音道："你站在这里做什么？"

"等你。"他的声音有些哑。

闻桨轻轻关上门，走到他面前："怎么了？"

"没事。"池渊轻轻呼了口气，眨了下眼睛，伸手牵住她的手，"走吧，我送你回房间。"

闻桨掐了下他的手指，往右边轻抬下巴示意："这就是我的房间。你是不是喝多了？"

"可能是吧。"

闻桨盯着他的眼睛看了几秒，察觉到他情绪的不对劲，朝前一步推开门将人牵了进去。

屋里没有开灯，光影昏暗，两个人相对而站，彼此的轮廓都是影影绰绰的。

"你怎么了？"闻桨攥着他的手腕，像哄小孩子一样，"是不是池伯父和池伯母又说你了？"

"没有。"池渊心里一阵阵收缩发紧，像是要窒息了一般。他顺势将人往怀里一带，低头埋在她的脖颈间，呼吸微沉："我以前是不是对你特别不好？"

闻桨思考了一会儿，认真道："不是不好，只是你考虑的因素比较多，对待婚姻伴侣的选择也比我慎重。你不是不好，你只是太好了。"

池渊喉结轻滚，说不出话来。

闻桨感受到落在皮肤上的温度，抬手摸了摸他的脑袋，低声说："我过几天要去和蒋远山见一面。"

池渊"嗯"了声，嗓音有些哑："我知道。"

"他可能以为我是去讲和的，昨天给我发了信息告诉我平城最近很冷让我多穿几件衣服。"闻桨停了几秒，眼睫微颤，"其实不是。"

池渊像是意识到什么，松开怀抱，垂眸看着她，指腹贴着她后颈那块捏了捏，动作温柔缱绻，像是安慰。

闻桨深吸了口气，鼻尖发酸，滚烫的泪水随着声音一同落下来："我是去和他彻底断绝关系的，我没有办法说服自己去原谅他。"

过去的事情虽然已经被盖戳成为历史，可在闻桨心里这些全都是不可触碰的伤疤，表面看着已经愈合，其实内里早已腐烂溃败。

无论过去多久，它就像是一根微不起眼的鱼刺，卡在喉咙里的痛苦和无助，只有她自己知道。

池渊捧着她的脸，在她的眼睛上方轻轻落下一吻，嗓音发涩："那就永远不要原谅。

"没有他，你还有我，有容姨，我的家人会在将来成为你的家人，我们还会有自己的家。

"我会永远爱你，至死不渝。"

闻桨那些压抑了许久的情绪在此刻终于忍不住失控，泪水争先恐后地涌出眼眶。

池渊微抿着唇，像是对待什么珍宝一般将人小心翼翼地搂进怀里，肩膀处很快晕染开带着温热的湿意，烫得他心里发酸发软。

因为闻桨突如其来的情绪失控，这天晚上池渊留在了她的房间，但是两个人并没有做什么。

闻桨和池渊说了很多关于过去、关于父母的事情，像是倾诉，更像是彻底放下之前的发泄。

池渊沉默地听着，只是在她偶尔因为哭到哽咽而说不下去时抬手替她擦掉泪水，将人抱到怀里轻声哄着。

这样压抑且磨人的诉说持续到了深夜，闻桨哭到精疲力竭，池渊将人放到一旁，下床拿了沾了热水的湿毛巾替她敷了敷眼睛。

但尽管是这样，等到次日醒来时，闻桨的眼睛还是不可避免地红肿了起来。好在池渊提前和家里人打了招呼，不管是池父池母还是年纪尚小的瑄崽，所有人都没有出声关心抑或是询问，好似什么都没有发生一样。

吃过早餐，池渊送闻桨和容姨回家。

临走之前，瑄崽从父亲怀里挣脱下来朝着闻桨跑过去，糯声糯气道："姐姐，抱。"

闻桨笑着把他抱了起来，放软了声音："怎么了，宝贝？"

瑄崽哼哼了一声，把藏在手里的糖果放到闻桨的口袋里，又仰着头吹了吹她的眼睛，然后伸手搂着她的脖颈，小声地说："我给你糖果又帮你吹吹了，你不能再哭了哦。"

闻桨差点又哭出来，别开眼睛，忍着声音里的哽咽："好。"

池渊离得近，伸手将瑄崽接了过去，屈指在他鼻尖上刮了一下："等过几天，二叔带你去看小企鹅。"

"好！"瑄崽挥着胳膊欢呼着，众人齐齐被逗笑了。池渊牵着闻桨的手，带着她上了车。

车子开出一段距离后，闻桨回过头往后看了眼，看到池父和池母仍旧站在门口望着这里。

她静静地看了一会儿，直到完全看不见了才收回视线。

车里，坐在前排的容姨正和池家的司机唠家常，从家庭琐事聊到国家大事，氛围很是融洽。

坐在一旁的池渊腿上放着台笔记本电脑，正在查收公司各部门提交上来的文件。

他今天晚一点还要去公司，穿着打扮十分正式，西装革履，领口雪白干净，气质成熟而温和。

察觉到闻桨的视线，池渊偏头看了过来，也在同一刻握住她的手，指腹贴着她白皙光滑的手背微微摩挲："怎么了？"

"没事。"闻桨轻笑，"你忙你的，我只是随便看看。"

池渊"嗯"了声，收回视线继续查看文件，却一直没松开她的手。

车外阳光灿烂，林荫大道遮天蔽日，鳞次栉比的高楼大厦被拉成一帧一帧的画面。

闻桨吹着风，心里坦然而轻松。

还好，她从来都不是一无所有。

元宵节过去之后，闻桨原本计划近期赶去平城同蒋远山见一面，但计划赶不上变化，池、闻两家合作投建的心血管药物研究所项目出现了问题，见面的事情只能暂时推迟。

这一推迟，到了惊蛰这天闻桨才抽出时间。

闻桨没有让池渊陪着一起，甚至连秦妗都没有带，和蒋远山约好了时间地点之后，孤身一人飞去了平城。

从元宵节至今，有将近大半个月的时间，蒋远山已经出院，住在西郊别墅，那是当初闻桨跟随父母迁居去平城时住的地方。

闻桨在那里度过了学生时期最重要也是最惨痛的一段时光，也没有想到自己有朝一日还会再回到这里。

飞机落地时已经是傍晚了，蒋远山派了司机过来接她。在去的路上，闻桨曾经设想过无数个两人见面的画面，但结局无疑都是一样的。

她是来做个了断的。

蒋远山显然没有意识到这一层，甚至让用人在家里准备了一桌闻桨以前爱吃的菜。

大半年不见，蒋远山明显苍老了不少，两鬓发白，没了当初的意气风发，看着她的目光里多了些小心翼翼的讨好。

这也让闻桨有了一刻的心软，没有在吃饭之前就将结果宣判。

两个人各怀心事地吃完一顿饭。

闻桨等用人将桌上的残局收拾干净，才淡淡开口："你一个人住在这里？蒋辞和他母亲呢？"

蒋远山的神情显得有些局促和紧张："我从溪城回来之后一直都是一个人住在这里。蒋辞和他母亲并没有随我一同回平城，之前在医院也是他刚巧在平城出差，顺路过来看望我才遇上的。"

闻桨平静地看着他："你不用这么紧张，这和我没有关系，我也不会生气，就算你想重新和方谨在一起，也与我无关。"

蒋远山张了张嘴，想说些什么却没有说出来，像是明白了闻桨此行的目的，眼里的光亮在瞬间熄灭，变得灰败晦暗。

闻桨没有在意这些，伸手拿过一旁的背包，从里面拿出一沓厚厚的文件放到他面前："你在闻氏的股份我不会收回，你每年照样可以参与分红股利，但是我不希望你再回到闻氏，这一点我承认是我自私了。这么多年你为闻氏也付出了很多，如果没有你，也许闻氏不会是这样，它可能更好也可能更坏，但至少我们的家不会散。

"除了这些之外，你名下的期权股票、不动产、债券资金等这些，我一律不会收回。另外盛华传媒当初是你力排众议一手创办的，它能有今天也离不开你的功劳。我已经找律师将我在盛华的股权划到了你的名下，你现在是盛华最大的股东，只要你签字，从今以后盛华与闻氏再无干系。"

蒋远山听到她的话身形猛然一颤，指尖发抖，却始终没有拿起那一叠文件，只是红着眼睛看着闻桨，声音也跟着发颤："……你这是要做什么？"

闻桨从始至终都非常平静，仿佛在说一件再寻常不过的小事："我已经找人查清楚了你名下的所有资产，也将该给你的都给你了。你现在只要在这些文件上签了字，我们从此以后就没有关系了。

"也许你会觉得是我心狠，但如果你经历了我这些年承受的所有苦难，你可能就不会这么认为了。

"蒋远山，如果你早一点和我母亲说清楚，早一点和我说清楚，也许我们不会走到如今这个地步。

"是你的懦弱和自私将我母亲推向了死亡，将我推向了地狱。"闻桨轻声道，"从今天起，我和你彻底断绝父女关系。"

蒋远山的脸都白了，身形不停地颤抖，手指紧攥，像是不敢相信自己听到的一切。

事已至此，闻桨也不再多言。

客厅里陷入了突如其来的安静，蒋远山闭了闭眼睛，再睁开时眼眶已经红成了一片。

他动作缓慢地拿起那一叠文件，看着看着，一滴泪落在纸张上，将黑色的字体晕染。

闻桨抿着唇，挪开了视线。

翻到最后，蒋远山的目光落在文件末尾闻桨的签名上。良久后，他合上文件，递还给她，温声道："这些我不需要。"

"你刚才提到的一切，我全部放弃。"他说，"你说得对，是我一开始就做错了，我不值得被原谅。"

闻桨揉捏了两下指腹，没有作声。

"关于我名下的资产我会尽快清算出来，至于我在闻氏和盛华的股权我也全部放弃。"蒋远山露出一个有些苦涩的笑容，"桨桨，对不起，作为父亲，我很失败。"

"现在再说这些已经没有意义了。"闻桨垂眸看着那份文件，"你要放弃这些是你的自由，我不会拦着你，但我也不会对你有任何的感激。"

蒋远山点头："我知道。"

见他这样，闻桨也没有什么好说的，起身居高临下地看着他，意有所指道："好好活着吧，不然等到了那边也不会得到原谅的。"

蒋远山呼吸一窒，抬头对上她坦荡的目光，脸上有了像是被看穿了心思的羞愧，嗫嚅道："我会的。"

他会好好活下去，然后用余生赎罪。

闻桨从蒋宅出来时，夜色已深。

她没有任何停留，像来时一样行色匆匆，院子里花团锦簇的四季美景也不曾挽留住她半分。

铁门一开一合，门缝发出"吱呀"的动静。

闻桨快步往外走。别墅区很安静，人烟稀少，路灯明而亮。她在走出去的刹那便一眼看到站在不远处的人影，脚步停了下来。

恍惚间，她还以为是错觉。

池渊穿着一身剪裁得体的黑色西装，身形笔挺修长，银白月色款款而下，落在他宽阔的肩膀上。

他站在原地，神情温柔地看着她。

夜晚的月光很亮，闻桨眨了眨眼睛，像是有些不可置信，而后迈步朝他走过去。

一步两步三步，缓步变成了奔跑。

书上曾经说过，如果是见喜欢的人，一定是要跑着去的。

闻桨撞入一个温暖而熟悉的怀抱中，缓了缓呼吸，仰着头看他："你怎么过来了？"

池渊垂着眸，与她对上视线，瞳仁又黑又亮，嗓音低缓而温和："今天是惊蛰——"

他停顿了下，低头在她额头吻了吻，语气缱绻而温柔，带着万般眷恋："我来接你回家。"

闻桨的眼眶禁不住有些发酸，忍着声音里的哽咽，将一个"好"字说得格外认真而郑重。

寒来暑往，日升月落。

山川河流，清风浮舟。

这世间美好千千万，可我只想喜欢你。

（正文完）

番外一

求婚记

池渊最近遇上一件棘手的事情。

他计划在今年的七夕节向闻桨求婚，但一直没找到机会量出女朋友的手指尺寸。

两家公司的新项目刚起步，两个人这段时间工作都忙，平日里相处的时间就只剩下晚上睡觉前那一会儿，况且更多时候连晚上这一会儿都是挤出来的，基本上都来不及做什么。

更何况求婚这事原本就是个惊喜，池渊怕自己行为太过明显让闻桨猜出什么端倪，就只试了三次。

第一次是在闻桨睡着后，池渊特意等到后半夜，见她完全睡熟，才从抽屉里翻出早就准备好的纸条，只是还没来得及动作，闻桨就因为口渴，突然醒了过来。

池渊慌里慌张地将纸条藏起来，咽了咽口水，道："怎么了？"

"渴了。"闻桨抬手开了自己这一侧的壁灯，坐起身看着明显有些紧张的池渊，"都这个点了，你怎么还不睡？"

"睡了，只是刚才做了个噩梦被吓醒了。"池渊掀开被子，随手把纸条揣进睡裤的口袋里，"我去给你倒水。"

"好。"

等喝完水，闻桨也没了睡意，索性起床去了书房处理工作，池渊的第一次尝试宣告失败。

第二次，池渊直接剑走偏锋，趁着周末休息将瑄崽接到了家里，陪着玩了一下午。

到了傍晚，闻桨补完觉下楼，看到客厅里的一大一小身影，笑着走了过去："玩什么呢？"

"教他画画呢。"池渊松开瑄崽的手，人往后靠着沙发，抬手牵住她的指尖捏了捏，"睡好了？"

"嗯，差不多。"闻桨前段时间忙得日夜不分，好不容易才有的休息时间，从昨晚一直睡到现在，中间连一口水也没喝。

她跟着坐在地板上："容姨呢？"

"跟隔壁的许姨一块去超市了。"池渊说。

闻桨"哦"了声，视线落在瑄崽的画本上，倾身靠了过去："宝贝，你在画什么呢？"

"小花花。"他手里拿着根粉色的蜡笔忙活得十分起劲。

闻桨抬手摸了摸他的脑袋，拿起一旁散着的画纸。大概是小孩子的创造力和想象力过于丰富，画纸上的都是些她说不出名字的图案。

翻到最后几张全是不同大小的手印，底下写着池渊的名字，闻桨回头看着池渊："这是你画的？"

"描的。"池渊从旁边抽了张空白的画纸，指间夹着一根黑色水笔，"过来，我帮你描一个。"

"你幼不幼稚啊。"话是这么说，但闻桨还是把左手递了过去。

池渊往前挪了挪，垂着头，笔尖小心翼翼地贴着指侧边缘画过去，神情看起来像是比高考还认真。

闻桨支着胳膊托腮，指尖搭着下巴轻敲了两下："江沅前两天给我打了个电话。"

"嗯？怎么？"池渊描完左手，又捉着她的右手按在纸上。

"她下个月六号结婚，昨天把邀请函发给我了。"闻桨顿了几秒，静静道，"你到时候有时间吗？"

"有。"池渊描完两只手，唇角挂着心满意足的笑容，"我明天就让周程帮我把六号前后几天的时间空出来。"

"那行。"闻桨收回手，站起身，"我先去吃点东西。"

"好，你去吧。"池渊等着她走远，然后动作迅速地将两张纸折叠起来放进了口袋里。

本来计划到这里都挺顺利的，但是过了没多久，家里的用人将容姨提前备好的下午茶端到了客厅，瑄恶伸手去拿饼干，收回手的时候胳膊不小心碰到了池渊手边的咖啡，大半杯还带着余温的咖啡直接倒在了池渊的裤子上。

咖啡浸湿了棉质的家居裤，自然也将放在口袋里的画纸给浸透了，黑色的水笔印被层层晕染，已经看不出之前的轮廓。

池渊看着已经面目全非的画纸，差点一口气没提上来。用人听到动静，匆忙过来收拾残局。

他抿着唇，脸侧的咬肌动了动，动作有些说不出的滑稽。

闻桨从餐厅走过来："怎么了？"

池渊将手里的废纸丢进垃圾桶里，语气平淡："没事，咖啡洒了，我上去换件衣服。"

"哦。"

池渊上了楼，等走到没人处，想想还是觉得窝火，忍了又忍最后没忍住，朝着楼梯口的栏杆踢了一脚。

下一秒，大脚趾便传来一阵刺痛，他甩了拖鞋一看，红了，指甲还因为外力踢出了淤血。

没过多久，大脚趾就肿了起来。

第二次尝试最终以这样惨烈的结果失败告终。

第三次尝试是个乌龙。

四月末的时候闻桨临时去了趟国外出差，临走前让池渊抽空去品牌店取自己之前定制的一套首饰。

闻桨平时出席的场合较为正式，除了日常的表饰几乎没有其他饰品，家里的首饰也都是以项链和耳饰为主，戒指一类的很少，且大多都是尾戒，尺寸不符。

但池渊从品牌店取回来的这套却是样样皆有。他临走前特意问了戒指的尺寸，回来之后发给了戒指的设计师。

结果次日再和闻桨通电话时，她告诉池渊这套首饰是送给江沅的结婚礼物，让他收好，不要随便放在梳妆台上。

池渊接完电话，立马给设计师打了电话，告知对方尺寸不对。

设计师秉着甲方是爸爸是上帝的原则，回了个"好的"。

一鼓作气，再而衰，三而竭，池渊实在是没力气再折腾了，但婚不能不求，戒指不能不定。

他想了想，打电话约了前段时间刚刚求婚成功的唐越珩出来见面，顺便也捎上了鬼点子比较多的肖孟。

周五傍晚，池渊推了晚上的饭局，开车去了旧梦，去之前还不忘给闻桨报备了一声。

只是时差问题，闻桨没有回复。

到了旧梦，池渊把车钥匙丢给门口的泊车小弟，快步走了进去。这才下午，酒吧属于半营业模式，驻唱歌手在歌台唱歌，散台零零散散坐着几个人。

肖孟比他俩都先到，开了个卡座，要了几瓶酒。池渊过去的时候他正在接电话。

他比画了下，指着电话对池渊做了个口型："我爸。"

池渊放轻了动作，没出声。

过了没一会儿，肖孟看到唐越珩从后门走了进来，抬手示意了下，顺便也把电话掐了。

池渊眉尖轻挑，语气调侃道："你现在连你爸的电话都敢随随便便挂了？"

"不挂等会儿就要吵起来了。"肖孟抬手耙了把头发，"算了，不说这个了，今天出来不是给你解决问题的吗？说说吧，什么问题。"

提到这个，池渊叹了口气，顿了一小会儿，道："其实这个问题你可能还真的没办法帮我解决。"

"？"

唐越珩摘下帽子，笑了声："他打算求婚，但是没找到机会弄清楚闻桨的手指尺寸，戒指没法定。"

肖孟耸耸肩，作势要走："我不应该在这里，我应该在桌底。"

池渊和唐越珩都老僧坐定似的没有要挽留他的意思，肖孟气笑了，指着池渊道："是你自己叫我出来的！"

"我的错，怪我没把事情跟你说清楚。"池渊抓起酒杯，杯底朝他的杯子碰了下，"那你给我说说，你有什么办法？"

"我能有什么办法？"肖孟懒散地靠着沙发，神情散漫，"总不能让我去把人打晕了吧。"

池渊嫌弃地看了他一眼。

"阿珩不是前段时间才刚求婚成功吗？"肖孟轻抬下巴，"你是怎么拿到宋嗔戒指尺寸的？"

池渊也跟着看向了唐越珩。

唐越珩搓了搓脖颈，气定神闲道："宋嗔之前去南边旅游的时候买过一对对戒，我拿着她的那只去定的戒指。"

池渊眼皮一跳，磨了磨后槽牙道："我用过了，尺寸不对。"

三个臭皮匠现在也赛不过一个诸葛亮了，聊到最后，肖孟重提之前的提议："那不如过几天我找个机会攒个局，你把闻桨约出来，我把她喝倒了你试试？"

"不行。"池渊义正词严道，"她对酒精有点不耐受。"

兜兜转转池渊什么办法也没想出来，反而是闻桨已经出差回到溪城。池渊去接机的那天，溪城下了场雨，气温却始终居高不下，空气又湿又闷，感觉有些黏糊糊的。

从 VIP 通道出来之后，秦妗和公司其他人去了外面，闻桨搭乘直梯去了机场负一楼的停车场。

池渊的车停在角落。他今天没让司机送，自己开了辆黑色的轿车，站在车外倚着车门，正在低头看手机，姿态漫不经心。

听见脚步声，他才抬起头来，视线直勾勾的，等着闻桨走过来，伸手拽过她的手腕，把人压在车门上亲了几分钟。

等上了车，闻桨低头刚扣上安全带，池渊又俯身靠了过来，边亲边解开她的安全带，稍稍用力把人抱到了自己腿上。

闻桨的腰抵着方向盘，微微低着头接纳他的侵略。

良久后，池渊松开唇，向后仰了仰头，指腹贴着她后颈那处轻捏着，胸膛起伏不定。

闻桨缩在他的怀里，脸颊蹭着他质地良好的衬衫，小口地喘着气。

两个人就着这个姿势温存了一会儿，闻桨说了些工作上的事情，让池渊提一提他的看法。

池渊低头把玩着她纤细的手指，脸上分明还带着未退的情欲之色，说话的语气却是一本正经，提的看法也是格外犀利。

闻桨垂眸看了他一眼，神情略微有些诧异，有一瞬间在怀疑他是不是身体里住了两个人。

从机场回到闻宅之后，闻桨被池渊拽进了卧室，两个小时后又被抱进了浴室，再出来后倒头就睡。

本来她还担心倒时差的问题，现在靠着池渊完全克服。

一觉睡到了晚上，外面雨声淅淅沥沥，闻桨伸手在旁边的柜子上摸到手机拿过来看了眼时间。

19：57。

看完时间，她才发现这是池渊的手机。他俩平常没什么隐私，手机的密码、指纹、面部 ID 全都有。

闻桨没怎么好奇，把手机放了回去，起床刷完牙，拿上自己和池渊的手机一块下了楼。

出门前，池渊的手机进了一条肖孟发来的微信信息，闻桨本来无意窥探，无奈现在智能机发展迅速，信息内容一览无余。

闻桨朝外走了几步，回想着刚才看到的内容，思考了一会儿，折身把他的手机放了回去。

池渊在楼下客厅陪着容姨聊天，闻桨走过去，若无其事地看了他几眼，神情平常。

池渊也并未察觉异样，还喂了她一颗草莓。

等吃过饭，两人闲来无事，出去遛了个弯。

回来后，闻桨去书房处理工作，池渊自己回了卧室洗澡。大概过了半个多小时，她关上电脑也回了卧室。

池渊正擦着头发站在床边看手机，见闻桨进来，神情有一闪而过的慌张，随口道："工作忙完了？"

闻桨视而不见："嗯，忙完了，我今天好困，想睡觉了。"

"那你休息，我去隔壁房间吹头发。"说完，他将手机放到口袋里，抬脚准备朝外走。

"没事，你在这里吹吧，我没那么快睡着。"

池渊点头说了声"好"，脚步一转进了浴室，还欲盖弥彰地将浴室的门给关上了。

闻桨轻轻笑了下。

等池渊吹完头发出来之后她进去重新刷个牙，连日常护肤都没做，直接坐在床边，意有所指道："我这两天在酒店都没怎么睡好，今天感觉特别困。"

"那快睡吧。"池渊体贴地关了灯，陪着她一块躺了下来，"晚安。"

闻桨在昏暗的光线里侧眸看了他一眼。池渊偏头对上她的目光，轻声问："怎么了？"

"没事。"她微不可察地轻轻叹了口气，"睡觉吧。"

几天后，闻桨约了许南知到家里吃晚饭，池渊特意推了晚上的行程，留在家里。

他现在和许南知已经从以前的针锋相对成功过渡到和平相处阶段，再加上项目的事情，有时见面还能和谐地聊上几句。

吃过晚饭后，闻桨去书房处理一个临时会议，池渊留在客厅陪许南知聊天。

两个人先是有了一段长时间的沉默，之后许南知接了个电话。

结束后，她收起手机，站起身："院里找我有事，我得过去一趟，你帮我跟桨桨说一声。"

"好。"池渊跟着起身，"我让司机送你。"

"不用，我自己开车了。"许南知走到玄关处，拿包的时候突然想起什么，"对了——"

她低头从包里拿出一个绒布盒递给池渊："这是桨桨之前托我帮她定做的一套首饰，差点忘了拿给她。"

池渊眼皮一跳，伸手接了过来，礼貌有度地笑了笑："好，你回去路上注意安全。"

"嗯。"

许南知走后不久，闻桨结束会议从书房出来。隔壁卧室里的池渊听到动静，穿着拖鞋从房间里走了出来，手里拿着一样东西："许南知公司临时有事先走了，这是她让我转交给你的，说是你之前找她托朋友定做的。"

闻桨接了过来，语气惊讶："这么快就做好了？！"

这套首饰池渊拿过来的时候就已经打开看过了，项链、戒指、耳饰、手链全都有，甚至连尺寸都印在了盒子内壁。

之前品牌店那次的教训还历历在目，他这次也不敢轻举妄动了。

闻桨拿着首饰盒回了房间，池渊紧跟其后，帮她戴了项链，又看着她把耳饰戴起来。

等到她拿起戒指的时候，他忍不住滚了滚喉结，莫名开始紧张："这是你给自己定做的？"

"对啊。"闻桨把戒指先戴到中指然后又换到无名指，尺寸全都很合适，只有分毫的差距，"这个牌子的设计师是个德国人，风格比较公务化，适合出席正式场合佩戴，南知恰好和他有些交情。"

池渊心不在焉地"嗯"了声，目光落在她手上。

闻桨试戴完又挨个放了回去："我先去洗澡，你帮我拿到衣帽间吧。"

池渊努力控制表情，面不改色道："好，你去吧。"

等闻桨进了浴室，池渊坐在沙发上等了几分钟，直到听见里面传来水声后，立马站起来跑去床边拿手机把印在盒子内壁的戒指尺寸拍了下来。

拍完照片，他轻手轻脚合上首饰盒，哼着小曲朝衣帽间走去。

听见关门的动静，站在浴室里的闻桨关上水龙头，拿起手机给许南知回了条信息。

他拿到了。

自从拿到了戒指尺寸后，池渊心里犹如放下了一块大石头，平常只要一闲下来就在微信上追问设计师戒指的进度。

这个品牌的钻戒，男士凭身份证一生仅能定制一枚，象征着唯一也寓意一生一世。

池氏和这个品牌在香港分区的品牌方有合作，池渊通过高层直接预定了品牌方的一名设计师，充分满足他对于戒指的各方面要求和细节刻画。

在池渊第五十八次问起设计师关于戒指的进度时，他和闻桨准备启程前往平城参加婚礼。

飞机越过万里高空，在中午十一点之前顺利抵达平城新桥机场。

江沅和沈漾因为明天的婚礼还有些事情要处理，没能来机场，但派了司机过来。

下了飞机之后，闻桨在手机上收到司机发来的位置消息，拽了拽池渊的袖子："走吧，去负一楼。"

"好。"池渊顺势牵着她的手，另一只手拖着行李箱。这趟是短途行程，两个人都没带多少东西。

在路上碰到一个红灯，池渊随意往窗外瞥了眼，看到了外面高楼的LED屏正在播放的视频。

"沈漾？"他看到其中一个名字，收回视线，捏了下闻桨的手指，"那是江沅的未婚夫吗？"

闻桨顺着看了眼，瞥见熟悉的战队名称："是的，我昨天听江沅说，他们战队过几天就要开始打比赛了。"

沈漾以前是一名优秀的电竞选手，几年前在他所就职的 WATK 战队成立五周年的春季赛上，他和另外四位队友同时宣布退役。他从职业选手转为战队的投资人，台前的大魔王变成了幕后的大 BOSS。

说起沈漾和江沅其实还挺戏剧化的：当初 WATK 战队第一任 ADC宣布退役的那天，江沅和好友去赛场观看了比赛，中途江沅去了趟洗手间，对当时还没有来到 WATK 战队的沈漾一见钟情。冰山遇上了太阳，终有一天会被融化的。

"当初我们大一新生晚会结束之后，他们俩就在一起了。"闻桨看着窗外，语气略微有些感慨，"算起来他们俩也谈了很多年了。"

五月的平城已经进入风光旖旎的春天，天空万里无云明朗干净，微风从敞开的车窗灌进车里。

"挺好的。"池渊应了句，然后继续低头捏着她的无名指，动作很细致，自根部到指尖，缓缓捏过来。

如果不是知道他已经拿到戒指的尺寸，闻桨有一瞬间还以为他是在用手指度量。

闻桨盯着看了一会儿，低声笑了一下。

她发现自从两个人在一起之后，只要平常没事坐在一块闲聊，池渊就很喜欢这种带有亲昵意味却不是很暧昧的小动作。

江沅的婚礼在明天，沈漾在婚礼所在的酒店包下了两个楼层的房间，和之前他们班班长邓维的婚礼在同一个酒店。

闻桨和池渊到的这天中午，他们四个人一起吃了顿饭。

沈漾和池渊是头一回碰面，两个人都是对陌生人慢热又冷淡的性格，碰面、握手，打了声招呼之后，就没了下文。

大部分时间都只有闻桨和江沅在聊天，只是偶尔提到他们，两个男人才会努力装作十分热情地搭个茬。

中途，两个女生起身去了趟洗手间，包厢里只剩下他们俩，没了人说话，忽然就陷入了莫名其妙的沉默中。

其实要说起来，沈漾的性格才是真的冷，池渊顶多就是慢热。

毕竟他从小到大养尊处优、生活顺遂，家庭氛围也足够温馨，算是在糖罐子里长大的孩子，比起沈漾少年时不同于平常人的家庭变故和遭遇，他碰到的那些小困难、小挫折简直就不值一提。

大约是彼此都意识到了气氛的尴尬，两个大男人抬眸看了彼此一眼，视线交错的瞬间。

池渊："……"

沈漾："……"

现在更尴尬了。

他们一个往右一个往左，迅速错开视线。池渊端起茶杯假装喝茶，手指搭在桌面敲了两下，抿唇轻轻咳了一声，率先打破僵局："她们好像去得有点久啊。"

"嗯。"沈漾放下茶杯，应了声，"确实。"

"你们明天的婚礼也在这个酒店举行？"

"对。"

池渊忽然来了兴致，身体往前倾了倾："我能问你个事吗？"

沈漾抬眸看过来，语气平淡："可以。"

"你当初是怎么跟江沅求婚的？"

沈漾沉默了三秒，然后说了从两人碰面以来最长的一句话："今年情人节那天，我骗她说我要去外地出差过几天才能回来，然后我让江沅的朋友把她带去了她之前特别想去的一个游乐园，我在那里求的婚。"

池渊听完若有所思，刚想再问问细节问题，外面就传来闻桨和江沅的说笑声。他鼓了鼓腮帮，没有再开口。

吃过饭后，闻桨和池渊准备回酒店房间休息，临走前，江沅把伴娘服和配套的鞋拿给闻桨："你回去试试，如果不合身现在还能改。"

"好。"闻桨说。

分开之后，池渊把装礼服的袋子挂在手腕上，另一只手牵着闻桨。等电梯的时候，他突然地问了句："你喜欢去游乐园吗？"

"嗯？"闻桨侧头看着他，"什么？"

池渊说完也觉得自己说得太直白，索性换了个问题："你有没有什么特别想去的地方？"

"怎么，你想出去玩了？"

"啊，是吧，这段时间太忙了，想休息休息。"池渊说完，还试图抬手搓搓脖颈，但由于手上挂着袋子，抬了一半的手又放了回去。

"一时半会儿我还真想不出有什么想去的地方。"说话间，电梯抵达他们所在的楼层，闻桨边朝里面走边说，"但是我现在还真有一个想去的地方。"

"哪儿?"电梯里没人,池渊没什么正形地靠着墙壁,歪着头看她。

"床上。"闻桨低头打了个哈欠,眼睛被生理性泪水浸染,湿漉漉的,"我好困。"

但等真回到了房间闻桨又没有那么困,卸妆洗了把脸,把伴娘服拿了出来。

伴娘服是设计师随同婚纱一起设计的,莫兰迪色系的缎面吊带裙,领口小 V,质感高级而不落俗套,款式不仅仅适用于伴娘服,日常穿搭也十分适配。

池渊在阳台接电话,闻桨拿着衣服和鞋去了里面的套间,不是多复杂的款式,换起来很方便。

池渊接完电话推门进来的时候,闻桨刚好穿完鞋正在系手腕花,黑色的绑带高跟鞋,麂皮面料让人觉得十分温柔。

手腕花的系绳过于光滑,单手不太好控制,闻桨把这个任务交给了池渊:"帮我系一下。"

池渊停在原地,目光自下而上看了她一遍。

裙子很长,闻桨穿上去刚好露出纤细的腕骨,吊带设计,两条白皙细长的手臂露在外面,腰侧微收,高定丝绸缎面将柔软的身体曲线衬托得一览无余。

他沉默了几秒,走过去接过手腕花拿在手里,皱着眉头问了句:"这是伴娘服?"

"对啊。"闻桨朝他眨了下眼睛,"好看吗?"

好看是好看,但池渊实在是夸不出来,抿着唇盯着那两根脆弱不堪的吊带,半天也没说出个所以然来。

闻桨哪里猜不出他在想什么,屈指挠了挠他的手心,对上他漆黑如墨的眼眸,也没说话。

片刻后,旁边的沙发上落了件长裙,缎面的褶皱在光影下熠熠生辉,裙摆随着春风微微晃动。

日暮西斜,屋里逐渐安静下来。落日余晖落了进来,光影斑驳而温柔，床边的被子垂了一角拖在地上。

池渊起床从衣柜里拿了个衣架将搭在沙发上的长裙挂起来。裙子面料的手感犹如之前的肌肤之亲，他低头一晒，将裙子放好后迈步进了浴室。

淅淅沥沥的水声惊醒了浅眠之中的闻桨。她抬手按了按眼皮，闭着眼睛缓了缓。

几分钟后，池渊擦着被沾湿的头发从浴室里出来，走到床边俯身压了下去，浑身气息干净而冷冽，是酒店特有的沐浴露香味。

他捏了捏闻桨的脸颊，鼻尖快要蹭到她的鼻尖，声音缱绻而温柔："我抱你去洗澡，嗯？"

"不用。"闻桨借着这个姿势仰头亲了亲他的唇角，然后把人推开，起身坐起来，露出圆润白皙的肩头，"还没到那个程度。"

池渊低笑，指腹贴着她肩侧的一个吻痕摩挲了两下："你是在暗示我还不够努力吗？"

"去你的。"闻桨没好气地把他推远，"我的裙子呢？"

"收起来了。"池渊直起身，从床尾捞过自己的衬衫递了过去，"我去外面处理工作，有事喊我。"

"你去吧。"

闻桨套着衬衫，赤着脚进浴室泡了个澡，裹着浴巾刷牙的时候从镜子里看到肩侧的吻痕。

该死的！

这样她明天还怎么穿礼服！

从平城参加完婚礼回来之后，池渊和闻桨各自忙了一阵，中间有段时间两个人去了不同的城市出差，差不多有将近一个月的时间没见面。

过于忙碌的工作让两个人的联系时间大大缩减，那一个月里，闻桨和池渊几乎没有同时上线的时候，经常半夜收到的消息，要到了第二天才能收到回复，有时甚至几天都联系不上彼此。

春去夏来，六月中旬的时候，池渊提前结束在海市的工作，飞了趟香港，取到了心心念念的求婚戒指。

从香港回来的那天，溪城下了场大暴雨，航班临时申请迫降在隔壁的湖城，池渊和助理周程在湖城新海国际机场停留了三个多小时。

在机场的时候，池渊接到了闻桨的电话。她这段时间白天很少有空，比起他在海市的公差，她可能要更忙一些。

电话通了之后，池渊瞥了眼旁边已经睡熟的周程，起身拿起旁边的毛毯给他搭了一下，自己拿着手机去了远处。

溪城这场暴雨来得迅猛，新闻上大篇幅报道，闻桨昨晚问了池渊的航班信息，中午开完会让秦妗去查了下，结果在电视上看到了新闻，知道他的航班和其他几条航线的航班全都因为这场雨没有准时降落在溪城的机场。

去年这个时候，溪城也下了场雨，那场雨几乎毁了一座城市。闻桨当时还是医生，去了灾区应援，回来之后大半月才缓过来。

池渊知道她是担心，也没多说现在的情况，站在休息室的窗前："你什么时候回来？"

"顺利的话一个星期左右，不顺利的话就说不准了。"闻桨说。

"需要我这边帮忙吗？"

"不用，不是什么大问题。"她笑了声，"况且我也不能总是这么依赖你。"

闻桨这话说得其实不太准确，从她接手闻氏到现在，还真没怎么找过池渊帮忙，要说依赖可能在池渊身上才能体现出来。

通话没能持续太长时间，闻桨真的很忙，十分钟的时间里，池渊听见了三次敲门声。

他有些无奈地笑了声："闻总，你怎么这么忙啊？"

说完，闻桨也笑了，对着电话"啵"了一声，放软了声音："好了，我得去忙了，你乖啦。"

闻桨不知道自己哄别人行不行，但在哄池渊这件事情上，她绝对是一等一的行。

池渊揉了揉耳朵："好，你去吧。"

闻桨在六月的最后一天回了溪城。

这座城市在入夏之后气温节节攀升，空气的沉闷燥热连之前接连几天的暴雨都没能消散几分。

上车之后，秦妗问闻桨是直接回家还是去公司。

车内的冷气过于充沛，闻桨开了点车窗，从微小的缝隙间瞥见外面的一抹绿色，语气寻常："去一趟池氏。"

"好的。"

司机启动车子，在前方的分岔路段，直接开上了高架桥，闻桨靠着椅背闭目休息。

窗外的烈日骄阳在高楼大厦间折射出粼粼光亮，热风顺着窗缝争先恐后挤进车内。

四十多分钟后，车子在池氏门口停下，闻桨像是在身体里装了自动感应装置，在车停的同时睁开眼睛："秦妗，你和刘叔先回去吧。"

"好。"

闻桨下了车，前台的工作人员看到她，匆匆拍了拍旁边同事的胳膊，两个人同时站起来，露着标准笑容："闻总好。"

闻桨笑着微微颔首，径直朝着旁边的总裁专用电梯走过去，没走两步，又停下来，回过头交代了句："今天不用通知周程。"

池氏从上到下没人不知道闻桨，之前她来的几次，前台都会直接给周程打个电话说一声，现在听到闻桨的话，两个女生愣了一下，才慌忙应道："好的，闻总。"

"嗯。"

等闻桨彻底进了电梯，其中一个女生轻轻舒了一口气，感慨道："楼上那群人有救了。"

这话说得不假。

在闻桨来之前不久，池渊在跟几位部门经理开会。会议上，他在项目汇报书上抓到一个特别严重的原则性错误，把几个部门经理都给训了一顿，这也导致另外一批要去楼上汇报月底工作总结的其他人被连累，报告书被批得一无是处，最倒霉的还是市场部，被批了一顿不说，部门每个月的业绩要求又被池渊往上提了一个点。

闻桨从电梯里出来时，正巧遇上市场部的黄经理垂头丧气地从池渊的办公室里出来。

除他之外，还有几个等着进去汇报工作的经理，听着里面的训斥声，全都为自己捏了一把汗。

周程比其他人更先看到闻桨，笑着和公关部的贺媛说了句："你们的救星来了。"

众人皆随着他的视线看了过去，待到闻桨走近，纷纷压着笑意打了声招呼："闻总。"

闻桨"嗯"了声，抬眸看向周程："怎么了？"

周程把来龙去脉简单说了一遍，闻桨听完大概也猜出站在门外的这些人现在是什么心情。

本来她是不乐意插手池渊的工作的，但这次的事情这些人都是受到波及，索性就承了他们的意，温声道："周程，你进去和池渊说一声，我找他有事。"

"好的。"周程不在池渊的怒火范围之内，敲门得到准许之后快步走了进去，没多久，办公室里传来急匆匆的脚步声。

池渊的身影出现在众人眼前，清俊的脸庞在一秒之前分明还带着未消的怒气，却在看到站在人群中间的人影时，仿佛变脸一般，怒气没了，眼神也变软了，只是碍着人太多，没什么过分的行为。

反倒是闻桨，在众人八卦的目光中直接牵住他的手，指甲刮着他的手心，巧笑嫣然："池总，你今天好像有点凶哦。"

池渊还不太能当着手底下人的面跟女朋友这么亲近，但也没收回手，只是轻轻咳了一声，敛眸看向众人，一本正经道："好了，你们先回去吧，今天的工作就汇报到这里。"

"好的，池总。"走之前，这些人还不忘和闻桨示意，"闻总再见。"

外边的人走了，办公室里还有一批被训的人，竖着耳朵听完门口的动静，这些人仿佛已经提前拿到了免死金牌，心情也不似之前那么沉重，见到闻桨进来，还能笑着和她打招呼。

闻桨一一应下。

之前的汇报还未完成，池渊让闻桨先去旁边沙发上坐一会儿，自己回到办公桌后，重新拿起看了一半的月度总结。

虽然一切如常，但这些人还是明显能察觉出一些不一样的，好比之前池渊看一句能说他们十句，现在看十句都不一定能想起来说他们一句。

池渊快速而沉默地看完报告，在末尾签上自己的名字，抬头问道："还有什么问题吗？"

这哪敢说有，众人纷纷摇头，拿上文件离开了办公室。

等到人走完了，池渊才起身朝着沙发这处走来，坐下来的时候顺势把人抱到了怀里："什么时候回来的？"

"刚到，下了飞机就直接过来了。"闻桨喂了他一颗草莓，故意问道，"我是不是打扰到你工作了？"

"没。"池渊随便嚼了两口，草莓的汁水充沛，甜腻腻的，"不过他们以后应该会非常希望你多来几趟公司。"

闻桨"扑哧"笑了一声，抬手捏了捏他的脸："我听周程说了，项目上的事情和他们又没有关系，你这样迁怒容易造成军心不稳。"

"算不上迁怒，这些人本身就有些问题。"池渊舔了下唇角，"我只是借着这次机会敲打敲打。"

"那我岂不是打乱了你的计划，弄巧成拙了？"

池渊抬眸看着她，唇角弯了弯："是啊，闻总打算怎么赔偿我？"

"你想要什么补偿？"

池渊靠近她的耳侧，低声说了两个字，而后直接借着这个姿势含住她的耳垂，唇瓣翕动："行吗？"

闻桨感受着突如其来的酥麻，微微僵直着后背，手指抓着他的衬衫，拒绝的话却因为他的动作说得更像是邀请，尾音婉转旖旎："……我能拒绝吗？"

"不能。"话音刚落，池渊便仰着头不管不顾地亲了上去。一吻毕，他直接将人抱进了办公室里的休息室。

小别胜新婚。

一整个下午，总裁办秘书处的四位秘书在周程的示意之下，拦下了所有前来拜访的人和电话。

闻桨来的时候是这天阳光最好的时候，但等到回去却已经是夜幕降临，夏天的晚风燥热却不沉闷。

两个人从办公室里出来，眼尖的人一眼察觉出他们俩在这几个小时内发生的变化。

——池总的衬衫换了一件！

——闻总的口红没了！

——两个人的嘴唇都破了！

——闻总的脖子上有颗草莓！

——池总的锁骨上也有个牙印！

池渊吃饱餍足，心情是别样的轻松，被忽视了也没觉得什么。

电梯到了负一层，他直接把人打横抱起，温声道："车钥匙在我外套口袋里，你摸一下。"

闻桨没吭声，池渊只好走到车前把人放下，自己从口袋里掏出钥匙。

片刻后，一辆黑色的轿车从池氏的停车场缓缓开出来，披着夜色汇入车流之中。

池渊拿到戒指之后一直在着手准备求婚的事情，只不过想了好几个方案都没能满意。

随着七夕的接近，他整个人明显开始有些焦虑。闻桨和他朝夕相处自然也察觉到他的不对劲，但她也没往求婚这方面想，以为是工作上的事情。

周末两个人休息在家，池渊在书房里处理工作，闻桨洗了草莓送过去："公司最近是有什么麻烦事吗？"

"没啊。"池渊喂了颗草莓给她，"怎么突然这么问？"

闻桨看着他，神情认真："我看你最近好像很烦躁。"

池渊被女朋友这么直勾勾地看着，莫名有些心虚，硬撑着没有躲避她审视的目光，抬手摸了摸鼻尖："可能是最近天气太热了，我天天上班好烦。"

他顺势身体往前倾，胳膊抵在桌子上托着脑袋，侧着头看她："不然我辞职，闻总你养我吧。"

闻桨往他嘴里塞了颗草莓，堵住他的胡言乱语："你忙吧，我陪容姨去趟医院。"

闻言，池渊收敛起不正经："容姨怎么了？"

"没事，就是日常体检。"闻桨抬手在他头发上揉了一把，像哄小孩子似的，"你在家里好好赚钱，我回来给你带好吃的。"

池渊"扑哧"笑了一声，明显很受用。

"好了，我不打扰你了，你忙吧。"出门前，闻桨又从果盘里拿了颗草莓，晃悠着离开了书房。

等她走后，池渊起身去将书房的门反锁了一道，确保安全之后，才重新坐回桌前打开自己刚才在匆忙中直接关掉的网页，继续做笔记。

窗外阳光一闪，男人认真的侧影映在纸页上，旁边求婚计划四个大字在光影里格外清晰。

池渊在书房里待了一下午，浏览历史遍布微博、豆瓣、知乎、B站等，甚至还爬墙了国外几个知名网站，看过的求婚视频不下几百个，见证了无数情侣修成正果，自然也学到了不少有用的经验。

比如，最重要的一点，求婚这事得有足够的惊喜和万无一失，不然就很容易让惊喜变成惊吓。

几百个求婚视频当中，有一大半都是千篇一律的，池渊看完就直接排除了。

不过有几个在极限运动中求婚的视频，他倒是觉得挺有新意，就是在仔细想了想之后，他有点担心生命安全。

有一个男生求婚是在高空跳伞的时候，两个人由于过于激动，差点没能平安着陆。

还有一个是在国外一座未爆发火山景区，男生虽然站在火山附近的安全区之内，但池渊看视频的时候还是为他捏了一把汗。果不其然，视频到最后，由于女生冲过来拥抱的力度过猛，两个人差点从悬崖边掉下去，还好旁边的国外游客反应迅速，伸手把两个人抓了回来。

池渊："……"

活着不好吗？

这些反人类的求婚方式和那些毫无新意的求婚方式，自然也全都不在池渊的考虑范围之内。

后来挑挑选选，剩下一小部分都是些既没有什么危险性也不会很庸俗普通的求婚方式。

池渊把这些视频全都下载下来，在电脑里找了个不常用的文件夹给存了起来。认真观摩了几遍之后，他从旁边抽了张 A4 纸，提笔开始认真制订属于自己的求婚计划。

到了晚上，在书房里折腾了半天的池渊关了电脑，把笔记本和计划书一块锁到了柜子里，起身离开了书房。

吃过晚饭后，池渊和闻桨像往常一样在园区里散步，一路上，池渊旁敲侧击地问了些事情。

问题稀奇古怪，五花八门。

闻桨没设防也没往别处想，他问什么她就说什么，只是有些好奇："你今晚怎么了？奇奇怪怪的。"

"没事。"池渊笑了笑，"我这不是想多了解你一点吗？"

闻桨哼笑了声，不置可否。

散完步回去之后，池渊又一头钻进了书房里，闻桨中途过去拿书，发现他还锁了门。

她屈指敲了敲门："池渊，你在里面干吗呢？"

池渊开了门，抬手搓了搓脖颈，目光略微躲闪："没干吗，就是在处理点工作。"

"处理工作还要锁门？"闻桨走到书架旁，找到自己想要的书，回头看着他，"你以前开会都没锁过门的。"

"就是顺手。"

闻桨显然不相信，目光从他脸上又挪到书桌上，心里冒出个念头："你该不会是在看什么乱七八糟的视频吧？"

池渊眼皮倏地一跳，迅速反驳道："怎么可能？我是那种人吗？我就是在、在……"

闻桨好整以暇地看着他："你就是在干吗？"

"在、在……"他半天说不出个所以然来，到最后直接哭丧着脸撒娇道，"桨桨，你别问了，反正我没看什么乱七八糟的视频。"

闻桨拖着腔"哦"了声："也对，每个人都有自己的小秘密，那我不问了，你忙吧。"

池渊自以为逃过一劫，心里松了一口气，却没想到等他在书房忙完，准备回卧室休息时，却发现卧室的门被闻桨从里面反锁了。

敲门没人应。

池渊摸出手机给闻桨发信息，一句话几个字还没打完，她已经先发了一条微信过来。

今晚你就抱着你的小秘密去睡书房吧。

池渊："……"

坦白是不可能的，睡书房当然也是不可能的。

门是从里面反锁的，虽然用钥匙没法打开，但是书房和卧室的阳台是连着的，只不过中间有个一人宽的悬空，但这点距离对于一个一米八几的成年男性来说，几乎不用费吹灰之力就能翻越。

反正用正常手段是不能进去了。

池渊索性直接从书房的阳台翻了过去，落地的时候胳膊不小心蹭到了旁边的花架，带倒了一个小花盆，弄出的动静让屋里的人反应了过来。

池渊在闻桨过来关门之前，快步走了进去，然后乖巧地站在原地没有动，语气十分诚恳："桨桨，我错了。"

闻桨又好气又好笑，靠着旁边的柜子："你哪儿错了？"

"我哪儿都错了。"池渊先是从自己不该锁门开始说起，然后絮絮叨叨说了一堆，最后总结发言，"我还错在刚才不小心摔碎了一个花盆。"

闻桨其实根本没有生气，只不过是看他最近情绪不太对劲，和他闹着玩，也想通过这种方式看能不能问出些什么，谁知道这人脑回路压根和一般人不一样，不让他从门口进来，竟然直接从阳台翻了过来。

她的视线落在他裤脚上的灰尘和胳膊处的蹭伤，一瞬间就心软了，但又没有表现得太明显，淡淡问了句："胳膊怎么了？"

池渊刚想说没事，但转念又改了想法，抿了抿唇低声道："刚才不小心蹭到了。"

就像池渊很吃闻桨哄他那一套，同样的，闻桨也很吃池渊装可怜这一套，说白了就是一个愿打一个愿挨。

闻桨轻轻叹了一口气："你过来，让我看看。"

池渊这会儿反倒不装可怜了："没事，就是一点点蹭伤，也不怎么疼。"话是这么说，但他还是朝着闻桨走了过去，还将胳膊上的伤口露得更加明显了些。

司马昭之心，路人皆知。

闻桨也没戳穿他，拽着人去了浴室，拿湿毛巾擦掉伤口周围的灰尘，从柜子里翻出消毒药水抹在上边。

涂药让两个人的距离陡然拉近，池渊低头盯着闻桨脑袋上那一个小小的发旋："桨桨。"

"嗯？"

"我真的没看乱七八糟的视频。"

"……"

"我以我的人格担保。"

闻桨涂完药，将棉签丢进垃圾桶里，伸手在他脸上掐了一把："请问你有人格吗？"

池渊轻轻嘶了一声，脑袋向后仰了仰，舌尖抵着腮帮缓过那阵酸疼，正声道："我最近真的没遇上什么大事，你不用担心。"

闻桨盯着他看了几秒："行吧，我懒得管你。"说懒得管，从浴室出来之前她又特别不放心地交代道："洗澡伤口不要沾水。"

池渊瞥了眼胳膊上一条长长的痕迹，觉得不沾水好像有点不太可能："那要不然我今晚不洗澡了？"

闻桨略微有些嫌弃地轻喷了声："不洗澡，你今晚就睡沙发。"

"那怎么办？我这样很难不沾水啊。"他挑着眉毛，举高了胳膊，"不然请闻总大发善心，帮我洗个澡？"

闻桨对他蹬鼻子上脸的行为直接用一个白眼回绝："你知道我平常为什么不用百度搜索你吗？"

池渊轻笑："为什么？"

"因为百度搜不到你，我用的都是搜狗。"

池渊："……"

合着这是拐着弯在骂他狗呢？

池渊花了将近半个月的时间制订出了一个自认为十分完美的求婚计划，私下里模拟测试了数次，将一切可能出现的意外都给写在了计划之内。

只是计划永远赶不上变化，池渊怎么也没想到，在求婚这件事情上，出现的最大变故竟然是闻桨。

七夕节前，闻桨接到高中班长的电话，说是之前出国读书就业的几位同学过几天要结伴回一趟平城看望以前的高中班主任，他想着索性趁着这次机会办一场同学聚会。

在国外的这几位同学过惯了西方情人节，对于国内七夕其实没多少概念，回来的时间也是难得才有，后来他们几个盘算了下时间，定下了同学聚会的日期，只是没想到那天正好是七夕。

班长也在电话里说了这件事："我和于伟新他们几个都是男生，当时也没考虑到这个节日的特殊性，想着这个时间比较方便就定在这天了。你那天要是有什么安排来不了，大家都能理解，只是这次机会难得，我们还是希望大家能聚得齐一点。"

话都说到这个份上了，闻桨就算是真有什么安排也不好意思拒绝，更何况她目前也没听说池渊有什么安排，索性就应下了这件事。

等池渊晚上从公司回来听她说了这个消息，差点气得晕厥过去，撒泼跳脚似的嚷嚷了一通："你这什么同学啊，不知道七夕节是中华传统情人节吗！不知道这是两个人的节日吗？！

"为什么非要定在这天啊!

"元旦、清明、五一、端午、中秋、国庆它不香吗?这哪个节日不行啊!为!什!么!非!要!是!这!天!"

闻桨被他嚷得耳朵疼,但在这事上确实是她做得不妥当,也就由着他吐槽完,才软着声解释道:"主要是这次同学聚会有几个同学是从国外回来的,他们难得有空,定在这天也是无奈之举。"

无奈之举。

他马上要气死了。

池渊一想到到现在还搁在楼上保险柜里的求婚计划书,脑袋就嗡嗡的,气都快接不上来了,就连眼睛都被气红了。

闻桨也没想到他会这么生气,心思转了转,语气有些迟疑:"你是不是在七夕节给我安排了什么节目啊?"

池渊现在就是两眼一抹黑,天都要塌了,但求婚这事从始至终都得是惊喜,他就算再想说出来,到最后也只是假装平静地说了句:"没安排,但我就是想和你在一起。"

"可我们现在不是天天都在一起吗?"闻桨起身坐到他旁边,两指夹着他的衣袖扯了扯,"只是一个节日而已,它代表不了什么的,况且我们以后还会有更多个啊。"

"我就想要这一个。"

闻桨忍着笑:"那怎么办,我已经答应了别人。不然这样好了,你那天跟我一起去平城也行啊,反正班长说了可以随意带家属的。"

不知道是不是这个提议让池渊觉得有几分可行性,他看起来似乎没有之前那么生气,硬着声音道:"我再想想。"

池渊没想太久,次日就和闻桨说了不打算跟她一起去平城,但他话没说绝,还煞有介事道:"不过你要是特别想让我陪你一起去的话,我倒是可以再考虑考虑。"

他刻意在"特别"两个字上加重了声音,闻桨哪里还能听不出来某人的意思,放下手里的文件,上前抱着他的胳膊,一口气说了五个特别:"那我特别特别特别特别特别想让你陪我一起去,池总要不要再考虑一下？"

池渊"嗯"了声，故作勉为其难地说道："行，那我就再考虑一下，明天给你答复。"

闻桨这会儿是真没忍住，"扑哧"笑了一声，抬手揉了揉他的脑袋："池总，你今天有点可爱哦。"

反正婚是没法求了，池渊索性就破罐破摔，直接把求婚的事情往后推了一段时间。

他整个人直接瘫倒在沙发上，仰着头，看着顶上的吊灯，嘀咕了声："天啊……"

闻桨抬头看他："你说什么？"

"没，没什么。"池渊拿起旁边的靠枕往脸上一捂，声音瓮瓮的，"你打算什么时候去平城，我让周程去订票。"

"你跟我一起吗？"

"嗯。"他揭开枕头，侧着头对上她的目光，"既然你那么想让我去，我要是不去的话你岂不是要很失望了。"

"……"

"况且，万一到时候你的同学都带着对象，只有你没带，多尴尬啊。"池渊坐起来，轻挑着眉尖，"我得去给我们家闻总撑场面。"

七夕前一天，闻桨和池渊坐上了去平城的航班，中午抵达酒店之后，两个人吃了饭睡了会儿午觉。

到了傍晚，闻桨给当初高中时期的语文老师冯丽雯打了个电话，约好时间之后，带着池渊去了趟她家里。

冯丽雯是闻桨高一分科前的班主任。当初闻桨因为叛逆期在学校闹出了不少动静。尽管当时的闻桨成绩足够优异，但在学风严谨的一中，她依然是好学生里的特例。

最严重的一次，闻桨在四校联考中遭人陷害被污蔑作弊，差点面临退学，是冯丽雯花费大力气将她保了下来。如果后来不是闻桨父母暗中找人查清了真相，她甚至可能会因此丢掉工作。

所以比起后来分科之后遇到的班主任，闻桨其实这趟回来，最想看望的还是冯丽雯。

"其实冯老师当时也才和我现在差不多大的年纪。"闻桨轻笑，"我都不知道她那会儿哪里来的勇气，敢那么硬气跟学校的领导叫板。"

"可能是因为足够相信你。"池渊看着她，"毕竟曾经的你那么优秀，如果是我，我也会选择站在你这边。"

"也许吧。"

冯丽雯现在是一中的高级教师，住在市区的一所高档小区。闻桨毕业那年，她嫁给了一位商人，如今也已经是儿女双全，生活和睦。

闻桨这些年来看望过她几次，但每回都是一个人，这次难得带了人，冯丽雯看起来比之前几次更高兴了些。

只不过他们俩来得不巧，冯丽雯晚上还有课，在家里待不了多久就要去学校了。

闻桨和池渊索性搭了她的车一起去了趟一中。

到了学校，冯丽雯停好车，临走前和闻桨说好了后天周六去她家里吃饭，随后便快步走进了教学区。

闻桨和池渊顺着林荫大道往校园里走。

沿途路过光荣榜，池渊停下脚步，在一中历年优秀校友的橱窗那块看到了闻桨十六七岁时的模样。

比起现在，那个时候的闻桨眉眼虽然精致出众，但依旧能看得出少许青涩的影子，扎着乖巧的马尾，笑容很明朗，也很漂亮。

旁边是一小段文字描述。

闻桨，理科高三（一）班，20××年平城理科状元。

高考录取院校：平城医科大学。

座右铭：傲不可长，欲不可纵，乐不可极，志不可满。

池渊拿出手机隔着玻璃想拍下那张照片，闻桨察觉到他的意图，伸手拦了下："你干吗？"

"拍照啊。"池渊借着身高优势举高了手，"我又不能砸了玻璃把照片撕下来带走。"

可能人年纪大了总会觉得少年的任何时期都是黑历史，哪怕是优秀如闻桨也不例外："你要这照片做什么，都好多年前的了。走了走了，别拍了。"

池渊被她推着离开了橱窗前。

夏日的晚风从天而降，傍晚暮色笼罩着整个校园，不远处高三的教学楼自习铃声作响。

两个人推搡的身影在夕阳的余晖中逐渐远去。

闻桨和池渊在一中逛了一圈，出来后在学校附近吃了顿过桥米线，从小吃街路过，零零散散买了一堆小吃回酒店。

买的多，但到最后两个人也没吃多少，以前在学校的时候总觉得这些比起山珍海味还要好吃，现在反而没了那种感觉。

草草收拾了残局，闻桨和池渊分别去了浴室洗漱，差不多全都收拾好的时候时间才刚过九点。

两个人这一趟算是翘了班出来的，手上还有些工作不能停，这会儿他俩一左一右并肩坐在一张床上，各自腿上都放着台电脑。

阳台在外间客厅，卧室是一面宽敞明亮的落地窗，对面是中国电信的大厦，灯火通明的办公间，亮如白昼。

房间里没了说话的声音，只剩下手指敲击键盘发出的轻微动静，墙上的时钟一分一秒地转着圈。

十点多的时候，闻桨收到高中群里的消息，班长在里面发了明天的行程安排。她点开看了眼，有一瞬间还以为看到了当初高中班级组织出去春游的感觉。

先是早上九点在一中大门口集合，等全部同学到齐之后，再一起去看望班主任汪海洋老师。

中午在学校附近的恒悦大酒店订了几桌酒席，之后的安排就完全落入俗套，都是些常见的娱乐项目。

晚上大家有事的可以先一步离开，没事的就继续留下来吃饭。

闻桨在群里回了个"收到"，然后合上电脑放到桌子上，侧头看着池渊："我们明天中午去吃了饭就回来吧。"

"怎么？"池渊抬起头。

"我看了班长刚才发的安排，下午不是唱歌就是喝酒，没什么意思。"

"那就听你的。"池渊也关了电脑，端起床头的水杯递给她，"明天你们几点钟集合？"

"九点，在一中门口集合，先去看望老师。"

他掀开被子下床把电脑放到旁边的茶几上，拿起旁边的遥控把窗帘降了下来："不早了，睡觉吧。"

"嗯。"

池渊躺回去之前关了屋里的灯，窗帘全方位遮住了外面的光线，屋里黑成一片，几乎不能视物。

他摸索着往床边走过去，掀开被子躺进去的同时，伸手将闻桨捞到怀里，低头亲了亲她的额头："晚安。"

闻桨和他面对面，摸着黑在他下巴上亲了一口："晚安。"

次日清晨，两个人几乎是同时醒来。闻桨要起床，池渊把人圈在怀里，抓着折腾了一会儿。

再起床都已经七点半了，闻桨将睡裙的带子扯回去，匆匆忙忙地跑进了浴室。池渊大喇喇地躺在床上，听着里面传来的水声，低低笑了下，随后也起了床。

从酒店到一中有半个小时的车程，闻桨提前约了车，八点多下楼的时候，司机已经等在酒店门口了。

因为早上的事情，池渊几次想去牵她的手，都被甩开了，他也不恼，笑着凑过去在她耳边低声说了几个字。

闻桨听完，更不想搭理他了，加快了脚步往外走，从背后看耳朵红红的，池渊觉得女朋友简直可爱极了。

等到了一中，两个人又重修于好。下车的时候，闻桨在学校门口看到班长的身影，拉着池渊走了过去。

毕竟是好多年没见的同学，感情是有的，但生疏也是不可避免的。

班长领着闻桨和池渊去了旁边的奶茶店："这鬼天气太热了，我就让同学们先去奶茶店等着了。"

"平城的夏天一向比其他城市的温度要高些。"

"可不是嘛。"

奶茶店里本身就是麻雀大，压根坐不下那么多人，班里男生发挥绅士风度，把里面的空间都让给了女生。

闻桨和池渊进去的时候，引起了不小的轰动。

他俩现如今也算是小有名气的企业家，闻桨辞去医生工作回家继承家业的事情也早就在同学圈里传开了，甚至还有人开玩笑说她是"不好好工作就要回去继承家产"的典型代表。

几年未见，闻桨不得不感慨时间真是个好东西，能让当初老死不相往来的两个人化干戈为玉帛，成了能坐下来心平气和聊上两句的老朋友。

客套寒暄完，闻桨和池渊被众人围着坐在中间，话题聊得五花八门，有几个男同学甚至还想要找池渊拉个投资。

池渊倒是没表现出什么反感，收了名片，淡声说："不好意思，私人行程，没带名片。"

虽然他话里话外都透着点不想深聊的意思，但又很恰到好处地给人留了余地，不至于让人觉得难堪。

众人很快将这个话茬掀了过去。

闻桨挠了挠池渊的手心，把那张名片抽了出来，攥在自己手心里："走吧，我们去外面等着。"

"好。"

等到了奶茶店外面，闻桨找了个离店里较远点的垃圾桶把名片扔了进去，语气有些无奈："来之前我就担心他们和你提起这种事情。"

池渊好似不怎么在意："没事，同学会不都是这样，联络感情是一部分，为事业搭线走人脉也是一部分。"

"算了，反正吃过饭我们就回去了。"

闻桨牵着他走到树荫底下。盛夏七八点的太阳就足够灼人，不过好在没过多久班上能来的同学就已经到齐了，一行人在保安室登记之后，直接朝着教职工家属院走去。

汪海洋是闻桨分科后的班主任兼物理老师，现年六十岁，不久后就要退休，对于这帮学生的突然造访，除了惊喜还是惊喜。

三四十个人坐满了客厅，汪老师的妻子又是泡茶又是端水果，简直忙活不过来，几个女生赶紧起身过去帮忙了。

热热闹闹聊到中午，一行人按照计划转移去了学校附近的恒悦大酒店，汪海洋因为被医生限制饮食，没有和他们一起。

到了吃饭的地方，闻桨和池渊被分开坐在两个桌子，她叮嘱他少喝酒，但又免不了班里的男生要灌他酒，后来饭局还没结束，他们那一桌人就差不多倒了三分之二。

池渊看着倒还清醒，正正经经坐在位子上，脸和耳朵甚至连着脖颈那一片都是红的。

班长还没倒，起身要过来和池渊喝酒，池渊抬手拦了下。隔得远，闻桨也不知道他说了什么，不过班长倒是没坚持和他喝那杯酒。

周围人都倒得差不多了，池渊解了领口的两粒扣子，抬手捏了捏鼻梁骨，明显有了些醉意。

闻桨从自己这桌下来，坐到他旁边的空位上："池渊？"

"嗯？"他睁开眼睛，眼尾被酒精熏出一片红意。

"感觉怎么样？"

"还好。"他轻轻呼着气，"又有点不太好。"

"你先坐会儿。"闻桨过去和班长打了声招呼，借口说池渊不太舒服要提前离席，班长关心了几句，也没拦着，只说下次再聚。

闻桨应了声"好"，带着池渊离开了包厢。

池渊这一两年除了跟肖孟在外面跑项目那半个月之外，还没这么喝过酒。他从包厢里出来的时候就去洗手间吐了一回，后来回了酒店的房间，又吐了几回，将胃里的东西都吐得差不多了，才感觉没那么难受。

闻桨扶着他回了床上躺着，又拿了毛巾给他擦了擦脸和上半身，之后又出去给前台打电话让送了杯蜂蜜水。

池渊这会儿差不多已经醉得有些不省人事，迷迷糊糊喝完蜂蜜水，便又重新睡了过去。

闻桨以为到这里就差不多了，正准备去浴室冲个澡，原先好好躺在床上的人突然嘟囔了几声，将身上的被子直接踢开了。

她只好放下手里的衣服走了过去，刚拎起被角准备盖回去，他又突然揉着头发坐了起来，状似十分清醒地问了句："我这是在哪儿？"

闻桨有些好笑地顺着他答道："酒店。"

"我怎么在这儿？"

"你喝醉了。"

"不可能。"池渊作势就要站起来，只是身形晃了晃，又倒了回去，"好像是有点醉了。"

闻桨把被子盖到他身上，像哄小孩子一样，放轻了语气："快睡一会儿吧，醒了就好了。"

可池渊偏不。他眨巴了两下眼睛，手开始在身上找着什么。

闻桨有些无奈："你找什么？"

"手机。"

她从桌上拿起手机递了过去。

"谢谢。"池渊接过去，手指在屏幕上戳了几下，然后便把手机凑到耳边，也不知道在给谁打电话。

紧接着，闻桨放在外面的手机响了起来。

她看了眼正低着头在抠衬衫扣子的某只醉鬼，走出去拿起手机，来电显示写着池渊的名字。

闻桨还没来得及接，电话就断了，不过很快池渊又重新打了过来，她直接接通了。

"桨桨。"电话里的声音和现实里的声音有些微的重叠。

她"嗯"了声，拿着手机坐到沙发上，"我在。"

"你不在。"池渊抿了抿唇，声音有些委屈，"你去参加同学会了。"

闻桨忍着笑："那你不是跟我一起过来了吗？"

"我没有，我在酒店。"池渊抓了抓头发，发出窸窸窣窣的动静，闻桨不放心，起身走到卧室门口，看着他的背影没有进去。

"好，是我错了，我不该不带你过来参加同学会。"闻桨靠着墙壁，视线落在屋里，放软了声音，"那你现在给我打电话是要做什么？"

"我……" 喝醉了的池渊似乎一时半会儿也不知道自己要做什么，思绪被酒精浸染，断断续续又没有什么逻辑，只能下意识将压在心里最深最想的念头说出来，"我要和你求婚。"

说完，他好像觉得自己打电话就是为了这件事，重复道："对，我要和你求婚。"

闻桨眸色一顿，好似有什么念头在脑海里一闪而过，快得让她捕捉不住。

她还没开口说话，池渊已经开始自顾自絮絮叨叨："我写了好多好多东西，我还准备了好多的花，我还看了好多视频，买了戒指。我想和你求婚，可是你都不在……"

他的声音变得又轻又低，听起来让人觉得格外委屈："桨桨，你什么时候嫁给我呀？

"今天也是求嫁的渊渊。"

说完这句话之后，池渊嘟囔了几声，然后整个人一歪，倒在床上彻底睡了过去。

闻桨拿着手机愣在原地，脑海里一闪而过的念头变成很多真实存在的画面。

他想方设法拿尺寸时的笨拙模样和拿到尺寸之后压不住的雀跃，偷偷摸摸在书房看视频的小心翼翼，还有得知她七夕要出来参加同学会时的不悦和委屈……

闻桨从来没觉得自己有像这一刻这么傻，竟然看不出来他这一切背后藏着的真实心思。

她轻手轻脚走到床边蹲下来，看了他一会儿，想到他之前做的事情，眼眶倏地一酸："笨蛋。"

"你怎么这么笨啊。" 睡着的池渊对这一切毫无所知，闻桨伸手捏了捏他的脸，"哪有人像你这样的，喝醉了把什么都说了，我以后都没有惊喜了。"

睡梦中的人抓住她的手，嘟囔了一声："桨桨，疼。"

闻桨哑然失笑，小心翼翼将手抽出来，替他重新盖好被子，又俯身亲了亲他的唇角，这才离开了房间。

几日后，闻桨和池渊结束在平城的行程，启程回了溪城。

对于那天醉酒之后发生的事情，池渊因为喝得太多，记忆出现了断片，只记得自己从包厢里出来那一段，至于回到酒店之后发生了什么，他一点印象都没有，而他打给闻桨的那一通电话，在他清醒之前被闻桨偷偷删除了。

总而言之，求婚这件事在池渊看来，依旧是个秘密，是个天大的惊喜，所以回到溪城之后，他还是会时不时地从保险箱里翻出自己的求婚计划书看几遍，争取在力所能及的范围之内做到最好。

求婚是件大事，池渊一直想把这件事放在一个比较有纪念意义的一天，七夕过去之后，最近的便只有他生日这天。

为了确保这一次的万无一失，池渊提前了大半个月就和闻桨说了这件事："我先说好了，我生日那天你可不能再把时间约出去了。"

闻桨哪里猜不出他的意思，轻轻笑了一声："我整个国庆七天假都留给你行不行？"

"行啊。"池渊凑过去，低声道，"你把你一辈子的时间都留给我，我也能稳稳当当地接着。"

闻桨对上他的明而亮的眼眸，心里软乎乎的，抬手钩着他的脖颈，仰着头亲了过去。

池渊的生日在十月四号。

这天一大早，容姨在家里给池渊煮了一碗长寿面，他吃完之后，接到池母的电话，带着闻桨和容姨回了池宅。

可能是心里装着事，池渊走的时候忘了拿上求婚戒指，还是等到了池宅那边，策划打电话过来确定流程安排，他才想起来戒指没拿。

挂了电话，池渊站在院子里朝屋里看了一眼。闻桨和池母她们坐在客厅聊天，察觉到他的视线，闻桨抬头看了过来。

他晃了晃手机，给她发了条微信：

之前给爷爷买的营养品忘记带了，我回去拿一下，你帮我跟妈妈她

们说一声。

闻桨回了个"好的"。

池渊自己开了车回闻宅。国庆假期交通拥挤，恰好这时候又是早高峰，他在路上堵了将近半个多小时。

求婚戒指和计划书都放在书房的保险箱里，他停了车，钥匙都没来得及拔，直接快步上了楼。

书房里开着窗，最近溪城秋老虎来犯，昼夜温差大，白日里的风带着湿润的暖意。

池渊缓了缓呼吸，弯腰在保险箱上输了密码，紧接着，伴随着一声清脆的"咔嗒"，箱门开了道缝。

他背对着光，在拉开门看清放在里面的东西时，有一瞬间的怔愣，像是有些难以置信。

求婚戒指和计划书还放在原位，只是旁边多了张红纸。

池渊轻轻滚了滚喉结，伸手将里面的那张纸拿了出来，坐在桌旁从头至尾认真看了一遍。

屋外的阳光明媚充沛，伴随着微风轻拂纱帘，光影晃晃悠悠在不经意间落了进来。

书房里的桌子上，放着一张薄薄的红纸，纸上写着几列正楷小字，字迹漂亮且熟悉。

良久后，池渊提笔在末尾一笔一画地写上了自己的名字。

——婚书——

两姓联姻，一堂缔约，良缘永结，匹配同称。

看此日桃花灼灼，宜室宜家，卜他年瓜瓞绵绵，尔昌尔炽。

谨以白头之约，书向鸿笺，好将红叶之盟，载明鸳谱。

——此证——

新娘：闻桨

新郎：池渊

虽然签了婚书，但池渊并没有放弃自己的求婚计划，离开闻宅之前将婚书和戒指一块带走了。

回到池宅的时候，闻桨正带着瑄崽在院里荡秋千。他将两样东西放在车里，平复了下心情才下车。

这天的太阳有些大，池渊被阳光刺得眯了眯眼睛，心跳很快。

闻桨站在阴凉处，见他过来，放缓了手里的动作，温声问道："营养品拿到了吗？"

"拿到了。"他伸手揉了揉瑄崽的脑袋，"小鬼，你不热吗？"

"不热。"瑄崽仰着头，笑容灿烂，"好玩。"

池渊轻笑，屈指崩了下他的额头，又看向闻桨："热吗？"

"还好。"

"你别惯着这小鬼。"他牵住她的手，把人带到自己面前，"走吧，回屋待会儿。容姨呢？"

"和伯母她们在厨房里研究怎么做蛋糕。"

池渊弯腰将瑄崽抱起来，另一只手牵着闻桨朝屋里走："下午我们出去一趟，晚上肖孟他们说一起吃饭。"

"好啊。"闻桨踩上一级台阶，"都听你安排。"

池渊笑了笑，没说话。

中午一大家子人热热闹闹吃过饭，又切了蛋糕，池渊算是正式迎来了自己的二十七岁。

闲聊之中自然而然地聊到了两个人的婚事，池母早前联姻那会儿就已经准备在选礼服，家里还放着几本册子，几个人说到这事就来了兴致，池母索性拿出来让容姨也一块参考参考。

只是看着看着，池母心里就不是什么滋味，抬头看了眼没个正形的池渊，那叫一个恨铁不成钢。

池渊哪里不知道池母是在埋怨自己当初提退婚，有些心虚地挪开了视线，趁着没人注意带着闻桨回了二楼的卧室。

闻桨来过池宅不少次，却很少来池渊的房间，一是她不常留宿，二是留宿池母给她准备了房间。

池渊的房间和以前没什么区别，只不过这大半年不常住人，屋里没太多生活气息。

闻桨在沙发上坐下时，不知为何突然想到了当初第一次进这间屋子时的情形，莫名笑了声。

"笑什么？"池渊问了句。

"想到了以前的事情。"闻桨回过头来，窗外的阳光灿烂，照得屋里亮堂堂的。她微微眯了眯眼睛，神情莞尔："你还记得吗？我们第一次见面的那天晚上，你在这里和我说的话。"

"不记得了。"池渊迅速而果断地将这段记忆从自己大脑里删除，转而提了别的，"不过你来家里的那一次，其实算起来应该是我第二次见到你了。"

"嗯？"闻桨有些疑惑，"我怎么不记得之前在哪见过你？"

"在医院，那个时候成渝出了事，被送到了你们医院。"池渊站在窗口前，风从他的额前掠过，眉目清俊明亮，"后来我和宁琛在外面吃早餐的时候，看到了你过马路。"

单方面的碰面，闻桨自然没有印象，但她却有些好笑地看着某人，说："不记得两个人在这间屋里发生的事情，却还记得这样的小细节。"

池渊大约也察觉出自己话里的矛盾，和她对视一眼，弯唇笑了出来："困不困，要不要睡一会儿？"

"有点。"说着，闻桨便抬手打了个哈欠，"我去隔壁房间睡一会儿。"

"在这儿睡吧。"池渊朝她走过来，"只是睡个午觉，没什么的。"

闻桨想了想，点头道："那也行。"

春困秋乏，闻桨躺下来没一会儿困意就席卷而来，迷迷糊糊听着池渊在说话，很快就一点也听不见了。

池渊听不到她的回应，低头一看，人已经睡着了。他哑然失笑，随后轻手轻脚地下了床。

出门前，他还将屋里的窗帘给拉了起来。

池渊去了楼下。

池母抬头见他一个人，问了句："桨桨呢？"

"桨桨在休息，我出去一趟，晚一点回来。"池渊走到玄关处，换了鞋拿上车钥匙出了门。

他去了晚上的求婚地点。

求婚这事从开始到现在就没顺利过，池渊现在整个人都提心吊胆的，生怕晚上还要出什么意外。

等到了现场，将全部流程确认完之后已经快要到傍晚了，他没多耽搁，开车回了池宅。

到家的时候，闻桨已经睡醒有一会儿了，正坐在客厅和池母她们聊天，池渊过去坐了一会儿。

快七点的时候，两个人才出门。

吃饭的地方定在池氏名下的滨湖度假区，晚上来的都是池渊身边比较亲近的朋友。

闻桨都不知道他什么时候把许南知也叫了过来。

吃饭的时候，她就这事问了一句，许南知不咸不淡地哼了声："你家这位前两天亲自上门邀请我过来参加他的生日宴，我说没空来，他就打算进我家门跟我爸聊聊，让我爸给我多安排几个相亲对象。"

"……"

"你说我还敢不来吗？"

"……"

吃过饭后，唐越珩的女朋友宋嗔提出想要去园区里逛逛，许南知和闻桨对这里熟，担起了向导的责任。

临走前，池渊叮嘱道："不要走太远。"

"知道了。"闻桨说。

宋嗔笑了下："好了，我们又不会把她绑去卖了。"

下了楼，三个人也确实没走远，沿着旁边的石子路没什么目的性地径直往前走。

中途路过园区内小型影院，闻桨随意瞥了眼 LED 屏幕上的今日影片，眸光顿了下。

今日的排片竟然全是宋临曾经主演过的电影。

宋临是闻桨学生时代唯一的本命，年纪渐长之后她就慢慢脱了圈，这几年也都很少关注娱乐圈里的事情。

现在在这里看到宋临的名字和海报，她还有种恍如隔世的感觉。但这个时间，她其实没有打算进去，倒是宋嗔说着反正没什么事，拉着她和许南知走了进去。

不知道是不是来的时间不巧，影院里一个人都没有，只有大屏幕在放着电影，三个人在中间一排找了个位置坐了下来。

正在播放的电影是宋临出道后的成名作，闻桨当初就是看了这部电影才开始认识他的。

电影这时候已经快播放到了结尾。

看了没几分钟，宋嗔揉了揉肚子说是想去卫生间，闻言许南知也说着要一起："桨桨，你在这儿等我们一会儿。"

闻桨也没多想，点点头，说"好"。

两个人走了没多久，电影到了结尾，开始播放片尾曲。这部电影闻桨看过七八遍，对于结尾之后的彩蛋花絮仍旧记忆犹新。

原本按照原来的进度，片尾曲结束之后就会出现主演的采访内容，但这一次却出现了偏差。

片尾曲结束后大屏幕出现了一瞬间的黑屏，闻桨愣了下，屏幕突然开始播放起别的内容。

那是闻桨十八岁生日那年拍的一段视频。

画面里的人和场景都十分熟悉，闻桨坐在地毯上，身旁到处是气球，镜头很晃画质也不是很清楚，但也不妨碍她笑得那么明媚肆意。

"不是说十八岁许的愿望就一定能实现吗？那我就许一个大一点的，我要在将来的某一天让宋临专门为我一个人唱首歌。"

周围有人说话："那你不如许一个在将来嫁给宋临的愿望算了。"

"做人不能贪心啊。"闻桨笑着说，"只要他给我唱首歌我就人生圆满了。"

视频到这里并没有结束，而是很快跳转到了下一个画面。

宋临抱着吉他坐在沙漠之中，笑得干净明朗，背景是一片璀璨夺目的星河苍穹。

闻桨还未反应过来，视频里的宋临已经开口说道："亲爱的闻桨同学，你好，我是宋临。今天呢我受一个朋友之托，在这里帮你实现十八岁时的愿望。听说你特别喜欢《生》这首歌，我特意改了一个吉他版本的送给你，全世界独一无二的版本哦，希望你能喜欢。"

到这里，闻桨似乎也意识到什么，眼睫颤动，心跳也在陡然之间变快，像是快要蹦出来。

《生》这首歌原曲配乐是钢琴，曲调舒缓悠扬，吉他版本的曲调则是轻快了不少。

一曲结束，宋临放下吉他，笑道："我这个朋友原本是希望我能到现场来给你唱的，但是很遗憾我目前在撒哈拉这边取景，行程排不开，就只能给你录个视频了。等我结束这边的工作之后，我会把吉他版《生》的 demo 刻出来送给你。下次见，闻桨同学。"

他朝着镜头挥了挥手，大幕随之又重新陷入黑暗中，但很快又重新亮起来开始播放第三段视频。

这是一段通过剪辑拼接在一起的视频。

左边是池渊，右边是闻桨。

故事从一九九四年两个人呱呱落地的婴儿时期开始，一岁、两岁、三岁、四岁……一直到现在的二十七岁。

两个人曾经的喜怒哀乐全都一幕幕展现在闻桨眼前，好似能通过这种方式参与过彼此曾经的生活。

视频画面停在二十七岁。

两幕场景逐渐汇聚重合成为一幕。

二十七岁的池渊穿着一身剪裁得体的黑色西装，直落落地站在镜头前，四周的光亮落下来，将他的身形衬得愈发颀长笔挺。

闻桨怔了怔。

画面里池渊忽然抬手从贴近心脏一侧的口袋拿出一张红纸。

他将纸张微微展开，抬眸看着镜头，目光坚定而温柔，声音朗朗："两姓联姻，一堂缔约……

"……谨以白头之约，书向鸿笺，好将红叶之盟，载明鸳谱。

"此证。"

说完婚书上的誓词，他抬起头，重新看向镜头，一字一句道："新郎，池渊。"

在池渊还没读完婚书的时候，闻桨就已经绷不住了，抬手半捂着脸，热泪盈眶的眸子满是惊喜和不可置信。

伴随着视频里池渊最后一字的落下，视频画面开始缓慢变动，场景逐渐变成闻桨所在的影厅内。

与此同时，影厅出现和视频里相同的场景。出口处的灯伴随着视频里池渊的走动在现实中也一盏一盏亮了起来，指引着两个人朝一个方向走过去。

闻桨起身顺着灯光的方向往外走，在她身后的大屏幕上是走在同样位置的池渊。无论画面如何变动，他永远在她身后。

影厅外，整个园区不复之前灯火通明，周围的路灯在这一时刻全都黑了下来，黑漆漆的天空挂着一轮弯月，银白月光从天而降。

闻桨站在门口的台阶上。

台阶之下，是一条用荧光堆砌出来的路径，闻桨顺着箭头往前往右往左，直到走到园区里的一个音乐广场。

伴随着她的到来，周围传出一阵熟悉的音乐。

Heart beats fast

Colors and promises

How to be brave

How can I love when I'm afraid to fall

……

Suddenly goes away somehow

One step closer

I have died everyday waiting for you

……

在闻桨听出现在唱这首歌的人是池渊之后，她又忍不住哭了出来，眼泪从指缝间涌出来。

循环播放的音乐像是催泪弹。

伴随着第二遍播放结束，原先停在角落的几台无人机忽然启动，开始缓缓升空。

闻桨抬起头，在夜空之中看到与众不同的斑斓亮光。

无人机升至一定距离便停了下来，在半空中晃晃悠悠，两行带着颜色和亮光的英文字母出现在它停留过的地方。

——WEN JIANG

——WILL YOU MARRY ME?

伴随着这两行字的出现，许南知、宋嗔、唐越珩、肖孟、向宁琛、向成渝全都从暗处走了出来。

闻桨站在原地，看着走在人群之前的笔挺身影，眼眶湿红，一时半会儿说不出话来。

四周斑斓闪烁的焰火像是银河万里，池渊则像是从不远万里为她而来的神明。

······I have loved you for a thousand years

I'll love you for a thousand more

Time stands still

Beauty in all she is

I will be brave

I will not let anything take away

What's standing in front of me······

······

音响里的歌声逐渐和现实里的重合，池渊唱完最后一个调，整个人已经走到她面前。

闻桨抿着唇，忍着泪意。

池渊抬手抹掉她眼角的泪珠，然后左腿向前跨出一步，膝盖呈拱膝状，右膝下跪。

他从口袋里拿出戒指盒，神情难掩紧张："我原本计划是在七夕那天就要向你求婚的，可是我没想到你会有别的出行计划。

"今天我在家里看到婚书的时候，我其实挺担心你猜出我会在今天向你求婚。

"但我又想了想，还是算了，毕竟我等这一天已经很久了，我一天也不想再多等下去。

"你说十八岁的生日愿望一定会实现，现在我帮你实现了，那么——"池渊停顿了一瞬，轻轻滚了下喉结，抬眸温柔且认真看着闻桨，"请问二十六岁的闻桨同学，可不可以也帮我实现一下十八岁的生日愿望？"

闻桨吸了吸鼻子，笑意也带着泪意："我怎么知道你十八岁的生日愿望是什么，我又不认识你。"

池渊轻笑，语气清晰："娶你。"

"骗人。"闻桨又要哭了，"你那时候都不认识我。"

"你还没听明白吗？"池渊笑得温柔，"不管是十八岁的生日我还是二十七岁的我，只要遇见你，此生唯一所愿就是娶你为妻。"

"所以——"池渊看着她，"亲爱的闻桨同学，你愿意嫁给我吗？"

歌词里唱到——

I have loved you for a thousand years

I'll love you for a thousand more

……

闻桨彻底缴械投降，眼泪争先恐后地涌出来，在天地银河的见证下，郑重地说了声："我愿意。"

求婚这一件事完美落幕之后，池渊和闻桨的婚礼也开始被提上日程，原本就是水到渠成的事情，婚期很快便定了下来。

在下一年的八月十四号，恰好也是农历的七月七。

对于这个时间池渊比任何人都要满意，好像自己那点小缺憾也在不知不觉之中被弥补了。

婚期定下来之后，已经年关将近，这也是池渊和闻桨最忙的一段时间，两个人早出晚归，基本上很少能碰到一起。

闻桨除了出席一些比较严肃正式的场合之外，平常手上都会戴着求婚戒指。

这枚戒指的设计主要是按照池渊的想法来设计，戒指内环不仅刻上了他和闻桨的名字缩写，还在两个名字中间刻了一小节声纹，扫描出来是池渊亲口所说的"我爱你"三个字。

闻桨刚戴上这个戒指的时候，并没有发现藏在戒指里的秘密。池渊等得着急，有事没事都会跟她旁敲侧击一下，但他又不想提示得很明显，每次说的话都前言不搭后语，闻桨也就没当回事。

还是后来一次偶然的机会，闻桨在书架上发现了戒指的终版设计稿，才明白连接两个名字的暗码是"我爱你"三个字。

当时她听了一遍之后，忽然意识到什么，拿上设计稿回了卧室，凑到池渊面前："我在你书架上发现了这个。"

池渊瞄了眼，倒是没什么惊讶的："可能是之前随手夹进去的吧。"

"骗人。"闻桨趴到他怀里，"你随手夹，怎么可能就夹到我公司的文件里了？"

"……"

"你和我说实话，你是不是看我一直没找出来这戒指里的秘密，故意放在那里的？"

池渊向后仰着头，故意避开她的视线："真不是，我就是随手夹的。"

闻桨挠了挠他的下巴，直起上半身靠过去，双手捧着他的脸，低头在他唇角亲了一下："对不起哦，是我太粗线条了，没注意到你给我安排的惊喜。"

池渊垂眸看了她一眼："那你扫到了吗？"

"当然扫了啊。"

"听到了什么？"

闻桨抬头对上他的视线，指腹摩挲着戒指，轻笑："我爱你。"

他也笑了，捉住她的手腕，俯身吻了过去，声音缱绻而温柔："嗯，我也爱你。"

又一年除夕过后，闻桨带着池渊去了一趟墓园。回来之后没多久，两个人挑在西方情人节这天去领了证，之后池渊便开始筹办婚礼的事情。

闻桨则忙着和设计师讨论婚纱的样式。

两个人各司其职，倒是没出现什么争执，毕竟有关婚礼上的事情池渊几乎全权包揽，基本上没有让闻桨多费心思。

四月份的时候，天气变暖，闻桨和池渊去拍了婚纱照。

为了弥补两个人当初没做成同学的遗憾，闻桨特意让摄影师安排了一批校园风的婚纱照。

地点就定在池渊当初就读的师大附中，两个人换上师大的校服，漫步在校园中。

那天拍了上百张照片。

闻桨和池渊却都只偏爱在师大拍的那几张，以至于后来摆在新房卧室里的都是那几张照片。

拍完婚纱照之后，闻桨在婚礼上的主婚纱也出工了。不过她为了保留惊喜，从婚纱设计到出工都没有让池渊看到婚纱的样式，就连两个人去试婚纱试礼服也全都是分开的。

随着婚礼日期的逐日接近，池渊也比平常更忙了些。池父体谅他，暂时又回到公司主持工作，给了他全部的时间。

婚礼前一个星期，池母找到闻桨，问了她婚礼入场仪式的安排。

原本按照习俗，婚礼当天新娘是要由父亲牵着交给新郎，但是闻桨和蒋远山早就断绝了关系，而闻家目前也没了什么比较亲近的男性亲属。

"我和池渊他爸商量过了，那天让他牵着你入场。"池母握着闻桨的手，"这事我们也和池渊说了，他让我过来问问你的意思。"

闻桨抿了抿唇，笑着道："妈，不用麻烦爸爸了，到时候我想一个人入场，我给池渊准备了一个惊喜。"

池母一向宠着闻桨，闻言也没说什么，拍拍她的手背："那好，你自己有安排就行。"

婚礼地点定在溪城。

炎炎夏日，蝉鸣不绝，阳光和果香、橘子汽水味的风，都带着各种意义的浪漫和温柔。

婚礼当天，闻桨听着那首求婚时池渊唱过的歌，步伐坚定且愉快地朝着站在红毯尽头的男人走去。

这是属于池渊的 First Look，也是闻桨给池渊准备的惊喜。

她朝着他走过去的身影，胜过这世间所有的美好。

池渊听着身后逐渐接近的脚步声，心跳得很快，好像下一秒就要从身体里蹦出来。

闻桨停在离他一步远的位置，抬手拍了拍他的肩膀。

池渊闭了闭眼睛，深吸了口气，想要故作轻松和淡定，却在转身看到闻桨的一刹那，全部失控，泪水瞬间涌了出来。

他的眼尾泛红，藏着满腔的深情爱意。

闻桨看着他，弯唇笑了下，抬手覆在心脏的位置，红着眼眶，郑重而缓慢地说："两姓联姻，一堂缔约，良缘永结，匹配同称。

"看此日桃花灼灼，宜室宜家，卜他年瓜瓞绵绵，尔昌尔炽。谨以白头之约，书向鸿笺，好将红叶之盟，载明鸳谱。

"此证。

"新娘，闻桨。"

番外二

带崽记

闻桨和池渊结婚后第一年就有了孩子。

两个人结婚后对于孩子的事情没有强求也没有回避，原本就是水到渠成的事情，只是没想到来得这么快。

查出怀孕的那天，池渊一拿到检查单就想着要去昭告天下，但因为容姨说怀孕前三个月不宜对外说，他才放弃了这个念头，只给池家那边打了通电话说了这事。

池父池母比池渊还要高兴，连忙叫他把闻桨带回家。

相比较周围人的激动和喜悦，作为准妈妈的闻桨反倒显得有些冷静和寻常。池渊最开始还以为她是不想要这个孩子，每天晚上睡觉前都旁敲侧击地给她看一下新生婴儿的纪录片。

但其实闻桨不是不高兴，只是还没回过神，可能是觉得有些突然，反倒把有了孩子的喜悦给压了下去。

直到一个星期之后，她和许南知在外逛街时路过一家母婴店，不知怎么突然就停在原地不走了。

许南知被她突如其来的停顿扯住胳膊，也停下脚步回头看着她："你怎么了？"

闻桨反应愣愣的："我怀孕了。"

许南知轻挑着眉尖："人家都说一孕傻三年，你这还没生呢，就傻？"

"我好像有点激动。"闻桨抬手摸了摸还未显怀的腹部，片刻后，拉着许南知进了旁边的母婴店。

原本那天按照计划，许南知是带闻桨去尝一下商场一家新开的越南菜馆，结果因为她在母婴店买了太多的东西，两个人拿不下，只能提前打道回了闻宅，晚上自然也是在家里吃的饭。

吃过饭后，许南知没久留，自己开车离开了。

到了晚上休息，两个人并肩躺在床上，池渊照例在电视上放着纪录片。闻桨看了几分钟，忽然偏头看着他。

"怎么了？"池渊问。

她抓住池渊放在被子上的手："你是不是以为我不喜欢这个孩子？"

池渊眨了下眼睛："没有。"

"不是不喜欢。"闻桨低头捏着他的手指，自顾解释道，"可能是第一次当妈妈，我有点没反应过来。"

池渊反手勾住她的手指，没说话。

"我今天买的那些东西你放到哪里去了？"

"隔壁卧室。"池渊说，"我打算把隔壁改成婴儿房，这样等以后孩子出生了，照顾起来也方便。"

"可以啊。"闻桨凑过去亲了亲他的左脸，"都听你的。"

池渊"扑哧"一笑，抓起遥控器准备关了电视和她好好说说话，没想到闻桨因为这几天看得多了，反倒有了兴趣，说什么也不让他关。

两个人看到深夜才逐渐睡去。

又过了一个多星期，池渊带着闻桨去复检，谁知道这一次他又得到了一个好消息。

闻桨肚子里怀的是双胞胎。

虽然现在还不知道是男是女，但池家到目前为止还没出过双胞胎，知道这个消息之后，池母说什么都要把闻桨接回池宅亲自照顾。

不过最后因为闻宅地理位置以及周边设施环境比起池宅要方便些，搬家的变成了池母。

有了池母的贴身照顾，再加上容姨的关心，闻桨的体重肉眼可见地在上涨，肚子还没显怀，她有些衣服就已经穿不上了。

可能是孕妇在孕期比较容易情绪化，为了这事，闻桨郁郁寡欢了几天。池渊察觉到她的变化，没明着说，在私下里安排周程每天订一束不同的花送到闻氏，甚至连平日里的应酬都减少了一半，每天雷打不动亲自开车到闻氏接闻桨下班。

这种润物细无声的陪伴和温柔很快将闻桨心里那点不愉快给吹散了。

孕期三个月的时候，闻桨开始出现了孕吐反应，加上怀的又是双胞胎，比起常人，她的反应还要大一些，吃什么吐什么，连正常上班都没法保证。

短短一个星期，闻桨被池母和容姨养了两个多月的体重瞬间又跌回到原点，人瘦肚子又显怀，看起来格外娇弱。

池渊心疼又无奈，只能推了公司的工作在家里陪着她，但她该吐还是吐，该难受还是难受。

每次不舒服，闻桨自己还没说什么，反倒是池渊看到她这么难受，眼睛跟着就红了，到最后还得闻桨反过来去哄他，弄得一大家子人哭笑不得。

只有闻桨没有笑他，每次吐完之后都会捏捏他的手指，告诉他不用担心，自己没事。

她知道池渊是担心也是心疼，但孕妇在孕期的反应是没有办法控制的，只能在难受的时候能避着他就避着他。

后来池渊大概是察觉出闻桨的心思，再遇上她难受的时候，就再也没红过眼睛，只是人却看着一天比一天瘦。

这样折磨人的日子持续了大概有一个多月才有所缓解，闻桨孕吐反应明显小了下去，胃口也开始好了起来，而在这个时候，池渊却突然病倒了，高烧到 39.8℃，就差昏过去了。

家里现在是特殊时期，池渊被送到医院住了几天，出院之后怕还有残留病毒传染给闻桨，就暂时住回了池宅，每天晚上到点给闻桨打一个视频电话。

这天晚上，两个人打电话的时候，聊到给孩子起名的事情，闻桨手放在微微鼓起的肚皮上，神情温柔："也不知道是男孩还是女孩。"

"男孩女孩我都喜欢。"池渊从书架上拿了本字典，"不过最好还是一男一女，这样我们就只生这一胎就好了。"

闻桨笑了一声："天底下哪有这么好的事情？"

"怎么没有？"池渊抬头隔着屏幕看着她，"我能遇上你就已经是天大的好事情了。"

闻桨眼里的笑意更深："不管是男孩还是女孩，我希望他们能够平安健康就可以了。"

说完这句，她突然低呼了一声，吓得池渊手一抖，碰倒了旁边的玻璃杯，弄得桌上到处都是水。

他也没顾上这些，拿起手机就准备往外走，语气又急又快："怎么了，没事吧？"

"没。"闻桨抬头看着他，笑着道，"我没事，只不过刚才宝宝好像踢了我一下。"

孕期十八到二十周的时候孕妇会出现胎动的反应，而池渊这段时间等同于被隔离，不能回去自然也不知道胎动是什么感觉，只能隔着屏幕眼巴巴地看着宝宝胎动时的画面。

过了大半个月，池渊去了趟医院做了次全面的体检，确定没什么问题之后，从池宅搬回了闻宅。

当天晚上吃过饭，他直接拉着闻桨回了卧室。池母和容姨对视一眼，心里冒了个念头，池母匆匆放下筷子也跟着上了楼。

到了二楼，池母也没听见屋里的动静，怕池渊控制不住胡来，敲了两下门就走了进去，正巧撞见池渊坐在床上，手撩着闻桨的睡衣。池母当时那个血压就上去了，也顾不上什么好不好意思，边快步朝他走过去边厉声喝道："池渊，你在做什么，你知不知道——"

话还未说完，池渊有些哀怨地抬起头看着她："妈，你干吗突然这么大声，吓得宝宝都不敢动了。"

"……"池母这会儿也反应过来，尴尬地笑了笑，"我这不是怕你刚回来，还有什么病毒，别传给桨桨。"

"我都去医院做过体检了。"池渊有些委屈，"况且这都快一个月了，我哪还有什么病毒。"

"我这不是担心吗？"池母故作镇定地说了几句，最后才回到正题上，

"宝宝还有几个月就要出生了，池渊你这段时间就忍忍，不行你晚上就先去睡书房。"

话都说到这个分上了，闻桨和池渊要是再听不出来池母的意思，也算是白活了。

饶是脸皮厚如城墙的池渊这会儿也有些不大好意思，忙不迭下床推着池母往外走："妈，您瞎胡说什么呢？这种事情我自己有分寸，您快去楼下忙您的吧，别整天没事想这想那的。"

送走池母之后，池渊站在门口缓了缓呼吸，再回到床上闻桨已经将睡衣拉了回去，房间里莫名多了些旖旎的气氛。

池渊轻轻咳了一声，弯腰拿起旁边的睡衣："我先去洗澡。"

"好。"

他去洗澡的工夫，闻桨下床去了隔壁书房处理工作。池渊洗完澡出来，她都还没忙完。

吸取了上一次生病的教训，池渊这会儿吹干了头发又换了身长袖长裤才过去书房找她。

闻桨前段时间因为身体不适，暂停了手边的工作，现在恢复过来之后又继续回了公司上班。虽然她的工作量有所削减，但闻氏毕竟是个大公司，她总归还是会忙一些的。

书房里放了不少防辐射的绿植，光是桌上就摆了三盆。

池渊过去的时候，闻桨正在开视频会议。他搬了个凳子在旁边坐下，随手拿起一份文件翻了起来。

过了十分钟，会议结束，池渊正好也看完文件，给她递了过去："有问题的地方我已经标出来了，你在后面签个字就可以了。"

"行。"闻桨看也没看，直接提笔在文件末尾签上自己的名字，合上放到一旁的架子上，凑过来亲了他一口，"辛苦池总帮忙。"

池渊很受用，随口问："还有没有其他要处理的文件了？"

闻桨好笑地看着他："你干吗？"

天地良心，池渊说这话真的只是担心她太过辛苦，想帮个忙而已："我帮你看看啊。"

"看一份换一个吻？"

池渊反应过来，很快笑出声，抬眸看着她，语气意味深长："那不然呢，我现在又不能对你怎么样。"

闻桨的预产期在六月，恰好是不温不热的季节。

池渊不想错过有关孩子的一切，在五月中旬就停了手里的工作，开始休陪产假。

随着孕期的增加，怀着两个孩子的麻烦就显了出来，池母特意请了两位专业的阿姨来家里照顾闻桨。

白天倒还好，就是到了晚上，闻桨因为肚子的原因腰疼，也不怎么能睡得着觉，而且小腿和脚都开始浮肿，有时候甚至还会抽筋，睡眠不足让她看起来憔悴了很多。

池渊晚上只要一听见闻桨翻身的动静，人还没完全清醒，手就已经搭在她小腿上了。

迷迷糊糊捏了会儿，人也清醒了，他换了个姿势，爬起来坐在床边继续捏："还疼吗？"

"没有，不疼了。"闻桨最近晚上睡不好，白天大多时候都在补觉，这会儿也没什么困意。池渊给她拿了个枕头垫在后边，两个人有一搭没一搭地聊着天。

闻桨把手覆在有些冒尖的肚皮上，声音轻轻浅浅的："妈妈今天问我，孩子的名字是让他们起，还是我们自己起。"

"我听你的。"

"那就让爷爷起。"闻桨看着他，"我听妈妈说，爷爷这段时间一直在家里研究名字。"

"嗯，都行。"

两个人聊了一会儿，闻桨突然笑了声："宝宝又在踢我。"

已经接近预产期，随着婴儿在母体内不断生长，胎动的幅度没有之前那么大，池渊之前错过最频繁的一段时期，现在偶尔见到，还是觉得挺稀奇的。

他拿手碰了碰被宝宝踢得稍微鼓起一点的地方："都怪你，这么调皮，妈妈才不能睡觉，你肯定是个弟弟。"

闻桨差点脱口而出你才是个弟弟，语气有些好笑："为什么不能是哥哥？"

"哥哥也好啊。"池渊收回手，"将来长大了可以保护妹妹。"

不管闻桨怎么跟他说双胞胎是龙凤胎的概率有多小，池渊始终坚持认为她怀的就是龙凤胎，甚至连平常去母婴店买婴儿用品，也都是挑的男女两款。

"你就没有想过，万一我怀的是两个性别一样的呢？"

池渊眨了下眼睛："两个女孩也行啊，我来保护你们母女三个。"

"那如果是两个男孩呢？"

池渊想了下那个场景，半天没能说出话来。

闻桨笑话他："怎么，你还有性别歧视啊？"

"也不是歧视。"池渊摸了下鼻尖，"我就是觉得吧，两个男孩会不会太闹腾了些。"

闻桨轻哼："说不定就是两个男孩呢。"

池渊看着她，轻轻叹了口气："是就是吧。如果是两个男孩，那将来就是我们三个保护你一个。"

两个孩子提前了一星期出生，恰好赶在儿童节当天。原本按照计划，隔天闻桨就准备住到医院待产，没想到生产来得这么猝不及防。

闻桨被送到医院的时候已经开了三指，直接被推进了产房。池家老老少少都赶到了医院。

现在医院不给陪产，闻桨之前观摩过产妇生产的情况，她怕池渊绷不住，也不想让他进来。

当时情况紧急，池渊还没和闻桨说上几句话，她就被推了进去。产房的门"嘭"的一声关上了，他的心都跟着抖了抖。

双胞胎生产比一胎的危险性要高，池渊之前在家里查过很多资料，给自己吓得不轻，后来闻桨知道之后，联系了自己在产科的朋友，让专业人士给他这个准爸爸上了一课，他才缓了过来。

但当真的面临这个的时候，池渊先前做的那些心理建树一点用都没有，满脑子都是自己看过的一些乱七八糟的新闻报道，人也坐不住，在产房门口来回地走。

池母给他转悠得脑壳疼，胳膊拐了拐池父，有些无语："你管管你儿子。"

"我怎么管？"池父笑说，"我管不了，这是家族遗传，天性没法克制。"

话是这么说，作为过来人的池父还是把池渊叫了过来："你别在门口转悠，过来坐会儿。"

池渊搓了搓满是汗意的手心，在池父旁边的空位上坐下："爸，当初我妈生我的时候，你是什么心情？"

"生不如死吧。"

池渊硬是被他爸这个冷幽默给逗笑了，心里的紧张情绪也跟着散了几分。

不知道两个孩子是不是在孕期闹腾了太多，生产的时候反而没让妈妈受什么罪，几乎是医院近几年来接生过最顺利、也是生产最快的一对双胞胎。

护士将孩子擦拭干净抱到闻桨面前："恭喜，是两个男孩。"

闻桨侧头看了两眼孩子，想到那天晚上和池渊的对话，轻轻笑了下，声音虚弱无力："他们爸爸这下真的要哭了。"

护士很快将孩子抱了出去。

池渊几乎第一时间冲了过去，池母紧随其后，两人都没顾得上孩子，开口就问闻桨的情况。

护士笑说："妈妈生产得很顺利，情况也很好，你们不用担心。先看看孩子吧，是两个男孩呢。"

听到这话，池渊脑袋里那根弦咯噔了一下，眼皮跳得跟弹簧差不多，语气有些难以置信："两个男孩？"

"是啊。"

池渊垂眸看了眼护士怀里的两个宝宝，小小的，好像还没他半个胳胳长，不知怎么，心里忽然就变得软乎乎的，伸手轻轻碰了碰其中一个的小手指，感受到宝宝的温度，喉间倏地一哽，跟着眼眶就红了。

后来闻桨被推出来的时候，池渊又红了一次眼眶，弯腰亲了亲她的额头，哑着声音道："辛苦了。"

两个男孩的名字都是池老爷子起的。

哥哥闻瑾，弟弟池瑜，取自怀瑾握瑜，皆有美玉之意。

池渊虽然没插手起名的事情，但孩子的姓氏却是他决定的。早在两个孩子出生之前，他就和池父池母说了这个事。

如果是一男一女，那就男孩姓闻女孩姓池；如果是两个男孩或者女孩，则大的姓闻小的姓池。

池父池母对于池渊的决定并没有发表意见，毕竟是他和闻桨自己的孩子，不管是什么决定，他们都选择尊重。

闻桨知道这件事后，沉默了很久，后来红着眼眶和池渊说了声"谢谢"。

池渊捏了捏她的手指："夫妻之间不需要说谢谢。"

闻桨伸手抱了过来："我爱你。"

池渊接住她，笑说："我也爱你。"

闻瑾和池瑜两个孩子除了血脉和容貌相同之外，在其他方面几乎是天差地别。

光是性格这一块就叫人能很快分辨出两个人谁是哥哥谁是弟弟。

闻瑾安静不闹腾，极少大哭大叫，饿了就吃，吃饱了就睡，家里阿姨都说没见过这么乖的孩子。

而弟弟池瑜则让人头疼不已，不仅爱哭连睡觉也不安稳，只要半夜醒过来，家里就不能安生。

家里人都通过这个分辨兄弟俩，但是池渊根本用不上这个，也不知道是什么道理，只要池渊一抱起池瑜，哪怕是在他吃饱睡熟了的情况下，这个小魔王就跟天生带了感应器，能在瞬间醒过来，并且开始号叫，不管池渊怎么哄都不行，但只要换了别人抱，他立马就消停了。

刚开始池渊还没意识到这点，还是那天家里阿姨在给两个宝宝换尿布的时候发现的。

那天晚上，只要他一走到池瑜身边，池瑜就开始哭，他一走，这小屁孩就不哭了。

给池瑜换尿布的阿姨笑说："瑜宝儿好像有点怕爸爸呢。"

池渊是给他哭怕了，站到几米开外的窗边，有点委屈："我又没怎么着他，这么怕我做什么。"

"来，爸爸来看看瑾宝儿吧。"另一个阿姨换好闻瑾的尿布，把孩子抱起来交给池渊，"我们瑾宝儿喜欢爸爸。"

池渊接过这软乎乎的小团子，指腹碰了碰他的鼻尖，想到另外一个跟结了仇一样的儿子，轻轻叹了声气："瑾宝，你跟你弟弟住过一个屋，你跟爸爸说说，他到底为什么这么怕我啊？"

闻瑾的大眼睛眨巴眨巴了两下，手还没张开，蜷缩成一团，哼哧哼哧的，也不知道在说什么。

池渊轻笑，把孩子交给阿姨，回了卧室洗澡。

洗完澡出来，他一边擦着头发一边在回信息。闻桨从外面推门进来，语气有些好笑："我刚才听张姨说，瑜宝一见你就哭，是真的吗？"

"不知道。"池渊关了手机丢在沙发上，"可能是我刚从外面应酬回来，他不太喜欢我身上的味道。"

闻桨看着他还在滴水的头发，忍着笑意："不然我们现在再去试试？"

池渊抬眸有些哀怨地看着她，但也没拒绝，毕竟不被儿子喜欢这事说起来还挺伤自尊的，他也想再去看看到底是不是真的。

这一次，他吹干了头发，确保身上除了沐浴露和洗发水没其他味道之后，才跟着闻桨又去了隔壁的婴儿房。

两个宝宝已经换好了尿布，闻桨刚才也给他们喝了奶，这会儿两个宝宝在自己的婴儿床上躺着，不哭不闹，都挺乖的。

夫妻俩先去看了哥哥闻瑾，然后才转到池瑜的床边。他俩站过去的时候，池瑜还挺好的，也没什么太大的反应。

闻桨弯腰把池瑜抱起来，小孩子下意识往她怀里拱。她看着池渊：

"你抱过去试试。"

池渊抿了抿唇，皱着眉头把池瑜接到怀里，等了几秒，也没见他哭闹，神情有些得意："我就说吧，刚才肯定是他闻到了我身上的酒气，不喜欢才哭的。"

谁知话音刚落，原先还安静乖巧的池瑜突然就开始哭了起来，哭得那叫一个惊天地泣鬼神。

池渊和自家儿子池瑜算是彻底结下了"梁子"。

本来池渊觉得自己作为父亲应该要大度一点，毕竟这小团子也才几个月大，还什么都不知道，但池瑜嫌弃他嫌弃得实在太明显了，在家里只要听到他的声音就开始扯着嗓子哭。

几次下来，池渊实在是受不了这委屈，气得直接跑回池宅住了一段时间，后来又因为太想念闻桨，又灰溜溜地回了闻宅。

晚上闻桨喂完两个孩子，去书房找了池渊："我问了同学，她说有些孩子在婴儿时期对父母有这种反应是正常的，等到一两岁就好了，瑜宝不是不喜欢你。"

池渊停下敲键盘的动作，伸手把闻桨拉到怀里抱着："他这已经不是喜欢不喜欢的事情了。"

他停了几秒，皱着眉说："我怀疑这小屁孩觉得我不配当他的父亲。"

"……"

"要不然他怎么一见到我就哭。"池渊越想越觉得合理，"你怀着他的时候，我又没有亏待他。"

闻桨瞧着他："也有可能是你长得太丑了，吓到瑜宝了。"

池渊觉得你不喜欢我可以，但你不能说我丑，立马扬起眉毛反驳道："怎么可能，我这样的都丑，我就不信他将来能长成什么神仙样，说不定还没我好看呢。"

闻桨笑话他："有你这么说自己儿子的吗？"

"那有他这么嫌弃自己爸爸的儿子吗？"池渊心里那叫一个委屈，"我就没见过这样的，太欺负人了。"

"好了，好了。"闻桨忍着笑意，抬手揉了揉他的脑袋，跟小孩子似的，

"别难过啦，说不定过几个月就好了。"

池渊叹了声气，对于闻桨的话并不抱什么希望，毕竟按照池瑜现在对他的情况，在将来估计也好不到哪里去。

不过几个月之后，池瑜对池渊确实没有之前那么排斥了，偶尔还会张着胳膊要池渊抱。

对于儿子的主动示好，池渊当然是不计前嫌，只不过比起闻谨的谁也不挑，池瑜看起来还是更喜欢闻桨一些。

日子就这样一天一天地过，一晃两年就过去了。

两个孩子的性格打小就定了型，尤其是随着年龄的增加，兄弟两在性格上的差异便愈发明显了。

闻谨性格沉稳内敛，话很少，看起来比较高冷，不过人很乖，平常在家几乎不用阿姨费什么心思。

而池瑜就是个典型的混世大魔王，折腾起来两个阿姨都看不住，就连闻桨有时候也不怎么能压得住他。

但不知道是不是风水轮流转，小时候池瑜不待见池渊，现在大了点，他最怕的人反而也是池渊。

每次池渊在家，他就会比平时乖一些，阿姨偶尔有管不住他的时候，只要搬出池渊，他绝对能在一分钟之内消停下来。

池渊也说不出这是个什么道理。

不过好歹现在这小鬼也算是把他放在眼里了，比起之前那个嫌弃样，他已经很满足了，也懒得去想这是为什么。

等到孩子再大点的时候，池渊和闻桨也逐渐开始回归到工作之中，平常白天很少有时间在家里，这就导致晚上夫妻两一回去的时候，两个小孩子一个比一个黏人。

闻瑾倒还好，本身性格偏冷，顶多就是叫声爸爸妈妈，顶天了再讨个抱抱，但也就到此为止。

哪里像池瑜，简直完美继承他爸的撒娇黏人技能，左一句爸爸亲一口右一句妈妈再亲一口，叫人一下甜到心坎里。

池瑜在四岁之后和池渊的关系有了突飞猛进式的进展，既不像几个月的时候那么排斥他，也不像一两岁的时候那么怕他，该亲近的时候就亲近，该折腾的时候还是照样折腾。

可能是小时候被池瑜嫌弃得太厉害，池渊留了心理阴影，现在儿子主动靠近，他也就顺其自然地接着宠着。

这会儿，池渊任由池瑜拿着笔在自己手上乱涂乱画，视线却是落在大儿子闻瑾身上。

其实比起池瑜的闹腾，他和闻桨更担心的还是闻瑾，这个孩子的性格一点儿也不像他们夫妻俩，沉稳得有些过分，和他们似乎也不怎么亲近。

晚上吃过饭后，闻桨把池瑜带出去陪容姨去逛超市，池渊留在家里陪着闻瑾，到点了阿姨要带他去洗澡。

池渊说："刘姨，您先去休息吧，晚一点我来给瑾宝洗澡。"

"哎，好的先生。"

等阿姨走了之后，池渊抱起闻瑾往楼上走："今晚爸爸帮你洗澡，晚上你讲故事哄爸爸睡觉好不好？"

闻瑾眨巴了两下眼睛，眼眸又黑又亮，手指抠着池渊衬衫肩膀上的暗纹，声音软软糯糯："爸爸是大人了，睡觉也要听故事吗？"

"对啊。"池渊拿鼻尖蹭了蹭他的小鼻尖，"爸爸最近工作太忙了睡不着觉，瑾宝能不能帮爸爸这个忙？"

"能。"

"真乖。"池渊带着他回了房间。

阿姨已经提前放好了热水，池渊开了浴室里的暖气，脱掉小孩子外面的衣服，把人放了进去："爸爸去给你拿衣服，你在这里等爸爸一会儿。"

"好。"

池渊出去找了瑾宝常穿的睡衣，又回主卧拿了自己的睡衣，进浴室之前，从旁边的篮子里抓了几只小黄鸭玩具。

他也脱了衣服坐进浴缸里，水面上都是泡泡，小黄鸭浮在上边，瑾宝和他面对面坐着，也不怎么说话。

池渊拨了拨水，把小黄鸭推到他面前，随口问道："平时白天爸爸和妈妈不在家，瑾宝和弟弟都在家里做什么？"

"画画，看动画片。"瑾宝摸了摸鼻子，手上的泡沫沾到脸上，"弟弟有时候会和容婆婆去花园浇花。"

池渊伸手把他往自己面前带了带，抹掉他脸上的泡沫，声音轻轻的："那瑾宝怎么不去啊？"

"弟弟已经去了。"闻瑾说完这句话，又垂下视线不看池渊，手指戳着小黄鸭。

已经有人去了他就不用再去了，就像家里有一个会撒娇的孩子就够了。

池渊有些怔然，待到回过神之后心里泛开密密麻麻的酸疼，轻轻叹了口气："瑾宝，不是这样的。"

"不是弟弟去了你就不可以去了。"池渊看着他，"你是爸爸妈妈的儿子，难道有了弟弟，我跟妈妈就不需要你了吗？"

"你是我跟妈妈的第一个孩子，是瑜宝的哥哥，在你们还没有来到这个世界上之前，我和妈妈就对你们充满了幻想。"池渊把儿子拉到自己面前，"我和妈妈都很感谢你跟弟弟选择了我们当父母。"

闻瑾似懂非懂。

池渊看着他，神情温和："当初你和弟弟刚出生的时候，也不知道是怎么回事，弟弟只要一看我就哭，也不让我抱，我说一句话都不行。那个时候只有瑾宝你不嫌弃爸爸，每天回来都乖乖让爸爸抱一会儿。爸爸知道瑾宝是个乖孩子，可爸爸不希望你把你的懂事用在这个地方。"

"在这个家里，你和弟弟还有妈妈都是爸爸这辈子最珍贵的宝贝，没有可比性。"说到这里，池渊停了一下，抬手刮了刮他的鼻尖，轻笑道，"不对，妈妈才是最珍贵的，你和弟弟只能是第二珍贵。"

瑾宝也有些不好意思地笑了："妈妈是宝贝。"

"那爸爸呢？"

"爸爸也是。"瑾宝想了想，糯声糯气道，"弟弟也是。"

池渊替他搓着胳膊，语气温柔而亲昵："瑾宝也是宝贝，是我跟妈妈的第一个宝贝。"

闻瑾被池渊搓到痒痒肉，笑着往后缩，池渊故意去逗他，两个人在浴室里玩得不亦乐乎。

快九点左右，闻桨带着池瑜从外面回来，池渊已经把闻瑾哄睡着了。

池瑜跟个小炮弹似的，刚进屋就"噔噔噔"往楼上跑，嘴里还不停喊着："哥哥！哥哥！"

池渊在楼梯口抱住他，笑着道："哥哥已经睡觉了。你找哥哥做什么？"

"变形金刚！"池瑜嗓门大得震耳朵，脸上带着奔跑之后的红意，"妈妈买的，哥哥一个我一个。"

说话的工夫，闻桨也走了上来："瑾宝睡着了？"

"嗯，刚睡着。"池渊抱着瑜宝朝房间走去，"哥哥睡着了，你把变形金刚放到哥哥床头，等他明天醒来给他一个惊喜好不好？"

"好！"说完可能是觉得声音太大，瑜宝空不出手去捂嘴，只好缩了缩脖子，看起来可爱极了。

闻桨跟过去："你们父子俩动作轻点。"

"我会的，妈妈。"

池渊在门口把瑜宝放了下来，和闻桨站在门口看着他的小身影朝里面走去。

屋里开了一盏小灯，只有一小片区域暖黄色的光影。池瑜轻手轻脚挪到闻瑾床边，把手里的玩具放到闻瑾的枕头旁。

这还不算。

做完这些之后，站在门口的池渊和闻桨看着他用小手扒着床沿，费力地凑过去在闻瑾的脸上亲了一口。

然后用他自以为很小的声音说："哥哥，哥哥，我给你准备了一个惊喜，你要不要醒过来看一看？"

闻桨："……"

池渊："……"

闻瑾和池瑜在过完六岁生日的那个夏天之后，被父母送去了学校读书。

之前网络上有不少新闻报道双胞胎在同个学校上学，因为成绩差别太大，被老师用来对比，给孩子的心理造成了不小的阴影。

为了避免这个麻烦，池渊在和闻桨商量过后，决定采用抽签的方式，让兄弟俩自己选学校。

抽签的结果是闻瑾抽到了明德附小，池瑜则去了师大附小，兄弟俩从此踏上了九年义务制教育的不归路。

九月一号开学报到那天，池渊带着闻瑾去了明德，闻桨则带着池瑜去了对面的师大。

明德和师大附小只隔着一条马路，两个学校门对门，开学季校门口人来人往，络绎不绝。

小孩子的报到手续简单快捷，闻桨将池瑜送到教室："瑜宝，今天在学校要听老师的话，下午爸爸过来接你。"

"知道了，妈妈。"

池瑜从小就是混世魔王，长大了性格也没见有所收敛，也不怕生，闻桨其实不是特别担心他在这里不能适应，而是比较怕他适应过了头，到时候连老师都管不住。

两个孩子小一点的时候池渊没让他们去幼儿园，而是请了专业的私教老师，开发孩子在其他方面的兴趣。

现在闻瑾在学画画和书法，池瑜好动坐不住，对这些也不感兴趣，成天就爱跑上跑下，老师建议等到七岁之后，送去学点跆拳道之类的。池渊和闻桨在孩子的教育方面暂时没有什么特别硬性的要求，也没怎么给池瑜报兴趣班。

闻桨从教室出来之后，没立马走开，而是站在走廊看了一会儿池瑜的反应，结果自然没出她的意料。

这小屁孩适应力一等一的强，没一会儿就和前后左右聊了起来。

她摇头失笑，临走前去了一趟老师办公室聊了几句，等从学校出来的时候，池渊已经等在外边了。

"瑾宝怎么样？"闻桨走过去问。

池渊自然而然地牵住她的手："我看还行，就是有点不太满意同桌是个小女孩，皱着张脸吓得小姑娘半天没敢跟他说话。"

闻桨"扑哧"笑了声："瑾宝这性格也不知道遗传的是谁，我小时候也不像他这样啊。"

"我也不像他这样。"池渊提前甩锅，"说不定是隔代遗传，像爸妈他们。"

到了傍晚放学，池渊和闻桨又一起去了学校，不过这回夫妻俩换了学校，闻桨去了明德接闻瑾，而池渊则去了师大附小。

两个学校上下学时间相同，开学期间需要家长亲自到教室签字领孩子回家。

闻桨和池渊在路上因为堵车耽搁了一会儿，到学校的时候，已经迟到了十几分钟。

闻瑾坐在教室里，无视周围嬉笑打闹的同学，自顾玩着手里的魔方，坐在他旁边的小同桌不知道是不是被他的气场震慑住了，也乖乖地坐在位置上。

闻桨在门口和老师打了声招呼。

周老师朝教室里喊了声："闻瑾，你妈妈来接你了。"

闻言，闻瑾抬起头，闻桨朝他招了招手，他叫了声"妈妈"，伸手拿起桌上的书包，起身往外走的时候把手里的魔方放到了同桌小女生的桌子上。

小女生看了他一眼，小声地说："谢谢。"

闻瑾保持高冷，一个字也没说，径直走出了教室。

把刚才一幕尽收眼底的闻桨等到了出了教学楼，还是没忍住问了句："瑾宝，你喜欢玩魔方啊？"

小男生被妈妈牵着手，脸上表情淡淡："不喜欢。"

"那你刚才怎么在玩同桌的魔方呀？"

"她太笨了，拼了一天都没拼好。"闻瑾皱了皱眉头，"拼不好还喜欢哭鼻子，太吵了。"

闻桨拖着腔"哦"了一声，停下脚步看着他："那这样的话，不如妈妈明天跟老师说帮你换个同桌？"

闻瑾大概是没想到这就到换同桌的地步了，神情愣了几秒，才低下头说："那还是不用了。"

闻桨没再说这个问题，重新提起脚步朝外走，时不时低头看自家儿子几眼，最后还是没忍住笑了一声。

晚上吃过饭，闻桨洗完澡和池渊说起这件事，还是觉得好笑："你儿子怎么这么口嫌体正直啊。"

"纠正一下，也是你儿子。"池渊合上电脑，神情也有些愉悦，"不过他这个样子我倒是没有想到。"

毕竟池渊早上送他过去的时候，他那个嫌弃的表情不要太明显。

"你说万一将来瑾宝和瑜宝要是早恋怎么办？"闻桨靠着沙发，想到这个问题，一时还有些不知所措。

"能怎么办？难不成你还要棒打鸳鸯不成？"池渊温声说，"人在每个年纪都会有悸动期，谈不上早不早，只要不犯错，就不是问题。"

"也对。"闻桨看着他，"对了，你今天去接瑜宝，老师有没有说什么？他有没有调皮？"

"老师倒是没说什么。"池渊抬手刮了下额角，"就是他们班那群小男生现在都管他叫老大。"

闻桨挑了挑眉："这么小就搞个人崇拜主义不太好吧？"

"你也说了这么小，能懂什么。"池渊把人搂进怀里，轻笑了声，"不过这样确实不太好，我明天和瑜宝聊一聊。"

"行。"闻桨低头亲了亲他的额头，神情莞尔，"辛苦池总了。"

现在孩子和工作让夫妻俩很少有这种温存的时刻，池渊正准备认认真真来收个辛苦费，卧室的门口忽然传来瑜宝的声音："爸爸妈妈，我可以进来吗？"

池渊："……"

闻桨笑了声把人推开，起身去开门，看到两个小家伙拿着枕头站在外边："怎么了，宝贝？"

瑜宝抓了抓头发："我今晚想和爸爸妈妈一起睡。"说完，像是为了增加自己话里的说服力，他还特意加了一句："哥哥也是这么想的。"

两个孩子出生以来一直都是和他们分开睡，只有偶尔会睡在一起，也很少主动要求和他们一起睡觉。

对于现在这个情况，闻桨还是有些诧异的："为什么突然想和爸爸妈妈一起睡觉啊？"

"就是想。"瑜宝低着头，凉拖鞋露出他时不时交织在一块的脚趾，嫩嫩白白，又小又可爱。

闻桨只当他们是今天第一天去学校不适应，也没再多问，接过两个人的小枕头："自己先去床上躺着，爸爸妈妈等会儿过来陪你们。"

"好！"

两个小家伙"噔噔噔"跑进屋里，就这还不忘绕过去和池渊打声招呼，一左一右坐在池渊旁边。

闻桨关了门，进屋把两个小枕头放在床头中间，池渊把两个小家伙抱过来塞进被子里。

等到安顿好，池渊去浴室刷了牙，出来在床的另一侧躺了下来，语气闲闲："爸爸像你们这么大的时候，可都是一个人睡一个房间了。"

池瑜窝在闻桨怀里，听了池渊的话也没理他，而是抱着闻桨的胳膊，糯声糯气道："妈妈，我明天晚上还能过来和你睡吗？"

闻桨还没来得及开口，池渊已经先一步拒绝了儿子的要求："当然不可以，这是我跟妈妈的房间。"

池瑜眨巴了两下大眼睛，看着就要哭了。

闻桨心一软，连忙哄道："当然可以啊，你别听你爸爸的。"

池瑜得了准话，很快就心满意足地睡着了，倒是闻瑾，一直躺在池渊怀里看着也不像困的样子。

闻桨又想到今天傍晚在教室的事情，故意去问他和那小女生的事情："瑾宝，你那个同桌叫什么名字呀？"

"不知道。"闻瑾在爸爸怀里蹭了蹭脑袋，"没记住。"

闻桨还想再问些什么，他突然眼睛一闭："爸爸妈妈，晚安。"

夫妻俩看了彼此一眼，轻轻笑了笑。

过了一会儿，屋里的几道呼吸声逐渐平稳，窗外一星光亮从窗帘的缝隙间落进屋里，光影模糊隐约。

没睡着的闻瑾动了动身体，伸手摸了摸池渊的脸，声音很小地说："爸爸，我和你说件事。"

池渊还没多少困意，低头凑过去："说什么？"

"弟弟今晚想过来睡觉，是因为他今天在学校听到有个同学说，爸爸妈妈把我们送到学校，就是准备不要我们了。"闻瑾压着声音，"弟弟害怕。"

池渊把他往上抱了抱："不怕，爸爸妈妈送你们去学校是为了让你们去学知识，不会不要你们的，爸爸和妈妈小时候也在那里读过书的。"

"我知道。"闻瑾手抓着池渊的肩膀，"我不害怕，我是陪弟弟过来的，他一个人不好意思。"

"好，爸爸知道瑾宝不怕。"池渊伸手捏了捏他的脸，"不早了，快睡觉吧，明天还要上课呢。"

"爸爸，晚安。"

"嗯，瑾宝，晚安。"

第二天一早在去公司的路上，池渊把这件事和闻桨说了一声，夫妻俩多留了个心。

接下来的一个多月，都是两人亲自接送两个小家伙去学校，时间一长，池瑜也不再说要和他们睡一屋，但因为之前养成了习惯，他比之前更加黏人，尤其黏闻桨。

这就导致家里每天都要上演一场父子争夺战，池渊在儿子面前格外幼稚，非要和他在"妈妈到底和谁关系最好"这件事情上争个高下。

每回这个时候，大儿子闻瑾都会用很无奈也很无语的眼神看着这两人，那神情仿佛就像在问自己到底为什么会摊上这么幼稚的爸爸和弟弟。

一次周末在家，池瑜在父母房间玩耍时，意外翻出一张光盘，小身影"噔噔噔"跑到书房："妈妈，这是什么呀？"

闻桨放下手里的书，接过光盘，一时半会儿也没想起来这里面放的是什么，转过头去问池渊："这里面是什么？"

池渊起身走过来，垂着眼睛，尾端留下一侧阴影："去放一下不就知道了。"

说放就放，一家四口从书房转移到楼下客厅，池渊把碟片放进读碟机里，屏幕画面抖了一下，跳出一行小字。

——池渊 & 闻桨婚礼纪实（备）

闻桨反应过来，弯着唇笑了声："这不是我们当初结婚时拍的纪录片备份吗？"

当初婚礼结束之后，跟拍的摄影师拿了两张盘给闻桨。

多出来的这张是备份，光碟表面什么也没刻，另外一张刻了字和婚书一起被池渊收在保险箱里。

两人刚结婚那一年，平时没什么事情的时候就把备用碟拿出来放，常常一看就是半天，后来有了孩子，事业上也很忙，就没了这个时间。

池渊调好画质和音量，坐到闻桨身旁，语气有些感慨："我们好久没一起看这个了。"

闻桨笑叹："是啊，好几年了。"

这是两个孩子没出生之前的事情，纪录片从头至尾都没有他们的身影。池渊看了一半，余光瞥了眼趴在闻桨怀里的池瑜，突然叫了他一声："瑜宝。"

"嗯？"池瑜抬头，大眼睛又黑又亮。

池渊往后靠着沙发，眉眼间多了几分漫不经心："你不是说，妈妈和你关系是最好的吗，那妈妈结婚怎么不请你啊？"

"……"

他轻喷了声，语气慢条斯理带着几分调笑："这关系不行啊。"

番外三

全家福

随着和池瑜的斗智斗勇，池渊心累的时候就特别想要一个女儿当自己的贴心小棉袄。

可无奈自从生完瑾宝和瑜宝之后，夫妻俩几乎把生活的全部重心都放在了工作和两个儿子身上，压根抽不出时间备孕。

一晃又过了两年。

在这两年里发生了很多的事情，闻氏借着池氏这股东风扶摇直上，随后同池氏联手一同进军 AI 医疗行业，在溪城一家独大，成为业内垄断式企业。

闻瑾和池瑜年纪长了两岁，性格一放一收各自弥补，倒是没了小时候那般差异明显。

两个人在不同学校读书，成绩却相差无几，从入学开始就没掉下过年级前十名。

也在这两年中的后一年，闻桨和池渊有了第三个孩子。

这个孩子说起来是个意外，也不在夫妻俩的计划之中，但来都来了，更何况池渊也一直想要个女儿，对于这个突如其来的小宝贝，他比任何时候都要期待。

有了之前怀两个的经历，闻桨怀这一胎的时候几乎没受过什么罪，甚至连孕吐反应都很少。

胎儿也不好动，安安静静的，倒很像是个女孩性格。

家里一个大男人加两个小男生天天围着闻桨转，池渊嘴里念叨着女儿、女儿，两个小的就跟在后面叫妹妹、妹妹。

就这么喊着叫着，闻桨很快就到了预产期。

这一次，闻桨在生产时遇到些困难，胎儿位置不正，在产房折腾了好几个小时，护士出来让签病危通知书的时候，池渊一个大男人眼泪掉个不停，签字的手都跟着在发抖。

那天天气很不好，雷雨交加。

后来过了很久，闻瑾再提起这天时，记忆里最深刻的除了外边的电闪雷鸣之外，便是那个在他印象里一向伟岸高大的父亲，头一回当着他和弟弟的面露出那样脆弱不堪的神情。

那是对生命的无可奈何，也是无能为力，更是作为一个丈夫对面临生死之际的妻子的担忧和不安。

闻瑾也不记得那天他们一家人在产房外等了多久，只知道母亲从产房里被推出来的时候，外面的雨都已经停了。

母亲平安渡过难关，家里也多了个小公主，那是他和弟弟要用一辈子来守护的宝贝。

女儿的名字是闻桨起的，池琬。单名的字和两个哥哥的字寓意相同，皆有美玉之意。

原先池渊是想让女儿姓闻，闻桨却问："你难道没有发现，两个儿子的名字和我们俩的名字有什么联系吗？"

名字本身不复杂，池渊很快参透之间的联系："瑾宝的名字缩写和你的一样，瑜宝和我的一样。"

说完，他依旧疑惑："可这跟琬琬姓闻有什么关系？"

闻桨笑了笑，温声说："琬琬如果随你姓，她的名字缩写就是我们两个人的姓氏缩写。"

池渊恍然，倒是没想到还有这层巧合："那就听你的。"

闻桨见他答应得有些不情不愿，开玩笑道："那不然等将来我们再生一个孩子让她跟我姓？"

"不生了。"池渊不想再体会到当初的那种快要失去她的恐惧感，更不想让她再吃一次这样的苦，抿着唇道，"我现在已经很满足了。桨桨，孩子跟谁姓我不介意也不在乎，我想要的很简单，只要我们能够白头偕老一辈子就足够了。"

两人一起走过这么多年，闻桨当然也清楚自己当时在产房里生死不明时，池渊在外面也在受着同样的折磨。

他的担忧和恐惧，她比任何人都要清楚。

闻桨眼眶一热，侧身抱住他，既实在又温暖。他前不久才洗过澡，身上味道干净清爽，她埋首在他颈间，深深嗅了一次，忍着声音里的哽咽道："不会了，不会再有下一次了。"

池渊的眼尾也同样泛着潮红，神情温柔："我知道。"

小女儿在妈妈肚子里的时候安静乖巧，出生之后却截然相反，爱哭爱闹，比池瑜当初还要闹腾。

家里负责照顾她的阿姨在两个月内生生瘦了八九斤，都说没带过这么能闹腾的孩子。

闻桨和池渊也纳闷，明明当初怀着的时候，小姑娘可是一点没闹过，怎么现在就跟换了个人一样。

不过她是家里唯一的小公主，所有人都宠着她，就连一向推崇宠归宠但不溺爱的池渊，对这个小女儿也是无底线的纵容。

只要不是什么原则性的错误，池琬在他这里几乎受不到什么责骂，就连有时候两个哥哥犯了什么错，都会找妹妹帮忙，百试百灵。

小姑娘长到四岁的时候，性子有些骄纵，被父母送去幼儿园读书竟然还欺负小朋友。

闻桨接到幼儿园老师电话的时候，吓了一跳，连忙给池渊打了个电话，夫妻俩匆匆赶了过去。

到了幼儿园，事情经过有监控录像作证，确实是池琬先动手打人的，就连起因也是池琬自己不讲理。

大约是在闻桨和池渊来之前，老师就跟池琬说清楚了这件事情的对错，小姑娘虽然小但也不是完全不知事。

这会儿闻桨让她去跟对方道歉，她也是乖乖糯糯地说了声对不起。对方是个小男生，父母都是高级教师，对于犯了错的孩子总是会比旁人多些包容，也没多说什么，态度始终和和气气的。

这样反倒是让闻桨和池渊心里更加过意不去。

两方家长都不是什么暴脾气不讲理的人，事情解决得比想象中还要顺利，老师将两方家长送到幼儿园门口。

池渊和老师道了声谢，又微微躬身和对方家长道了声歉。

回家的路上，池琬安静地坐在父母中间，小脑袋垂着有些恹恹的。闻桨看了眼沉默不语的池渊，伸手把女儿抱到了自己怀里，柔声问道："琬宝今天知道自己做错了吗？"

"知道。"

"那你和妈妈说一说，到底哪儿做错了？"

池琬抬起头，咬了咬下唇，小手捏着闻桨的手指，糯声道："不该和小朋友吵架，也不该动手打人，妈妈，对不起。"

说到最后几个字，小姑娘的声音里明显带了些哭腔。池渊偏头看了过来，神情依旧严肃。

闻桨抬手捏了捏她的脸："你在家里，爸爸妈妈宠着你，是因为你是我们的女儿，哥哥们宠你，是因为你是他们的妹妹，我们大家疼你爱你是因为你和我们有关系。但是宝贝，你要知道，在这个世界上不是所有人都会宠着你的。你上次不小心磕破了膝盖，爸爸妈妈心疼得一夜都没睡着觉。你看你今天把那个小朋友的脑袋砸成那样，他的爸爸妈妈难道不会心疼吗？"

池琬咬着嘴唇，眼泪吧嗒吧嗒往下掉，伸着手去抱闻桨，哽咽道："妈妈，对不起，我以后不会这样了。"

池渊从旁边抽了张纸巾递过来，闻桨拿着给她擦了擦眼泪："好了，不哭了，宝贝。"

小姑娘心里既委屈又害怕，抓着机会哭了一路。

等到了家里，池渊脸上的严肃缓和了几分，从妻子怀里把哭到睡着的女儿接过来，垂着眸，神情若有所思。

闻桨从车里拿出女儿的书包，关上车门看着池渊："怎么了？"

"我在想——"池渊抬起头，"我是不是太宠着琬宝了，才让她养成了今天这个性子。"

"家里又不是只有你一个人宠着她。要说在琬宝这件事情上，其实我俩都有责任。"闻桨走过去，"我知道你是因为我当初生琬宝的时候不容易，才对她格外纵容，我也和你一样。"

当初因为这个孩子，闻桨等于是在鬼门关口走了一趟，琬宝也因为这件事从小就体弱多病。

琬宝两岁多的时候又因为心脏问题做了一次手术，虽然不是什么大问题，但闻桨每回只要想起这些事情，对这个女儿总会多一分心软。

"孩子是我们两个人的，对于她的教育也是我们两个人的责任。"闻桨说，"琬宝现在的性子是骄纵了些，但不管怎么样，我们至少还有挽回的机会不是吗？"

池渊轻轻叹了口气："你说得对。"

当天晚上，一家人坐在一起吃过饭后，池渊起身回书房，临走前把池琬也叫上了，神情看起来比平时要严肃许多，而小姑娘耷拉着脑袋，看起来蔫蔫的，不似之前池渊一喊，她就软绵绵笑着跑过去抱住父亲的小腿撒娇。

这场面转变得有些突然。

两个哥哥坐在桌旁互相看了对方一眼，池瑜在桌底踢了踢哥哥闻瑾的脚，眼神示意他问一问。

闻瑾放下手里的水杯，抬眸看向坐在一旁的闻桨，还没开口，闻桨像是知道他要问什么一般，淡淡开口："你妹妹今天在学校跟人发脾气，还拿玩具把别的小朋友脑袋砸伤了。"

听了这话，池瑜反应特别大，立马起身就要往楼上走，闻瑾虽然不似他那么大的动作，但脸上也写满了担忧。

闻桨看着两个儿子："这事是你妹妹做错了。她虽然年纪小，但也要为自己做的事情负责，你们俩不要插手。"

池瑜回了座位上："事情调查清楚了吗？真是琬宝先动手的？"

"老师把监控录像给我和你爸看了三遍。"闻桨抽了张湿纸巾擦手，"错确实是她的错，但主要责任还是在我和你爸身上，平时是我们太宠着她了，才让她养成这样胡闹的性子。"

"妈，要这么说，我们全家都有责任了。"池瑜一向喜欢这个妹妹，"琬宝她毕竟还小嘛，才四岁，什么都不懂。"

"就是什么都不懂的时候，我们才要更加好好地教育她。"闻桨说完，扭头往楼上看了眼，"好了，这件事你们俩就别管了，你爸自己有分寸。你们长这么大，见过他动手打你们吗？"

池瑜想到过去的某一刻，下意识缩了缩脖子，哑舌道："他不动手才吓人呢。"

闻桨有些哭笑不得。

不过也确实，随着年岁的渐长，池渊肩上的担子越来越重，在商场上浸染了多年，也养成了喜怒不溢于言表的习惯，光是眼神就足够震慑。

反倒是她，有了孩子之后性格也不似之前那么清冷寡淡，多了几分柔软，就连秦妗也说她这几年变化很大。

池琬那天晚上在父亲的书房也没受到什么责骂，只是被罚站了一个多小时，后来池渊又让她第二天去学校给小朋友道歉，并且邀请对方周末来家里吃顿饭。

这件事情之后，池渊和闻桨在对待教育孩子的问题上达成了空前的一致，在家里都是严父慈母的做派。

久而久之，三个孩子对于父亲都多了一丝敬畏，平时做事什么的都不再像以前一样随心所欲。

闻瑾和池瑜上高中那年，池琬在学校上体育课的时候，突然昏倒，被紧急送往医院之后，诊断出心脏出现了问题，需要二次手术。

这个消息让以往一向温馨和乐的家庭忽然蒙上了一层哀愁的阴影，池渊和闻桨暂时停了手边的工作，成天在医院里陪着女儿。

这几年池琬在父母的教育指引下，性格变化很大，不似以前骄纵，乖巧听话又有点古灵精怪。

她不像两个哥哥一个长得像妈妈一个长得像爸爸，池琬的长相结合了父母长相里所有的优点，五官出落得尤为精致，细眉桃花眼，漂亮又大方。

手术那天，池家人都来了医院，闻桨握着女儿的手，强忍着泪意："琬宝别怕，我们都在外面等着你。"

池琬轻轻"嗯"了声，抬手捏了捏闻桨的手指，没有说话。

闻桨别开眼睛，池渊将人搂进怀里，胸前的衣衫被妻子的泪水打湿，他也忍不住红了眼睛。

闻瑾摸了摸妹妹的脸："琬宝，大哥等你出来。"

"二哥也在这里呢。"池瑜屈指刮了刮她的鼻尖，"二哥托朋友在国外买了好几套乐高，就等着你回家一起玩了。"

池琬弯了弯唇，说了声"好"。

那天是个大晴天，闻瑾和弟弟池瑜站在窗前从晴空万里等到日暮西斜，等到城市灯火通明亮如白昼，宛如不夜城。

也是在这一刻，他们忽然能理解了当初母亲在产房遇危时，父亲那时的脆弱和恐慌。

人在生死面前是何其渺小。

死亡可以带走一切，也可以抹掉一个人在这个世界上所有的痕迹。

好在老天又一次眷顾了这个家庭，池琬的手术很顺利，没有出现什么危险情况。

晚上八点多，手术结束。池琬在麻醉的作用下到第二天早上才醒过来，病房里这会儿只有池渊一个人。

父女俩对视一眼，池琬笑了出来。长这么大，她还从没见过父亲这么不讲究的模样，只是笑着笑着，眼泪也跟着流了下来。

她隔着一层呼吸罩，声音微弱："爸爸……"

池渊喉间一哽，抬手捂住脸，隔了半晌再松开手时，眼眶红得不像样，脸上全是泪痕。

他握住女儿的手，垂着头，眼泪落在被子上。

池琬这一病，打破了闻桨和池渊之前所有的底线，对她几乎都到了有求必应的地步。

他们没能给女儿一个健康的身体，这是为人父母的亏欠，也是弥补。但池琬已经不是当初那个只有几岁的小姑娘，父母的宠溺没有成为她再做回当初那个骄纵小公主的理由。

她也学会了体谅和理解，没有对不起父母这么多年来的栽培。

三年时间一晃而过，转眼又到了蝉鸣不绝的季节。

这一年，闻瑾和池瑜迎来了彼此的十八岁，也迎来了彼此高中生涯里最后一场考试。

溪城的盛夏依旧炎热烦闷，高楼大厦遍地起，街道车水马龙，城市十年如一日。

家里两个孩子自小学习成绩就拔尖，闻桨和池渊也未曾费过什么心思，高考这天也只是像往常一样，开车将两人送到考点之后，便赶回了公司。

马路上随处可见"禁止鸣笛"的字样。

最后一场考试铃声在八号下午五点准时打响，闻瑾拿着笔和准考证从教室里出来。

他快步下了楼，等走到某一处却又忽然放慢速度，直到从余光里看到熟悉的身影正朝着自己跑来，才弯了弯唇又加快了速度。

女生很快跑了过来，书包背在前边，手里拿着一个魔方，只是拼了好久都没见拼成一个整面。

闻瑾从她手里把魔方接了过来，单手转着魔方，很快便将六面都恢复成了整面。

还回去的时候，他还不忘吐槽一句："你怎么还跟小时候一样这么笨。"

女生撇了下嘴角，小声嘟囔着："我又没有让你帮忙。"

"你说什么？"

她立马一笑，说了最没说服力的三个字："没什么。"

闻瑾盯着她看了几秒，最后什么也没说，只是抬手在她脑袋上揉了几下，转身往前走的时候，嘴角挂着一抹淡淡的笑意。

女生愣了几秒，回过神之后又笑着追了上去。

高考完的这天晚上，池家爆发了有史以来最大的一次争吵，两个孩子都不愿意听从父母的安排去读金融。

闻瑾想学医，池瑜想学物理。

这是池渊和闻桨还没有来得及考虑的问题，池瑜和池渊吵了一架之后，直接夺门而出。

相较于弟弟的冲动，闻瑾则依旧冷静沉稳，有条不紊地向池渊坦述自己不想学习金融的理由。

这些争吵的场面太熟悉了。

闻桨想到了很多年前的自己，轻轻叹了声气，上前一步拉住了还在盛怒之中的池渊。

夫妻俩相携多年，一个眼神就知道彼此心里在想些什么。

池渊看了看妻子，又看了看如今已和自己身高差不多甚至比自己还要挺拔一些的儿子，终究是松了口："你回去再考虑考虑吧。"

闻瑾看了眼父母，说了声"好"。

等到人走出去，闻桨看着摆在书桌上的全家福："不然就让两个孩子去做他们自己想做的事情吧。"

"我何尝不想。"池渊牵着妻子的手，岁月将他的脸部轮廓修饰得愈发成熟，"只是这么大的家业，他们不担起来，难不成将来还交给琬宝吗？"

闻桨说："也不是没有其他办法。"

池渊叹了口气："再说吧。"

不过还没等到这个再说的时候，家里又出了件事情，出高考成绩的这一天闻桨接到了一通来自平城的电话。

蒋远山去世了。

打电话来的是蒋远山的秘书，他在电话里告诉闻桨蒋远山把自己名下这些年积攒的家产全都无条件赠予她。

得知了这个消息之后，闻桨心里也没有太多波动，很快联系了相关人员，池渊陪着她一起去了趟平城。

蒋远山的后事已经处理妥当。按照遗嘱，他没有给自己立碑，骨灰也被撒到了大海深处。

是流浪也是惩罚。

闻桨去了趟他曾经住过的别墅，在那里听完了蒋远山的遗嘱。听完之后，她沉默了很久。

池渊握了握她的手。

她回过神来，淡声说："关于蒋远——蒋先生赠予我的所有资产，我决定全部捐献出去，具体事项我的律师会和您沟通处理。"

"好的。"负责处理蒋远山遗嘱的律师应了声，合上文件之后，又看了眼这个这么多年从未在蒋远山身边出现过的女儿。

闻桨没有在意这些，也没有在这里多停留。

回到溪城后不久，闻桨生了场大病，昏昏沉沉睡了小半个月，池渊和三个孩子彻夜在病床边陪着。

对于这个从未出现过的外公，他们三个充满了疑惑。

后来，池渊在一个阴雨天的午后，坐在闻桨的病床边把过去的来龙去脉说给了孩子们听。

事情太多也过去太久，池渊说完这些的时候，外面的天已经完全暗了下来，雨声依旧淅沥。

池渊替妻子掖了掖被角："好了，今天不早了，你们都先回去吧，今晚我留下来陪妈妈。"

池琬捏着闻桨的手指："我也要留下来。"

池瑜也举手："我也是。"

池渊抬头看了眼没作声的闻瑾，笑起来的时候眼角都有了细纹："瑾宝看来也是了。"

闻瑾抬眸对上父亲的目光，轻轻"嗯"了一声。

晚上池渊留在里面陪着闻桨，三个孩子拼了张床睡在外面。夜里医院安静下来，衬得外面的雨声格外清晰明了。

池琬年纪小心里不装事，很快就睡着了。

闻瑾起身给她盖了被子，回过头看到池瑜依旧醒着，问了句："你怎么还不睡？"

"你不也没睡吗？"池瑜拥着被子坐起来，"哥，我们聊会儿天吧。"

闻瑾笑了声，靠着墙躺下来："想聊什么？"

池瑜低着头，手指无意识地在被单上打着圈："我还真挺意外的，妈妈当初也面临过和我们现在一样的情况。"

"我也是。"今天从父亲口中听到的关于母亲的描述，完全颠覆了闻瑾对母亲之前的印象。

"你说妈妈之前从医院辞职的时候，是什么心情？"池瑜抬起头，"哥，你还想学医吗？"

"想。"闻瑾看着他，"你呢？"

池瑜想了会儿，摇了摇头："我不知道。"

"那就去学吧，哥支持你。"闻瑾说，"你上次让我替你去附中拿资料的时候，你们班主任提到你当初放弃保送清大的事情，问我考去清大和保送去清大到底有什么不一样。"

池瑜没想到这中间还有这一茬，愣了一下，才道："我那是当时还没想好要不要去清大，不想那么早定下来才放弃的。"

闻瑾盯着他的眼睛："池瑜，你知道的，你骗不了我。"

好半晌，池瑜才松口："好吧，我就是怕如果我保送了，你就要一个人面对现在这种情况。"

闻瑾笑了一声："这有什么。"

"怎么没有什么。"池瑜道，"我们是兄弟，我怎么可能会抛下你一个人，再说了，有一个人分担火力不是更轻松些吗？"

"那你觉得我们现在有轻松些吗？"闻瑾轻笑，"不早了，睡觉吧。"

"得嘞。"池瑜躺下来，和闻瑾背对背，"哥，晚安。"

"嗯。"

房间里安静下来。

两个人相对而卧，呼吸声清晰明了，却始终都没有睡着。

良久后，池瑜翻了个身，面朝着天花板闭上了眼睛，呼吸声逐渐平稳。闻瑾回头看了他几秒，神情若有所思。

闻桨在两兄弟填志愿前两天醒了过来，一场大病让她失了不少精气神，脸色苍白脆弱。

午后，池渊回家拿衣服，顺道送池琬去补习班。

兄弟俩留在病房里陪着闻桨。

闻瑾削了苹果切好放到闻桨手边，池瑜从旁边倒了几根牙签插在上边，自己直接用手拿了一块丢进嘴里，感慨道："我哥这拿手术刀的手就是不一样啊，削出来的苹果都比一般人的甜。"

闻瑾："……"

闻桨看着兄弟俩捧哏逗哏，眼里心里都是软的，拿牙签插了一块苹果："爸爸那天也不是故意要朝你们发脾气。"

兄弟俩愣了几秒，池瑜先开了口："我们都知道，爸爸也是想让我们能担起家里的责任。妈妈，你生病的这段时间，爸爸把之前的事情都跟我们说了，包括外——那个谁，还有你之前的所有事情，爸爸都和我们说了。"

闻桨笑得有些无奈："你爸怎么什么都跟你们说。"

三个人就着这个话题聊了一会儿。闻桨看着两个儿子，心里已经先妥协了："妈妈也是从你们这个时候过来的，知道不让你们做自己想做的事情，你们心里有多难过。算了，我和你爸这么多年也过来了，公司的事情就不强求你们两个了，你们想做什么就去做吧，妈妈支持你们。"

一直没开口的闻瑾想说些什么："妈——"

闻桨握住他的手："不用说妈妈都知道，你爸爸那边我会去开导他，这事你们就不用担心了。"

池瑜看着倒像是没心没肺的："老妈万岁！"

闻桨笑着摇了摇头，神情宠溺。

有了闻桨的这句准话，闻瑾和池瑜填志愿的事情就顺利了很多，彼此之前都有想去的学校和专业，几乎没有多费什么心思。

填完志愿那天，一家人出去吃了顿饭。

闻桨自从出院之后，公司的很多事情都放手给了手底下的人。池渊也减少了工作量，甚至已经在联系合适的职业经理人为以后做准备。

池父池母知道两个孩子的选择之后，也没多问，毕竟现在时代不同了，思想也有了变化。

他们也不再像以前那么强求什么，儿孙自有儿孙福。

盛夏的一天，池瑜接到班主任林老师的电话，回学校拿了通知书，回来的时候闻桨和池渊还有闻瑾、池琬都坐在客厅里看电影。

池瑜从外面怒气冲冲地跑了进来，手里拿着自己的通知书，神情格外严肃："闻瑾，你跟我出来。"

闻瑾看了他一会儿，见他丝毫没有退让的意思，只好放下手里的魔方，起身跟着他走了出去。

夫妻俩对视一眼，都觉得有些莫名其妙。

"他们兄弟俩这是怎么了？"闻桨问。

池渊也摇了摇头，但也没不管不问："琬宝，去看看你两个哥哥在外面做什么。"

"好嘞。"池琬从地上爬起来，轻手轻脚走了过去。

屋外。

闻瑾刚走出去，走在前边的池瑜突然转过身，把手里的通知书丢到他面前："你凭什么？"

闻瑾没回答他的问题，而是把通知书打开看了眼，看到录取院校是清安大学物理系的核物理专业后，才又合上，抬头看着池瑜："这不是你一直以来的梦想吗？"

"什么梦想！"池瑜怎么也想不到他哥还留着这一手，气到没忍住爆了粗口，"这根本就不是我之前填志愿写的学校。"

闻瑾看着他，没说话。

池瑜气到脸发红，眼睛也跟着红了："我问了林老师，他说那天我填完之后，我又回去改了一次志愿。"

闻瑾神情坦然："你的志愿是我回去改的。"

"你凭什么改我的志愿？"池瑜大声吼道，"我现在就是想学金融！就是想去京大！你凭什么不经过我同意就改我的志愿？！"

"池瑜，你冷静点。"闻瑾上前想拍他的肩膀，但又怕被打，手抬了一半又放了回去，"你有多喜欢物理，我比谁都清楚。你之前已经为了我放弃过一次，这一次就不要再任性了，好好去学，哥等着你为国家做出贡献。"

"你浑蛋！"池瑜吼完跟没了什么精神一般，往后退了几步，腰抵着栏沿，有些丧气地低着头。

安静了一会儿。

闻瑾听见他的抽泣声，有些无奈地笑了声："不是吧，池瑜，你都多大了，还哭。"

池瑜抬头看着他，有些撒泼似的："怎么了？哭怎么了？我被人改了志愿我难过我想哭不行啊。"

闻瑾笑出声来，上前一步把人抱进怀里："好了，这件事是哥做错了，哥跟你说声对不起行了吧？"

池瑜听了心里更难受了。

躲在门后的池琬又轻手轻脚地跑回了客厅，把自己听到的两个哥哥之间的对话一字不差地重复了一遍。

池渊和闻桨听完皆是愣了许久。

过了一会儿，池瑜推门进来头也不回地上了楼，闻瑾跟在后边，手里拿着他的通知书，看了看消失在楼梯口处的身影，抬脚朝着客厅这处走来。

他将池瑜的通知书放在茶几上，屈指在池琬的额头上崩了一下："胆子大了啊，敢偷听哥哥们说话了。"

池琬捂着额头躲到池渊身旁："是爸爸让我去的。"

"惯得你。"闻瑾说完，看了看父母，笑得坦然，"事情你们也知道了，池瑜本来是想学金融的，是我去改了他的志愿。爸、妈，对不起，池瑜很喜欢物理，他之前本来有直接保送的机会，却因为我放弃了，我这次是为了还他这个情。我是池瑜和池琬的大哥，也是家里长子，公司的事情就交给我吧，我不会让你们失望的。"

闻瑾从小到大都很懂事，无论是生活和学业都没有让他们夫妻俩费过心，但是他们没有想到他会懂事到这个地步。

闻桨抬手抹了抹眼睛，迅速站起身，声音都在发抖："我去看看晚饭准备得怎么样了。"

池渊拍了拍池琬的脑袋："去陪陪你妈妈。"

"好。"池琬从沙发上下来，路过闻瑾身边时，忽然倾身抱住他，在他耳边轻声说了一句话，"大哥，你等等我，等我长大了，我来帮你一起分担。"

闻瑾喉间一哽，抬手拍了拍她的后背："好，大哥等你。"

池渊在一旁看着自己这个大儿子，心里感到欣慰的同时又特别心疼，像是一根小针扎在心上，让人耿耿于怀，久久不能平息。

晚上吃饭的时候，池瑜顶着一双肿得跟桃子差不多的眼睛坐在桌边，也不说话。

本来是个高兴的日子，家里的气氛却莫名有些伤感。

闻瑾剥了几只虾放到池琬的餐碟里，像是没注意到这些，匆匆扒了几口米饭后放下筷子："我吃好了。"

闻桨的眼睛也是红红的，显然是哭过："不再喝点汤了？"

"不用了。"闻瑾从桌边起身，样貌清俊文雅，笑意温和，"我改志愿的事情，一直都没告诉你们未来的儿媳妇，本来我觉得没什么，但我看你们今天这样，我还真有点不放心。"

这话说得突然，一桌子人都愣住了，连一晚上都没说过话的池瑜都抬起头看着他。

闻瑾笑出声来："怎么了，都这么看着我？"

池琬两只眼睛就差写上"八卦"两个字了，语气兴奋："大哥，你什么时候有女朋友了？"

闻瑾皱眉想了一会儿："大概是从上小学一年级的第一天就有了吧。"

池琬撇了撇嘴角："拜托，你撒谎也要考虑一下现实好不好？你小学一年级才多大啊。"

"问妈妈，妈妈知道。"闻瑾不和他们多解释，"我先走了，晚上会回来的，就是会晚点，你们不用等我。"

等他走后，闻桨也是一脸茫然："我知道什么？我什么都不知道啊！

他一年级都是多少年前的事情了。"

直到吃过饭，一家人坐到客厅继续看电影时，闻桨抬眼看到放在茶几上的魔方，记忆忽然回到十多年前那个夏末，想起来了那个被自家儿子嫌弃到不行却又说什么都不肯换掉同桌的小女生。

她哑然失笑，心里那点伤感在无意识间散了几分。

闻瑾晚上回来已经快十一点了，父母都已经歇下。他开了门，在玄关处换了鞋，朝里走的时候被坐在沙发上突然出声的池瑜吓了一跳。

"你怎么还不睡觉？"闻瑾径直朝着餐厅走去，桌上是闻桨给他留的绿豆汤，他没喝，去厨房拿了瓶冰水，又回了客厅，在沙发另一侧坐下，"问你话呢。"

池瑜看着他："睡不着。"

"还在想着我改你志愿的事呢？"

"是，想着呢，这事我要记一辈子。"池瑜觑了他一眼，"和我未来嫂子谈得怎么样？"

"还行。"闻瑾笑，"虽然不在一个学校，但至少还在一个城市，她没你那么不能接受。"

"去！"池瑜坐起来，"你过来。"

"干吗？"闻瑾拧上瓶盖往后靠着沙发，"我不过来，我怕你打我。"

池瑜有点不耐烦："快点。"

"行，你是祖宗。"闻瑾轻扬着眉毛，起身走到他面前。

"弯腰。"池瑜说。

闻瑾照做，腰刚弯了一点，池瑜忽然迎了上来，他下意识以为真要挨打，心陡然一跳，结果下一秒，迎来的不是拳头，而是一个温暖的拥抱。兄弟俩抱一会儿，池瑜在他耳边说："谢谢你，哥。"

闻瑾一笑："我刚才真怕你打我。"

池瑜推开他："那你怎么不躲？"

他轻轻啧了一声："那你不是也没打我吗？再说了，我要是躲了，你可就抱不到我了。"

"滚吧，谁想抱你。"池瑜弯腰踩着拖鞋，起身往楼上去，"我睡了，晚安。"

"睡吧。"

闻瑾看着他的身影，抬手揉了揉太阳穴，唇边勾着一抹极浅的笑意。

几天后，闻瑾也拿到了属于自己的通知书，也在同一天，他把女朋友带回了家。

后来，盛夏的一天傍晚，池渊请了摄影师来家里拍全家福。

拍完全家福之后，三个孩子挤在摄影师旁边翻看之前拍过的照片，闻桨和池渊站在一旁，神情温柔地看着他们吵着、笑着、闹着。

夏天有温柔的风和浪漫的黄昏，还有爱人之间的千言万语。

"桨桨。"

"嗯？"

"我爱你。"

"我也爱你。"

番外四

最浪漫的事

/ 我能想到最浪漫的事 / 就是和你一起慢慢变老 /

——赵咏华《最浪漫的事》

一晃四年，闻桨和池渊的大儿子闻瑾在这年盛夏从国内最高学府毕业，开始全面接手家里的事业。

闻瑾高中时志不在此，曾经也因为志愿的事情和父亲大吵过一架，后来母亲闻桨出面说服了父亲，夫妻俩退让了一步，没再插手他和弟弟志愿的事情，但没想到，闻瑾到最后还是擅自改了自己的志愿，主动担起了家里的重担。

十八岁之后，闻瑾便没了自己的时间，平时在学校纸上谈兵，周末到公司躬行实践。

大二暑假那年，池渊将南方的一所分公司交给闻瑾练手。

不过一个暑假，他便崭露头角，在四个月后顺利解决了分公司在经历破产到被并购后所遗留和暴露出的历史问题。

闻桨得知后，笑叹："瑾宝是越来越有你的样子了。"

池渊轻笑出声："我怎么觉得更像你多一点。"

多年前，闻桨在不得已的情况下弃医从商，接手一个偌大的闻氏，从默默无名的闻家大小姐做到业内人人皆知的闻总。

这其中的辛酸和努力不是一两句话就能说完的事情。

"像谁都好啊。"闻桨想到什么，语气带了几分叹然，"只是难为他了，小小年纪，就要担上这么重的担子。"

池渊知道妻子还在为闻瑾当初改志愿的事情而遗憾和内疚，只是事已至此，选择大于一切。

他劝慰道："作为长子，这是他的责任，我们也要相信瑾宝的决定，如果连我们都觉得可惜，对瑾宝来说无疑是一种伤害。"

"也对，都到这个时候了，我再说这些又有什么用。"闻桨摇头轻叹，万般感慨。

闻瑾的成长速度远超所有人的想象。

毕业两年，他将池氏的管理层做了一次大换血，这其中不免触碰到一些守旧派的利益。一时间池氏的管理层风雨飘摇，甚至有传闻说有高层在高价抛售池氏的股份。

池渊虽然满意儿子雷厉风行的行事做派，但担心他年少气盛，有些问题看得不全面，免不了容易在阴沟里翻船。

耳提面命了几次，闻瑾也听进去不少，私下里和父亲沟通时，也沉稳了许多："墨守成规不是池氏的风格。这几年新能源科学与工程、核工程与核技术都越来越火热，如果我们只是抱着人工智能这一棵大树，早几年也许还能扶摇直上，再往后只会被大浪淘沙替换在历史的洪流里。"

"你的主意向来多。"池渊停笔，抬头朝儿子看过去，"放手去做吧，我和你妈妈永远是你的后盾。"

闻瑾没太意外，眼里涌出几分笑意："谢谢爸。"

"一家人不说两家话。"池渊拿起一旁的湿毛巾擦了擦手，走过去试图揽着儿子的肩膀往外走，却发觉时光飞逝，以前还跌跌绊绊跟在他身后的小男孩不知什么时候已经比他还要高出一截。

他笑叹："爸真老了啊。"转而拍了拍儿子的肩膀："走吧，该下楼吃晚饭了。"

闻瑾"嗯"了声，又在池渊走出书房前说了句："爸，不管过了多久，你在我心里永远是这个——"

他比了一个赞的手势。

这一点也不像闻瑾平时的风格，惹得池渊哈哈笑了两声："你现在比瑜宝还会哄人了。"

闻瑾摸摸鼻子，笑着没说话。

屋外池瑜跑来敲门："两位总裁，聊完公事没啊，咱家老大可是发话了，谁最后吃完饭谁刷碗哦。"

池渊应声，和闻瑾一前一后走出去。池瑜笑嘻嘻叫了声爸，溜到后边和闻瑾并行："看来今天聊得还行，妈在底下担心死了。"

这两年，闻瑾虽然成长迅速，但年轻人和过来人的思想到底是有所不同，父子俩免不了起了几次争执。

每回闻瑾回来和池渊进了书房，闻桨都在底下担心得不行，生怕父子俩再起隔阂。

"爸没你想的那么古板。"闻瑾拍开池瑜搭在自己肩上的胳膊，"你好好走路。"

"哼，爸是没那么古板了，我看你倒是越来越有老古板那样子了。"池瑜笑着收回胳膊，"也多亏是从小培养了个对象，不然就你这个性子，我估计到死都不能叫出那一声嫂子。"

闻瑾无所谓地笑着："总比你二十好几，连初吻都还没送出去的好。"

池瑜："……"

楼下餐厅，池琬帮着母亲摆好碗筷，瞧见楼梯口处快要打起来的两个哥哥，看好戏不嫌事大，朝厨房里喊了声："妈妈，你快来，大哥和二哥打起来了！"

正要去厨房帮忙的池渊回头看了眼，伸手拦住从里面出来的闻桨："没事，俩小孩闹着玩呢。"

闻桨不放心："都多大了，还闹着玩，也不怕摔着。你怎么也不管管？"

"瑾宝有分寸，兄弟俩这几年很少见面，就随他们闹去吧。"池渊接过闻桨手里的汤勺，站到锅前，"家里不是有阿姨，干吗还总是自己动手，别到时候累着自己了。"

闻桨早些年生池琬时落下病根，这几年身体总是大小毛病不断。前些年她从闻氏退下来之后，池渊特地请了老中医给她调理身体，每月各种中药补汤喝个不停，养得格外精细。但她自己又闲不住，每逢三个孩子回来，总要亲自下厨做几顿饭。

"孩子们都大了，平时上班上学，也难得有空聚在一起。再说了，我又不是七老八十了，做顿饭也不是什么体力活，我自己的身体自己清楚。"闻桨拍拍池渊的胳膊，"你别大惊小怪的。"

"我还不是担心你。"池渊捏着汤勺在锅里搅着，提到在书房里发生的事情，轻叹，"桨桨，原来时间过得那么快，我竟然一点也没察觉。"

"是啊，一晃都二十多年了。"闻桨瞧见他黑发里面夹杂着一些白发，"你都有白头发了。"

池渊关了火，陷入回忆里："还记得我们刚认识的时候，总是针锋相对，还没聊几句我就要被你气死了。那时候的我怎么也想不到，还能有这样的一天。"

闻桨笑了声："谁让你那会儿总是惹我不高兴，还说什么要你结这个婚，你就从楼上跳下去。"

往事不堪回首，池渊轻笑出声："但幸好，我们还是走到了一起。桨桨，你知道吗？我一直都觉得这是我一生中做过最正确的决定。"

他回头望着妻子的眉眼："也因为有你，我会觉得变老也是一件很浪漫的事情。"

闻桨眼眶微热："遇见你，也是我一生中最幸运的一件事。"

年少时，总以为强扭的瓜不会甜，用尽力气想要挣脱，可谁又能想到，它也会有瓜熟蒂落的一天。

这个夏天很快过去，冬天来了，春天也来了，在下一个夏天来临之时，池家迎来一件喜事。

闻瑾向女友颜歌求婚成功，婚期定在下一年的秋天，是他们初遇的那一天。

整个婚礼筹备过程都是闻瑾亲力亲为。婚纱是闻桨托朋友约的一位美籍华人设计师纯手工定制的，花费了不少心思。

婚礼当天，看着颜父红着眼眶将女儿交到闻瑾手里，池渊和闻桨想到自家还未出嫁的池琬，心里多少有些不是滋味。

"琬宝过几年也要嫁人了。"池渊在新郎吻新娘的热烈掌声里，低头避开了摄像师的镜头，藏住了微红的眼角。

闻桨挽住他的胳膊，眼睛也有些发红："琬宝长大了，总要有那么一天的。"

夫妻两还在感慨，台上的池琬抢到了新娘的捧花，笑着道："借花献佛，替我二哥许个愿望，希望他在三十岁之前可以脱单，早日摆脱寡王这个称号！"

现场一片笑声，池瑜黑着脸跑上台捉人。池琬溜得飞快，跑到闻桨身旁："妈妈！你看二哥！我好心给他祝福，他怎么还不领情呢！"

池瑜快气死了，当着父母的面也不好动手，只能狠狠道："池琬，你死定了。"

池琬躲在父亲背后做鬼脸："二哥，你看大哥都抱得美人归了，你也快点啊，不要让妈妈担心呢。"

池瑜懒得搭理她，从一旁的桌上拿了瓶水，拧着瓶盖往外走，稍快的步伐没注意，转身撞到了人，手里的水也撒了人家一身。

"抱歉。"池瑜率先拧上瓶盖，再抬眼，见女生肩侧到胸前那一片都湿了，又道，"真不好意思，刚才没注意到有人过来。"

女生穿的是薄衫裙，沾了水，有些尴尬，胳膊下意识抬起来遮了下，微红着脸说："没事。"

池瑜注意到，将水放到一旁的垃圾桶盖上，脱了自己的西装外套递了过去："不嫌弃的话先披着吧。"

"……不麻烦了，我等下就回去了。"

"你这样怎么走？"池瑜又扬了下手，"先披上吧。"

"谢谢。"女生接过去披在肩上。西装宽大，下摆垂至腿侧，整个人显得格外娇小。

池瑜垂在腿侧的手指轻敲了两下："在这儿等我一下，我叫我妹妹带你去换衣服。"

女生点了点头。

池瑜往回走了几步，转弯时回头看了眼，女生真就乖乖站在原处，微微低着头，一前一后地踮着脚。

他收回视线，莫名笑了下。

那天婚礼结束后，池瑜从池琬那里拿回自己的西装，回家的路上，他在外套口袋里摸到一个异物。

拿出来一看，是一张撕得并不怎么整齐的白纸，上边写着两行字。

今天谢谢你，改天请你吃饭。嗯……另外还有件事，提前跟你说声抱歉，就是……我找你妹妹要了你的微信，备注是宁愿，你如果看见的话，可以同意一下吗？

池瑜盯着那张纸看了一会儿，摸出手机点开微信，看见新朋友那一列有一个新的好友提示。

他点进去，对方的头像是很可爱的卡通动漫人物，昵称叫宁愿，备注也是宁愿。

三秒后，池瑜点了同意。

坐在一旁的池琬凑过来，认出那个熟悉的头像，惊呼一声："哇！我们家的铁树终于要开花了吗！"

池瑜："……"

几分钟后，池渊和闻桨听完铁树开花的来龙去脉，都笑着打趣池瑜，说："看来琬宝今天许的愿望要灵验了。"

池瑜一句话也不想说，闭着眼睛装睡。

车外的光影闪烁斑斓，载着这一车的欢声笑语往家里的方向驶去。

这一年，又是很圆满的一年。

池小池出生那年，池渊从池氏退了下来，在家里逗猫养鸟照顾孙子，日子过得滋润闲适。

小家伙大名叫池正，是池渊父亲去世前定好的字，小名是闻谨夫妻觉得顺口随便起的。

池小池打小就皮，闻桨和池渊都管不住他。他在他们身边待到四岁，被闻瑾提前塞进了幼儿园。

身边冷不丁安静下来，老夫妻俩又有些不习惯。

闻桨早上在花园里浇花，没人来捣乱了，叹道："也不知道小池在幼儿园习不习惯，这一会儿没见，又有点想了。"

在一旁逗鸟的池渊笑道："要瑾宝把人接走的是你，现在想的又是你，哎，你可真难伺候啊。"

闻桨喷壶的口一歪，水浇了池渊一脚。

池渊连"哎"几声走开："这么多年了，一说不过我，你就动手的习惯是一点都没改。"

闻桨笑着没搭理他。

这天晚上，平城落了场大雨，院子里的花虽然搬运得及时，但多多少少还是有些损失。

闻桨站在窗边，瞧着地上那些残枝败叶，只觉得可惜。

这些花种都是池渊给她搜罗来的稀品，她精细地养着，从埋下种子到花开，这中间不知道花了多少精力。

池渊从楼上下来，给她披了件外套："下雨了，怎么还站在这儿？别着凉了。"

"花，可惜了。"闻桨叹了声气，挽着丈夫的胳膊回了卧房。

这之后不久，闻桨便随着那些败掉的花一起病倒了。

她早年间就落下了病根，这十多年虽然被很好地养着，但年纪大了，有些事情在所难免。

闻桨这一病，吓坏了池渊和三个孩子，尤其是池渊，几乎是彻夜不离地守着，人也跟着老了许多。

一日午后，闻桨吃了药睡着后，闻瑾担心父亲的身体扛不住，把人劝去了隔壁卧房休息。

三兄妹围坐在病床边，好像一瞬间回到了十多年前，闻桨也生了这么一场病，他们守着陪着，没多久母亲就痊愈出院，一家人又幸福和谐地过着日子。

只是时过境迁，早已长大成人的三兄妹都清楚，这一次恐怕和以前不一样了。

池琬握着母亲的手，不知怎么想到这里，眼泪吧嗒吧嗒就落了下来。

闻瑾瞧见了，但什么也没说，默默别开了头。池瑜削苹果的动作一停，气氛有些沉闷。

池琬掉了会儿泪，看着闻桨手背上的针孔，哑声道："妈妈会离开我们吗？"

"不会的。"池瑜重新削着苹果，"妈妈还没看到你嫁人呢，怎么会离开我们？还有这话，你别在爸爸面前说。"

闻瑾倾身拿到抽纸盒递过去："琬宝，别哭了。"

池琬拿纸巾盖住眼睛，但很快又沾湿了。她哑着声音，抽泣道："哥，我好害怕。"

池瑜没吭声。

闻瑾起身走到妹妹面前，像小时候一样揉着她的脑袋，安慰道："哥在这儿呢，别怕。"

三兄妹都很难过，可是他们都清楚，池渊的难过要胜过他们千倍万倍。

闻桨睡到夜里才醒来，一睁眼就看见坐在床边打盹的池渊。她没叫醒他，转头看向一旁。

池瑜缩在短窄的沙发上，闻瑾和池琬并不在这里。

她闭上眼睛缓了一会儿，再睁开眼，池渊却像是察觉到什么，人跟着醒了，见她也醒着，低声唤道："桨桨。"

她应声，声音却依旧虚弱。

池渊抓起她的手贴在脸侧："你那些花，瑾宝已经差人去南边寻新的花苗了，等你出院，我陪着你重新养。"

闻桨点点头："好。"

"小池下午也来了，到晚上你还没醒，瑾宝就送他和小颜先回去了；琬琬医院有事，临时被叫了过去。"池渊絮絮叨叨说了很多，到最后却还是没忍住，红着眼眶道，"桨桨，别离开我，别走在我前头。"

闻桨的眼泪顺着眼角滑落，答应的话却怎么也说不出口。

睡在一旁的池瑜不轻不重地翻了个身，脸朝内，眼睛仍是闭着，只是眼睫颤动，泪流不停。

闻桨在医院度过了一整个秋天，在立冬那天出院。

家里闻瑾早就差人彻底打扫了一遍，池琬更是迷信地在家里供上一座佛像，日日上香，祈祷上天庇佑母亲平安健康，长命百岁。

这一年很快到了头，除夕那天，闻桨难得有了些精神，一家人吃了年夜饭，坐在客厅守着几十年如一日的春晚。

伴随着电视里零点钟声的敲响，新的一年来了。

闻桨裹着毯子靠在池渊怀里，听着那首一直被传唱下来的《难忘今宵》，缓缓闭上了眼睛。

"池渊。"

"嗯？"

"新年快乐。"

池渊低头贴着她的脑袋，低声道："新年快乐。"

这是新的一年，也是池渊和闻桨携手共度的第三十三年。

往后，他们一定还会有许多年。

番外五

子非渝，焉知渝之乐

（一）

夏末时节，溪城的各所院校又涌进一批新鲜陌生又充满朝气的面孔，仁立在市府街头的建筑大学迎来开学季的同时也迎来了建校一百五十年的庆典。这所百年老校历经风雨，培育出一代又一代优秀杰出的建筑师。

每年校庆，学校总会给往届的毕业生发去一封由校领导和各位老教授亲手书写印制的邀请函。

许南知作为当年的优秀毕业生之一，早在收到邀请函之前就先接到了学校老师的电话，希望她在校庆那天作为她那一届的学生代表上台演讲。

"周老师，演讲我还是算了吧，你知道我的，不擅长走这一套。"日暮西斜，许南知从建筑院里出来，沿途是一大片遮天蔽日的法国梧桐，"而且我们那届的优秀毕业生又不止我一个，像林安安、李楠远他们以前在学校都是专业搞演讲的，现在混得也不错，您找找他们呗。"

临近校庆，周老师的工作也很忙，电话里没和许南知说上几句，旁边就有学生来找他办事。

他在这件事情上匆匆下了决定："演讲就先这么说定了，老师还有事，回头再和你联系。"

许南知听着电话里的忙音，无奈地笑了声，这么多年过去，周老师还是一点变化都没有。

她也收了手机，快步走向停在路旁的黑色轿车，拉开车门坐进去的同时，刚安静下来的手机又响了起来。

许南知看了眼来电显示，把手机丢了回去，没过三秒，叹了口气又伸手拿了过来。

电话因为长时间无人接听转为未接来电，系统栏跳出通知的下一秒，又冒出来一条微信。

温女士：忙完记得给我回个电话。

车在路边晒了一天，车内的空气沉闷难闻，许南知开了冷气又降下车窗，点开之前那通未接电话回拨了过去。

她垂着眸子，手指无意识地敲着窗沿，盛夏傍晚的风残留了几分白天的温度，温温热热的却不干燥。

电话接通比想象中要慢。

在她看到第五个穿着黄色工作服的外卖员骑着电动车从马路上飞驰而过时，听筒里才传来许母温君和的声音，一如既往的淡然平和："忙完了？"

许南知"嗯"了声，又稍加解释："刚刚在开车，没注意听。"

"最近工作怎么样？"

"还好，老样子。"许南知伸手关了冷气，"过几天有个新项目，可能要出差一段时间。"

"什么时候去？"

"还不确定。"

听筒里安静了几秒，许母重新开口："你爸爸有个老朋友最近从国外回来了，我们两家打算这周末见面吃顿饭，你也回来一趟吧。他有个儿子和你差不多年纪，也是单身。"

许南知闭了闭眼，往后仰着头："我这周末要加班。"

"如果你真的这么忙，我会让你爸爸给建筑院的领导打个电话，帮你请一天假。"

许南知的呼吸沉了沉，语气有些无奈："妈，您能别逼我了吗？"

"我们也是为你好。"许母说，"你二十八了，不是十八岁的小姑娘，你现在已经没有任性的资本了。"

见许南知不接话，她又说："听话，周末回来一趟，只是见见面，也没说让你们立马就结婚。"

大概也是觉得这事没有回旋的余地，许南知在沉默片刻后，最终还是选择了妥协："我知道了。"

"好，开车注意安全。"

挂了电话，许南知整个人如同泄了气般趴在方向盘上。不过几分钟的时间，她又收敛起所有情绪，发动车子离开了这处。

很快到了周末这天。

早上到院里的时候，许南知收到了许母发来的吃饭地址和时间，看了几秒，关了手机没有回复。

许母的电话又紧随其后。

许南知这次看也没看，将手机开了免打扰之后丢到抽屉里，拿上电脑进了会议室。

一上午的会议结束，许南知推了中午同事组的饭局，拿上手机和车钥匙离开了建筑院。

手机里有三通许母打来的电话，信息却只有那一条，许南知清楚母亲的耐心仅限于此。

大中午的路上也没多少车辆，许南知按照导航很快到了吃饭的地方。此时距离许母说的时间还有半个小时，她不想去得太早，索性在车里坐了一会儿，等时间差不多了才上楼。

许林浦的老朋友常年定居国外，这次也是因为儿子周柏鹤工作调动，一家人才决定回国。

和许父许母一样，他们也十分热衷于给自家儿子安排相亲这类活动，意图争取以最快的速度将儿子的人生大事定下来。

两家父母说话间，许南知抬眸看了眼刚才简单打过招呼的男人，平心而论，长相确实出众，五官无论是单拎出来还是组合在一起都十分有辨识度，气质寡淡斯文，是许父许母心目中的良婿。

周柏鹤像是察觉到许南知的视线，不仅没有避让，反而转过头来大大方方让她看。

许南知也不是什么小女生了，没有觉得窘迫更没有小鹿乱撞，只是淡淡笑了下，然后平静地挪开了视线。

许南知猜不出他的想法，但两家长辈却是显而易见的满意。

各怀心思地吃完一顿饭，许南知正在想用什么借口离开，周柏鹤突然起身出去接了个电话，回来之后就说公司临时有事要先走一步，但因为他刚回国还没拿到国内驾照，最后送人这事就落到了许南知身上。

两个人一同出了包厢，乘电梯去负一楼停车场。

电梯门那一面是一整面镜子，两个人并肩站在一起，上边映着两个人的身影和所有的表情变化。

说实在的，许南知对周柏鹤并不反感，但也没有更进一步的想法，如果可以，她甚至希望这是两个人第一次也是最后一次见面。

周柏鹤似乎也是这个想法，除了上车时许南知问过他一句地址之外，两个人便再无其他交流。

一路无言，气氛反而有种异样的和谐。

许南知瞄了眼导航，周柏鹤的公司和她工作的地方不在一条路上，但也相差不远，大约三四站公交站牌的距离。

等到了地方，周柏鹤在解开安全带的同时和许南知道了声谢，而后便推开车门下了车。

许南知坐在车里，看着他的背影走进大楼里，轻轻扬了下眉毛，踩着油门缓缓往前走。

这是一条狭窄的辅路，不分机动车和非机动车道，车位紧挨着人行道，人来人往，甚至还有骑着电动车逆行的，许南知速度也不好开太快，不疾不徐地跟在前车后边。

本来还有一两百米许南知就要右转弯汇入另一条主道，不承想恰好就在此时，停在路边的一辆轿车猝不及防地开了后车门，后面疾驰而来的电动车躲闪不及，被刮倒的同时车把在许南知的车门上划了一道长长的口子。

这还不算，许南知因为看到人倒了，怕压着人，匆匆刹停了车，后边的车没保持正常车距，猛地撞上了她的后车尾。

一环套着一环，本来只是个小小的事故，硬生生给弄成了连环车祸。

许南知揉了揉被磕到的额头，解开安全带下了车，绕到另一侧看了眼那个被刮倒的人："没事吧？"

男生拍了拍裤腿上的灰："没事。"

与此同时，轿车的车主也从另外一边下了车，看到被刮倒的是个学生样貌的男生，说话有了些底气："你这人怎么骑车的啊？不看路吗？"

许南知把人扶起来，抬头看了过去，冷声道："你驾照怎么考的？开车门的时候要注意后方有没有来车，你教练没教你吗？"

"你——"

"你什么你。"许南知扫了眼这辆车的车牌号，收回视线和男生说话，"你报警，让警察来处理。"

说完这句话，许南知绕去车尾看了眼，可能是因为彼此的车速都不快，损伤不严重。

后车的车主是个女生，正站在路边打电话，见到许南知后，匆匆和电话那边道："师兄，我先不和你说了，你赶快过来吧。"

许南知和女生沟通了几句，得知这并不是她的车，真正的车主在这附近上班，正在往这里赶。

"我就是出来送个文件，谁想到能碰到这个意外。"女生的语气有些懊恼和郁闷。

许南知不擅长安慰人，只说道："别担心，主要责任不在你。"

女生叹了声气，又站到旁边去回信息。

许南知走回来，从车里拿了备用药箱给男生简单处理了下手肘处的擦伤。整个过程，那位不得理也不饶人的轿车车主站在一旁骂骂咧咧。

旁边围观的群众看不过，说了他一句："你这人真是没什么素质，自己开车门不注意，还怪人小孩子。"

"什么叫我不注意！他要是不骑那么快能撞上我车吗？"

许南知垂着头，淡声说："不用害怕，责任不在你这里。"

"嗯。"男生摸着胳膊处的绷带，"谢谢姐姐。"

"不用谢。"

大概等了十多分钟，过来了两个在附近执勤的交警，按照常规流程登记了三人的姓名和身份信息。

许南知接过签字笔在信息页末尾签上自己的名字，站在旁边的女生忽然喊了声："师兄！"

许南知抬头，顺着往后看了眼，来了不止一个人，都是男生。

走在前边的一个穿着白色衬衫，黑色西裤，闷热的夏末时节，他解了两粒领口的扣子，眉目英俊且熟悉。

他大概也看到了许南知，神情有一瞬间的惊讶，随后加快了步伐来到人群的中心。

女生皱着张脸和他道歉："师兄，真对不起。"

向成渝说"没事"，然后又看着许南知。他的眼睛又黑又亮，鼻尖挂着星点汗意，脸庞有了棱角，却依旧很乖地称呼她。

"南知姐，这么巧。"

其实许南知有一段时间没见过向成渝了，乍一见到觉得他变化还挺大，头发剃短了，以前额前有细碎的刘海，现在全梳上去了，露出饱满的额头和漂亮的眼睛，气质介于男生和男人之间，不那么成熟也没那么稚嫩。

她把笔还回去，往后退了一步到阴凉处："后面那辆车是你的吗？"

向成渝点头说"是"，又问："情况严重吗？"

"还好，你师妹不是全责。"许南知微敛着眸，下巴往旁边一扬，"他应该全责，不过你还是先联系保险公司吧。"

"好。"

向成渝拿着手机走到旁边打电话。师妹一看都是熟人，心情也没之前那么沉重，还和许南知搭话："姐姐，你和向师兄是朋友啊？"

许南知也不知道怎么描述这个关系，只好顺着她的意思："差不多。"

夏末时节两三点钟的太阳还是挺晒人的，几个人都在路边站了好一会儿，又热又燥。

许南知从向成渝师妹絮絮叨叨的描述中得知她叫孟斐然，比向成渝小两届，今年才刚研一，他们几个人现在在一个师兄开的游戏公司实习，不过向成渝只是暑期过来帮帮忙，再过几天开学之后，他就要去读博了。

"本校读博吗？"许南知随口问了句。

"不是，向师兄去了建大。"孟斐然说，"攻读建筑学博士。"

许南知快速眨了两下眼睛，轻笑："那挺好的。"

两人说话的工夫，许南知这边的保险公司已经派了相关人员过来，许南知下午还有工作，并不打算在这里多耗。

许南知回车里拿了包，正准备在手机上叫个车，站在一旁的向成渝看到之后，朝她走了过来："南知姐，你要走了吗？"

"嗯，下午还有个会。"

向成渝垂眸看到她手机的叫车页面，声音和人一样温和："这里不好打车，我送你过去吧。"

许南知略一挑眉："你还有车吗？"

"有，你在这里等我。"不等许南知开口，他又折回身走到那几个朋友身边。隔得远，许南知也不知道他说了些什么，只是几分钟后，向成渝重新向她走来时，手里多了串钥匙。

"走吧，车就停在这附近。"向成渝说。

许南知取消了手里的叫车订单："好，麻烦了。"

"没事。"

两个人绕去一旁的人行道，阳光从盘虬卧龙的梧桐树间一缕一缕地漏下来，光影斑驳而细碎。

"听你师妹说，你这学期要去建大读博了？"许南知和向成渝不算多熟稔，但也不至于没话说。

"对。还有几天开学。"

"博导跟的谁？"许南知怕他觉得唐突，多加了一句，"我也是建大的学生，不过没你那么厉害，本科毕业就出来工作了。"

"柳逸山教授。"向成渝笑了笑，"我也没有多厉害，只是觉得还没做好进入社会的准备，才继续留在学校读书了。"

许南知笑他谦虚："柳教授很厉害的，他带过的学生现在基本上都大有作为。"

向成渝摸了摸鼻尖，应和似的说了句："是吗？"说完，他抬手摁了下车钥匙，不远处停着的一辆黑色轿车响了一声："到了。"

许南知随着他快步走了过去，上了车后，车内有股车坐垫被太阳晒过的难闻味道，中控台乱七八糟放着几盒散开的烟。

向成渝将前后四个窗户都降了下来，热风逐渐随着车子行驶的方向涌进车里。

只有几站路的距离，走起来远，开车哪怕是需要绕也花不了多长时间，许南知接了一个电话的工夫，车已经在建筑院门口停下了。

电话是领导打来的，一时半会儿没有办法挂，许南知从包里翻出随身带着的笔和会议记录本，翻开一张空白页，写下几个字撕下来递过去，又指了指电话，做了个很着急的手势。

向成渝还没来得及开口，她人已经下了车，脚上踩着平底鞋跑得飞快。

他收回视线，看了眼手里的纸张。

186××××××××，微信号同上，今天麻烦你了，下次请你吃饭。

这句话后面还画了一个笑脸，三个半括号的那种。

向成渝夹着那张纸看了一会儿，随后拿出手机把号码存了进去。输名字的时候，他先输入了"南知姐"三个字，想了想又删掉改成了"许南知"。

可这样好像还是不满意，折腾到最后，向成渝索性什么也没写，只独独存了那一串数字。

保存成功之后，这个号码代替了之前排在首位的 A 字母联系人，成为他通讯录里独一无二的第一位。

许南知回去之后又开了一下午的会，散会之后，和同组的几个同事留在公司加班到晚上八点多。

做他们这行的压根没有什么到点下班和周末休息，有时候为了改一个图纸数据甚至要熬上几个大通宵。

这也是为什么许南知现在回避相亲和婚姻的主要原因之一。

她现在这个年纪，许母给安排的相亲对象大多都是奔着一年结婚三年抱俩的准备去的。

许南知现在正是事业的第二阶段上升期，这些事情只会成为她的累赘和负担，她也不想耽误别人。可无奈上一段恋情，她的叛逆和自以为的羽翼丰满，结果却被现实拍了个粉碎的自尊，到如今全都成了父母强压给她的砝码。

她想逃离却已经没了抗争的底气，最后只剩下无可奈何之后的妥协和疲倦。

推掉了同事组的放松局，许南知打了个车回到自己的住处，洗完澡出来，站在客厅的落地窗前给保险公司打电话询问车子的修理情况。

好在损伤不严重，一个星期后便能取车。

"好，麻烦了。"挂了这个电话没多久，许南知又接到许母的电话，无非就是问些今天她和周柏鹤独处时的情况。

许南知想到周柏鹤之前的反应，实话实说："可能是不太满意，也没怎么交流。"

"不满意吗？"许母的声音带了点笑意，"我怎么听你周伯母说，柏鹤对你印象挺好的，还找我要了你的微信。"

"……"

许南知摸了下额头，有些意料之外的惊讶。

许母又说："我已经把你的微信发过去了，你记得通过人家。时间也不早了，你早点休息。"

"好。知道了。"

结束通话，许南知打开微信，点开通讯录新的朋友那一栏，看到两个新的好友申请。

一个在傍晚，备注是"南知姐，我是成渝"。

一个在不久前，备注是"许小姐，我是周柏鹤"。

许南知按照时间顺序先后通过了两个人的好友申请，然后回了卧室开始每日护肤。

周柏鹤是做金融的，和许南知的专业八竿子打不着。许南知边抹晚霜边想，他到底是怎么做到白天一句话没有，晚上回去和父母说对自己印象不错，还主动提出要微信的。

这已经不仅仅是应付父母那么简单了。

思虑间，搁在一旁的手机"嗡嗡"响了两下。

许南知拿起手机看了眼。

。：[转账信息]

。：南知姐，这是修理费。

许南知愣了半秒，才反应过来这个句号是向成渝。她收了钱，又发了条信息过去。

下周末有空吗？

发完信息，许南知点进他的头像，给他改了个备注。

对方也在这个时间里回了信息。

小朋友：下周末不是建大校庆吗？南知姐你不回来参加？

许南知倒是忘了这茬，被向成渝这么一提醒，又想起周老师交代的演讲任务，敲了几个字发过去。

许南知：回，那到时候再说吧。

小朋友：好。

小朋友：南知姐，你早点休息，晚安。

许南知笑了笑，也回了个"晚安"。

演讲的事情看情况是推不掉了，许南知打小就不喜欢做这么出风头的事情，也没正儿八经写过什么演讲稿，憋了半天也才写出几个字，最后实在没辙，去网上抠抠搜搜拼了一篇出来。

周三这天，到点下班的时候许南知意外收到了周柏鹤发来的微信信息，约她晚上出去吃饭。

这段时间，许南知和周柏鹤除了在加上好友的第二天，在微信上又做了次自我介绍之外，联系并不频繁。

他现在这么突如其来地拉近关系，让许南知心里生了点警惕，对方像是想到了这一点，很快又发了一条过来。

周柏鹤：有些事情我想我们还是提前沟通一下比较好。

话都说到这个份上，许南知也没必要再拒绝，和他对了时间和地点，自己开车先过去了。

周柏鹤比她晚到十多分钟。

两个人都心知肚明这顿饭是为了什么，也就省去了人情往来里的虚假客套。周柏鹤开门见山道："我想你也清楚我们两家父母的意思了。"

许南知点头："当然。"

"我是不婚主义者。"周柏鹤说，"昨天和许伯母要你的微信是为了应付我的父母，如果你现在想删除或者拉黑，都没有关系，但是我希望你不要删。"

许南知有些好笑："为什么？"

"我知道你也不想结婚，我觉得我们可以合作。"周柏鹤说，"假装恋爱，应付父母。"

"应付能应付多久？他们迟早会发现的。"

"只要你答应，我可以保证在你不想结婚的这段时间里不会被他们发现。"周柏鹤笑了笑，"你和我的情况不一样，你只是这一时不想结婚，而我现在需要一个让我父母满意，但又不会和我牵扯上关系的女朋友。"

"你就不怕我到时候对你日久生情？"

"你会吗？"

许南知抿唇："不会。"

周柏鹤像是早就想到她的回答，并不惊讶："结婚也有离婚的，而我们只是假装情侣，分手的时候我会把责任全都揽到我这里。这段恋情对你来说百利而无一害，我希望你能好好考虑一下我的提议。"

许南知轻轻扬了扬眉毛："那我怎么知道你是不是真的不婚主义者？"

"如果你不放心，我们可以签订合约。"周柏鹤说，"针对你说的情况，做出相应规避。"

许南知没说话，低头喝了口茶。

周柏鹤也不着急，好整以暇地往后一靠，姿态放松而闲适，眸光若有若无地落过来。

大约过了一刻钟的时间，许南知放下茶杯，轻呼了口气："说实话，我找不到拒绝你这个提议的理由。"

周柏鹤的眼里有一瞬间的欣然，朝她伸出手，腕间露出一截雪白的袖口："那就，合作愉快？"

许南知神情莞尔，伸手回握："合作愉快。"

周柏鹤的效率很快，两人见过面的第二天就把合约拟定了出来。

许南知看过之后，又找了专业的律师看了一遍，确保没存在什么问题陷阱后，在周五这天，去律师事务所和周柏鹤签了合同又做了公证。

从律所出来之后，许南知和周柏鹤一起吃了午饭，结束后，许南知顺道将他送回了公司。

在车上，两人一如既往的无话可说。

到了地方，周柏鹤下了车，站在车外低头和她说话："考虑到你之前的情况，我们的恋情还是等过一段时间再开始吧，以免你父母生疑。"

许南知没意见："行。"

"那我走了，注意安全。"周柏鹤淡淡一笑，轻声关上了车门。

许南知无所谓地抿了抿唇，重新启动车子汇入车流中。而在离这里不远处的路口，站了好几个正在等红灯的年轻人。

孟斐然收回视线，和旁边的男生说话："师兄，刚才那个好像是上次那个姐姐的车哎。"

向成渝"嗯"了声，神情若有所思，但他想的不是车，而是刚刚从车里下来的男人。

那个人看起来和她很相配。

就连一向眼光很毒辣的孟斐然也有所认同："那个男人是她男朋友吗？看起来和她好配啊。"

向成渝没说话，恰好红灯也到了头，一群人哄哄闹闹朝着对面走过去。

等过完马路，他回头看了眼刚才那个男人走进的大楼，顶端几个烫金的大字刺得人眼睛疼。

隔天便是建大一百五十年的校庆，许南知起了个大早，换掉了平常上班穿的职业装，化了个淡妆。

出门的时候，她依旧穿了双平底鞋。

校庆设在建大位于市府街头的老校区，从入门起就挂上了"欢迎××××届学生回校"的横幅。

门口大巴车一辆接着一辆，导致附近街道堵塞不动，连交警队都出动了。许南知早料到会是这种情况，将车停在附近商场的停车场，步行走到了学校。

许南知找到自己班级的位置，过去登记了姓名，之后在班长的带领下一群人无所事事地在校园里逛着。

班上有好几个同学当初毕业之后就去了国外，对于国内这些同学的情况不了解，无意间问起了许南知和谢路的情况。

和谢路分开已经好几年了，许南知早就释怀了，语气平静道："我们很早就分手了。"

对方的神情既惊讶又尴尬。不过大家都是成年人，分分合合也正常，大家很快就将这茬揭了过去。

逛到显华楼的时候，一群人碰到了当初本科时期带专业课的教授，停下来打了声招呼。

许南知一眼看见站在老教授身旁的向成渝，纯白的 T 恤和蓝色水洗牛仔裤，比起上一次见面时明显多了些学生气。

不过他好像还没发现站在人群里的许南知，没多会儿就被旁边的男生拍了拍肩膀给叫走了。

后来再碰面是在演讲厅的后台。

许南知今天要作为优秀毕业生上台演讲，而向成渝则是作为这一批新入学的博士生代表演讲。

向成渝过去的时候，许南知已经和现场策划沟通过台本流程，站在旁边和以前的同学聊天。

他听完流程安排，站在旁边等了一会儿。

许南知也很快注意到向成渝，和同学说了一声，朝他走了过去："刚才在流程表上看到你的名字，我就在想这一次会不会是重名。"

她说的是他们第一次见面的时候，那会儿向成渝本科还没毕业，在学校组织的设计展上放了一款和室友合作设计的模型。

许南知那天和他现在的三嫂闻桨在看展的时候也说到了重名的事情。

向成渝抬手捏了下耳垂："我的名字重名率很低。"

"确实。"

"对了，南知姐，你前几天问我这周末有没有时间，是找我有什么事情吗？"

许南知"嗯"了声："本来想找你出来吃饭的。"

向成渝想了想："那不如明天晚上吧，明天下午校庆结束后我就没什么事情了。"

许南知笑了声，应了下来："好啊。"

两个人先约好了时间，之后许南知和同学一起去了前厅，向成渝在原地站了一会儿，摸出手机给室友发了条信息，推掉了明天晚上的聚会。

向成渝比许南知先结束演讲，结束之后他没立马离开，而是站在旁边一直等到许南知上台演讲。

不过他没能看完全程，中途就被叫走了。

之后一直到下午校庆活动结束，两个人都没能再碰上面。晚上向成渝被柳逸山教授带着出席了饭局。

柳逸山在建筑行业建术良多，国内有不少民用机场都是出自他的设计，本科时期他还兼带过许南知所在班级的专业课。

向成渝是被带着来挡酒的，和他一起的还有一位同专业的师兄。对方对这种场面早就习以为常，怕向成渝多想，还出声安慰道："没什么的，柳老师只有看重谁的时候才会把人带出来，而且柳老师胃不好的毛病在场的人差不多都知道，也不会让你喝太多，况且还有我呢，别担心啊。"

"没担心，谢谢师兄。"向成渝笑着说。

饭局到中途，建大其中一个校董领进来几个人，径直朝着向成渝他们这一桌走来，看样子又是来见柳逸山的。

向成渝怀疑自己是不是喝醉了，竟然在其中看到了许南知的身影，但很快事实就告诉他，他没有喝醉，也没有看错。

来的人里除了许南知还有那天从许南知车里下来的男人。

向成渝还不够格被介绍去给人认识，只能坐在位子上听着别人介绍，没多会儿，他便听到了那个男人的名字。

——周柏鹤。

——高瑞曼尔投行中华区的现任首席执行官。

至于周柏鹤名字里的三个字到底对应的是哪三个字，在现在看来一点也不重要，重要的是跟在他名字后的职位。

而对向成渝而言，这些都比不上在介绍完这位周先生之后，这些人会对许南知做出什么样的介绍。

这一次，说话的人换成了周柏鹤。他朝着众人淡淡一笑，气质温雅成熟："这位是我的女朋友，许南知。"

闻言，向成渝脑袋里那根紧绷的弦倏地断了，耳边不停有嗡鸣声，甚至还有了一瞬间的断片。

在场的众人都顾着客套寒暄，没有人注意到向成渝的离开。他走出包厢，沿着长廊去了洗手间。

身后传来脚步声，向成渝抬眸在镜子里看到来人，心里涌上一阵空荡荡的失落。

师兄问他："你没事吧？我看你脸色好像不太好。"

"没事，可能是刚才喝急了。"向成渝开了水龙头，抄了把凉水浇在脸上，"他们走了吗？"

"谁？"

"就刚才来的那些人。"

"走了。"师兄说，"就是走了之后，柳老师没看到你人，才让我来看看你是什么情况。"

"我没事。"向成渝强撑着笑，"走吧，回去了，别让老师担心。"

师兄还有些犹疑："你真没事啊？"

"没事。"向成渝有些忍不住，抬手揉了揉眼睛，硬是在眼尾揉出一片红，"走吧。"

"嗯。"

包厢里又恢复如常，若非旁人谈论的话题从先前的建筑方向转移到周柏鹤这个名字上，向成渝有一瞬间还以为刚才只是一场噩梦。

现在别人梦醒了，他却仿佛还在梦中，惊慌而不知所措。

良久后，向成渝轻轻滚了滚喉结，摸出手机给许南知发了条微信，借口有事推掉了明天晚上他曾经万般期待的饭局。

许南知过了几分钟才回了信息。

没关系，那就等下次吧。

向成渝盯着这条信息看了一会儿，看到眼眶开始发酸，才放下手机端起面前的酒杯一饮而尽。

酒精滑过喉咙带来一阵辛辣感，向成渝被呛出了眼泪，心里隐约被戳出了一个大洞，正在哗哗地漏着风。

他知道。

没有下次了。

（二）

许南知和周柏鹤的合约恋爱一谈就是两年。

在一起的两年时间里，两个人表面情投意合，私下里各取所需，骗过了父母也骗过了身边一众朋友。

盛夏的傍晚，许南知接到周柏鹤的电话，晚上他出席酒会，需要一个女伴，在对外宣称有女朋友的前提之下，这个女伴只能是许南知。

"晚上七点，李牧过来接你。"周柏鹤说。

"好。没问题。"挂了电话，许南知拿着水杯从办公桌后起身，出门碰见手底下的人，被他们称呼为"许组长"。

两年七百多天，说长不长说短也不短，足够许南知从一个单打独斗的小建筑师成长为一个可以独当一面的小领导。

去完茶水间之后，许南知又给许母打了通电话。原本按照这两年的习惯，她每周五都会回家一趟。

今天是个例外，但对方是周柏鹤，许母不仅没有多说什么，甚至还表现出不同于寻常的欣慰："你和柏鹤也谈了两年多了，你们打算什么时候结婚？"

许南知把玩着手里的铅笔，答得心不在焉："结婚不着急，反正都是迟早的事情，况且周柏鹤他那么忙，哪里有时间结婚。"

"忙归忙，那总不至于连领个证的时间都没有吧。"

许南知轻笑："妈，没必要这么着急吧，搞得我跟嫁不出去一样，现在这样挺好的。"

许母叹了口气："算了，我也懒得管你们了，明天和柏鹤一起来家里吃顿饭吧。"

"行，我晚上问问他。"

到了晚上，许南知被周柏鹤的助理李牧接到会场的休息室，花了大半个小时弄造型换衣服。

周柏鹤归国不到两年便已在溪城声名鹊起，到如今他所在的投行也成了一个战略决策的变动便能影响溪城经济格局的大公司。

许南知作为他唯一公开承认过的女朋友，自然也受到万众瞩目。这两年只要有周柏鹤出席的公众场合，若非特殊情况，许南知必定在侧。

两个人配合得天衣无缝，倒一直未让旁人发觉出什么异样，哪怕是周柏鹤身边最亲近的人。

酒会结束回去的路上，许南知换回自己的衣服坐在车里："明天有空吗？我妈给任务了。"

周柏鹤摘下袖扣："我明天出差，下周末吧，两家人一起。"

许南知点点头："行。"

话音刚落，两人依旧沉默如往昔，直到一通意想不到的电话打破了这片刻的安静。

来电显示是个熟悉的名字，接电话的却是个陌生人。

许南知听了半天才听出对方的意思，皱着眉问："手机的机主在你旁边吗？麻烦拍张照片发到我手机上。"

对方说了声"好"，尾音被嘈杂混乱的背景音所覆盖。

周柏鹤看过来："怎么了？"

"一个酒保打电话来说，我这个朋友在酒吧喝醉了。"许南知支着脑袋，"我总要确认一下。"

片刻后，许南知的手机里收到了一条带着照片的彩信。

她点开看了眼，然后抬头和周柏鹤说："抱歉，可能要麻烦你送我去一趟酒吧了。"

"没关系。地址在哪儿？"

许南知报了个酒吧的名字。司机是溪城本地人，为上一个老板开车多年，对于溪城这些销金窟都十分熟悉，当下就在下个路口掉了头。

酒吧离得不远，二十多分钟的车程，周柏鹤不常来也不喜欢来这些地方，留下李牧陪着许南知进去，便让司机把车往自己的住处开。

李牧是周柏鹤在国内的助理和贴身保镖，部队里出来的，刚过而立，一米九几的高个子，五官端正锋利。

许南知在角落的卡座里找到向成渝。

这两年他们见面的次数屈指可数，许南知也只是偶尔从好友那里听到一些与他有关的只言片语。

这会儿，当初的小男生已经完全褪去那几分稚嫩，轮廓硬朗而成熟，喝醉了的模样里也藏着惊艳。

许南知弯下腰，叫了两声他的名字，见人没什么反应，起身回头和李牧说："牧哥，帮个忙。"

李牧不费吹灰之力把人扶起来："现在去哪儿？"

许南知手里拿着向成渝的外套和手机，看着醉到不省人事的向成渝，又看了看李牧，忽然觉得周柏鹤把李牧留下来并不是一个很好的决定。

她想了想："去附近的酒店吧。"

李牧不知道她和周柏鹤的真实关系，许南知也不清楚他和周柏鹤亲近到什么程度，自然也不敢贸然把一个男人领回家。

酒吧街出去就有一家酒店。

许南知把人带过去，开了间房，李牧扶着向成渝进去，把人丢在床上后说："那我先回去了。"

"行，今晚麻烦了。"

"没事。"

李牧走了之后，许南知看着躺在床上不省人事的向成渝，有些头疼地按了按太阳穴。

向成渝是被热醒的。

酷暑热夏的天，房间里不仅没有开空调，他身上甚至还裹了条密不透风的被子。

他就这么睡了一夜，醒过来的时候身上就跟刚从水里捞出来似的，后背全是濡湿的汗意。

向成渝缓过宿醉带来的头疼，掀开被子坐起来，似乎对于自己此刻所在的地方有些茫然。

昨天晚上，他陪着柳逸山教授出席饭局，无意间听人提起这两年名声渐起的周柏鹤似乎和许家那位好事将近。

许家那位，除了许南知也没旁人了。

这两年向成渝自从推掉那次的饭局之后，一直有意无意避着许南知，原本就没什么交集的两人这下彻底没了什么来往。

他以为自己已经不在意了，但也只是自欺欺人。

饭局结束后，向成渝没跟着柳教授一起回学校，而是在附近随便找了家酒吧，至于之后的事情……

他抓了抓有些乱糟糟的头发，一时半会儿却是半点印象都没有。

夏天早上九点多的太阳带着暑气和热意，房间里这会儿犹如一个大蒸笼。向成渝没再纠结这个问题，起身找到遥控器直接将空调开到最低温度，冷风很快吹散了房间里的沉闷。

手机早就低电量自动关机了，外套和钱包也都被好好放在一旁，至于他自己，衣服都还穿在身上，除了味道难闻了些，其他的也没什么乱七八糟的痕迹。

既没有财务损失也没有人身损失，站在窗边还能看见昨晚那家酒吧的招牌，向成渝松了一口气，想来昨晚应该是他从酒吧出来后，自己就近跑过来开的房。

他脱掉皱巴巴的衬衫丢在床尾，赤脚进了浴室，没多会儿便从里面传出淅淅沥沥的动静。

再出来时，向成渝被房间里突然多出来的一个人吓了一跳。他没有换洗的衣服，身上只裹了件酒店的浴袍，松松垮垮的，大片白皙的胸膛被房间里过低的冷气一吹，很快起了一层鸡皮疙瘩。

"……南知姐？"发梢的水珠落了一滴在眼皮上，向成渝眨了下眼睛，"你怎么在这里？"

许南知看着他："你昨晚喝醉了，酒吧的酒保拿你手机给你父母打电话没人接，就顺着你通讯录的联系人挨个打电话，正好打到了我这里。"

　　许南知不知道的是，她的号码在向成渝的通讯录里排在第一位，酒保在联系他父母无果之后，联系的第一个人就是她。

　　向成渝自然也不会把这些事情说给她听，舔了下唇角解释道："我爸妈出国旅游了，和国内有时差。昨晚不好意思，麻烦你了。"

　　许南知笑了声，没再多说，指了指桌上的两个纸袋子："这里面是干净的衣服和早餐。"

　　向成渝换了衣服，拿着早餐和许南知一起下楼退房。

　　等出了酒店，许南知问他："你现在要去哪儿，我送你过去。"

　　"不用了，我可以自己打车回去，昨晚到现在已经麻烦你很多了。"

　　许南知没在意他对自己的生疏，点了点头："那好吧，我先去公司了。"

　　"好。"向成渝站在原地看着她走远，又低头看了看手里还有余温的早餐，轻轻吐了口气，转身朝着前边路口走去。

　　半个月后，溪城过了立秋，气温却始终停留在盛夏的燥热和沉闷，蝉鸣也不停歇。

　　许南知在周五下班之前，去了趟主任的办公室，出来之后便把手底下的人召集起来开了场小会。

　　"建大纪念馆的设计，杨主任交给了我们和吴组长那个组共同负责。你们周末把手上的工作梳理一下，下周一和我去一趟建大，见一下这次项目的主负责人柳逸山教授。"

　　建大纪念馆这个建筑工程的消息年前就放了出来，当时业内不少精英都为此争破了头。

　　业内谁都知道柳逸山的名号，只要能进他的团队，必然能给自己的履历添上浓墨重彩的一笔。

　　周一上午，许南知带着手底下的人去了趟建大，本来就是从建大走出去的人才，沟通起来也就没那么多客套。

　　许南知给柳教授介绍完自己这边的人，柳逸山挨个看过来，目光倒是和蔼，夸了句年少有为后，点了下坐在自己右手边的两个年轻人："这两位都是我的学生，来项目里打个杂，还希望许组长和吴组长以后多担待。"

打杂也意味着要在项目里挂个名，这种事情都常见，在场的所有人都没怎么在意。

许南知以前大四的时候也在某个教授的项目里打杂挂名，不参与分成，只是为了给履历添光加彩。

她笑着说"柳教授客气了"，而后目光在旁边的年轻男人的脸上停留了几秒，没再说什么。

一场不怎么正式的会议结束后，学校方面组织了饭局，都是头一回合作，许南知和另外一个组长也就没怎么推辞。

吃完饭的时候，向成渝才和许南知说上话，但也没说什么有用的，绕来绕去还是感谢上次醉酒她送自己去酒店的事情。

许南知听完后，垂着眼睛笑了声，语气像是在开玩笑但又不太像："小朋友，怎么也就两年不常见，你现在跟我变得这么客气？"

向成渝声音一窒，犹如被捏住了喉咙，微红的唇瓣张张合合半天也没说出个所以然来。

许南知也不在意他的回答，不咸不淡地说："跟你开玩笑，别介意。"

向成渝张口说不介意，但是许南知已经带着人离开了，背影一如既往的肆意潇洒。

他有些无措地抿了抿唇，心里满是荒芜和苍凉。

之后的几天，因为这个项目的缘故，许南知和向成渝见面的次数都快要赶上两个人认识这么多年加起来的次数。

向成渝和另外一个男生傅舟都是柳逸山的学生，虽说是在项目打杂，但也并非做些打杂的工作。

项目团队定下来之后，所有人都在忙着刷图出方案。建筑院在许南知和吴组长办公室的同楼层也给柳逸山空出来一间大办公室，向成渝和傅舟领了实习生的出入证，每日和许南知他们同进同出。

周五项目小组第一次团建，柳逸山年纪大了不方便出席，留下两个学生代表自己。

一行十几个人吃完火锅，按照惯例去唱歌、喝酒。

许南知本来想回去补觉，但是没走成，被拉进包厢坐在角落听着这群年轻人鬼哭狼嚎。

她其实和他们差不了几岁，却因为这几年的事情心理年龄好似直接和他们拉开了二十岁。

后来这群人唱够了，凑在一起玩真心话大冒险。许南知事先说好不参与，他们也没强求，反倒是向成渝和傅舟被这群老油条坑蒙拐骗，弄得连续输了好几轮，酒就没停过。

向成渝样貌生得好，在场不缺年轻的单身女性，借着游戏的名头打起了八卦的心思："成渝有女朋友吗？"

"没有。"年轻人白皙的脸庞被酒精染红，声音温润，"但是已经有喜欢的人了。"

闻言，坐在一旁的许南知转过头去看他，却猝不及防对上向成渝来不及撤回的视线。

包厢里的光线忽明忽暗，恰好落了一束亮光，有些刺眼，许南知低头躲了一下，再抬头对面那道视线已经收回。

也是在这一刻，她忽然意识到什么，心里的震惊如同悬崖边的波涛汹涌，叫人惶惶。

许南知的猜测并非无迹可寻。

向成渝两年前突然推掉的饭局，之后好似刻意的回避，甚至是现在不同寻常的客套。

这些叠加在一起，全都成了那个让人惊讶和不可置信的事实。

那天团建还没结束，许南知就叫了代驾先一步离开了。她走之前向成渝去了洗手间，并不在包厢里。

到家之后，许南知没急着上楼，去了趟小区外面的便利店，买了包烟，站在无人的路边抽了起来。

许南知在心里想了很多过去时候的事情，甚至还想到了谢路。当初和谢路分开的不体面，也是她心里耿耿于怀的一部分。

许南知在夜风起来的时候掐灭了手里的烟，连着烟盒和打火机一同扔进了垃圾桶里。

没有开口的事情那就还有转圜的余地。

只是还没等许南知将这件事情消化完，周柏鹤那边却先一步出了意外。

随着周柏鹤在溪城的地位逐日稳定，周家父母有意打算重回溪城定居，年前在许家所在的同个区买了一套公馆，这两天正在搬家，而周柏鹤恰好在国外出差，搬家的事情便交托给了周母负责。

谁也没想到就么巧，周母在周柏鹤的书房里看到了他当初和许南知签下的合约。

事情暴露得猝不及防，许父在盛怒之下将许南知叫回了家里，周柏鹤也连夜从国外赶了回来。

两个人对这件事情供认不讳的态度，让两家父母心寒而愤怒，周父甚至因为这件事情气到住进了医院。

深夜，许南知在周父病房外和周柏鹤见了一面。

"抱歉，这件事情是我疏忽了。"周柏鹤揉了揉太阳穴，"你想要什么赔偿都可以。"

"不必了。"许南知看着他，"这件事情从一开始我就知道瞒不长久，他们知道不过是早晚的事情。"

"那你现在有什么打算？"

"坦白。"

周柏鹤默了默："祝你好运。"

"谢谢。"许南知说，"你打算怎么办？"

"我父母不过就是想要个孩子。"周柏鹤看着她，"这对现在的我来说很简单。"

许南知轻笑："也是。"

坦白说起来容易，但真要做起来却没有想象中那么容易。许父对于许南知的做戏和隐瞒愤怒不已，更对于她所说的可能近几年都不会结婚的言辞难以接受。

不欢而散的情况下，许父收回了许南知的车子和房子："你要自由，那就不要用我许家的一分钱。"

事已至此，许南知干脆一次性断了个干净，除了工资卡，几乎交出了自己名下所有的资产。

比起几年前为了爱情放弃继承权的那一次，这一次更是有过之而无不及。许父是彻底被寒了心，也是铁了心要将许南知逼上死路。

"分手"和被逐出家门都在同一天完成。

许南知没了住处，也不想让许父小瞧，没找朋友帮忙，暂时住进了公司对面的酒店。

许南知第二天照常上班，开完早会，被杨主任叫去了办公室。

对于许南知，杨主任是很喜欢的，有能力性格也好，带的人也从没出过什么乱子，是个天生的领导者。

只是可惜了……

他把一句话斟酌再斟酌，尽量说得委婉："上边的意思是，这个项目毕竟是重点，你资历尚浅可能没法胜任。"

许南知眼皮一跳，倒也没说什么："行，我退出。"

如果事情只是到这里也就算了，可远远不止于此，杨万海捏了捏手指，一时间竟然也不好意思看她的眼睛："另外，你去年和文泉地产合作的酒店项目，对方近期验收之后，发现承重位置不达标，负责人把这事捅到了周部那里，周部的意思是让你暂时停职一段时间。"

"一段时间是多久？"

"这个……"杨万海还真是不知道怎么说。

许南知也没为难他，抿了抿唇，神色严肃："我知道了，我接受院里的停职安排。"

说完，她摘下戴在脖子上的工牌放到杨万海的办公桌上："但是至于您说的承重位置不达标的问题，这个责任我不认。另外，我停职这段时间，还麻烦杨主任合理安排我手底下的人。"

"这个一定的、一定的。"杨万海像是找到了开口的机会，"小许啊，不是杨主任不想留你，这实在是没办法。"

许南知轻笑："我明白。"

这是谁的安排谁的意思，她比任何人都要清楚。

许南知被停职的消息很快就传了出来，向成渝上午不在院里，下午来了院里才知道这件事。

除此之外，就连许南知和周柏鹤分手的事情也被传了出来。

同为实习生的傅舟开玩笑道："八卦嘛，这世界除了传播速度最快的光，排第二的就是它了。"

向成渝没心思和他说笑，去了许南知办公室，却被她手底下的人告知："许组长上午就走了，因为是停职，东西都没能进去收，要等到上边领导给了结果才能行。"

"那您知道许组长是因为什么被停职的吗？"

"不清楚，具体原因还在调查呢。"

向成渝回了自己的工位，浑浑噩噩过了一下午。等到傍晚下班，他在楼下大厅碰到了刚办完停职手续的许南知。

"南知姐。"向成渝迈过最后几级台阶，快步朝她走过去，"小黎姐她们说你被停职了，这到底是怎么一回事？"

"工作问题，不是什么大事。"许南知把手里的文件放进包里，语气轻松，"晚上有时间吗？我请你去吃火锅。"

向成渝松开紧蹙的眉头，应声："有的。"

"走吧。"

到了火锅店，许南知拿了两份菜单，递给他一份："想吃什么随便点。"

向成渝拎着茶壶往杯子里倒水："我不用，你点吧。"

"能吃辣吗？"许南知问。

"能。"

"有什么忌口的没？比如动物内脏不吃，四肢不吃。"

她问得太细了，向成渝放下茶壶，拿过放在一旁的菜单，温声道："我还是自己点吧。"

许南知笑了笑，没再问了。

锅底被送上来的时候，向成渝被红彤彤的辣椒刺了刺眼，还没开始吃，舌尖却恍惚已经染上辣意。

他端起茶杯润了润，放下手的时候抬眸看向对面："南知姐。"

"嗯？"许南知抬起头，"怎么了？"

他抿了抿唇，指腹摩挲着杯壁，语气有些犹疑："我今天去院里的时候，听人说你和周柏鹤分手了。"

终究还是逃不了的，许南知想。

她抬手拢了拢垂在耳边的长发，不答反问："成渝，你今年多大了？"

"二十五。"其实还不到，过了下个月的生日才二十五，可向成渝太急着想拉近他和许南知之间的距离了。

"二十五啊。"许南知重复了声，意有所指道："你这么年轻，将来肯定会有更多更好的选择。"

向成渝笑了，微微松开捏着茶杯的手指，神色认真："可是我已经遇上最好的了。"

向成渝的一句话将许南知所有的措辞打了个粉碎，拼都拼不起来的那种，她也没在这个问题上继续说些什么。

红彤彤的锅底冒了泡，汩汩热气掺着辣意腾然而起。

向成渝这会儿把话挑明了，心里反而犹如乱石归定，没有之前那么着急了，拿起筷子夹了两块牛肉卷放进锅里："先吃饭吧。"

许南知揣着明白装糊涂，随便应了声，也拿起筷子开始往锅里放东西，先是鸭血然后又是土豆。

向成渝吃了几口，拿漏勺把她几分钟前下进去的东西捞出一些放到她碗里，动作和神态都十分自然："你之后有什么打算？"

"先休息一段时间。"许父的做派不留余地，说之前项目上有问题也不过是让她停职的借口，许南知清楚自己现在可能一时半会儿都没办法回去，可她也不想因为这件事就妥协。

"如果有需要帮忙的地方，你可以找我。"

许南知笑了，倒也没在意他说这句话是出于朋友的立场还是别的，没深聊："先吃饭吧。"

"嗯。"

吃过饭，许南知去埋单，向成渝等在一旁，从吧台角落的果盘里拿了两颗酸梅糖。

火锅店离建筑院不远，傍晚两个人过来的时候没有开车，这会儿也是步行往回走。

沿途路过一家灯火通明的便利店，许南知进去买了些零食和生活用品，付钱埋单的时候又拿了包烟。

所有的东西都被放在一个白色的便利袋里，向成渝的目光在上面停留了一瞬，又很快挪开。

等走到建筑院门口，许南知提着东西站在马路街头，身后不远处便是她现在所住的酒店："不早了，你明天还要上班，早点回去吧。"

向成渝心里有疑问："你不回去吗？"

"回啊。"

"那我送你。"

"不用了。"许南知抬手指了下旁边的酒店，"我现在住在这里。"

向成渝心里的疑问更大了，不明白怎么就一天的工夫，她分手又停职，到现在甚至沦落到来住酒店。

他看得出许南知虽然没有隐瞒自己住在酒店的事情，但是她也不想在这件事情上深聊，也就识相的没有多问，只是道："那我送你进去，顺便帮你检查一下房间有没有什么问题。"

许南知有些好笑："房间能有什么问题？"

"现在很多酒店都喜欢在房间里安装针孔摄像头。"向成渝在送她回房间这件事情上格外执着，"我看一眼就走。"

"好吧。"

许南知昨天夜里从家里出来得匆忙，只带了几件换洗衣服和一个笔记本电脑。酒店虽然是临时找的，但胜在干净又安静，住着倒也舒心。

向成渝好似真的只是过来给她检查一下房间，进屋之后就抬手关了房间里的灯，拿着手机摄像头在房间的角角落落扫了一遍。

许南知站在玄关处，借着窗外微弱的光亮看着他认真的身影，有些好笑和无奈，也没再管他，摸黑将手里的便利袋放在角落的桌子上，然后进了旁边的浴室洗手。

谁知道她才刚进去，外面就传来噼里啪啦一阵乱响，紧接着便是什么重物落地的声音。

许南知连忙关了水从浴室里出来，抬手摁亮了房间里的灯。

她下午出门前刚睡过一觉，被子乱糟糟地堆在床尾，旁边的椅子上搭着她换下的睡衣，行李箱敞开放在地上。

这会儿，向成渝只顾着检查房间，没注意到脚下的行李箱，不小心被绊了一跤，手往旁边找借力点的时候，又不小心碰倒了许南知放在小方桌上的化妆包，东西零零散散落了一地，人也随着摔倒了。

许南知走过去把人扶起来："没事吧？"

"没。"向成渝关了手机，弯腰把掉在地上的东西捡起来放了回去，白皙的脸庞染上些歉疚的红，"南知姐——"

许南知笑着打断他："检查出什么没？"

"……没，挺好的。"向成渝揉了揉胳膊，语气带着点落荒而逃的意味，"我先回去了。"

"回吧，注意安全。"许南知背对他蹲在地上收拾行李。

向成渝迈步朝外走，路过玄关处看到放在桌子上的便利袋，回头看了她一眼，见许南知没注意这里，伸手从里面拿了样东西揣到自己口袋里，走了几步，又折回来放回去一样东西。

关门声不轻不重。

许南知抬头往门口看了眼，深吸了口气吐出，合上行李箱，起身提起来放到墙角。

花了几分钟时间洗了个澡，冲掉身上的火锅味，许南知在窗边看了一会儿楼下的车水马龙，心里想的事情太多，压得人喘不过气来，回身去找烟。

结果把便利袋里的东西翻了个底朝天，她都没看到自己刚才买的那包烟，反而被袋子里多出来的两颗糖吸引了目光。

之前在火锅店向成渝伸手拿糖的时候，许南知是有看到的，但是她却不知道他在什么时候来了个偷梁换柱。

许南知顿时有些讲不出道不明的情绪，伸手拿过旁边的手机，准备发信息质问向成渝是不是拿走了自己的烟。

只是一句话打了一半，她又一个字一个字给删除了，退出微信，把手机丢到一旁，起身去浴室刷了个牙。

出来之后，她直接就关灯睡觉了。

第二天早上，许南知是被敲门声吵醒的。昨晚睡觉前她没拉窗帘，清晨的大片阳光毫无遮拦地落进屋里，和这突如其来的敲门声一样扰人清梦。

她裹着被子翻了个身，伸手拿起旁边手机看了眼时间。快九点了，她这一觉睡得倒是长。

敲门声停了下来。

许南知掀开被子下床，捞起旁边的外套披在睡裙外边，走过去开门，意料之中的人。

她抬手打了个哈欠，站在门口也没说让人进来，睡眼惺忪地问："你不用上班吗？"

"打过卡了。"向成渝提了提手里的纸袋，"我给你买了早餐，你先拿着吃，我中午再来找你。"

许南知没接，而是一本正经地叫他的名字："向成渝。"

"嗯？"

"我觉得我昨天已经把话说得很清楚了。"

向成渝笑说："我也觉得我昨天把话说得很清楚了。"

"……"许南知到今天才知道，看起来这么温顺乖巧的人也还有这么伶牙俐齿的一面。

向成渝是借着给同事买咖啡的由头出来的，不能在外面耽误太久，把手里的纸袋往门上一挂："我得回去了，中午再过来找你，我有事和你说。"

没等许南知开口，他人已经跑远了，真是跑的，她一个愣神的工夫，人就没影了。

许南知取下挂在门上的袋子，关了门，把东西往桌上一放，站在旁边看了半天，也没想出个所以然来。

最后她抬手抓了抓头发，长吐了一口气，转身进浴室洗漱，出来吃了早餐，之后便换了身衣服出门了。

许南知没打算在酒店长住，也没想就这么坐以待毙，但在找到新的解决办法和出路之前，她准备先找个落脚的地方。

她和别的富家子弟不一样，名下没什么房产，就算有那也都是许父出资买的，包括之前住的那一套。

在去找住处的路上，许南知顺道去银行查了下工资卡里的钱。这几年她手上一直有别的闲钱，几乎没怎么动过工资卡里的钱。

她一查，数额虽然不大，但也不小，起码是个能令人心安的六位数。

许南知找了做房产的朋友，打算在原先的住处附近租一套房子。朋友陪着她看了一上午，最后定了一套一居室的公寓。

她在签租赁合同的时候接到了向成渝的电话，捏着笔边签名边道："我在外面处理点事情，等会儿回来，你先去吃饭吧。"

向成渝也没追问她去哪儿去做什么，只说在酒店等她。

许南知也没辙，只好说等会儿就来。挂了电话，她把笔还回去："辛苦你陪我跑这一上午了，等我回头搬过来请你吃饭。"

"都是同学，太客气了。"说话的人是许南知高中时期的同学，家境一般，毕了业就在做房产销售，如今也是五六家门店的店长，和许南知不是一个生活圈的人，对她现在的处境也不了解，自然就省去了很多不必要的麻烦。

许南知没和他客套，约了他周末的时间："那就这么说了，回头联系。"

"行。"

许南知从店里出来，打了辆车回酒店，见向成渝果真坐在一楼大堂的休息区等她。

"向成渝。"

他正在低头看手机，闻声抬起头："南知姐。"

"找我有事？"许南知问。

"嗯，有点事要跟你说。"向成渝起身朝她走来，手里拿着一个牛皮信封袋，"你吃饭了吗？"

许南知看着他："没，走吧，先去吃饭。"

大中午的，外面又热又燥，许南知带着向成渝去了附近一家粤菜馆，点完餐，问道："找我什么事？"

向成渝把手里的牛皮信封袋递过去："这是你之前和文泉地产合作的一些资料。"

许南知手一顿，没往下拆："你怎么知道文泉地产的事情？"

"我托人查的。"向成渝说，"我知道你停职是因为和文泉地产合作的酒店项目出现了问题。我昨晚托朋友去查了，他找到了你当时交过去的设计终稿。我今天拿给柳教授看过了，他说承重墙没问题。我也去现场看过了，建筑承重符合验收标准，没有问题。"

许南知捏着袋子的手紧了紧，一时半会儿没说出话来。

"我不清楚文泉地产那边到底为什么要污蔑你，但如果你要提起法律诉讼，这些都是证据。我咨询过，胜算很大。"向成渝皱着眉头，"但如果你真的要这么做，建院这边你可能就没法待下去了。"

许南知眨了下眼睛，问："那你觉得我应该怎么做？"

"项目出问题对一个建筑师来说是很严重的问题，如果就这么认了，那这件事就会成为你一生的污点。"向成渝揉捏着指腹，"所以我建议还是走法律途径比较好，这样就算建院待不下去了，起码你是清清白白从这里离开的，以后想重新开始也容易些。"

"你就这么相信我？万一真是我的问题呢？"

"当然，就算没有这些证据，我也相信你。"向成渝往后靠着椅背，偏头笑了一下，"比起事实，我更相信的是你这个人。"

（三）

许南知用一顿饭的时间把自己和周柏鹤之间的交易、和家里的矛盾，以及被停职的真实缘由都告诉了向成渝。

"成渝，谢谢你相信我，但是这件事没有你想象中那么简单，我父亲的手段我很清楚。"许南知晃了晃手里的资料袋，"这个，辛苦你了，后面的事情我自己会处理，先吃饭吧。"

向成渝没想到这些事情背后竟然还藏着这样的隐情，更令他意外的是，许南知和周柏鹤之间不过是一纸合约的关系。

他这会儿像是突然被惊喜砸中的幸运儿，愣神了半天，才消化完许南知话里的内容，点头应了声"好"。

一顿饭吃完，向成渝还要回院里，许南知自己也有事情没处理完，两人在酒店门口分开。

暮夏的阳光依旧灿烈灼人，许南知站在车水马龙的街头，看着那道颀长挺拔的身影逐渐走远。

她收回视线，低头看着手里的资料袋，总觉得事情好像在朝着一个意想不到的方向在发展。

许南知在傍晚的时候带着向成渝给的资料回了趟院里，在商讨无果的前提下，把停职改成了自行离职。

原本建筑院的离职手续比较复杂繁琐，但许南知是铁了心不肯服软，再加上杨万海也得了上面的指示，缩减了辞职的流程，仅用了半天的时间就办好了全部的手续。

杨万海也想惜才，但人在低位，不得不低头："小许啊，我是真想留你，但我也是真没办法。不过你放心，你的档案我交代过了，没给你写什么不好的内容。"

许南知对他的安排抱有几分感激："谢谢杨主任，我在建院的这几年多亏您的照顾了。"

"别别别，可千万别这么说。"杨万海也是于心不忍，"你的办公室已经可以进去了，回去收拾收拾吧，好好跟你手底下的人道个别。"

"好，那我先走了。"

杨万海挥挥手，不看她："去吧。"

许南知回来办离职的事情根本压不住，她刚走到办公区，之前跟着她的人全都围了上来，七嘴八舌的，全都不相信她就这么轻易地放下一切走了。

有人问："组长，你就这么走了，我们怎么办？"

许南知摘下墙上属于自己的工牌照片："别担心，会有新的组长过来带你们的，至少现在这个项目，你们还会继续做下去的。"

话已至此，众人眼见着事情确实没有什么转圜的余地，心里既难过又惋惜，情感稍微丰富点的，眼睛都红了。

许南知带了他们两年多，有几个甚至是刚进院里就跟着她，这么长时间处下来，感情不能说不深。她也很舍不得，但又没有办法，只好强打着精神安慰道："好了，办公时间，都去工作吧。"

等人散开了，许南知看着职工墙上刚刚空下来的一小块，轻轻吸了口气，转身进了办公室。

她坐进这间小办公室虽然只有一年时间，但东西却不少，认真收拾起来，用了两个纸箱才装完。

收拾完东西，许南知站在桌旁，望着窗外高大的梧桐树，风吹树摇，不堪重负的叶子从枝头滑落。

曾经多少个夜里，她在繁忙的工作之余站在这里看过无数次夜景，迎来数不清的日升月落。

向成渝过来时，看到的便是这幅场景——办公室的门大敞着，许南知倚着桌沿背对着门口，身影瘦削而孤寂。

他缓步走过去，抬手敲了敲门。

许南知从回忆里惊醒，下意识应了句："请进。"

向成渝假装没有看见她说完这句话后的怔愣和怅然，自顾走进去："都收拾好了吗？"

"差不多了。"许南知拿起桌上最后一样东西放进箱子里，"都在这儿了。"

"那我帮你搬回去。"

两个箱子，许南知确实没那个能力一次性拿走，也就没拒绝。

向成渝把两个箱子摞在一起抱起来，只让许南知拿了些零散的东西。

两个人一前一后从办公室里出来，没从办公区走，而是绕到了另一边的安全通道，下了一层楼才去搭电梯。

离别很难，说再见更难，不如就这样吧，走得悄无声息，也省去了很多的不舍和难过。

从建筑院出来后，许南知沉默了一路，向成渝也假装什么都不知道，抱着两个箱子走在一旁。

等到了酒店房间，向成渝已经被夏天的暑气热出一头汗。许南知拿了条干净的毛巾给他擦汗，又去了楼下大厅买了两瓶冰的矿泉水。

向成渝接过一瓶拧开又递回去，顺便把她手里另外一瓶没开封的拿过来，拧开喝了一口。

整个动作自然又流畅。

许南知神色微怔，握着矿泉水瓶，半天才想起来往唇边凑。

向成渝垂下眼帘，遮住眼里的笑意，拧上瓶盖将瓶子放在一旁，随口问道："你接下来有什么打算？"

"先搬家，然后休息几天，重新找工作。"许南知有学历又有能力，从头再来并不是什么难事。

"搬家？你找好房子了吗？"

许南知"嗯"了声，放下手里的矿泉水瓶，抽了张纸擦掉手心里的水："已经找好了。"

"你打算什么时候搬过去？"

"明天晚上吧。"说完这句话，许南知转身过去给手机充电。

向成渝站在窗边，伸手推开窗户，让外面的热风和喧嚣一同挤进屋里："……那我明天能来帮你搬家吗？"

许南知回头看了他一眼，又很快收回视线，语气寻常："随便你。"

等到第二天，许南知起早约了家政阿姨去给家里做一个大扫除，然后把酒店这边的行李都一起带了过去。

房子本身就是精装修，房东也提前收拾过一遍，阿姨过来也就是清清灰，做一次消毒。

简单收拾了一上午，许南知走之前把家里的窗户都开了透气，然后去了自己原先的住处。

许南知之前住的是个标准的三室一厅，大学一毕业就搬了过来，除了衣服，便是专业书籍和一些设计稿，装了四个箱子都没能装完。

傍晚的时候，许南知接到向成渝的电话，把自己的地址在微信上给他发了过去。

约莫过了四十多分钟，向成渝又给她打了个电话，说是已经到楼下了，许南知下楼把人接了上来。

"随便坐，桌上有水自己拿，我还有些东西没收拾完。"进屋之后，许南知说完这句话又进了书房。

向成渝在客厅坐了一会儿，目光环视着整个屋子，最后决定先将客厅里几个已经封好的箱子先搬下去。

他起身去书房和许南知说了一声："南知姐，我先把外面的几个箱子搬下去了。"

许南知这会儿也收拾得差不多了，和他一起搬了两趟。剩下最后两箱都是书，向成渝没让她搭手："这些我来吧，你看看还有没有什么落下的。"

"行，那你注意点。"

"好。"

搬完所有东西后，许南知站在门口看了会儿这间住了六七年的屋子，将最后一把备用钥匙放到鞋柜上，轻轻关上了门。

新家离这里不远，步行只有十几分钟，开车要绕一些，二十多分钟的车程。

搬上比搬下速度快多了。新家是个一居室，客厅光是放着几个大箱子就已经显得拥挤，更别论站人了。

许南知和向成渝在仅限的空间里挪动，免不了有些肢体碰撞，但两个人都假装不在意这一茬。

许南知拆了三个装书的箱子，把东西放进书架里，箱子压平放到楼道的回收垃圾桶里，屋里顿时宽敞了不少。

她坐在沙发上歇了口气，起身进浴室洗了把脸，出来时看着站在阳台上的身影："走吧，去吃饭了。"

"哦，好。"

新小区毗邻两所中学，周围街区热闹，吃的也多，香味传遍大街小巷，许南知来了兴致，问他："吃烧烤吗？"

向成渝说："都行。"

"那走吧。"

许南知找了家人气比较旺的大排档，撸串麻小加冰啤，一下就回归到生活里了。

老板端上来一盆小龙虾尾。向成渝见她拿酒当水喝，拿了一副一次性塑料手套递给她，劝道："你喝慢点。"

许南知轻笑一声，没说什么，接过手套开始剥虾壳，随口聊了几句他在学校里的事情。

向成渝有问必答，手里剥壳的动作不停，很快手边就堆起了小山。许南知又问他在学校里谈恋爱没有。

他顿了一下，倒也诚实："大一的时候谈过，不过没多久就分开了。"

许南知喝了口酒："你提的还是对方提的？"

"对方。"

"为什么？"许南知笑了笑，"你这个长相不应该啊。"

"她觉得我不够贴心，不是真的喜欢她。"向成渝想到当初分手时前女友骂他长得好看有什么用，没再继续说下去，反而借着这个由头反问回去，"那你呢？你以前谈过吗？周柏鹤不算。"

"当然谈过。"许南知放下玻璃杯，往后靠着椅背，望着杯子里起伏的泡沫，没什么情绪地说，"我有一个谈了七年的前男友。"

向成渝缓慢地眨了下眼睛，既惊讶于她这段感情的时间之久，又疑惑这段感情结束的缘由："你们因为什么分开的？"

"他劈腿了。"许南知抬眸对上他的目光，想着既然开了这个头，索性就没再隐瞒，"他和你一样，之前也在建大读博，是我同专业的师弟。我们在一起七年，已经到了谈婚论嫁的地步，他却喜欢上了别人。"

说到这里，向成渝忽然出声打断她："我们不一样。"

"嗯？"

向成渝摘下沾满油污的塑料手套，头一回正声叫了她的名字："许南知。"

"我和你前男友不一样，你不要把我们混为一谈，他是渣男，我不是。"他将手边剥好壳的虾尾放到她面前，一字一句道，"我喜欢一个人就会对她好一辈子。"

安顿好之后，许南知在家里没日没夜睡了几天，好像要把这几年缺的觉都给补回来。而在这几天里，向成渝每天下班都会过来她这里一趟，有时候是一起吃晚饭，但更多时候都是吃夜宵。

自从那天在夜市说开了之后，他就跟打通了任督二脉一样，任凭许南知怎么旁敲侧击地拒绝全都当作没听见。

周五傍晚，院里不加班，向成渝提前下班，本想约许南知出来吃晚饭，但是项目组里的人攒了酒局，说什么都不让他走。

在去酒吧的路上，同为实习生的傅舟勾着他的肩膀问道："你最近一下班跑得那么快干吗去啊？"

"下班不走，难不成还留在这里加班吗？"向成渝低着头，在微信上给许南知发了信息，又说，"又不给我钱。"

"庸俗。"傅舟翻了个白眼，没和他争辩这个问题，"不和你说了，我去找小黎姐。"

小黎姐全名黎梨，是许南知组里的人，傅舟对她一见钟情的事情全项目组的人都知道。

向成渝看着走在前面的两道身影，心生羡慕的同时也在手机上收到了许南知的信息。

他五分钟前和她说，自己晚上和项目组的人出来聚餐，今晚可能要晚一点到她那里。

几秒钟后，许南知回过来一条定位消息。

是他们今晚聚餐的酒吧。

许南知比向成渝还要早知道他们今晚要聚餐的消息，离职那天她走得匆忙，也没好好和组里的人道个别。

院里周五不加班是惯例，黎梨和组里的人商量好地址后，中午就在微信上和许南知约好了时间。

她现在是个闲人，中午吃过饭睡了一觉，到傍晚才起来，洗了个澡换了身衣服，打了个车就先过来了。

收到向成渝发来的微信时，许南知刚从出租车上下来，走到酒吧门口才给他回了信息。

许南知在酒吧门口和他们一行人碰了头，都是认识的人，招呼都不用打，直接就推着拥着进了酒吧。

向成渝和傅舟落了一步，走在人后。

酒吧七点才正式开始营业，他们一行人进去的时候，还不算太热闹，也没多少人，驻唱歌手哼着旋律舒缓的音乐。

向成渝拽着傅舟不动声色地挤到许南知身旁坐下，两个人比起一个人的举动要掩人耳目许多。

傅舟不乐意他把自己和黎梨分开："你干吗？我还指着今天能和小黎姐多说几句话呢。"

向成渝这会儿目的达成，也不强拉着他非要坐在这处："那你去找小黎姐，我又没拦着你。"

说话间，黎梨已经和组里其他相熟的人坐在一起。傅舟气结，在桌底踢了向成渝一脚："你浑蛋。"

向成渝猝不及防被他这么一踢，人往另一侧倾倒，差点就要倒进许南知的怀里。

他镇定自如地直起身，乖乖叫了声："南知姐。"

许南知"嗯"了声，不看他也不戳破他的小动作。

傅舟混迹情场多年，一眼就看出向成渝和许南知之间那点不同寻常的猫腻，八卦道："想不到你小子啊，竟然藏得这么深。"

向成渝揣着明白装糊涂，端起玻璃杯凑在唇边："什么？"

"别跟我装！"傅舟一把按住他的胳膊，微微眯了眯眼睛，一语道破天机，"你是不是喜欢许组长呢？"

向成渝抿了口酒，不吭声。

傅舟有迹可循："你还叫人南知姐。凭什么我们都叫组长，你管她叫姐，你俩什么时候走这么近了？"

"凭我和她认识的时间比你们都久。"向成渝放下酒杯，抬手卷起衣袖，露出一截白皙精瘦的手臂，不紧不慢地说，"我大学的时候就认识她了，叫一声姐怎么了。"

"你别跟我说，你真就只把她当姐姐。"傅舟笑得了然，"向成渝啊向成渝，你可真是瞒得我好苦啊。"

向成渝笑着把人推开，假意威胁道："你给我把嘴闭严实点。"

这话说得不巧，正好到了要换下一首歌前的空档，酒吧里没多少人又没了歌声，格外安静。

离得近的人笑着打趣道："你们俩小孩躲在旁边说什么悄悄话呢？"

傅舟刚要开口，余光瞥见向成渝威胁的神情，到嘴边的话音一转："都说了是悄悄话，哪能给你们知道。"

"你不说，我找你小黎姐去。"

这话一说，周围顿时笑开了。酒吧里驻唱的歌手换了一位，与之前截然不同的风格。

七点，正是灯红酒绿华灯初上的好时刻。

因着明天是周末，当天晚上在场的人都放开了喝，尤其是许南知，被组里的人轮番对着喝。

到最后散场的时候，许南知已经醉得有些不省人事了。将其他人送走之后，黎梨提出送许南知回家。

躺在一旁的傅舟忙拽住黎梨的胳膊："小黎姐，你送我回去吧，许组长有成渝送呢，他俩关系可好了。"

黎梨晚上没喝多少，人也清醒："你说什么胡话呢，许组长和成渝才认识多久。"

"认识可久了。"傅舟不依不饶，助攻到底，"成渝大学时候就和许组长认识了。"

说话间，向成渝去完洗手间回来，看了眼在场的情形，温声说："小黎姐，傅舟说的是实话，我和南知姐是旧识，我送她回去吧。"

"那好吧。"黎梨说。

黎梨把向成渝和许南知送上车，弯下腰和向成渝交代道："注意安全，送到了在群里报声平安。"

"知道了。"向成渝看着她，"傅舟就麻烦小黎姐了。"

黎梨被他俩弄得头大，挥挥手："快走吧。"

司机很快发动车子开走了。

许南知最近心里装了太多事，晚上喝酒肆意了些，迷迷糊糊听到他们在说些什么，却不是很能理解，脑袋晕沉沉的，眼皮也跟坠了铁一样重，怎么也抬不起来。

向成渝开了车窗，把人扶到自己肩上枕着。窗外的风呼呼往车厢里钻，将许南知的长发吹得飞起。

有几缕飞到他脸上、唇上，他抬手拨下来，略微调整了姿势，让许南知枕得更舒服些。

在车上那段时间，许南知一直很安静，也没有什么难受的地方，向成渝以为是她喝醉了就这样。

谁知道车子刚在小区门口停下来，她就跟被触动了什么开关一般，捂住嘴就要吐。

司机慌忙叫道："吐车里两百块！"

向成渝从钱夹里抽了张百元大钞递过去，零钱也没要，连忙把人从车里扶了下来。

许南知没吐在车里，却直接吐在了大马路上。好在附近来了个环卫工人，什么也没说，等着许南知吐完，拿扫帚和簸箕过来打扫。

向成渝扶着许南知在路边花坛上坐下，又跑去旁边的便利店买了几瓶水，拿了两瓶给打扫的阿姨："不好意思，麻烦你了。"

阿姨还要推脱，向成渝直接把水放到她的环卫车上，她也就没再多说，打扫完就走了。

许南知吐完人有了意识，但依旧不清醒，任由向成渝怎么说，她就是不肯起身往小区里走。

向成渝这会儿才知道越是平时看起来淡定冷静的人，喝醉了酒就越是闹腾和折磨人。

暮夏夜里起了凉风，许南知穿得单薄，向成渝也就只穿了一件，没法给她遮风。

他只好半蹲下来，仰着头看着她，放轻了声音哄着："外面这么冷，我们先回家好不好？"

许南知皱着眉头，像是在思考他话里的意思。过了几分钟，林荫道上卷起一阵风，她抬手搓了搓胳膊，眼睛有些红："我回不了家了。"

"怎么会，我现在就带你回家。"向成渝转了个身，扭头看着她，笑得温柔，"来吧，我背你。"

向成渝保持着这个姿势大概有一分钟之久，后背上才传来重量，许南知整个人覆了过来，胳膊搭在他的脖颈间，脸颊也蹭了过来。

他几乎是在她靠过来的同一时间，身体有了片刻的僵滞，后背上的温热和柔软，以及她喷洒在颈间的呼吸，全都成了能让他失控的因素。

凉风吹散了几分燥热。

向成渝抿着唇，找了个合适的姿势把人背了起来，手也不敢逾越，只是抓着自己的衣服。

许南知对这一切毫无所知，酒精浸染了她的思绪，将她压抑在内心深处的所有负面情绪全都挑拨出来。

崩溃来得猝不及防。

向成渝在感受到颈间传来的温热湿意时，脚步顿了一下，但又很快恢复如常，一步比一步迈得沉稳。

比起号啕大哭，这样压抑的哭声更让人心疼。

向成渝没见过这样的许南知，什么也不说，只是默默地流着泪，却已经让他不知所措又无可奈何。

许南知也控制不了自己。

和谢路分开的那几年，她曾经有过很长一段时间的崩溃，她为之付出那么多努力的感情，却迎来这样潦草而不堪的收场。

那段时间里，许南知白天戴着平和释然的面具，到了深夜才敢面对自己所有的失控和崩溃。

眼泪和尼古丁成了她最亲密的朋友，陪她熬过一个又一个难受的深夜失眠，好不容易苦尽甘来，到如今又全都成了一场空。

那天晚上，许南知哭了多久，向成渝就在旁边陪了多久。她只是哭，也不说话，他想安慰也无从开口。

很久以后，向成渝再回想起这一夜，依旧觉得那是自己这么多年来经历过的最难熬的一夜。

许南知睡了很踏实的一觉，第二天早上是被窗外的雨声吵醒的，宿醉之后的不适感让她在被窝里多躺了几分钟。

卧室的窗帘拉了一半，挡不住外面的风吹雨摇。许南知抬手按了按有些肿胀的眼皮，有关昨晚的记忆也在这雨声里逐渐回笼。

她还不到断片的地步，隐约记得是向成渝送自己回来，也没有忘记自己后来的崩溃和他的温柔轻哄。

想到这儿，许南知免不了有些头疼，原本不想和他有过多的牵扯，可偏偏在阴差阳错间又把自己最脆弱的一面暴露在他面前，就好像命运偏要把他们两个连在一起，躲也躲不掉。

她轻轻叹了声气，起身下床，走出卧室才发现家里多了个人。

客厅的长条沙发上，向成渝和衣而卧，腰间搭着一条单薄的毛毯，两条长腿勉强搭在沙发边缘上，整个人睡得很熟。

许南知不由得放轻了动作，绕过客厅走进了浴室，匆匆冲了个澡，洗掉身上的酒气和难闻的味道。

大约是浴室的隔音效果很好，许南知在里面待的半个小时里，向成渝在外面依旧睡得很熟，丝毫没有要被吵醒的迹象。

许南知洗完澡从柜子里拿了吹风机，刚插上电，想到睡在客厅里的人，又拔掉放了过去，从旁边扯了条毛巾随便擦了擦。

从浴室里出来后，许南知回房间换了身衣服，然后拿上手机和放在门口墙角处的雨伞出了门。

关门的动静让睡在客厅的人陡然一惊，几秒之后，向成渝悠悠转醒，抬手按了按两侧的太阳穴。

许南知昨天晚上折腾到很晚，他也陪着到那时候，后来她哭累了睡着了，他又把人抱回卧室，给擦了脸盖上被子才算结束。

原本向成渝打算就这么走了，但又怕她后半夜醒来身边没人，想了想，直接就在客厅睡下了。

这会儿，他拿开搭在腰间的毯子坐起来，低头穿上鞋，走到卧室门口看到里面乱成一团的床铺，却不见人。

一居室丁点大的面积，向成渝几步便看完了所有地方，却始终没见到许南知的身影。

他走回客厅，拿起手机才看到许南知在微信上给他发了信息。

我去买早餐了。
浴室的柜子里有新的洗漱用品，醒了自己用。

向成渝笑了声，敲下一个"好"字发过去，随后放下手机进了浴室。

许南知不仅买了早餐，还另外买了些果蔬肉制品，大大小小拎了两包。开门的时候，向成渝听见动静，起身过去接了一把，还挺有重量，随口道："买这么多东西，你怎么不喊我一起。"

"你在睡觉。"许南知收了伞，站在玄关处换鞋，"我总不能把你叫醒。"

"为什么不能？"向成渝把东西拎进厨房，走出来的时候又说了句，"你下次可以叫醒我。"

许南知身上淋了雨，边往卧室里走边道："知道了。袋子里有早餐，你去厨房拿几个碗碟装一下。"

"好。"

许南知换了身棉灰色的家居服。溪城的这场秋雨浇灭了仅剩不多的暑气和燥热，气温陡然直降，空气里也多了些凉意。

她换完衣服出来，向成渝已经将早餐分装好，正坐在桌旁玩手机，桌上的小笼汤包和皮蛋瘦肉粥飘着香味。

许南知在他对面坐下，卷起一小截衣袖，拿起汤匙的时候说了声："昨天晚上麻烦你了。"

向成渝放下手机，抬眸看着她："我没觉得是麻烦。"

许南知不和他争论这些，夹了个汤包，默默吃着东西。

两个人昨天晚上除了酒就没怎么吃东西，这一大早胃里都空空的，很快就将两笼汤包扫荡一空。

许南知喝完最后一口粥，问道："你吃饱了吗？"

"饱了。"

许南知也不跟他客气，抽了张纸巾擦了擦嘴，站起身："早餐我买的，收拾你负责。"

向成渝笑了下："好。"

吃过早餐，许南知从卧室拿了电脑出来，盘腿坐在沙发上修改简历，筛选公司，厨房那边传来碗碟碰撞的声音。

她回头看了眼，隔着一层移动玻璃门看到影影绰绰的一个轮廓，盯着看了几秒才收回视线。

厨房里的动静没能持续太久，向成渝收拾完还顺便将垃圾桶里的垃圾给收出来放在门口。

许南知听着他的脚步声，手搭在键盘上，半天没动作，直到脚步声愈来愈靠近，她才装模作样似的敲了几个字。

向成渝没注意这些，走到客厅，弯腰将脚边那个垃圾桶的垃圾袋扎好拎出来，才道："南知姐，我先回去了。"

许南知"嗯"了声，抬头看着他："注意安全。"

"好，知道了。"向成渝拎着垃圾袋走到门口，换了鞋又拎起另外一袋垃圾，回头朝着客厅里说："南知姐，我用一下你的伞。"

许南知头也不回地说："你用吧。"

"那我走了。"

"嗯。"

指纹密码锁开关门会发出很机械的声音，随着门锁的重新合上，许南知听见密码锁归位的动静。

屋里变得安静下来，伴随着窗外淅淅沥沥的雨声，分明是格外惬意的时刻，可许南知莫名觉得屋里安静得有些过分。

她拄着脑袋，垂眸盯着电脑屏幕上的字样发了很长时间的呆。

良久后，许南知被电脑邮箱收到新邮件的提示音惊醒，匆匆回过神来，点开邮件接收。

在这个间隙里，她起身去开了电视，屋里多了些动静，变得热闹了，好像也有了些烟火气。

一上午的时间过去，许南知给一家大型建筑公司和业内两家顶尖建筑事务所分别投递了简历。

其中一家建筑事务所的 HR 回复极快，许南知在和她简单沟通之后，约了下周一上午面试。

忙完这些，许南知合上电脑，起身走进厨房，刚把早上买的菜拿出来，便听见外面传来一阵敲门声。

她放下手里的山药，拧开水龙头洗了洗手，才走出去开门。

门外是去而复返的向成渝。

他换掉了昨天那一身白衬衫黑西装裤，穿着件纯黑色的长袖 T 恤和同色系的长裤，手里拎着把伞，怀里抱着只被淋湿了的小橘猫。

许南知手扶着门，有些意外地看着他这身搭配。

向成渝倒是毫不慌乱，抬手晃了晃手里的伞，一本正经地胡说八道："我来还伞。"

"那这个呢？"许南知朝他怀里的猫抬了抬下巴。

"捡的。"向成渝指腹刮了刮柔软的猫毛，"在楼下碰见的，看着不太像流浪猫，我在楼下等了会儿也没见人来找，就先给带上来了。"

"……"许南知忽然不知道从何说起，松开放在门上的手，转身往里面走，"先进来吧。"

向成渝应了声，放下伞换了鞋，抱着猫直接坐在客厅的地板上。许南知找了条干净的毛巾让他给猫擦一擦身体。

两人一猫就这么在客厅里待了一会儿。

许南知等他擦好了，拿起旁边的手机对着猫拍了张照片。

向成渝抬头看着她："怎么了？"

她低着头边发信息边说："你说它不像流浪猫，那应该就是小区里某家人的，我拍张照片发到业主群里问问。"

向成渝没说话了，手拨弄着橘猫的下巴。小橘猫又奶又乖，脑袋不时蹭着他的手背。

许南知发完信息，放下手机，问道："吃饭了吗？"

他摇摇头："还没。"

许南知笑了声，看穿他来送伞不过是醉翁之意不在酒，但也没说破，站起身往厨房走："那先说好了，我负责做饭，你负责刷碗。"

向成渝看着她的背影，笑着应了声"好"。

许南知发到业主群里的信息很快就得到了回复，对方是和她同个楼层的住户，家里刚刚翻新了一次，白天有人在家就开着门通风，小橘猫就是趁门开着偷跑出去玩了一天，结果回来时被一楼大厅带着密码锁的门给挡住了回家的脚步。

猫昨天就走丢了，在得到消息之后，对方在微信上和许南知沟通了下，随后立马就从楼下跑了过来。

猫主人是个年轻的男生，和向成渝差不多大，又白又高，接到猫之后，还盛情邀请许南知以后去他家里看猫。

出于社交礼仪，许南知附和着应了句："好，有时间一定过去。"

说者无意听者有心，吃饭的时候，向成渝假装无意地问了句："南知姐，你喜欢猫吗？"

许南知来了一筷子青菜："还好。怎么了？"

"没事，我就随口问问。"向成渝低头喝了口汤，没再说这茬。

许南知看了他几秒，有些莫名其妙。

吃过饭后，向成渝遵守约定负责收拾残局刷碗，许南知乐得清闲，洗了盘草莓坐在客厅里看电影。

这时候又有人过来敲门。

许南知匆匆咽下吃了手里的半颗草莓，踩着拖鞋去开门。

门外还是刚才那个男生，他这会儿也拿了两大盒草莓过来，说是感谢许南知捡到他的猫。

向成渝早在开门那会儿就停了手里的动作，竖着耳朵在听门口的动静，生怕错过任何一个细节。

男生视猫如命，猫丢了一天他也一天没吃饭，现在好不容易找到了便格外感谢捡到猫的人。

尤其是捡到猫的还是个漂亮姐姐，他更想借此好好把握机会："那不如这样吧，这周日我请你吃饭吧。"

在厨房里的向成渝听到这句话时，忍不住皱了皱眉头。

天杀的，早知道我就不给你捡猫了，你个披着猫毛的大尾巴狼，简直不安好心。

许南知站在门口，半天听不到厨房里的动静，又不见向成渝出来，忍不住回头看了眼。

正好看到向成渝把刷碗巾当泄愤的工具往水池里丢，幼稚得不行，她笑了声，回头看着男生："不好意思啊，这猫不是我捡的。"

说完这句，许南知又回头朝着厨房那边说："向成渝，你捡的猫，你自己出来和别人说。"

向成渝没怎么犹豫就从厨房里走出来，站在许南知之前站着的位置，抬眸看着眼前和自己年纪相仿的男生，言辞之间带着点炫耀的意思："你好，猫是我捡的，请吃饭就没有必要了，我有地方吃饭。"

男生怀里抱着猫，视线从向成渝脸上滑到坐在客厅的许南知那里，像是明白了什么，又极快地收回了视线，轻轻笑了声："那好吧，不过还是谢谢你。"

"不客气，举手之劳而已。"

男生没有再多说，很快抱着猫离开了。向成渝站在门口等看到他进了电梯，才关上门朝厨房走去。

屋里响起锅碗瓢盆碰撞的动静，熟悉又温馨，许南知半卧在沙发上，内心似乎在被一点一点填满。

向成渝留下来吃了晚饭才回去，走的时候外面已经停了雨，但他还是拿走了那把伞。

隔天他又如法炮制过来在许南知家里待了一天。

周末的休息时间稍纵即逝。

周一清晨，许南知约了一家建筑事务所的面试，向成渝昨天得知了这个消息，一大早就开了车过来。

来的路上，他还给她带了早餐。

许南知坐在车里解决完一个三明治，拆开牛奶喝了一口，随口问道："你们的项目进展得怎么样了？"

"挺顺利的。"向成渝在一个红灯路口停下车，"你今天就约了一家面试？"

"下午还有一家。"许南知看着窗外的车流，"另外一家昨晚已经在线上沟通过了，不太合适。"

两个人就着这个问题聊了一路。到地方之后，许南知坐在车里整理妆容，向成渝在旁边接电话，说了没几句又推开车门走了下去。

许南知透过车窗看了眼他的背影，抿开唇角的口红，也推开车门走了下去，向成渝听见动静回过头来。

她指了指腕间的手表，又用手做了个走动的手势，示意自己先走了。

向成渝挂不了电话，只点了点头。清晨的阳光薄薄一层，落在他身上，脸庞在光影里有些模糊，英俊依稀可见。

许南知上午的面试很顺利，工作内容、薪资条件以及事务所的工作环境都在她的合理预期之内。

双方沟通得融洽且愉悦。一轮面试结束时，对方 HR 依旧是那句老套常规的行业话——回去等通知。

每天来事务所参加面试的人很多，许南知上午来得算早，但整个面试流程走下来，上午的时间也已经过了大半。

她就近在事务所旁边的商场吃了午饭，然后随便找了家咖啡店坐了一会儿，等到快一点的时候，才出门打车去下午的面试公司。

同样的，因为许南知的履历十分优秀，下午的面试也是意料之中的顺利，对方甚至直接提出邀约，希望许南知能够尽快入职。

从公司出来后，许南知放弃了打车，去了附近的地铁站。向成渝和她约了晚上一起吃晚饭，她现在从这里坐地铁过去，时间差不多正好到他下班的点。

大下午的时间，地铁里没什么人，许南知随便挑了个空位坐下，一天的奔波让她这会儿有些疲惫。

不过她也没能得到太长时间的喘息，五点钟的时候，许南知收到了上午那家事务所发来的面试结果。

对方发来很长一段话，有惋惜也有遗憾，但通篇都是一个意思——她没能成功进入复试。

这个结果让许南知有一瞬间的意外和怔愣，不过她很快又缓过神来，给对方回了个"谢谢"。

对方没有再回复。

如果只是到这里的话，其实许南知还没意识到什么，只以为是自己能力不符或者其他方面没能让对方满意。但不管如何，在这个时候，她还是觉得面试失败的原因在自己。

等到了晚上，许南知在吃饭时接到下午那家建筑公司的电话，对方一开口就是一声"抱歉"。

之后的话她没怎么听，但意思总归还是那个意思。

挂了电话后，许南知握着手机，整个人愣在那里半天没动作，心里隐隐约约冒出个念头。

向成渝伸手在她眼前晃了晃："南知姐？"

许南知回过神："怎么了？"

"你怎么了？魂不守舍的。"

"没事。"她垂了下眼睛，重新拿起筷子，"吃饭吧。"

向成渝沉默着看了她一会儿，没打算急于这一时间出什么。

两个人各怀心思吃着东西。

吃过饭后，向成渝照例开车送许南知回家。快到小区门口的时候，许南知忽然说："你在前边停一下车，我去买个东西。"

向成渝看了她一眼，没说话，缓缓把车在路边停下。

许南知动手去开门，却没推动。

向成渝在沉默里开口，声音听起来颇为平静和冷冽："你今晚到底怎么了？"

"没什么，就是面试失败了，有些烦。"许南知的手仍旧搭在把手上，回头对上他审视的目光，心里莫名抖了下，却依旧镇定地说道，"向成渝，开门。"

向成渝知道她没说假话，但又觉得好像没完全说到重点。彼此对视了一会儿，他先败下阵来："外面冷，你要买什么，我去给你买。"

许南知没隐瞒："烟。"

"好。"向成渝说完这句，推开车门走了下去，身影披着夜色，近乎要与其融为一体。

许南知看着他逐渐走远，抬手揉了揉太阳穴，有些无力般地深呼吸了一瞬，靠着椅背发呆。

向成渝很快去而复返。上车之后，他把手里的白色便利袋放到了后排，然后便一言不发地启动车子朝着小区里开。

车子在熟悉的单元楼前停下。

许南知要去开门，但仍旧没能推动。

她微不可察地叹了声气，回过头来想要和向成渝说话，却不防他忽然倾身靠近，将两个人的距离拉到咫尺之间。

"许南知。"向成渝盯着她的眼睛，带着压迫性的气势，"你是不是还拿我当弟弟而不是当一个追求者来看待？"

气氛凝滞，许南知维持这个姿势停了几秒，而后缓慢地眨了下眼睛，诚实道："没有，你这样我再把你当成弟弟来看，岂不是有点太不是人了。"

"那你承认我现在是在追求你了？"

许南知偏头看向窗外，破罐子破摔："你觉得是就是吧。"

"那我觉得是。"向成渝得到满意的答案，轻轻笑了声，扭身将放在后排的便利袋拿过来递给她，"你的东西。"

许南知接了过来，总觉得这包烟的重量有些不太对劲，皱着眉道："你是不是把整个便利店的烟都给买了？"

她说完这句，作势就要去解开袋子。向成渝及时攥住她的手腕，声音温温的，却带着点莫名的强势："我还买了其他的东西。不早了，回去再看吧。"

他体温偏高，掌心的温度有些热，许南知脑袋里那根沾上向成渝就紧绷起来的神经在这会儿又绷了起来。

她抿了抿唇角，不动声色地动了动胳膊，把手腕从他手心里抽了出来，按下开门键，头也不回地下了车。

向成渝看着她进了单元楼里，没急着走，在楼下多待了一会儿，直到看见许南知家里亮了灯，才驱车离开了小区。

许南知到家之后，随手把便利袋往桌上一放。袋子里的硬物和木质桌面碰撞，发出一道很沉重的响声。

她心里存了疑惑，三两下解开袋子。

向成渝虽然没有把便利店里的烟给买回来，但许南知可以肯定，他绝对是把便利店里所有的口香糖都给买了回来。

里面有几款口香糖和女士香烟的包装盒类似，以至于她刚才隔着袋子只摸了个轮廓就以为是烟，也就没多想。

这会儿，许南知看着袋子里差不多可以吃到明年的各种口味的口香糖，又好气又好笑。

这是人能干出来的事情吗？

她拿出手机对着这些乱七八糟的口香糖拍了张照片，随后打开微信发给了向成渝。

发完信息，许南知放下手机，从袋子里拿了瓶木糖醇，边走边打开盖子倒了两颗丢进嘴里。

她走到沙发旁坐下，打开电脑重新登录之前的建筑师招聘网站。

这一次，许南知没再仔细筛选公司的各方面条件又或是职位要求薪资这些，直接点开首页的建筑公司排行榜，给排名前十的建筑公司和事务所都投了简历。

过了一个多小时，她陆陆续续收到其中四家公司的 HR 发来的面试邀请。

许南知在线上和对方约好了准确时间之后，便没再浏览其他家公司，直接下了线。

今天的面试结果并不在她的意料之中，尤其是下午那家公司，面试的时候，许南知能感觉出来，他们对自己之前的设计风格和业务水平都十分满意，交谈方面也没出现其他的偏差，结果转头却告知她没有通过面试。

虽然面试的失败也存在各种其他的客观因素，但许南知总认为这件事没有想象中那么简单。

弄完这些，许南知合上电脑，听见微信新信息的提示音，拿起手机一看。

小朋友：抽烟有害身体。

小朋友：吃糖吧。

（四）

接下来的几天，许南知连着面试了六七家公司，结果不出意料的全都在初试这一轮就被刷了下来。

其中有一家事务所通知她去复试，但最终还是跟之前其他家公司一样，以一些官方原因为由拒绝了她。

许南知了解自己的能力和业务水平，如果是有一两家没通过面试，倒也说得过去，但现在这种情况，她就算是再迟钝，也该想明白这其中的蹊跷。

无非就是许父想用这种手段，逼迫她屈服认错，重新回到他们的羽翼之下，接受他们所谓的庇护。可偏偏许南知不是这么容易就能被安排的人，大公司去不了，她便开始往一些小公司投简历。

但小公司也有小公司的缺点，小半个月下来，许南知都没物色到合适的公司和岗位。

周五这天傍晚，许南知结束这星期以来最后一家公司的面试，从写字楼出来时，才看到外面下了雨。

秋天北方的冷空气缓缓而来，绵绵细雨带着无孔不入的凉意。

许南知又退回楼里，拿出手机叫车，但因为是下班的节点，叫车软件显示前面排队人数为两位数。

她抱着胳膊站在宽敞明亮的落地窗前，眉目之间带着深深的疲惫和烦闷，如同这场浓稠的秋雨，化不开解不了。

周围陆陆续续有下班族从楼上下来，许南知往旁边挪了几步，不时抬手看几眼手机上的叫车页面。

约莫过了十几分钟的光景，许南知退出了叫车软件，将手机放进包里，又拢了拢身上的外套，准备冒雨跑到附近的地铁站。

恰好就在此时，大厅入口处的电梯抵达一楼，从里面结伴走出几个西装革履的人影。

其中一人在路过门口时，目光随意往旁边一瞥，倏地顿住了脚步。同行的几人发现他没跟上来，回过头叫了声："谢路，你干吗呢？走啊。"

这道声音不高不低，在空旷的一楼大厅小范围地传播，刚要准备出门的许南知听见熟悉的名字，下意识抬头朝着声源处看了过去。

旧人重逢，没有想象中的针锋相对，更没有意料之外的天雷勾地火。

许南知对上那人的视线，眸光顿了一瞬，随即镇定自若地扭过头，仿佛只当他是个陌生人。

愣在原地的谢路回过神，夺过同事手里的雨伞，快步追了出去。

外面雨势稍减，细雨如绵。

许南知听见身后急促的脚步声，眉头微不可察地蹙了一下，刚要加快步伐，却突然被人从后面拽住了胳膊。

"南知。"

听见这道声音，许南知眉间的起伏更加明显了几分。

她有些不耐烦地甩开胳膊上的力道，回过头对上谢路的目光，唇角紧抿的弧度将她此时此刻的心情展露无遗。

谢路也抿着唇，一言不发地撑开手里的伞递到她头上，神情有些犹疑："……伞你拿着吧。"

许南知毫不犹豫地抬手挥开他的手和伞，冷着声音说道："谢路，你能不能要点脸。"

说完这句，她便头也不回地往前走，只是没一会儿，身后又传来和之前相似的脚步声。

就在又被人从后面扯住胳膊的时候，许南知再也无法忍受，回过头大吼了一声："你烦不烦——"

"许南知——"

两道截然不同的声音同时响起。

许南知也在这一时刻看清楚了拉住自己的人，怒火像是猛地被浇了一盆水，在一瞬间戛然而熄。

沉默和尴尬来得猝不及防。

向成渝顺势把人拉到伞下，把伞柄递过去，而后抬手脱下外套披在她的肩上，语气稍冷："不接电话也不回信息，现在在这儿淋雨，你是不是脑袋不正常啊，许南知？"

他的声音带着不同寻常的冷淡和微不可察的怒气，许南知握紧了手里的伞柄，开口解释道："手机刚才面试的时候开了静音，放在包里我没注意到，抱歉。"

向成渝脱了外套，里面就只有件单薄的白色衬衫，左肩已经被雨水打湿了一小片。

许南知把伞往他那边挪了挪。

向成渝注意到她的动作，面色稍霁，也不问她刚才的怒火从何而来，接过伞，依然朝她那里倾了大半。

许南知还未开口，他已经抬手自然地揽住她的肩头，把人往怀里带了带："走吧。"

回到车上时，向成渝的半个肩膀都已经湿透了。他开了暖气，又从车里找出两条干净的毛巾。

两个人各自擦了擦身上湿掉的地方。

车厢里的沉默让人有些窒息。许南知抓着毛巾，视线落在窗外。夜色来袭，她在车窗的玻璃上看到向成渝的侧影。

说起来，她好像还没有完全认真地看过向成渝的长相，只是觉得他长得好看、英俊，现在这么一细看，挺直的鼻梁、薄唇，脸侧的弧度随着他偏着头的动作更加清晰流畅。

但怎么说从玻璃上看的剪影总归是有些模糊且不真实，许南知索性转过头，大大方方地盯着他看。

向成渝五官里最出众的还是眼睛，细长狭直，在眼尾分出叉，眼皮很薄，抬眼的时候会压出一道深刻的褶，眼眸是深黑色的，看人的时候，总带着那么点勾人的意味。

许南知也没盯着他看太久，在向成渝偏头看过来的时候，她便立刻把视线收了回来。

没了刚才的大方，反而有种欲盖弥彰的感觉。

向成渝的嘴角微微上扬，声音轻快而愉悦地说道："看清楚了吗？要不要我凑近了让你再看看？"

许南知的脸上有一层薄而少见的红意，扭过头，掩饰般地轻咳了声："向成渝。"

"嗯？"

"我饿了，先去吃饭吧。"

向成渝看了她几秒才应声说"好"。

溪城这几天降温，晚上温度很低，向成渝和许南知去了两人之前常去的火锅店。

点完菜等上餐的时候，许南知捧着茶杯问了句："你怎么知道我今天在那边面试？"

"你中午和小黎姐打电话的时候，我在旁边听到的。"向成渝拎起茶壶，"正好今天下午没什么事，我就过去了。"

"你什么时候到的？"

"四点多。"到的时候，向成渝还给许南知发了信息，旁敲侧击问了她面试大概什么时候结束。

许南知点了点头，下一秒又倏地想起什么："那你——"

"什么？"

许南知想问他看到谢路没有，但转念一想他又没见过谢路，这样问好像有些奇怪，索性就放弃了这个念头，端起茶杯凑到唇边："没事。"

向成渝也没多问，提了别的："你今天面试怎么样？"

"还可以。"下午这家公司虽然小位置也偏，但整体考虑下来，许南知对它还算满意，唯一一点不足便是前不久在公司楼下见到的人。

但现在瘦死的骆驼比马大，许南知也没有太多的选择余地，只能走一步看一步。

两人吃完火锅，向成渝开车送许南知回家。半道上他突然胃疼，许南知下车在路边的药店给他买了胃药，又找店员讨了杯热水。

吃完药向成渝没法再开车，便和许南知换了位置。

她低头调好了座椅，抬眸见他脸色依旧苍白，有些担心："要不要去医院看看？"

向成渝揉着胃："没事，估计一会儿就好了。"

"那我先送你回家吧。"许南知将暖气往上调了两档，又拿出刚才买的暖宝贴递给他，"你凑合着用一下。"

向成渝接过她递来的东西，轻笑着嘀咕了声："我又不是生理期……"

他声音小，许南知刚才光顾着调导航定位，没注意听，顺口问了句："你说什么？"

"没什么。"向成渝垂着头，几下撕开暖宝贴包装袋，隔着一层衣服贴在胃的位置上。暖意一点点渗了进去，稍微缓解了胃部的刺痛感。

确认好位置，许南知伸手系好自己的安全带，抬头见向成渝闭着眼睛始终没动作，提醒道："安全带。"

向成渝睁开眼睛，像是没反应过来。

许南知只好又说了声："系一下安全带，前边路口有探头。"

向成渝"哦"了声，松开交叉放在肚子上的手，拉起旁边的安全带，动作慢得像是被开了零点五倍速。

许南知头都疼了，无奈抬手解开自己的安全带，侧身朝他靠了过去："算了，我来吧。"

距离骤然拉近。

向成渝垂眸看着近在咫尺的侧脸，呼吸间全是她身上特有的馨香，淡淡的，和她这个人一样。

看似冷淡实则柔软又温和。

许南知也在倾身靠过去的刹那间才意识到这个动作的不规矩和暧昧之处，但剑已经出鞘没有回头路，也只好强撑着镇定，努力忽略掉落在脸侧若有若无的温热呼吸。

不知道是不是老天爷也在帮忙，许南知伸手去够向成渝那一侧的安全带，却不防另一只撑着身体的手一滑，整个人往前一倒，脑袋砸在他的胸膛上，带着力度的手肘一分不差地戳在他贴了暖宝贴的胃部。

向成渝咬牙闷哼了一声，身体下意识向前蜷缩，但因为怀里还有个人，又生生停住了。

许南知听呼吸，感觉他几乎要到了气若游丝的地步，抬手找到支撑点，慌里慌张地从他怀里起身，却不想抬头的动作过于迅速，向成渝躲闪不及，直接和她的脑袋来了个亲密接触。

两个最硬的地方撞到一起，发出"咚"的一声。

"……"

"……"

疼痛感是缓慢递进式的，向成渝感受着下巴处传来的痛意，抬手覆在她脑后轻轻揉了两下，声音里有几分慵懒笑意："不过是下午说了你两句，你至于现在下这么狠的死手吗？"

"……"

"看来你脑袋还真是有点不正常啊。"

向成渝的话里带了几分调侃和玩笑。许南知从他怀里起身，拢起垂落在耳边的碎发，作势在他胃上按了一下，脸不红心不跳地威胁道："是，我就是这么记仇的人，你最好给我小心点。"

闻言，向成渝便轻声笑了起来，头抵着椅背，笑得懒散又肆意："那就记着吧，最好记我一辈子。"

他的声音一贯低沉悦耳，此刻大约是因为病痛，带着些不易察觉的虚弱。许南知瞥了眼他不带任何血色的脸，动作迅速地扣上他的安全带，又折回来扣上自己的，重新发动车子朝前走。

行至半途，向成渝感觉胃里火烧火燎的，掌心贴着那块揉了揉，掀起沉重的眼皮往窗外看了眼。

几秒后，他的语气里混杂着疑惑："南知姐，你是不是走错了，这不是回我家的路。"

许南知盯着前边的路况，单手把控着方向盘："先去医院。"

向成渝这会儿确实疼得有点不太正常，没再反对，重新阖上眼眸，声音轻轻的："等到了，你喊我一声。"

"好。"许南知抽空看了他一眼，抬手又将暖气调高了一档。

距离最近的医大附院有半个小时的车程，黑色的轿车在医院门口停下时，向成渝已经陷入沉睡之中，更准确点来说，应该是轻度昏迷。

急性肠胃炎伴随着低烧，但好在情况并不是很严重，没有出现胃穿孔，也不需要手术，对症输液治疗即可。

医院病房紧张暂时空不出来床位，哪怕是夜间，集中输液室也是人满为患。许南知给好友打了个电话，托对方安排了一间病房。

护士给向成渝扎上针，又调试了输液速度，叮嘱道："水没了或者有什么问题按床头的呼叫铃就可以了。"

"好的，谢谢。"许南知说。

"不客气。"

护士走了之后，许南知在病房角落找了张凳子在床边坐下，向成渝还在沉睡之中，呼吸低沉平稳。

病房的隔音效果不佳，走廊外各种奔跑疾走的动静，甚至是隔壁病房吵闹欢笑、看电视的声音全都能听得见。

许南知在边上坐了一会儿，起身去了外面，敲响了隔壁病房的门。

好在对方不是什么不讲理的人，调低了电视音量，也减少了大声喧闹的次数。

她再回到病房，已然安静了许多。

许南知替向成渝掖了掖被子，指腹无意间碰到他输液的手背，触感是一片冰凉。

她又出去找护士要了一个空的输液瓶，往里面灌了热水，拿回来隔着一层被子压在向成渝的掌心之下。

灼灼热度很快传递了过去。

向成渝在昏睡之间察觉到掌心不同寻常的热度，轻轻动了动指尖，很快醒了过来，低烧的热意让他的眼睛里多了不少红血丝。

许南知放下手机，抬头看了过来："你怎么样？"

"不怎么样。"向成渝睡了有一会儿，嘴巴里干干的，声音也有些哑，"南知姐，我有点渴。"

许南知给他倒了杯水，但因为水温过烫，一时半会儿没法喝，搁在一旁的桌子上自然放凉。

向成渝顺着她的动作看过去，无意识舔了下唇角，许南知却因为他这个动作，误会了他的意思，盖上水壶塞放回原位："你等会儿。"

"嗯？"

没等他细问，许南知已经自顾走了出去，再回来时，手里多了两根棉签棒，站在床边居高临下地看着他："先将就着喝一点吧。"

向成渝明白过来她的意图，不仅没解释自己并不急于这一时，反而还得寸进尺道："好，那就麻烦你了。"

许南知哼笑了声，拿起一根棉签棒沾了热水，俯身压在他的唇瓣上，两个人因为这个动作挨得很近。

向成渝一瞬不眨地看着她，眸光流转间带着点暧昧的意味。

许南知尽量避免和他目光接触，垂着眸，卷翘密长的睫毛轻掩下来，遮住眼里的情绪。

病房里忽然安静下来，周围的一切动静被无限放大。

就这样沾了三分之一杯的水。

向成渝像是已经满足，倏地抬手攥住她的手腕："好了。"

许南知猝不及防地对上他的目光，掌心滚烫的热度隔着一层单薄的衣料染上她的皮肤表层。

定格了几秒。

许南知率先回过神，想挣开手往后退，却不防向成渝用了力，把人牢牢抓在手里："许南知。"

她没有办法，只得抬眸看着他。

向成渝的唇瓣沾了水，又因为生病有些不同寻常的红，一张一合之间格外潋滟动人："那个人是谁？"

"什么？"问完这句，许南知福至心灵，虽是疑问却说得无比肯定，"你看到了。"

向成渝不置可否，淡淡道："所以那个人是谁。"

"你先松开我。"

"不要。"向成渝有些幼稚地说。

"……"许南知和他对视几秒，语气有些无奈，"前男友。"

向成渝顶着一副"我就知道"的神情松开她的胳膊，明明在意得要死，却又故作寻常地问："他怎么在那里？"

"我怎么知道？我和他都好几年没联系了。"许南知下意识揉了揉刚才被他攥过的地方。

向成渝听到好几年没联系这几个字，眼里沾了笑意："哦，好几年没联系了啊，那还真挺巧的。"

许南知瞅着他，要笑不笑的："他可能在我面试那栋写字楼里上班，我要是去了今天这家公司上班，以后说不定就要抬头不见低头见了。"

"……"

许南知难得看他吃瘪，轻轻哼笑了声，抬头见他一瓶输液快要到底，按了床头的呼叫铃。

护士很快过来替换了新的输液瓶。

刚才的话题被打断，向成渝沉默半晌，也没有再找到合适的时机重提。

等到输液结束已经过了凌晨，许南知扶着向成渝裹着一身雾气寒意回到车上，关门时带起一阵冷风。

许南知搓了搓有些冰凉的手指："我先送你回去。"

向成渝点点头，说："好。"

等到了地方，许南知好人做到底，直接把他送到了家里才算结束。临走前，她抓起桌上的车钥匙："你的车我先开回去，明天早上我再开过来。"

向成渝却伸手抓住她的手腕，挽留道："这么晚了，你不如就留在这里住一晚吧，反正我家里也有多余的房间。"

许南知很是抗拒这个安排："还是算了，不太方便。"

"怎么不方便了？"向成渝松开手，背靠着沙发，"又不是让你和我睡一间卧室。"

"……"

许南知还要说拒绝的话，向成渝开始步步逼近："再说了，你上次喝醉酒，我留在你家里睡了一夜的沙发，你那时候也没说不方便啊。"

许南知心想，我那会儿醉成那个样子，我也不知道你要留下来啊。

"况且，我现在是个病人，病人是需要照顾的。"向成渝看她一眼，笑了声，"南知姐，你不能就这么抛下我。万一我半夜要是有个什么突发症状，你明天早上来恐怕就只能给我收尸了。"

听听。

听听！

这说的是人话吗？

许南知鄙视地看了他一眼，将钥匙丢到桌上，在旁边单人沙发上坐下，没好气地说："行，我就等着明天给你收尸。"

向成渝见目的达成，心情格外愉悦，自顾自地给她介绍家里的格局："走廊左边那一间是我的卧室，对面是次卧，旁边是我的书房。"

他又转过头指了指旁边："这是厨房和卫生间，里面还有个小储物间。"

许南知打断他的话："你不用说得这么仔细，我只是借宿一晚，又不是长住在这里。"

向成渝又笑了声，不紧不慢地说："反正都是迟早的事情。"

许南知懒得和他再说下去，起身朝着厨房走过去，准备烧一壶热水。

向成渝听着她在厨房的动静，抬指刮了下鼻梁，转头朝着厨房里说："南知姐，次卧的床没有铺，可能还要麻烦你等会儿出来铺一下。"

厨房里的水声停了下来，许南知露出脑袋，不满地抱怨："向成渝，你怎么那么多事情。"

他笑："我这不是生病了，有些柔弱吗？"

许南知腹诽，柔弱个鬼。

将水壶插上电之后，许南知洗了个手，从厨房出来时，向成渝已经将干净的床单被子拿了出来。

许南知在套被子时才觉得有些莫名其妙，明明她才是留下来的客人，结果现在反倒更像是主人。

忙前忙后，还要照顾某个祖宗。

想到这儿，许南知手里的动作一停，越想越觉得不对劲。

向成渝察觉到她的停顿，出声询问："怎么了？"

"没什么。"许南知没有放任自己再深想下去她和向成渝变成现在这样，到底是她的纵容多一些，还是他的得寸进尺多一些，只是沉默着加快了手里忙碌的动作。

收拾好床铺，外面的电水壶也发出水开的动静，许南知放下手里的枕头："水开了，你去把药吃了。"

"好。"向成渝这会儿倒是听话。

许南知没跟他一起出去，从包里翻出手机，在房间找到插座给手机充上电，而后便站在原地发愣。

向成渝吃完了药，又回自己房间找了套没拆封的男士睡衣："南知姐，你要不要先去洗个澡？"

许南知回过神，说了声"好"。

卫生间里备了一体化洗衣机，许南知在洗澡的间隙把换下来的衣服都丢了进去，选了个"快洗＋烘干"模式。

等到洗完澡出来，衣服也烘得差不多了，她穿上内衣，套上向成渝拿来的睡衣，捞起其他衣服走了出去。

向成渝不在客厅。许是听到动静，他从卧室里走了出来，头发湿漉漉的，也换了身睡衣，像是刚洗过澡。

许南知身上穿着的睡衣是他刚搬过来时买的，买回来才发现尺码拿错了，小了整整一个号。

现在小了一个号的衣服穿在许南知身上却是大了一个号还多，裤脚被她卷了几道，露出精致的踝骨。

上衣也是松松垮垮的，袖子多出来一截。

向成渝往前走了一步，伸手替她将袖子往上卷了卷，眼睫微抬："时间很晚了，早点休息吧。"

夜晚的气氛总是太过微妙和暧昧，许南知有些不太敢看他的眼睛，视线落在他的肩上。

那里被他发梢的水弄湿了一小片，比起周围的颜色还要深上几分。

"晚安。"她说。

向成渝"嗯"了声："晚安。"

各自回屋之前，许南知看到他还湿着的头发，又叮嘱了句："头发记得吹干了再睡觉。"

向成渝下意识抬手摸了下头发，抬眸看着她，像是在暗示着什么。

"别看我，我是不会给你吹头发的，想都不要想。"说完这句，许南知便面无表情地关上了房间的门。

向成渝在原地站了一会儿，直到看见门缝里的光亮灭了下来，才转身回了自己的房间。

一门之隔的房间里，许南知听见对面的关门声，翻了个身，将被子拉到头顶，整个人闷在里面。

睡觉吧。

睡着了就不会胡思乱想了。

次日清晨，许南知因为有些认床，才刚过七点就醒了，躺在床上缓神的工夫听见外面传来的细微动静。

仔细听，像是从厨房传来的。

她抬手揉了揉耳朵，掀开被子起身走了出去。

厨房里，向成渝穿着一身黑灰色的家居服在里面忙活，许南知走近了，才看到他穿在衣服外面的粉色草莓围裙。

看起来有些滑稽，她没忍住笑出了声。

向成渝大约也猜出她在笑什么，没觉得局促抑或是不好意思，平静解释道："超市买东西送的，不是买的。"

许南知拖着腔"哦"了声："你穿蛮合适的，很好看。"

向成渝不作回答，动作熟练地煎了两个鸡蛋装碟："卫生间的柜子里有新的牙刷，你先去洗漱吧。"

"行。"

过了七点半，两个人坐在桌边吃早餐。

许南知喝了一口粥，问道："你胃好点了吗？"

"好多了。"向成渝看着她，"你昨晚是没睡好吗？"

许南知"嗯"了声："我认床。"

"那等会儿吃完饭，你再睡一会儿吧。"

"行。"许南知戳破他的小想法，"我回家睡，不然我留在这里一样也是睡不好。"

"……"

吃过早餐，许南知换了睡衣穿回自己的衣服，向成渝也在这个间隙换好了外出的衣服："我送你回去。"

"不用。"许南知低头在整理外套，"你在家休息吧。"

向成渝伸手替她将衣领拽出来，认认真真将平，坚定而不容拒绝地重复道："我送你回去。"

许南知对上他的目光，心里那点仅剩不多的坚持再一次对他妥协了几分："好吧。"

许南知最终还是没能补上觉，因为回去的路上，她接到了许母的电话，一大早的好心情到此为止。

许母没在电话里说什么不好听的话，只是还像往常一样，到了周末叫女儿回家吃饭："你奶奶和几个叔叔婶婶都过来了。"

许南知握着手机，垂着头，手指把玩着衬衫上的纽扣，沉默半晌才道："好吧，我今天回来一趟。"

挂了电话，向成渝特别善解人意地问："要我送你回去吗？"

许南知想着早晚都要回去，还不如趁早，也省得等下还要来回折腾，点点头："也行。"

导航重新规划了路线，向成渝在下个路口上了高架桥，上班早高峰格外容易遇上堵车。

两个人在路上堵了半个多小时，抵达许家所在的别墅区已经过了十点，深秋的太阳终于穿过浓厚的雾气露出原本的轮廓。

许南知拿上包从车里下来，拢了拢衣领，低头叮嘱车里的人："回去路上注意安全。"

"好。"向成渝坐在车里，看着她走进小区，慢慢收回了视线，车厢里还萦绕着一点淡淡的馨香。

许家今天是家宴，老老少少都在，许南知进屋时，许父并不在客厅，只有许母和几位婶婶陪着许老太太在唠家常，其余的小辈们都聚在偏厅玩乐，一派其乐融融之景。

许南知换了鞋，过去和长辈们打了招呼。

许老太太握着她的手，把人带到身边。原先坐在旁边的婶婶起身挪了个位置，笑道："老太太果然还是更喜欢南知。"

许老太太乐呵呵的，也不否认："家里就这一个闺女，不疼着难不成还给赶出去吗？"

这话里话外的意思都太明显了，许南知垂着眼睛没吭声，倒是许母淡淡笑了下："我们哪里敢赶她出去，不过都是为她好。"

为她好，为她好。

又是这种冠冕堂皇的字眼，许南知这几年不知道因为这几个字对他们妥协了多少次。

现在回想起来，她还不如早些时候就把话全说开了，也不至于走到如今这个地步。

许老太太又旁敲侧击替许南知鸣了几声不平，同时也在提醒许母为人父母不要过于苛责。

许母都一一说好。

许南知听着，忽然觉得有些说不出的疲惫。最后还是许老太太看出她的不对劲，松口让她回屋去休息。

许南知去到二楼，碰上许父和两个叔伯从书房里出来，停下来打了声招呼："二伯、三伯。"

"南知回来了啊。"说话的是三伯。

许南知听了几句来自长辈的关怀，之后便被许父叫进了书房。这是距离上一次不欢而散之后，两个人头一回心平气和地坐下来说话。

许林浦也没回避什么，开门见山道："你不要再给那些小公司投简历了，那种小门小户待着有什么意义？你看看你几个堂哥堂弟，哪个说出去不比你强。"

许南知觉得有些好笑："我为什么给那些小公司投简历，您难道不比我清楚吗？"

许林浦沉着脸："是我让你去的吗！家里那么大的公司你不要，非要跑出去给别人打工，你把我们许家的脸都给丢尽了！"

"我倒是想问问，我一没偷二没抢，做了什么给许家丢脸的事情？"

"你做了什么你自己清楚。"许林浦语气微冷，"有一个谢路的教训还不够是吗？"

许南知猛地抬眸，难以置信地看着许父。

许父抄起桌上一沓照片丢到她面前，怒气难消："你跟周柏鹤在一起的那两年是弄虚作假不错，但你不要忘记了，你们那两年对外可都是实打实公开承认过的关系。"

有两张照片掉在地上，许南知弯腰捡起来，看清楚上面拍的是她和向成渝，剩下留在桌上的全都是他们俩。

这两年因为周柏鹤的关系，许南知偶尔会配合他参加一些新闻采访，前不久两人的关系被家里人察觉，周柏鹤和许南知和平"分手"，对外也都宣称是自己的原因。

但他在溪城身份特殊，难免会有一些有心人想给他写上几个绯闻八卦，尤其是感情方面。

两人分手得突然且毫无预兆，而许南知作为当事人之一，自然就成了这些娱乐记者的突破口。

"这段时间你就待在家里消停会儿，工作上的事情等这件事情结束我会给你安排。"许林浦居高临下，神色难缓，"还有，和向家那个小男孩断了，这说出去像什么话。"

"您说得这样容易，您有考虑过我的感受吗？在之前的事情上，确实是我和周柏鹤考虑欠妥，但谢路的事情，我不后悔，他给我的教训我认了，您当初为我出头，我也十分感动，但不是所有人都是谢路，我也不可能第二次走进同一条死胡同里。"许南知忍着头疼，将桌上的照片全都收起来，"我不会留在这里，也请您不要再插手我的工作。"

许南知一口气说完这些，也没顾得上听许林浦再说些什么，拿上照片头也不回地下了楼。

许母在门口拦住她："快要吃饭了，你去哪儿？"

"您觉得我还有心情留在这里吃饭吗？"许南知深吸了口气，"我大概有一段时间不会再回来了，您多注意身体。"

许母还要再说些什么，许南知已经拉开门走了出去，开关门带进来一阵冷风，冷飕飕的。

坐在客厅的许老太太见状，摇摇头轻轻叹了声气，满脸的无可奈何。

许南知从家里出来，走得着急，外套和包都拿在手上，深秋的凉意隔着一层单薄的衣衫浸透进身体里。

她恍若无所知，一口气走出很远的距离，在路边的长凳上坐下，手指被风吹得冰凉。

许南知揉了揉脸，拿起那些狗仔偷拍的照片，一张一张看过来，有些惊讶不过短短几个月的时间，她和向成渝已经走得如此近。

其中有三张照片，是上一次许南知喝醉了酒，向成渝背着她朝小区里走。那时候她醉得不省人事，这会儿通过这些照片才得以窥见他展露给自己的无尽温柔。

许南知想要撕掉这些来路不光明的照片，却怎么也下不去手，最后想了想，又给放进了包里。

走到小区门口，负责值岗的保安过来给她开门，笑着问候了句："许小姐今天没留在家里吃饭？"

高档别墅区的保安都是正规安保公司培训出来的，认识整个别墅区的所有住户，也了解每家每户的情况。

许南知这会儿头疼得厉害，笑得勉强："公司还有些事。"

"难怪呢，我看您朋友一直在外面等着。"

许南知愣住，抬头往外看，看见了向成渝的车。

道路两旁的梧桐褪去深绿变得枯黄，落了一片叶子在他的车顶，风一吹，掉在地上。

车里的人对外界的一切毫无所知，直到车窗被人敲响，才从自己的世界里抽离出来。

向成渝隔着一层玻璃看到站在外面的许南知，关掉还在继续的游戏，推开车门从车里出来，站到她面前。

许南知有些想笑，结果还真就笑了出来，只是笑得眼眶都红了几分："你怎么还没回去，万一我今天要是留在家里不回去了呢？"

"马上就要走了。"向成渝抬手挠了下后颈那一侧，实诚道，"我也没打算等一天的。"

"你真是——"

真是什么呢？

许南知到最后也没说出个所以然来，只是轻轻吐了口气："走吧，去吃饭，我饿了。"

"好。"

许南知说饿了，但胃口却不佳，点的菜品只吃了三分之一就吃不下了，停下筷子看着坐在对面的向成渝。

她又想起那些照片里的向成渝，神情陷入沉思之中，再回过神来，只听见一道熟悉的声音。

许南知抬眼看着不知何时站到桌边的周柏鹤，莫名觉得巧得很。

他们俩虽是分手，却没有真的有过感情牵扯，见了面自然也就还和往常一样。

聊了几句，许南知想起包里的照片，看了眼向成渝，又和周柏鹤道："现在方便吗？有些事想和你说一声。"

周柏鹤看出她想避开向成渝的意思，温声说："方便，去我包厢说吧。"

"好。"许南知站起身，见向成渝神情戚然，轻笑了下，"一点公事，我很快回来。"

"知道了。"向成渝答应得并不干脆。

包厢里。

许南知把照片的事情一五一十地说了出来："这次的照片被我父亲拦了下来，但我不敢保证这之后还会不会有其他的照片流出来，如果真的有那么一天，我在这里先跟你说声抱歉。"

周柏鹤却好似并不怎么在意："这跟你没关系。要说抱歉也该是我跟你说，毕竟这些都是冲着我来的。"

许南知揉了揉额角："也不是谁对谁错的问题，只是提醒你一声，免得你到时候没个准备。"

"听你这意思，你要好事将近了？"

许南知微微挑了挑眉毛："你比以前八卦了。"

"人都是会变的。"周柏鹤气定神闲道，"我以前也没看出来你是会干出来老牛吃嫩草这事的人。"

"……"许南知说不过这老狐狸，也不跟他废话，"该说的事情我都说了，你自己注意点。"

"行。谢谢了。"周柏鹤又道，"你要是有需要帮忙的地方，尽管找我。"

许南知摆摆手说"不用"，径直出了包厢，回到之前和向成渝吃饭的座位，却不见他人。

等了几分钟，向成渝从餐厅另一侧赶回来，神色有些难看："南知姐，我家里出了点事，我得先回去一趟。"

许南知愣了下，跟着他起身："车钥匙给我，我送你回去，你这样开车我不放心。"

<h2 style="text-align:center">（五）</h2>

向成渝的父亲向居沣在机关单位上班，位居高位，主要是管着住房和城乡建设这块的工作。

最近上边有个老城区改建项目，计划向溪城各企业公开招标投资方，原本不是什么大事情，可就在今天，住建局纪检监察组的办公室收到了一封匿名举报信。

举报信矛头直指主管这次项目的重要领导向居沣，说他使用不正当手段接受贿赂，行为不端，而信里提到的贿赂方则是此次拟招标企业里最有竞争力之一的景阳地产。

景阳地产在溪城是数一数二的家族企业，公司目前的掌权人是已故许老爷子的长子许林浦。

举报信里还附了几张照片，和许林浦之前从娱乐记者那里截到的是同一批。

虽然照片证明不了向居沣是否受贿，却能证明许、向两家确实在私下里有着不同寻常的联系。

事出突然且情况又比较复杂，向居沣对向成渝和许南知的事情又不了解，只好先把人叫了回来。

向成渝一到家，就被向父叫进了书房。

向居沣坐在书桌后，把举报信和照片的影印件递到向成渝面前："你先看看这个。"

向成渝虽然觉得莫名其妙，却也认真看了起来，几张照片和一封信，浏览起来很快，不过三两分钟的时间。

没等向居沣开口询问，他已经先开口袒护某人："投标的事情南知姐不知道，也没和我说过。"

向居沣挑高了眉头，不乐意道："我说她什么了吗？我这还没说什么呢你就开始护上了，那我要真是说了，你还得了啊。"

"……"向成渝不自在地摸了摸鼻尖，放下手里的一叠东西，拽开凳子坐下，绕开话题，"爸，这些到底是怎么回事？"

"怎么回事你就别管了。"向居沣皱着眉头问，"你先跟我说说，你跟许家这姑娘什么情况？你俩是不是真在一起了？"

"没有，还没在一起——"向成渝说到这里一顿，抬眸看着自家父亲，欲言又止。

知子莫若父，向成渝就是随便眨个眼向居沣都知道他在想什么，冷不丁轻哼了声："想说什么，是不是在想我会不会干出棒打鸳鸯这事？"

"没。"向成渝挠着后脖颈否认道。

"你小子想什么我还能不知道？"向居沣端起茶杯，沉思了一会儿，"这事情现在比较复杂，举报的内容指向性也很明显，除了要把我踢出这次项目之外，更多的还是在针对景阳地产。"

向居沣位居高位，为人廉明正直，这么多年也没拿过别人一分好处，当初这个项目放出消息不久，就有大着胆子的人想私下联系他，结果直接被向居沣拔掉了参加拟招标的机会。

后来这事传了出来，也就更加没人敢去招惹他了。

现在出了这种事情，很明显既是针对他，也是在针对景阳地产，对方可谓是把一石二鸟之计用到了点子上。

"虽然这都是些上不了台面的小把戏，但现在毕竟事情已经出了，我们家和许家该避的嫌还是要避，特殊时期，免得落人口舌。"向居沣温声道，"等招标结束，你再把人带回来吃顿饭。"

"到时候再说吧。"向成渝笑了声，"这不还没追上呢，人家说不定还不愿意跟我回来。"

向居沣一脸嫌弃："行了行了，忙你的去吧。"

从书房出来后，向成渝回了趟自己的房间，拿了几本书，下楼的时候正巧撞见刚从外面进来的向宁琛。

"哥。"向成渝走到客厅，把手里的书放在一旁，"你怎么也这个时候回来了？"

"妈给我打的电话，说爸工作上出了问题。"向宁琛走到餐厅倒了杯水，一口气喝了大半杯，"爸怎么了？"

向成渝三言两语把事情的来龙去脉给说了出来："听爸的意思，应该是其他竞争方恶意举报。"

"那爸打算怎么——"向宁琛话说到一半，顿了一瞬，抬眸看他，"不对啊，你什么时候和许南知走得这么近了？"

向成渝抬手搓了搓脖子，含糊其词道："之前有一个合作项目，就接触比较多。"

向宁琛拖着腔"啊"了声，笑得痞里痞气："所以呢，那你俩现在是什么情况？"

"……"向成渝不和他多说，拿上书往外走，"你车借我开一下，晚上回来还你。"

"我刚提的车，你缓一点。"向宁琛朝着他喊。

向成渝的声音隔着老远传到屋里："出问题我赔你辆新的。"

"你赔得起吗？小屁孩。"向宁琛笑着嘀咕了句。

向成渝去了许南知的住处，把车往楼下一停，输密码进楼比回自己家还要熟练。

到了楼上他却还是乖乖站在门口按门铃，等着许南知来给他开门。

许南知既惊讶他怎么突然找了回来，又担心他家里的事情，开了门就问道："你家里的事情都处理好了？"

"还没。"向成渝站在门口换完鞋，跟在她身后朝里面走了几步，"我爸单位上有个项目，目前正在招标，景阳地产是竞争方之一。"

听到这里，许南知停了下来，回头看着他。

"现在有人恶意举报，说我们两家官商勾结，证据是我俩。"向成渝眉头蹙了下，"情况可能比较复杂。"

许南知沉默了几秒，很快捋清事情的来龙去脉，但也想明白了这其中隐含的意思，心里一沉："所以你这趟来是？"

向成渝把拿在手里的书给她递了过去："我爸建议我们暂时避一下嫌，所以接下来可能有很长一段时间，我都不能过来找你了，但我又怕你一个人在家里无聊，就给你拿了些我平常看的书。"

许南知接了过来，为自己以小人之心度君子之腹的想法感到羞愧，垂眸看着封皮上的字眼："向成渝。"

"嗯？"

"你就没有想过——"她抬头，语气复杂，"万一我真的是为了这个项目才接近你的呢？"

向成渝先是愣了下，而后轻轻笑了声："你在乱七八糟想什么呢，我怎么会这么想你？"

许南知抿了抿唇，没接话。

他又说："更何况我们之间，好像一直都是我主动接近你比较多。"

许南知还是没接话，只是走了几步把书放到自己容易看到的地方，然后转过身看着他，像是在说一个很重要的决定："那我以后也会努力的。"

"什么？"向成渝没反应过来。

她收回视线，随便翻开一本书，看着签在扉页的"向成渝"三个字，一字一句地说："努力主动接近你。"

向成渝先是愣了几秒，而后回过神来，心跳频率陡然一变，快得像是要从他胸口蹦出来。

"这算是因祸得福吗？"他问。

许南知偏着头想了一会儿，纠正道："我觉得用'理所应当'应该更合适些。"

向成渝笑了声，眉宇间的郁气一扫而尽，朝前边走边说："那我什么时候能用'得偿所愿'？"

许南知拿书挡住他的动作，抬眸觑着他，语气虽然是威胁却没丝毫震慑力，反而更像是娇嗔："别得寸进尺。"

向成渝停住脚步，对上她的视线，笑得更加明显："那我就拭目以待了。"

　　许南知轻轻挑了挑眉头，放下胳膊，没再继续这个话题。

　　特殊时期，向成渝也没有在许南知这里多停留，交代完该交代的事情，处理好可能存在的误会，人就回去了。

　　许南知没送他下楼，不过人却站在阳台，看着他从楼里走出去，上了车，然后等到车完全开出视野里，才走回客厅。

　　她在客厅看了会儿向成渝拿来的书，看了几分钟便觉得困，索性直接躺在沙发上补个午觉。

　　再醒来时，外面天已经黑了，许南知拿起手机看了眼时间，才刚过六点，秋冬的白昼比起春夏要短了很多。

　　手机里还有向成渝发来的微信信息，五点多发来的，跟她说到家了，又问她在做什么。

　　许南知坐起来，伸手开了客厅的灯，敲了几个字回过去：

　　刚睡醒，正准备吃饭。

　　她没有坐在那里干等向成渝的回复，起身将头发随便扎了个马尾，进了浴室洗了把脸出来开始准备晚餐。

　　许南知也不太饿，随便煮了点面条，吃完才收到向成渝发来的信息。

　　小朋友：刚才在忙没看到信息。

　　小朋友：你现在在做什么？

　　许南知：刚吃完，准备下去买点东西。

　　小朋友：嗯？不会是去买烟吧？

　　许南知：买洗洁精。

　　小朋友：哦。

　　许南知笑了声，拿上钥匙出了门，去了趟便利店回来，才和向成渝结束这么没营养的聊天。

　　隔天是周末，许南知上周五面试的公司给她发了信息，通知她下周一也就是明天去公司报到，另外还要准备一些入职时需要的材料。

许南知手里没有多余的一寸或两寸照片，早上吃过早餐后在附近找了家照相馆，拍了几张速洗照。

准备完入职资料，许南知又回了趟许宅，把举报信的事情和许林浦说了一声。

许林浦昨天就已经从其他途径得知了这件事，闻言也只是淡声道："你早干什么去了，现在捅出事了才来弥补又有什么用，让你和向家那小男孩断了你还不听劝。"

许南知看着许林浦责备的嘴脸，忽然对自己这一时的心软感到可笑，但争吵太多，她也疲于争辩，拿上包起身往外走："我不会和他断了的，您就死了这条心吧。"

过了一个混乱的周末，周一清晨，许南知起了个大早，在楼下早餐铺吃过早餐，才往新公司去。

新公司离得不算远，不堵车半个小时就能到，要是堵车，通勤时间就得翻倍。

好在许南知出门早，没遇上早高峰，到公司还差十分钟才到上班的点。前台给人事那边打了电话，很快有人过来带她去办理入职。

许南知上次过来面试时没往办公区走，直接去的会议室，一轮见的HR，二轮见的领导，半天就结束别的大公司一周的面试流程。

早晨的办公区还没多少人，许南知边听介绍便往边看，目光不经意间瞥过靠近走廊这处的办公桌，视线倏地一顿，脚步也跟着停了下来。

人事助理小吴回过头看她："怎么了？"

许南知松开紧蹙的眉头，没再看摆在桌上的照片，礼貌询问："我想请问一下，公司里是有一位姓谢的设计师吗？"

小吴点头："对，是有一位，叫谢路，前年来的我们公司，业务能力很强。说起来，你们好像还是同个学校毕业的，怎么，认识啊？"

许南知实在不知道是该吐槽命运的狗血还是谢路的阴魂不散，一栋写字楼上百家公司，怎么偏偏和他碰上同一家。

她没接受这样的巧合，愧疚而坦然地说："抱歉，我想我今天可能没有办法办理入职了。"

小吴"哎"了声，最终还是没能拦住许南知离开的脚步。

为了防止出现上次的情况，许南知搭电梯的时候绕去了货梯那边，从大厅的另一个门走了出去。

深秋的阳光薄薄一层，许南知快步朝外走，长款的驼色大衣带起一阵风，呼出的热气成团。

许南知坐进叫的车里，没出意外接到了公司 HR 的电话，对方对于她的临阵脱逃十分意外。

她没隐瞒，把自己和谢路之前的关系和盘托出："很抱歉，如果我答应来贵公司，以后免不了会感情用事。"

话已至此，对方也不再强求。

挂了电话，许南知示意司机往外开，经过路边的垃圾桶时，她把之前备好的入职资料丢了进去。

原本计划好的一天从早上开始就乱了套，许南知莫名觉得有些烦闷和颓丧，回去不吃不喝睡了一天。

傍晚接到好友闻桨的电话，她起床洗了澡，换了身衣服去了趟闻宅。

许南知到了地方才知道是朋友小聚，除了她，还有池渊的几个朋友，当然也就包括向成渝。

他们俩的事情，本来没多少人知道，但因为向宁琛的大嘴巴，现在便成了众所周知的秘密。

当初谁也没能想到这两人能凑到一起，见了面免不了要八卦一番。许南知不是能被调侃的性格，三言两语就给挡了回去。

肖孟转而打趣年纪稍小的向成渝："成渝啊，你南知姐这个性格，你以后怕是要成了妻管严哦。"

闻言，窝在沙发里的向成渝抬头看了许南知一眼，不仅没有不好意思，反而还大大方方接了话："那我也乐意。"

聚会结束时才刚过八点，闻桨安排了家里的司机送许南知回去。

临上车前，向成渝抬手挠了挠眼下的皮肤，也跟着拉开车门钻进后排，嗓音被酒精浸染，略微低沉："我送你。"

许南知顿了下，往另一边又挪了挪，让他坐进来些："不是说要避嫌一段时间吗？"

"没事，就送你到楼下。"向成渝看着她，"我这不是在给你创造机会努力主动接近我。"

许南知闭着眼睛全当没听见。

向成渝垂眸笑了下，声音朗润。

车厢内有些闷，他将车窗开了条缝隙，随口问道："你今天去新公司报到，感觉怎么样？"

许南知这会儿没法装作听不见，睁开眼睛，手指无意识扣着挎包的边角："我没去那家公司了。"

"为什么？"

她沉默了几秒："谢路，你还记得吗？"

"嗯，记得。"她的前男友，向成渝记得很清楚。

"他也在那家公司。"许南知转过头看他，"我要是去了，某人可能就要酸死了。"

向成渝笑了出来，眼睛弯出饱满的弧度，眼眸漆黑明亮，直勾勾地看着她。许南知心跳乱成一团，不动声色地挪开了视线。

剩下的路，向成渝酒量不胜，晚上又被肖孟他们几个故意骗着多喝了几杯，醉意泛滥，昏昏沉沉地睡着了。

靠近他那一侧的窗户不时有冷风吹进来，许南知见他睡得沉，倾身靠过去，将窗户关严了。

她坐回去的时候，原先还好好靠着椅背的某人忽然身体往下一垮，脑袋直直砸在她的肩膀上。

许南知眼皮一跳，侧头看过来，视线可及的范围内全是他柔软卷曲的头发，发梢不时蹭在她的颈间。

她往后撤，睡着的人也跟着动。

许南知有些好笑，叫他的名字："向成渝。"

"我睡着了。"睡着的人这么说。

"……"许南知没再多说，任由他靠着，呼吸间夹杂着清淡的类似于青柠薄荷的味道。

后来，等到了地方的时候，向成渝才真的睡着了，呼吸变得沉稳，许南知小心翼翼扶着他的脑袋把人往另一侧放。

她先下了车，站在外面和司机说话。向成渝蜷缩着躺在后排，睡得昏沉而一无所知。

司机原先是在池宅那边开车，向家和池家同住在一个家属院，不过几百米之隔："许小姐放心，我一定把人安全送到。"

许南知也没再多说："您路上注意安全。"

"得嘞。"

许南知站在原地，看着车子开远，转身准备进单元楼里的时候，身后猝不及防冒出来一道声音。

"南知。"

熟悉又陌生。

许南知脚步一滞，回过头看到站在阴影处的人时，心里蹭的冒出一股火气："你怎么找到这里的？"

谢路从阴影里走出来，身形高大而挺拔，脸色有些苍白："你早上去公司的事情我听说了，地址是璐姐给我的。"

当初面试的时候，许南知给公司的简历上有写现居住地和联系方式，谢路想找她，不是什么难事。

但许南知仍旧不理解："你来找我做什么？"

"我来是想告诉你，我已经准备从这家公司跳槽去另外一家公司了，下个月就走。"谢路抿了下唇角，"你没必要为了我拒绝入职。"

许南知有些疲于和他说这些："这些都跟我没关系，我去不去也和你没关系，请你以后不要再来找我。"

说完这句，许南知欲转身朝里面走。谢路手长脚长，三两步便跟了过去，拉住她的胳膊："南知。"

许南知猛地甩开他的胳膊，怒不可遏："谢路，你是不是贱？当初是你先劈腿先要结束我们之间的关系，现在再来惺惺作态，有意思吗？"

"不是……"提到过去,谢路的脸色明显更差了些,闭了闭眼睛,控制着呼吸,再睁眼时,里面多了些悔恨,"当初的事情,是我做错了,是我对不起你,我……"

"够了,我不想再听这些话了。"许南知抬手向后拨了下头发,深呼吸了一瞬,"我不管你是跳槽还是继续留在那里,只要是你待过的地方,我许南知这辈子都不会去的,我嫌恶心嫌脏。"

许南知不给他说话的机会,转身快步朝前走,却不防太过着急,脚下打滑,人作势要往旁边倒。

站在后边的谢路上前扶了她一把。许南知挣扎着甩开他的胳膊,不想男女力量悬殊,没能挣脱开。

许南知咬牙说:"谢路!你放开我!"

"南知,你听我——"

挣扎间,不远处的路口开进来一辆车,远光灯笔直地朝这里打过来,光线明亮刺目。

谢路抬手遮了下眼睛,许南知趁着这个空当,把胳膊从他手里抽出来,整个人跟跄着往后退了一步。

就在此时,路口那辆黑色轿车开了过来,车子还未停稳,便有人从车里下来,快步朝这里走来。

是去而复返的向成渝。

他沉着脸,拳头带着风,毫不留情地砸在谢路脸上,厉声骂道:"你还有脸来这里。"

谢路反应不及,闷哼了一声倒在地上,整个人顺着台阶滚了下去。

向成渝没心思管他死活,转过身走到许南知面前:"没事吧?"

"没事。"许南知垂眸看到他因为用力过度而有些发抖的手指,伸手握了过去,"你怎么回来了?"

"忘了个东西。"向成渝没说忘了什么,回过头看着刚从地上站起来的谢路,"你还不走吗?"

谢路身形晃动,歪头朝旁边吐了口血水。

他看着向成渝以保护的姿态站在许南知面前,想到之前从朋友那里问到的许南知的近况，心里像是被钻了个孔，疼得要命，声音因为疼痛有些颤抖："许南知。"

"你还是跟以前一样。"他笑了出来，笑得很难看，"只喜欢搞比自己小的，我也是，他也是。"

这话太难听了。

向成渝又要过去打他，许南知及时拦住他的动作，身影往前一步，挡在向成渝面前。

她站在台阶上，居高临下地看着谢路，神情冷到没有任何表情："谢路，你有什么资格把你自己和他相提并论。"

"……"

"你这样的人，根本就不值得被原谅，因为你不配。"

谢路被许南知叫来的保安带走了，他走了之后，单元楼前就只剩下向成渝和许南知，以及全程等在一旁，随时准备进来搭把手的司机。

许南知还握着向成渝的手，互相传递着各自掌心的温度，谁也没先开口说话。

沉默半晌，向成渝把手抽出来，快步迈下台阶，和司机说了几句话，之后许南知便看到司机独自一人开车离开了。

两个人隔着不远的距离，看着同一个方向。深秋的风凉意渗人，已经带了些许冬天的凛冽。

直到车子在路口拐了个弯，看不见踪影，向成渝才转身朝许南知走过来，默不作声地牵着她往单元楼里走。

两个人就这么沉默着进了电梯。

许南知盯着他轮廓硬朗分明的侧脸，几次欲言又止，但都没能找到合适的机会开口。

直到进了家门，她走在前边，边摸索着去开灯，边扭头和他说话："向成渝——"

话音未落，眼前的人倏地往前迈了一步，关了门的同时，也在黑暗里准确无误地抓住她要去开灯的手，姿态强势。

许南知还没反应过来，人已经被攥着手腕推到旁边，后腰抵着鞋柜的边缘，唇上猝不及防落下两片温热。

许南知下意识挣扎了下，但没挣动，喘着气"唔"了声，像是不满他扣着自己的手腕。

向成渝似乎是意识到这一点，稍微松了点力，把人困在怀里，整个人强势又霸道。

黑暗里的喘息声格外暧昧。

约莫过了几分钟的光景，向成渝松开唇，脑袋往旁边一偏，脸颊贴着她的颈侧蹭了两下，声音低哑："我不喜欢他来找你。"

"你说对了。

"我现在快要酸死了。"

闻言，许南知只是笑，伸手挠了挠他的脑袋，像是安抚抑或是轻哄。

温存了一会儿，向成渝先前那阵酒劲过去，勇气和大胆从身体里抽离出去，有些无措地往后退了几步，直至脚跟抵到墙边才停住动作。

许南知没有开灯，借着从外面探进来的路灯和月光，打量着他，声音恢复平静："向成渝。"

他低着头，像是一个做错事的小孩子，闷闷地应了声。

"我没有生气。"许南知见他没有反应，往前迈了一步，很快又将两个人之间的距离恢复到先前那般亲密无间，"现在是我在主动靠近你了。"

屋里很安静，向成渝听见自己逐渐放大的心跳声，胸腔微微起伏，修长的手指穿过她的指缝，十指相扣。

他垂眸对上许南知的目光，舔了下唇角，像是做了一个很重要的决定："在一起吧，嗯？

"我等不及了，我已经走了一百零一步，哪怕你现在没有朝我走这一步，也足够了。"

向成渝留下来过了夜。

但也仅仅只过了一夜，第二天早上醒来，该避的嫌还是要避，只是这一次和之前有了不同，他和许南知的关系有了质的变化，这也算得上是这段时间里最让人高兴的一件事。

今天是周二，工作日，向成渝的生物钟在七点半准时起作用，将他从清梦中扰醒。

他掀开被子起床，赤脚踩在地板上，捞起搭在旁边的 T 恤往身上一套，遮住胸膛上的痕迹。

许南知早上起得比较早，出门去买了早餐，回来的时候，向成渝刚洗漱完从浴室里出来。

两人碰了面，许南知把手里的早餐放到桌上，打着哈欠朝屋里走："给你买的早餐。你的车你开回去吧，我这几天暂时不出门了。"

周二上午有例会，柳逸山教授不喜欢人迟到，加之许南知的住处离建筑院有一段距离，向成渝没能坐下来吃早餐。

他扣上袖口的扣子，跟着走进卧室，讨了一个早安吻才算作罢。

许南知睡了一个短暂的回笼觉，醒来的时候，外面天光大亮，卧室里厚重的窗帘也只能挡下七八分的光。

她翻了下身，鼻尖蹭到摆在一旁的另一个枕头，闻见一点淡淡的香味，和她身上是同款味道。

海洋玫瑰。

清冽的旖旎。

许南知想到昨晚发生的一切，好似所有的转折和变化都从进门的那一个吻开始。

她揉了揉脸，还有些没回过神来，早晨面对向成渝那一时的坦然和平静不复存在。

手机恰好在此时响了一下。

许南知伸手拿了过来。

小朋友：起床了吗？我给你点了外卖，到你小区门口了。

许南知给他回了个"知道了"，然后看到自己给他的备注，想了几秒，点进去改成了别的。

向成渝又发来一条信息。

男朋友：那你记得吃饭，我先去忙了。

许南知盯那三个字看了几秒。

尽管向成渝这会儿并不在面前，甚至是有很长一段时间都不会出现，可许南知仍有一种被他直勾勾看着的局促感。

犹如之前的每一次，令她心慌而无措，却又甘愿为之沦陷。

之前的举报信带来的负面影响仍在持续，在向、许两家接受监察组调查的一段时间里，许南知和向成渝开始避嫌，无论是私底下还是明面上，都刻意回避着不见面。

两个人在确定关系的第二天就从热恋沦落成了网恋，每天除了微信日常问好和晚上的视频电话，再无其他联系。

建大纪念馆的项目已经进入到后半阶段，加上年关将近，向成渝难免就忙了起来，有时候还要陪着柳逸山教授去一些山区的古村落出差实地考察，常常十天半个月不见人。

许南知不是第一次谈恋爱，对于这种找不着人的情况也没太在意，把作为女朋友的体贴和谅解发挥到了极致。

十二月中旬，许南知接到大学时期同窗好友杜岩的电话。杜岩大学毕业之后就去了国外留学，后来博士毕业之后便留在那边的建筑事务所工作。

现在他打算回国创业，从同学群里得知了许南知的近况，特地打电话来问她有没有意向过来做个合伙人。

整个团队都还是筹备阶段，除了杜岩之外，另外还有七八个人，分别负责事务所各个部门的工作。

电话里三言两语说不清楚，杜岩说自己三天后回国，许南知约了他第二天出来见面谈。

当天，许南知见了杜岩，也见了他事务所的其他人，因为大部分都是建大的校友，聊起来也比较融洽。

　　杜岩说："你的事情我也听说了一点，我也不是要接济你的意思，就是单纯欣赏你的能力。我们事务所现在还没起步，正是需要人才的时候，我希望你能好好考虑考虑。"

　　"行，我明白你的意思，会认真考虑的。"许南知虽然没一口答应下来，但其实心里已经有了打算。比起在小公司给人打工，她还是更偏向于来杜岩这里，只不过现在大家都是成年人了，不像在学校随便参加一个比赛那么简单，很多事情都需要综合考虑。

　　一行人吃完饭，许南知独自回家，路过门口的超市时，买了些水果和蔬菜。

　　到家已经快九点，她摸索着开了灯，低头看到鞋架上多出来的一双男士皮鞋，抬头朝客厅一看。

　　没意外地看到了放在角落的黑色行李箱。

　　许南知换了鞋，将钥匙和手里的东西放到餐厅的桌子上，轻手轻脚地朝着卧室走去。

　　并不怎么宽敞的房间里，昏暗一片，但还是能很明显地看到被子隆起来的弧度。

　　许南知没开灯，按照记忆找到白天出门前换下来的睡衣，出来去浴室洗了个澡。

　　而后她带着一身水汽掀开另一边的被子躺了进去，床微微陷下去一块，带起轻微的动静。

　　原先在睡梦中的人被惊醒，眼睛还没睁开，人已经贴过来，伸出胳膊将许南知带进怀里，下巴抵着她的发顶蹭了蹭，声音带着刚睡醒时的慵懒和沙哑："你去哪儿了？"

　　"去见了几个朋友。他们打算回国创业，邀请我一起。"许南知往上抬了抬头，枕着他的胳膊，"你什么时候回来的？"

　　向成渝清醒了几分，手指勾起几缕长发亲了亲："五六点钟。"

　　"怎么不给我打电话？"许南知翻了个身，面朝着他，"不对啊，你怎么到我这里来了，现在不用避嫌了吗？"

"嗯，不用了，事情都结束了，我爸怕落人口舌，主动跟上边提出退出了这次的项目。"

许南知有些担心："那伯父……"

"没事。"向成渝说，"我爸本来就准备退休了，这个项目也是上边硬塞给他的，现在不用做了，正合他心意。不过——"

他顿了下，许南知心一提："怎么？"

"这件事情可能会对景阳地产造成一些影响。"向成渝坐起来，后背抵着枕头，"虽然不是真的贿赂，但总归是敏感行为，难免会给人心里留下一些疙瘩。如果不出意外，景阳地产就算不退出招标，估计也拿不到这次投资的机会。"

许南知松了口气："拿不到就拿不到吧，总比背上个贿赂官员的罪名要好。"

"嗯，不说这个了。你呢，打算去做合伙人吗？"向成渝问。

"还在考虑。"许南知说了些国内现在建筑行业的大环境，从头至尾分析利弊，最后说，"不过我应该还是会过去的，毕竟现在我去不了大公司，小公司又不太合适，去做合伙人开事务所说不定是个新的出路。"

说完这句，许南知又抬头问他的意见："你怎么看？"

向成渝对上她的目光，边说边低头凑过来："我没什么意见，不过我也可以给你指个新出路。"

许南知抬手抵住他的下颌，淡淡笑了声："什么？"

向成渝抓住她的手压在一旁，翻了个身缓缓低下头，温热唇瓣贴着她的耳侧轻吻，嗓音缱绻温柔："考虑一下，来当向太太。"

许南知在新年之前和杜岩敲定了合作事项，她以部分资金和技术入股，成为事务所的第三大股东。

而在此之前，向成渝发挥年纪小的优势，各种软磨硬泡，把许南知拐去了他在建大附近的住处，开启了两个人的同居生活。

两个人的生活方式天差地别。

许南知之前由于工作原因，生物钟紊乱，是万年不倒的熬夜冠军，而向成渝则和她完全相反。

他除了必要的工作时间，其他任何时候都永远走在养生的第一线——早睡早起，保温杯里泡枸杞，一派修身养性的作风。

加之事务所刚起步，许南知平时早出晚归，两个人分明住在一起，却过出了异地恋的感觉。

久而久之，许南知察觉出向成渝的情绪不对劲，特意每天早上提前起半个小时给他准备早餐，晚上也减少了加班的时长，有时候赶回去还能陪他说说话，更早些还能去建大附近吃个夜宵。

向成渝意识到这是许南知在为自己妥协，在第二天早上许南知起床做早餐的闹钟响起来之前，先一步起了床。

许南知一觉睡到工作闹钟响，醒来的时候伸手摸到手机看了眼时间，吓了一跳。

向成渝今天上午有课，走得早，等她匆匆忙忙起床出来时，家里已经没了他的人影。

餐厅的桌子上放着一份早餐。

许南知走过去，看到压在底下的贴纸。

粥在厨房，包子和蒸饺凉了的话记得用微波炉热一下。我爱你。

许南知唇角扬了起来，放下贴纸，把包子和蒸饺放进微波炉里热了一分钟，随后拿出来放在桌上，去了卫生间洗漱。

收拾好之后，她走进厨房盛了碗粥，坐在桌旁边吃早餐边给向成渝发了两条信息。

早。
我也爱你。

同居小危机解除后，事务所也开始步入正轨，接到了第一个项目，许南知被杜岩委任为项目负责人。

加班赶设计稿的时候，许南知又回到了以前在建筑院工作的状态，忙起来不分昼夜。

事务所大多都是男性，加班间隙喜好抽根烟减减压力，许南知也有过几年的烟瘾，不仅没能戒掉，反而现在还被重新勾了起来。

向成渝每天和她同床共枕，难免会察觉到什么。

有一次两个人接吻，他突然停下来，皱着眉一本正经地问道："你最近是不是在抽烟？"

"……"许南知哪里敢承认，伸手拿过旁边的薄荷糖吃进嘴里，三两下嚼碎。

但马有失蹄人有失足，饶是许南知一再小心仔细，还是被向成渝当场抓到了一次。

那天是周末，许南知去事务所加班，向成渝心疼她这段时间辛苦劳累，特意煲了汤送到事务所。结果那天正好是园区内一年三次的电梯检修，中午休息的那两个小时电梯不工作。

好在事务所楼层不高，向成渝便从一旁的安全通道往上走，谁想到，正巧在事务所所在的五楼楼梯间撞见了和同事过来抽烟的许南知。

许南知回过神来，倏地抬手拿下嘴里的烟往后一背，心虚地笑了声："你怎么来了？"

向成渝没她这么紧张，一副波澜不惊的模样，语气淡淡："给你送吃的。"

同事看出不对劲，丢给许南知一个自求多福的眼神，一前一后走了出去，还体贴地给两人关上了门。

许南知摁灭手里的烟头丢进垃圾桶里，十分诚恳地说："对不起，我错了，我不该瞒着你抽烟的。不过我发誓，这肯定是最后一次了。"

向成渝半个字都不相信，把保温桶往她手里一塞："你忙吧，我先回去了。"

说罢，转身就要走，许南知眼疾手快跟过去，一手托着保温桶，一手拽着他的胳膊，语速很快地示软："成渝成渝，你听我说，姐姐真的知道错了。"

楼梯很窄，向成渝怕她摔着，也没敢甩开她的胳膊，只是停在原地，回过头看着她："真的知道错了？"

许南知点头如捣蒜："知道了。"

"那就从现在开始，你给我把烟戒了。"说到这里，向成渝忽然伸手，从她口袋里摸出烟盒和打火机，"这个，我先没收了。"

这个时候许南知哪里敢说一个不字："好，都听你的，我今天，不是，我现在就开始戒烟。"

见向成渝神色稍缓，许南知转而握住他的手，语气带着些撒娇的意味："那现在先跟我去事务所坐会儿？"

他抿了下唇角，松了口："好吧。"

等到了事务所，许南知把人安置在自己的办公室里，自己去外面洗手，回来时却发现向成渝把她放在办公桌抽屉里的烟全都找了出来。

向成渝找了个小的纸盒，把烟全都装了进去，抬头看着她："除了这些我能找到，其他地方还有吗？"

许南知下意识瞄了眼旁边，撒谎道："没了。"

向成渝没错过她这一瞬的反应，起身朝她刚才看了眼的地方走了过去，果不其然在底下又找到几包烟，轻哼了声："看来姐姐不仅是个小烟鬼，还是个爱撒谎的小骗子。"

许南知假装没听见，坐在桌边喝汤。

向成渝下午没什么事，就留在事务所陪着许南知。后来大老板杜岩来了趟，让许南知提前下了班。

到家之后，向成渝又对家里进行了一次地毯式的搜索，从浴室的储物柜、电视机后的墙柜、书房的书架上，甚至是厨房不常用的柜子里都翻出了烟。

最后零零散散，差不多翻出来十几包烟。

向成渝把这些全都用垃圾袋装了起来，问："家里还有吗？"

"没了。"许南知看着自己的藏货差不多都被翻了出来，面上不显内心却是各种抓心挠肺的心疼，忍不住和他商量，"其实戒烟是个循序渐进的过程，如果一下子都断了，可能我会不太适应。"

"不适应？"向成渝盯着她，笑出声，"那就给我忍着。"

"……"

事已至此，许南知也只好被迫踏上戒烟之路，但刚开始的戒断期其实还挺难受的。

为此，向成渝特意在家里囤了各种口味的棒棒糖，放在她随处可见随手可拿的地方。

一段时间过去，许南知慢慢也就习惯了，加上事务所的人在知道她戒烟之后，每次抽烟买烟都会避着她。

偶尔杜岩开玩笑给她递烟，许南知手都伸出去了，想了想，又缩了回来，从口袋里摸出根棒棒糖塞进嘴里，塑料小棒露在外面，声音含糊："算了，我还是吃糖吧，免得小朋友知道，跟我闹脾气。"

虽然仍旧难受，但嘴里咬着东西的感觉的确好受多了，糖果甜腻，糖分缓解了她的焦躁和不安。

翻过一月便是新年。

今年的除夕，许南知没打算回家，之前和许父闹得不愉快，她也不想回去给自己添堵。

向成渝知道她的决定之后，给家里打了个电话。等到晚上休息时，他和许南知说："今年过年你跟我回家吧，我白天已经跟我父母通过电话了，他们都非常欢迎你过去。"

许南知愣了几秒，笑着道："行啊，那你明天陪我去商场给他们买点礼物。"

向成渝没说话，把人抱到怀里接了个吻，耳鬓厮磨间说了声"好"。

许南知在向家度过了一个非常温暖的新年，向父向母为人和蔼风趣，待她如同自家女儿，亲切又体贴。

吃过年夜饭，向成渝开车带许南知去江边等着零点的跨年倒计时和江对岸的烟花展。

大年三十，江岸边人如潮涌，向成渝找了半天才在附近一个商场找到空余的停车位。

停好车，他和许南知步行朝着江边走去。

隆冬的夜里，街头巷尾张灯结彩，随处可见新年的气息。

他们俩来得晚，太靠前的位置都已经挤满了人，岸边的小径人挤人，只走了几分钟，便挤得满头大汗。

向成渝牵着许南知从人群里出来，去取了车，往离江边不远的子鸣山开了过去。

比起江岸边，山顶上的人明显少了许多，向成渝把车开到以前读书时常去的位置。那里不是最佳观赏点，但胜在人少，视野宽阔，坐在车里也能看到山下流动的滚滚江水。

距离零点还有一会儿，两个人坐在车里聊天，中途许南知接到了许母的电话，只说了几分钟。

挂了电话，向成渝朝她看过去，温声问道："伯母说什么？"

许南知抬手挠了下脸："没什么，就问我今天还回不回去。"

"那要回去吗？"向成渝看了眼时间，还不到十一点，"现在赶回去应该还来得及。"

"不回了，过几天吧。"

向成渝握住她的手，把她的视线带过来，语气格外认真："那到时候我陪你一起回去。"

许南知看着他，唇角扬了起来："好。"

聊了会儿天，许南知和向成渝的手机开始热闹起来，两个人回了十几分钟的信息。

快要到零点的时候，两个人都放下手机，也没有说话，默契地等着即将到来的新年。

从山上往山脚看，城市的灯光如同浮于低空的熠熠星辰，抑或是银河万顷，璀璨斑斓。

钟楼烟花展马上就要开始，远处传来万人齐声的倒计时。

"……五、四、三、二、一。"

伴随着"一"字的尾音落下，钟楼大厦亮起粲然灯光，夜空中绽开朵朵炫然夺目的烟花。

向成渝握着许南知的手，在忽远忽近的欢呼声里，侧过头亲吻着她的唇瓣，神情虔诚而温柔。

许南知不由得被他勾住神魂，缓缓闭上眼睛，加深了这个吻。

良久后，向成渝松开她，却没拉开太远的距离，眼眸里倒映着她的轮廓："许南知。"

"嗯？"

"新年快乐。还有——"向成渝直勾勾地看着她，五官在窗外忽明忽暗的光线里显得格外柔和，"我爱你。"

（全文完）

后记

　　写这本书的时候是二〇一九年的年末，我在家里度过了有史以来最漫长的一个春节，后来这个故事也越写越长，最终成为我连载时间第二长的一本书。

　　有关于女主职业设定，有参考现实，但大多内含私设，所以与现实有所出入，望各位医疗朋友见谅。也请非医疗的朋友勿模仿，具体急诊内容，以现实为主。

　　如今修稿再回看这个故事，我仍然觉得池渊是我目前写过，甚至是将来要写的几个故事里最幸福的一个男生。

　　他家境优渥，父母恩爱，有过离经叛道的少年时期，也有过肆意辉煌的风光岁月。

　　池渊从小在爱里长大，情感丰富饱满，表面上吊儿郎当，实际上比谁都心软。连载时读者总说他和桨桨拿错了剧本，是个爱哭鬼，每次有什么都是桨桨反过来哄着他。

　　男人至死是少年，他就是这样一个人。

　　他永远相信爱情会发生在某个特定的时刻，和桨桨的初遇不符合他心里既定的场景，所以他排斥抗拒，甚至做出一系列看似搞笑又很心酸的事情。

　　而桨桨和他不同，她原来也可以拥有肆意鲜活的人生，只是一场意外，夺去了所有。

　　她变得冷言寡语，将过去的自己封闭，戴上面具，成了一个谁也不熟悉的"闻桨"。

　　父亲曾经对于闻桨来说，也是无坚不摧的后盾，可是后来误会不断，矛盾迭起，她和父亲越走越远，那几年也成了促使她性子变得沉默冷淡的主要原因。

她把自己困在一个死结里，用尽全力也解不开，唯一的办法就是割断她和这个结的联系。

桨桨也许是不幸的，但她也是幸运的。

池渊是她的救赎。

她和池渊一个是陨落，一个是冉冉升起，他的光照进了她灰暗的世界里，再也不曾离去。

写完他们这一生，就好像是陪他们一起走过了人生里最重要的每个阶段，看他们分分合合，从心动到深爱，走到白头偕老。

对于我来说，这是一件很浪漫的事情，也希望看到这个故事的你们，可以拥有同样的浪漫。

最后的最后——

希望你们永远热爱，永远被爱。

岁见

2021/6/24

图书在版编目（CIP）数据

只想喜欢你 : 全2册 / 岁见著 . -- 南京 : 江苏凤
凰文艺出版社， 2021.12
ISBN 978-7-5594-6305-0

Ⅰ . ①只… Ⅱ . ①岁… Ⅲ . ①长篇小说 – 中国 – 当代
Ⅳ . ① I247.5

中国版本图书馆 CIP 数据核字 (2021) 第 195206 号

只想喜欢你 ： 全 2 册

岁见 著

责任编辑	周颖若	
特约编辑	王译葶	
营销统筹	夏君仪	
责任印制	刘　巍	
出版发行	江苏凤凰文艺出版社	
	南京市中央路 165 号，邮编：210009	
网　址	http://www.jswenyi.com	
印　刷	天津旭丰源印刷有限公司	
开　本	880 毫米 ×1230 毫米 1/32	
印　张	23	
字　数	660 千字	
版　次	2021 年 12 月第 1 版	
印　次	2021 年 12 月第 1 次印刷	
书　号	ISBN 978-7-5594-6305-0	
定　价	69.80 元（全 2 册）	